# 全唐詩

## 第 三 册

卷一四七 —— 卷二一五

中 华 书 局

# 全唐诗第三册目次

**卷一四七**

刘长卿

逢雪宿芙蓉山主人 …………………………… 1481

送张起崔载华之闽中 ………………………… 1481

赠秦系征君 …………………………………… 1481

秦系顷以家事获谤因出旧山每荷观察崔公见知

　欲归未遂感其流寓诗以赠之 ……………… 1482

夜中对雪赠秦系时秦初与谢氏离婚谢氏在越 …… 1482

湘妃 …………………………………………… 1482

斑竹 …………………………………………… 1482

春草宫怀古 …………………………………… 1482

正朝览镜作 …………………………………… 1482

瓜洲道中送李端公南渡后归扬州道中寄 ……… 1482

送张十八归桐庐 ……………………………… 1482

过白鹤观寻岑秀才不遇 ……………………… 1483

听弹琴 ………………………………………… 1483

游南园偶见在阴墙下葵因以成咏 …………… 1483

入百丈涧见桃花晚开 ………………………… 1483

送子婿崔真甫李穆往扬州四首 ……………… 1483

寄龙山道士许法稜 …………………………… 1483

送方外上人 …………………………………… 1483

送灵澈上人 …………………………………… 1484

茱萸湾北答崔载华问 …………………………… 1484

赴楚州次自田途中阻浅问张南史 ……………… 1484

江中对月 ……………………………………… 1484

碧涧别墅喜皇甫侍御相访 ……………………… 1484

初到碧涧招明契上人 …………………………… 1484

送少微上人游天台 ……………………………… 1484

却归睦州至七里滩下作 ………………………… 1485

对酒寄严维 …………………………………… 1485

新年作 ………………………………………… 1485

朱放自杭州与故里相使君立碑回因以奉简吏部
  杨侍郎制文 ………………………………… 1485

送宣尊师醮毕归越 ……………………………… 1485

送裴使君赴荆南充行军司马 …………………… 1485

送裴郎中贬吉州 ………………………………… 1486

酬皇甫侍御见寄时前相国姑臧公初临郡 ……… 1486

月下呈章秀才 …………………………………… 1486

酬张夏 ………………………………………… 1486

送李使君贬连州 ………………………………… 1486

秋夜北山精舍观体如师梵 ……………………… 1486

酬张夏雪夜赴州访别途中苦寒作 ……………… 1487

寻洪尊师不遇 …………………………………… 1487

喜鲍禅师自龙山至 ……………………………… 1487

送方外上人之常州依萧使君 …………………… 1487

宿北山禅寺兰若 ………………………………… 1487

赴新安别梁侍郎 …………………………… 1487

江州留别薛六柳八二员外 ………………… 1488

和州留别穆郎中 …………………………… 1488

和州送人归复郢 …………………………… 1488

送金昌宗归钱塘 …………………………… 1488

酬张夏别后道中见寄 ……………………… 1488

新安奉送穆谕德归朝赋得行字 …………… 1488

偶然作 ……………………………………… 1489

送州人孙沅自本州却归句章新营所居 …… 1489

送李员外使还苏州兼呈前袁州李使君赋得长字

　　袁州即员外之从兄 …………………… 1489

酬李员外从崔录事载华宿三河戍先见寄 … 1489

见秦系离婚后出山居作 …………………… 1489

酬秦系 ……………………………………… 1489

岁日作 ……………………………………… 1490

题元录事开元所居 ………………………… 1490

送崔载华张起之闽中 ……………………… 1490

送张司直赴岭南谒张尚书 ………………… 1490

寄会稽公徐侍郎 …………………………… 1490

送朱山人放越州贼退后归山阴别业 ……… 1490

秋夜肃公房喜普门上人自阳羡山至 ……… 1491

送李秘书却赴南中 ………………………… 1491

过前安宜张明府郊居 ……………………… 1491

使回次杨柳过元八所居 …………………… 1491

送李侍御贬郴州 …………………………… 1491

寄普门上人 ………………………………… 1491

逢郴州使因寄郑协律 …………………………… 1492

岳阳馆中望洞庭湖 ……………………………… 1492

巡去岳阳却归鄂州使院留别郑洵侍御侍御先曾

　谪居此州 ……………………………………… 1492

夏口送屈突司直使湖南 ………………………… 1492

代边将有怀 ……………………………………… 1492

雨中过员稷巴陵山居赠别 ……………………… 1492

送李中丞之襄州 ………………………………… 1493

奉使至申州伤经陷没 …………………………… 1493

穆陵关北逢人归渔阳 …………………………… 1493

安州道中经浐水有怀 …………………………… 1493

步登夏口古城作 ………………………………… 1493

赠别卢司直之闽中 ……………………………… 1493

酬郭夏人日长沙感怀见赠 ……………………… 1494

赴巴南书情寄故人 ……………………………… 1494

馀干旅舍 ………………………………………… 1494

登思禅寺上方题修竹茂松 ……………………… 1494

恩敕重推使牒追赴苏州次前溪馆作 …………… 1494

北归次秋浦界清溪馆 …………………………… 1494

谪官后却归故村将过虎丘怅然有作 …………… 1495

重推后却赴岭外待进止寄元侍郎 ……………… 1495

秋杪江亭有作 …………………………………… 1495

送郑司直归上都 ………………………………… 1495

送灵澈上人归嵩阳兰若 ………………………… 1495

却赴南邑留别苏台知己 ………………………… 1495

和灵一上人新泉 ………………………………… 1496

送李挚赴延陵令 …………………………………… 1496

奉送裴员外赴上都 ………………………………… 1496

长沙桓王墓下别李纾张南史 ……………………… 1496

送侯御赴黔中充判官 ……………………………… 1496

秋日登吴公台上寺远眺寺即陈将吴明彻战场 ……… 1496

淮上送梁二恩命追赴上都 ………………………… 1497

送崔升归上都 ……………………………………… 1497

过李将军南郑林园观妓 …………………………… 1497

送严侍御充东畿观察判官 ………………………… 1497

送王端公入奏上都 ………………………………… 1497

送营田判官郑侍御赴上都 ………………………… 1497

送李校书赴东浙幕府 ……………………………… 1498

清明后登城眺望 …………………………………… 1498

陪王明府泛舟 ……………………………………… 1498

送度支留后若侍御之歙州便赴信州省觐 ………… 1498

馀干夜宴奉饯前苏州韦使君新除婺州作 ………… 1498

晚次苦竹馆却忆干越旧游 ………………………… 1498

送李二十四移家之江州 …………………………… 1499

送卢判官南湖 ……………………………………… 1499

送张栩扶侍之睦州 ………………………………… 1499

集梁耿开元寺所居院 ……………………………… 1499

赠西邻卢少府 ……………………………………… 1499

游休禅师双峰寺 …………………………………… 1499

廨中见桃花南枝已开北枝未发因寄杜副端 ……… 1500

奉送卢员外之饶州 ………………………………… 1500

送处士归州因寄林山人 …………………………… 1500

移使鄂州次岘阳馆怀旧居 ·················· 1500

送齐郎中赴海州 ····························· 1500

重阳日鄂城楼送屈突司直 ················ 1500

更被奏留淮南送从弟罢使江东 ·········· 1501

经漂母墓 ······································ 1501

送李端公赴东都 ···························· 1501

送王员外归朝 ······························· 1501

送蒋侍御入秦 ······························· 1501

洞庭驿逢郴州使还寄李汤司马 ·········· 1501

送舍弟之鄱阳居 ···························· 1502

送裴二十端公使岭南 ······················ 1502

过桃花夫人庙 ······························· 1502

鄂渚送池州程使君 ························· 1502

送友人西上 ·································· 1502

送梁郎中赴吉州 ···························· 1502

过湖南羊处士别业 ························· 1503

送河南元判官赴河南勾当苗税充百官俸钱 ·· 1503

夏中崔中丞宅见海红摇落一花独开 ····· 1503

使还至菱陂驿渡瀍水作 ··················· 1503

送齐郎中典括州 ···························· 1503

过隐空和尚故居 ···························· 1503

过萧尚书故居见李花感而成咏 ·········· 1504

送袁处士 ······································ 1504

酬李侍御登岳阳见寄 ······················ 1504

喜晴 ········································· 1504

卷一四八

## 刘长卿

夏口送徐郎中归朝 …………………………… 1505

鄂渚听杜别驾弹胡琴 …………………………… 1505

过鹦鹉洲王处士别业 …………………………… 1505

寄万州崔使君 …………………………… 1505

送马秀才移家京洛便赴举 …………………………… 1506

送南特进赴归行营 …………………………… 1506

送道标上人归南岳 …………………………… 1506

送梁侍御巡永州 …………………………… 1506

岁夜喜魏万成郭夏雪中相寻 …………………………… 1506

送蔡侍御赴上都 …………………………… 1506

晦日陪辛大夫宴南亭 …………………………… 1507

送独孤判官赴岭 …………………………… 1507

长沙馆中与郭夏对雨 …………………………… 1507

陪辛大夫西亭宴观妓 …………………………… 1507

题魏万成江亭 …………………………… 1507

春过裴虬郊园 …………………………… 1507

送韦赞善使岭南 …………………………… 1508

送乔判官赴福州 …………………………… 1508

送李补阙之上都 …………………………… 1508

送袁明府之任 …………………………… 1508

海盐官舍早春 …………………………… 1508

南湖送徐二十七西上 …………………………… 1508

曲阿对月别岑况徐说 …………………………… 1509

送李侍御贬鄱阳 …………………………… 1509

送路少府使东京便应制举 …………………………… 1509

松江独宿 …………………………………… 1509

寻白石山真禅师旧草堂 …………………… 1509

送行军张司马罢使回 ……………………… 1509

喜李翰自越至 ……………………………… 1510

罪所留系寄张十四 ………………………… 1510

送勤照和尚往睢阳赴太守请 ……………… 1510

长门怨 ……………………………………… 1510

过横山顾山人草堂 ………………………… 1510

送李校书适越谒杜中丞 …………………… 1510

秋夜雨中诸公过灵光寺所居 ……………… 1511

西庭夜燕喜评事兄拜会 …………………… 1511

寻南溪常山道人隐居 ……………………… 1511

扬州雨中张十宅观妓 ……………………… 1511

赴宣州使院夜宴寂上人房留辞前苏州韦使君 ………… 1511

送薛承矩秩满北游 ………………………… 1511

饯别王十一南游 …………………………… 1512

送严维尉诸暨 ……………………………… 1512

送李七之笪水谒张相公 …………………… 1512

送崔处士先适越 …………………………… 1512

奉陪使君西庭送淮西魏判官 ……………… 1512

狱中见壁画佛 ……………………………… 1512

送许拾遗还京 ……………………………… 1513

送张七判官还京觐省 ……………………… 1513

送孙莹京监擢第归蜀觐省 ………………… 1513

送史九赴任宁陵兼呈单父史八时监察五兄初入台 …… 1513

卧病喜田九见寄 …………………………… 1513

重过宣峰寺山房寄灵一上人 …………………… 1513

云门寺访灵一上人 ……………………………… 1514

送陆羽之茅山寄李延陵 ………………………… 1514

寄灵一上人初还云门 …………………………… 1514

寄灵一上人 ……………………………………… 1514

送韩司直 ………………………………………… 1514

酬李郎中夜登苏州城楼见寄 …………………… 1514

送人游越 ………………………………………… 1515

赠普门上人 ……………………………………… 1515

送康判官往新安 ………………………………… 1515

送顾长 …………………………………………… 1515

九日登李明府北楼 ……………………………… 1515

同诸公登楼 ……………………………………… 1515

送友人南游 ……………………………………… 1516

送裴二十一 ……………………………………… 1516

送张判官罢使东归 ……………………………… 1516

早春 ……………………………………………… 1516

送青苗郑判官归江西 …………………………… 1516

过包尊师山院 …………………………………… 1516

故女道士婉仪太原郭氏挽歌词 ………………… 1517

少年行 …………………………………………… 1517

归弋阳山居留别卢邵二侍御 …………………… 1517

赴江西湖上赠皇甫曾之宣州 …………………… 1517

湘中纪行十首 …………………………………… 1517

杂咏八首上礼部李侍郎 ………………………… 1519

寄李侍御 ………………………………………… 1520

晚泊湘江怀故人 …………………………… 1520

过邬三湖上书斋 …………………………… 1520

从军六首 …………………………………… 1520

龙门八咏 …………………………………… 1521

月下听砧 …………………………………… 1522

送丘为赴上都 ……………………………… 1522

题大理黄主簿湖上高斋 …………………… 1522

平蕃曲三首 ………………………………… 1522

送郑说之歙州谒薛侍郎 …………………… 1522

题独孤使君湖上林亭 ……………………… 1522

酬滁州李十六使君见赠 …………………… 1523

送严维赴河南充严中丞幕府 ……………… 1523

酬包谏议佶见寄之什 ……………………… 1523

栖霞寺东峰寻南齐明征君故居 …………… 1523

奉和赵给事使君留赠李婺州舍人兼谢舍人别驾之什 … 1524

行营酬吕侍御时尚书问罪襄阳军次汉东境上侍
　御以州邻寇贼复有水火迫于征税诗以见谕 … 1524

登迁仁楼酬子婿李穆 ……………………… 1524

别李氏女子 ………………………………… 1524

长沙早春雪后临湘水呈同游诸子 ………… 1524

自道林寺西入石路至麓山寺过法崇禅师故居 … 1525

和袁郎中破贼后军行过剡中山水谨上太尉 … 1525

送郑十二还庐山别业 ……………………… 1525

至饶州寻陶十七不在寄赠 ………………… 1525

奉陪郑中丞自宣州解印与诸侄宴馀干后溪 ……… 1526

**卷一四九**

# 刘长卿

同诸公袁郎中宴筵喜加章服 …………………… 1527

毗陵送邹结先赴河南充判官 …………………… 1527

送徐大夫赴广州 …………………… 1527

九日题蔡国公主楼 …………………… 1527

送荀八过山阴旧县兼寄剡中诸官 …………………… 1528

奉饯元侍郎加豫章采访兼赐章服 …………………… 1528

奉饯郎中四兄罢馀杭太守承恩加侍御史充行军
  司马赴汝南行营 …………………… 1528

送贾侍御克复后入京 …………………… 1528

会稽王处士草堂壁画衡霍诸山 …………………… 1528

惠福寺与陈留诸官茶会 …………………… 1529

金陵西泊舟临江楼 …………………… 1529

题灵祐上人法华院木兰花 …………………… 1529

宿严维宅送包佶 …………………… 1529

送从弟贬袁州 …………………… 1529

无锡东郭送友人游越 …………………… 1530

送邵州判官往南 …………………… 1530

出丰县界寄韩明府 …………………… 1530

别陈留诸官 …………………… 1530

观李凑所画美人障子 …………………… 1530

送史判官奏事之灵武兼寄巴西亲故 …………………… 1531

自鄱阳还道中寄褚征君 …………………… 1531

石梁湖有寄 …………………… 1531

送沈少府之任淮南 …………………… 1531

严子濑东送马处直归苏 …………………… 1531

宿怀仁县南湖寄东海荀处士 …………………… 1532

初至洞庭怀灞陵别业 …………………………… 1532

题萧郎中开元寺新构幽寂亭 …………………… 1532

同姜濬题裴式微馀干东斋 ……………………… 1532

赠元容州 ………………………………………… 1533

夏口送长宁杨明府归荆南因寄幕府诸公 ……… 1533

奉和杜相公新移长兴宅呈元相公 ……………… 1533

湖南使还留辞辛大夫 …………………………… 1533

泛曲阿后湖简同游诸公 ………………………… 1534

北游酬孟云卿见寄 ……………………………… 1534

冬夜宿扬州开元寺烈公房送李侍御之江东 …… 1534

南楚怀古 ………………………………………… 1534

上湖田馆南楼忆朱宴 …………………………… 1534

送姚八之句容旧任便归江南 …………………… 1535

睢阳赠李司仓 …………………………………… 1535

杪秋洞庭中怀亡道士谢太虚 …………………… 1535

同郭参谋咏崔仆射淮南节度使厅前竹 ………… 1535

碳石遇雨宴前主簿从兄子英宅 ………………… 1536

江中晚钓寄荆南一二相识 ……………………… 1536

九日岳阳待黄遂张涣 …………………………… 1536

题王少府尧山隐处简陆鄱阳 …………………… 1537

晚次湖口有怀 …………………………………… 1537

陪元侍御游支硎山寺 …………………………… 1537

桂阳西州晚泊古桥村住人 ……………………… 1537

夕次檐石湖梦洛阳亲故 ………………………… 1538

按覆后归睦州赠苗侍御 ………………………… 1538

奉寄婺州李使君舍人 …………………………………… 1538

哭魏兼遂 …………………………………………………… 1538

负谪后登干越亭作 ………………………………………… 1539

留题李明府雪溪水堂 ……………………………………… 1539

入白沙渚黄缘二十五里至石窟山下怀天台陆山人 …… 1539

禅智寺上方演和尚寺即和尚所创 ……………………… 1540

贾侍郎自会稽使回篇什盈卷兼蒙见寄一首与余
　有挂冠之期因书数事率成十韵 …………………… 1540

秋日夏口涉汉阳献李相公 ……………………………… 1540

归沛县道中晚泊留侯城 ………………………………… 1540

关门望华山 ……………………………………………… 1541

奉陪萧使君入鲍达洞寻灵山寺 ………………………… 1541

孙权故城下怀古兼送友人归建业 ……………………… 1541

宿双峰寺寄卢七李十六 ………………………………… 1542

京口怀洛阳旧居兼寄广陵二三知己 …………………… 1542

登扬州栖灵寺塔 ………………………………………… 1542

湖上遇郑田 ……………………………………………… 1542

雨中登沛县楼赠表兄郭少府 …………………………… 1543

灞东晚晴简同行薛弃朱训 ……………………………… 1543

对雨赠济阴马少府考城蒋少府兼献成武五兄南
　华二兄 ……………………………………………… 1543

李侍御河北使回至东京相访 …………………………… 1544

吴中闻潼关失守因奉寄淮南萧判官 …………………… 1544

哭张员外继 ……………………………………………… 1544

登东海龙兴寺高顶望海简演公 ………………………… 1544

奉送从兄罢官之淮南 …………………………………… 1545

落第赠杨侍御兼拜员外仍充安大夫判官赴范阳 ……… 1545

初贬南巴至鄱阳题李嘉祐江亭 ……………………… 1545

自紫阳观至华阳洞宿侯尊师草堂简同游李延年 ……… 1546

## 卷一五〇

### 刘长卿

奉使新安自桐庐县经严陵钓台宿七里滩下寄使

　　院诸公 ………………………………………………… 1547

题虎丘寺 …………………………………………………… 1547

奉饯郑中丞罢浙西节度还京 ……………………………… 1548

送裴四判官赴河西军试 …………………………………… 1548

旅次丹阳郡遇康侍御宣慰召募兼别岑单父 ……… 1548

客舍赠别韦九建赴任河南韦十七造赴任郑县就

　　便觐省 ………………………………………………… 1549

送元八游汝南 ……………………………………………… 1549

奉和李大夫同吕评事太行苦热行兼寄院中诸公

　　仍呈王员外 ………………………………………… 1549

洛阳主簿叔知和驿承恩赴选伏辞一首 ……………… 1550

题冤句宋少府厅留别 ……………………………………… 1550

罢摄官后将还旧居留辞李侍御 ………………………… 1550

赠别于群投笔赴安西 ……………………………………… 1551

送薛据宰涉县 ……………………………………………… 1551

早春赠别赵居士还江左时长卿下第归嵩阳旧居 ……… 1552

夜宴洛阳程九主簿宅送杨三山人往天台寻智者

　　禅师隐居 …………………………………………… 1552

瓜洲驿奉饯张侍御公拜膳部郎中却复宪台充贺

　　兰大夫留后使之岭南时侍御先在淮南幕府 ……… 1553

至德三年春正月时谬蒙差摄海盐令闻王师收二京
　　因书事寄上浙西节度李侍郎中丞行营五十韵 ……… 1554

寻张逸人山居 …………………………………………… 1555

发越州赴润州使院留别鲍侍御 ……………………… 1555

送陆澧还吴中 …………………………………………… 1555

苕溪酬梁耿别后见寄 ………………………………… 1555

蛇浦桥下重送严维 …………………………………… 1556

七里滩重送 ……………………………………………… 1556

家园瓜熟是故萧相公所遗瓜种凄然感旧因赋此诗 … 1556

重送裴郎中贬吉州 …………………………………… 1556

寻盛禅师兰若 …………………………………………… 1556

寄许尊师 ………………………………………………… 1556

酬李穆见寄 ……………………………………………… 1557

送王司马秩满西归 …………………………………… 1557

寄别朱拾遗 ……………………………………………… 1557

会赦后酬主簿所问 …………………………………… 1557

赠秦系 …………………………………………………… 1557

酬灵彻公相招 …………………………………………… 1557

赠崔九载华 ……………………………………………… 1558

同崔载华赠日本聘使 ………………………………… 1558

送建州陆使君 …………………………………………… 1558

送秦侍御外甥张篆之福州谒鲍大夫秦侍御与大
　　夫有旧 …………………………………………… 1558

闻奉迎皇太后使沈判官至因有此作 ……………… 1558

送刘萱之道州谒崔大夫 ……………………………… 1558

过郑山人所居 …………………………………………… 1559

奉送贺若郎中贼退后之杭州 ……………………… 1559

瓜洲驿重送梁郎中赴吉州 ……………………… 1559

奉使鄂渚至乌江道中作 ……………………… 1559

新息道中作 ……………………………………… 1559

春日宴魏万成湘水亭 ……………………… 1559

重送道标上人 ………………………………… 1560

送李判官之润州行营 ……………………… 1560

将赴南巴至馀干别李十二 ……………………… 1560

时平后春日思归 ……………………………… 1560

送陶十赴杭州摄掾 ………………………… 1560

使还七里濑上逢薛承规赴江西贬官 ……… 1560

使回赴苏州道中作 ………………………… 1561

昭阳曲 ………………………………………… 1561

罪所留系每夜闻长洲军笛声 ……………… 1561

赠微上人 ……………………………………… 1561

东湖送朱逸人归 …………………………… 1561

舟中送李十八 ……………………………… 1561

送李穆归淮南 ……………………………… 1562

晚春归山居题窗前竹 ……………………… 1562

## 卷一五一

刘长卿

送卢侍御赴河北 …………………………… 1563

送子婿崔真父归长城 ……………………… 1563

送陆澧仓曹西上 …………………………… 1563

送柳使君赴袁州 …………………………… 1563

戏题赠二小男 ……………………………… 1564

谪官后卧病官舍简贺兰侍郎 …………… 1564

岁日见新历因寄都官裴郎中 …………… 1564

江州重别薛六柳八二员外 ……………… 1564

青溪口送人归岳州 ……………………… 1564

送灵澈上人还越中 ……………………… 1565

送耿拾遗归上都 ………………………… 1565

和樊使君登润州城楼 …………………… 1565

饯王相公出牧括州 ……………………… 1565

题灵祐和尚故居 ………………………… 1565

寻龙井杨老 ……………………………… 1566

见故人李均所借古镜恨其未获归府斯人已亡怆

　然有作 ………………………………… 1566

闻虞沔州有替将归上都登汉东城寄赠 …… 1566

献淮宁军节度使李相公 ………………… 1566

观校猎上淮西相公 ……………………… 1566

送皇甫曾赴上都 ………………………… 1567

送李录事兄归襄邓 ……………………… 1567

汉阳献李相公 …………………………… 1567

长沙过贾谊宅 …………………………… 1567

奉酬辛大夫喜湖南腊月连日降雪见示之作 …… 1567

登馀干古县城 …………………………… 1568

将赴岭外留题萧寺远公院 ……………… 1568

初闻贬谪续喜量移登干越亭赠郑校书 …… 1568

北归入至德州界偶逢洛阳邻家李光宰 …… 1568

自江西归至旧任官舍赠袁赞府 ………… 1569

赴南中题褚少府湖上亭子 ……………… 1569

上巳日越中与鲍侍郎泛舟耶溪 …………… 1569

双峰下哭故人李宥 …………………………… 1569

使次安陆寄友人 ……………………………… 1569

哭陈歙州 ……………………………………… 1570

酬屈突陕 ……………………………………… 1570

送惠法师游天台因怀智大师故居 ………… 1570

自夏口至鹦鹉洲夕望岳阳寄源中丞 ……… 1570

送侯中丞流康州 ……………………………… 1570

别严士元 ……………………………………… 1571

避地江东留别淮南使院诸公 ……………… 1571

罪所上御史惟则 ……………………………… 1571

送台州李使君兼寄题国清寺 ……………… 1571

狱中闻收东京有赦 …………………………… 1571

温汤客舍 ……………………………………… 1572

送孙逸归庐山 ………………………………… 1572

送马秀才落第归江南 ………………………… 1572

送常十九归嵩少故林 ………………………… 1572

送宇文迁明府赴洪州张观察追摄丰城令 … 1572

送李将军 ……………………………………… 1573

西陵寄一上人 ………………………………… 1573

赋得 …………………………………………… 1573

三月李明府后亭泛舟 ………………………… 1573

喜朱拾遗承恩拜命赴任上都 ……………… 1573

郧上送韦司士归上都旧业 ………………… 1574

感怀 …………………………………………… 1574

送杨於陵归宋汴州别业 ……………………… 1574

送崔使君赴寿州 ············· 1574

上阳宫望幸 ··············· 1574

过裴舍人故居 ············· 1575

登松江驿楼北望故园 ········· 1575

秋夜有怀高三十五適兼呈空上人 ··· 1575

送孔巢父赴河南军 ··········· 1575

登润州万岁楼 ············· 1575

江楼送太康郭主簿赴岭南 ······· 1576

客舍喜郑三见寄 ··········· 1576

送贾三北游 ··············· 1576

齐一和尚影堂 ············· 1576

颍川留别司仓李万 ··········· 1577

听笛歌 ················· 1577

时平后送范伦归安州 ········· 1577

小鸟篇上裴尹 ············· 1577

登吴古城歌 ··············· 1578

疲兵篇 ················· 1578

新安送陆澧归江阴 ··········· 1579

弄白鸥歌 ··············· 1579

长沙赠衡岳祝融峰般若禅师 ····· 1579

赠湘南渔父 ··············· 1579

明月湾寻贺九不遇 ··········· 1579

题曲阿三昧王佛殿前孤石 ······· 1579

送友人东归 ··············· 1580

入桂渚次砂牛石穴 ··········· 1580

严陵钓台送李康成赴江东使 ····· 1580

送姨子弟往南郊 …………………………… 1580

铜雀台 ……………………………………… 1580

王昭君歌 …………………………………… 1581

送杜越江佐觐省往新安江 ………………… 1581

湘中忆归 …………………………………… 1581

送郭六侍从之武陵郡 ……………………… 1581

山鹧鸪歌 …………………………………… 1582

望龙山怀道士许法稜 ……………………… 1582

戏赠干越尼子歌 …………………………… 1582

游四窗 ……………………………………… 1583

和中丞出使恩命过终南别业 ……………… 1583

岳阳楼 ……………………………………… 1583

春望寄王涔阳 ……………………………… 1583

留辞 ………………………………………… 1583

## 卷一五二

颜真卿

题杼山癸亭得暮字 ………………………… 1585

谢陆处士杼山折青桂花见寄之什 ………… 1585

赠裴将军 …………………………………… 1585

赠僧皎然 …………………………………… 1585

咏陶渊明 …………………………………… 1586

三言拟五杂组二首 ………………………… 1586

使过瑶台寺有怀圆寂上人 ………………… 1586

登平望桥下作 ……………………………… 1586

刻清远道士诗因而继作 …………………… 1586

## 卷一五三

李 华

杂诗六首 …………………………………… 1588

咏史十一首 ………………………………… 1589

云母泉诗 …………………………………… 1590

寄赵七侍御 ………………………………… 1591

仙游寺 ……………………………………… 1592

春游吟 ……………………………………… 1592

长门怨 ……………………………………… 1592

奉使朔方赠郭都护 ………………………… 1593

尚书都堂瓦松 ……………………………… 1593

海上生明月 ………………………………… 1593

晚日湖上寄所思 …………………………… 1593

寄从弟 ……………………………………… 1593

奉寄彭城公 ………………………………… 1593

春行寄兴 …………………………………… 1593

**卷一五四**

萧颖士

江有枫一篇十章 …………………………… 1595

菊荣一篇五章 ……………………………… 1596

凉雨一章 …………………………………… 1596

有竹一篇七章 ……………………………… 1597

江有归舟三章 ……………………………… 1597

过河滨和文学张志尹 ……………………… 1598

舟中遇陆棣兄西归数日得广陵二三子书知迟晚

    次沙垫西岸作 ………………………… 1599

重阳日陪元鲁山德秀登北城瞩对新霁因以赠别 ……… 1599

留别二三子得韵字 …………………………… 1599
仰答韦司业垂访五首 ………………………… 1599
答邹象先 ……………………………………… 1600
蒙山作 ………………………………………… 1600
早春过七岭寄题硖石裴丞厅壁 ……………… 1601
送张翚下第归江东 …………………………… 1601
越江秋曙 ……………………………………… 1601
山庄月夜作 …………………………………… 1601

**卷一五五**

崔　曙

古意 …………………………………………… 1602
宿大通和尚塔敬赠如上人兼呈常孙二山人 … 1602
送薛据之宋州 ………………………………… 1602
山下晚晴 ……………………………………… 1603
颍阳东溪怀古 ………………………………… 1603
早发交崖山还太室作 ………………………… 1603
奉试明堂火珠 ………………………………… 1603
途中晓发 ……………………………………… 1603
缑山庙 ………………………………………… 1603
同诸公谒启母祠 ……………………………… 1604
九日登望仙台呈刘明府容 …………………… 1604
奉酬中书相公至日圆丘摄事合于中书后阁宿斋
　移止于集贤院叙怀见寄之作 ……………… 1604
登水门楼见亡友张贞期题望黄河诗因以感兴 … 1604
对雨送郑陵 …………………………………… 1605
嵩山寻冯炼师不遇 …………………………… 1605

# 卷一五六

## 王 翰

赠唐祖二子 ……………………………………… 1606

飞燕篇 …………………………………………… 1606

饮马长城窟行 …………………………………… 1607

赋得明星玉女坛送廉察尉华阴 ………………… 1607

春女行 …………………………………………… 1607

古蛾眉怨 ………………………………………… 1608

子夜春歌 ………………………………………… 1608

奉和圣制同二相已下群官乐游园宴 …………… 1608

奉和圣制送张说上集贤学士赐宴得筵字 ……… 1609

奉和圣制送张尚书巡边 ………………………… 1609

凉州词二首 ……………………………………… 1609

春日归思 ………………………………………… 1609

观蛮童为伎之作 ………………………………… 1609

# 卷一五七

## 孟云卿

古别离 …………………………………………… 1610

今别离 …………………………………………… 1610

悲哉行 …………………………………………… 1610

行行且游猎篇 …………………………………… 1611

古挽歌 …………………………………………… 1611

放歌行 …………………………………………… 1611

伤怀赠故人 ……………………………………… 1611

邺城怀古 ………………………………………… 1612

伤情 ……………………………………… 1612

伤时二首 ………………………………… 1612

田园观雨兼晴后作 ……………………… 1612

汴河阻风 ………………………………… 1613

行路难 …………………………………… 1613

途中寄友人 ……………………………… 1613

寒食 ……………………………………… 1613

新安江上寄处士 ………………………… 1614

句 ………………………………………… 1614

## 卷一五八

张　巡

闻笛 ……………………………………… 1615

守睢阳作 ………………………………… 1615

张　抃

题衡阳泗州寺 …………………………… 1616

贺兰进明

古意二首 ………………………………… 1616

行路难五首 ……………………………… 1617

闾丘晓

夜渡江 …………………………………… 1617

庾光先

奉和刘采访缙云南岭作 ………………… 1618

韦　丹

思归寄东林澈上人 ……………………… 1618

答澈公 …………………………………… 1619

萧　昕
　洛出书 …………………………………… 1619
　临风舒锦 ………………………………… 1619

李希仲
　东皇太一词 ……………………………… 1620
　蓟北行二首 ……………………………… 1620

杨志坚
　送妻 ……………………………………… 1620

# 卷一五九

孟浩然
　从张丞相游南纪城猎戏赠裴迪张参军 … 1622
　登江中孤屿赠白云先生王迥 …………… 1623
　晚春卧病寄张八 ………………………… 1623
　秋登兰山寄张五 ………………………… 1623
　入峡寄弟 ………………………………… 1623
　湖中旅泊寄阎九司户防 ………………… 1624
　大堤行寄万七 …………………………… 1624
　仲夏归汉南园寄京邑耆旧 ……………… 1624
　题云门山寄越府包户曹徐起居 ………… 1624
　宿扬子津寄润州长山刘隐士 …………… 1625
　书怀贻京邑同好 ………………………… 1625
　还山贻湛法师 …………………………… 1625
　夏日南亭怀辛大 ………………………… 1625
　秋宵月下有怀 …………………………… 1626
　将适天台留别临安李主簿 ……………… 1626

送丁大凤进士赴举呈张九龄 …………… 1626

送吴悦游韶阳 …………… 1626

适越留别谯县张主簿申屠少府 …………… 1626

送陈七赴西军 …………… 1626

送从弟邕下第后寻会稽 …………… 1627

送辛大之鄂渚不及 …………… 1627

江上别流人 …………… 1627

宴包二融宅 …………… 1627

与王昌龄宴王道士房 …………… 1627

襄阳公宅饮 …………… 1627

寻香山湛上人 …………… 1628

云门寺西六七里闻符公兰若最幽与薛八同往 …………… 1628

宿天台桐柏观 …………… 1628

岘潭作 …………… 1629

题终南翠微寺空上人房 …………… 1629

初春汉中漾舟 …………… 1629

宿业师山房期丁大不至 …………… 1629

耶溪泛舟 …………… 1629

彭蠡湖中望庐山 …………… 1630

登鹿门山 …………… 1630

游明禅师西山兰若 …………… 1630

登望楚山最高顶 …………… 1630

疾愈过龙泉寺精舍呈易业二公 …………… 1631

万山潭作 …………… 1631

与黄侍御北津泛舟 …………… 1631

洗然弟竹亭 …………… 1631

山中逢道士云公 ································· 1631

越中逢天台太乙子 ····························· 1632

家园卧疾毕太祝曜见寻 ························· 1632

白云先生王迥见访 ····························· 1632

田园作 ······································· 1632

采樵作 ······································· 1633

自浔阳泛舟经明海 ····························· 1633

早发渔浦潭 ··································· 1633

经七里滩 ····································· 1633

岁暮海上作 ··································· 1634

南归阻雪 ····································· 1634

听郑五愔弹琴 ································· 1634

同张明府清镜叹 ······························· 1634

庭橘 ········································· 1634

早梅 ········································· 1634

清明即事 ····································· 1635

和卢明府送郑十三还京兼寄之什 ················· 1635

高阳池送朱二 ································· 1635

鹦鹉洲送王九之江左 ··························· 1635

送王七尉松滋得阳台云 ························· 1636

夜归鹿门山歌 ································· 1636

长乐宫 ······································· 1636

示孟郊 ······································· 1636

## 卷一六〇

### 孟浩然

和张丞相春朝对雪 ····························· 1637

和张明府登鹿门作 ················· 1637

和张二自穰县还途中遇雪 ··········· 1637

和贾主簿弁九日登岘山 ············· 1637

望洞庭湖赠张丞相 ················· 1638

赠道士参寥 ······················· 1638

京还赠张维 ······················· 1638

题李十四庄兼赠綦毋校书 ··········· 1638

九日龙沙作寄刘大昚虚 ············· 1638

寄赵正字 ························· 1638

洞庭湖寄阎九 ····················· 1639

秦中感秋寄远上人 ················· 1639

宿永嘉江寄山阴崔少府国辅 ········· 1639

上巳洛中寄王九迥 ················· 1639

闻裴侍御䏧自襄州司户除豫州司户因以投寄 ··· 1639

江上寄山阴崔少府国辅 ············· 1639

夜泊庐江闻故人在东寺以诗寄之 ····· 1640

宿桐庐江寄广陵旧游 ··············· 1640

南还舟中寄袁太祝 ················· 1640

东陂遇雨率尔贻谢南池 ············· 1640

行至汝坟寄卢征君 ················· 1640

寄天台道士 ······················· 1640

唐城馆中早发寄杨使君 ············· 1641

涧南即事贻皎上人 ················· 1641

重酬李少府见赠 ··················· 1641

九日怀襄阳 ······················· 1641

初出关旅亭夜坐怀王大校书 ········· 1641

人日登南阳驿门亭子怀汉川诸友 ……… 1641

早寒江上有怀 ………………………… 1642

闲园怀苏子 …………………………… 1642

同卢明府饯张郎中除义王府司马海园作 …… 1642

送张子容进士赴举 …………………… 1642

送张参明经举兼向泾州觐省 ………… 1642

送张祥之房陵 ………………………… 1642

送吴宣从事 …………………………… 1643

送桓子之郢成礼 ……………………… 1643

留别王侍御维 ………………………… 1643

早春润州送从弟还乡 ………………… 1643

岘山饯房琯崔宗之 …………………… 1643

送谢录事之越 ………………………… 1643

洛中送奚三还扬州 …………………… 1644

送告八从军 …………………………… 1644

送元公之鄂渚寻观主张骖鸾 ………… 1644

送王五昆季省觐 ……………………… 1644

送崔遏 ………………………………… 1644

送卢少府使入秦 ……………………… 1644

送袁十岭南寻弟 ……………………… 1645

永嘉别张子容 ………………………… 1645

东京留别诸公 ………………………… 1645

送袁太祝尉豫章 ……………………… 1645

都下送辛大之鄂 ……………………… 1645

送席大 ………………………………… 1645

送贾升主簿之荆府 …………………… 1646

送王大校书 …………………………………………… 1646

游江西留别富阳裴刘二少府 ………………………… 1646

广陵别薛八 …………………………………………… 1646

送洗然弟进士举 ……………………………………… 1646

崔明府宅夜观妓 ……………………………………… 1646

同卢明府早秋宴张郎中海亭 ………………………… 1647

卢明府早秋宴张郎中海园即事得秋字 ……………… 1647

宴荣二山池 …………………………………………… 1647

夏日与崔二十一同集卫明府宅 ……………………… 1647

清明日宴梅道士房 …………………………………… 1647

寒夜张明府宅宴 ……………………………………… 1647

宴张别驾新斋 ………………………………………… 1648

与诸子登岘山 ………………………………………… 1648

与杭州薛司户登樟亭楼作 …………………………… 1648

寻天台山 ……………………………………………… 1648

同曹三御史行泛湖归越 ……………………………… 1648

晚泊浔阳望庐山 ……………………………………… 1648

陪张丞相登嵩阳楼 …………………………………… 1649

武陵泛舟 ……………………………………………… 1649

与颜钱塘登障楼望潮作 ……………………………… 1649

姚开府山池 …………………………………………… 1649

夏日浮舟过陈大水亭 ………………………………… 1649

与白明府游江 ………………………………………… 1649

游凤林寺西岭 ………………………………………… 1650

秋日陪李侍御渡松滋江 ……………………………… 1650

陪独孤使君同与萧员外证登万山亭 ………………… 1650

秋登张明府海亭 …………………………… 1650

临涣裴明府席遇张十一房六 …………… 1650

梅道士水亭 ………………………………… 1650

游景空寺兰若 ……………………………… 1651

陪李侍御访聪上人禅居 ………………… 1651

游精思观回王白云在后 ………………… 1651

夏日辨玉法师茅斋 ……………………… 1651

与张折冲游耆阇寺 ……………………… 1651

游精思题观主山房 ……………………… 1651

宿立公房 …………………………………… 1652

寻陈逸人故居 ……………………………… 1652

寻梅道士 …………………………………… 1652

陪姚使君题惠上人房 …………………… 1652

晚春题远上人南亭 ……………………… 1652

题大禹寺义公禅房 ……………………… 1652

寻白鹤岩张子容隐居 …………………… 1653

题融公兰若 ………………………………… 1653

过景空寺故融公兰若 …………………… 1653

题张野人园庐 ……………………………… 1653

李少府与杨九再来 ……………………… 1653

寻张五回夜园作 ………………………… 1653

裴司士员司户见寻 ……………………… 1654

春中喜王九相寻 ………………………… 1654

李氏园林卧疾 ……………………………… 1654

过故人庄 …………………………………… 1654

张七及辛大见寻南亭醉作 ……………… 1654

岁暮归南山 …………………………………… 1654

南山下与老圃期种瓜 ………………………… 1655

溯江至武昌 …………………………………… 1655

舟中晓望 ……………………………………… 1655

自洛之越 ……………………………………… 1655

途中遇晴 ……………………………………… 1655

归至郢中 ……………………………………… 1655

夕次蔡阳馆 …………………………………… 1656

他乡七夕 ……………………………………… 1656

夜泊牛渚趁薛八船不及 ……………………… 1656

晓入南山 ……………………………………… 1656

夜渡湘水 ……………………………………… 1656

赴京途中遇雪 ………………………………… 1656

途次望乡 ……………………………………… 1657

永嘉上浦馆逢张八子容 ……………………… 1657

宿武阳即事 …………………………………… 1657

渡扬子江 ……………………………………… 1657

田家元日 ……………………………………… 1657

九日得新字 …………………………………… 1657

除夜乐城逢张少府 …………………………… 1658

岁除夜会乐城张少府宅 ……………………… 1658

寒夜 …………………………………………… 1658

赋得盈盈楼上女 ……………………………… 1658

春意 …………………………………………… 1658

闺情 …………………………………………… 1658

美人分香 ……………………………………… 1659

伤岘山云表观主 ……………………………………… 1659

题梧州陈司马山斋 …………………………………… 1659

岁除夜有怀 …………………………………………… 1659

登安阳城楼 …………………………………………… 1659

登万岁楼 ……………………………………………… 1659

除夜有怀 ……………………………………………… 1660

春情 …………………………………………………… 1660

长安早春 ……………………………………………… 1660

荆门上张丞相 ………………………………………… 1660

陪张丞相登荆城楼因寄蓟州张使君及浪泊戍主

　刘家 ……………………………………………… 1660

陪张丞相祠紫盖山途经玉泉寺 ……………………… 1661

陪张丞相自松滋江东泊渚宫 ………………………… 1661

和张判官登万山亭因赠洪府都督韩公 ……………… 1661

和宋太史北楼新亭 …………………………………… 1661

赠萧少府 ……………………………………………… 1662

秦中苦雨思归赠袁左丞贺侍郎 ……………………… 1662

同张明府碧溪赠答 …………………………………… 1662

久滞越中贻谢南池会稽贺少府 ……………………… 1662

送韩使君除洪州都曹 ………………………………… 1662

送莫甥兼诸昆弟从韩司马入西军 …………………… 1663

岘山送萧员外之荆州 ………………………………… 1663

送王昌龄之岭南 ……………………………………… 1663

岘山送张去非游巴东 ………………………………… 1663

奉先张明府休沐还乡海亭宴集 ……………………… 1663

宴张记室宅 …………………………………………… 1664

宴崔明府宅夜观妓 …………………………… 1664

卢明府九日岘山宴袁使君张郎中崔员外 ………… 1664

登龙兴寺阁 ………………………………………… 1664

登总持寺浮图 ……………………………………… 1665

与崔二十一游镜湖寄包贺二公 …………………… 1665

夜登孔伯昭南楼时沈太清朱升在座 ……………… 1665

陪卢明府泛舟回作 ………………………………… 1665

腊月八日于剡县石城寺礼拜 ……………………… 1665

同独孤使君东斋作 ………………………………… 1666

同王九题就师山房 ………………………………… 1666

冬至后过吴张二子檀溪别业 ……………………… 1666

韩大使东斋会岳上人诸学士 ……………………… 1666

上巳日涧南园期王山人陈七诸公不至 …………… 1666

齿坐呈山南诸隐 …………………………………… 1667

来阇黎新亭作 ……………………………………… 1667

西山寻辛谔 ………………………………………… 1667

题长安主人壁 ……………………………………… 1667

行出东山望汉川 …………………………………… 1668

夜泊宣城界 ………………………………………… 1668

下赣石 ……………………………………………… 1668

初年乐城馆中卧疾怀归作 ………………………… 1668

醉后赠马四 ………………………………………… 1668

赠王九 ……………………………………………… 1669

登岘山亭寄晋陵张少府 …………………………… 1669

送朱大入秦 ………………………………………… 1669

送友人之京 ………………………………………… 1669

送张郎中迁京 …………………………… 1669

同张将蓟门观灯 ………………………… 1669

张郎中梅园中 …………………………… 1669

北涧泛舟 ………………………………… 1669

春晓 ……………………………………… 1670

洛中访袁拾遗不遇 ……………………… 1670

寻菊花潭主人不遇 ……………………… 1670

檀溪寻故人 ……………………………… 1670

扬子津望京口 …………………………… 1670

同储十二洛阳道中作 …………………… 1670

初下浙江舟中口号 ……………………… 1670

宿建德江 ………………………………… 1670

问舟子 …………………………………… 1671

戏题 ……………………………………… 1671

凉州词 …………………………………… 1671

送新安张少府归秦中 …………………… 1671

送杜十四之江南 ………………………… 1671

渡浙江问舟中人 ………………………… 1671

初秋 ……………………………………… 1672

过融上人兰若 …………………………… 1672

句 ………………………………………… 1672

**卷一六一**

李 白

古风 ……………………………………… 1673

**卷一六二**

李　白

远别离 ……………………………………………… 1682

公无渡河 ………………………………………… 1682

蜀道难 …………………………………………… 1683

梁甫吟 …………………………………………… 1683

乌夜啼 …………………………………………… 1684

乌栖曲 …………………………………………… 1684

战城南 …………………………………………… 1684

将进酒 …………………………………………… 1684

行行游且猎篇 …………………………………… 1685

飞龙引二首 ……………………………………… 1685

天马歌 …………………………………………… 1685

行路难三首 ……………………………………… 1686

长相思 …………………………………………… 1687

上留田行 ………………………………………… 1687

春日行 …………………………………………… 1687

前有一樽酒行二首 ……………………………… 1687

夜坐吟 …………………………………………… 1688

野田黄雀行 ……………………………………… 1688

箜篌谣 …………………………………………… 1688

雉朝飞 …………………………………………… 1688

上云乐 …………………………………………… 1689

白鸠辞 …………………………………………… 1689

日出行 …………………………………………… 1689

胡无人 …………………………………………… 1690

北风行 …………………………………………… 1690

侠客行 …………………………………………………………… 1690

## 卷一六三

李　白

关山月 …………………………………………………………… 1691

独漉篇 …………………………………………………………… 1691

登高丘而望远 ………………………………………………… 1691

阳春歌 …………………………………………………………… 1692

杨叛儿 …………………………………………………………… 1692

双燕离 …………………………………………………………… 1692

山人劝酒 ………………………………………………………… 1692

于阗采花 ………………………………………………………… 1693

鞠歌行 …………………………………………………………… 1693

幽涧泉 …………………………………………………………… 1693

王昭君二首 ……………………………………………………… 1693

中山孺子妾歌 …………………………………………………… 1694

荆州歌 …………………………………………………………… 1694

雉子斑 …………………………………………………………… 1694

相逢行 …………………………………………………………… 1694

有所思 …………………………………………………………… 1694

久别离 …………………………………………………………… 1694

白头吟 …………………………………………………………… 1695

采莲曲 …………………………………………………………… 1695

临江王节士歌 …………………………………………………… 1696

司马将军歌 ……………………………………………………… 1696

君道曲 …………………………………………………………… 1696

结袜子 …………………………………………………………… 1696

结客少年场行 …………………………… 1696

长干行二首 ……………………………… 1697

古朗月行 ………………………………… 1697

上之回 …………………………………… 1697

独不见 …………………………………… 1698

白纻辞三首 ……………………………… 1698

鸣雁行 …………………………………… 1698

妾薄命 …………………………………… 1699

幽州胡马客歌 …………………………… 1699

## 卷一六四

李　白

门有车马客行 …………………………… 1700

君子有所思行 …………………………… 1700

东海有勇妇 ……………………………… 1700

黄葛篇 …………………………………… 1701

白马篇 …………………………………… 1701

凤吹笙曲 ………………………………… 1701

怨歌行 …………………………………… 1702

塞下曲六首 ……………………………… 1702

来日大难 ………………………………… 1702

塞上曲 …………………………………… 1703

玉阶怨 …………………………………… 1703

襄阳曲四首 ……………………………… 1703

大堤曲 …………………………………… 1703

宫中行乐词八首 ………………………… 1703

清平调词三首 …………………………… 1704

入朝曲 …………………………… 1705

秦女休行 …………………………… 1705

秦女卷衣 …………………………… 1705

东武吟 …………………………… 1705

邯郸才人嫁为厮养卒妇 …………… 1706

出自蓟北门行 ……………………… 1706

洛阳陌 …………………………… 1706

北上行 …………………………… 1706

短歌行 …………………………… 1707

空城雀 …………………………… 1707

**卷一六五**

李 白

发白马 …………………………… 1708

陌上桑 …………………………… 1708

枯鱼过河泣 ………………………… 1708

丁督护歌 …………………………… 1709

相逢行 …………………………… 1709

千里思 …………………………… 1709

树中草 …………………………… 1709

君马黄 …………………………… 1709

拟古 …………………………… 1710

折杨柳 …………………………… 1710

少年子 …………………………… 1710

紫骝马 …………………………… 1710

少年行二首 ………………………… 1710

白鼻騧 …………………………… 1711

豫章行 …………………………………………… 1711

沐浴子 …………………………………………… 1711

高句骊 …………………………………………… 1711

舍利弗 …………………………………………… 1711

静夜思 …………………………………………… 1711

渌水曲 …………………………………………… 1712

凤凰曲 …………………………………………… 1712

凤台曲 …………………………………………… 1712

从军行 …………………………………………… 1712

秋思 ……………………………………………… 1712

春思 ……………………………………………… 1712

秋思 ……………………………………………… 1712

子夜吴歌 ………………………………………… 1713

对酒行 …………………………………………… 1713

估客行 …………………………………………… 1713

捣衣篇 …………………………………………… 1713

少年行 …………………………………………… 1714

长歌行 …………………………………………… 1714

长相思 …………………………………………… 1715

猛虎行 …………………………………………… 1715

去妇词 …………………………………………… 1715

卷一六六

李　白

襄阳歌 …………………………………………… 1717

南都行 …………………………………………… 1717

江上吟 …………………………………………… 1718

侍从宜春苑奉诏赋龙池柳色初青听新莺百啭歌 ……… 1718

玉壶吟 …………………………………………… 1718

幽歌行上新平长史兄粲 ………………………… 1718

西岳云台歌送丹丘子 …………………………… 1719

元丹丘歌 ………………………………………… 1719

扶风豪士歌 ……………………………………… 1719

同族弟金城尉叔卿烛照山水壁画歌 …………… 1720

白毫子歌 ………………………………………… 1720

梁园吟 …………………………………………… 1720

鸣皋歌送岑征君 ………………………………… 1721

鸣皋歌奉饯从翁清归五崖山居 ………………… 1721

劳劳亭歌 ………………………………………… 1722

横江词六首 ……………………………………… 1722

金陵城西楼月下吟 ……………………………… 1722

东山吟 …………………………………………… 1723

僧伽歌 …………………………………………… 1723

白云歌送刘十六归山 …………………………… 1723

金陵歌送别范宣 ………………………………… 1723

笑歌行 …………………………………………… 1724

悲歌行 …………………………………………… 1724

## 卷一六七

李 白

秋浦歌十七首 …………………………………… 1725

当涂赵炎少府粉图山水歌 ……………………… 1726

永王东巡歌十一首 ……………………………… 1726

上皇西巡南京歌十首 …………………………… 1727

峨眉山月歌 …………………………… 1728

峨眉山月歌送蜀僧晏入中京 …………… 1728

赤壁歌送别 …………………………… 1729

江夏行 ………………………………… 1729

怀仙歌 ………………………………… 1729

玉真仙人词 …………………………… 1729

清溪行 ………………………………… 1730

酬殷明佐见赠五云裘歌 ………………… 1730

临路歌 ………………………………… 1730

古意 …………………………………… 1730

山鹧鸪词 ……………………………… 1731

历阳壮士勤将军名思齐歌 ……………… 1731

草书歌行 ……………………………… 1731

和卢侍御通塘曲 ………………………… 1731

## 卷一六八

李　白

赠孟浩然 ……………………………… 1733

赠从兄襄阳少府皓 ……………………… 1733

淮海对雪赠傅霭 ………………………… 1733

赠徐安宜 ……………………………… 1734

赠任城卢主簿 …………………………… 1734

早秋赠裴十七仲堪 ……………………… 1734

赠范金卿二首 …………………………… 1734

赠瑕丘王少府 …………………………… 1735

东鲁见狄博通 …………………………… 1735

见京兆韦参军量移东阳二首 …………… 1735

赠丹阳横山周处士惟长 ……………………… 1735

玉真公主别馆苦雨赠卫尉张卿二首 ………… 1735

赠韦秘书子春二首 …………………………… 1736

赠韦侍御黄裳二首 …………………………… 1736

赠薛校书 ……………………………………… 1737

赠何七判官昌浩 ……………………………… 1737

读诸葛武侯传书怀赠长安崔少府叔封昆季 … 1737

赠郭将军 ……………………………………… 1737

驾去温泉后赠杨山人 ………………………… 1737

温泉侍从归逢故人 …………………………… 1738

赠裴十四 ……………………………………… 1738

赠崔侍郎 ……………………………………… 1738

述德兼陈情上哥舒大夫 ……………………… 1738

雪谗诗赠友人 ………………………………… 1738

赠参寥子 ……………………………………… 1739

赠饶阳张司户燧 ……………………………… 1739

赠清漳明府侄聿 ……………………………… 1739

赠临洺县令皓弟 ……………………………… 1740

赠郭季鹰 ……………………………………… 1740

邺中赠王大 …………………………………… 1740

赠华州王司士 ………………………………… 1741

赠卢征君昆弟 ………………………………… 1741

赠新平少年 …………………………………… 1741

赠崔侍郎 ……………………………………… 1741

走笔赠独孤驸马 ……………………………… 1741

赠嵩山焦炼师 ………………………………… 1742

口号赠征君鸿 ……………………………… 1742

上李邕 ……………………………………… 1742

赠张公洲革处士 …………………………… 1742

# 卷一六九

李　白

秋日炼药院镊白发赠元六兄林宗 ………… 1744

书情题蔡舍人雄 …………………………… 1744

忆襄阳旧游赠马少府巨 …………………… 1745

对雪献从兄虞城宰 ………………………… 1745

访道安陵遇盖还为余造真箓临别留赠 …… 1745

赠崔郎中宗之 ……………………………… 1745

赠崔咨议 …………………………………… 1746

赠升州王使君忠臣 ………………………… 1746

赠别从甥高五 ……………………………… 1746

赠裴司马 …………………………………… 1746

叙旧赠江阳宰陆调 ………………………… 1747

赠从孙义兴宰铭 …………………………… 1747

草创大还赠柳官迪 ………………………… 1748

赠崔司户文昆季 …………………………… 1748

赠溧阳宋少府陟 …………………………… 1749

戏赠郑溧阳 ………………………………… 1749

赠僧崖公 …………………………………… 1749

游溧阳北湖亭望瓦屋山怀古赠同旅 ……… 1749

醉后赠从甥高镇 …………………………… 1750

赠秋浦柳少府 ……………………………… 1750

赠崔秋浦三首 ……………………………… 1750

望九华赠青阳韦仲堪 ……………………………… 1751

# 卷一七〇

## 李　白

赠王判官时余归隐居庐山屏风叠 ……………… 1752

在水军宴赠幕府诸侍御 …………………………… 1752

赠武十七谔 ………………………………………… 1753

赠闾丘宿松 ………………………………………… 1753

狱中上崔相涣 ……………………………………… 1753

中丞宋公以吴兵三千赴河南军次寻阳脱余之囚

　参谋幕府因赠之 ………………………………… 1753

流夜郎赠辛判官 …………………………………… 1754

赠刘都使 …………………………………………… 1754

赠常侍御 …………………………………………… 1754

赠易秀才 …………………………………………… 1754

经乱离后天恩流夜郎忆旧游书怀赠江夏韦太守良宰 … 1755

江夏使君叔席上赠史郎中 ………………………… 1756

博平郑太守自庐山千里相寻入江夏北市门见访

　却之武陵立马赠别 ……………………………… 1756

江上赠窦长史 ……………………………………… 1757

赠王汉阳 …………………………………………… 1757

赠汉阳辅录事二首 ………………………………… 1757

江夏赠韦南陵冰 …………………………………… 1757

赠卢司户 …………………………………………… 1758

赠从弟南平太守之遥二首 ………………………… 1758

赠潘侍御论钱少阳 ………………………………… 1758

赠柳圆 ……………………………………………… 1759

流夜郎半道承恩放还兼欣克复之美书怀示息秀才 …… 1759

赠张相镐二首 ……………………………………… 1759

闻谢杨儿吟猛虎词因此有赠 ……………………… 1760

宿清溪主人 ………………………………………… 1760

系寻阳上崔相涣三首 ……………………………… 1760

巴陵赠贾舍人 ……………………………………… 1761

卷一七一

李　白

赠别舍人弟台卿之江南 …………………………… 1762

醉后赠王历阳 ……………………………………… 1762

赠历阳褚司马 ……………………………………… 1762

对雪醉后赠王历阳 ………………………………… 1763

赠宣城宇文太守兼呈崔侍御 ……………………… 1763

赠宣城赵太守悦 …………………………………… 1764

赠从弟宣州长史昭 ………………………………… 1764

于五松山赠南陵常赞府 …………………………… 1764

自梁园至敬亭山见会公谈陵阳山水兼期同游因

　有此赠 …………………………………………… 1765

赠友人三首 ………………………………………… 1765

陈情赠友人 ………………………………………… 1766

赠从弟洌 …………………………………………… 1766

赠闾丘处士 ………………………………………… 1767

赠钱征君少阳 ……………………………………… 1767

赠宣州灵源寺仲濬公 ……………………………… 1767

赠僧朝美 …………………………………………… 1767

赠僧行融 …………………………………………… 1767

赠黄山胡公求白鹇 ……………………………… 1768

登敬亭山南望怀古赠窦主簿 ……………………… 1768

经乱后将避地剡中留赠崔宣城 …………………… 1768

献从叔当涂宰阳冰 ………………………………… 1769

书怀赠南陵常赞府 ………………………………… 1769

赠汪伦 ……………………………………………… 1770

## 卷一七二

### 李 白

安陆白兆山桃花岩寄刘侍御绾 …………………… 1771

淮南卧病书怀寄蜀中赵征君蕤 …………………… 1771

寄弄月溪吴山人 …………………………………… 1772

秋山寄卫尉张卿及王征君 ………………………… 1772

望终南山寄紫阁隐者 ……………………………… 1772

夕霁杜陵登楼寄韦繇 ……………………………… 1772

秋夜宿龙门香山寺奉寄王方城十七丈奉国莹上

　人从弟幼成令问 ……………………………… 1772

春日独坐寄郑明府 ………………………………… 1773

寄淮南友人 ………………………………………… 1773

沙丘城下寄杜甫 …………………………………… 1773

闻丹丘子于城北营石门幽居中有高凤遗迹仆离

　群远怀亦有栖遁之志因叙旧以寄之 ………… 1773

淮阴书怀寄王宗成 ………………………………… 1774

闻王昌龄左迁龙标遥有此寄 ……………………… 1774

寄王屋山人孟大融 ………………………………… 1774

忆旧游寄谯郡元参军 ……………………………… 1774

月夜江行寄崔员外宗之 …………………………… 1775

宿白鹭洲寄杨江宁 …………………………… 1775

新林浦阻风寄友人 …………………………… 1775

寄韦南陵冰余江上乘兴访之遇寻颜尚书笑有此赠 …… 1776

题情深树寄象公 ……………………………… 1776

北山独酌寄韦六 ……………………………… 1776

寄当涂赵少府炎 ……………………………… 1776

寄东鲁二稚子 ………………………………… 1777

独酌清溪江石上寄权昭夷 …………………… 1777

禅房怀友人岑伦 ……………………………… 1777

## 卷一七三

李　白

庐山谣寄卢侍御虚舟 ………………………… 1778

下寻阳城泛彭蠡寄黄判官 …………………… 1778

书情寄从弟邠州长史昭 ……………………… 1779

寄王汉阳 ……………………………………… 1779

春日归山寄孟浩然 …………………………… 1779

流夜郎永华寺寄寻阳群官 …………………… 1779

流夜郎至西塞驿寄裴隐 ……………………… 1779

自汉阳病酒归寄王明府 ……………………… 1780

望汉阳柳色寄王宰 …………………………… 1780

江夏寄汉阳辅录事 …………………………… 1780

早春寄王汉阳 ………………………………… 1780

江上寄巴东故人 ……………………………… 1780

江上寄元六林宗 ……………………………… 1781

寄从弟宣州长史昭 …………………………… 1781

泾溪东亭寄郑少府谔 ………………………… 1781

宣州九日闻崔四侍御与宇文太守游敬亭余时登
　　响山不同此赏醉后寄崔侍御二首 …………… 1781
寄崔侍御 ……………………………………… 1782
泾溪南蓝山下有落星潭可以卜筑余泊舟石上寄
　　何判官昌浩 ………………………………… 1782
早过漆林渡寄万巨 …………………………… 1782
游敬亭寄崔侍御 ……………………………… 1782
三山望金陵寄殷淑 …………………………… 1783
自金陵溯流过白璧山玩月达天门寄句容王主簿 …… 1783
寄上吴王三首 ………………………………… 1783

## 卷一七四

### 李　白

秋日鲁郡尧祠亭上宴别杜补阙范侍御 ………… 1784
别鲁颂 ………………………………………… 1784
别中都明府兄 ………………………………… 1784
梦游天姥吟留别 ……………………………… 1785
留别曹南群官之江南 ………………………… 1785
留别于十一兄逖裴十三游塞垣 ……………… 1786
留别王司马嵩 ………………………………… 1786
夜别张五 ……………………………………… 1786
魏郡别苏明府因北游 ………………………… 1786
留别西河刘少府 ……………………………… 1787
颍阳别元丹丘之淮阳 ………………………… 1787
留别广陵诸公 ………………………………… 1787
广陵赠别 ……………………………………… 1787
感时留别从兄徐王延年从弟延陵 …………… 1788

别储邕之剡中 …………………………………… 1788

留别金陵诸公 …………………………………… 1788

口号 ……………………………………………… 1789

金陵酒肆留别 …………………………………… 1789

金陵白下亭留别 ………………………………… 1789

别东林寺僧 ……………………………………… 1789

窜夜郎于乌江留别宗十六璟 …………………… 1789

留别龚处士 ……………………………………… 1790

赠别郑判官 ……………………………………… 1790

黄鹤楼送孟浩然之广陵 ………………………… 1790

将游衡岳过汉阳双松亭留别族弟浮屠谈皓 …… 1790

留别贾舍人至二首 ……………………………… 1790

渡荆门送别 ……………………………………… 1791

闻李太尉大举秦兵百万出征东南懦夫请缨冀申
　一割之用半道病还留别金陵崔侍御十九韵 …… 1791

别韦少府 ………………………………………… 1791

南陵别儿童入京 ………………………………… 1792

别山僧 …………………………………………… 1792

赠别王山人归布山 ……………………………… 1792

江夏别宋之悌 …………………………………… 1792

## 卷一七五

李　白

南阳送客 ………………………………………… 1793

送张舍人之江东 ………………………………… 1793

送王屋山人魏万还王屋 ………………………… 1793

送当涂赵少府赴长芦 …………………………… 1795

送友人寻越中山水 ……………………… 1795

送族弟凝之滁求婚崔氏 ………………… 1795

送友人游梅湖 …………………………… 1795

送崔十二游天竺寺 ……………………… 1795

送杨山人归天台 ………………………… 1795

送温处士归黄山白鹅峰旧居 …………… 1796

送方士赵叟之东平 ……………………… 1796

送韩准裴政孔巢父还山 ………………… 1796

送杨少府赴选 …………………………… 1796

对雪奉饯任城六父秩满归京 …………… 1797

鲁郡尧祠送吴五之琅琊 ………………… 1797

鲁郡尧祠送窦明府薄华还西京 ………… 1797

金乡送韦八之西京 ……………………… 1798

送薛九被谗去鲁 ………………………… 1798

单父东楼秋夜送族弟沈之秦 …………… 1798

送族弟凝至晏堌 ………………………… 1799

鲁城北郭曲腰桑下送张子还嵩阳 ……… 1799

## 卷一七六

李 白

送鲁郡刘长史迁弘农长史 ……………… 1800

送族弟单父主簿凝摄宋城主簿至郭南月桥却回

　栖霞山留饮赠之 ……………………… 1800

鲁郡东石门送杜二甫 …………………… 1800

鲁郡尧祠送张十四游河北 ……………… 1801

杭州送裴大泽赴庐州长史 ……………… 1801

灞陵行送别 ……………………………… 1801

送贺监归四明应制 ……………………………… 1801

送窦司马贬宜春 ………………………………… 1801

送羽林陶将军 …………………………………… 1802

送程刘二侍郎兼独孤判官赴安西幕府 ………… 1802

送侄良携二妓赴会稽戏有此赠 ………………… 1802

送贺宾客归越 …………………………………… 1802

送张遥之寿阳幕府 ……………………………… 1802

送裴十八图南归嵩山二首 ……………………… 1802

同王昌龄送族弟襄归桂阳二首 ………………… 1803

送外甥郑灌从军三首 …………………………… 1803

送于十八应四子举落第还嵩山 ………………… 1803

送别 ……………………………………………… 1804

送族弟绾从军安西 ……………………………… 1804

送梁公昌从信安北征 …………………………… 1804

送白利从金吾董将军西征 ……………………… 1804

送张秀才从军 …………………………………… 1804

送崔度还吴 ……………………………………… 1805

送祝八之江东赋得浣纱石 ……………………… 1805

送侯十一 ………………………………………… 1805

鲁中送二从弟赴举之西京 ……………………… 1805

奉饯高尊师如贵道士传道箓毕归北海 ………… 1805

金陵送张十一再游东吴 ………………………… 1806

送纪秀才游越 …………………………………… 1806

送长沙陈太守二首 ……………………………… 1806

送杨燕之东鲁 …………………………………… 1806

送蔡山人 ………………………………………… 1806

送萧三十一之鲁中兼问稚子伯禽 …………… 1807

送杨山人归嵩山 …………………………… 1807

送殷淑三首 ………………………………… 1807

送岑征君归鸣皋山 ………………………… 1807

送范山人归泰山 …………………………… 1808

## 卷一七七

李 白

送韩侍御之广德 …………………………… 1809

送通禅师还南陵隐静寺 …………………… 1809

送友人 ……………………………………… 1809

送别 ………………………………………… 1809

江上送女道士褚三清游南岳 ……………… 1810

送友人入蜀 ………………………………… 1810

送李青归南叶阳川 ………………………… 1810

送舍弟 ……………………………………… 1810

送别得书字 ………………………………… 1810

送麴十少府 ………………………………… 1810

送张秀才谒高中丞 ………………………… 1811

寻阳送弟昌峒鄱阳司马作 ………………… 1811

饯校书叔云 ………………………………… 1811

送王孝廉觐省 ……………………………… 1812

同吴王送杜秀芝赴举入京 ………………… 1812

洞庭醉后送绛州吕使君果流澧州 ………… 1812

与诸公送陈郎将归衡阳 …………………… 1812

送赵判官赴黔府中丞叔幕 ………………… 1812

送陆判官往琵琶峡 ………………………… 1813

送梁四归东平 …………………………… 1813

江夏送友人 ……………………………… 1813

送郄昂谪巴中 …………………………… 1813

江夏送张丞 ……………………………… 1813

赋得白鹭鸶送宋少府入三峡 …………… 1813

送二季之江东 …………………………… 1814

江西送友人之罗浮 ……………………… 1814

宣州谢朓楼饯别校书叔云 ……………… 1814

、宣城送刘副使入秦 ……………………… 1814

泾川送族弟錞 …………………………… 1815

五松山送殷淑 …………………………… 1815

送崔氏昆季之金陵 ……………………… 1815

登黄山凌歊台送族弟溧阳尉济充泛舟赴华阴 … 1816

送储邕之武昌 …………………………… 1816

## 卷一七八

### 李　白

酬谈少府 ………………………………… 1817

酬宇文少府见赠桃竹书筒 ……………… 1817

五月东鲁行答汶上君 …………………… 1817

早秋单父南楼酬窦公衡 ………………… 1817

山中问答 ………………………………… 1818

答友人赠乌纱帽 ………………………… 1818

酬张司马赠墨 …………………………… 1818

答湖州迦叶司马问白是何人 …………… 1818

答长安崔少府叔封游终南翠微寺太宗皇帝金沙
　　泉见寄 ……………………………… 1818

酬崔五郎中 ……………………………………… 1819

以诗代书答元丹丘 ……………………………… 1819

金门答苏秀才 …………………………………… 1819

酬坊州王司马与阎正字对雪见赠 ……………… 1820

酬中都小吏携斗酒双鱼于逆旅见赠 …………… 1820

酬张卿夜宿南陵见赠 …………………………… 1820

酬岑勋见寻就元丹丘对酒相待以诗见招 ……… 1821

答从弟幼成过西园见赠 ………………………… 1821

酬王补阙惠翼庄庙宋丞沘赠别 ………………… 1821

酬裴侍御对雨感时见赠 ………………………… 1821

酬崔侍御 ………………………………………… 1822

玩月金陵城西孙楚酒楼达曙歌吹日晚乘醉著紫绮裘

　　乌纱巾与酒客数人棹歌秦淮往石头访崔四侍御 … 1822

江上答崔宣城 …………………………………… 1822

答族侄僧中孚赠玉泉仙人掌茶 ………………… 1823

酬裴侍御留岫师弹琴见寄 ……………………… 1823

张相公出镇荆州寻除太子詹事余时流夜郎行至

　　江夏与张公去千里公因太府丞王昔使车寄罗

　　衣二事及五月五日赠余诗余答以此诗 ……… 1823

醉后答丁十八以诗讥余捶碎黄鹤楼 …………… 1824

答裴侍御先行至石头驿以书见招期月满泛洞庭 … 1824

答高山人兼呈权顾二侯 ………………………… 1824

答杜秀才五松见赠 ……………………………… 1825

至陵阳山登天柱石酬韩侍御见招隐黄山 ……… 1825

酬崔十五见招 …………………………………… 1825

答王十二寒夜独酌有怀 ………………………… 1826

## 卷一七九

李 白

游南阳白水登石激作 …………………………………… 1827

游南阳清泠泉 …………………………………………… 1827

寻鲁城北范居士失道落苍耳中见范置酒摘苍耳作 …… 1827

东鲁门泛舟二首 ………………………………………… 1828

秋猎孟诸夜归置酒单父东楼观妓 ……………………… 1828

游泰山六首 ……………………………………………… 1828

秋夜与刘砀山泛宴喜亭池 ……………………………… 1829

携妓登梁王栖霞山孟氏桃园中 ………………………… 1829

与从侄杭州刺史良游天竺寺 …………………………… 1829

同友人舟行游台越作 …………………………………… 1830

下终南山过斛斯山人宿置酒 …………………………… 1830

朝下过卢郎中叙旧游 …………………………………… 1830

侍从游宿温泉宫作 ……………………………………… 1830

邯郸南亭观妓 …………………………………………… 1830

春日游罗敷潭 …………………………………………… 1831

春陪商州裴使君游石娥溪 ……………………………… 1831

陪从祖济南太守泛鹊山湖三首 ………………………… 1831

春日陪杨江宁及诸官宴北湖感古作 …………………… 1831

宴郑参卿山池 …………………………………………… 1832

游谢氏山亭 ……………………………………………… 1832

把酒问月 ………………………………………………… 1832

同族侄评事黯游昌禅师山池二首 ……………………… 1832

金陵凤凰台置酒 ………………………………………… 1833

秋浦清溪雪夜对酒客有唱山鹧鸪者 …………………… 1833

与周刚清溪玉镜潭宴别 …………………… 1833

游秋浦白笴陂二首 ………………………… 1833

宴陶家亭子 …………………………………… 1834

在水军宴韦司马楼船观妓 ………………… 1834

流夜郎至江夏陪长史叔及薛明府宴兴德寺南阁 … 1834

泛沔州城南郎官湖 ………………………… 1834

陪侍郎叔游洞庭醉后三首 ………………… 1834

夜泛洞庭寻裴侍御清酌 …………………… 1835

陪族叔刑部侍郎晔及中书贾舍人至游洞庭五首 … 1835

楚江黄龙矶南宴杨执戟治楼 ……………… 1835

铜官山醉后绝句 …………………………… 1836

与南陵常赞府游五松山 …………………… 1836

宣城青溪 ……………………………………… 1836

与谢良辅游泾川陵岩寺 …………………… 1836

游水西简郑明府 …………………………… 1836

九日登山 ……………………………………… 1837

九日 …………………………………………… 1837

九日龙山饮 …………………………………… 1837

九月十日即事 ……………………………… 1837

陪族叔当涂宰游化城寺升公清风亭 ……… 1837

## 卷一八〇

### 李 白

登锦城散花楼 ………………………………… 1839

登峨眉山 ……………………………………… 1839

大庭库 ………………………………………… 1839

登单父陶少府半月台 ……………………… 1840

天台晓望 …………………………………… 1840

早望海霞边 ………………………………… 1840

焦山望寥山 ………………………………… 1840

杜陵绝句 …………………………………… 1840

登太白峰 …………………………………… 1840

登邯郸洪波台置酒观发兵 ………………… 1841

登新平楼 …………………………………… 1841

谒老君庙 …………………………………… 1841

秋日登扬州西灵塔 ………………………… 1841

登金陵冶城西北谢安墩 …………………… 1841

登瓦官阁 …………………………………… 1842

登梅冈望金陵赠族侄高座寺僧中孚 ……… 1842

登金陵凤凰台 ……………………………… 1843

望庐山瀑布水二首 ………………………… 1843

登庐山五老峰 ……………………………… 1843

江上望皖公山 ……………………………… 1843

望黄鹤楼 …………………………………… 1844

鹦鹉洲 ……………………………………… 1844

九日登巴陵置酒望洞庭水军 ……………… 1844

秋登巴陵望洞庭 …………………………… 1844

与夏十二登岳阳楼 ………………………… 1845

登巴陵开元寺西阁赠衡岳僧方外 ………… 1845

与贾至舍人于龙兴寺剪落梧桐枝望灉湖 … 1845

挂席江上待月有怀 ………………………… 1845

金陵望汉江 ………………………………… 1845

秋登宣城谢朓北楼 ………………………… 1845

望天门山 ……………………………………… 1846

望木瓜山 ……………………………………… 1846

登敬亭北二小山余时送客逢崔侍御并登此地 … 1846

过崔八丈水亭 ………………………………… 1846

登广武古战场怀古 …………………………… 1846

## 卷一八一

### 李　白

安州应城玉女汤作 …………………………… 1847

之广陵宿常二南郭幽居 ……………………… 1847

夜下征虏亭 …………………………………… 1847

下途归石门旧居 ……………………………… 1848

客中行 ………………………………………… 1848

太原早秋 ……………………………………… 1848

奔亡道中五首 ………………………………… 1848

郢门秋怀 ……………………………………… 1849

至鸭栏驿上白马矶赠裴侍御 ………………… 1849

荆门浮舟望蜀江 ……………………………… 1849

上三峡 ………………………………………… 1849

自巴东舟行经瞿唐峡登巫山最高峰晚还题壁 … 1850

早发白帝城 …………………………………… 1850

秋下荆门 ……………………………………… 1850

江行寄远 ……………………………………… 1850

宿五松山下荀媪家 …………………………… 1850

下泾县陵阳溪至涩滩 ………………………… 1851

下陵阳沿高溪三门六刺滩 …………………… 1851

夜泊黄山闻殷十四吴吟 ……………………… 1851

宿虾湖 …………………………………………… 1851

西施 ……………………………………………… 1851

王右军 …………………………………………… 1851

上元夫人 ………………………………………… 1852

苏台览古 ………………………………………… 1852

越中览古 ………………………………………… 1852

商山四皓 ………………………………………… 1852

过四皓墓 ………………………………………… 1852

岘山怀古 ………………………………………… 1853

苏武 ……………………………………………… 1853

经下邳圯桥怀张子房 …………………………… 1853

金陵三首 ………………………………………… 1853

秋夜板桥浦泛月独酌怀谢朓 …………………… 1854

入彭蠡经松门观石镜缅怀谢康乐题诗书游览之志 …… 1854

庐江主人妇 ……………………………………… 1854

陪宋中丞武昌夜饮怀古 ………………………… 1854

望鹦鹉洲怀祢衡 ………………………………… 1854

宿巫山下 ………………………………………… 1855

金陵白杨十字巷 ………………………………… 1855

谢公亭 …………………………………………… 1855

纪南陵题五松山 ………………………………… 1855

夜泊牛渚怀古 …………………………………… 1855

姑孰十咏 ………………………………………… 1856

## 卷一八二

李　白

与元丹丘方城寺谈玄作 ………………………… 1858

寻高凤石门山中元丹丘 …………………… 1858

安州般若寺水阁纳凉喜遇薛员外乂 ……… 1858

鲁中都东楼醉起作 ………………………… 1859

对酒醉题屈突明府厅 ……………………… 1859

月下独酌四首 ……………………………… 1859

春归终南山松龛旧隐 ……………………… 1860

冬夜醉宿龙门觉起言志 …………………… 1860

寻山僧不遇作 ……………………………… 1860

过汪氏别业二首 …………………………… 1860

待酒不至 …………………………………… 1861

独酌 ………………………………………… 1861

友人会宿 …………………………………… 1861

春日独酌二首 ……………………………… 1861

金陵江上遇蓬池隐者 ……………………… 1861

月夜听卢子顺弹琴 ………………………… 1862

清溪半夜闻笛 ……………………………… 1862

日夕山中忽然有怀 ………………………… 1862

夏日山中 …………………………………… 1862

山中与幽人对酌 …………………………… 1862

春日醉起言志 ……………………………… 1863

庐山东林寺夜怀 …………………………… 1863

寻雍尊师隐居 ……………………………… 1863

与史郎中钦听黄鹤楼上吹笛 ……………… 1863

对酒 ………………………………………… 1863

醉题王汉阳厅 ……………………………… 1863

嘲王历阳不肯饮酒 ………………………… 1864

独坐敬亭山 ……………………………………… 1864

自遣 ……………………………………………… 1864

访戴天山道士不遇 ……………………………… 1864

秋日与张少府楚城韦公藏书高斋作 …………… 1864

秋夜独坐怀故山 ………………………………… 1864

忆崔郎中宗之游南阳遗吾孔子琴抚之潜然感旧 … 1865

忆东山二首 ……………………………………… 1865

望月有怀 ………………………………………… 1865

对酒忆贺监二首 ………………………………… 1865

重忆一首 ………………………………………… 1865

春滞沅湘有怀山中 ……………………………… 1866

落日忆山中 ……………………………………… 1866

忆秋浦桃花旧游时窜夜郎 ……………………… 1866

## 卷一八三

### 李　白

越中秋怀 ………………………………………… 1867

效古二首 ………………………………………… 1867

拟古十二首 ……………………………………… 1868

感兴六首 ………………………………………… 1869

寓言三首 ………………………………………… 1870

秋夕旅怀 ………………………………………… 1870

感遇四首 ………………………………………… 1870

翰林读书言怀呈集贤诸学士 …………………… 1871

寻阳紫极宫感秋作 ……………………………… 1871

江上秋怀 ………………………………………… 1871

秋夕书怀 ………………………………………… 1871

避地司空原言怀 ……………………… 1872

上崔相百忧章 ………………………… 1872

万愤词投魏郎中 ……………………… 1872

荆州贼平临洞庭言怀作 ……………… 1873

览镜书怀 ……………………………… 1873

田园言怀 ……………………………… 1873

江南春怀 ……………………………… 1873

听蜀僧濬弹琴 ………………………… 1874

鲁东门观刈蒲 ………………………… 1874

咏邻女东窗海石榴 …………………… 1874

南轩松 ………………………………… 1874

咏山樽二首 …………………………… 1874

初出金门寻王侍御不遇咏壁上鹦鹉 ……… 1875

紫藤树 ………………………………… 1875

观放白鹰二首 ………………………… 1875

观博平王志安少府山水粉图 ………… 1875

题雍丘崔明府丹灶 …………………… 1875

观元丹丘坐巫山屏风 ………………… 1875

求崔山人百丈崖瀑布图 ……………… 1876

见野草中有曰白头翁者 ……………… 1876

流夜郎题葵叶 ………………………… 1876

莹禅师房观山海图 …………………… 1876

白鹭鹚 ………………………………… 1876

咏槿 …………………………………… 1877

咏桂 …………………………………… 1877

白胡桃 ………………………………… 1877

巫山枕障 ……………………………………… 1877

南奔书怀 ……………………………………… 1877

## 卷一八四

李　白

题随州紫阳先生壁 …………………………… 1879

题元丹丘山居 ………………………………… 1879

题元丹丘颍阳山居 …………………………… 1879

题瓜州新河饯族叔舍人贲 …………………… 1880

洗脚亭 ………………………………………… 1880

劳劳亭 ………………………………………… 1880

题金陵王处士水亭 …………………………… 1880

题嵩山逸人元丹丘山居 ……………………… 1880

题江夏修静寺 ………………………………… 1881

题宛溪馆 ……………………………………… 1881

题东谿公幽居 ………………………………… 1881

嘲鲁儒 ………………………………………… 1881

惧谗 …………………………………………… 1882

观猎 …………………………………………… 1882

观胡人吹笛 …………………………………… 1882

军行 …………………………………………… 1882

从军行 ………………………………………… 1882

平虏将军妻 …………………………………… 1882

春夜洛城闻笛 ………………………………… 1883

嵩山采菖蒲者 ………………………………… 1883

金陵听韩侍御吹笛 …………………………… 1883

流夜郎闻酺不预 ……………………………… 1883

放后遇恩不沾 …………………………… 1883

宣城见杜鹃花 …………………………… 1883

白田马上闻莺 …………………………… 1884

三五七言 ………………………………… 1884

杂诗 ……………………………………… 1884

寄远十一首 ……………………………… 1884

长信宫 …………………………………… 1885

长门怨二首 ……………………………… 1886

春怨 ……………………………………… 1886

代赠远 …………………………………… 1886

陌上赠美人 ……………………………… 1886

闺情 ……………………………………… 1886

代别情人 ………………………………… 1887

代秋情 …………………………………… 1887

对酒 ……………………………………… 1887

怨情 ……………………………………… 1887

湖边采莲妇 ……………………………… 1887

怨情 ……………………………………… 1888

代寄情楚词体 …………………………… 1888

学古思边 ………………………………… 1888

思边 ……………………………………… 1888

口号吴王美人半醉 ……………………… 1888

代美人愁镜二首 ………………………… 1889

赠段七娘 ………………………………… 1889

别内赴征三首 …………………………… 1889

秋浦寄内 ………………………………… 1889

自代内赠 …………………………………… 1890

秋浦感主人归燕寄内 …………………… 1890

送内寻庐山女道士李腾空二首 ………… 1890

赠内 ………………………………………… 1890

在浔阳非所寄内 ………………………… 1891

南流夜郎寄内 …………………………… 1891

越女词五首 ……………………………… 1891

浣纱石上女 ……………………………… 1891

示金陵子 ………………………………… 1891

出妓金陵子呈卢六四首 ………………… 1892

巴女词 …………………………………… 1892

哭晁卿衡 ………………………………… 1892

自溧水道哭王炎三首 …………………… 1892

哭宣城善酿纪叟 ………………………… 1893

宣城哭蒋征君华 ………………………… 1893

## 卷一八五

李 白

鞠歌行 …………………………………… 1894

胡无人 …………………………………… 1894

月夜金陵怀古 …………………………… 1894

冬日归旧山 ……………………………… 1895

望夫石 …………………………………… 1895

对雨 ……………………………………… 1895

晓晴 ……………………………………… 1895

初月 ……………………………………… 1895

雨后望月 ………………………………… 1895

赋得鹤送史司马赴崔相公幕 …………………… 1896

送客归吴 ……………………………………… 1896

送友生游峡中 ………………………………… 1896

送袁明府任长沙 ……………………………… 1896

邹衍谷 ………………………………………… 1896

杂言用投丹阳知己兼奉宣慰判官 …………… 1896

观鱼潭 ………………………………………… 1897

自广平乘醉走马六十里至邯郸登城楼览古书怀 …… 1897

宣州长史弟昭赠余琴谿中双舞鹤诗以见志 …… 1897

题舒州司空山瀑布 …………………………… 1898

金陵新亭 ……………………………………… 1898

上清宝鼎诗 …………………………………… 1898

题许宣平庵壁 ………………………………… 1898

戏赠杜甫 ……………………………………… 1898

春感诗 ………………………………………… 1898

白微时募县小吏入令卧内尝驱牛经堂下令妻怒

　将加诘责白亟以诗谢云 …………………… 1899

句 ……………………………………………… 1899

## 卷一八六

### 韦应物

拟古诗十二首 ………………………………… 1900

杂体五首 ……………………………………… 1902

与友生野饮效陶体 …………………………… 1902

效何水部二首 ………………………………… 1903

效陶彭泽 ……………………………………… 1903

大梁亭会李四栖梧作 ………………………… 1903

燕李录事 …………………… 1903

淮上喜会梁川故人 ………… 1903

扬州偶会前洛阳卢耿主簿 ……… 1904

贾常侍林亭燕集 …………… 1904

月下会徐十一草堂 ………… 1904

移疾会诗客元生与释子法朗因贻诸祠曹 1904

慈恩伽蓝清会 ……………… 1904

夜偶诗客操公作 …………… 1905

与韩库部会王祠曹宅作 …… 1905

晦日处士叔园林燕集 ……… 1905

扈亭西陂燕赏 ……………… 1905

西郊燕集 …………………… 1905

春宵燕万年吉少府中孚南馆 … 1906

滁州园池燕元氏亲属 ……… 1906

郡楼春燕 …………………… 1906

南塘泛舟会元六昆季 ……… 1906

郡斋雨中与诸文士燕集 …… 1906

军中冬燕 …………………… 1907

司空主簿琴席 ……………… 1907

与村老对饮 ………………… 1907

## 卷一八七

### 韦应物

城中卧疾知阎薛二子屡从邑令饮因以赠之 1908

听嘉陵江水声寄深上人 …… 1908

高陵书情寄三原卢少府 …… 1908

假中对雨呈县中僚友 ……… 1909

赠萧河南 …………………………… 1909

示从子河南尉班 …………………… 1909

趋府候晓呈两县僚友 ……………… 1909

赠李儋 ……………………………… 1909

赠卢嵩 ……………………………… 1909

寄冯著 ……………………………… 1910

早春对雪寄前殿中元侍御 ………… 1910

赠王侍御 …………………………… 1910

将往江淮寄李十九儋 ……………… 1910

自巩洛舟行入黄河即事寄府县僚友 … 1910

寄卢庚 ……………………………… 1911

发广陵留上家兄兼寄上长沙 ……… 1911

初发扬子寄元大校书 ……………… 1911

淮上即事寄广陵亲故 ……………… 1911

寄洪州幕府卢二十一侍御 ………… 1911

经少林精舍寄都邑亲友 …………… 1912

同长源归南徐寄子西子烈有道 …… 1912

雪中闻李儋过门不访聊以寄赠 …… 1912

同德精舍养疾寄河南兵曹东厅掾 … 1912

同德寺雨后寄元侍御李博士 ……… 1912

同德阁期元侍御李博士不至各投赠二首 ……… 1913

使云阳寄府曹 ……………………… 1913

过扶风精舍旧居简朝宗巨川兄弟 … 1913

赠令狐士曹 ………………………… 1913

赠冯著 ……………………………… 1913

对雨寄韩库部协 …………………… 1914

寄子西 …………………………………………… 1914

县内闲居赠温公 ………………………………… 1914

对雪赠徐秀才 …………………………………… 1914

西郊游宴寄赠邑僚李巽 ………………………… 1914

对雨赠李主簿高秀才 …………………………… 1914

休沐东还胄贵里示端 …………………………… 1915

朝请后还邑寄诸友生 …………………………… 1915

沣上西斋寄诸友 ………………………………… 1915

独游西斋寄崔主簿 ……………………………… 1915

紫阁东林居士叔缄赐松英丸捧对忻喜盖非尘侣

之所当服辄献诗代启 ……………………… 1916

秋集罢还途中作谨献寿春公黎公 ……………… 1916

闲居赠友 ………………………………………… 1916

四禅精舍登览悲旧寄朝宗巨川兄弟 …………… 1916

善福阁对雨寄李儋幼遐 ………………………… 1917

寺居独夜寄崔主簿 ……………………………… 1917

九日沣上作寄崔主簿倬二李端系 ……………… 1917

西郊养疾闻畅校书有新什见赠久伫不至先寄此

诗 …………………………………………… 1917

沣上寄幼遐 ……………………………………… 1917

善福精舍示诸生 ………………………………… 1918

晚出沣上赠崔都水 ……………………………… 1918

寓居沣上精舍寄于张二舍人 …………………… 1918

开元观怀旧寄李二韩二裴四兼呈崔郎中严家令 ……… 1918

春日郊居寄万年吉少府中孚三原少府伟夏侯校

书审 ………………………………………… 1919

沣上醉题寄涤武 …………………………… 1919
西郊期涤武不至书示 ……………………… 1919
沣上对月寄孔谏议 ………………………… 1919
将往滁城恋新竹简崔都水示端 …………… 1919
还阙首途寄精舍亲友 ……………………… 1919
秋夜南宫寄沣上弟及诸生 ………………… 1919
途中书情寄沣上两弟因送二甥却还 ……… 1920
雪夜下朝呈省中一绝 ……………………… 1920

**卷一八八**

韦应物

寄柳州韩司户郎中 ………………………… 1921
寄令狐侍郎 ………………………………… 1921
闲居寄端及重阳 …………………………… 1921
园林晏起寄昭应韩明府卢主簿 …………… 1922
寄大梁诸友 ………………………………… 1922
新秋夜寄诸弟 ……………………………… 1922
郊园闻蝉寄诸弟 …………………………… 1922
寄中书刘舍人 ……………………………… 1922
郡斋感秋寄诸弟 …………………………… 1923
郡中对雨赠元锡兼简杨凌 ………………… 1923
冬至夜寄京师诸弟兼怀崔都水 …………… 1923
元日寄诸弟兼呈崔都水 …………………… 1923
寄职方刘郎中 ……………………………… 1923
社日寄崔都水及诸弟群属 ………………… 1924
寒食日寄诸弟 ……………………………… 1924
三月三日寄诸弟兼怀崔都水 ……………… 1924

赠李儋侍御 …………………………………… 1924

寄杨协律 …………………………………… 1924

郡斋赠王卿 …………………………………… 1924

简恒璨 …………………………………… 1925

闲居寄诸弟 …………………………………… 1925

登楼寄王卿 …………………………………… 1925

寄畅当 …………………………………… 1925

赠崔员外 …………………………………… 1925

寄李儋元锡 …………………………………… 1925

京师叛乱寄诸弟 …………………………………… 1926

赠琮公 …………………………………… 1926

寄诸弟 …………………………………… 1926

寄恒璨 …………………………………… 1926

简郡中诸生 …………………………………… 1926

寄全椒山中道士 …………………………………… 1927

寄释子良史酒 …………………………………… 1927

重寄 …………………………………… 1927

答释子良史送酒瓢 …………………………………… 1927

简陟巡建三甥 …………………………………… 1927

览褒子卧病一绝聊以题示 …………………………… 1927

寄璨师 …………………………………… 1927

寄卢陟 …………………………………… 1927

途中寄杨邈裴绪示褒子 …………………………… 1928

宿永阳寄璨律师 …………………………………… 1928

雪行寄褒子 …………………………………… 1928

寄裴处士 …………………………………… 1928

偶入西斋院示释子恒璨 ………………… 1928

示全真元常 ………………………………… 1928

寄刘尊师 …………………………………… 1928

寄庐山棕衣居士 …………………………… 1929

因省风俗与从侄成绪游山水中道先归寄示 … 1929

寒食寄京师诸弟 …………………………… 1929

岁日寄京师诸季端武等 …………………… 1929

简卢陟 ……………………………………… 1929

西涧即事示卢陟 …………………………… 1930

登郡寄京师诸季淮南子弟 ………………… 1930

寄黄尊师 …………………………………… 1930

寄黄刘二尊师 ……………………………… 1930

秋夜寄丘二十二员外 ……………………… 1930

赠丘员外二首 ……………………………… 1930

赠李判官 …………………………………… 1931

寄皎然上人 ………………………………… 1931

赠旧识 ……………………………………… 1931

复理西斋寄丘员外 ………………………… 1931

和张舍人夜直中书寄吏部刘员外 ………… 1931

和李二主簿寄淮上綦毋三 ………………… 1932

寄二严 ……………………………………… 1932

**卷一八九**

韦应物

李五席送李主簿归西台 …………………… 1933

送崔押衙相州 ……………………………… 1933

送宣城路录事 ……………………………… 1933

送李十四山东游 …………………………… 1933

送李二归楚州 ……………………………… 1934

送阎寀赴东川辟 …………………………… 1934

送令狐岫宰恩阳 …………………………… 1934

送冯著受李广州署为录事 ………………… 1934

送元仓曹归广陵 …………………………… 1935

送唐明府赴溧水 …………………………… 1935

喜于广陵拜觐家兄奉送发还池州 ………… 1935

送章八元秀才擢第往上都应制 …………… 1935

送张侍御秘书江左觐省 …………………… 1935

赋得鼎门送卢耿赴任 ……………………… 1936

赋得浮云起离色送郑述诚 ………………… 1936

饯雍聿之潞州谒李中丞 …………………… 1936

上东门会送李幼举南游徐方 ……………… 1936

送洛阳韩丞东游 …………………………… 1936

送郑长源 …………………………………… 1937

送李儋 ……………………………………… 1937

赋得暮雨送李胄 …………………………… 1937

留别洛京亲友 ……………………………… 1937

赋得沙际路送从叔象 ……………………… 1937

送榆次林明府 ……………………………… 1938

杂言送黎六郎 ……………………………… 1938

天长寺上方别子西有道 …………………… 1938

送黎六郎赴阳翟少府 ……………………… 1938

送别覃孝廉 ………………………………… 1938

送开封卢少府 ……………………………… 1939

送槐广落第归扬州 …………………… 1939

送汾城王主簿 …………………… 1939

送渑池崔主簿 …………………… 1939

送颜司议使蜀访图书 …………………… 1939

奉送从兄宰晋陵 …………………… 1939

赠别河南李功曹 …………………… 1940

送五经赵随登科授广德尉 …………………… 1940

宴别幼遐与君贶兄弟 …………………… 1940

送宣州周录事 …………………… 1940

谢栎阳令归西郊赠别诸友生 …………………… 1941

送端东行 …………………… 1941

送姚孙还河中 …………………… 1941

始除尚书郎别善福精舍 …………………… 1941

送常侍御却使西蕃 …………………… 1942

送郗詹事 …………………… 1942

送苏评事 …………………… 1942

送李侍御益赴幽州幕 …………………… 1942

自尚书郎出为滁州刺史 …………………… 1942

送元锡杨凌 …………………… 1943

送杨氏女 …………………… 1943

送中弟 …………………… 1943

寄别李儋 …………………… 1943

送仓部萧员外院长存 …………………… 1944

送王校书 …………………… 1944

送丘员外还山 …………………… 1944

重送丘二十二还临平山居 …………………… 1944

送郑端公弟移院常州 ……………………………… 1944

送房杭州 …………………………………………… 1944

送陆侍御还越 ……………………………………… 1945

听江笛送陆侍御 …………………………………… 1945

送丘员外归山居 …………………………………… 1945

送崔叔清游越 ……………………………………… 1945

送云阳邹儒立少府侍奉还京师 …………………… 1945

送豆卢策秀才 ……………………………………… 1946

送王卿 ……………………………………………… 1946

送刘评事 …………………………………………… 1946

送雷监赴阙庭 ……………………………………… 1946

送秦系赴润州 ……………………………………… 1946

送孙徵赴云中 ……………………………………… 1947

## 卷一九〇

### 韦应物

期卢嵩枉书称日暮无马不赴以诗答 ……………… 1948

任洛阳丞答前长安田少府问 ……………………… 1948

假中枉卢二十二书亦称卧疾兼讶李二久不访问
　　以诗答书因亦戏李二 ……………………… 1948

酬卢嵩秋夜见寄五韵 ……………………………… 1948

酬郑户曹骊山感怀 ………………………………… 1949

答李澣三首 ………………………………………… 1949

酬柳郎中春日归扬州南郭见别之作 ……………… 1949

酬豆卢仓曹题库壁见示 …………………………… 1949

酬李儋 ……………………………………………… 1949

酬元伟过洛阳夜燕 ………………………………… 1950

酬韩质舟行阻冻 ·········································· 1950

李博士弟以余罢官居同德精舍共有伊陆名山之
　　期久而未去枉诗见问中云宋生昔登览末云那
　　能顾蓬荜直寄鄙怀聊以为答 ················ 1950

寄酬李博士永宁主簿叔厅见待 ················ 1950

答令狐士曹独孤兵曹联骑暮归望山见寄 ···· 1951

答李博士 ·············································· 1951

答刘西曹 ·············································· 1951

答贡士黎逢 ··········································· 1951

答韩库部 ·············································· 1951

答崔主簿倬 ··········································· 1952

答徐秀才 ·············································· 1952

答东林道士 ··········································· 1952

答长宁令杨辙 ········································ 1952

答冯鲁秀才 ··········································· 1952

答崔主簿问兼简温上人 ··························· 1953

清都观答幼遐 ········································ 1953

善福精舍答韩司录清都观会宴见忆 ··········· 1953

答长安丞裴说 ········································ 1953

奉酬处士叔见示 ····································· 1954

答库部韩郎中 ········································ 1954

答畅校书当 ··········································· 1954

答崔都水 ·············································· 1954

酬令狐司录善福精舍见赠 ························ 1954

沣上精舍答赵氏外生伉 ··························· 1954

答赵氏生伉 ··········································· 1955

答端 …………………………………………………… 1955

答史馆张学士段柳庶子学士集贤院看花见寄兼

　呈柳学士 ………………………………………… 1955

答王郎中 ………………………………………… 1955

答崔都水 ………………………………………… 1955

答王卿送别 ……………………………………… 1956

答裴丞说归京所献 ……………………………… 1956

答裴处士 ………………………………………… 1956

答杨奉礼 ………………………………………… 1956

答端 ……………………………………………… 1956

答侗奴重阳二甥 ………………………………… 1957

答重阳 …………………………………………… 1957

酬刘侍郎使君 …………………………………… 1957

答令狐侍郎 ……………………………………… 1958

酬张协律 ………………………………………… 1958

答秦十四校书 …………………………………… 1958

答宾 ……………………………………………… 1958

答郑骑曹青橘绝句 ……………………………… 1958

奉和圣制重阳日赐宴 …………………………… 1959

和吴舍人早春归沐西亭言志 …………………… 1959

奉和张大夫戏示青山郎 ………………………… 1959

答河南李士巽题香山寺 ………………………… 1959

答故人见谕 ……………………………………… 1960

酬阎员外陟 ……………………………………… 1960

酬秦征君徐少府春日见寄 ……………………… 1960

冬夜宿司空曙野居因寄酬赠 …………………… 1960

长安遇冯著 ······················· 1960
将发楚州经宝应县访李二忽于州馆相遇月夜书
　事因简李宝应 ··············· 1961
广陵遇孟九云卿 ··················· 1961
淮上遇洛阳李主簿 ················· 1961
路逢崔元二侍御避马见招以诗见赠 ·········· 1961
逢杨开府 ······················· 1961
休暇日访王侍御不遇 ··············· 1962
因省风俗访道士侄不见题壁 ············· 1962

## 卷一九一

韦应物

有所思 ························· 1963
暮相思 ························· 1963
夏夜忆卢嵩 ····················· 1963
春思 ··························· 1963
春中忆元二 ····················· 1964
怀素友子西 ····················· 1964
对韩少尹所赠砚有怀 ··············· 1964
月晦忆去年与亲友曲水游宴 ············· 1964
清明日忆诸弟 ··················· 1964
池上怀王卿 ····················· 1964
立夏日忆京师诸弟 ················· 1965
晓至园中忆诸弟崔都水 ··············· 1965
怀琅玡深标二释子 ················· 1965
雨夜感怀 ······················· 1965
云阳馆怀谷口 ··················· 1965

忆沣上幽居 ……………………………………… 1965
重九登滁城楼忆前岁九日归沣上赴崔都水及诸
　弟宴集凄然怀旧 …………………………… 1966
始夏南园思旧里 ………………………………… 1966
登蒲塘驿沿路见泉谷村墅忽想京师旧居追怀昔
　年 …………………………………………… 1966
经函谷关 ………………………………………… 1966
经武功旧宅 ……………………………………… 1967
往云门郊居途经回流作 ………………………… 1967
乘月过西郊渡 …………………………………… 1967
晚归沣川 ………………………………………… 1967
授衣还田里 ……………………………………… 1967
夕次盱眙县 ……………………………………… 1968
春月观省属城始憩东西林精舍 ………………… 1968
自蒲塘驿回驾经历山水 ………………………… 1968
山行积雨归途始霁 ……………………………… 1968
伤逝 ……………………………………………… 1969
往富平伤怀 ……………………………………… 1969
出还 ……………………………………………… 1969
冬夜 ……………………………………………… 1969
送终 ……………………………………………… 1970
除日 ……………………………………………… 1970
对芳树 …………………………………………… 1970
月夜 …………… 1970
叹杨花 …………………………………………… 1970
过昭国里故第 …………………………………… 1970

夏日 …………………………………… 1971

端居感怀 ……………………………… 1971

悲纨扇 ………………………………… 1971

闲斋对雨 ……………………………… 1971

林园晚霁 ……………………………… 1971

秋夜二首 ……………………………… 1972

感梦 …………………………………… 1972

同德精舍旧居伤怀 …………………… 1972

悲故交 ………………………………… 1972

张彭州前与缑氏冯少府各惠寄一篇多故未答张

　已云没因追哀叙事兼远简冯生 …… 1972

东林精舍见故殿中郑侍御题诗追旧书情涕泗横

　集因寄呈阎澧州冯少府 …………… 1973

同李二过亡友郑子故第 ……………… 1973

话旧 …………………………………… 1973

至开化里寿春公故宅 ………………… 1973

睢阳感怀 ……………………………… 1973

广德中洛阳作 ………………………… 1974

阊门怀古 ……………………………… 1974

感事 …………………………………… 1974

感镜 …………………………………… 1974

叹白发 ………………………………… 1974

## 卷一九二

韦应物

登高望洛城作 ………………………… 1975

同德寺阁集眺 ………………………… 1975

登宝意寺上方旧游 ················· 1976

登乐游庙作 ······················· 1976

登西南冈卜居遇雨寻竹浪至沣墺萦带数里清流
　茂树云物可赏 ··················· 1976

沣上与幼遐月夜登西冈玩花 ········· 1976

台上迟客 ························· 1976

登楼 ····························· 1977

善福寺阁 ························· 1977

楼中月夜 ························· 1977

寒食后北楼作 ····················· 1977

西楼 ····························· 1977

夜望 ····························· 1977

晚登郡阁 ························· 1977

登重玄寺阁 ······················· 1977

观早朝 ··························· 1978

陪元侍御春游 ····················· 1978

游龙门香山泉 ····················· 1978

龙门游眺 ························· 1978

洛都游寓 ························· 1979

再游龙门怀旧侣 ··················· 1979

庄严精舍游集 ····················· 1979

府舍月游 ························· 1979

任鄠令渼陂游眺 ··················· 1979

西郊游瞩 ························· 1980

再游西郊渡 ······················· 1980

月溪与幼遐君贶同游 ··············· 1980

与幼遐君贶兄弟同游白家竹潭 …………… 1980

秋夕西斋与僧神静游 …………………… 1980

观田家 …………………………………… 1980

园亭览物 ………………………………… 1981

观沣水涨 ………………………………… 1981

陪王卿郎中游南池 ……………………… 1981

南园陪王卿游瞩 ………………………… 1981

游西山 …………………………………… 1981

春游南亭 ………………………………… 1982

再游西山 ………………………………… 1982

游灵岩寺 ………………………………… 1982

与卢陟同游永定寺北池僧斋 …………… 1982

游溪 ……………………………………… 1982

游开元精舍 ……………………………… 1982

襄武馆游眺 ……………………………… 1983

秋景诣琅玡精舍 ………………………… 1983

同韩郎中闲庭南望秋景 ………………… 1983

慈恩精舍南池作 ………………………… 1983

雨夜宿清都观 …………………………… 1983

善福精舍秋夜迟诸君 …………………… 1984

东郊 ……………………………………… 1984

秋郊作 …………………………………… 1984

行宽禅师院 ……………………………… 1984

神静师院 ………………………………… 1984

精舍纳凉 ………………………………… 1984

蓝岭精舍 ………………………………… 1985

道晏寺主院 …………………………………… 1985

义演法师西斋 ………………………………… 1985

澄秀上座院 …………………………………… 1985

至西峰兰若受田妇馈 ………………………… 1985

昙智禅师院 …………………………………… 1985

起度律师同居东斋院 ………………………… 1986

游琅玡山寺 …………………………………… 1986

同越琅玡山 …………………………………… 1986

诣西山深师 …………………………………… 1986

寻简寂观瀑布 ………………………………… 1986

简寂观西涧瀑布下作 ………………………… 1986

游南斋 ………………………………………… 1987

南园 …………………………………………… 1987

西亭 …………………………………………… 1987

夏景园庐 ……………………………………… 1987

夏至避暑北池 ………………………………… 1987

题从侄成绪西林精舍书斋 …………………… 1988

题郑弘宪侍御遗爱草堂 ……………………… 1988

同元锡题琅玡寺 ……………………………… 1988

题郑拾遗草堂 ………………………………… 1988

## 卷一九三

韦应物

咏玉 …………………………………………… 1989

咏露珠 ………………………………………… 1989

咏水精 ………………………………………… 1989

咏珊瑚 ………………………………………… 1989

咏琉璃 ……………………………………………… 1989

咏琥珀 ……………………………………………… 1989

咏晓 ………………………………………………… 1990

咏夜 ………………………………………………… 1990

咏声 ………………………………………………… 1990

任洛阳丞请告一首 ………………………………… 1990

县斋 ………………………………………………… 1990

晚出府舍与独孤兵曹令狐士曹南寻朱雀街归里第 …… 1990

休暇东斋 …………………………………………… 1991

夜直省中 …………………………………………… 1991

郡内闲居 …………………………………………… 1991

燕居即事 …………………………………………… 1991

幽居 ………………………………………………… 1991

野居书情 …………………………………………… 1991

郊居言志 …………………………………………… 1992

夏景端居即事 ……………………………………… 1992

始至郡 ……………………………………………… 1992

郡中西斋 …………………………………………… 1992

新理西斋 …………………………………………… 1992

晓坐西斋 …………………………………………… 1993

郡斋卧疾绝句 ……………………………………… 1993

寓居永定精舍 ……………………………………… 1993

永定寺喜辟强夜至 ………………………………… 1993

野居 ………………………………………………… 1993

同褒子秋斋独宿 …………………………………… 1993

饵黄精 ……………………………………………… 1994

昭国里第听元老师弹琴 …………………………… 1994

野次听元昌奏横吹 ………………………………… 1994

楼中阅清管 ………………………………………… 1994

寒食 ………………………………………………… 1994

七夕 ………………………………………………… 1994

九日 ………………………………………………… 1995

秋夜 ………………………………………………… 1995

秋夜一绝 …………………………………………… 1995

滁城对雪 …………………………………………… 1995

雪中 ………………………………………………… 1995

咏春雪 ……………………………………………… 1995

对春雪 ……………………………………………… 1995

对残灯 ……………………………………………… 1996

对芳尊 ……………………………………………… 1996

夜对流萤作 ………………………………………… 1996

对新篁 ……………………………………………… 1996

夏花明 ……………………………………………… 1996

对萱草 ……………………………………………… 1996

见紫荆花 …………………………………………… 1997

玩萤火 ……………………………………………… 1997

对杂花 ……………………………………………… 1997

种药 ………………………………………………… 1997

西涧种柳 …………………………………………… 1997

种瓜 ………………………………………………… 1997

喜园中茶生 ………………………………………… 1998

移海榴 ……………………………………………… 1998

郡斋移杉 …………………………………… 1998

花径 ……………………………………… 1998

慈恩寺南池秋荷咏 …………………………… 1998

题桐叶 …………………………………… 1998

题石桥 …………………………………… 1998

池上 ……………………………………… 1999

滁州西涧 ………………………………… 1999

西塞山 …………………………………… 1999

山耕叟 …………………………………… 1999

上方僧 …………………………………… 1999

烟际钟 …………………………………… 1999

始闻夏蝉 ………………………………… 1999

射雉 ……………………………………… 2000

夜闻独鸟啼 ……………………………… 2000

述园鹿 …………………………………… 2000

闻雁 ……………………………………… 2000

子规啼 …………………………………… 2000

始建射侯 ………………………………… 2000

仙人祠 …………………………………… 2001

鹧鸪啼 …………………………………… 2001

## 卷一九四

韦应物

长安道 …………………………………… 2002

行路难 …………………………………… 2002

横塘行 …………………………………… 2003

贵游行 …………………………………… 2003

酒肆行 …………………………………… 2003

相逢行 …………………………………… 2003

乌引雏 …………………………………… 2004

鸢夺巢 …………………………………… 2004

燕衔泥 …………………………………… 2004

鼙鼓行 …………………………………… 2004

古剑行 …………………………………… 2004

金谷园歌 ………………………………… 2005

温泉行 …………………………………… 2005

学仙二首 ………………………………… 2005

广陵行 …………………………………… 2006

萼绿华歌 ………………………………… 2006

王母歌 …………………………………… 2006

马明生遇神女歌 ………………………… 2006

石鼓歌 …………………………………… 2007

宝观主白鸲鹆歌 ………………………… 2007

弹棋歌 …………………………………… 2007

**卷一九五**

韦应物

听莺曲 …………………………………… 2008

白沙亭逢吴叟歌 ………………………… 2008

送褚校书归旧山歌 ……………………… 2009

五弦行 …………………………………… 2009

骊山行 …………………………………… 2009

汉武帝杂歌三首 ………………………… 2010

棕榈蝇拂歌 ……………………………… 2011

信州录事参军常曾古鼎歌 …………………… 2011

夏冰歌 …………………………………………… 2011

鼋头山神女歌 …………………………………… 2011

寇季膺古刀歌 …………………………………… 2012

凌雾行 …………………………………………… 2012

乐燕行 …………………………………………… 2012

采玉行 …………………………………………… 2013

难言 ……………………………………………… 2013

易言 ……………………………………………… 2013

三台二首 ………………………………………… 2013

上皇三台 ………………………………………… 2013

答畅参军 ………………………………………… 2013

南池宴钱子辛赋得科斗 ………………………… 2014

咏徐正字画青蝇 ………………………………… 2014

虞获子鹿 ………………………………………… 2014

陪王郎中寻孔征君 ……………………………… 2014

送宫人入道 ……………………………………… 2014

和晋陵陆丞早春游望 …………………………… 2014

九日 ……………………………………………… 2015

## 卷一九六

孟彦深

元次山居武昌之樊山新春大雪以诗问之 ……… 2016

刘　湾

出塞曲 …………………………………………… 2016

云南曲 …………………………………………… 2017

李陵别苏武 ……………………………………… 2017

　　虹县严孝子墓 …………………………………… 2017

　　对雨愁闷寄钱大郎中 …………………………… 2017

　　即席赋露中菊 …………………………………… 2018

孙昌胤

　　遇旅鹤 …………………………………………… 2018

　　清明 ……………………………………………… 2018

　　和司空曙刘眘虚九日送人 ……………………… 2018

　　越裳献白翟 ……………………………………… 2018

乔　琳

　　绵州越王楼即事 ………………………………… 2019

柳　浑

　　牡丹 ……………………………………………… 2019

## 卷一九七

张　谓

　　读后汉逸人传二首 ……………………………… 2020

　　同孙构免官后登蓟楼 …………………………… 2020

　　代北州老翁答 …………………………………… 2021

　　湖上对酒行 ……………………………………… 2021

　　赠乔琳 …………………………………………… 2021

　　邵陵作 …………………………………………… 2021

　　寄李侍御 ………………………………………… 2022

　　寄崔沣州 ………………………………………… 2022

　　送裴侍御归上都 ………………………………… 2022

　　送青龙一公 ……………………………………… 2022

　　送韦侍御赴上都 ………………………………… 2022

饯田尚书还兖州 ……………………………………… 2022

送杜侍御赴上都 ……………………………………… 2023

道林寺送莫侍御 ……………………………………… 2023

别睢阳故人 …………………………………………… 2023

郡南亭子宴 …………………………………………… 2023

早春陪崔中丞浣花溪宴得暄字 ……………………… 2023

宴郑伯玙宅 …………………………………………… 2023

夜同宴用人字 ………………………………………… 2024

过从弟制疑官舍竹斋 ………………………………… 2024

扬州雨中张十七宅观妓 ……………………………… 2024

登金陵临江驿楼 ……………………………………… 2024

同王征君湘中有怀 …………………………………… 2024

官舍早梅 ……………………………………………… 2024

玉清公主挽歌 ………………………………………… 2025

别韦郎中 ……………………………………………… 2025

送皇甫龄宰交河 ……………………………………… 2025

杜侍御送贡物戏赠 …………………………………… 2025

春园家宴 ……………………………………………… 2025

西亭子言怀 …………………………………………… 2026

辰阳即事 ……………………………………………… 2026

送僧 …………………………………………………… 2026

同诸公游云公禅寺 …………………………………… 2026

哭护国上人 …………………………………………… 2026

送卢举使河源 ………………………………………… 2027

题长安壁主人 ………………………………………… 2027

长沙失火后戏题莲花寺 ……………………………… 2027

早梅 …………………………………………… 2027

赠赵使君美人 ……………………………………… 2027

句 ……………………………………………… 2027

## 卷一九八

岑　参

北庭西郊候封大夫受降回军献上 ……………… 2028

初至西虢官舍南池呈左右省及南宫诸故人 …… 2029

过梁州奉赠张尚书大夫公 ……………………… 2029

登北庭北楼呈幕中诸公 ………………………… 2029

初过陇山途中呈宇文判官 ……………………… 2030

陪狄员外早秋登府西楼因呈院中诸公 ………… 2030

冬夜宿仙游寺南凉堂呈谦道人 ………………… 2030

潼关镇国军勾覆使院早春寄王同州 …………… 2031

青山峡口泊舟怀狄侍御 ………………………… 2031

寄青城龙谿奂道人 ……………………………… 2031

梁州对雨怀麹二秀才便呈麹大判官时疾赠余新诗 …… 2032

潼关使院怀王七季友 …………………………… 2032

至大梁却寄匡城主人 …………………………… 2032

宿华阴东郭客舍忆阎防 ………………………… 2032

宿东谿王屋李隐者 ……………………………… 2033

郊行寄杜位 ……………………………………… 2033

怀叶县关操姚旷韩涉李叔齐 …………………… 2033

西蜀旅舍春叹寄朝中故人呈狄评事 …………… 2033

太白东溪张老舍即事寄舍弟侄等 ……………… 2033

上嘉州青衣山中峰题惠净上人幽居寄兵部杨郎中 …… 2034

入剑门作寄杜杨二郎中时二公并为杜元帅判官 …… 2034

巩北秋兴寄崔明允 …………………………… 2035

春遇南使贻赵知音 …………………………… 2035

冀州客舍酒酣贻王绮寄题南楼 ……………… 2035

终南云际精舍寻法澄上人不遇归高冠东潭石淙

　望秦岭微雨作贻友人 …………………… 2036

敬酬杜华淇上见赠兼呈熊曜 ………………… 2036

酬成少尹骆谷行见呈 ………………………… 2036

虢中酬陕西甄判官见赠 ……………………… 2037

送许子擢第归江宁拜亲因寄王大昌龄 ……… 2037

武威送刘单判官赴安西行营便呈高开府 …… 2037

送王大昌龄赴江宁 …………………………… 2038

送祁乐归河东 ………………………………… 2038

北庭贻宗学士道别 …………………………… 2039

送许拾遗恩归江宁拜亲 ……………………… 2039

虢州郡斋南池幽兴因与阎二侍御道别 ……… 2039

青龙招提归一上人远游吴楚别诗 …………… 2040

送李翥游江外 ………………………………… 2040

送王著作赴淮西幕府 ………………………… 2040

送张秘书充刘相公通汴河判官便赴江外觐省 … 2041

冬宵家会饯李郎司兵赴同州 ………………… 2041

送颜平原 ……………………………………… 2041

送狄员外巡按西山军 ………………………… 2042

虢州送郑兴宗弟归扶风别庐 ………………… 2042

澧头送蒋侯 …………………………………… 2042

送永寿王赞府径归县 ………………………… 2042

南池宴饯辛子赋得蝌斗子 …………………… 2042

登嘉州凌云寺作 …………………… 2043

与高适薛据登慈恩寺浮图 ………… 2043

登千福寺楚金禅师法华院多宝塔 … 2043

出关经华岳寺访法华云公 ………… 2043

春半与群公同游元处士别业 ……… 2044

陪群公龙冈寺泛舟 ………………… 2044

终南山双峰草堂作 ………………… 2044

左仆射相国冀公东斋幽居 ………… 2044

过缑山王处士黑石谷隐居 ………… 2045

缑山西峰草堂作 …………………… 2045

观楚国寺璋上人写一切经院南有曲池深竹 … 2045

寻巩县南李处士别业 ……………… 2045

闻崔十二侍御灌口夜宿报恩寺 …… 2046

自潘陵尖还少室居止秋夕凭眺 …… 2046

南池夜宿思王屋青萝旧斋 ………… 2046

过王判官西津所居 ………………… 2046

因假归白阁西草堂 ………………… 2046

题华严寺瑰公禅房 ………………… 2047

东归留题太常徐卿草堂 …………… 2047

太一石鳖崖口潭旧庐招王学士 …… 2047

林卧 ………………………………… 2048

骊姬墓下作 ………………………… 2048

东归晚次潼关怀古 ………………… 2048

楚夕旅泊古兴 ……………………… 2048

先主武侯庙 ………………………… 2048

文公讲堂 …………………………… 2048

杨雄草玄台 …………………………………… 2049

司马相如琴台 ………………………………… 2049

严君平卜肆 …………………………………… 2049

张仪楼 ………………………………………… 2049

升仙桥 ………………………………………… 2049

万里桥 ………………………………………… 2049

石犀 …………………………………………… 2050

龙女祠 ………………………………………… 2050

使交河郡郡在火山脚其地苦热无雨雪献封大夫 …… 2050

与鲜于庶子自梓州成都少尹自褒城同行至利州

　道中作 ……………………………………… 2050

下外江舟怀终南旧居 ………………………… 2051

安西馆中思长安 ……………………………… 2051

暮秋山行 ……………………………………… 2051

赴犍为经龙阁道 ……………………………… 2051

江上阻风雨 …………………………………… 2051

经火山 ………………………………………… 2052

题铁门关楼 …………………………………… 2052

早上五盘岭 …………………………………… 2052

峨眉东脚临江听猿怀二室旧庐 ……………… 2052

东归发犍为至泥谿舟中作 …………………… 2052

阻戎泸间群盗 ………………………………… 2053

郡斋闲坐 ……………………………………… 2053

衙郡守还 ……………………………………… 2053

行军诗二首 …………………………………… 2053

秋夕听罗山人弹三峡流泉 …………………… 2054

尹相公京兆府中棠树降甘露诗 ……………… 2054

刘相公中书江山画障 …………………………… 2054

精卫 ……………………………………………… 2055

石上藤 …………………………………………… 2055

## 卷一九九

### 岑　参

临河客舍呈狄明府兄留题县南楼 …………… 2056

客舍悲秋有怀两省旧游呈幕中诸公 ………… 2056

白雪歌送武判官归京 …………………………… 2056

热海行送崔侍御还京 …………………………… 2057

轮台歌奉送封大夫出师西征 ………………… 2057

敷水歌送窦渐入京 ……………………………… 2057

天山雪歌送萧治归京 …………………………… 2058

火山云歌送别 …………………………………… 2058

青门歌送东台张判官 …………………………… 2058

梁园歌送河南王说判官 ………………………… 2058

走马川行奉送出师西征 ………………………… 2059

函谷关歌送刘评事使关西 …………………… 2059

胡笳歌送颜真卿使赴河陇 …………………… 2059

秦筝歌送外甥萧正归京 ………………………… 2059

与独孤渐道别长句兼呈严八侍御 …………… 2060

送费子归武昌 …………………………………… 2060

送韩巽入都觐省便赴举 ………………………… 2061

送李副使赴碛西官军 …………………………… 2061

凉州馆中与诸判官夜集 ………………………… 2061

酒泉太守席上醉后作 …………………………… 2061

偃师东与韩樽同诣景云晖上人即事 …………… 2061

醉题匡城周少府厅壁 ………………………… 2062

敦煌太守后庭歌 ……………………………… 2062

喜韩樽相过 …………………………………… 2062

银山碛西馆 …………………………………… 2062

感遇 …………………………………………… 2062

太白胡僧歌 …………………………………… 2063

卫节度赤骠马歌 ……………………………… 2063

田使君美人舞如莲花北铤歌 ………………… 2063

裴将军宅芦管歌 ……………………………… 2064

韦员外家花树歌 ……………………………… 2064

醉后戏与赵歌儿 ……………………………… 2064

范公丛竹歌 …………………………………… 2064

玉门关盖将军歌 ……………………………… 2065

赠酒泉韩太守 ………………………………… 2065

赠西岳山人李冈 ……………………………… 2065

送张献心充副使归河西杂句 ………………… 2066

送郭乂杂言 …………………………………… 2066

送魏升卿擢第归东都因怀魏校书陆浑乔潭 … 2066

送魏四落第还乡 ……………………………… 2067

送宇文南金放后归太原寓居因呈太原郝主簿 … 2067

西亭子送李司马 ……………………………… 2067

渔父 …………………………………………… 2067

登古邺城 ……………………………………… 2067

邯郸客舍歌 …………………………………… 2068

宿蒲关东店忆杜陵别业 ……………………… 2068

感遇 ……………………………………………… 2068

优钵罗花歌 ……………………………………… 2068

蜀葵花歌 ………………………………………… 2069

题李士曹厅壁画度雨云歌 …………………… 2069

入蒲关先寄秦中故人 ………………………… 2069

## 卷二〇〇

岑　参

长门怨 …………………………………………… 2070

寄左省杜拾遗 …………………………………… 2070

岁暮碛外寄元捴 ………………………………… 2070

寄宇文判官 ……………………………………… 2070

宿关西客舍寄东山严许二山人时天宝初七月初

　三日在内学见有高道举征 ………………… 2071

丘中春卧寄王子 ………………………………… 2071

江行夜宿龙吼滩临眺思峨眉隐者兼寄幕中诸公 2071

汉川山行呈成少尹 ……………………………… 2071

奉和杜相公初发京城作 ………………………… 2071

敬酬李判官使院即事见呈 ……………………… 2072

虢州酬辛侍御见赠 ……………………………… 2072

酬崔十三侍御登玉垒山思故园见寄 …………… 2072

南楼送卫凭 ……………………………………… 2072

送王伯伦应制授正字归 ………………………… 2072

送宇文舍人出宰元城 …………………………… 2072

崔驸马山池重送宇文明府 ……………………… 2073

送李郎尉武康 …………………………………… 2073

碛西头送李判官入京 …………………………… 2073

陪使君早春西亭送王赞府赴选 …………………… 2073

送刘郎将归河东 …………………………………… 2073

浐水东店送唐子归嵩阳 …………………………… 2073

西亭送蒋侍御还京 ………………………………… 2074

水亭送刘颙使还归节度 …………………………… 2074

送杨录事充潼关判官 ……………………………… 2074

送裴判官自贼中再归河阳幕府 …………………… 2074

送陕县王主簿赴襄阳成亲 ………………………… 2074

送李卿赋得孤岛石 ………………………………… 2074

送王录事却归华阴 ………………………………… 2075

送二十二兄北游寻罗中 …………………………… 2075

送郑堪归东京汜水别业 …………………………… 2075

送崔全被放归都觐省 ……………………………… 2075

送孟孺卿落第归济阳 ……………………………… 2075

送裴校书从大夫淄川觐省 ………………………… 2075

送杨千牛趁岁赴汝南郡觐省便成婚 ……………… 2076

送胡象落第归王屋别业 …………………………… 2076

送颜韶 ……………………………………………… 2076

送杜佐下第归陆浑别业 …………………………… 2076

送张郎中赴陇右觐省卿公 ………………………… 2076

送楚丘麹少府赴官 ………………………………… 2076

送蜀郡李掾 ………………………………………… 2077

送郑少府赴滏阳 …………………………………… 2077

还高冠潭口留别舍弟 ……………………………… 2077

醴泉东谿送程皓元镜微入蜀 ……………………… 2077

夏初醴泉南楼送太康颜少府 ……………………… 2077

送严诜擢第归蜀 …………………………… 2077

送张直公归南郑拜省 ……………………… 2078

送周子落第游荆南 ………………………… 2078

送薛彦伟擢第东归 ………………………… 2078

送杨 瑗尉南海 …………………………… 2078

凤翔府行军送程使君赴成州 ……………… 2078

送张升卿宰新滏 …………………………… 2078

送陈子归陆浑别业 ………………………… 2079

稠桑驿喜逢严河南中丞便别 ……………… 2079

送蒲秀才擢第归蜀 ………………………… 2079

送郭司马赴伊吾郡请示李明府 …………… 2079

送滕亢擢第归苏州拜亲 …………………… 2079

送任郎中出守明州 ………………………… 2079

临洮客舍留别祁四 ………………………… 2080

送弘文李校书往汉南拜亲 ………………… 2080

送李别将摄伊吾令充使赴武威便寄崔员外 ………… 2080

送四镇薛侍御东归 ………………………… 2080

送张都尉东归 ……………………………… 2080

送樊侍御使丹阳便觐 ……………………… 2080

送张卿郎君赴硖石尉 ……………………… 2081

送颜少府投郑陈州 ………………………… 2081

赵少尹南亭送郑侍御归东台 ……………… 2081

祁四再赴江南别诗 ………………………… 2081

送许员外江外置常平仓 …………………… 2081

送秘省虞校书赴虞乡丞 …………………… 2081

送江陵泉少府赴任便呈卫荆州 …………… 2082

奉送李太保兼御史大夫充渭北节度使 ……… 2082

送江陵黎少府 ……… 2082

虢州送天平何丞入京市马 ……… 2082

送扬州王司马 ……… 2082

陕州月城楼送辛判官入奏 ……… 2082

送王七录事赴虢州 ……… 2083

阌乡送上官秀才归关西别业 ……… 2083

送羽林长孙将军赴歙州 ……… 2083

送崔主簿赴夏阳 ……… 2083

送梁判官归女几旧庐 ……… 2083

送怀州吴别驾 ……… 2083

送人归江宁 ……… 2084

送襄州任别驾 ……… 2084

送李司谏归京 ……… 2084

送绵州李司马秩满归京因呈李兵部 ……… 2084

送崔员外入秦因访故园 ……… 2084

送柳录事赴梁州 ……… 2084

送韦侍御先归京 ……… 2085

送裴侍御赴岁入京 ……… 2085

送颜评事入京 ……… 2085

送赵侍御归上都 ……… 2085

送杨子 ……… 2085

送人赴安西 ……… 2085

发临洮将赴北庭留别 ……… 2086

临洮泛舟赵仙舟自北庭罢使还京 ……… 2086

春日醴泉杜明府承恩五品宴席上赋诗 ……… 2086

早春陪崔中丞同泛浣花豀宴 …………… 2086

喜华阴王少府使到南池宴集 …………… 2086

行军雪后月夜宴王卿家 ………………… 2086

梁州陪赵行军龙冈寺北庭泛舟宴王侍御 …… 2087

奉陪封大夫宴得征字时封公兼鸿胪卿 …… 2087

陪封大夫宴瀚海亭纳凉 ………………… 2087

虢州西亭陪端公宴集 …………………… 2087

陪使君早春东郊游眺 …………………… 2087

雪后与群公过慈恩寺 …………………… 2087

与鄠县群官泛渼陂 ……………………… 2088

与鄠县源少府泛渼陂 …………………… 2088

终南东豀中作 …………………………… 2088

与鲜于庶子泛汉江 ……………………… 2088

晦日陪侍御泛北池 ……………………… 2088

登凉州尹台寺 …………………………… 2088

登总持阁 ………………………………… 2089

奉陪封大夫九日登高 …………………… 2089

郡斋平望江山 …………………………… 2089

宿岐州北郭严给事别业 ………………… 2089

暮秋会严京兆后厅竹斋 ………………… 2089

省中即事 ………………………………… 2089

寻阳七郎中宅即事 ……………………… 2090

携琴酒寻阎防崇济寺所居僧院 ………… 2090

春寻河阳陶处士别业 …………………… 2090

晚过盘石寺礼郑和尚 …………………… 2090

寻少室张山人闻与偃师周明府同入都 …… 2090

虢州卧疾喜刘判官相过水亭 …………… 2090

武威春暮闻宇文判官西使还已到晋昌 …… 2091

虢州南池候严中丞不至 …………………… 2091

春兴思南山旧庐招柳建正字 …………… 2091

郡斋南池招杨辚 ………………………… 2091

高冠谷口招郑鄠 ………………………… 2091

题新乡王釜厅壁 ………………………… 2091

题山寺僧房 ……………………………… 2092

汉上题韦氏庄 …………………………… 2092

题永乐韦少府厅壁 ……………………… 2092

题金城临河驿楼 ………………………… 2092

初授官题高冠草堂 ……………………… 2092

题虢州西楼 ……………………………… 2092

夜过盘石隔河望永乐寄围中效齐梁体 … 2093

河西春暮忆秦中 ………………………… 2093

过酒泉忆杜陵别业 ……………………… 2093

早发焉耆怀终南别业 …………………… 2093

宿铁关西馆 ……………………………… 2093

首秋轮台 ………………………………… 2093

北庭作 …………………………………… 2094

轮台即事 ………………………………… 2094

还东山洛上作 …………………………… 2094

杨固店 …………………………………… 2094

巴南舟中思陆浑别业 …………………… 2094

晚发五渡 ………………………………… 2094

巴南舟中夜市 …………………………… 2095

江上春叹 …………………………………… 2095

初至犍为作 ………………………………… 2095

使院中新栽柏树子呈李十五栖筠 ………… 2095

咏郡斋壁画片云 …………………………… 2095

临洮龙兴寺玄上人院同咏青木香丛 ……… 2095

成王挽歌 …………………………………… 2096

苗侍中挽歌二首 …………………………… 2096

故仆射裴公挽歌三首 ……………………… 2096

河西太守杜公挽歌四首 …………………… 2096

故河南尹岐国公赠工部尚书苏公挽歌二首 … 2097

韩员外夫人清河县君崔氏挽歌二首 ……… 2097

西河郡太原守张夫人挽歌 ………………… 2097

南溪别业 …………………………………… 2097

## 卷二〇一

### 岑　参

奉和中书舍人贾至早朝大明宫 …………… 2098

和祠部王员外雪后早朝即事 ……………… 2098

奉和相公发益昌 …………………………… 2098

秋夕读书幽兴献兵部李侍郎 ……………… 2098

使君席夜送严河南赴长水 ………………… 2099

暮春虢州东亭送李司马归扶风别庐 ……… 2099

九日使君席奉饯卫中丞赴长水 …………… 2099

西掖省即事 ………………………………… 2099

首春渭西郊行呈蓝田张二主簿 …………… 2099

赴嘉州过城固县寻永安超禅师房 ………… 2100

酬畅当嵩山寻麻道士见寄 ………………… 2100

和刑部成员外秋夜寓直寄台省知己 …………… 2100

送卢郎中除杭州赴任 ………………………… 2100

奉送李宾客荆南迎亲 ………………………… 2100

送严维下第还江东 …………………………… 2101

六月三十日水亭送华阴王少府还县 …………… 2101

饯王岑判官赴襄阳道 ………………………… 2101

送薛弁归河东 ………………………………… 2101

送薛播擢第归河东 …………………………… 2101

送陶铣弃举荆南觐省 ………………………… 2102

送史司马赴崔相公幕 ………………………… 2102

送严黄门拜御史大夫再镇蜀川兼觐省 ………… 2102

送郭仆射节制剑南 …………………………… 2102

早秋与诸子登虢州西亭观眺 …………………… 2103

佐郡思旧游 …………………………………… 2103

灭胡曲 ………………………………………… 2103

尚书念旧垂赐袍衣率题绝句献上以申感谢 …… 2103

忆长安曲二章寄庞㴇 ………………………… 2103

寄韩樽 ………………………………………… 2103

醉里送裴子赴镇西 …………………………… 2104

题井陉双谿李道士所居 ……………………… 2104

题云际南峰眼上人读经堂 …………………… 2104

题梁锽城中高居 ……………………………… 2104

题三会寺苍颉造字台 ………………………… 2104

日没贺延碛作 ………………………………… 2104

西过渭州见渭水思秦川 ……………………… 2104

经陇头分水 …………………………………… 2104

秋思 ·················································· 2105

行军九日思长安故园 ······················· 2105

戏题关门 ········································· 2105

叹白发 ············································· 2105

题平阳郡汾桥边柳树 ······················· 2105

失题 ················································ 2105

献封大夫破播仙凯歌六首 ················· 2105

春兴戏题赠李侯 ······························· 2106

过燕支寄杜位 ·································· 2106

题苜蓿峰寄家人 ······························ 2106

玉关寄长安李主簿 ·························· 2106

武威送刘判官赴碛西行军 ················ 2106

虢州后亭送李判官使赴晋绛 ············· 2107

五月四日送王少府归华阴 ················ 2107

原头送范侍御 ································· 2107

送李明府赴睦州便拜觐太夫人 ········· 2107

虢州西山亭子送范端公 ··················· 2107

奉送贾侍御使江外 ························· 2107

崔仓曹席上送殷寅充石相判官赴淮南 · 2108

送崔子还京 ····································· 2108

酒泉太守席上醉后作 ······················ 2108

题观楼 ············································· 2108

草堂村寻罗生不遇 ·························· 2108

山房春事二首 ································· 2108

逢入京使 ········································· 2109

过碛 ················································ 2109

碛中作 ……………………………………………… 2109

赴北庭度陇思家 ………………………………… 2109

胡歌 ………………………………………………… 2109

赵将军歌 ………………………………………… 2109

醉戏窦子美人 …………………………………… 2110

秋夜闻笛 ………………………………………… 2110

戏问花门酒家翁 ………………………………… 2110

春梦 ………………………………………………… 2110

冬夕 ………………………………………………… 2110

句 …………………………………………………… 2110

**卷二〇二**

沈 宇

武阳送别 ………………………………………… 2111

捣衣 ………………………………………………… 2111

代闺人 …………………………………………… 2111

张 鼎

江南遇雨 ………………………………………… 2112

邺城引 …………………………………………… 2112

僧舍小池 ………………………………………… 2112

薛奇童

拟古 ………………………………………………… 2112

和李起居秋夜之作 ……………………………… 2112

吴声子夜歌 ……………………………………… 2113

塞下曲 …………………………………………… 2113

云中行 …………………………………………… 2113

　　楚宫词二首 ……………………………………… 2113

杨　谏

　　长孙十一东山春夜见赠 …………………… 2114

　　赠知己 …………………………………………… 2114

张万顷

　　东谿待苏户曹不至 …………………………… 2114

　　登天目山下作 ………………………………… 2114

　　送裴少府 ……………………………………… 2115

沈　颂

　　旅次灞亭 ……………………………………… 2115

　　春旦歌 ………………………………………… 2115

　　早发西山 ……………………………………… 2115

　　送人还吴 ……………………………………… 2115

　　送金文学还日本 ……………………………… 2116

　　卫中作 ………………………………………… 2116

梁　锽

　　天长节 ………………………………………… 2116

　　长门怨 ………………………………………… 2116

　　美人春卧 ……………………………………… 2116

　　名姝咏 ………………………………………… 2117

　　艳女词 ………………………………………… 2117

　　狷氏子 ………………………………………… 2117

　　戏赠歌者 ……………………………………… 2117

　　七夕泛舟 ……………………………………… 2117

　　崔驸马宅咏画山水扇 ………………………… 2117

观王美人海图障子 ……………………………… 2118

闻百舌鸟 ………………………………………… 2118

省试方士进恒春草 ……………………………… 2118

代征人妻喜夫还 ………………………………… 2118

赠李中华 ………………………………………… 2118

咏木老人 ………………………………………… 2118

句 ………………………………………………… 2119

**卷二〇三**

杜　俨

客中作 …………………………………………… 2120

赵良器

三月三日曲江侍宴 ……………………………… 2120

郑国夫人挽歌词 ………………………………… 2120

黄　麟

郡中客舍 ………………………………………… 2121

郭　向

途中口号 ………………………………………… 2121

郭　良

题李将军山亭 …………………………………… 2121

早行 ……………………………………………… 2122

王　乔

过故人旧宅 ……………………………………… 2122

徐九皋

关山月 …………………………………………… 2122

战城南 …………………………………………… 2122

　　咏史 ……………………………………………… 2123

　　途中览镜 ………………………………………… 2123

　　送部四镇人往单于别知故 ……………………… 2123

阎　宽

　　松滋江北阻风 …………………………………… 2123

　　晓入宜都渚 ……………………………………… 2123

　　古意 ……………………………………………… 2123

　　春宵览月 ………………………………………… 2124

　　秋怀 ……………………………………………… 2124

李　收

　　和中书侍郎院壁画云 …………………………… 2124

　　幽情 ……………………………………………… 2124

程弥纶

　　怀鲁 ……………………………………………… 2125

屈同仙

　　燕歌行 …………………………………………… 2125

　　乌江女 …………………………………………… 2125

豆卢复

　　昌年宫之作 ……………………………………… 2126

　　落第归乡留别长安主人 ………………………… 2126

荆冬倩

　　奉试咏青 ………………………………………… 2126

梁　洽

　　观汉水 …………………………………………… 2126

郑　绍

游越溪 …………………………………… 2127

朱 斌

登楼 ……………………………………… 2127

梁德裕

感寓二首 ………………………………… 2127

常非月

咏谈容娘 ………………………………… 2128

张良璞

览史 ……………………………………… 2128

孙 欣

奉试冷井诗 ……………………………… 2128

王羡门

都中闲居 ………………………………… 2129

芮挺章

江南弄 …………………………………… 2129

少年行 …………………………………… 2129

楼 颖

伊水门 …………………………………… 2130

东郊纳凉忆左威卫李录事收昆季太原崔参军

三首 ………………………………… 2130

西施石 …………………………………… 2130

李康成

江南行 …………………………………… 2131

采莲曲 …………………………………… 2131

玉华仙子歌 ……………………………… 2131

　　自君之出矣 ······················································· 2131

　　句 ··································································· 2132

## 卷二〇四

　杨　贲

　　时兴 ································································· 2133

　李　清

　　咏石季伦 ··························································· 2133

　陈　季

　　鹤警露 ····························································· 2134

　　湘灵鼓瑟 ··························································· 2134

　王　邕

　　湘灵鼓瑟 ··························································· 2134

　　嵩山望幸 ··························································· 2134

　庄若讷

　　湘灵鼓瑟 ··························································· 2135

　魏　璀

　　湘灵鼓瑟 ··························································· 2135

　王　颐

　　怀素上人草书歌 ··················································· 2135

　窦　冀

　　怀素上人草书歌 ··················································· 2136

　鲁　收

　　怀素上人草书歌 ··················································· 2137

　朱　逵

　　怀素上人草书歌 ··················································· 2137

许　瑶

题怀素上人草书 …………………………………………… 2138

**卷二〇五**

包　佶

祀风师乐章 ………………………………………………… 2139

祀雨师乐章 ………………………………………………… 2140

答窦拾遗卧病见寄 ………………………………………… 2140

对酒赠故人 ………………………………………………… 2141

同李吏部伏日口号呈元庶子路中丞 ……………………… 2141

岭下卧疾寄刘长卿员外 …………………………………… 2141

戏题诸判官厅壁 …………………………………………… 2141

酬兵部李侍郎晚过东厅之作 ……………………………… 2141

昭德皇后挽歌词 …………………………………………… 2141

秋日过徐氏园林 …………………………………………… 2142

双山过信公所居 …………………………………………… 2142

尚书宗兄使过诗以奉献 …………………………………… 2142

抱疾谢李吏部赠诃黎勒叶 ………………………………… 2142

奉和柳相公中书言怀 ……………………………………… 2142

客自江南话过亡友朱司议故宅 …………………………… 2142

酬于侍郎湖南见寄十四韵 ………………………………… 2143

朝拜元陵 …………………………………………………… 2143

发襄阳后却寄公安人 ……………………………………… 2143

立春后休沐 ………………………………………………… 2143

宿庐山赠白鹤观刘尊师 …………………………………… 2143

观壁画九想图 ……………………………………………… 2144

送日本国聘贺使晁巨卿东归 ……………………………… 2144

顾著作宅赋诗 ················· 2144

近获风痹之疾题寄所怀 ··········· 2144

奉和常阁老晚秋集贤院即事寄赠徐薛二侍郎 ··· 2144

酬顾况见寄 ·················· 2145

岁日作 ···················· 2145

元日观百僚朝会 ··············· 2145

再过金陵 ··················· 2145

寄杨侍御 ··················· 2145

## 卷二〇六

李嘉祐

江上曲 ···················· 2146

伤吴中 ···················· 2146

夜闻江南人家赛神因题即事 ········ 2147

古兴 ····················· 2147

杂兴 ····················· 2147

送韦邕少府归钟山 ············· 2147

送卢员外往饶州 ··············· 2147

送裴五归京口 ················ 2148

送严维归越州 ················ 2148

送杜士瞻楚州觐省 ············· 2148

送裴宣城上元所居 ············· 2148

留别毗陵诸公 ················ 2148

送独孤拾遗先辈先赴上都 ········· 2148

常州韦郎中泛舟见饯 ············ 2149

送崔侍御入朝 ················ 2149

送岳州司马弟之任 ············· 2149

裴侍御见赠斑竹杖 …………………………………… 2149

送张观归袁州 ……………………………………… 2149

冬夜饶州使堂饯相公五叔赴歙州 ……………… 2149

蒋山开善寺 ………………………………………… 2150

晚发江宁道中呈严维 …………………………… 2150

句容县东青阳馆作 ……………………………… 2150

晚春宴无锡蔡明府西亭 ……………………… 2150

送王端赴朝 ………………………………………… 2150

送王正字山寺读书 ……………………………… 2150

送房明府罢长宁令湖州客舍 ………………… 2151

咏萤 ………………………………………………… 2151

送李中丞杨判官 ………………………………… 2151

至七里滩作 ………………………………………… 2151

南浦渡口 …………………………………………… 2151

暮秋迁客增思寄京华 …………………………… 2151

送苏修往上饶 …………………………………… 2152

题王十九茆堂 …………………………………… 2152

送弘志上人归湖州 ……………………………… 2152

送陆士伦宰义兴 ………………………………… 2152

和张舍人中书宿直 ……………………………… 2152

司勋王郎中宅送韦九郎中往濠州 …………… 2152

晚春送吉校书归楚州 …………………………… 2153

送严二擢第东归 ………………………………… 2153

送冷朝阳及第东归江宁 ……………………… 2153

送越州辛法曹之任 ……………………………… 2153

送樊兵曹潭州谒韦大夫 ……………………… 2153

送杜御史还广陵 ……………………………………… 2153

送兖州杜别驾之任 …………………………………… 2154

题裴十六少卿东亭 …………………………………… 2154

同皇甫侍御题荐福寺一公房 ………………………… 2154

送从侄端之东都 ……………………………………… 2154

送王谏议充东都留守判官 …………………………… 2154

和都官苗员外秋夜省直对雨简诸知己 ……………… 2154

送从弟归河朔 ………………………………………… 2155

送崔夷甫员外和蕃 …………………………………… 2155

春日长安送从弟尉吴县 ……………………………… 2155

元日无衣冠入朝寄皇甫拾遗冉从弟补阙纾 ………… 2155

和韩郎中扬子津玩雪寄严维 ………………………… 2155

送王牧往吉州谒王使君叔 …………………………… 2155

广陵送林宰 …………………………………………… 2156

赠卫南长官赴任 ……………………………………… 2156

自常州还江阴途中作 ………………………………… 2156

润州杨别驾宅送蒋九侍御收兵归扬州 ……………… 2156

仲夏江阴官舍寄裴明府 ……………………………… 2156

送夏侯审参军游江东 ………………………………… 2156

送袁员外宣慰劝农毕赴洪州使院 …………………… 2157

送侍御史四叔归朝 …………………………………… 2157

登楚州城望驿路十馀里山村竹林相次交映 ………… 2157

奉陪韦润州游鹤林寺 ………………………………… 2157

奉酬路五郎中院长新除工部员外见简 ……………… 2157

送韦司直西行 ………………………………………… 2157

送上官侍御赴黔中 …………………………………… 2158

送元侍御还荆南幕府 ······················· 2158

登溢城浦望庐山初晴直省赍救催赴江阴 ······· 2158

九日 ·········································· 2158

九日送人 ····································· 2158

春日淇上作 ··································· 2158

送从叔阳冰祇召赴都 ························· 2159

送友人入湘 ··································· 2159

送裴员外往江南 ······························ 2159

登秦岭 ······································· 2159

送张惟俭秀才入举 ··························· 2159

送韦侍御湖南幕府 ··························· 2159

同皇甫冉赴官留别灵一上人 ················· 2160

送客游荆州 ··································· 2160

与郑锡游春 ··································· 2160

故燕国相公挽歌二首 ························· 2160

故吏部郎中赠给事中韦公挽歌二首 ··········· 2160

## 卷二〇七

### 李嘉祐

和袁郎中破贼后经剡县山水上太尉 ··········· 2161

送评事十九叔入秦 ··························· 2161

赠王八衢 ····································· 2161

入睦州分水路忆刘长卿 ······················ 2161

奉和杜相公长兴新宅即事呈元相公 ··········· 2162

江湖秋思 ····································· 2162

送朱中舍游江东 ······························ 2162

送窦拾遗赴朝因寄中书十七弟 ··············· 2162

自苏台至望亭驿人家尽空春物增思怅然有作因
　寄从弟纾 ……………………………………………… 2163
承恩量移宰江邑临郡江怅然之作 ……………… 2163
题灵台县东山村主人 ………………………………… 2163
同皇甫冉登重玄阁 …………………………………… 2163
宋州东登望题武陵驿 ………………………………… 2163
晚登江楼有怀 …………………………………………… 2164
游徐城河忽见清淮因寄赵八 ……………………… 2164
题游仙阁白公庙 ……………………………………… 2164
送郑正则汉阳迎妇 …………………………………… 2164
送皇甫冉往安宜 ……………………………………… 2164
晚发咸阳寄同院遗补 ………………………………… 2165
早秋京口旅泊章侍御寄书相问因以赠之时七夕 … 2165
秋晓招隐寺东峰茶宴送内弟阎伯均归江州 … 2165
送严员外 ………………………………………………… 2165
赴南中留别褚七少府湖上林亭 ………………… 2165
与从弟正字从兄兵曹宴集林园 ………………… 2166
酬皇甫十六侍御曾见寄 …………………………… 2166
暮春宜阳郡斋愁坐忽枉刘七侍御新诗因以酬答 … 2166
送舍弟 …………………………………………………… 2166
送从弟永任饶州录事参军 ………………………… 2166
送马将军奏事毕归滑州使幕 …………………… 2167
闻逝者自惊 …………………………………………… 2167
伤歙州陈二使君 ……………………………………… 2167
白田西忆楚州使君弟 ………………………………… 2167
送陆澧还吴中 ………………………………………… 2167

春日忆家 ………………………………………… 2167

远寺钟 …………………………………………… 2168

白鹭 ……………………………………………… 2168

夜宴南陵留别 …………………………………… 2168

题前溪馆 ………………………………………… 2168

过乌公山寄钱起员外 …………………………… 2168

寄王舍人竹楼 …………………………………… 2168

韦润州后亭海榴 ………………………………… 2168

送崔十一弟归北京 ……………………………… 2169

访韩司空不遇 …………………………………… 2169

题道虔上人竹房 ………………………………… 2169

秋朝木芙蓉 ……………………………………… 2169

袁江口忆王司勋王吏部二郎中起居十七弟 …… 2169

答泉州薛播使君重阳日赠酒 …………………… 2169

题张公洞 ………………………………………… 2170

句 ………………………………………………… 2170

## 卷二〇八

包 何

送泉州李使君之任 ……………………………… 2171

和孟虔州闲斋即事 ……………………………… 2171

同李郎中净律院梡子树 ………………………… 2171

同阎伯均宿道士观有述 ………………………… 2171

送乌程王明府贬巴江 …………………………… 2172

同舍弟佶班韦二员外秋苔对之成咏 …………… 2172

送王汶宰江阴 …………………………………… 2172

和苗员外寓直中书 ……………………………… 2172

阙下芙蓉 …………………………………… 2172

江上田家 …………………………………… 2172

送韦侍御奉使江岭诸道催青苗钱 ………… 2173

和程员外春日东郊即事 …………………… 2173

裴端公使院赋得隔帘见春雨 ……………… 2173

相里使君第七男生日 ……………………… 2173

同诸公寻李方直不遇 ……………………… 2173

婺州留别邓使君 …………………………… 2173

寄杨侍御 …………………………………… 2174

赋得秤送孟孺卿 …………………………… 2174

长安晓望寄崔补阙 ………………………… 2174

## 卷二〇九

贾邕

　　送萧颖士赴东府得路字 ………………… 2175

刘舟

　　送萧颖士赴东府得适字 ………………… 2176

长孙铸

　　送萧颖士赴东府得离字 ………………… 2176

房白

　　送萧颖士赴东府得还字 ………………… 2176

元晟

　　送萧颖士赴东府得引字 ………………… 2177

刘太冲

　　送萧颖士赴东府得浅字 ………………… 2177

姚发

送萧颖士赴东府得草字 …………………………… 2177

郑　愕

送萧颖士赴东府得往字 …………………………… 2178

殷少野

送萧颖士赴东府得散字 …………………………… 2178

邬　载

送萧颖士赴东府得君字 …………………………… 2178

## 卷二一〇

皇甫曾

奉陪韦中丞使君游鹤林寺 ………………………… 2180

奉送杜侍御还京 …………………………………… 2180

酬郑侍御秋夜见寄 ………………………………… 2180

酬窦拾遗秋日见呈 ………………………………… 2181

韦使君宅海榴咏 …………………………………… 2181

送普上人还阳羡 …………………………………… 2181

送李中丞归本道 …………………………………… 2181

和谢舍人雪夜寓直 ………………………………… 2181

寻刘处士 …………………………………………… 2181

哭陆处士 …………………………………………… 2182

乌程水楼留别 ……………………………………… 2182

题赠吴门邕上人 …………………………………… 2182

送陆鸿渐山人采茶回 ……………………………… 2182

寄刘员外长卿 ……………………………………… 2182

寄张仲甫 …………………………………………… 2182

送元侍御充使湖南 ………………………………… 2183

晚至华阴 ……………………………………… 2183

送孔征士 ……………………………………… 2183

秋兴 …………………………………………… 2183

送归中丞使新罗 ……………………………… 2183

送少微上人东南游 …………………………… 2183

送韦判官赴闽中 ……………………………… 2184

送人还荆州 …………………………………… 2184

寄净虚上人初至云门 ………………………… 2184

春和杜相公移入长兴宅奉呈诸宰执 ………… 2184

路中口号 ……………………………………… 2184

山下泉 ………………………………………… 2184

早朝日寄所知 ………………………………… 2185

秋夕寄怀契上人 ……………………………… 2185

张芬见访郊居作 ……………………………… 2185

赠鉴上人 ……………………………………… 2185

奉寄中书王舍人 ……………………………… 2185

送汤中丞和蕃 ………………………………… 2186

送和西蕃使 …………………………………… 2186

送王相公赴幽州 ……………………………… 2186

送徐大夫赴南海 ……………………………… 2186

赠沛禅师 ……………………………………… 2186

莘岭四望 ……………………………………… 2187

过刘员外长卿别墅 …………………………… 2187

遇风雨作 ……………………………………… 2187

送商州杜中丞赴任 …………………………… 2187

送著公归越 …………………………………… 2187

送郑秀才贡举 …………………………………………… 2188

锡杖歌送明楚上人归佛川 ………………………………… 2188

玉山岭上作 ……………………………………………… 2188

国子柳博士兼领太常博士辄申贺赠 …………………… 2188

送裴秀才贡举 …………………………………………… 2188

赠老将 …………………………………………………… 2188

## 卷二一一

### 高　适

铜雀妓 …………………………………………………… 2189

塞下曲 …………………………………………………… 2189

塞上 ……………………………………………………… 2190

蓟门行五首 ……………………………………………… 2190

效古赠崔二 ……………………………………………… 2190

钜鹿赠李少府 …………………………………………… 2191

东平留赠狄司马 ………………………………………… 2191

过卢明府有赠 …………………………………………… 2191

单父逢邓司仓覆仓库因而有赠 ………………………… 2191

蓟门不遇王之涣郭密之因以留赠 ……………………… 2192

寄孟五少府 ……………………………………………… 2192

苦雨寄房四昆季 ………………………………………… 2192

和贺兰判官望北海作 …………………………………… 2192

和崔二少府登楚丘城作 ………………………………… 2193

酬司空璲少府 …………………………………………… 2193

酬李少府 ………………………………………………… 2193

酬裴秀才 ………………………………………………… 2193

酬陆少府 ………………………………………………… 2194

奉酬北海李太守丈人夏日平阴亭 ……………………… 2194

酬马八效古见赠 …………………………………… 2194

酬鸿胪裴主簿雨后睢阳北楼见赠之作 …………… 2194

酬裴员外以诗代书 ………………………………… 2195

酬庞十兵曹 ………………………………………… 2195

同昌员外酬田著作幕门军西宿盘山秋夜作 ……… 2196

酬秘书弟兼寄幕下诸公 …………………………… 2196

淇上酬薛三据兼寄郭少府微 ……………………… 2197

酬岑二十主簿秋夜见赠之作 ……………………… 2197

答侯少府 …………………………………………… 2197

宋中别周梁李三子 ………………………………… 2198

宋中别李八 ………………………………………… 2198

别王彻 ……………………………………………… 2199

送萧十八与房侍御回还 …………………………… 2199

宋中送族侄式颜 …………………………………… 2199

又送族侄式颜 ……………………………………… 2199

赠别王十七管记 …………………………………… 2200

涟上别王秀才 ……………………………………… 2200

赠别沈四逸人 ……………………………………… 2200

送韩九 ……………………………………………… 2201

送崔录事赴宣城 …………………………………… 2201

别张少府 …………………………………………… 2201

淇上别刘少府子英 ………………………………… 2201

别耿都尉 …………………………………………… 2201

卷二一二

高　适

宋中遇林虑杨十七山人因而有别 ……………… 2202

酬别薛三蔡大留简韩十四主簿 ………… 2202

送虞城刘明府谒魏郡苗太守 ……………… 2203

途中酬李少府赠别之作 …………………… 2203

睢阳酬别畅大判官 ………………………… 2203

宴韦司户山亭院 …………………………… 2204

同诸公登慈恩寺浮图 ……………………… 2204

同薛司直诸公秋霁曲江俯见南山作 ……… 2204

登广陵栖灵寺塔 …………………………… 2204

登百丈峰二首 ……………………………… 2205

同群公秋登琴台 …………………………… 2205

同群公出猎海上 …………………………… 2205

同群公题郑少府田家 ……………………… 2205

同群公题中山寺 …………………………… 2206

同群公宿开善寺赠陈十六所居 …………… 2206

同韩四薛三东亭玩月 ……………………… 2206

同敬八卢五泛河间清河 …………………… 2206

同房侍御山园新亭与邢判官同游 ………… 2207

同马太守听九思法师讲金刚经 …………… 2207

涟上题樊氏水亭 …………………………… 2207

同吕判官从哥舒大夫破洪济城回登积石军多福

　　七级浮图 ……………………………… 2207

三君咏 ……………………………………… 2208

宓公琴台诗三首 …………………………… 2208

李云南征蛮诗 ……………………………… 2209

题尉迟将军新庙 …………………………… 2209

观李九少府翥树宓子贱神祠碑 …………… 2209

同观陈十六史兴碑 ………………………… 2210

宋中十首 …………………………………… 2210

蓟中作 ……………………………………… 2211

自淇涉黄河途中作十三首 ……………… 2211

宋中遇陈二 ………………………………… 2213

宋中遇刘书记有别 ………………………… 2213

鲁郡途中遇徐十八录事 …………………… 2213

遇冲和先生 ………………………………… 2213

鲁西至东平 ………………………………… 2214

东平路作三首 ……………………………… 2214

东平路中遇大水 …………………………… 2214

登垅 ………………………………………… 2214

苦雪四首 …………………………………… 2215

哭单父梁九少府 …………………………… 2215

哭裴少府 …………………………………… 2215

## 卷二一三

高　适

行路难二首 ………………………………… 2216

秋胡行 ……………………………………… 2216

古大梁行 …………………………………… 2217

邯郸少年行 ………………………………… 2217

燕歌行 ……………………………………… 2217

古歌行 ……………………………………… 2218

人日寄杜二拾遗 …………………………… 2218

九日酬颜少府 ……………………………… 2218

留别郑三韦九兼洛下诸公 …………………… 2218

送杨山人归嵩阳 ……………………………… 2219

送别 …………………………………………… 2219

赠别晋三处士 ………………………………… 2219

送浑将军出塞 ………………………………… 2219

送蔡山人 ……………………………………… 2220

封丘作 ………………………………………… 2220

题李别驾壁 …………………………………… 2220

寄宿田家 ……………………………………… 2220

别韦参军 ……………………………………… 2221

送田少府贬苍梧 ……………………………… 2221

平台夜遇李景参有别 ………………………… 2221

送郭处士往莱芜兼寄苟山人 ………………… 2221

赋得还山吟送沈四山人 ……………………… 2222

崔司录宅燕大理李卿 ………………………… 2222

同鲜于洛阳于毕员外宅观画马歌 …………… 2222

同河南李少尹毕员外宅夜饮时洛阳告捷遂作春

　酒歌 ………………………………………… 2222

同李九士曹观壁画云作 ……………………… 2223

见薛大臂鹰作 ………………………………… 2223

画马篇 ………………………………………… 2223

咏马鞭 ………………………………………… 2223

塞下曲 ………………………………………… 2223

渔父歌 ………………………………………… 2224

## 卷二一四

高　适

部落曲 ……………………………………… 2225

赠杜二拾遗 ………………………………… 2225

醉后赠张九旭 ……………………………… 2225

途中寄徐录事 ……………………………… 2225

酬卫八雪中见寄 …………………………… 2226

送白少府送兵之陇右 ……………………… 2226

河西送李十七 ……………………………… 2226

送张瑶贬五谿尉 …………………………… 2226

别韦五 ……………………………………… 2226

别刘大校书 ………………………………… 2226

宋中别司功叔各赋一物得商丘 …………… 2227

送蔡十二之海上 …………………………… 2227

别韦兵曹 …………………………………… 2227

独孤判官部送兵 …………………………… 2227

别从甥万盈 ………………………………… 2227

别崔少府 …………………………………… 2227

别冯判官 …………………………………… 2228

淇上送韦司仓往滑台 ……………………… 2228

送崔功曹赴越 ……………………………… 2228

送蹇秀才赴临洮 …………………………… 2228

广陵别郑处士 ……………………………… 2228

别孙欣 ……………………………………… 2228

送刘评事充朔方判官赋得征马嘶 ………… 2229

送魏八 ……………………………………… 2229

赠别褚山人 ………………………………… 2229

别王八 ……………………………………… 2229

送董判官 …… 2229

送郑侍御谪闽中 …… 2229

送李侍御赴安西 …… 2230

送裴别将之安西 …… 2230

宴郭校书因之有别 …… 2230

同李太守北池泛舟宴高平郑太守 …… 2230

同崔员外綦毋拾遗九日宴京兆府李士曹 …… 2230

同群公十月朝宴李太守宅 …… 2230

武威同诸公过杨七山人得藤字 …… 2231

同群公登濮阳圣佛寺阁 …… 2231

同卫八题陆少府书斋 …… 2231

淇上别业 …… 2231

入昌松东界山行 …… 2231

使青夷军入居庸三首 …… 2231

自蓟北归 …… 2232

东平别前卫县李寀少府 …… 2232

夜别韦司士得城字 …… 2232

送李少府贬峡中王少府贬长沙 …… 2232

同陈留崔司户早春宴蓬池 …… 2232

金城北楼 …… 2233

同颜六少府旅宦秋中之作 …… 2233

重阳 …… 2233

古乐府飞龙曲留上陈左相 …… 2233

留上李右相 …… 2234

同李员外贺哥舒大夫破九曲之作 …… 2234

信安王幕府诗 …… 2234

东平旅游奉赠薛太守二十四韵 ……………… 2235

真定即事奉赠韦使君二十八韵 ……………… 2235

和窦侍御登凉州七级浮图之作 ……………… 2236

酬河南节度使贺兰大夫见赠之作 …………… 2236

奉酬睢阳路太守见赠之作 …………………… 2236

奉酬睢阳李太守 ……………………………… 2237

送柴司户充刘卿判官之岭外 ………………… 2237

送蔡少府赴登州推事 ………………………… 2238

秦中送李九赴越 ……………………………… 2238

饯宋八充彭中丞判官之岭南 ………………… 2238

陪窦侍御泛灵云池 …………………………… 2238

陪窦侍御灵云南亭宴诗得雷字 ……………… 2239

同熊少府题卢主簿茅斋 ……………………… 2239

同朱五题卢使君义井 ………………………… 2239

同郭十题杨主簿新厅 ………………………… 2239

秋日作 ………………………………………… 2240

辟阳城 ………………………………………… 2240

赴彭州山行之作 ……………………………… 2240

咏史 …………………………………………… 2240

送兵到蓟北 …………………………………… 2240

同群公题张处士菜园 ………………………… 2240

逢谢偃 ………………………………………… 2241

田家春望 ……………………………………… 2241

闲居 …………………………………………… 2241

封丘作 ………………………………………… 2241

九曲词三首 …………………………………… 2241

营州歌 …………………………………… 2241

玉真公主歌 ……………………………… 2242

和王七玉门关听吹笛 …………………… 2242

别董大二首 ……………………………… 2242

送桂阳孝廉 ……………………………… 2242

送李少府时在客舍作 …………………… 2242

听张立本女吟 …………………………… 2243

初至封丘作 ……………………………… 2243

除夜作 …………………………………… 2243

**卷二一五**

李岘

剑池 ……………………………………… 2244

李栖筠

张公洞 …………………………………… 2245

投宋大夫 ………………………………… 2245

徐浩

宝林寺作 ………………………………… 2246

谒禹庙 …………………………………… 2246

薛令之

自悼 ……………………………………… 2247

灵岩寺 …………………………………… 2247

邹绍先

湘夫人 …………………………………… 2247

李穆

寄妻父刘长卿 …………………………… 2248

冯　著

　　短歌行 ……………………………………………… 2248

　　洛阳道 ……………………………………………… 2248

　　行路难 ……………………………………………… 2248

　　燕衔泥 ……………………………………………… 2249

王　迥

　　同孟浩然宴赋 ……………………………………… 2249

李　晔

　　尚书都堂瓦松 ……………………………………… 2249

敬　括

　　省试七月流火 ……………………………………… 2250

# 全唐诗卷一四七

## 刘长卿

刘长卿,字文房,河间人。开元二十一年进士。至德中,为监察御史。以检校祠部员外郎为转运使判官,知淮南鄂岳转运留后。鄂岳观察使吴仲孺诬奏,贬潘州南邑尉。会有为之辩者,除睦州司马。终随州刺史。以诗驰声上元、宝应间。权德舆〔尝〕(常)谓为五言长城。皇甫湜亦云:"诗未有刘长卿一句,已呼宋玉为老兵。"其见重如此。集十卷,内诗九卷。今编诗五卷。

### 逢雪宿芙蓉山主人

日暮苍山远,天寒白屋贫。柴门闻犬吠,风雪夜归人。

### 送张起崔载华之闽中

朝无寒士达,家在旧山贫。相送天涯里,怜君更远人。

### 赠秦系征君

群公谁让位,五柳独知贫。惆怅青山路,烟霞老此人。

## 秦系顷以家事获谤因出旧山每荷观察
## 崔公见知欲归未遂感其流寓诗以赠之

初迷武陵路,复出孟尝门。回首江南岸,青山与旧恩。

## 夜中对雪赠秦系时秦
## 初与谢氏离婚谢氏在越

月明花满地,君自忆山阴。谁遣因风起,纷纷乱此心。

## 湘　妃

帝子不可见,秋风来暮思。婵娟湘江月,千载空蛾眉。

## 斑　竹

苍梧千载后,斑竹对湘沅。欲识湘妃怨,枝枝满泪痕。

## 春草宫怀古

君王不可见,芳草旧宫春。犹带罗裙色,青青向楚人。

## 正朝览镜作

憔悴逢新岁,茅扉见旧春。朝来明镜里,不忍白头人。

## 瓜洲道中送李端公南渡后归扬州道中寄

片帆何处去,匹马独归迟。惆怅江南北,青山欲暮时。

## 送张十八归桐庐

归人乘野艇,带月过江村。正落寒潮水,相随夜到门。

## 过白鹤观寻岑秀才不遇

不知方外客,何事锁空房。应向桃源里,教他唤阮郎。

## 听 弹 琴

泠泠七丝—作弦上,静听松风寒。古调虽自爱,今人多不弹。

## 游南园偶见在阴墙下葵因以成咏

此地常无日,青青独在阴。太阳偏不及,非是未倾心。

## 入百丈涧见桃花晚开

百丈深涧里,过时花欲妍。应缘地势下,遂使春风偏。

## 送子婿崔真甫李穆往扬州四首

渡口发梅花,山中动泉脉。芜城春草生,君作扬州客。
半逻莺满树,新年人独远。落花逐流水,共到茱萸湾。
雁还空渚在,人去落潮翻。临水独挥手,残阳归掩门。
狎鸟携稚子,钓鱼终老身。殷勤嘱归客,莫话桃源人。

## 寄龙山道士许法稜

悠悠白云里,独住青山客。林下昼焚香,桂花同寂寂。

## 送方外上人

孤云将野鹤,岂向人间住。莫买沃洲山,时人已知处。

# 送灵澈上人

苍苍竹林寺,杳杳钟声晚。荷笠带夕阳,青山独归远。

# 茱萸湾北答崔载华问

荒凉野店绝,迢递人烟远。苍苍古木中,多是隋家苑。

# 赴楚州次自田途中阻浅问张南史

楚城今近远,积霭寒塘暮。水浅舟且迟,淮潮至何处。

# 江 中 对 月

空洲夕烟敛,望月秋江里。历历沙上人,月中孤渡水。

# 碧涧别墅喜皇甫侍御相访

荒村带返照,落叶乱纷纷。古路无行客,寒山独见君。野桥经雨断,涧水向田分。不为怜同病,何人到白云。

# 初到碧涧招明契上人

渐老知身累,初寒曝背眠。白云留永日,黄叶减馀年。猿护窗前树,泉浇谷后一作口田。沃洲能共隐,不用道林钱。

# 送少微上人游天台

石桥人不到,独往更迢迢。乞食山家少,寻钟野路遥。松门风自扫,瀑布雪难消。秋夜闻清梵,馀音逐海潮。

## 却归睦州至七里滩下作

南归犹谪宦,独上子陵滩。江树临洲晚,沙禽对水寒。山开斜照在,石浅乱流难。惆怅梅花发,年年此地看。

## 对酒寄严维

陋—作陌巷喜阳和,衰颜对酒歌。懒从华发乱,闲任白云多。郡简容垂钓,家贫学弄梭。门前七里濑,早晚子陵过。

## 新 年 作

乡心新岁切,天畔独潸然。老至居人下,春归在客先。岭猿同旦暮,江柳共风烟。已似长沙傅,从今又几年。

## 朱放自杭州与故里相使君立碑回因以奉简吏部杨侍郎制文

片石羊公后,凄凉江水滨。好辞千古事,堕泪万家人。鹏集占书久,鸾回刻篆新。不堪相顾恨,文字日生尘。

## 送宣尊师醮毕归越

吹箫江上晚,惆怅别茅君。踏火能飞雪,登—作吞刀—作山入白云。晨香长日在,夜磬满山闻。挥手桐溪路,无情水亦分。

## 送裴使君赴荆南充行军司马

盛府南门寄,前程积水中。月明临夏口,山晚望巴东。故节辞江郡,寒笳发渚宫。汉川风景好,遥羡逐—作继羊公。

## 送裴郎中贬吉州

乱军交白刃,一骑出黄尘。汉节同归阙,江帆共逐臣。猿愁歧路晚,梅作异方春。知己鄮侯在,应怜脱粟人。

## 酬皇甫侍御见寄时前相国姑臧公初临郡

离别江南北,汀洲叶再黄。路遥云共水,砧迥月如霜。岁俭依仁政,年衰忆故乡。伫看一作君宣室召,汉法倚张纲。

## 月下呈章秀才 八元

自古悲摇落,谁人奈此何。夜蛩偏傍枕,寒鸟数移柯。向老三年谪,当秋百感多一作无愁百口多。家贫惟好月,空愧子猷过。

## 酬 张 夏

几岁依穷海,颓年惜故阴。剑寒空有气,松老欲无心。玩雪劳相访,看山正独吟。孤舟且莫去,前路水云深。

## 送李使君贬连州

独过长沙去,谁堪此路愁。秋风散千骑,寒雨泊孤舟。贾谊辞明主,萧何识故侯。汉廷当自召,湘水但空流。

## 秋夜北山精舍观体如师梵

焚香奏仙呗,向夕遍空山。清切兼秋远,威仪对月闲。静分岩响答,散逐海潮还。幸得风吹去,随人到世间。

## 酬张夏雪夜赴州访别途中苦寒作

扁舟乘兴客, 不惮苦寒行。晚暮相依分, 江潮欲别情一作江湖别有情。
水声冰下咽, 砂路雪中平。旧剑锋芒尽, 应嫌赠脱一作脱自轻。

## 寻洪尊师不遇

古木无人地, 来寻羽客家。道书堆玉案, 仙帔叠青霞。鹤老难知
岁, 梅寒未作花。山中不相见, 何处化丹砂。

## 喜鲍禅师自龙山至

故居一作山何日下, 春草欲芊芊。犹对山中月, 谁听石上泉。猿声
知后夜, 花发见流年。杖锡闲来往, 无心到处禅。

## 送方外上人之常州依萧使君

宰臣思得度, 鸥鸟恋为群。远客回飞锡, 空山卧白云。夕阳孤艇
去, 秋水两溪分。归共临川史, 同翻贝叶文。

## 宿北山禅寺兰若

上方鸣夕磬, 林下一僧还。密行传人少, 禅心对虎闲。青松临古
路, 白月满寒山。旧识窗前桂, 经霜更待一作得攀。

## 赴新安别梁侍郎

新安君莫问, 此路水云深。江海无行迹, 孤舟何处寻。青山空向
泪, 白月岂知心。纵有馀生在, 终伤老病侵。

## 江州留别薛六柳八二员外

江海相逢一作逢君少,东南别处长。独行风袅袅,相去水茫茫。白首辞同舍,青山背故乡。离心与潮信,每日到浔阳。

## 和州留别穆郎中

播迁悲远道,摇落感衰容。今日犹多难,何年更此逢。世交黄叶散,乡路白云重。明发看烟树,唯闻江北钟。

## 和州送人归复郢

因家汉水曲,相送掩柴扉。故郢生秋草,寒江澹落晖。绿林行客少,赤壁住人稀。独过浔阳去,潮归人不归。

## 送金昌宗归钱塘

新家浙江上,独泛落潮归。秋水照华发,凉风生褐衣。柴门嘶马少,藜杖拜人稀。惟有陶潜柳,萧条对掩扉。

## 酬张夏别后道中见寄

离群方岁晏,谪宦在天涯。暮雪同行少,寒潮欲上迟。海鸥知吏傲,砂鹤一作沙鸟见人衰。只畏生秋一作忆春草,西归亦未期。

## 新安奉送穆谕德归朝赋得行字

九重宣室召,万里建溪行。事直皇天在,归迟白发生。用材身复起,睹圣眼犹明。离别寒江上,潺湲若有情。

## 偶 然 作

野寺长依止，田家或往还。老农开古地，夕鸟入寒山。书剑身同废，烟霞吏共闲。岂能将白发，扶杖出人间。

### 送州人一作睦州孙沆自本州却归句章新营所居

故里归成客，新家去未安。诗书满蜗舍，征税及渔竿。火种山田薄，星居海岛寒。怜君不得已，步步别离难。

## 送李员外使还苏州兼呈前袁州李
## 使君赋得长字袁州即员外之从兄

别离共成怨一作诚共怨，衰老更难忘。夜月留同舍，秋风在远乡。朱弦徐向烛，白发强临觞。归献西陵作，谁知此路长。

## 酬李员外从崔录事载华宿三河戍先见寄

寒江鸣石濑，归客夜初分。人语空山答，猿声独戍闻。迟来朝及暮，愁去水连云。岁晚心谁在，青山见此君。

## 见秦系离婚后出山居作

岂知偕老重，垂老绝良姻。郄氏诚难负，朱家自愧贫。绽衣留欲故，织锦罢经春。何况蘼芜绿，空山不见人。

## 酬 秦 系

鹤书犹未至，那出白云来。旧路经年别，寒潮每日回。家空归海燕，人老发江梅。最忆门前柳，闲居手自栽。

# 岁 日 作

建寅回北斗,看历占春风。律变沧江外,年加白发中。春衣试稚
子,寿酒劝衰翁。今日阳和发,荣枯岂不同。

## 题元录事开元所居

幽居萝薜情,高卧纪纲行。鸟散秋鹰下,人闲春草生。冒风一作岚
归野寺,收印出山城。今日新安郡,因君水更清。

## 送崔载华张起之闽中

不识闽中路,遥知别后心。猿声入岭切,鸟道问人深。旅食过夷
落,方言会越音。西征开幕府,早晚用陈琳。

## 送张司直赴岭南谒张尚书

番禺万里路,远客片帆过。盛府依横海,荒祠拜伏波。人经秋瘴
变,鸟坠火云多。诚惮炎洲里,无如一顾何。

## 寄会稽公徐侍郎 公时在王傅

摇落淮南叶,秋风想越吟。邹枚入梁苑,逸少在山阴。老鹤无衰
貌,寒松有本心。圣朝难税驾,惆怅白云深。

## 送朱山人放越州贼退后归山阴别业

越州一作中初罢战,江上送归桡。南渡无来客一作信,西陵自落潮。
空城垂故一作细柳,旧业一作井废春苗。闾里相逢少一作谁相见,莺花
共寂寥。

# 秋夜肃公房喜普门上人自阳羡山至

山栖久不见，林下偶同游。早晚来香积，何人住沃洲。寒禽惊后一作独夜一作晚，古木带高秋。却入千峰去，孤云不可留。

## 送李秘书却赴南中

此公举家先流岭外，兄弟数人俱没南中。

却到番禺日，应伤昔所依。炎洲百口住，故国几人归。路识梅花在，家存一作看棣萼稀。独逢回雁去，犹作旧行飞。

## 过前安宜张明府郊居

寂寥东郭外，白首一先生。解印一作考满孤琴在，移家一作家移五柳成。夕阳临水钓，春雨向田耕。终日空林下，何人识此情。

## 使回次杨柳过元八所居

君家杨柳渡，来往落帆过。绿竹经寒在，青山欲暮多。薜萝诚可恋，婚嫁复如何。无奈闲门外，渔翁夜夜歌。

## 送李侍御贬郴州

洞庭波渺渺，君去吊灵均。几路三湘水，全家万里人。听猿明月夜，看柳故年春。忆想汀洲畔，伤心向白蘋。

## 寄普门上人

白云幽卧处，不向世人传。闻在千峰里，心知独夜禅。辛勤羞薄禄，依止爱闲田。惆怅王孙草，青青又一年。

## 逢郴州使因寄郑协律

相思楚天外,梦寐楚猿吟。更落淮南叶,难为江上心。衡阳问人
远,湘水向君深。欲逐孤帆去,茫茫何处寻。

## 岳阳馆中望洞庭湖

万古巴丘戍,平湖此一作北望长。问人何淼淼,愁暮更苍苍。叠浪
浮元气,中流没太阳。孤舟有归客,早晚达潇湘。

## 巡去岳阳却归鄂州使院留别
## 郑洵侍御侍御先曾谪居此州

何事长沙谪,相一作长逢楚水秋。暮帆归夏口,寒雨对巴丘。帝子
椒浆奠,骚人木叶愁。惟怜万里外,离别洞庭头。

## 夏口送屈突司直使湖南

共悲一作愁来夏口,何事更南征。雾露行人少,潇湘春草生。莺啼
何处梦,猿啸若为声。风月新年好,悠悠远客情。

## 代边将有怀

少年辞魏阙,白首向沙场。瘦马恋秋草,征人思故乡。暮笳吹塞
月,晓甲带胡霜。自到云中郡,于今百战强。

## 雨中过员稷巴陵山居赠别

怜君洞庭上,白发向人垂。积雨悲幽独,长江对别离。牛羊归故
道,猿鸟聚寒枝。明发遥相望,云山不可知。

## 送李中丞之襄州

一作送李中丞归汉阳，李一作季，一无之襄州三字。

流落征南将，曾驱十万师。罢归无旧业，老去恋明时。独立三朝识
一作边静，轻生一剑知一作随。茫茫汉江上，日暮复一作欲何之。

## 奉使至申州伤经陷没

举目伤芜没，何年此战争。归人失旧里，老将守孤城。废戍山烟
出，荒田野火行。独怜浉水上，时乱亦能清。

## 穆陵关北逢人归渔阳

逢君穆陵路，匹马向桑干。楚国苍山古，幽州白日寒。城池百战
后，耆旧几家残。处处蓬蒿遍，归人掩泪看。

## 安州道中经浐水有怀

征途逢浐水，忽似到秦川。借问朝天处，犹看落日边。映沙晴漾
漾，出涧夜溅溅。欲寄西归恨，微波不可传。

## 步登夏口古城作

平芜连古堞，远客此沾衣。高树朝一作潮光上，空城秋气归。微明
汉水极，摇落楚人稀。但见荒郊外，寒鸦暮暮飞。

## 赠别卢司直之闽中

尔来多不见，此去又何之。华发同今日，流芳似旧时。洲长春色
遍，汉广夕阳迟。岁岁王孙草，空怜无处期。

## 酬郭一作张夏一作厦人日长沙

### 感怀见赠 此公比经流窜,亲在上都。

旧俗欢犹在,怜君恨独深。新年向国泪,今日倚门心。岁去随湘
水,春生近桂林。流莺且莫弄,江畔正行吟。

## 赴巴南书情寄故人

南过三湘去,巴人此路偏。谪居秋瘴里,归处夕阳边。直道天何
在,愁容镜亦怜。裁书欲谁诉,无泪可潸然。

## 馀干旅舍

摇落暮天迥,青枫霜叶稀。孤城向水闭,独鸟背人飞。渡口月初
上,邻家渔未归。乡心正欲绝,何处捣寒衣。

## 登思禅寺上方题修竹茂松

上方幽且暮一作西峰上方处,台殿一作榭隐蒙笼一作朦胧。远磬秋山里,
清猿古木中。众溪连竹路,诸岭共松风。傥许栖林下,甘成白首
翁。

## 恩敕重推使牒追赴苏州次前溪馆作

渐入云峰里,愁看驿路闲。乱鸦投落日,疲马向空山。且喜怜非
罪,何心恋末班。天南一万里,谁料得生还。

## 北归次秋浦界清溪馆

万里一作岭猿啼一作频断,孤村客暂依。一作万古啼猿后,孤城落日依。雁
过彭蠡暮,人向宛陵稀。旧路青山在,馀生白首归。渐知行近北,

不见鹧鸪飞。

## 谪官后却归故村将过虎丘怅然有作

万事依然在，无如岁月何。邑人怜白发，庭树长新柯。故老相逢少，同官不见多。唯馀旧山路，惆怅枉帆过。

## 重推后却赴岭外待进止寄元侍郎

却访巴人路，难期国士恩。白云从出岫，黄叶已辞根。大造功何薄，长年气尚冤。空令数行泪，来往落湘沅。

## 秋杪江亭有作 一作秋杪干越亭

寂寞江亭下，江枫秋气斑。一作日暮更愁远，天涯殊未还。世情何处澹，湘水向人闲。寒渚一孤雁，夕阳千万山。扁舟如一作将落叶，此去未知还一作俱在洞庭间。

## 送郑司直归上都

岁岁逢离别，蹉跎江海滨。宦游成楚老，乡思逐秦人。马首归何日，莺啼又一春。因君报情旧，闲慢欲垂纶。

## 送灵澈上人归嵩阳兰若 一作岩

南地随缘久，东林几岁空。暮山门独掩，春一作青草路难通。作梵连松韵，焚香入桂丛。唯将旧瓶钵，却寄白云中。

## 却赴南邑留别苏台知己

又过梅岭上，岁岁此一作北枝寒。落日孤舟去，青山万里看。猿声湘水静，草色洞庭宽。已料生涯事，唯应把钓竿。

# 和灵一上人新泉

东林一泉出，复与远公期。石浅寒一作浅石春流处，山空夜一作暮落时。一作浅涧春流处，空山夜月时。梦闲闻一作归细响，虑澹对一作向清漪。动静皆无意一作如此，唯应达一作道者知。

# 送李挚赴延陵令

清风季子邑，想见下车时。向水弹琴静，看山采菊迟。明君加印绶，廉使托茕〔嫠〕(嫠)。且暮华阳洞，云峰若有期。

# 奉送裴员外赴上都

彤襜江上远，万里诏书催。独过浔阳去，空怜潮信回。离心秋草绿，挥手暮帆开。想见秦城路，人看五马来。

# 长沙桓王墓下别李纾张南史

长沙千载后，春草独萋萋。流水朝将一作空，又作还暮，行人东复西。碑苔几字灭，山木万株齐。伫立伤今古一作惟有年芳在，相看惜解携。

# 送侯一有侍字御赴黔中充判官

不识黔中路，今看遣使臣。猿啼万里客，鸟似五湖人。地远官无法，山深俗岂淳。须令荒徼外，亦解惧埋轮。

# 秋日登吴公台上寺远眺
## 寺即陈将吴明彻战场 一作地

古台摇落后，秋日一作入望乡心。野寺人来少，云峰水隔深。夕阳依旧垒，寒磬满空林。惆怅南朝事，长江独至今。

## 淮上送梁二恩命追赴上都

贾生年最少,儒行汉庭闻。拜手卷黄纸,回身谢白云。故关无去客,春草独随君。淼淼长淮水,东西自此分。

## 送崔升归上都

旧寺寻遗绪,归心逐去尘。早莺何处客,古木几家人。白发经多难,沧洲欲暮春。临期数行泪,为尔一沾巾。

## 过李将军南郑林园观妓

郊原风日好,百舌弄何频。小妇秦家女,将军天上人。鸦归长郭暮,草映大堤春。客散垂杨下,通桥车马尘。

## 送严侍御充东畿观察判官

洛阳征战后,君去问凋残。云月一作日临南至,风霜向北寒。故园经乱久,古木隔林看一作古道近乡看。谁访江城客,年年守一官。

## 送王端公入奏上都

旧国无家访,临歧亦羡归。途经百战后,客过二陵稀。秋草通征骑,寒城背落晖。行当蒙顾问,吴楚岁频饥。

## 送营田判官郑侍御赴上都

上国三千里,西还一作游及岁芳。故山经乱在,春日送归长。晓奏趋双阙,秋成报万箱。幸论开济力,已实海陵仓。

## 送李校书赴东浙幕府 校书工于翰墨

方从大夫后,南去会稽行。淼淼沧江外,青青春草生。芸香辞乱一作校事,梅吹听军声。应访王家宅,空怜江水平。

## 清明后登城眺望

风景清明后,云山睥睨前。百花如旧日,万井出新烟。草色无空地,江流合远天。长安在何处一作何处是,遥指夕阳边。

## 陪王明府泛舟

花县弹琴暇,樵风载酒时。山含秋色近,鸟度夕阳迟。出没凫成浪,蒙笼竹亚枝。云峰逐人意,来去解相随。

## 送度支留后若侍御之歙州便赴信州省觐

国用忧钱谷,朝推此任难。即山榆荚变,降雨稻花残。林响朝登岭,江喧夜过滩。遥知骢马色,应待倚门看。

## 馀干夜宴奉饯前苏州韦使君新除婺州作

复拜东阳郡,遥驰北阙心。行春五马急,向夜一猿深。山过康郎近,星看婺女临。幸容栖托分,犹恋旧棠阴。

## 晚次苦竹馆却忆干越旧游

匹马风尘色,千峰旦暮时。遥看落日尽,独向远山迟。故驿花临道,荒村竹映篱。谁怜却回首,步步恋南枝。

# 送李二十四移家之江州

烟尘犹一作遍满目,歧路易沾衣。逋一作迁客多南渡,征一作春鸿自北
飞。九江春草绿一作东林古寺静,千里暮潮归。别后难一作谁相访,全
家隐钓矶。一作羡尔全家隐,炉峰对掩扉。

## 送卢判官南湖

漾舟仍载酒,愧尔意相宽。草色南湖绿,松声小暑寒。水禽前后起
一作出,花屿往来看。已作沧洲调,无心恋一官。

## 送张栩扶侍之睦州 此公旧任建德令

遥忆新安旧,扁舟复却还。浅深看水石,来往逐云山。入县馀花
在,过门故柳闲。东征随子去,皆隐薜萝间。

## 集梁耿开元寺所居院

到君幽卧处,为我扫莓苔。花雨晴天落,松风终日来。路经深竹
过,门向远山开。岂得长高枕,中朝正用才。

## 赠西邻卢少府

篱落能相近,渔樵偶复同。苔封三径绝,溪向数家通。犬吠寒烟
里,鸦鸣一作飞夕照中。时因杖藜次一作倘因篮舆出,相访竹林东。

## 游休禅师双峰寺

双扉碧峰际,遥向夕阳开。飞锡方独往,孤云何事来。寒潭映白
月,秋雨上青苔。相送东郊外,羞看骢马回。

## 廨中见桃花南枝已开北枝未发因寄杜副端

何意同根本,开花每后时。应缘去日远,独自发春迟。结实恩一作
应难忘一作望,无言恨岂知。年光不可待,空羡向南枝。

## 奉送卢员外之饶州

天书万里至,旌旆上江飞。日向鄱阳近,应看吴岫微。暮帆何处
落,潮水背人归。风土无劳问,南枝黄叶稀。

## 送处士归州因寄林山人

陵阳不可见,独往复如何。旧邑云山里,扁舟来去过。鸟声春谷
静,草色太湖多。傥宿荆溪夜,相思渔者歌。

## 移使鄂州次岘阳馆怀旧居

多惭恩未报,敢问路何长。万里通秋雁,千峰共夕阳。旧游成远
道,此去更违一作迷乡。草露深一作空山里,朝朝落一作满客裳。

## 送齐郎中赴海州

华省占星动,孤城望日遥。直庐收旧草,行县及新苗。沧海天连
水,青山暮与朝。闾阎几家散,应待下车招。

## 重阳日鄂城楼送屈突司直

登高复送远,惆怅洞庭秋。风景一作水同前一作千古,云山满上游。
苍苍来暮雨,淼淼逐寒流。今日关中事,萧何共尔忧。

## 更被奏留淮南送从弟罢使江东

又作淮南客,还悲木叶声。寒潮落瓜步,秋色上芜城。王事何时尽,沧洲羡尔行。青山将绿水,惆怅不胜情。

## 经 漂 母 墓

昔贤怀一饭,兹事已千秋。古墓樵人识,前朝楚水流。渚蘋行客荐,山木杜鹃愁。春草茫茫绿,王孙旧此游。

## 送李端公赴东都

轩辕征战后,江海别离长。远客归何处,平芜满故乡。夕阳帆杳杳,旧里树苍苍。惆怅蓬山下,琼枝不可忘。

## 送王员外归朝

往来无尽目,离别要逢春。海内罹多事,天涯见近臣。芳时万里客,乡路独归人。魏阙心常在,随君亦向秦。

## 送蒋侍御入秦

朝见及芳菲,恩荣出紫微。晚光临仗奏,春色共西归。楚客移家老,秦人访旧稀。因君乡里去,为扫故园扉。

## 洞庭驿逢郴州使还寄李汤司马

洞庭秋水阔,南望过衡峰。远客潇湘里,归人何处逢。孤云飞不定,落叶去无踪。莫使沧浪叟,长歌笑尔容。

## 送舍弟之鄱阳居

鄱阳寄家处,自别掩柴扉。故里人何在,沧波孤客稀。湖山春草遍,云木夕阳微。南去逢回雁,应怜相背飞。

## 送裴二十端公使岭南

苍梧万里路,空见白云来。远国知何在,怜君去未回。桂林无叶落<sub>一作落叶</sub>,梅岭自花开。陆贾千年后,谁看朝汉台。

## 过桃花夫人庙 即息夫人

寂寞应千岁,桃花想一枝。路人看古木,江月向空祠。云雨飞何处,山川是旧时。独怜春草色,犹似忆佳期。

## 鄂渚送池州程使君

萧萧五马动,欲别谢临川。落日芜湖色,空山梅冶烟。江湖通廨舍,楚老拜戈船。风化东南满,行舟来去传。

## 送友人西上

羁心不自解,有别会沾衣。春草连天积,五陵远客归。十年经转战,几处便<sub>一作更</sub>芳菲。想见函关路,行人去亦稀。

## 送梁郎中赴吉州

遥想庐陵郡,还听叔度歌。旧官移上象,新令布中和。看竹经霜少,闻猿带雨多。但愁征拜日,无奈借留何。

## 过湖南羊一作来处士别业

杜门成白首,湖上寄生涯。秋草芜一作闲三径,寒塘独一家。鸟归村落尽,水向县城斜。自有东篱菊,年年解作花。一作爱汝醒还醉,东篱菊正花。

## 送河南元判官赴河南勾当苗税充百官俸钱

春草长河曲,离心共渺然。方收汉家俸,独向汶阳田。鸟雀空城在,榛芜旧路迁。山东征战苦,几处有人烟。

## 夏中崔中丞宅见海红摇落一花独开

何事一花残,闲庭百草阑。绿滋经雨发,红艳隔林看。竟日馀香在,过时独秀难。共怜芳意晚,秋露未须团一作汋。

## 使还至一作自菱陂一作波,一作坡驿渡浉水作

清川已再涉,疲马共西还。何事行人倦,终年流水闲。孤烟飞一作出广泽,一鸟向空山。愁入云峰里,苍苍闭古关。

## 送齐郎中典括州

星象移何处,旌麾独向东。劝耕沧海畔,听讼白云中。树色一作影双溪合,猿声万岭同。石门康一作空乐住一作在,几里枉帆通。

## 过隐空和尚故居

自从飞锡去,人到沃洲稀。林下期何在,山中春独归。踏花寻旧径,映竹掩空扉。寥落东峰上,犹堪静者依。

## 过萧尚书故居见李花感而成咏

手植已芳菲,心伤故径微。往年啼鸟至,今日主人非。满地谁当扫,随风岂复归。空怜旧阴在,门客共沾衣。

## 送　袁　处　士

闲田北川下,静者去躬耕。万里空江荚,孤舟过郢城。种荷依野水,移柳待山莺。出处安能问,浮云岂有情。

## 酬李侍御登岳阳见寄

想见孤舟去,无由此路寻。暮帆遥在眼,春色独何心。绿水潇湘阔,青山鄂杜深。谁当北风至,为尔一开襟。

## 喜　　晴

晓日西风转,秋天万里明。湖天一种色,林鸟百般声。霁景浮云满,游丝映水轻。今朝江上客,凡慰几人情。

# 全唐诗卷一四八

## 刘长卿

### 夏口送徐郎中归朝

星象南宫远,风流上客稀。九重思晓奏,万里见春归。棹发空江响,城孤落日晖。离心与杨柳,临水更依依。

### 鄂渚听杜别驾弹胡琴

文姬留此曲,千载一知音。不解胡人语,空留<sub>一作愁</sub>楚客心。声随边草动,意入陇云深。何事长江上,萧萧出塞吟。

### 过鹦鹉洲王处士别业

白首此为渔,青山对结庐。问人寻野笋,留客馈家蔬。古柳依沙发<sub>一作岸</sub>,春苗带雨锄。共怜芳杜色,终日伴闲居。

### 寄万州崔使君 <sub>令钦</sub>

时艰方用武,儒者任浮沉。摇落秋江暮,怜君巴峡深。丘<sub>一作立</sub>门多白首,蜀郡满青襟。自解书生咏,愁猿莫夜吟。

## 送马秀才移家京洛便赴举

自从为楚客,不复扫荆扉。剑共丹诚在,书随白发归。旧游经乱静,后进识君稀。空把相如赋,何人荐礼闱。

## 送南特进赴归行营

闻道军书至,扬鞭不问家。虏云连白草,汉月到黄沙。汗马河源饮,烧羌陇坻遮。翩翩新结束,去逐李轻车。

## 送道标上人归南岳

悠然—作悠倚孤棹,却忆卧中林。江草将归远,湘山独往深。白云留不住,渌水去无心。衡岳千峰乱,禅房何处寻。

## 送梁侍御巡—作赴永州

萧萧江雨暮,客散野—作短亭空。忧国天涯去,思乡岁暮同。到时猿未断,回处水应穷。莫望零陵路,千峰万木中。

## 岁夜喜魏万成郭夏—作厦雪中相寻

新年欲变柳,旧客共沾衣。岁—作旅夜犹难尽,乡春又独归。寒灯映虚牖,暮雪掩闲扉。且莫—作旦暮乘船去,平生相访稀。

## 送蔡侍御赴上都

迟迟立驷马,久客恋潇湘。明日谁同路,新年独到—作别乡。孤烟—作灯向驿远,积雪去关长。秦地看春色,南枝不可忘。

# 晦日陪辛大夫宴南亭

月晦逢休浣,年光逐宴移。早莺留客醉,春日为人迟。萸草全无叶,梅花遍压枝。政闲风景好,莫比岘山时。

## 送独孤判官赴岭

伏波初树羽,待尔静川鳞。岭海看飞鸟,天涯问远人。苍梧云里夕,青草嶂中春。遥想文身国,迎舟拜使臣。

## 长沙馆中与郭夏一作厦对雨

长沙积雨晦,深巷绝人幽。润上春衣冷,声连暮角愁。云横全楚地,树暗古湘洲。杳霭江天外,空堂生百忧。

## 陪辛大夫西亭宴观妓

歌舞怜一作连迟日,旌麾一作旗映早春。莺窥陇西将,花对洛阳人。醉罢知何事,恩深忘此身。任他行雨去,归路裛香一作轻尘。

## 题魏万成江亭

萧条方岁晏,牢落对空洲。才出时人右,家贫湘水头。苍山隐暮雪,白鸟没寒流。不是莲花府,冥冥不可求。

## 春过裴虬郊园 时裴不在,因以寄之。

郊原春欲暮,桃杏落纷纷。何处随芳草,留家寄白云。听莺情念友,看竹恨无君。长啸高台上,南风冀尔闻。

## 送韦赞善使岭南

欲逐一作报楼船将，方安卉服夷。炎洲经瘴远，春水上泷迟。岁贡随重译，年芳遍四时。番禺静无事，空咏饮泉诗。

## 送乔判官赴福州

扬帆向何处，插羽逐征东。夷落人烟迥，王程鸟路通。江流回涧底，山色聚闽中。君去凋残后，应怜百越空。

## 送李补阙之上都

独归西掖去，难接后尘游。向日三千里，朝天十二楼。路看新柳夕，家对旧山秋。惆怅离心远，沧江空自流。

## 送袁明府之任

既有亲人术，还逢试吏年。蓬蒿千里闭，村树几家全。雪覆淮南道，春生颍谷烟。何时当莅政，相府待闻天。

## 海盐官舍早春

小邑沧洲吏，新年白首翁。一官如远客，万事极飘蓬。柳色孤城里，莺声细雨中。羁心早已乱，何事更春风。

## 南湖送徐二十七西上

家在横塘曲，那能万里违。门临秋水掩一作淹，帆带夕阳飞。傲俗宜纱帽，干时倚布衣。独将湖上月，相逐去还归。

# 曲阿对月别岑况徐说

金陵已芜没,函谷复烟尘。犹见南朝月,还随上国人。白云心自远,沧海意相亲。何事须成别,汀洲欲暮春。

## 送李侍御贬鄱阳 此公近由此州使回

回车仍昨日,谪去已秋风。干越知何处,云山只向东。暮天江色里,田鹤稻花中。却见鄱阳吏,犹应旧马骢。

# 送路少府使东京便应制举

时梁宋初失守。一题作送骆三少府西山应制。

故人西奉使,胡骑正纷纷。一作汀洲芳草绿,日暮更氛氲。旧国无来信,春江独送君。五言凌白雪,六翮向青云。谁念沧洲吏一作史,忘机鸥鸟群。一作自是无机者,沙鸥已可群。又作空自无机事,沙鸥已可群。

# 松 江 独 宿

洞庭初下叶,孤客不胜愁。明月天涯夜,青山江上秋。一官成白首,万里寄沧洲。久被浮名系,能无愧海鸥。

# 寻白石山真禅师旧草堂

惆怅云山暮,闲门独不开。何时飞杖锡,终日闭苍苔。隔岭春犹在,无人燕亦来。谁堪暝投处,空复一猿哀。

# 送行军张司马罢使回 一作送张扈司直归越中

时危身赴敌,事往任浮沉。末路一作万里三江去,当时一作孤城百战心。春风吴苑一作草绿,古木剡山深。千里沧波上一作明日沧洲路,孤舟不可寻。

## 喜李翰自越至

南浮沧海上，万里到吴台。久别长相忆，孤舟何处来。春风催客醉，江月向人开。羡尔无羁束，沙鸥独不猜。

## 罪所留系寄张十四

不见君来久，冤深意未传。冶长空得罪，夷甫岂言钱。直道天何在，愁容镜亦怜。因书欲自诉，无泪可潸然。

## 送勤照和尚往睢阳赴太守请

燃灯传七祖，杖锡为诸侯。来去一作去住云无意，东西水自流。青山春满目，白日夜随舟。知到梁园下，苍生赖一作眷此游。

## 长门怨

何事长门闭，珠帘只自垂。月移深殿早，春向后宫迟。蕙草生闲地，梨花发旧枝。芳菲自一作似恩幸，看著一作却被风吹。

## 过横山顾山人草堂

只一作祇见山相掩，谁言路尚通。人来千嶂外，犬吠百花中。细草香飘雨，垂杨闲卧风。却寻樵径去，惆怅绿溪东。

## 送李校书适越谒杜中丞

江风处处尽，旦暮水空波。摇落行人去，云山向越多。陈蕃悬榻待，谢客枉帆过。相见耶溪路，逶迤入薜萝。

## 秋夜雨中诸公过灵光寺所居

晤语青莲舍，重门闭夕阴。向人寒烛静，带雨夜钟沉一作深。流水
从他事，孤云任此心。不能捐斗粟，终日愧瑶琴。

## 西庭夜燕喜评事兄拜会

犹是南州吏，江城又一春。隔帘湖上月，对酒眼中人。棘寺初衔
命，梅仙已误身。无心羡荣禄，唯待却垂纶。

## 寻南溪常山道人隐居 一作寻常山南溪道士隐居

一路经行处，莓一作苍苔见履痕。白云依静渚一作者，春一作芳草闭闲
门。过雨看松色，随山到水源。溪花与禅意，相对亦忘言。

## 扬州雨中张十宅观妓 一作张谓诗

夜色带一作对，又作滞春烟，灯花拂更燃。残妆添石黛，艳舞落金钿。
掩笑频欹扇，迎歌乍动弦。不知巫峡雨，何事海西边。

## 赴宣州使院夜宴寂上人房
## 留辞前苏州韦使君

白云乖始愿，沧海有微波。恋旧争趋府，临危欲负戈。春归花殿
暗，秋一作寒傍竹房多。耐可机心息，其如羽檄何。

## 送薛承矩秩满北游

匹马向何处，北游殊未还。寒云带飞雪，日暮雁门关。一路傍汾
水，数州看晋山。知君喜初服，只爱此身闲。

# 饯别王十一南游

望君烟水阔,挥手泪沾巾。飞鸟没何处,青山空向人。长江一帆远,落日五湖春。谁见汀洲上,相思愁白蘋。

## 送严维尉诸暨 严即越州人

爱尔文章远,还家印绶荣。退公兼色养,临下带乡情。乔木映官舍,春山宜县城。应怜钓台石,闲却为浮名。

## 送李七之笮水谒张相公

惆怅青春晚,殷勤浊酒垆。后时长剑涩,斜日片帆孤。东阁邀才子,南昌老腐儒。梁园旧相识,谁忆卧江湖。

## 送崔处士先适越

山阴好云物,此去又春风。越鸟闻花里,曹娥想镜中。小江潮易满,万井水皆通。徒羡扁舟客,微官事不同。

## 奉陪使君西庭送淮西魏判官 得山字

羽檄催归恨,春风醉别颜。能邀五马送,自逐一星还。破竹从军乐,看花听讼闲。遥知用兵处,多在八公山。

## 狱中见壁画佛

不谓衔冤处,而能窥大悲。独栖丛棘下,还见雨花时。地狭青莲小,城高白日迟。幸亲方便力,犹畏毒龙欺。

# 送许拾遗还京

万里辞三殿，金陵到旧居。文星出西掖，卿月在南徐。故里惊朝服，高堂捧诏书。暂容乘驷马，谁许恋鲈鱼。

## 送张七判官还京觐省 大夫之子时初

春兰方可采，此去叶初齐。函谷莺声里，秦山马首西。庭闱新柏署，门馆旧桃蹊。春色一作日长安道，相随入禁闱。一本缺。

## 送孙莹京监擢第归蜀觐省

适贺一枝新，旋惊万里分。礼闱称独步，太学许能文。征马望春草，行人看暮云。遥知倚门处，江树正氛氲。

## 送史九赴任宁陵兼呈单父
## 史八时监察五兄初入台

趋府弟联兄，看君此去荣。春随千里道，河带万家城。绣服棠花映，青袍草色迎。梁园修竹在，持赠结交情。

## 卧病喜田九见寄 一作过

卧来能几日，春事已依然。不解谢公意，翻令静者便。庭阴残旧雪，柳色带新年。寂寞深村里，唯君相访偏。

## 重过宣峰寺山房寄灵一上人

西陵潮信满，岛屿入中流。越客依风水，相思南渡头。寒光生极浦，暮雪映沧洲。何事扬帆去，空惊海上鸥。

# 云门寺访灵一上人

所思劳日夕,惆怅去西东。禅客知何在,春山到处同。独行残雪里,相见白云中。请近东林寺,穷年事远公。

# 送陆羽之茅山寄李延陵

延陵衰草遍,有路问茅山。鸡犬驱将去,烟霞拟不还。新家彭泽县,旧国穆陵关。处处逃名姓,无名亦是闲。

# 寄灵一上人初还云门 一作皇甫曾诗

寒霜白云里,法侣自相携。竹径通城下,松风隔水西。方同沃洲去,不作武陵迷。仿佛知心处,高峰是会稽。

# 寄灵一上人 一作皇甫冉诗,一作郎士元诗。

高僧本姓竺,开士旧名林。一去春山里,千峰不可寻。新年芳草遍,终日白云深。欲徇微官去,悬知讶此心。

# 送 韩 司 直

游吴还入越,来往任风波。复送王孙去,其如春草何。岸明残雪在,潮满夕阳多。季子杨柳庙,停舟试一过。

# 酬李郎中夜登苏一作福州城楼见寄

辛勤万里道,萧索九秋残。日照闽中夜,天凝海上寒。客程无地远,主意在人安。遥寄登楼作,空知行路难。

## 送人游越 一作郎士元诗

未习风波事,初为吴越游。露沾湖色晓一作晚,月照海门一作山秋。梅市门何在,兰亭水尚流。西陵待潮处,落日满扁一作孤舟。

## 赠普门上人

支公身欲老,长在沃洲多。惠力堪传教,禅心久伏魔。山云随坐夏,江草伴头陀。借问回心后,贤愚去几何。

## 送康判官往新安 一作皇甫冉诗

不向新安去,那知江路长。猿声近庐霍,水色胜潇湘。驿路收残雨,渔家带夕阳。何须愁旅泊,使者有辉光。

## 送顾长 一本题下有往新安三字

由来山水客,复道向新安。半是乘槎便,全非行路难。晨装林月在,野饭浦沙寒。严子千年后,何人钓旧滩。

## 九日登李明府北楼

九日登高望,苍苍远树低。人烟湖草里,山翠县楼西。霜降鸿声切,秋深客思迷。无劳白衣酒,陶令自相携。

## 同诸公登楼

秋草行将暮,登楼客思惊。千家同霁色,一雁报寒声。北望无乡信,东游滞客行。今君佩铜墨,还有越乡情。

## 送友人南游

不愁寻水远,自爱逐连山。虽在春风里,犹从芳草间。去程何用计,胜事且相关。旅逸同群鸟,悠悠往复还。

## 送裴二十一

多病长无事,开筵暂送君。正愁帆带雨,莫望水连云。客思闲偏极,川程远更分。不须论一本缺早晚,惆怅又离群。

## 送张判官罢使东归

白首辞知己,沧洲忆旧居。落潮回野艇,积雪卧官庐。范叔寒犹在,周王岁欲除。春山数亩地,归去带经锄。

## 早　春

微雨夜来歇,江南春色回。本惊时不住,还恐老相催。人好千场醉,花无百日开。岂堪沧海畔,为客十年来。

## 送青苗郑判官归江西

三苗馀古地,五稼满秋田。来问周公税,归输汉俸钱。江城寒背日,溢水暮连天。南楚凋残后,疲民赖尔怜。

## 过包尊师山院

卖药曾相识,吹箫此复闻。杏花谁是主,桂树独留君。漱玉临丹井,围棋访白云。道经今为写,不虑惜鹅群。

## 故女道士婉仪太原郭氏挽歌词

作范宫闱睦,归真道艺—作艺业超。驭风仙路远,背日帝宫—作居遥。
鸾殿空留处,霓裳已罢朝。淮王哀不尽,松柏但萧萧。
宫禁恩—作思长隔,神仙道已分。人间惊早露,天上失朝云。逝水
年无限,佳城日易曛。箫声将薤曲,哀断不堪闻。

## 少 年 行

射飞夸侍猎,行乐爱联镳。荐枕青蛾艳,鸣鞭白马骄。曲房珠翠
合,深巷管弦调。日晚春风里,衣香满路飘。

## 归弋阳山居留别卢邵二侍御

渺渺归何处,沿流附客船。久依郡水住,频税越人田。偶俗机偏
少,安闲性所便。只应君少惯,又欲寄林泉。

## 赴江西湖上赠皇甫曾之宣州

莫恨扁舟去—作此去君何恨,川途—作南行我更遥。东西潮渺渺,离别
雨萧萧。流水通春谷,青山过板桥。天涯有来客,迟尔访渔樵。—
作浔阳如枉棹,千里有归潮。

## 湘中纪行十首

### 湘 妃 庙
荒祠古木暗,寂寂此江濆。未作湘—作湖南雨,知为何处云。苔痕
断珠履,草色带罗裙。莫唱迎仙曲,空山不可闻。

### 斑 竹 岩
苍梧在何处,斑竹自成林。点点留残泪,枝枝寄此心。寒山响易

满,秋水影偏深。欲觅樵人路,蒙笼—作朦胧不可寻。

### 洞山阳 浮丘公旧隐处。一作洞阳山。

旧日仙成处,荒林客到稀。白云将犬去,芳草任人归。空谷无行
径,深山少—作多落晖。桃园几家住,谁为扫荆扉。

### 云 母 溪

云母映溪水,溪流知几春。深藏武陵客,时过洞庭人。白发惭皎
镜,清光媚蓊沦。寥寥古松下,岁晚挂头巾。

### 赤 沙 湖

茫茫葭菼外,一望一沾衣。秋水连天阔,浔阳何处归。沙鸥积暮
雪,川日动寒晖。楚客来相问,孤舟泊钓矶。

### 秋 云 岭

山色无定姿,如烟复如黛。孤峰夕阳后,翠岭秋天外。云起遥蔽
亏,江回频向背。不知今远近,到处犹相对。

### 花 石 潭

江枫日摇落,转爱寒潭静。水色淡如空,山光复相映。人闲流更
慢,鱼戏波难定。楚客往来多,偏知白鸥性。

### 石围峰 一作石菌山

前山带秋色,独往—作住秋江晚。叠嶂入云多,孤峰去人远。〔夤〕
(寅)缘不可到,苍翠空在眼。渡口问渔家,桃源路深浅。

### 浮 石 濑

秋月照潇湘,月明闻荡桨。石横晚濑急,水落寒沙广。众岭猿啸
重,空江人语响。清晖朝复暮,如待扁舟赏。

### 横 龙 渡

空传古岸下,曾见蛟龙去。秋水晚沈沈,犹—作独疑在深—作何处。
乱声沙上石,倒影云中树。独见—作系一扁舟,樵人往来渡。

# 杂咏八首上礼部李侍郎

### 幽　琴 中二联作听琴绝句,已见前卷。

月色满轩白,琴声宜夜阑。飏飏青丝上,静听松风寒。古调虽自爱,今人多不弹。向君投此曲,所贵知音难。

### 晚　桃

四月深涧底,桃花方欲然。宁知地势下,遂使春风偏。此意颇堪惜,无言谁为传。过时君未赏,空媚幽林前。

### 疲　马

玄黄一疲马,筋力尽胡尘。骧首北风夕,徘徊鸣向人。谁怜弃置久,却与驽骀亲。犹恋长城外,青青寒草春。

### 春　镜

宝镜凌曙开,含虚净如水。独悬秦台上,万象清光里。岂虑高鉴偏,但防流尘委。不知娉婷色,回照今何似。

### 古　剑

龙泉闲古匣,苔藓沦此地。何意久藏锋,翻令世人弃。铁衣今正涩,宝刃犹可试。倘遇拂拭恩,应知刜犀利。

### 旧　井

旧井依旧城,寒水深洞彻。下看百馀尺,一镜光不灭。素绠久未垂,清凉尚含洁。岂能无汲引,长讶君恩绝。

### 白　鹭

亭亭常独立,川上时延颈。秋水寒白毛,夕阳吊孤影。幽姿闲自媚,逸翮思一骋。如有长风吹,青云在俄顷。

### 寒　釭

向夕灯稍进,空堂弥寂寞。光寒对愁人,时复一花落。但恐明见累,何愁暗难托。恋君秋夜永,无使兰膏薄。

# 寄李侍御

旧国人未归，芳—作沧洲草还碧。年年湖上亭—作春，怅望江南客。
骢马入关西，白云独何适。相思烟水外，唯有心不隔。

# 晚泊湘江怀故人

天涯片云去，遥指帝乡忆。惆怅增暮情，潇湘复秋色。扁舟宿何
处，落日羡归翼。万里无故人，江鸥不相识。

# 过邬三湖上书斋

何事东南客，忘机一钓竿。酒香开瓮老，湖色对门寒。向郭青山
送，临池白鸟看。见君能浪迹，予亦厌微官。

# 从军六首

回看虏骑合，城下汉兵稀。白刃两相向，黄云愁不飞。手中无尺
铁，徒欲突重围。

目极雁门道，青青边草春。一身事征战，匹马同苦辛。末路成白
首，功归天下人。

倚剑白日暮，望乡登戍楼。北风吹羌笛，此夜关山愁。回首不无
意，滹河空自流。

黄沙一万里，白首无人怜。报国剑已折，归乡身幸全。单于古台
下，边色寒苍然。

落日更萧条，北风动枯草。将军追虏骑，夜失阴山道。战败仍树
勋，韩彭但空老。

草枯—作秋草秋塞上，望见渔阳郭。胡马嘶一声，汉兵泪双落。谁
为吮疮者，此事今人薄。

# 龙门八咏

## 阙　口

秋山日一作向摇落,秋水急波澜。独见鱼龙气,长令烟雨寒。谁穷造化力,空向两崖看。

## 水　东　渡

山叶傍崖赤,千峰秋色多。夜泉发清响,寒渚生微波。稍见沙上月,归人争渡河。

## 福　公　塔

寂寞对伊水,经行长未还。东流自朝暮,千载空云山。谁见白鸥鸟,无心洲渚间。

## 远　公　龛

松路向精舍,花龛归老僧。闲云随锡杖,落日低金绳。入夜翠微里,千峰明一灯。

## 石　楼

隐隐见花阁,隔河映青林。水田秋雁下,山寺夜钟深。寂寞群动息,风泉清道心。

## 下　山

谁识往来意,孤云长自闲。风寒未渡水,日暮更看山。木落众峰出,龙宫苍翠间。

## 水西渡 一作西渡水

伊水摇镜光,纤鳞如不隔。千龛道傍古,一鸟沙上白。何事还一作闲山云一作寒,能留向城客。

## 渡　水

日暮下山来,千山暮钟发。不知波上棹,还弄山中月。伊水连白云,东南远明灭。

# 月 下 听 砧

夜静掩寒城,清砧发何处。声声捣秋月,肠断卢龙戍。未得一作有寄征人,愁霜复愁露。

## 送丘为赴上都 一作送皇甫曾

帝乡何处是,歧路空垂泣。楚思一作客愁暮多,川程一作长带潮急。潮归人不归,独向空一作回塘立。

## 题大理黄主簿湖上高斋

闭门湖水畔,自与白鸥亲。竟日窗中岫,终年林下人。俗轻儒服弊,家厌法官贫。多雨茅檐夜,空洲草径春。桃源君莫爱,且作汉朝臣。

# 平蕃曲三首

吹角报蕃营,回军欲洗兵。已教青海外,自筑汉家城。
渺渺戍烟孤,茫茫塞草枯。陇头那用闭,万里不防胡。
绝漠大军还,平沙独戍闲。空留一片石,万古在燕山。

## 送郑说之歙州谒薛侍郎 一作薛能郎中

漂泊来千里,讴谣满百城。汉家尊太守,鲁国重诸生。俗变人难理,江传一作流水至清。船经危石住一作往,路入乱山行。老得沧州趣,春伤白首情。尝闻马南郡,门下有康成。

## 题独孤使君一作常州湖上林一作新亭

出树倚朱阑,吹铙引上官。老农持锸拜,时稼卷帘看。水对登龙净,山当建隼寒。夕阳湖草动,秋色渚田宽。渤海人无事,荆州客独安。谢公何足比,来往石门难。

## 酬滁州李十六使君见赠

李公与予俱于阳羡山中新营别墅,以其同志,因有此作。

满镜悲华发,空山寄此身。白云家自有,黄卷业长贫。懒任垂竿老,狂因酿黍春。桃花迷圣代,桂树狎幽人。幢盖方临郡,柴荆忝作邻。但愁千骑至,石路却生尘。

## 送严维赴河南充严中丞幕府

久别耶溪客,来乘使者轩。用才荣入幕,扶病喜同樽。山屐留何处,江帆去独翻。暮情辞镜水,秋梦识云门。莲府开花萼,桃园寄子孙。何当举严助,遍沐汉朝恩。

## 酬包谏议佶见寄之什

佐郡愧顽疏,殊方亲里闾。家贫寒未度,身老岁将除。过雪山僧至,依阳野客舒。药陈随远宦,梅发对幽居。落日栖鸦鸟,行人遗<sup>一作达</sup>鲤鱼。高文不可和,空愧学相如。

## 栖霞寺东峰寻南齐明征君故居

山人今不见,山鸟自相从。长啸辞明主,终身卧此峰。泉源通石径,洞户掩尘容。古墓依寒草,前朝寄老松。片云生断壁,万壑遍疏钟。惆怅空归去,犹疑林下逢。

## 奉和赵给事使君留赠李婺
## 州舍人兼谢舍人别驾之什

便道访情亲,东方千骑尘。禁深分直夜,地远独行春。绛阙辞明
主,沧洲识近臣。云山随候吏,鸡犬逐归人。庭顾婆娑老,邦传蔽
芾新。玄晖翻佐理,闻到郡斋频。

## 行营酬吕侍御时尚书问罪襄
## 阳军次汉东境上侍御以州邻寇
## 贼复有水火迫于征税诗以见谕

不敢淮南卧,来趋汉将营。受辞瞻左钺,扶疾往前旌。井税鹑衣
乐,壶浆鹤发迎。水归馀断岸,烽至掩孤城。晚日归千骑,秋风合
五兵。孔璋才素健,早晚檄书成。

## 登迁一作仙仁楼酬子婿李穆

临风敞丽谯,落日听吹铙。归路空回首,新章已在腰。非才受官
谤,无政作人谣。俭岁安三户,馀年寄六条。春芜生楚国,古树过
隋朝。赖有东床客,池塘免寂寥。

## 别李氏女子

念尔嫁犹近,稚年那别亲。临歧方教诲,所贵和六姻。俯首戴荆
钗,欲拜凄且辛。本来儒家子,莫耻梁鸿贫。汉川若可涉,水清石
磷磷。天涯远乡妇,月下孤舟人。

## 长沙早春雪后临湘水呈同游诸子

汀洲暖渐渌,烟景淡相和。举目方如此,归心岂奈何。日华浮野

雪,春色染湘波。北渚生芳草,东风变旧柯。江山古思远,猿鸟暮情多。君问渔人意,沧浪自有歌。

## 自道林寺西入石路至
## 麓山寺过法崇禅师故居

山僧候谷口,石路拂一作扫莓苔。深入泉源去,遥从树杪回。香随青霭散,钟过白云来。野雪空斋掩,山风古殿开。桂寒知自发,松老问谁栽。惆怅湘江水,何人更渡杯。

## 和袁郎中破贼后军行过
## 剡中山水谨上太尉 即李光弼

剡路除荆棘,王师罢鼓鼙。农归沧海畔,围解赤城西。赦罪春阳发,收兵太白低。远峰来马首,横笛入猿啼。兰渚催新橿,桃源识故蹊。已闻开阁待,谁许卧东溪。

## 送郑十二一作山人还庐山别业

浔阳数亩宅,归卧掩柴关。谷口何人待一作在,门前秋草闲。忘一作无机卖药罢,无语一作挥手杖藜还。旧笋成寒竹,空斋向暮山。水流经一作过舍下,云去一作起到人间。桂树花应发,因行寄一攀。

## 至饶州寻陶十七不在寄赠

谪宦投东道,逢君已北辕。孤蓬向何处,五柳不开门。去国空回首,怀贤欲诉冤。梅枝横岭峤,竹路过湘源。月下高秋雁,天南独夜猿。离心与流水,万里共朝昏。

## 奉陪郑中丞自宣州解印与诸侄宴馀干后溪

迹远一作心远，一作意惬亲鱼鸟，功成厌鼓鼙。林中阮生集一作阮家醉，一作阮氏集，池上谢公题。户牖垂藤合，藩篱插槿齐。一本无此二句。一作门径苍苔合，窗阴绿筱低。一作深巷行人少，闲门卧柳低。夕阳山向背，春一作秋草水东西。度雨诸峰出，看花几路迷。一作看竹谁家好，高原几处迷。何劳问秦汉，更入武陵溪。后四句，一本作旧架悬藤老，疏篱插槿齐。风尘不可到，谁羡武陵溪。尘一作烟。

# 全唐诗卷一四九

## 刘长卿

### 同诸公袁郎中宴筵喜加章服

手诏来筵上,腰金向粉闱。勋名传旧阁,蹈舞著新衣。白社同游在,沧洲此会稀。寒筇发后殿,秋草送西归。世难常摧敌,时闲已息机。鲁连功可让,千载一相挥—作辉。

### 毗陵送邹结—作绍先赴河南充判官

王事相逢少,云山奈别何。芳年临水怨,瓜步上潮过。客路方经楚,乡心共渡河。凋残春草在,离乱故城多。罢战逢时泰,轻徭仵俗和。东西此分手,惆怅恨烟波。

### 送徐大夫赴广州

上将坛场拜,南荒羽檄招。远人来百越,元老事三朝。雾绕龙山暗,山连象郡—作岭遥。路分江淼淼,军动马萧萧。画角知秋气,楼船逐暮潮。当令输贡赋—作职,不使外夷骄。

### 九日题蔡国公主楼

主第人何在,重阳客暂寻。水馀龙镜色,云罢凤箫音。暗牖藏昏晓

一作旦，苍苔换古今。晴山卷幔出，秋草闭门深。篱菊仍新吐，庭槐
尚旧阴。年年画梁燕，来去岂无心。

## 送荀八过山阴—作访旧县—作任兼寄剡中诸官

访旧山阴县，扁舟到海涯。故林嗟满岁，春草忆佳期。晚景千峰
乱，晴江一鸟迟。桂香留客处，枫暗泊舟时。旧石曹娥篆，空山夏
禹一作禹帝祠。剡溪多隐吏，君去一作为道相一作长思。

## 奉饯元侍郎加豫章采访兼赐章服 时初停节度

任重兼乌府，时平偃豹韬。澄清湘水变，分别楚山高。花对彤襜
发，霜和白雪操。黄金装旧马，青草换新袍。岭暗猿啼月，江寒鹭
映涛。豫章生宇下，无使翳蓬蒿。

## 奉饯郎中四兄罢徐杭太守承
## 恩加侍御史充行军司马赴汝南行营

星使三江上，天波万里通。权分金节重，恩借铁冠雄。梅吹前军
发，棠阴旧府空。残春锦障外，初日羽旗东。岸柳遮浮鹢，江花隔
避骢。离心在何处，芳草满吴宫。

## 送贾侍御克复后入京 —作江南送贾侍御入京

对酒心不乐，见君动行舟。回看暮帆隐，独向空江愁。晴云淡初
夜，春塘深慢流。温颜风霜霁，喜气烟尘收。驰驷数千里，朝天十
二楼。因之一作云报亲爱，白发生沧洲。

## 会稽王处士草堂壁画衡霍诸山

粉壁一作爱此衡霍近，群峰一作卷帘如可攀。能令堂上客，见尽湖一作

湘南山。青翠数千仞一作千万状,飞来方丈间。归云无处灭,去鸟何时还。胜事日相对,主人常独闲。稍看林壑晚一作青阴满四壁,佳气生重关。一本此下有颇与宿心会,看看慰愁颜二句。

## 惠福寺与陈留诸官茶会 得西字

到此机事遣,自嫌尘网迷。因知万法幻,尽与浮云齐。疏竹映高枕,空花随杖藜。香飘诸天外,日隐双林西。傲一作微吏方见狎,真僧幸相携。能令归客意,不复还东溪。

## 金陵西泊舟临江楼

萧条金陵郭,旧是帝王州。日暮望乡处,云边江树秋。楚云不可托,楚水只堪愁。行客千万里,沧波朝暮流。迢迢洛阳梦,独卧清川楼。异乡共如此,孤帆难久游。

## 题灵祐上人法华院木兰花 其树岭南移植此地

庭种南中树,年华几度新。已依初地长,独发旧园春。映日成华盖,摇风散锦茵。色空荣落处,香醉往来人。菡萏千灯遍,芳菲一雨均。高柯倘为楫,渡海有良因。

## 宿严维宅送包佶 一作皇甫冉诗

江湖同避地,分首自依依。尽室今为客,惊秋空念归。岁储无别墅,寒服羡邻机。草色村桥晚,蝉声江树稀。夜深宜共醉,时难忍相违。何事随阳雁,汀洲忽背飞。

## 送从弟贬袁州 一作皇甫冉诗,题作送从弟豫贬远州。

何事成迁客,思归不见乡。游吴经万里,吊屈向三湘。水与荆巫接，山通鄢郢长。名羞一作嗟黄绶系，身是白眉郎。独结南枝恨，应思北雁行。忧来沾楚酒，老鬓莫凝霜。

## 无锡东郭送友人游越

客路风霜晓，郊原春兴馀。平芜不可望，游子去何如。烟水乘湖阔，云山适越初。旧都怀作赋，古穴觅藏书。碑缺曹娥宅，林荒逸少居。江湖无限意，非独为樵渔。

## 送邵州判官往南 一作皇甫冉诗

看君发原隰，驷牡志一作去皇皇。始罢沧江令，还随粉署郎。海沂军未息，河兖岁仍荒。征税人全少，榛芜虏近亡。新知行宋远，相望隔淮长。早晚裁书寄，银钩仁八行。

## 出丰县界寄韩明府

回首古原上，未能辞旧乡。西风收暮雨，隐隐分芒砀。贤友此为邑，令名满徐方。音容想在眼，暂若升琴堂。疲马顾春草，行人看夕阳。自非传尺素，谁为论中肠。

## 别陈留诸官 一作公

恋此东道主，能令西上迟。徘徊暮郊别，惆怅秋风时。上国邈千里，夷门难再期。行人望落日，归马嘶空陂。不愧宝刀赠，维怀琼树枝。音尘倘未接，梦寐徒相思。

## 观李凑一作溱所画美人障子

爱尔含天姿，丹青有殊智。无间已得象，象外更生意。西子不可见，千载无重还。空令浣沙态，犹在含毫间。一笑岂易得，双蛾如有情。窗风不举袖,但觉罗衣轻。华堂翠幕春风来,内阁金屏曙色开。此中一见乱人目一作眼,只疑行到云一作行雨到阳台。洪迈取末四句作绝句。

## 送史判官奏事之灵武兼寄巴西亲故

中州日纷梗,天地何时泰。独有西归心,遥悬夕阳外。故人奉章奏,此去论利害。阳雁南渡江,征骖去相背。因君欲寄远,何处问亲爱。空使沧洲人,相思减衣带。

## 自鄱阳还道中寄褚征君

南风日夜起,万里孤帆漾。元气连洞庭,夕阳落波上。故人烟水隔,复此遥相望。江信久寂寥,楚云独惆怅。爱君清川口,弄月时棹唱。白首无子孙,一生自疏旷。

## 石梁湖有寄 一作怀陆兼

故人千里道,沧波一一作十年别。夜上明月楼,相思楚天阔。潇潇清秋暮,袅袅凉风发。湖色淡不流,沙鸥远还灭。烟波日已远,音问日已绝。岁晏空含情,江皋绿芳歇。

## 送沈少府之任淮南

惜君滞南楚,枳棘徒栖凤。独与千里帆,春风远相送。此行山水好,时物亦应众。一鸟飞长淮,百花满云梦。相期丹霄路,遥听清风颂。勿为州县卑,时来自为用。

## 严子濑东送马处直归苏 一本有州字

望君舟已远,落日潮未退。目送沧海帆,人行白云外。江中远回

首,波上生微霭。秋色姑苏台,寒流子陵濑。相送苦易散,动别知
难会。从此日相思,空令减衣带。

## 宿怀仁县南湖寄东海荀处士

向夕敛微雨,晴开湖上天。离人正惆怅,新月愁婵娟。伫立白沙
曲,相思沧海边。浮云自来去,此意谁能传。一水不相见,千峰随
客船。寒塘起孤雁,夜色分盐田。时复一延首,忆君如眼前。

## 初至洞庭怀灞陵别业

长安邈千里,日夕怀双阙。已是洞庭人,犹看灞陵月。谁堪去乡
意,亲戚想天末。昨夜梦中归,烟波觉来阔。江皋见芳草,孤客心
欲绝。岂讶青春来,但伤经时别。长天不可望,鸟与浮云没。

## 题萧郎中开元寺新构幽寂亭

康乐爱山水,赏心千载同。结茅依翠微,伐木开蒙笼。孤峰倚青
霄,一径去不穷。候客石苔上,礼僧云树中。旷然见沧洲,自远来
清风。五马留谷口,双旌薄烟虹。沉沉众香积,眇眇诸天空。独往
应未遂,苍生思谢公。

## 同姜濬题裴式微馀干东斋

世事终成梦,生涯欲半过。白云心已矣,沧海意如何。藜杖全吾
道,榴花养太和。春风骑马醉,江月钓鱼歌。散帙看虫蠹,开门见
雀罗。远山终日在,芳草傍人多。吏体庄生傲,方言楚俗讹。屈平
君莫吊,肠断洞庭波。

# 赠元容州

拥旌临合浦，上印卧长沙。海徼长无戍，湘山独种畲。政传通岁
贡，才惜过年华。万里依孤剑，千峰寄一家。累征期旦暮，未起恋
烟霞。避世歌芝草，休官醉菊花。旧游如梦里，此别是天涯。何事
沧波上，漂漂逐海槎。

# 夏口送长宁杨明府归荆南因寄幕府诸公

关西杨太尉，千载德犹闻。白日俱终老，清风独至君。身承远祖遗
一作后，才出众人群。举世贪荆玉，全家恋楚云。向烟帆杳杳，临水
叶纷纷。草覆昭丘绿，江从夏口分。高名光盛府，异姓宠殊勋。百
越今无事，南征欲罢军。

# 奉和杜相公新移长兴宅呈元相公

间世生贤宰，同心奉至尊。功高开北第，机静灌中园。入并蝉冠
影，归分骑士喧。窗闻汉宫漏，家识杜陵源。献替常焚藁，优一作清
闲独对萱。花香逐荀令，草色对王孙。有地先开阁，何人不扫门。
江湖难自退，明主托元元。

# 湖南使还留辞辛大夫

王师劳近甸，兵食仰诸侯。天子无南顾，元勋在上游。大才生间
气，盛业拯横流。风景随摇笔，山川入运筹。羽觞交饯席，旄节对
归舟。莺识春深恨，猿知日去愁。别离花寂寂，南北水悠悠。唯有
家兼一作将国，终身共一作实所忧。

## 泛曲阿后湖简同游诸公

元气浮积水，沉沉深不流。春风万顷绿，映带至徐州。为客难适意，逢君方暂游。黉缘白蘋际，日暮沧浪舟。渡口微月进，林西残雨收。水云去仍湿，沙鹤鸣相留。且习子陵隐，能忘生事忧。此中深有意，非为钓鱼钩。

## 北游酬孟云卿见寄

忽忽忘前事，事愿能相乖。衣马日羸弊，谁辨行与才。善道居贫贱，洁服蒙尘埃。行行无定止，憭坎难归来。慈母忧疾疹，室家念栖莱。幸君夙姻亲，深见中外怀。俟子惜时节，怅望临高台。

## 冬夜宿扬州开元寺烈公房送李侍御之江东

迁客投百越，穷阴淮海凝。中原驰困兽，万里栖饥鹰。寂寂连一作莲宇下，爱君心自弘。空堂来霜气，永夜清明灯。发后望烟水，相思劳寝兴。暮帆背楚郭，江色浮金陵。此去尔何恨，近名予未能。炉峰若便道，为访东林僧。

## 南 楚 怀 古

南国久芜没一作漫，我来一作生空郁陶。君看章华宫，处处生蓬一作黄蒿。但见陵与谷，岂知贤与豪。精魂托古木，宝剑捐江皋。倚棹下晴景，回舟随晚涛。碧云暮寥落，湖上秋一作青天高。往事那堪问，此心徒自劳。独徐湘水上，千载闻离骚。

## 上湖田馆南楼忆朱宴

漂泊日复日，洞庭今更秋。白云如有意，万里望孤舟。何事爱成别,空令登此楼。天光映波动,月影随江流。鹤唳静寒渚,猿啼深夜洲。归期诚已促,清景仍相留。顷者慕独往,尔来悲远游。风波自此去,桂水空离忧。

## 送姚八之句容旧任便归

### 江南 一作送姚八归江南

故人还水国,春色动离忧。碧草千万里,沧江朝暮流。桃花迷旧路,萍叶荡归舟。远戍看京口,空城问石头。折芳佳丽地,望月西南楼。猿鸟共孤屿,烟波连数州。谁家过楚老,何处恋江鸥。尺素能相报,湖山若个忧。

## 睢阳赠李司仓

白露变时候,蛩声暮啾啾。飘飘洛阳客,惆怅梁园秋。只为乏生计,尔来成远游。一身不家食,万事从人求。且喜接馀论,足堪资小留。寒城落日后,砧杵令人愁。归路岁时尽,长河朝夕流。非君深意愿,谁复能相忧。

## 杪秋洞庭中怀亡道士谢太虚

漂泊日复日,洞庭今更秋。青枫亦何意,此夜催人愁。惆怅客中月,徘徊江上楼。心知楚天远,目送沧波一作浪流。羽客久已殁,微言无处求。空馀白云在,容与随孤舟。千里杳难望,一身当独游。故园复何许,江海徒一作此迟留。

## 同郭参谋咏崔仆射淮南节度使厅

### 前竹 一作和郭参谋咏崔令公庭前竹

昔种梁王苑,今移汉将坛。一作不学媚清澜,能依上将坛。蒙笼一作朦胧低冕过，青翠一作藩卷帘看。得地移根远，经霜抱节难。开花成凤实，嫩笋长鱼竿。蔼蔼军容静，萧萧郡宇宽。细音和角暮一作响，疏影上门寒。湘浦何年变一作阮巷何人在，山阳一作梁园几处残。不知一作空馀轩屏侧，岁晚对袁一作伴任安。

## 碛石遇雨宴前主簿从兄子英宅

县城苍翠里，客路两崖开。碛石云漠漠，东风吹雨来。吾兄此为吏，薄宦知无媒。方寸抱秦镜，声名传楚材。折腰五斗间，黾勉随尘埃。秩满少馀俸，家贫仍散财。谁言次东道，暂预倾金罍。虽欲少留此，其如归限催。

## 江中晚钓寄荆南

### 一二相识 一作西江雨后忆荆南诸公

楚郭一作国，又作随楚微雨收，荆门遥一作看在目。漾舟水云里，日暮春江一作江山绿。霁华静洲渚，暝一作夜色连松一作杉竹。月出波上时，人归渡头宿。一身已无累，万事更何欲。渔父自夷犹一作贪缘，白鸥不羁束。既怜沧浪水，复一作更爱沧浪曲。不见眼中人，相思心断续。一作垂钓看世人，那知此生足。

## 九日岳阳待黄遂张涣

别君颇已久，离念与时积。楚水空一作共浮一作秋烟，江楼望归客。徘徊正伫想，仿佛如暂觌。心目徒自亲，风波尚相隔。青林泊舟处，猿鸟愁孤驿。遥见郭外山，苍然雨中夕。季鹰久疏旷，叔度早畴昔。反棹来何迟，黄花候君摘。

## 题王少府尧山隐处简陆鄱阳

故人沧洲吏,深与世情薄。解印二十年,委身在丘壑。买田楚山下,妻子自耕凿。群动心有营,孤云本无著。因收溪上钓,遂接林中酌。对酒春日长,山村杏花落。陆生鄱阳令,独步建谿作。早晚休此官,随君永栖托。

## 晚次湖口有怀

霭然空水合,目极平江暮。南望天无涯,孤帆落何处。顷为衡湘客,颇见湖山一作湘趣。朝气和楚云,夕阳映江树。帝乡劳想望,万里心来去。白发生扁舟,沧波满归一作归满路。秋风今已至,日夜雁南度。木叶辞洞庭,纷纷落无一作不知数。

## 陪元侍御一作郎游支硎山寺

支公去已久,寂寞龙华会。古木闭空山,苍然暮相对。林峦非一状,水石有馀态。密竹藏晦明,群峰争向背。峰峰带落日,步步入青霭。香气空翠中,猿声暮云外。留连南台客,想像西方内。因逐溪水还,观心两无碍。

## 桂阳西州晚泊古桥村住一作主人

洛阳别离久,江上心可得。惆怅增暮情,潇湘复秋色。故山隔何处,落日羡归翼。沧海空自流,白鸥不相识。悲蚕满荆渚,辍棹徒沾臆。行客念寒衣,主人愁夜织。帝乡片云去,遥寄千里忆。南路随天长,征帆杳无极。

## 夕次檐石湖梦洛阳亲故

天涯望不尽,日暮愁独去。万里云海空,孤帆向何处。寄身烟波里,颇得湖山趣。江气和楚云,秋声乱枫树。如何异乡县,日复怀亲故。遥与洛阳人,相逢梦中路。不堪明月里,更值清秋暮。倚棹对沧波,归心共谁语。

## 按覆后归睦州赠苗侍御

地远心难达,天高谤易成。羊肠留覆辙,虎口脱馀生。直氏偷金枉,于家决狱明。一言知己重,片议杀身轻。日下人谁忆,天涯客独行。年光销蹇步,秋气入衰情。建德知何在,长江问去程。孤舟百口渡,万里一猿声。落日开乡路,空山向郡城。岂令冤气积,千古在长平。

## 奉寄婺州李使君舍人

建隼罢鸣珂,初传来暮歌。渔樵识太古,草树得阳和。东道诸生从,南依远客过。天清婺女出,土厚绛人多。永日空相望,流年复几何。崖开当夕照,叶去逐寒波。眼暗经难受,身闲剑懒磨。似鸮一作鹏占贾谊,上马试廉颇。穷分安藜藿,衰容胜薜萝。只应随越鸟,南蠹托高柯。

## 哭魏兼遂

公及孀妻幼子,与僮数人,相次亡殁,葬于丹阳。

古今俱此去,修短竟谁分。樽酒空如在,弦琴肯重闻。一门同逝水,万事共浮云。旧馆何人宅,空山远客坟。艰危贫且共,少小秀而文。独行依穷巷,全身出乱军。岁时长寂寞,烟月自氤一作氲氲。

垅树随人古,山门对日曛。泛舟悲向子,留剑赠徐君。来去云阳路,伤心江水濆。

## 负谪后登干越亭作

天南一作南天愁望绝,亭上柳条新。落日独归鸟,孤舟何处人。生涯投越一作岭徼,世业陷胡一作边尘。杳杳钟陵暮,悠悠鄱水春。一作江入千峰暮,花连百越春。秦台悲一作怜白首,楚泽一作水怨青蘋。草色迷征路,莺声伤一作傍逐臣。一本无此四句。独醒空一作翻取笑,直道不容身。得罪风霜苦,全生天地仁。青山数行泪,沧海一穷鳞。牢落机心尽,惟怜鸥鸟亲。一作流落谁相识,空将鸥鹭亲。

## 留题李明府霅溪水堂

寥寥一作寂寂此堂上,幽意复谁论。落日无王事,青山在县门。云峰向高枕,渔钓入前轩。晚竹疏帘影,春苔一作苦生双履痕。荷香随坐卧,湖色映晨昏。虚牖闲生白,鸣琴静对言。暮禽飞上下,春水一作草带清浑。远岸谁家柳,孤烟何处村。谪居投瘴疠,离思过湘沅。从此扁舟去,谁堪江浦猿。

## 入白沙渚夤缘二十五里至
## 石窟山下怀天台陆山人

远屿一作渚霭将夕,玩幽行自迟。归人不计日,流水闲相随。辍棹古一作石崖口,扪萝春景迟。偶因回舟次,宁与前山期。对此瑶草色,怀君琼树枝。浮云去寂寞,白鸟相因依。何事爱高隐,但令劳远思。穷年卧海峤,永望愁天涯。吾亦从此一作君去,扁舟何所之。迢迢江上帆,千里东风吹。

## 禅智寺上方怀演和尚寺即和尚所创

绝巘东林寺，高僧惠远公。买园隋苑下，持一作捧钵楚城中。斗极
千灯近，烟波万井通。远山低月殿，寒木露花宫。绀宇焚一作烧香
净，沧洲摆一作罢雾空。雁来秋色里，曙起早潮东。飞锡今何在，苍
生待发蒙。白云翻送客，庭树一作黄叶自辞风。舍筏追开士，回舟
狎钓翁。平生江海意，惟共白鸥同。

## 贾侍郎一作御自会稽使回篇什盈卷
## 兼蒙见寄一首与余有挂冠
## 之期因书数事率成十韵

江上逢星使，南来自会稽。惊年一叶落，按俗五花嘶。上国悲芜
梗，中原动鼓鼙。报恩看铁剑，衔命出金闺。风物催归绪，云峰发
咏题。天长百越外，潮上小江西。鸟道通闽岭，山光落剡溪。暮帆
千里思，秋夜一猿啼。柏树荣新垅，桃源忆故蹊。若能为休去一作
若为能去此，行复草萋萋。

## 秋日夏口涉汉阳献李相公

日望衡门处，心知汉水濆。偶乘青雀舫，还在白鸥群。间气生灵
秀，先朝翼戴勋。藏弓身已退，焚藁事难闻。旧业成青草，全家寄
白云。松萝长稚子，风景逐新文。山带寒城出，江依古岸分。楚歌
悲远客，羌笛怨孤军。鼎罢调梅久，门看种药勤。十年犹去国，黄
叶又纷纷。

## 归沛县道中晚泊留侯城

访古此城下，子房安在哉。白云去不反，危堞空崔嵬。伊昔楚汉

时,颇闻经济才。运筹风尘下,能使天地开。蔓草日已积,长松日已摧。功名满青史,祠庙唯苍苔。百里暮程远,孤舟川上回。进帆东风便,转岸前山来。楚水澹相引,沙鸥闲不猜。扣舷从此去,延首仍裴回。

## 关门望华山

客路瞻太华,三峰高际天。夏云亘百里,合沓遥相连。雷雨飞半腹,太阳在其巅。翠微关上近,瀑布林梢悬。爱此众容秀,能令西望偏。徘徊忘暝色,汍潒成阴烟。曾是朝百灵,亦闻会群仙。琼浆岂易挹,毛女非空传。仿佛仍伫想,幽期如眼前。金天有青一作清庙,松柏隐苍然。

## 奉陪萧使君入鲍达洞寻灵山寺

山居秋更鲜,秋江相映碧。独临沧洲路,如待挂帆客。遂使康乐侯,披榛著双屐。入云开岭道,永日寻泉脉。古寺隐青冥,空中寒磬夕。苍苔绝行径,飞鸟无去迹。树杪下归人,水声过幽石。任情趣逾远,移步奇屡易。萝木静蒙蒙,风烟深寂寂。徘徊未能去,畏共桃源隔。

## 孙权故城下怀古兼送友人归建业

雄图争割据,神器终不守。上下武昌城,长江竟何有。古来壮台榭,事往悲陵阜。寥落几家人,犹依数株柳。威灵绝想像,芜没空林薮。野径春草中,郊扉夕阳后。逢君从此去,背楚方东走。烟际指金陵,潮时过溢口。行人已何在,临水徒挥手。惆怅不能归,孤帆没云久。

## 宿双峰寺寄卢七李十六

寥寥禅诵处,满室虫丝结。独与山中人,无心生复灭。徘徊双峰下,惆怅双峰月。杳杳暮猿深,苍苍古松列。玩奇不可尽,渐远更幽绝。林暗僧独归,石寒泉且咽。竹房响轻吹,萝径阴馀雪。卧涧晓何迟,背岩春未发。此游诚多趣,独往共谁阅。得意空自归,非君岂能说。

## 京口怀洛阳旧居兼寄广陵二三知己

川阔悲无梁,蔼然沧波夕。天涯一飞鸟,日暮南徐客。气混京口云,潮吞海门石。孤帆候风进,夜色带江白。一水阻佳期,相望空脉脉。那堪岁芳尽,更使春梦积。故国一作园胡尘飞,远一作故山一作异乡楚云隔。家人想何在,庭草为谁碧。惆怅空伤情一作往复,沧浪有馀一作遗迹。严陵七里滩,携手同所适。

## 登扬州栖灵一作西岩寺塔

北塔凌空虚,雄观压川泽。亭亭楚云外,千里看不隔。遥对黄金台,浮辉乱相射。盘梯接元气,半壁栖夜魄。稍登诸劫尽,若骋排霄一作霜翮。向是沧洲人,已为青云客。雨飞千栱雾,日在万家夕。鸟处高却低,天涯远如迫。江流入空翠,海峤现微碧。向暮期下来,谁堪复行役。

## 湖上遇郑田

故人青云器,何意常窘迫。三一作五十犹布衣,怜君头已白。谁言此相见,暂得话畴昔。旧业今已芜,还乡返为客。扁舟伊独往,斗酒君自适。沧洲一作海不可涯,孤帆去无迹。杯中忽复醉,湖上生月一作新魄。湛湛江色寒,濛濛水云夕。风波易迢递,千里如咫尺。回首人已遥,南看楚天隔。

## 雨中登沛县楼赠表兄郭少府

楚泽秋更远,云雷有时作。晚陂带残雨,白水昏漠漠。伫立收烟氛,洗然静寥廓。卷帘高楼上,万里看日落。为客频改弦,辞家尚如昨。故山今不见,此鸟那可托。小邑务常闲,吾兄宦何薄。高标青云器,独立沧江鹤。惠爱原上情,殷勤丘中诺。何当遂良愿,归卧青山郭。

## 灞东晚晴简同行薛弃朱训

客心豁初霁,霁色暝玄灞。西向看夕阳,瞳瞳映桑柘。二贤诚逸足,千里陪征驾。古树枥道傍,人烟杜陵下。伊余在羁束,且复随造化。好道当有心,营生苦无暇。高贤幸兹偶,英达穷王霸。迢递客王程,裴回主人夜。一薰知异质,片玉谁齐价。同结丘中缘,尘埃自兹谢。

## 对雨赠济阴马少府考城蒋少府兼献成武五兄南华二兄

繁云兼家思,弥望连济北。日暮微雨中,州城带秋色。萧条主人静,落叶飞不息。乡梦寒更频,虫声夜相逼。二贤纵横器,久滞徒劳职。笑语和风骚,雍容事文墨。吾兄即时彦,前路良未测。秋水百丈清,寒松一枝直。此心欲引托,谁为生羽翼。且复顿归鞍,杯中雪胸臆。

## 李侍御河北使回至东京相访

故人南台秀,凤擅中朝美。拥传从北来,飞霜日千里。贫居幸相
访,顾我柴门里。却讶绣衣人,仍交布衣士。王程遽尔迫,别恋从
此始。浊酒未暇斟,清文颇垂示。回瞻骢马速,但见行尘起。日暮
汀洲寒,春风渡流水。草色官道边,桃花御沟里。天涯一鸟夕,惆
怅知何已。

## 吴中闻潼关失守因奉寄淮南萧判官

一一作早雁飞吴天,羁人伤暮律。松江风袅袅,波上片帆疾。木落
姑苏台,霜收洞庭橘。萧条长洲外,唯见寒山出。胡马嘶秦云,汉
兵乱相失。关中因窃据,天下共忧栗。南楚有琼枝,相思怨瑶瑟。
一身寄沧洲,万里看白日。赴敌甘负戈,论兵勇投笔。临风但攘
臂,择木将委质。不如归远山,云卧饭松栗。

### 哭张员外继 公及夫人相次没于洪州

恸哭钟陵下,东流与别离。二星来不返,双剑没相随。独继先贤
传,谁刊有道碑。故园荒岘曲,旅榇寄天涯。白简曾连拜,沧洲每
共思。抚孤怜齿稚,叹逝顾身衰。泉壤成终古,云山若在时。秋风
邻笛发,寒日寝门悲。世难愁归路,家贫缓葬期。旧宾伤未散,夕
临咽常迟。自此辞张邵,何由见戴逵。独闻山吏部,流涕访孤儿。

## 登东海龙兴寺高顶望海简演公

胸山压海口,永望开禅宫。元气远相合,太阳生其中。豁然万里
馀,独为百川雄。白波走雷电,黑雾藏鱼龙。变化非一状,晴明分
众容。烟开秦帝桥,隐隐横残虹。蓬岛如在眼,羽人那可逢。偶闻

真僧言，甚与静者同。幽意颇相惬，赏心殊未穷。花间午时梵，云
外春山钟。谁念遽成别，自怜归所从。他时相忆处，惆怅西南峰。

## 奉送从兄罢官之淮南

何事浮溟渤，元戎弃镇铘。渔竿吾道在，鸥鸟世情赊。玄发他乡
换，沧洲此路迂。溯沿随桂楫，醒醉任松华。离别谁堪道，艰危更
可嗟。兵锋摇海内，王命隔天涯。钟漏移长乐，衣冠接永嘉。还当
拂氛祲，那复卧云霞。溪路漫冈转，夕阳归鸟斜。万艘江县郭，一
树海人家。挥袂看朱绂，扬帆指白沙。春风独回首，愁思极如麻。

## 落第赠杨侍御兼拜员外仍
## 充安大夫判官赴范阳

职副旌旄重，才兼识量通。使车遥肃物，边策远和戎。掷地金声
著，从军宝剑雄。官成稽古力，名达济时功。肃穆乌台上，雍容粉
署中。含香初待漏，持简旧生风。黠吏偏惊隼，贪夫辄避骢。且知
荣已隔，谁谓道仍同。念旧追连茹，谋生任转蓬。泣连三献玉，疮
惧再伤弓。恋土函关外，瞻尘一作云灞水东。他时书一札，犹冀问
途穷。

## 初贬南巴至鄱阳题李嘉祐江亭

巴峤南行远一作南出巴人峤，长江万里随。不才甘谪去，流水亦何之
一作知。地远明君弃一作瘴近徐生怯，天高酷吏欺。清山独往路，芳草
未归时。流落还相见，悲欢话所思。猜嫌一作谗伤蕙茝，愁暮向江
篱。柳色迎高坞，荷衣照下帷。一本无此二句。水云初起重，暮鸟远
来迟。白首一作泪尽看长剑，沧洲一作心闲寄钓丝。沙鸥惊小吏，湖
月上高枝。一本无此二句。稚子能吴语，新文怨楚辞。怜君不得意，

川谷自逶迤一作容发老南枝。

## 自紫阳观至华阳洞宿侯尊师草堂简同游李延年 一作陵

石门一作林媚烟景，句曲盘江甸。南向佳气浓，数峰遥隐见。渐临华阳口，云路入葱蒨。七曜悬洞宫，五云抱仙殿。银函竟谁发，金液徒堪荐。千载空桃花，秦人深不见。东溪喜相遇，贞白如会面。青鸟来去闲，红霞朝夕变。一从换仙骨，万里乘飞电。萝月延步虚，松花醉闲宴。幽人即长往，茂宰应交战。明发归琴堂，知君懒为县。

# 全唐诗卷一五〇

## 刘长卿

### 奉使新安自桐庐县经严陵钓
### 台宿七里滩下寄使院诸公

悠然钓台下,怀古时一望。江水自潺湲,行人独惆怅。新安从此一
作兹始,桂楫方荡漾。回转百里一作里间间,青山千万状。连岸去不
断,对岭遥相向。夹岸黛色愁一作秋,沈沈绿波上。夕阳留古木,水
鸟拂寒浪。月下扣舷声,烟中采菱唱。犹怜负羁束,未暇依清旷。
牵役徒自劳,近名非所向。何时故山里,却醉松花酿。回首唯白
云,孤舟复谁访。

### 题 虎 丘 寺

青林虎丘寺,林际翠微路。仰一作却见山僧来,遥从飞鸟处。兹峰
沦宝玉,千载唯丘墓。埋剑人空传,凿山龙已去。扪萝披翳荟,路
转夕阳遽。虎啸崖谷寒,猿鸣杉一作桂松暮。裴回北楼上,江海穷
一顾。日映千里帆,鸦归万家树。暂因惬所适,果得损外虑。庭暗
栖闲云,檐香滴甘露。久迷空寂理,多为繁华故。永欲投死生,馀
生岂能误。

## 奉饯郑中丞罢浙西节度还京

天上移将星，元戎罢龙节。三军含怨慕，横吹声断绝。五马嘶城
隅，万人卧车辙。沧洲浮云暮，杳杳去帆发。回首不问家，归心遥
向阙。烟波限吴楚，日夕事淮越。吊影失所依，侧身随下列。孤蓬
飞不定，长剑光未灭。绿绮为谁弹，绿芳堪自撷。怅然江南春，独
此湖上月。千里怀去思，百忧变华发。颂声满江海，今古流不竭。

## 送裴四判官赴河西军试

吏道岂易惬，如君谁与俦。逢时将骋骥，临事无全牛。鲍叔幸相
知，田苏颇同游。英资挺孤秀，清论含古流一作风流，又作九流。出塞
佐一作持简，辞家拥鸣驺。宪台贵公举，幕府资良筹。武士伫明
试，皇华难久留。阳关望天尽，洮水令人愁。万里看一鸟，旷然烟
霞收。晚花对古戍，春雪含一作寒边州。道路难暂隔，音尘那一作仍
可求。他时相望处，明月西南楼。

## 旅次丹阳郡遇康侍御宣慰召募兼别岑单父

客心暮千里，回首烟花繁。楚水渡归梦，春江连故园。羁人怀上
国，骄虏窥中原。胡马暂为害，汉臣多负恩。羽书昼夜飞，海一作塞
内风尘昏。双鬓日已白，孤舟心且一作可论。绣衣从此一作北来，汗
马宣王言。忧愤激忠勇，悲欢动黎元。南徐争赴难，发卒如云屯。
倚剑看太白，洗兵临海门。故人亦沧洲，少别堪伤魂。积翠下京
口，归潮落山根。如何天外帆，又此一作入此波上尊。空使忆君处，
莺声催泪痕。

# 客舍赠别韦九建赴任河南韦
# 十七造赴任郑县就便觐省

与子颇畴昔，常时仰英髦。弟兄尽公器，诗赋凌风骚。顷者游上
国，独能光选曹。香名冠二陆，精鉴逢山涛。且副倚门望，莫辞趋
府劳。桃花照彩服，草色连青袍。征马临素浐，离人倾浊醪。华山
微雨霁，祠上残云高。而我倦栖屑，别君良郁陶。春风亦未已，旅
思空滔滔。拙分甘弃置，穷居长蓬蒿。人生未鹗化，物议如鸿毛。
迢递两乡别，殷勤一宝刀。清琴有古调，更向何人操。

## 送元八游汝南

元生实奇迈，幸此论畴昔。刀笔素推高，锋芒久无敌。纵横济时
意，跌宕过人迹。破产供酒钱，盈门皆食客。田园顷失计，资用深
相迫。生事诚可忧，严装远何适。世情薄恩义，俗态轻穷厄。四海
金虽多，其如向人惜。迢递朗陵道，怅望都门夕。向别伊水南，行
看楚云隔。繁蝉动高柳，匹马嘶平泽。潢潦今正深，陂湖未澄碧。
人生不得已，自可甘形役。勿复尊前酒，离居剩凄戚。

# 奉和李大夫同吕评事太行苦
# 热行兼寄院中诸公仍呈王员外

迢递太行路，自古称险恶。千骑俨欲前，群峰望如削。火云从中出
一作起，仰视飞鸟落。汗马卧高原，危旌倚长薄。清风竟一作何不
至，赤日方一作何煎铄。石枯一作露山木燋，鳞穷水泉涸。九重今盱
食，万里传明略。诸将候轩车，元凶愁鼎镬。何劳短兵接，自有长
缨缚。通越事岂难，渡泸功未博。朝辞羊肠阪，夕望贝丘郭。漳水
斜绕营，常山遥入幕。永怀姑苏下，遥寄建安作。白雪和难成，沧

波意空托。陈琳书记好,王粲从军乐。早晚归汉廷,随公<sub></sub>一作君上麟阁。

## 洛阳主簿叔知和驿承恩赴选伏辞一首

仲父王佐材,屈身仇香位。一从理京剧,万事皆容易。则知无不可,通变有馀地。器宇溟渤宽,文锋镆铘利。憧憧洛阳道,日夕皇华使。二载出江亭,一心奉王事。功成良可录,道在知无愧。天府留香名,铨闱就明试。赋诗皆旧友,攀辙多新吏。彩服辞高堂,青袍拥征骑。此行季春月,时物正鲜媚。官柳阴相连,桃花色如醉。长安想在目,前路遥仿佛。落日看华山,关门逼青翠。行襜稍已隔,结恋无能慰。谁念尊酒间,裴回竹林意。

## 题冤句宋少府厅留别

宋侯人之秀,独步南曹吏。世上无此才,天生一公器。尚甘黄绶屈,未适青云意。洞澈万顷陂,昂藏千里骥。从宦闻苦节,应物推高谊。薄俸不自资,倾家共人费。顾予倦栖托,终日忧穷匮。开口即有求,私心岂无愧。幸逢东道主,因辍西征骑。对话堪息机,披文欲忘味。壶觞招过客,几案无留事。绿树映层城,苍苔覆闲地。一言重然诺,累夕陪宴慰。何意秋风来,飒然动归思。留欢殊自惬,去念能为累。草色愁别时,槐花落行次。临期仍把手,此会良不易。他日琼树枝,相思劳梦寐。

## 罢摄官后将还旧居留辞李侍御

江海今为客,风波失所依。白云心已负,黄绶计仍非。累辱群公荐,频沾一尉微。去缘焚玉石,来为采葑菲。州县名何在,渔樵事亦违。故山桃李月,初服薜萝衣。熊轼分朝寄,龙韬解贼围。风谣传吏体,云物助兵威。白雪飘辞律,青春发礼闱。引军横吹动,援翰捷书挥。草映翻营绿,花临檄羽飞。全吴争转战,狂虏怯知机。忆昨趋金节,临时废玉徽。俗流应不厌,静者或相讥。世难慵干谒,时闲喜放归。潘郎悲白发,谢客爱清辉。樗散材因弃,交亲迹已稀。独愁看五柳,无事掩双扉。世累多行路,生涯向钓矶。榜连溪水碧,家羡渚田肥。旅食伤飘梗,岩栖忆采薇。悠然独归去,回首望旌旗。

## 赠别于一作韦群投笔赴安西

风流一才子,经史仍满腹。心镜万象生一作全,文锋众人服。顷游灵台下,频弃荆山玉。蹭蹬空数年,裴回冀微禄。褐来投笔砚,长揖谢亲族。且欲图一作从变通,安能守拘束。本持乡曲誉,肯料泥涂辱。谁谓命迍邅,还令计反一作身翻覆。西戎今未弭一作殄,胡骑屯山谷。坐恃龙豹韬,全轻蜂虿毒。拂衣从此去,拥传一何速。元帅许提携,他人仁瞻瞩。出门寡俦侣,刭乃无僮仆。黠虏时相逢,黄沙暮愁一作无,一作难宿。萧条远回首,万里如在目。汉境天西穷,〔胡〕(湖)山海边绿。想闻羌笛处,泪尽关山曲。地阔鸟飞迟,风寒马毛缩。边愁殊浩荡,离思空断续。塞上一作下归限一作恨归赊,尊前别期促。知君志不小,一举凌鸿鹄。且愿乐从军,功名在殊俗。

## 送薛据宰涉县 自永乐主簿陟状,寻复选受此官。

故人河山秀,独立风神异。人许白眉长,天资青云器。雄辞变文名,高价喧时议。下笔盈万言,皆合古人意。一从负能名,数载犹卑位。宝剑诚可用,烹鲜是虚弃。昔闻在河上,高卧自无事。几案终日闲,蒲鞭使人畏。顷因岁月满,方谢风尘吏。颂德有舆人,荐贤逢八使。栖鸾往已屈，驯雀今可嗣。此道如不移，云霄坐应致。
县前漳水绿，郭外晋山翠。日得谢客游，时堪陶令醉。前期今尚
远，握手空宴慰。驿路疏柳长，春城百花媚。裴回白日隐，暝色含
天地。一鸟向瀍陵，孤云送行骑。夫君多述作，而我常讽味。赖有
琼瑶资，能宽别离思。槐阴覆堂殿，苔色上阶砌。鸟倦自归飞，云
闲独容滴。既将慕幽绝，兼欲看定慧。遇物忘世缘，还家懒生计。
无生妄已息，有妄心可制。心镜常虚明，时人自沦翳。

## 早春赠别赵居士还江左时
## 长卿下第归嵩阳旧居

见君风尘里，意出风尘外。自有沧洲期，含情十馀载。深居凤城曲
一作北，日预龙华会。果得一作有僧家缘，能遗俗人态。一身今已
适，万物知何爱。悟法电已空，看心水无碍。且将穷妙理，兼欲一作
亦寻胜概。何独谢客游，当为远公辈。放舟驰楚郭，负杖辞秦塞。
目送南飞云，令人想吴会。遥思旧游处，仿佛疑相对。夜火金陵
城，春烟石头濑。沧波极天末，万里明如带。一片孤客帆，飘然向
青一作残霭。楚天合一作舍江气，云色常霡霂。隐见湖中山，相连数
州内。君行意可得，全与时人背。归路随枫林，还乡念莼菜。顾予
尚羁束，何幸承盻睐。素愿徒自勤，清机本难建。累幸忝宾荐，末
路逢沙汰。溟落名不成，裴回意空大。逢时虽一作难贵达，守道甘
易退。逆旅乡梦频，春风客心碎。别君日已远，离念无明晦。予亦
返柴荆，山田事耕耒。

## 夜宴洛阳程九主簿宅送杨三
## 山人往天台寻智者禅师隐居

东林问逋客，何处栖幽偏。满腹万馀卷，息机三十年。志图良已

久，鬓发空苍然。调啸寄疏旷，形骸如弃捐。本家关西族，别业嵩
阳田。云卧能独往，山栖幸周旋。垂竿不在鱼，卖药不为钱。藜杖
闲倚壁，松花常醉眠。顷辞青溪隐，来访赤县仙。南亩自甘贱，中
朝唯爱贤。仍空世谛法，远结天台缘。魏阙从此去，沧洲知所便。
主人琼枝秀，宠别瑶华篇。落日扫尘榻，春风吹客船。此行颇自
适，物外谁能牵。弄棹白蘋里，挂帆飞鸟边。落潮见孤屿，彻底观
澄涟。雁过湖上月，猿声峰际天。群峰趋海峤，千里黛相连。遥倚
赤城上，瞳瞳初日圆。昔闻智公隐，此地常安禅。千载已如梦，一
灯今尚传。云龛闭遗影，石窟无人烟。古寺暗乔木，春崖鸣细泉。
流尘既寂寞，缅想增婵娟。山鸟怨庭树，门人思步莲。夷犹怀永
路，怅望临清川。渔人来梦里，沙鸥飞眼前。独游岂易惬，群动多
相缠。羡尔五湖夜，往来闲扣舷。

## 瓜洲驿奉饯张侍御公拜膳部郎中却复宪台充贺兰大夫留后使之岭南时侍御先在淮南幕府

太华高标峻，青阳淑气盘。属辞倾渤澥，称价掩琅玕。杨叶频推
中，芸香早拜官。后来惭辙迹，先达仰门阑。佐剧劳黄绶，提纲疾
素餐。风生趋府步，笔偃触邪冠。骨鲠知难屈，锋芒岂易干。仁将
调玉铉，翻自落金丸。异议那容直，专权本畏弹。寸心宁有负，三
黜竟无端。适喜鸿私降，旋惊羽檄攒。国怜朝市易，人怨虎狼残。
天地龙初见，风尘虏未殚。随川归少海，就日背长安。副相荣分
寄，输忠义不刊。击胡驰汗马，迁蜀扈鸣銮。月罢名卿署，星悬上
将坛。三军摇旆出，百越画图观。茅茹能相引，泥沙肯再蟠。兼荣
知任重，交辟许才难。劲直随台柏，芳香动省兰。璧从全赵去，鹏

自北溟抟。星象衔新宠，风霜带旧寒。是非生倚伏，荣辱系悲欢。
畴昔偏殊眄，屯蒙独永叹。不才成拥肿，失计似邯郸。江国伤移
律，家山忆考槃。一为鸥鸟误，三见露华团。回首青云里，应怜浊
水澜。愧将生事托，羞向鬓毛看。知己伤愁索，他人自好丹。乡春
连楚越，旅宿寄风湍。世路东流水，沧江一钓竿。松声伯禹穴，草
色子陵滩。度岭情何遽，临流兴未阑。梅花分路远，扬子上潮宽。
梦想怀依倚，烟波限渺漫。且愁无去雁，宁冀少回鸾。极浦春帆
迥，空郊晚骑单。独怜南渡月，今夕送归鞍。

## 至德三年春正月时谬蒙差摄<br>海盐令闻王师收二京因书事寄上<br>浙西节度李侍郎中丞行营五十韵

天上胡星孛，人间一作东山反气横。风尘生汗马，河洛纵长鲸。本
谓一作为才非据，谁知一作防祸已萌。食参将可待，诛错辄为名。万
里兵锋接，三时羽檄惊。负恩殊鸟兽，流毒遍黎氓。朝市成芜没，
干戈起战争。人心悬反覆一作覆载，天道暂虚盈。略地侵中土，传
烽到上京。王师陷魑魅，帝座逼欃枪。渭水嘶胡马，秦山泣汉兵。
关原驰万骑，烟火乱千甍。凤驾瞻西幸，龙楼议一作向北征。自将
行破竹，谁学去吹笙。白日重轮庆，玄穹再造荣。鬼神潜释一作畜
愤，夷狄远输诚。海内戎衣卷，关中贼垒平。山川随转战，草木困
一作助横行。区宇神功立，讴歌一作谣帝业成。天回万象庆，龙见五
云迎。小苑春犹在，长安日更明。星辰归正位一作路，雷雨发残生。
文物登前古，箫韶下太清。未央新柳色，长乐旧钟声。八使推邦
彦，中司案国程。苍生属伊吕，明主仗一作伏韩彭。凶丑将除蔓，奸
豪已负荆。世危看柱石，时难识忠贞。薄伐征貔虎，长驱拥旆旌。
吴山依重镇，江月带行营。金石悬词律，烟云动笔精。运筹初减

灶,调鼎未和羹。北房传初解,东人望已倾。池塘催谢客,花木待
春卿。昔忝登龙首,能伤困骥鸣。艰难悲伏一作仗剑,提握喜悬衡。
巴曲谁堪听,秦台自有情。遂令辞短褐,仍欲请长缨。久客田园
废,初官印绶轻。榛芜上国路,苔藓北山楹。懒慢羞趋府,驱驰忆
退耕。榴花无暇醉,蓬发带愁萦。地僻方言异,身微俗虑一作累并。
家怜双鲤断,才愧小鳞烹。沧海今犹滞,青阳岁又更。洲香生杜
若,溪暖一作远戏鸂鶒。烟水一作雪宜春候,塞关一作开值晚晴。潮声
来万井,山色映孤城。旅梦亲乔木,归心乱早莺。倘无知己在,今
已访蓬瀛。

## 寻张逸人山居

危石才通鸟道,空山更有人家。桃源定在深处,涧水浮来落花。

## 发越州赴润州使院留别鲍侍御

对水看山别离,孤舟日暮行迟。江南江北春草,独向金陵去时。

## 送陆〔澧〕(沣)还吴中 一作李嘉祐诗

瓜步寒潮送客,杨柳一作花暮雨沾衣。故山南望何处,秋草连天独
归。

## 苕溪酬梁耿别后见寄

一作答秦征君、徐少府春日见集苕溪,酬梁耿别后见寄六言。

清川永路何极一作清溪落日初低,落日一作惆怅孤舟解携。鸟向一作去平
芜远近,人随流水东西。白云千里万里,明月前溪后溪。惆怅一作
独根长沙谪去,江潭芳一作春草萋萋。

## 蛇浦桥下重送严维

秋风飒飒鸣条,风月相和寂寥。黄叶一离一别,青山暮暮朝朝。寒江渐出高岸,古木犹依断桥。明日行人已远,空馀泪滴回潮。

## 七里滩重送

秋江渺渺水空波,越客孤舟欲榜歌。手折衰杨悲老大,故人零落已无多。

## 家园瓜熟是故萧相公所遗瓜种凄然感旧因赋此诗

事去人亡迹自留,黄花绿蒂不胜愁。谁能更向青门外,秋草茫茫觅故侯。

## 重送裴郎中贬吉州

猿啼客散暮江头,人自伤心水自流。同作逐臣君更远,青山万里一孤舟。

## 寻盛禅师兰若

秋草黄花覆古阡,隔林何处起人烟。山僧独在山中老,唯有寒松见少年。

## 寄许尊师

独上云梯入翠微,蒙蒙一作濛濛烟雪映岩扉。世人知在中峰里,遥礼青山恨不归。

## 酬李穆见寄

孤舟相访至天涯,万转云山路更赊。欲扫柴门迎远客,青苔黄叶满贫家。

## 送王司马秩满西归

汉主一作代何时一作人放一作访逐臣,江边几度送归人。同官岁岁先辞满,唯有青山伴老身。

## 寄别朱拾遗

天书远召沧浪客,几度临歧病未能。江海茫茫春欲遍,行人一骑发金陵。

## 会赦后酬主簿所问

江南海北长相忆,浅水深山独掩扉。重见太平身一作人已老,桃源久住不能归。

## 赠　秦　系

向风长啸戴纱巾,野鹤由来不可亲。明日东归变名姓,五湖烟水觅何人。

## 酬灵彻公相招

石涧泉声久不闻,独临长路雪纷纷。如今渐欲生黄发,愿脱头冠与白云。

## 赠崔九载华

怜君一见一悲歌,岁岁无如老去何。白屋渐看秋草没,青云莫道故人多。

## 同崔载华赠日本聘使

怜君异域朝周远,积水连天何处通。遥指来从初日外,始知更有扶桑东。

## 送建州陆使君

汉庭初拜建安侯,天子临轩寄所忧。从此向南无限路,双旌已去水悠悠。

## 送秦侍御外甥张篆之福州谒鲍大夫秦侍御与大夫有旧

万里闽中去渺然,孤舟水〔一作海〕上入寒烟。辕门拜首儒衣弊,貌似牢之岂不怜。

## 闻奉迎皇太后使沈判官至因有此作

> 太后,德宗皇帝母也。安史之乱,失于东都,帝即位,分命使臣周行天下求访,终不得。

长乐宫人扫落花,君王正候五云车。万方臣妾同瞻望,疑在曾城阿母家。

## 送刘萱之道州谒崔大夫

沅水悠悠湘水春,临歧南望一沾巾。信陵门下三千客,君到长沙见几人。

## 过郑山人所居

寂寂孤莺啼杏园,寥寥一犬吠桃源。一作白首深藏谷口村,春山犬吠武陵原。落花芳草无寻处,万壑千峰独闭门。

## 奉送贺若郎中贼退后之杭州

江上初收战马尘,莺声柳色待行春。双旌谁道来何暮,万井如今有几人。

## 瓜洲驿重送梁郎中赴吉州

渺渺云山去几重,依依独听广陵钟。明朝借问南来客,五马双旌何处逢。

## 奉使鄂渚至乌江道中作

沧洲不复恋鱼竿,白发那堪戴铁冠。客路向南何处是,芦花千一作十里雪漫漫。

## 新息道中作

萧条独向汝南行,客路多逢汉骑营。古木苍苍离乱后,几家同住一孤城。

## 春日宴魏万成湘水亭

何年家住一作在此江滨,几度门前北渚春。白发乱生相顾老,黄莺自语岂知人。

## 重送道标上人

衡阳千里去人稀,遥逐孤云入翠微。春草青青新覆地,深山无路若
为归。

## 送李判官之润州行营

万里辞家事鼓鼙,金陵驿路楚云西。江春不肯留归一作行客,草色
青青送马蹄。

## 将赴南巴至馀干别李十二

江上花催问礼人,鄱阳莺报越乡春。谁怜此别悲欢异,万里青山送
逐臣。

## 时平后春日思归

一尉何曾及布衣,时平却忆卧柴扉。故园柳色催南客,春水桃花待
北归。

## 送陶十赴杭州摄掾

莫叹江城一掾卑,沧洲未是阻心期。浙中山色千万状,门外潮声朝
暮时。

## 使还七里濑上逢薛承规赴江西贬官

迁客归人醉晚寒,孤舟暂泊子陵滩。怜君更去三千里,落日青山江
上看。

## 使回赴苏州道中作

春风何事远相催，路尽天涯始却回。万里无人空楚水，孤帆送客到
鱼台。

## 昭 阳 曲

昨夜承恩宿未央，罗衣犹带御衣一作炉香。芙蓉帐小云屏暗，杨柳
风多水殿凉。

## 罪所留系每夜闻长洲军笛声

白日浮云闭不开，黄沙谁问冶长猜。只怜横笛关山月，知处愁人夜
夜来。

## 赠 微 上 人

禅门来往翠微间，万里千峰在刹一作别山。何时共到天台里，身与
浮云处处闲。

## 东湖送朱逸人归

山色湖光并在东，扁舟归去有樵风。莫道野人无外事，开田凿井白
云中。

## 舟中送李十八 一作送僧

释子身心无有分一作纷，独将衣钵去人群。相思晚望西林寺，唯有
钟声出白云。

## 送李穆归淮南

扬州春草新年绿,未去先愁去不归。淮水问君来早晚,老—作无人偏畏过芳菲。

## 晚春归山居题窗前竹 —作钱起诗,题云《暮春归故山草堂》。

溪上—作谷口残春黄鸟稀,辛夷花尽杏花飞。始怜幽竹山窗下,不改清阴待我归。

# 全唐诗卷一五一

## 刘长卿

### 送卢侍御赴河北

谪居为别倍伤情,何事从戎独远行。千里按图收故地,三军罢战及春耕。江天渺渺鸿初去,漳水悠悠草欲生。莫学仲连逃海上,田单空愧取聊城。

### 送子婿崔真父归长城

送君卮酒不成欢,幼女辞家事伯鸾。桃叶宜人诚可咏,柳花如雪若为看。心怜稚齿鸣环去,身愧衰颜对玉难。惆怅暮帆何处落,青山无限水漫漫。

### 送陆〔澧〕(沣)仓曹西上

长安此去欲何依,先达谁当荐陆机。日下凤翔双阙迥,雪中人去一作过二陵稀。舟从故里难移棹,家住一作在寒塘独掩扉。临水自伤流落久一作居洛久,赠君空有泪沾衣。

### 送柳使君赴袁州

宜阳出守新恩至,京口因家始愿违。五柳闭门高士去,三苗按节远

人归。月明江路闻猿断,花暗山城见吏稀。惟有郡一作旧斋窗里
岫,朝朝空对谢玄晖。

## 戏题赠二小男

异乡流落频生子,几许悲欢并在身。欲并老容羞白发,每看儿戏忆
青春。未知门户谁堪主,且免琴书别与人。何幸暮年方有后,举家
相对却沾巾。

## 谪官后卧病官舍简
### 贺兰侍郎 一作贬睦州祖庸见赠

青春衣绣共称一作绣服正相宜,白首垂一作发如丝恨不遗。江上几回
今夜月,镜中无复少年时。生还北阙谁相一作将,一作能引,老向南邦
众所悲。岁岁任他芳草绿,长沙未有定归期。

## 岁日见新历因寄都官裴郎中

青阳振蛰初颁历,白首衔冤欲问天。绛老更能经几岁,贾生何事又
三年。愁占蓍草终难决,病对椒花倍自怜。若道平分四时气,南枝
为底发春偏。

## 江州重别薛六柳八二员外

生涯岂料承优诏,世事空知学醉歌。江上月明胡雁过,淮南木落楚
山多。寄身且喜沧洲近,顾影无如白发何。今日龙钟人共弃,愧君
犹遣慎风波。

## 青溪口送人归岳州

洞庭何处雁南飞,江菼苍苍客去稀。帆带夕阳千里没,天连秋水一

人归。黄花裛露开沙岸,白鸟衔鱼上钓矶。歧路相逢无可赠,老年空有泪沾衣。

## 送灵澈上人还越中

禅客无心杖锡还,沃洲深处草堂闲。身随敝屦一作履经残雪,手绽寒衣入旧山。独向青溪依树下,空留白日在人间。那堪别后一作夜长相忆,云木苍苍但闭关。

## 送耿拾遗归上都

若为天畔独归秦,对水看山欲暮春。穷海别离无限路,隔河征战几归人一作征阵独归人。长安万里传双泪,建德千峰寄一身。想到邮亭愁驻马,不堪西望见风尘。

## 和樊使君登润州城楼

山城迢递敞高楼,露冕吹铙居上头。春草连天随北望,夕阳浮水共东流。江田漠漠全吴地,野树苍苍故蒋州。王粲尚为南郡客,别来何一作无处更销忧。

## 饯王相公出牧括州

缙云讵比长沙远,出牧犹承明主恩。城对寒山开画戟,路飞秋叶转朱轓。江潮淼淼连天望,旌旆悠悠上岭翻。萧索庭槐空闭阁,旧人谁到翟公门。

## 题灵祐和尚故居

叹逝翻悲有此身,禅房寂寞见流尘。多一作六时行径空秋草,几日浮生哭故人。风竹自吟遥入磬,雨花随泪共沾巾。残经窗下依然在,忆得山中—作阴问许询。

# 寻龙井杨老

柴门草舍绝风尘,空谷耕田学子真。泉咽恐—作岂劳经陇底—作客,一作地,又作坻,山深不觉有秦人。手栽松树苍苍老,身卧桃园寂寂春。唯有胡麻当鸡黍,白云来往未嫌贫。

# 见故人李均所借古镜恨
# 其未获归府斯人已亡怆然有作

故人留镜无归处,今日怀君试暂窥。岁久岂堪尘自入,夜长应待月相随。空怜琼树曾临匣,犹见菱花独映池。所恨平生还不早,如今始挂陇头枝。

# 闻虞沔州有替将归上都登汉东城寄赠

淮南摇落客心悲,涢水悠悠怨别离。早雁初辞旧关塞,秋风先入古城池。腰章建隼皇恩赐,露冕临人白发垂。惆怅恨—作夫君先我去,汉阳耆老忆旌麾—作旗。

# 献淮宁—作宁淮军节度使
# 李相公 —作淮西将李中丞,又作献南平王。

建牙吹角不闻—作戟门喧,三十登坛众所尊。家散万金酬士死—作死事,身留—作持一剑答君恩。渔阳老将多回席,鲁国诸生半在门。白马翩翩春草细—作绿,郊原—作少陵,一作邵陵西去猎平原。

# 观校猎上淮西相公

龙骧校猎邵陵东,野火初烧楚泽空。师事黄公千战—作载后,身骑白马万人中。笳随晚吹吟一作晓月吹边草,箭没寒一作青云落塞鸿。三十拥旄谁不羡,周郎少小立一作有奇功。

## 送皇甫曾赴上都

东游久与故人违,西去荒凉旧路微。秋草不生三径处,行人独向五陵归。离心日远如流水,回首川长共落晖。楚客岂劳伤此别,沧江欲暮自沾衣。

## 送李录事兄归襄邓

十年多难与君同,几处移家逐转蓬。白首相逢征战后,青春已过乱离中。行人杳杳看西月,归马萧萧向北风。汉水楚云千万里,天涯此别恨无穷。

## 汉阳献李相公

退身高卧楚城幽,独掩闲一作寒门一作双扉汉水头。春草雨中行径没,暮山江上卷帘愁。几人犹忆一作识孙弘阁,百口同乘范蠡舟。早晚却还一作归丞相印,十年空被白云留。

## 长沙过贾谊宅

三年谪宦此栖迟,万古惟留楚客一作国悲。秋草独一作渐寻人去后,寒林空见日斜时。汉文有道恩犹薄,湘水无情吊岂知。寂寂江山摇落处一作正摇落,怜君何事到天涯。

## 奉酬辛大夫喜湖南腊月连日降雪见示之作

长沙耆旧拜旌麾一作旗,喜见江潭积雪时。柳絮三冬先北地,梅花一夜遍南枝。初开窗阁寒光满,欲掩军城暮色迟。闾里何人不相庆,万家同唱郢中词。

## 登馀干古县城

孤城上与白一作迢递楚云齐,万古荒凉一作萧条楚水西。官舍已空秋草绿,女墙犹在夜乌啼。平江渺渺来人远一作夕,落日亭亭向客低。沙鸟不知陵谷变,朝飞一作还暮去一作往弋阳溪。

## 将赴岭外留题萧寺

### 远公院　寺即梁朝萧内史创

竹房遥闭上方幽,苔径苍苍访昔游。内史旧山空日暮,南朝古木向人秋。天香月一作夜色同一作空僧室,叶一作月落猿啼傍一作访,又作送客舟。此去播迁明主意,白云何事欲相留。

## 初闻贬谪续喜一本无上六字
## 量移登干越亭赠郑校书

青青草色满江洲,万里伤心水自流。越鸟岂一作不知南国一作树远,江花独向北人愁。生涯已逐一作许沧浪去一作老,冤气初逢涣汗收。何事还邀迁一作羁客醉,春风日夜待归舟。

## 北归入至德州界偶逢洛阳邻家李光宰

生涯心事已蹉跎,旧路依然此重过。近北始知黄叶落,向南空见白云多。炎州日日人将老,寒渚年年水自波。华发相逢俱若是,故园秋草复如何。

## 自江西归至旧任官

### 舍赠袁赞府 时经刘展平后

却见同官喜复悲,此生何幸有归期。空庭客至逢摇落,旧邑人稀经
乱离。湘路来过回雁处,江城卧听捣衣时。南方风土劳君问,贾谊
长沙岂不知。

## 赴南中题—作留褚少府

### 湖上亭子 一作林亭,一作李嘉祐诗。

种田东郭傍春陂,万事无情把—作如弄钓丝。绿竹放侵行径里—作
断,青山常对卷帘时。纷纷花落门空闭,寂寂莺啼日更迟。从此别
君千万里,白云流水忆佳期。

## 上巳日越中与鲍侍郎泛舟耶溪

兰桡缦—作万转傍汀沙,应接—作隔云峰到若耶。旧浦满—作远来移
渡口,垂杨深处有人家。永和春色千年在,曲水乡心万里赊。君见
渔船时借问,前洲—作桃源几路入烟花—作霞。

## 双峰下哭故人李宥

怜君孤垅—作家寄双峰,埋骨穷泉复几重。白露空沾九原草,青山
犹—作独闭数株松。图书经乱知何在,妻子因贫—作移家失所从。惆
怅东皋却归去,人间无处更相逢。

## 使次安陆寄友人

新年草色远萋萋,久客将归失—作问路蹊。暮雨不知浔—作须口处,
春风只—作共到穆陵西。孤城尽日空花落,三户无人自鸟啼。君在

江南相忆否,门前五柳几枝低。

## 哭陈<sub></sub>一作李歙州 一作使君

千秋万古葬一作共平原,素业一作惟有清风及子孙。旅榇归程伤道路,举家行哭向田园。空山寂寂开新垅一作冢,乔木苍苍掩旧门。一作寒山摇落空残垅,故里疏芜独掩门。儒行公才竟何在一作处,一作更何用,独怜棠树一枝存一作故将修短问乾坤。

## 酬屈突陕

落叶纷纷满四邻,萧条环堵绝风尘。乡看秋草归无路一作何处,家对寒江病且贫。藜杖懒迎征骑客,菊花能醉去官人。怜君计画谁知者,但见蓬蒿空没身。

## 送惠法师游天台因怀智大师故居

翠屏瀑水一作布知何在,鸟道猿啼过几重。落日独摇金策去,深山谁向石桥逢。定攀岩下一作上丛生桂,欲买云中若个峰。忆想东林禅诵处,寂寥惟听旧时钟。

## 自夏口至鹦鹉洲夕望岳阳寄源一作元中丞

〔汀〕(江)洲无浪复无烟,楚客相思益渺然。汉口夕阳斜渡鸟,洞庭秋水远连天。孤城背岭寒吹角,独戍临江夜泊船。贾谊上书忧汉室,长沙谪去一作迁谪古今怜。

## 送侯中丞流康州

长江极目带枫林,匹马孤云不可寻。迁播共知臣道枉,猜谗却为主恩深。辕门画角三军思,驿路青山万里心。北阙九重谁许屈,独看湘水泪沾襟。

## 别 一作送严士元 一作李嘉祐诗

一作送严员外, 一作吴中赠别严士元, 一作送郎士元。

春风倚棹阖闾城, 水国春 一作犹寒阴复晴。 一作水阁天寒暗复晴, 又作水国春深阴复晴。细雨湿衣看 一作人不见, 闲花落地听无声。日斜江上孤帆影, 草绿湖南万里情 一作程。东道 一作君去若逢相识问, 青袍今日 一作已误儒生。

## 避地江东留别淮南使院诸公

长安路绝鸟飞通, 万里孤云西复东。旧业已应成茂草, 馀生只是任飘蓬。何辞向 一作故物开秦镜, 却使他人得楚弓。此去行持一竿竹, 等闲将狎钓渔翁。

## 罪所上御史惟则

误因微禄滞南昌, 幽系圜扉昼夜长。黄鹤翅垂同燕雀, 青松心在任风霜。斗间谁与看冤气, 盆下无由见太阳。贤达不能同感激, 更于 一作令何处问苍苍。

## 送台州李使君兼寄题国清寺

露冕新承明主恩, 山城别是武陵源。花间五马时行县, 山外千峰常在门。晴江洲渚带春草, 古寺杉松深暮猿。知到应真飞锡处, 因君一想已忘言。

## 狱中闻收东京有赦

传闻阙下降丝纶, 为报关东灭虏尘。壮志已怜成白首, 馀生犹待发青春。风霜何事偏伤物,天地无情亦爱人。持法不须张密网,恩波自解惜枯鳞。

## 温汤客舍

冬狩温泉岁欲阑,宫城佳气晚宜看。汤熏仗里千旗暖,雪照山边万井寒。君门献赋谁相达,客舍无钱辄自安。且喜礼闱秦镜在,还一作尽将妍丑付一作赴春官。

## 送孙逸归庐山 得帆字

炉峰绝顶楚云衔,楚客东归栖此一作北岩。彭蠡湖边香橘柚,浔阳郭外暗枫杉。青山不断三湘道,飞鸟空随万里帆。常爱此中多胜事,新诗他日仁开缄。

## 送马秀才落第归江南

南客怀归乡梦频,东门怅别柳条新。殷勤斗酒城阴暮,荡漾孤舟楚水春。湘竹旧斑思帝子,江蓠初绿怨骚人。怜君此去未得意,陌上愁看泪满巾。

## 送常十九归嵩少故林

迢迢此恨杳无涯,楚泽嵩丘千里赊。歧路别时惊一叶,云林归处忆三花。秋天苍翠寒飞雁,古堞萧条晚噪鸦。他日山中逢胜事,桃源洞里几人家。

## 送宇文迁明府赴洪州张
### 观察追摄丰城令 时长卿亦在此州

送君不复远为心,余亦扁舟湘水阴。路逐山光何处尽,春随草色向南深。陈蕃待客应悬榻,宓贱之官独抱琴。倘见主人论谪宦,尔来空有白头吟。

## 送李将军 一作送开府俻随故李使君旅榇却赴上都

征西诸将一一作莫如君,报德谁能不顾勋。身逐塞鸿来万里,手披荒一作江草看孤坟。擒生绝漠经一作临胡雪,怀旧长沙哭楚云。归去萧条灞陵上,几人看葬李将军。

## 西陵寄一上人

东山访道成开一作开成士,南渡隋阳作本师。了义惠心能善诱,吴风越俗罢淫祠。室中时见天人命,物外长悬海岳期。多谢清言异玄度,悬河高论有谁持。

## 赋　得 一作皇甫冉诗,题作春思。

莺啼燕语报新年,马邑龙堆路几千。家住层城临汉苑,〔心〕(花)随明月到胡天。机中锦字论长恨,楼上花枝笑独眠。为问元戎窦车骑,何时返旆勒燕然。

## 三月一作日李明府后亭泛舟 一作皇甫冉诗

江南风景复如何,闻道新亭更欲过。处处纫兰春浦渌,萋萋籍草远山多。壶觞须就陶彭泽,时俗犹传晋永和。更待持桡徐转去,微风落日水增波。

## 喜朱拾遗承恩拜命赴任上都

诏书征拜脱荷裳,身去东山闭草堂。闾阖九天通奏一作楚籍,华亭一鹤在朝行。沧洲离别风烟远,青琐幽深漏刻长。今日却回垂钓处,海鸥相见已高翔。

## 郧上送韦司士归上都

旧业 司士即郑公之孙,顷客于郧上。

前朝旧业想遗尘,今日他乡独尔身。郧地国除为过客,杜陵家在有
何人。苍苔白露生三径,古木寒蝉满四邻。西去茫茫问归路,关河
渐近泪盈巾。一作此去茫茫尽秋草,离心万里逐征轮。

## 感　怀

秋风一作青枫落叶正堪悲,黄菊残花欲待谁。水近偏逢寒气早,山
深常见日光迟。愁中卜命看周易,梦里招魂读楚词。自笑不如湘
浦雁,飞一作春来即是北归时。

## 送杨於陵归宋汴一无此字州别业

半山溪雨带斜晖,向水残花映客衣。旅食嗟余当岁晚,能文似汝少
年稀。新河柳色千株暗,故国云帆万里归。离乱要知君到处,寄书
须及雁南飞。

## 送崔使君赴寿州

列郡专城分国忧,彤幨皂盖古诸侯。仲华遇主年犹少,公瑾论功位
已酬。草色青青迎建隼,蝉声处处杂鸣驺。千里相思如可见,淮南
木叶正惊秋。

## 上阳宫望幸

玉辇西巡久未还,春光犹入上阳间。万木长承新雨露,千门空对旧
河山。深花寂寂宫城闭,细草青青御路闲。独见彩云飞不尽,只应

来去候龙颜。

## 过裴舍人故居

惨惨天寒独掩一作闭扃,纷纷黄叶满一作落空庭。孤坟何处依山木,
百口无家学一作泛水萍。篱花犹及重阳发,邻笛那堪落日听。书幌
无人长不卷,秋来芳草自为萤。

## 登松江驿楼北望故园

泪尽江楼北望归,田园已陷百重围。平芜万里无人去,落日千山空
鸟飞。孤舟漾漾寒潮小,极浦苍苍远树微。白鸥渔父徒相待,未扫
欃枪懒息机。

## 秋夜有怀高三十五适兼呈
### 空上人 一作皇甫冉诗

晚节逢君趣道深,结茅栽树近东林。吾师几度曾摩顶,高士何年遂
发心。北渚三更闻过雁,西城万里动寒砧。不见支公与玄度,相思
拥膝坐长吟。

## 送孔巢父赴河南军 一作皇甫冉诗

江南相送隔烟波,况复新秋一雁过。闻道全军征北虏,又言诗将会
南河。边心冉冉乡人绝,寒色青青战马多。共许陈琳工奏记,知君
名行未蹉跎。

## 登润州万岁楼 一作皇甫冉诗

高楼独上思依依,极浦遥山合翠微。江客不堪频北望,塞鸿何事又
南飞。垂山古渡寒烟积,瓜步空洲远树稀。闻道王师犹转战,更能

谈笑解重围。

## 江楼送太康郭主簿赴岭南

对酒怜君安可论,当官爱士如平原。料钱用尽却为谤,食客空多谁报恩。万里孤舟向南越,苍梧云中暮帆灭。树色应无江北秋,天涯尚见淮阳月。驿路南随桂水流,猿声不绝到炎州。青山落日那堪望,谁见思君江上楼。

## 客舍喜郑三见寄 一作访

客舍逢君未换衣,闭门愁见桃花飞。遥想故园今已尔,家人应念行人归。寂寞垂杨映深曲,长安日暮灵台宿。穷巷无人鸟雀闲,空庭新雨莓苔绿。北中分与故交疏,何幸仍回长者车,十年未称平生意,好得辛勤谩读书。

## 送贾三北游

贾生未达犹窘迫,身驰匹马邯郸陌。片云郊外遥送人,斗酒城边暮留客。顾予他日仰时髦,不堪此别相思劳。雨色新添漳水绿,夕阳远照苏门高。把袂相看衣共缊,穷愁只是惜良时。亦知到处逢下榻,莫滞秋风西上期。

## 齐一和尚影堂

一公住世忘世纷,暂来复去谁能分。身寄虚空如过客,心将生灭是浮云。萧散浮云往不还,凄凉遗教殁仍传。旧地愁看双树在,空堂只是一作见一灯悬。一灯长照恒河沙,双树犹落诸天花。天花寂寂香深殿,苔藓苍苍闷虚院。昔余精念访禅扉,常接微言清一作亲道机。今来寂寞无所得,唯共门人泪满衣。

## 颖川留别司仓李万

故人早负干将器,谁言未展平生意。想君畴昔高步时,肯料如今折
腰事。且知投刃皆若虚,日挥案牍常有馀。槐暗公庭趋小吏,荷香
陂水脍鲈鱼。客里相逢款话深,如何歧路剩沾襟。白云西上催归
念,颖水东流是别心。落日征骖随去尘,含情挥手背城闉。已恨良
时空此别,不堪秋草更愁人。

## 听笛歌 留别郑协律

旧游怜我长沙谪,载酒沙头送迁客。天涯望月自沾衣,江上何人复
吹笛。横笛能令孤客愁,渌波淡淡如不流。商声寥亮羽声苦,江天
寂历江枫秋。静听关山闻一叫,三湘月色悲猿啸。又吹杨柳激繁
音,千里春色伤人心。随风飘向何处落,唯见曲尽平湖深。明发与
君离别后,马上一声堪白首。

## 时平后送范伦归安州

昨闻战罢图麟阁,破虏收兵卷戎幕。沧海初看汉月明,紫微已见胡
星落。忆昔扁舟此南渡,荆棘烟尘满归路。与君携手姑苏台,望乡
一日登几回。白云飞鸟去寂寞,吴山楚岫空崔嵬。事往时平还旧
丘,青青春草近家愁。洛阳举目今谁在,颖水无情应自流。吴苑西
人去欲稀,留连一日空知非。江潭岁尽愁不尽,鸿雁春归身未归。
万里遥悬帝乡忆,五年空带风尘色。却到长安逢故人,不道姓名应
不识。

## 小鸟篇上裴尹

藩篱小鸟何甚微,翩翩日夕空此飞。只缘六翮不自致,长似孤云无

所依。西城黯黯斜晖落，众鸟纷纷皆有托。独立虽轻燕雀群，孤飞
还惧鹰鹯搏。自怜天上青云路，吊影徘徊独愁暮。衔花纵有报恩
时，择木谁容托身处。岁月蹉跎飞不进，羽毛憔悴何人问。绕树空
随乌鹊惊，巢林只有鹪鹩分。主人庭中荫乔木，爱此清阴欲栖宿。
少年挟弹遥相猜，遂使惊飞往复回。不辞奋翼向君去，唯怕金丸随
后来。

## 登吴古城歌

登古城兮思古人，感贤达兮同埃尘。望平原兮寄远目，叹姑苏兮聚
麋鹿。黄池高会事未终，沧海横流人荡覆。伍员杀身谁不冤，竟看
墓树如所言。越王尝胆安可敌，远取石田何所益。一朝空谢会稽
人，万古犹伤甬东客。黍离离兮城坡坨，牛羊践兮牧竖歌。野无人
兮秋草绿，园为墟兮古木多。白杨萧萧悲故柯，黄雀啾啾争晚禾。
荒阡断兮谁重过，孤舟逝兮愁若何。天寒日暮江枫落，叶去辞风水
自波。

## 疲 兵 篇

骄虏乘秋下蓟门，阴山日夕烟尘昏。三军疲马力已尽，百战残兵一
作驱功未论。阵云泱漭屯塞北，羽书纷纷来不息。孤城望处增断
肠，折剑看时可沾臆。元戎日夕且歌舞，不念关山久辛苦。自矜倚
剑气凌云，却笑闻笳泪如雨。万里飘飖空此身，十年征战老胡尘。
赤心报国无片赏，白首还家有几人。朔风萧萧动枯草，旌旗猎猎榆
关道。汉月何曾照客心，胡笳只解催人老。军前仍欲破重围，闺里
犹应愁未归。小妇十年啼夜织，行人九月忆寒衣。饮马滹河晚更
清，行吹羌笛远归营。只恨汉家多苦战，徒遗金镞满长城。

# 新安送陆〔澧〕(沣)归江阴

新安路,人来去。早潮复晚潮,明日知何处。潮水无情亦解归,自怜长在新安住。

# 弄白鸥歌

泛泛江上鸥,毛衣皓如雪。朝飞潇湘水,夜宿洞庭月。一本有洞庭二字。归客正夷犹,爱此沧江闲白鸥。

# 长沙赠衡岳祝融峰般若禅师

般若公,般若公,负钵何时下祝融。归路却看飞鸟外,禅房空掩白云中。桂花寥寥闲自落,流水无心西复东。

# 赠湘南渔父

问君何所适,暮暮逢烟水。独与不系舟,往来楚云里。钓鱼非一岁,终日只如此。日落江清桂楫迟,纤鳞百尺深可窥。沉钩垂饵不在得,白首沧浪空自知。

# 明月湾寻贺九不遇

楚水日夜绿,傍江春草滋一作深。青青遥满目,万里伤心归一作归心。故人川上复何之,明月湾南空所思。故人不在明月在,谁见孤舟来去时。

# 题曲阿三昧王佛殿前孤石

孤石自何处,对之疑一作如旧游。氛氲岘首夕,苍翠剡中秋。迥出群一作奇峰当殿前,雪山灵鹫惭贞坚。一片孤云长不去,莓苔古色空苍然。

# 送友人东归

对酒灞亭暮,相看愁自深。河边草已绿,此别难为心。关路迢迢匹马归,垂杨寂寂数莺飞。怜君献策十馀载,今日犹为一布衣。

# 入桂渚次砂牛石穴 一本无石字

扁舟傍归路,日暮潇湘深。湘水清见底,楚云淡无心。片帆落一作遵桂渚,独夜依枫林。枫林月出猿声苦,桂渚天寒桂花吐。此中无处不堪愁,江客相看泪如雨。

# 严陵钓台送李康成赴江东使

潺湲子陵濑,仿佛如在目。七里人已非,千年水空绿。新安江上孤帆远,应逐枫林万馀转。古台落日共萧条,寒水无波更清浅。台上渔竿不复持,却令猿鸟向人悲。滩声山翠至今在,迟尔行舟晚泊时。

# 送姨子弟往南郊

一展慰久阔,寸心仍未伸。别时两童稚,及此俱成人。那堪适会面,遽已悲分首。客路向楚云,河桥对衰柳。送君匹马别河桥,汝南山郭寒萧条。今我单车复西上,郎去灞陵转惆怅。何处共伤离别心,明月亭亭两乡望。

# 铜 雀 台

娇爱更何日,高台空数层。含啼映双袖,不忍看西陵。漳河东流无复来,百花辇路为苍苔。〔青〕(清)楼月夜长寂寞,碧云日暮空徘徊。

君不见邺中万事非昔时,古人不<sub></sub>一作何在今人悲。春风不逐君王去,草色年年旧宫路。宫中歌舞已浮云,空指行人往来处。

## 王 昭 君 歌

自矜娇艳色,不顾丹青人。那知粉绘能相负,却使容华翻误身。上马辞君嫁骄虏,玉颜对人啼不语。北风雁急浮云<sub></sub>一作清秋,万里独见黄河流。纤腰不复汉宫宠,双蛾长向胡天愁。琵琶弦中苦调多,萧萧羌笛声相和。谁怜一曲传乐府,能使千秋伤绮罗。

## 送杜越江佐觐省往新安江

去帆楚天外,望远愁复积。想见新安江,扁舟一行客。清流数千丈,底下看白石。色混元气深,波连洞庭碧。鸣桹去未已,前路行可觌。猿鸟悲啾啾,杉松雨声夕。送君东赴归宁期,新安江水远相随。见说江中孤屿在,此行应赋谢公诗。

## 湘 中 忆 归

终日空理棹,经年犹别家。顷来行已远,弥觉天无涯。白云意自深,沧海梦难隔。迢递万里帆,飘飖一行客。独怜西江外,远寄风波里。平湖流楚天,孤雁渡湘水。湘流澹澹空愁予,猿啼啾啾满南楚。扁舟泊处闻此声,江客相看泪如雨。

## 送郭六侍从之武陵郡

常爱武陵郡,羡君将远寻。空怜世界迮,孤负桃源心。洛阳遥想桃源隔,野水闲流春自碧。花下常迷楚客船,洞中时见秦人宅。落日相看斗酒前,送君南望但依然。河梁马首随春草,江路猿声愁暮天。丈人别乘佐分忧,才子趋庭兼胜游。澧浦荆门行可见,知君诗兴满沧洲。

## 山鹧鸪歌 一作韦应物诗

山鹧鸪,长在此山吟古木。嘲哳相呼响空谷,哀鸣万变如成曲。江南逐臣悲放逐,倚树听之心断续。巴人峡里自闻猿,燕客水头空击筑。山鹧鸪,一生不及双黄鹄。朝去秋田啄残粟,暮入寒林啸群族。鸣相逐,啄残粟,食不足。青云杳杳无力飞,白露苍苍抱枝宿。不知何事守空山,万壑千峰自愁独。

## 望龙山怀道士许法稜

心惆怅,望龙山。云之际,鸟独还。悬崖绝壁几千丈,绿萝袅袅不可攀。龙山高,谁能践。灵原中,苍翠晚。岚烟瀑水如向人,终日迢迢空在眼。中有一人披霓裳,诵经山顶飧琼浆。空林闲坐独焚香,真官列侍俨成行。朝入青霄礼玉堂,夜扫白云眠石床。桃花洞里居人满,桂树山中住日长,龙山高高遥相望。

## 戏赠干越尼子歌

鄱阳女子年十五,家本秦人今在楚。厌向春江空浣沙,龙宫落发披袈裟。五年持戒长一食,至今犹自颜如花。亭亭独立青莲下,忍草禅枝绕精舍。自用黄金买地居,能嫌碧玉随人嫁。北客相逢疑姓秦,铅花抛却仍青春。一花一竹如有意,不语不笑能留人。黄鹂欲栖白日暮,天香未散经行处。却对香炉闲诵经,春泉漱玉寒泠泠。云房寂寂夜钟后,吴音清切令人听。人听吴音歌一曲,杳然如在诸天宿。谁堪世事更相牵,惆怅回船江水渌。

## 游 四 窗

四明山绝奇,自古说登陆。苍崖倚天立,覆石如覆屋。玲珑开户
牖,落落明四目。箕星分南野,有斗挂檐北。日月居东西,朝昏互
出没。我来游其间,寄傲巾半幅。白云本无心,悠然伴幽独。对此
脱尘鞅,顿忘荣与辱。长笑天地宽,仙风吹佩玉。

## 和中丞出使恩命过终南别业

不过林园久,多因宠遇偏。故山长寂寂,春草过年年。花待朝衣
间,云迎驿骑连。松萝深旧阁,樵木散闲田。拜阙贪摇佩,看琴懒
更—作著弦。君恩催早入,已梦〔傅〕(传)岩边。

## 岳 阳 楼

行尽清溪日已蹉,云容山影两嵯峨。楼前归客怨秋梦,湖上美人疑
夜歌。独坐高高风势急,平湖渺渺月明多。终期一艇载樵去,来往
片帆愁白波。

## 春望寄王涔阳

清明别后雨晴时,极浦空翚一望眉。湖畔春山烟点点,云中远树墨
离离。依微水戍闻钲鼓,掩映沙村见酒旗。风暖草长愁自醉,行吟
无处寄相思。

## 留 辞

南楚迢迢通汉口,西江淼淼去扬州。春风已遣归心促,纵复芳菲不
可留。

# 全唐诗卷一五二

## 颜真卿

颜真卿,字清臣,京兆长安人。博学,工辞章。事亲孝。开元中举进士,又擢制科。调醴泉尉,累迁殿中侍御史。忤宰相杨国忠,出为平原太守。安禄山反,河朔尽陷,独平原城守具备,使司兵参军李平驰奏。明皇大喜,即拜户部侍郎。肃宗即位灵武,真卿数遣使以蜡丸裹书陈事。拜工部尚书,兼御史大夫,为河北招讨采访处置使。至德二年,朝于凤翔,授宪部尚书,迁御史大夫。军国之事,知无不言。为宰相所忌,出为冯翊太守,改蒲州刺史。御史唐旻诬劾,贬饶州刺史。旋拜浙西节度使,召入为刑部侍郎。李辅国衔之,贬蓬州长史。代宗立,起为户部侍郎,除荆南节度使。未行,改尚书右丞。寻除检校刑部尚书,兼御史大夫,封鲁国公。与元载不合,贬峡州别驾,改吉州司马,迁抚、湖二州刺史。载诛,擢刑部尚书,进吏部。卢杞当国,益恶之,改太子太师。李希烈陷汝州,杞奏遣真卿往谕,拘胁累岁,不屈而死。赠司徒,谥文忠。真卿立朝正色,刚而有礼,非公言直道,不萌于心。天下不以姓名称,而独曰鲁公。善正、草书,笔力遒婉,世宝传之。诗一卷。

## 题杼山癸亭得暮字 亭,陆鸿渐所创。

杼山多幽绝,胜事盈跬步。前者虽登攀,淹留恨晨暮。及兹纤胜
引,曾是美无度。欻构三癸亭,实为陆生故。高贤能创物,疏凿皆
有趣。不越方丈间,居然云霄遇。巍峨倚修岫,旷望临古渡。左右
苔石攒,低昂桂枝蠹。山僧狎猿狖,巢鸟来枳棋。俯视何楷台,傍
瞻戴颙路。迟回未能下,夕照明村树。

## 谢陆处士杼山折青桂花见寄之什

群子游杼山,山寒桂花白。绿蕣含素萼,采折自逋客。忽枉岩中
诗,芳香润金石。全高南越蠹,岂谢东堂策。会惬名山期,从君恣
幽觌。

## 赠裴将军

大君制六合,猛将清九垓。战马若龙虎,腾凌何壮哉。将军临八
荒,炟赫耀英材。剑舞若游电,随风萦且回。登高望天山,白云正
崔巍。入阵破骄虏,威名雄震雷。一射百马倒,再射万夫开。匈奴
不敢敌,相呼归去来。功成报天子,可以画麟台。

## 赠僧皎然

秋意西山多,别岑萦左次。缮亭历三癸,趾趾邻什寺。元化隐灵
踪,始君启高致。诛榛养翘楚,鞭草理芳穗。俯砌披水容,逼天扫
峰翠。境新耳目换,物远风尘异。倚石忘世情,援云得真意。嘉林
幸勿剪,禅侣欣可庇。卫法大臣过,佐游群英萃。龙池护清激,虎
节到深邃。徒想嵊顶期,于今没遗记。

# 咏陶渊明

张良思报韩,龚胜耻事新。狙击不肯就,舍生悲缙绅。呜呼陶渊明,奕叶为晋臣。自以公相后,每怀宗国屯。题诗庚子岁,自谓羲皇人。手持山海经,头戴漉酒巾。兴逐孤云外,心随还鸟泯。

# 三言拟五杂组二首

五杂组,绣与锦。往复还,兴又寝。不得已,病伏枕。
五杂组,甘咸醋。往复还,乌与兔。不得已,韶光度。

# 使过瑶台寺有怀圆寂上人 并序

真卿昔以天宝元年尉醴泉,亟过瑶台寺圆寂上人院。秩满,迁监察御史,巡覆诸陵,而上人已去(一作离)此寺。大历十三年春二月,以刑部尚书谒拜昭陵,慨然有怀。

上人居此寺,不出三十年。万法元无著一作灵法尽无染,一心唯趣禅。忽纤尘外轸,远访区中一作世间缘。及尔不复见,支提犹岌一作岿然。

# 登平望桥下作

登桥试长望,望极与天平。际海兼葭色,终朝凫雁声。近山犹一作全仿佛,远水忽微明。更览诸公作,知高题柱名。

# 刻清远道士诗因而继作

不到东西寺,于今五十春。碣来从旧赏,林壑宛相亲。吴子多藏日,秦王厌胜辰。剑池穿万仞,盘石坐千人。金气腾为虎,琴台化若神。登坛仰生一,舍宅叹珣珉。中岭分双树,回峦绝四邻。窥临江海接,崇饰四时新。客有神仙者,于兹雅丽陈。名高清远峡,文聚斗牛津。迹异心宁间,声同质岂均。悠然千载后,知我揖光尘。

# 全唐诗卷一五三

## 李 华

　　李华，字遐叔，赞皇人。开元中，第进士，擢宏辞科。累官监察御史，右补阙。以受安禄山伪署，贬杭州司户。上元中，召为左补阙、司封员外郎。华称疾不拜。李岘领选江南，表置幕府，擢检校吏部员外郎。苦风痹，去官。客隐山阳，勒子弟力农，安于穷槁。大历初卒。集三十卷。今编诗一卷。

### 杂诗六首

黄钟叩元音，律吕更循环。邪气悖正声，郑卫生其间。典乐忽涓微，波浪与天浑。嘈嘈鸱枭动，好鸟徒绵蛮。王吉归乡里，甘心长闭关。

玄黄与丹青，五气之正色。圣人端其源，上下皆有则。齐侯好紫衣，魏帝妇人饰。女奴厌金翠，倾海未满臆。何忍严子陵，羊裘死荆棘。

甘酸不私人，元和运五行。生人受其用，味正心亦平。爪牙相践伤，日与性命争。圣人不能绝，钻燧与炮烹。嗜欲乘此炽，百金资一倾。正销神耗衰，邪胜体充盈。颜子有馀乐，瓢中寒水清。

阴魄沦宇宙，太阳假其明。臣道不敢专，由此见亏盈。未闻东菑稼，一气嘉谷成。上天降寒暑，地利乃可生。葛藟附柔木，繁阴蔽曾原。风霜摧枝干,不复庇本根。女萝依松柏,然后得长存。
孔光尊董贤,胡广惭李固。儒风冠天下,而乃败王度。绛侯与博
陆,忠朴受遗顾。求名不考实,文弊反成蠹。
结交得书生,书生钝且直。争权复争利,终不得其力。我逢纵横
者,是我牙与翼。相旋如疾风,并命趋紫极。奔车得停轨,风火何
相逼。仁义岂有常,肝胆反为贼。勿嫌书生直,钝直深可忆。

# 咏史十一首

昂藏猰㺄兽,出自太平年。乱代乃潜伏,纵人为祸愆。尝闻断马
剑,每壮朱云贤。身死名不灭,寒风吹〔墓〕(暮)田。精灵如有在,幽
愤满松烟。

汉皇修雅乐,乘舆临太学。三老与五更,天王亲割牲。一人调风
俗,万国和且平。单于骤款塞,武库欲销兵。文物此朝盛,君臣何
穆清。至今墠坛下,如有箫韶声。

巢许在嵩颍,陶唐不得臣。九州尚洗耳,一命安能亲。绵邈数千
祀,丘中谁隐沦。朝游公卿府,夕是山林人。蒲帛扬侧陋,薜萝为
缙绅。九重念入梦,三事思降神。且设庭中燎,宁窥泉下鳞。

汉时征百粤,杨仆将楼船。幕府功未立,江湖已骚然。岛夷非敢
乱,政暴地仍偏。得罪因怀璧,防身辄控弦。三军求裂土,万里讵
闻天。魏阙心犹在,旗门首已悬。如何得良吏,一为制方圆。

秦灭汉帝兴,南山有遗老。危冠揖万乘,幸得厌征讨。当君逐鹿
时,臣等已枯槁。宁知市朝变,但觉林泉好。高卧三一作五十年,相
看成四一作首成皓。帝言翁甚善,见顾何不早。咸称太子仁,重义
亦尊道。侧闻骊姬事,申生不自保。暂出商山云,揭来趋洒扫。东
宫成羽翼,楚舞伤怀抱。后代无其人,庾园满秋草。

日照昆仑上一作山,羽人披羽衣。乘龙驾云雾,欲往心无违。此山

在西北,乃是神仙国。灵气皆自然,求之不可得。何为汉武帝,精思一作意遍群山。糜费巨万计,宫车终不还。苍苍茂陵树,足以戒人间。

天生忠与义,本以佐雍熙。何意李司隶,而当昏乱时。古坟襄城野,斜径横秋陂。况不禁樵采,茅莎无孑遗。高标尚可仰,精爽今何之。一忤中常侍,衔冤谁见知。尝观党锢传,抚卷不胜悲。

文侯耽郑卫,一听一忘餐。白雪燕姬舞,朱弦赵女弹。淫声流不返,慆荡日无端。献岁受朝时,鸣钟宴百官。两床陈管磬,九奏殊未阑。对此唯恐卧,更能整衣冠。

蜀主相诸葛,功高名亦尊。驱驰千万众,怒目瞰中原。曹伯任公孙,国亡身不存。社宫久芜没,白雁犹飞翻。勿言君臣合,可以济黎元。为蜀谅不易,如曹难复论。

六国韩最弱,末年尤畏秦。郑生为韩计,且欲疲秦人。利物可分社,原情堪灭身。咸阳古城下,万顷稻苗新。

沂水春可涉,泮宫映杨叶。丽色异人间,珊珊摇珮环。展禽恒一作常独处,深巷生禾黍。城上飞海云,城中暗春雨。适来鸣珮者,复是谁家女。泥沾珠缀履,雨湿翠毛簪。电影开莲脸,雷声飞蕙心。自言沂水曲,采萍兼采菉。归径虽可寻,天阴光景促。怜君贞且独,愿许君家宿。徒劳惜衾枕,了不顾双蛾。艳质诚可重,淫风如礼何。周王惑褒姒,城阙成陂陀。

## 云母泉诗 并序

　　洞庭湖西玄石山,俗谓之墨山。山南有佛寺,寺倚松岭,下有云母泉。泉出石,引流分渠,周遍庭宇,发如乳湩,末派如淳浆,烹茶、渐蒸、灌园、漱齿皆用之。大浸不盈,大旱不耗。自墨山西北至石门,东南至东陵,广轮二十里,尽生云母。墙阶道路,炯炯如列星。井泉溪涧,色皆

纯白。乡人多寿考，无癣痀疥搔之疾。华深乐之。颍川陈公，天宝中，
与华同为谏官。公性与道合，忽于权利，方挂冠投簪，顾华以名山之契。
乾元初，公贬清江丞，移武陵丞。华贬杭州司功，恩复左补阙。上元中，
俱奉诏征。公自清江至武陵，道路多虞，制书不至。华溯江而西，次于
岳阳，江山延望，日夕相顾属，思与高贤共饮云母之泉，躬耕墨山之下。
敢违朝命，以徇私欲，秋风露寒，洞庭微波，一闻猿声，不觉涕下。况支
离多病，年甫始衰，愿饵药扶寿，以究无生之学。事乖志负，火爇予心，
寄怀此篇，亦以书余之志也。

晨登玄石岭，岭上寒松声。朗日风雨霁，高秋天地清。山门开古
寺，石窦含纯精。洞彻净金界，黉缘流玉英。泽药滋畦茂，气染茶
瓯馨。饮液尽眉寿，餐和皆体平。琼浆驻容发，甘露莹心灵。岱谷
谢巧妙，匡山徒有名。愿言构蓬荜，荷锸引泠泠。访道出人世，招
贤依福庭。此心不能已，瘝寐见吾兄。曾结颍阳契，穷年无所成。
东西同放逐，蛇豕尚纵横。江汉阻携手，天涯万里情。恩光起憔
悴，西上谒承明。秋色变江树，相思纷以盈。猿啼巴丘戍，月上武
陵城。共恨川路永，无由会友生。云泉不可忘，何日遂躬耕。

## 寄赵七侍御 并序

自馀干溪行，经弋阳至上饶。山川幽丽，思与云卿同游，邈不可得。
因叙畴年之素，寄怀于篇云。

摇桨曙江流，江清山复重。心怜赏未足，川迥失前峰。凌滩出极
浦，旷若天池一作地通。君阳青嵯峨，开拆混元中。九潭鱼龙窟，仙
成羽人宫。阴奥潜鬼物，精光动烟空。玄猿啼深茏，楚越谓竹树深者
为茏。茏一作蘢。白鸟戏葱蒙。飞湍鸣金石，激溜鼓雷风。雨灌万木
鲜，霞照千山浓。草闲长馀绿，花静落幽红。渚烟见晨钓，山月闻
夜舂。覆溪窈窕波，涵一作湄石淘一作泅溶溶。丹丘忽聚散，素壁相
奔冲。白日破昏霭，灵山出其东。势排昊苍上，气压吴越雄。回头

望云卿,此恨发吾衷。昔日萧邵游,萧颖士、邵轸。四人才成童。属
词慕孔门,入仕希上公。纬卿陷非罪,折我昆吾锋。邵字纬卿,以冤横
贬,卒南中。茂挺独先觉,拔身渡京虹。斯人谢明代,百代坠鹓鸿。萧
天宝末知乱弃官,往江东殡葬先人,逝于江南。世故坠横流,与君哀路穷。逆
胡陷两京,予与赵受辱贼中。相顾无死节,蒙恩逐殊封。华贬杭州司功,赵贬
泉州晋江尉。天波洗其瑕,朱衣备朝容。华承恩累迁尚书郎,赵拜补阙御史。
一别凡十年,岂期复相从。馀生得携手,遗此两孱翁。群迁失莺
羽,后凋惜长松。衰旅难重别,凄凄满心胸。遇胜悲独游,贪奇怅
孤逢。禽尚彼何人,胡为束樊笼。吾师度门教,投弁蹑遐踪。

## 仙游寺 有龙潭穴、弄玉祠。

舍事入樵径,云木深谷口。万壑移晦明,千峰转前后。嶷然龙潭
上,石势若奔走。开拆秋天光,崩腾夏—作万雷吼。灵溪自兹去,纡
直互纷纠。听声静复喧,望色无更有。冥冥翠微下,高殿映杉柳。
滴滴洞穴中,悬泉响相扣。昔时秦王女,羽化年代久。日暮松风
来,箫声生左右。早窥神仙箓,愿结艺术友。安得羡门方,青囊系
吾肘。

## 春 游 吟

初春遍芳甸,千里蔼盈瞩。美人摘新英,步步玩春绿。所思杳何
处,宛在吴江曲。可怜不得共芳菲,日暮归来泪满衣。

## 长 门 怨

弱体鸳鸯荐,啼妆翡翠衾。鸦鸣秋殿晓,人静禁门深。每忆椒房
宠,那堪永巷阴。自惊罗带缓,非复旧来心。

## 奉使朔方赠郭都护

绝塞临光禄，孤营佐贰师。铁衣山–作三月冷，金鼓朔风悲。都护
征兵日，将军破虏时。扬鞭玉关道，回首望旌旗。

## 尚书都堂瓦松

华省秘仙踪，高堂露瓦松。叶因春后长，花为雨来浓。影混鸳鸯
色，光含翡翠容。天然斯所寄，地势太无从。接栋临双阙，连甍近
九重。宁知深涧底，霜雪岁兼封。

## 海上生明月 科试

皎皎秋中月，团团海上生。影开金镜满，轮抱玉壶清。渐出三山
峀，将凌一汉横。素娥尝药去，乌鹊绕枝惊。照水光偏白，浮云色
最明。此时尧砌下，蓂荚自将荣。

## 晚日湖上寄所思

与君为近别，不啻远相思。落日平湖上，看山对此时。

## 寄从弟

眼病身亦病，浮生已半空。迢迢千里月，应与惠连同。

## 奉寄彭城公

公子三千客，人人愿报恩。应怜抱关者，贫病老夷门。

## 春行寄兴

宜阳城下草萋萋，涧水东流复向西。芳树无人花自落，春山一路鸟

空啼。

# 全唐诗卷一五四

## 萧颖士

　　萧颖士,字茂挺。开元中,对策第一,补秘书正字。奉使括遗书赵卫间,淹久不报,为有司劾免。留客濮阳教授,时号萧夫子。召为集贤校理。宰相李林甫怒其不下己,调广陵参军事。史官韦述荐颖士自代,召诣史馆待制。林甫愈见疾,遂免官。寻调河南府参军事。山南节度使源洧辟掌书记。洧卒,崔圆署为扬州功曹参军,至官,信宿去。后客死汝南逆旅。门人私谥曰文元先生。颖士乐闻人善,以推引后进为己任,所奖目皆为名士。集十卷。今编诗一卷。

### 江有枫一篇十章 并序

　　江有枫,思陆、郑二友吴会旧游,且疾谗佞也。臣(一作君)宦于尹府,以直方不偶,见逼谗佞。惟古之贤者,有避色避言之义,矫然去之。二室之间,有槭树焉,与江南枫形胥类。憩于其下,而作是诗,以贻夫二三子焉。

江有枫,其叶蒙蒙。我友自东,于以游从。
山有槭,其叶漠漠。我友徂北,于以休息。
想彼槭矣,亦类其枫。矧伊怀人,而忘其东。
东可游矣,会之丘矣。于山于水,于庙于寺,于亭于里,君子游焉。

于以宴喜,其乐亹亹。

粤东可居,彼吴之墟。有田有庭,有朋有书,有莼有鱼,君子居焉。
惟以宴醑,其乐徐徐。

我朋在矣,彼陆之子。<sub>淹也。</sub>如松如杞,淑问不已。

我友于征,彼郑之子。<sub>愕也。</sub>如琇如英,德音孔明。

我思震泽,菱芡幕幕。寤寐如觌,我思剡溪。杉篠萋萋,寤寐无迷。
有鸟有鸟,粤鸥与鹭。浮湍戏渚,皓然洁素,忘其猜妒。彼何人斯,
曾足伤惧。

此惧惟何,惧寔于罗。彼骄者子,谗言孔多。我闻先师,体命委和。
公伯之愬,则如予何。怅然山河,惟以啸歌,其忧也哉。

## 菊荣一篇五章　并序

菊荣,酬赠离,且申志也。久寓大邑,贤宰宋侯惠而好予,赋鸣蝉以
觊别。有怀相规,备厥卒章,于以报焉。

采采者菊,芬其荣斯。紫英黄萼,照灼丹墀。恺悌君子,佩服攸宜。
王国是维,大君是毗。贻尔子孙,百禄莘之。

采采者菊,于邑之城。旧根新茎,布叶垂英。彼美淑人,应家之祯。
有弦既鸣,我政则平。宜尔栋崇,必复其庆。

采采者菊,于邦之府。阴槐翳柳,迩楹近宇。彼劳者子,喧卑是处。
慨其莫知,蕴结谁语。企彼高人,色斯遐举。

采采者菊,于宾之馆。既低其枝,又弱其干。有斐君子,是焉披玩。
良辰旨酒,宴饮无算。怆其他别,终然永叹。

岁方晏矣,霜露残促。谁其荣斯,有英者菊。岂微春华,懿此贞色。
人之侮我,混于薪棘。诗人有言,好是正直。

## 凉雨一章　并序

凉雨,志杨侯乐宾僚也。

习习凉风,泠泠浮飙。君子乐胥,于其宾僚。有女斯夭,式歌且谣。
欲言终宥,惟以招邀,于胥乐兮。

## 有竹一篇七章 并序

　　有竹,懿李新后闿而宴亲友也。

有竹斯竿,于闿之前。君子秉心,惟其贞坚兮。

有竿斯竹,于闿之侧。君子秉操,惟其正直兮。

彼蔚者竹,萧其森矣。有开者闿,宛其深矣。回檐幽砌,如翼如齿。

冬之宵,霰雪斯瀌。我有金炉,熺其以敲。

夏之日,炎景斯郁。我有珍簟,凄其以栗。

彼纷者务,体其豫矣。有旨者酒,欢其且矣。友僚萃止,趿罇载
秡。

彼美公之姓兮,那欤应积庆兮,期子惟去之柄兮。

## 江有归舟三章 并序

　　《记》有之:尊道成德,严师其难哉。故在三之礼,极乎君亲,而师也
参焉。无犯与隐,义斯贯矣。孔圣称颜子,有视余犹父之叹,其至欤!
今吾于太真也然乎尔。且后进而余师者,自贾邕、卢冀之后,比岁举进
士登科,名与实皆相望腾迁,凡数子。其他自京畿太学,逾于淮泗,行束
脩以上,而未及门者,亦云倍之。余弗敏,曷云当乎而莫之让。盖有来
学,微往教,蒙匪余求,若之何其拒哉。猗尔之所以求,我之所以诲,学
乎,文乎? 学也者,非云征辨说,摭文字,以扇夫谈端,轾厥词意,其于识
也,必鄙而近矣。所务乎宪章典法、膏腴德义而已。文也者,非云尚形
似,牵比类,以局夫俪偶,放于奇靡。其于言也,必浅而乖矣。所务乎激
扬雅训,彰宣事实而已。众之言文学者或不然。於戏!/彼以我为僻,尔
以我为正,同声相求,尔后我先,安得而不问哉! 问而教,教而从,从而
达,欲辞师也得乎? 孔门四科,吾是以窃其一矣。然夫德行政事,非学

不言,言而无文,行之不远,岂相异哉! 四者一夫正而已矣。故曰:《诗》
三百,一言以蔽之曰,思无邪。不正之谓也。吾尝谓门弟子有尹徵之
学,刘太真之文,首其选焉。今兹春连茹甲乙,淑问休闻,为时之冠。浃
旬有诏,俾征典校秘书,且驰传垅首,领元戎书记之事。四牡骓骓,薄言
旋归,声动日下,浃于寰外。而太真元昆,前已甲科,未始间岁,翩其连
举。谓予不信,岂其然乎? 夏五月,回棹京洛,告归江表。岵兮屺兮,欢
既萃矣。兄矣弟矣,荣斯继矣。搢绅之徒习礼闻诗者,佥曰:刘氏二子,
可谓立乎身,光乎亲,蹈极致于人伦者矣。上京饯别,庭闱望归,从古已
来,未之闻也。余羁宦此都,色斯云举,彼吴之丘,曾是昔游。心乎往
矣,有怀伊阻。行矣风帆,载飞载扬。尔思不及,黯然以泣。先师孝弟
谨信、泛爱亲仁、馀力学文之训,尔其志之。南条北固,朱方旧里,昔与
太真初会于兹。余之门人有柳并者,前是一岁,亦尝觏兹地。其请业
也,必始乎此焉。并也有尹之敏,刘之工,其少且疾,故莫之逮。太真亦
尝曰:"何敢望并。"并与真,难乎其相夺矣。缅彼江阴,京阜是临。言念
二子,从予于此。尔云过之,其可忘诸。同是饯者,赋《江有归舟》,以宠
夫嘉庆焉尔。诗曰:

江有归舟,亦乱其流。之子言旋,嘉名孔修。扬于王庭,允焯其休。
舟既归止,人亦荣止。兄矣弟矣,孝斯践矣。称觞燕喜,于岵于屺。
彼游惟帆,匪风不扬。有彬伊父,匪学不彰。予其怀而,勉尔无忘。

## 过河滨和文学张志尹

隆古日以远,举世丧其淳。慷慨怀黄虞,化理何由臻。步出城西
门,裴回见河滨。当其侧陋时,河水清且潾。沧桑一以变,莽然翳
荆榛。至化无苦窳,宇宙将陶甄。太息感悲泉,人往迹未湮。瑟瑟
寒原暮,冷风吹衣巾。顾我谫劣质,希圣杳无因。且尽登临意,斗
酒欢相亲。

# 舟中遇陆棣兄西归数日得广陵
# 二三子书知迟晚次沙垫西岸作

林乌遥岸鸣，早知东方曙。波上风雨歇，舟人叫将去。苍苍前洲
日，的的回沙鹭。水气清晓阴，滩声隐川雾。旧山劳魂想，忆人阻
洄溯。信宿千里馀，佳期曷由遇。前程入楚乡，弭棹问维扬。但见
土音异，始知程路长。寥寥晚空静，漫漫风淮凉。云景信可美，风
潮殊未央。故人江皋上，永日念容光。中路枉尺书，谓余琼树芳。
深期结晤语，竟夕恨相望。冀愿崇朝霁，吾其一苇航。

## 重阳日陪元鲁山德秀登北城
## 瞩对新霁因以赠别 时元兄屡有挂冠之意

山县绕古堞，悠悠快登望。雨馀秋天高，目尽无隐状。绵连滍川
回，杳渺鸦路深。彭泽兴不浅，临风一作流动归心。赖兹琴堂暇，傲
睨倾菊酒。人和岁已登，从政复何有。远山十里碧，一道衔长云。
青霞半落日，混合疑晴曛。渐闻惊栖一作栖林羽，坐叹清夜月。中
欢怆有违，行子念明发。仅能泯宠辱，未免伤别离。江湖不可忘，
风雨劳相思。明时当盛才，短伎安所设。何日谢百里，从君汉之
滨。

## 留别二三子得韵字

二纪尚雌伏，徒然忝先进。英英尔众贤，名实郁双振。残春惜将
别，清洛行不近。相与爱后时，无令孤逸韵。

## 仰答韦司业垂访五首

呦呦食苹鹿，常饮清泠川。但悦丰草美，宁知牢馔鲜。主人有幽

意,将以充林泉。罗网幸免伤,蒙君复羁牵。高堂列众宾,广座鸣清弦。俯仰转惊一作伤惕,裴回独忧煎。缅怀云岩路,欲往无由缘。物各有所好,违之伤自然。

神龟在南国,缅邈湘川阴。游止莲叶上,岁时嘉树林。毒虫且不近,斤斧何由寻。错落负奇文,荧煌耀丹金。江山万里馀,淮海阻且深。独保贞素质,不为寒暑侵。一逢盛明代,应见通灵心。

晋代有儒臣,当年富词藻。立言寄青史,将以赞王道。辽落缅岁时,辛勤历江岛。且言风波倦,探涉岂为宝。不遇庾征西,云谁展怀抱。士贫乏知己,安得成所好。

彭阳昔游说,愿谒南郢都。王果尚未达,况从夷节谟。岂知晋叔向,无罪婴囚拘。临难俟解纷,独知〔祁〕(祈)大夫。举雠且不弃,何必论亲疏。夫子觉者也,其能一作肯遗我乎。

关西一公子,年貌独青春。被褐来上京,翳然声未振。中郎何为者,倒屣惊座宾。词赋岂不佳,盛名亦相因。为君奏此曲,此曲多苦辛。千载不可诬,孰言今无人。

# 答邹象先

桂枝常共擢,茅茨冀同荐。一命何阻修,载驰各川县。壮图悲岁月,明代耻贫贱。回首无津梁,只令二毛变。

# 蒙山作

东蒙镇海沂,合沓馀百里。清秋净氛霭,崖嵎隐天起。于役劳往还,息徒暂攀跻。将穷绝迹处,偶得冥心理。云气杂虹霓,松声乱风水。微明绿林际,杳窱丹洞里。仙鸟时可闻,羽人邈难视。此焉多深邃,贤达昔所止。子尚捐俗纷,季随蹑遐轨。蕴真道弥旷,怀古情未已。白鹿凡几游,黄精复奚似。顾予尚牵缠,家业重书史。

少学务从师, 壮年贵趋仕。方驰桂林誉, 未暇桃源美。岁暮期再寻, 幽哉羡门子。

## 早春过七岭寄题硖石裴丞厅壁

出硖寄趣少, 晚行偏忆君。依然向来处, 官路溪边云。兹路岂不剧, 能无俗累纷。槐阴永未合, 泉声细犹闻。弥叹春罢酒, 牵卑一本二字缺从此分。登高望城入, 斜影半风薰。

## 送张翚下第归江东 翚, 一作晕。

俱飞仍失路, 彩服迳清波。地积东南美, 朝遗甲乙科。客愁千里别, 春色五湖多。明日旧山去, 其如相望何。

## 越 江 秋 曙

扁舟东路远, 晓月下江溃。激滟信潮上, 苍茫孤屿分。林声寒动叶, 水气曙连云。暾日浪中出, 榜歌天际闻。伯鸾常去国, 安道惜离群。延首剡溪近, 咏言怀数君。

## 山 庄 月 夜 作

献书嗟弃置, 疲拙归田园。且事计然策, 将符公冶言。桑榆清一作畏暮景, 鸡犬应遥村。蚕罢里闾晏, 麦秋田野喧。涧声连枕簟, 峰势入阶轩。未奏东山妓, 先倾北海尊。陇瓜香早熟, 庭果落初繁。更惬野人意, 农谈朝竟昏。

# 全唐诗卷一五五

## 崔　曙

崔曙,宋州人。开元二十六年登进士第,以《试明堂火珠》诗得名。诗一卷。

### 古　意

绿笋总成竹,红花亦成子。能当此时好,独自幽闺里。夜夜苦更长,愁来不<sub>一作剧</sub>如死。

### 宿大通和尚塔敬<sub>一本无敬字</sub>赠<br>如上人兼呈常孙二山人

支公已寂灭,影塔山上古。更有真僧来,道场救诸苦。一承微妙法,寓宿清净土。身心能自观,色相了无取。森森松映月,漠漠云近户。岭<sub>一作云</sub>外飞电明,夜来前山雨。然灯见栖鸽,作礼闻信鼓。晓霁南轩开,秋华净天宇。愿言出世尘<sub>一作长出世</sub>,谢尔申及甫。

### 送薛据之宋州

无媒嗟<sub>一作悲</sub>失路,有道亦乘流。客处不堪别,异乡应共愁。我生早孤贱,沦落居此州。风土至今忆,山河皆昔<sub>一作旧</sub>游。一从文章事<sub>一作士</sub>,两京春复秋。君去问相识,几人今<sub>一作成</sub>白头。

## 山 下 晚 晴

寥寥远天净,溪路何空濛。斜光照疏雨,秋气生白虹。云尽山色
暝,萧条西北风。故林归宿处,一叶下梧桐。

## 颍阳东溪怀古

灵溪氛雾歇,皎镜清心颜。空色不一作下映水,秋声多在山。世人
久疏旷,万物皆自闲。白鹭寒更浴,孤云晴未还。昔时让王者,此
地闭玄一作紫,一作柴关。无以蹑高步,凄凉岑一作林壑间。

## 早发交崖山还太室作

东林气微白,寒鸟急一作忽高翔。吾亦自兹去,北山归草堂。仲一作
杪冬正三五,日月遥相望。萧萧一作肃肃过颍上,昽昽辨少阳。川冰
生积雪,野火出枯桑。独往路难尽,穷阴人易伤。伤此无衣客,如
何蒙雪一作雨霜。

## 奉试明堂火珠

正位开重屋,凌空一作中天出火珠。夜来双月满一作合,曙后一星孤。
天净光难灭,云生望欲无。遥知太平代一作还知圣明代,国宝在名都。

## 途中晓一作晚发

晓一作晚雾长风里,劳歌赴远期。云轻归海疾,月满下山一作峰迟。
旅望因高尽,乡心遇物悲。故林遥不见,况在一作复落花时。

## 缑 山 庙

遗庙宿阴阴,孤峰映绿林。步随仙路远,意入道门深。涧水流年

月,山云变古今。只闻风竹里,犹有凤笙音。

## 同诸公谒启母祠

闷宫凌紫微,芳草闭闲扉。帝子复何在,王孙游不归。春风鸣玉佩,暮雨拂灵衣。岂但湘江口,能令怀二妃。

## 九日登望仙台呈刘明府容

汉文皇帝有高台,此日登临曙色开。三晋云山皆北向,二陵风雨自东一作西来。关门令尹谁能识,河上仙翁去不回。且欲近寻彭泽宰,陶然共一作一醉菊花杯。

## 奉酬中书相公至日圆丘摄事合于中书后阁宿斋移止于集贤院叙怀见寄之作

典籍开书府,恩荣避鼎司。郊丘资有事,斋戒守无为。宿雾蒙琼树,馀香覆玉墀。进经逢乙夜,展礼值明时。勋共山河列,名同竹帛垂。年年佐尧舜,相与致雍熙。

## 登水门楼见亡友张贞期题望黄河诗因以感兴 一作寄友

吾友东南美,昔闻登此楼。人随一作从川上逝一作去,书向一作在壁中留。严子好真隐,谢公耽远游。清风初作颂,暇日复销忧一作愁。时一作思与文字一作章古,迹将一作随山水幽。已孤一作辜苍生望,空一作坐见黄河流。流落年一作荣落春将晚,悲凉物已一作似秋。天高不可问,掩泣赴行舟。

## 对雨送郑陵

别愁复经雨,别泪还如霰。寄心海上云,千里常相见。

## 嵩山寻冯炼师不遇

青溪访道凌烟曙,王子仙成已飞去。更值空山雷雨时,云林薄暮归何处。

# 全唐诗卷一五六

## 王　翰

　　王翰，字子羽，晋阳人。登进士第，举直言极谏，调昌乐尉。复举超拔群类，召为秘书正字。擢通事舍人、驾部员外。出为汝州长史，改仙州别驾。日与才士豪侠饮乐游畋，坐贬道州司马，卒。集十卷。今存诗一卷。

### 赠唐祖二子

鸿飞遵枉渚，鹿鸣思故群。物情尚劳爱，况乃予别君。别时花始发，别后兰再薰。瑶觞滋白露，宝瑟凝凉氛。裴徊北林月，怅望南山云。云月渺千里，音徽不可闻。

### 飞　燕　篇

孝成皇帝本娇奢，行幸平阳公主家。可怜女儿三五许，丰茸惜是一园花。歌舞向来人不贵一作歌舞来时由不归，一旦逢君感君意。君心见赏不见忘，姊妹双飞入紫房。紫房彩女不得见，专荣固宠昭阳殿。红妆宝镜珊瑚台，青琐银簧云母扇。日夕风传歌舞声，只扰长信忧人情。长信忧人气欲绝，君王歌吹终不歇。朝弄琼箫下彩云，夜踏金梯上明月。明月薄蚀阳精昏，娇妒倾城惑至尊。已见白虹横紫极，复闻飞燕啄皇孙。皇孙不死燕啄折，女弟一朝如火绝。明

明天子咸戒之，赫赫宗周褒姒灭。古来贤圣叹狐裘，一国荒淫万国
羞。安得上方断马剑，斩取朱门公子头。

## 饮马长城窟行 一作古长城吟

长安少年无远图，一生惟羡执金吾。麒麟前殿拜天子，走马西击长
城胡一作走马为君西击胡。胡沙猎猎吹人面，汉虏相逢不相见。遥闻
鼙鼓动地来，传道单于夜犹战。此时顾恩宁顾身，为君一行摧万
人。壮士挥戈回白日，单于溅血染朱轮。归来饮马长城窟，长城道
傍多白骨。问之耆老何代人，云是秦王筑城卒。黄昏塞北无人烟，
鬼哭啾啾声沸天。无罪见诛功不赏，孤魂流落此城边。当昔秦王
按剑起，诸侯膝行不敢视。富国强兵二十年，筑怨兴徭一作声冤九
千里。秦王筑城何太愚，天实亡秦非北胡。一朝祸起萧墙内，渭水
咸阳不复都。

## 赋得明星玉女坛送廉察尉华阴

洪河之南曰秦镇，发地削成五千仞。三峰离地皆倚天，唯独中峰特
修峻。上有明星玉女祠，祠坛高眇路逶迤。三十六梯入河汉，樵人
往往见蛾眉。蛾眉婵娟又宜笑，一见樵人下灵庙。仙车欲驾五云
飞，香扇斜开九华照。含情迟伫惜韶年，愿侍君边复中旋。江妃玉
佩留为念，嬴女银箫空自怜。仙俗途殊两情遽，感君无尽辞君去。
遥见明星是妾家，风飘雪散不知处。故人家在西长安，卖药往来投
此山。彩云荡漾不可见，绿萝蒙茸鸟绵蛮。欲求玉女长生法，日夜
烧香应自还。

## 春女行 一作歌

紫台穹跨连绿波，红轩铪匝垂纤罗。中有一人金作面，隔幌玲珑遥

可见。忽闻黄鸟鸣且悲,镜边含笑著春衣。罗袖婵娟似无力,行拾
落花比容色。落花一度无再春,人生作乐须及辰。君不见楚王台
上红颜子,今日皆成狐兔尘。

## 古蛾眉怨

君不见宜春苑中九华殿,飞阁连连直如发。白日全含朱鸟窗,流云
半入苍龙阙。宫中彩女夜无事,学凤吹箫弄清越。珠帘北卷待凉
风,绣户南开向明月。忽闻天子忆蛾眉,宝凤衔花揲两螭。传声走
马开金屋,夹路鸣环上玉墀。长乐彤庭宴华寝,三千美人曳花一作
光锦。灯前含笑更罗衣,帐里承恩荐瑶枕。不意君心半路回,求仙
别作望仙台。琳一作仓琅禁闼遥相忆,紫翠岩房昼不开。欲向人间
种桃实,先从海底觅蓬莱。蓬莱可求不可上,孤舟缥缈知何往。黄
金作盘铜作茎,青一作晴天白露掌中擎。王母嫣然感君意,云车羽
旆欲相迎。飞廉观前空怨慕,少君何事一作辜须相误。一朝埋没茂
陵田,贱妾蛾眉不重顾。宫车晚出向南山,仙卫逶迤去不还。朝晡
泣对麒麟树,树下苍苔日渐斑。人生百年夜将半,对酒长歌莫长
叹。情一作拚知白日不可私一作期,一死一生何足算。

## 子夜春歌

春气满林香,春游不可忘。落花吹欲尽,垂柳折还长。桑女淮南
曲,金鞍塞北装。行行小垂手,日暮渭川阳。

## 奉和圣制同二相已下群官乐游园宴

未极人心畅,如何帝道明。仍嫌酺宴促,复宠乐游行。陆海披珍
藏,天河直一作望斗城。四关青霭合,数处白云生。饪一作鼎铼调元
气,歌钟溢雅声。空惭尧舜日一作力,至德杳一作眘难名。

# 奉和圣制送张说上集贤学士赐宴得筵字

东堂起集贤，贵得从一作后神仙。首命台阶老，将崇御府员。送人
锵玉佩，中使拂琼筵。和乐薰风解，湛恩时雨连。长材成磊落，短
翮强翩翩一作跹。徒仰蓬莱地一作峻，何阶不让缘。

# 奉和圣制送张尚书巡边

紫绶一作鎜尚书印，朱轩丞相车。登朝身许国，出阃将辞家。不惮
炎蒸苦，亲尝走集一作赊。选徒军有政一作令，誓卒尔无哗。帝乐
风初起，王城日半斜。宠行流圣作，寅饯照台华。骑历河南树，旌
摇塞北沙。荣怀应尽服，严杀已先加。业峻灵祇保，功成道路嗟。
宁如凿空使，远致石榴花。

# 凉州词二首

蒲萄美酒夜光杯，欲饮琵琶马上催。醉卧沙场君莫笑，古来征战几
人回。

秦中花鸟已应阑，塞外风沙犹自寒。夜听胡笳折杨柳，教人意气一
作气尽忆长安。

# 春 日 归 思

杨柳青青杏发花，年光误客转思家。不知湖上菱歌女，几个春舟在
若耶。

# 观蛮童为伎之作

长裙锦带还留客，广额青娥亦效矉。共惜不成金谷妓，虚令看杀玉
车人。

# 全唐诗卷一五七

## 孟云卿

孟云卿,河南人,一曰武昌人。第进士,为校书郎。与杜甫、元结友善。诗一卷。

### 古 别 离

朝日上高台,离人怨秋草。但见万里天,不见万里道。君行本迢远,苦乐良难保。宿昔梦同衾,忧心常倾倒。含酸欲谁诉,展转伤怀抱。结一作白发年已迟一作深,征行去何早。寒暄有时谢,憔悴难再好。人皆算年寿,死者何曾老。少壮无见一作会无期,水深风浩浩。

### 今别离 一作别离曲

结发生别离,相思复相保。如何一作何知日已久,五变庭中草。渺渺大海途,悠悠吴江岛。但恐不出门,出门无远道。远道行既难,家贫衣复单。严风吹积雪,晨起鼻何酸。人生各有志,岂不怀所安。分明天上日,生死愿一作誓同欢。

### 悲 哉 行

孤儿去慈亲,远客丧主人。莫吟苦辛曲,此曲谁忍闻。可闻不可说,去去无期别一作形迹。行人念前程,不待参辰没一作晨设。朝亦常苦饥,暮亦常苦饥。飘飘万馀里,贫贱多是非。少年莫远游,远游多不归。

## 行行且游猎篇

少年多武力,勇气冠幽州。何以纵心赏,马啼春草头。迟迟平原上,狐兔奔林丘。猛虎忽前逝,俊鹰连下鞲。俯身逐南北,轻捷固难俦。所发无不中,失之如我雠。岂唯务驰骋,猗尔暴田畴。残杀非不痛,古来良有由。

## 古　挽　歌

草草闾巷喧,涂车俨成位。冥冥何所须一作得尽,尽一作戴我生人意。北邙路非远,此别终天地。临穴频抚棺,至哀反无泪。尔形未衰老一作色犹童稚,尔息才一作犹童稚。骨肉安一作不可离,皇天若一作苦容易。房帷即灵帐,庭宇为哀次。薤露歌若斯,人生尽如寄。

## 放　歌　行

吾观天地图,世界亦可一作何小。落落大海中,飘浮数洲岛。贤愚与蚁虱,一种同草草。地脉日夜流,天衣有时扫。东山谒居士,了我生死道。目见难噬脐,心通可亲脑。轩皇竟磨灭,周孔亦衰老。永谢当时人,吾将宝非宝。

## 伤怀赠一作酬故人 一作友

稍稍一作悄悄晨鸟一作鸡翔,浙浙草上霜。人生早罹一作艰苦,寿命恐不长。二十学已成,三十名不彰。岂无同门友,贵贱易中肠。驱马行万里,悠悠过帝乡。幸因弦歌末,得上君子堂。众乐互喧奏,独子一作余备笙簧一作篁。坐中无知音,安得神扬扬一作洋洋。愿因高风起,上感白日光。

## 邺城一作中怀古

朝一作欲发淇水南,将寻北燕路。魏家旧城阙,寥落无人住。伊昔天地屯,曹公一作瞒独中一作守据。群臣将北面,白日忽西暮。三台竟寂寞,万事良难固。雄图一作豪安在哉,衰草沾霜露。崔嵬长河北,尚见应刘墓。古树藏龙蛇,荒茅伏狐兔。永怀故池馆,数子连章句。逸兴驱山河,雄词变云雾。我行睹遗迹,精爽如可遇。斗酒将酹君,悲风白杨树。

## 伤　情

为长心易忧,早孤意常伤。出门先踌躇,入户亦彷徨。此生一何苦,前事安可忘。兄弟先我没,孤幼盈我傍。旧居近东南,河水新为梁。松柏今在兹,安忍思故乡。四时与日月,万物各有常。秋风已一一作一以起,草木无不霜。行行当自勉一作勉旃,不忍再思量。

## 伤时二首 一作宋郊

徘回宋郊上,不睹平生亲。独立正伤心,悲风来孟津。大方载群物,先死有常伦。虎豹不相食,哀哉人食人。岂伊一作知逢世运,天道亮云云。

太空流素月,三五何明一作皎明。光耀侵白日,贤愚迷至精。四时更变化,天道有亏盈。常恐今夜一作已没,须臾还复生。

## 田园观雨兼晴后作

贫贱少情欲,借一作惜荒种南陂。我非老农圃,安得良土宜。秋成不廉俭,岁馀多馁饥。顾视仓廪间,有粮不成炊。晨登南园上,暮歇清蝉悲。早苗既芄芄,晚田尚离离。五行孰堪废,万物当及时。贤哉数夫子,开翅慎勿迟。

## 汴河阻风

清晨自梁宋,挂席之楚荆一作城。出浦风渐恶,傍滩舟欲横。大河喷一作复东注,群动一作洞皆窅一作昏冥。白雾鱼龙气,黑一作黄云牛马一作虎形。苍茫迷所适,危安惧一作色惧安暂宁。信此天地内,孰为身命轻。丈夫苟未达,所向须存诚一作有成。前路舍舟去,东南仍一作应晓一作晚晴。

## 行 路 难

君不见高山万仞连苍旻,天长地久成埃尘。君不见长松百尺多劲节,狂风暴雨终摧折。古今何世无圣贤,吾爱伯阳真乃天。金堂玉阙朝群仙,拍手东海成桑田。海中之水慎勿枯,乌鸢啄蚌伤明珠。行路难,艰险莫踟蹰。

## 途中寄友人

昔时闻远路,谓是等闲行。及到求人地,始知为客情。事将公道背,尘绕马蹄生。倘使长如此,便堪休去程。

## 寒 食

二月江南花满枝,他乡寒食远堪悲。贫居往往无烟火,不独明朝为子推。

# 新安江上寄处士

深潭与浅滩,万转出新安。人远禽鱼静,山空水木寒。啸起青蘋末,吟瞩白云端。即事遂幽赏,何必挂儒冠。

## 句

群物归大化,六龙颓西荒。感怀

安知浮云外,日月不运行。苦雨　见张为《主客图》

# 全唐诗卷一五八

## 张 巡

张巡,蒲州河东人。开元末,举进士第三,以书判拔萃入等。天宝中,为真源令。禄山之乱,巡起兵讨贼。后至睢阳,与太守许远婴城固守经年,乏食,城陷死之。巡博通群书,为文操纸笔立就。有《谢金吾表》云:"想峨眉之碧峰,豫游西蜀;追绿耳于悬圃,保寿南山。臣被围四十七日,凡一千八百馀战。当臣效命之时,是贼灭亡之日。"文辞悲壮,读者哀之。诗二首。

### 闻 笛

岧峣试一临,虏骑附一作俯城阴。不辨风尘色,安知天地心。营一作门开边月近,战苦阵云深。旦夕更楼上,遥闻横笛音一作吟。

### 守睢阳作

接战春来苦,孤城日渐危。合围俾月晕,分守若一作效鱼丽。屡厌黄尘起,时将白羽挥。裹疮犹出阵,饮血更登陴。忠信应难敌,坚贞谅不移。无人报天子,心计欲何施。

# 张　抃

　　张抃,滑人。与张巡固守睢阳,城陷,死难者三十六人,抃其一也。宋汪应辰作庙记云:"初显于湖湘间,后及江右,至玉山,皆祀之。"碑载诗一首。

## 题衡阳泗州寺

一水悠悠百粤通,片帆无奈信秋风。几层峡浪寒春月,尽日江天雨打篷。漂泊渐摇青草外,乡关谁念雪园东。未知今夜依何处,一点渔灯出苇丛。

# 贺兰进明

　　贺兰进明,开元十六年登进士第。禄山乱,以御史大夫为节度使,守临淮。张巡被围睢阳,遣南霁云乞师,进明嫉巡声威,不应,巡遂陷没。肃宗时,为北海太守,诣行在,上以为南海太守,摄御史大夫、岭南节度使。后贬溱州司马。诗七首。

## 古 意 二 首

秦庭初指鹿,群盗满山东。忤意皆诛死,所言谁肯忠。武关犹未启,兵入望夷宫。为祟非泾水,人君道自穷。
崇兰生涧底,香气满幽林。采采欲为赠,何人是同心。日暮徒盈把,裴回忧思深。慨然纫杂佩,重奏丘中琴。

# 行路难五首

君不见岩下井,百尺不及泉。君不见山上苗<sup>一作蒿</sup>,数寸凌云烟。
人生赋命亦如此,何苦太息自忧煎。但愿亲友长含笑,相逢不乏<sup>一
作莫吝</sup>杖头钱。寒夜邀欢须秉烛,岂得<sup>一作不常</sup>思花柳年。

君不见门前柳,荣耀暂<sup>一作几</sup>时萧索久。君不见陌上花,狂风吹去
落谁家。邻<sup>一作谁</sup>家思妇见之叹,蓬首不梳心历乱。盛年夫婿长别
离,岁暮相逢色已<sup>一作凋</sup>换。

君不见芳树枝,春花落尽蜂不窥。君不见梁上泥,秋风始高燕不
栖。荡子从军事征战,〔蛾〕(娥)眉婵娟守空闺。独宿自然堪下泪,
况复时闻乌夜啼。

君不见云中月,暂盈还复缺。君不见林下风,声远意难穷。亲故平
生或聚散,欢娱未尽尊酒空。叹息青青陵上柏,岁寒能有几人同。

君不见东流水,一去无穷已。君不见西郊云,日夕空氛氲。群雁裴
回不能去,一雁悲<sup>一作惊</sup>鸣复失群。人生结交在终始,莫以<sup>一作为</sup>升
沉中路分。


# 间丘晓

间丘晓,为濠州刺史。禄山之乱,张镐檄之救宋州张巡
围,以后期杖死。诗一首。

## 夜 渡 江

舟人自相报,落日下芳潭。夜火连淮市,春风满客帆。水穷沧海
畔,路尽小山南。且喜乡园近,言荣意未甘<sup>一作能令意味甘</sup>。

# 庾光先

庾光先,新野人。官至吏部侍郎。尝陷安禄山,不受伪
署。诗一首。

## 奉和刘采访缙云南岭作

百越城池枕海圻,永嘉山水复相依。悬萝弱筱垂清浅,宿雨朝暾和
翠微。鸟讶山经传不尽,花随月令数仍稀。幸陪谢客题诗句,谁与
王孙此地归。

# 韦　丹

韦丹,字文明,京兆万年人。早孤,从外祖颜真卿学。擢
明经,调安远令,以让庶兄。入紫阁山。复举五经高第。顺宗
为太子时,以殿中侍御史为舍人。寻拜司封郎中,使新罗。故
事鬻州县官十人,以便其私,号私觌官。丹曰:"使外国不足于
赀,宜上请,安有卖官受钱?"奏闻,帝命有司与之。还为容州
刺史,迁河南少尹,召拜谏议大夫。奏刘辟当诛,宪宗褒美,使
代李康为剑南东川节度使。丹至汉中,上言康守方尽力,不可
易,乃征还。终江南西道观察使。宣宗读《元和实录》,见丹政
事卓然,诏上丹功状,刻于碑。谓宰相周墀曰:"丹有子否?与
好官。"乃拜其子宙为侍御史,三迁度支郎中。丹有诗二首。

## 思归寄东林澈上人 并序

澈公近以匡庐七咏见寄,及吟咏之,皆丽绝于文圃也。此七咏者,

俾予益发归欤之兴。且芳时胜侣,卜游于三二道人,必当攀跻千仞之
峰,观九江之派。是时也,飘然而去,不希京口之顾;默然而游,不假东
门之送。天地为一朝,万物任陶铸。夫二林翼翼,松径幽邃,则何必措
足于丹霄,驰心于太古矣。偶为思归绝句诗一首,以寄上人法友,幸先
达其深趣矣。

王事纷纷无暇日,浮生冉冉只如云。已为平子归休计,五老岩前必
共闻。

## 答澈公

空山泉落松窗静,闲地草生春日迟。白发渐多身未退,依依常在永
禅师。

# 萧　昕

　　萧昕,字中明。梁鄱阳王七世孙。居河南。中博学宏词
科,调寿安尉,累迁左补阙。从明皇幸蜀,奉册于灵武。代宗
立,进中书舍人、礼部侍郎。德宗朝,以太子太师致仕。诗二
首。

## 洛出书

海内昔凋瘵,天网斯浡滴。龟灵启圣图,龙马负书出。大哉明德
盛,远矣彝伦秩。地敷作乂功,人免为鱼恤。既彰千国理,岂止百
川溢。永赖至于今,畴庸未云毕。

## 临风舒锦

丽锦匹云终,襜襜一作当幨展向风。花开翻覆翠,色乱动摇红。缕

散悠扬<sub>一作飔</sub>里，文回照灼中。低垂疑步障，吹起作晴虹。既与丘迟梦，深知卓氏功。还乡将制服，从此表亨通。

# 李希仲

李希仲，赵郡人。天宝初，宰偃师。范阳兵起，挈家避乱，入江淮。诗三首。

## 东皇太一词

吉日初齐戒，灵巫穆上皇。焚香布瑶席，鸣佩奠椒浆。缓舞花飞满，清歌水去长。回波送神曲，云雨满潇湘。

## 蓟北行二首

旄头有精芒，胡骑猎秋草。羽檄南渡河，边庭用兵早。汉家爱征战，宿将今已老。辛苦羽林儿，从戎榆关道。

一身救边速，烽火通<sub>一作连</sub>蓟门。前军飞鸟断，格斗尘沙昏。寒日鼓声急，单于夜将<sub>一作火奔</sub>。当须徇忠义，身死报国恩。

# 杨志坚

杨志坚，临川人。与颜真卿同时。诗一首。

## 送　妻

志坚嗜学而贫。其妻告离，志坚以诗送之。时颜真卿为内史，妻持诗诣州，请公牒求别醮。真卿判云："王欢之廪既虚，岂遵黄卷；朱叟之妻必去，宁见锦衣。污辱乡闾，败伤风化，若无褒贬，侥幸者多。"遂笞

　　之,后遂无弃夫者。

平生志业在琴诗,头上如今有二丝。渔父尚知溪谷暗,山妻不信出身迟。荆钗任意撩新鬓,明镜从他别画眉。今日便同行路客,相逢即是下山时。

# 全唐诗卷一五九

## 孟浩然

孟浩然,字浩然,襄阳人。少隐鹿门山。年四十,乃游京师。常于太学赋诗,一坐嗟伏。与张九龄、王维为忘形交。维私邀入内署,适明皇至,浩然匿床下。维以实对,帝喜曰:"朕闻其人而未见也。"诏浩然出,诵所为诗,至"不才明主弃"。帝曰:"卿不求仕,朕未〔尝〕(常)弃卿,奈何诬我?"因放还。采访使韩朝宗约浩然偕至京师,欲荐诸朝,会与故人剧饮欢甚,不赴。朝宗怒,辞行,浩然亦不悔也。张九龄镇荆州,署为从事。开元末,疽发背卒。浩然为诗,伫兴而作,造意极苦,篇什既成,洗削凡近,超然独妙。虽气象清远,而采秀内映,藻思所不及。当明皇时,章句之风大得建安体,论者推李杜为尤,介其间能不愧者,浩然也。集三卷。今编诗二卷。

### 从张丞相游南纪城猎戏赠裴迪张参军

从禽非吾乐,不好云梦田。岁暮登城望,偏令乡思悬。公卿有几几一作数子,车一作联骑何翩翩。世禄金张贵,官曹幕府贤一作连。顺时行杀气,飞刃争割鲜。十里届宾馆,征声匝妓筵。高标回落日,平楚散一作压芳烟。何意狂歌客,从公亦在旃。

## 登江中孤屿赠白云先生王迥

悠悠清江水，水落沙屿出。回潭石下深，绿筱岸傍密。鲛人潜不见，渔父歌自逸。忆与君别时，泛舟如昨日。夕阳开返照，中坐兴非一。南望鹿门山，归来恨如一作相失。

## 晚春卧病寄张八

南陌春将晚，北窗犹卧病。林园久不游，草木一何盛。狭径花障迷一作将尽，闲庭竹扫净。翠羽戏兰苕，赪鳞动荷柄。念我平生好，江乡远从政。云山阻梦思，衾枕劳歌一作感咏。歌一作感咏复何为，同心恨别离。世途皆自媚，流俗寡相知。贾谊才空逸，安仁鬓欲丝一作垂。遥情每东注，奔晷复西驰。常恐填沟壑，无由振羽仪。穷通若有命，欲向论中推。

## 秋登兰山寄张五

一作九月九日岘山寄张子容，一作秋登万山寄张文儃。

北一作此山白云里，隐者自怡悦。相望试一作始登高，心飞逐鸟灭一作心随雁飞灭。愁因薄暮起，兴是清秋发。时见归村人一作村人归，沙行一作平，一作平沙渡头歇。天边树若荠，江畔舟如月。何当载酒来，共醉重阳节。

## 入　峡　寄　弟

吾昔与尔一作汝辈，读书常闭门。未尝冒涚险，岂顾垂堂言。自此历江湖，辛勤难具论。往来行旅弊，开凿禹功存。壁一作直立千峰一作岩峻，漮流万壑奔。我来凡几宿，无夕不闻猿。浦上摇一作思归恋，舟中失梦魂。泪沾明月峡，心断鹡鸰原。离阔星难聚，秋深露已繁。因君下南楚,书此示一作寄乡园。

## 湖中一作襄阳旅泊寄阎九司户防

桂水通百越,扁舟期晓发。荆云蔽三巴,夕望不见家。襄王梦行
雨,才子谪长沙。长沙饶瘴疠,胡为苦留滞。久别思款颜,承欢怀
接袂。接袂杳无由,徒增旅泊愁。清猿不可听,沿月下湘流。

## 大堤行寄万七

大堤行乐处,车马相驰突。岁岁春草生,踏青二三月。王孙挟珠
弹,游女矜罗袜。携手今莫同,江花为谁发。

## 仲夏归汉南园寄京邑
### 耆旧　一作仲夏归南园寄京邑旧游

尝读高士传,最嘉陶征君。日耽一作睎田园趣,自谓羲皇人。予复
何为者,栖栖徒问津。中年废丘壑,上国一作士上旅风尘。忠欲事
明主,孝思侍老亲。归来当炎夏一作冒炎暑,耕稼不及春。扇枕北窗
下,采芝南涧滨。因声谢同列,吾慕颍阳真。

## 题云门山一作寺,一作游龙门寺
## 寄越府包户曹徐起居

我行适诸越,梦寐怀所欢。久负独往愿,今来恣游盘。台岭践磴
石,耶溪溯林湍。舍舟入香界,登阁憩旃檀。晴山秦望近,春水镜
湖宽。远怀一作行伫应接,卑位徒劳安。白云日夕滞,沧海去一作揭
来观。故国眇天末,良朋在朝端。迟尔同携手,何时方挂冠。

## 宿扬子津寄润州长山刘隐士

所思在建业一作梦寐，欲往大江深。日夕望京口，烟波愁我心。心驰茅山洞，目极枫树林。不见少微星一作隐，星一作风霜劳一作徒夜吟。

## 书怀贻京邑同好

维先自邹鲁，家世重儒风。诗礼袭遗训，趋庭沾一作绍末躬。昼夜常自强，词翰一作赋颇亦工一作攻。三十既成立，嗟吁命不通。慈亲向羸老，喜惧在深衷。甘脆朝不足，箪瓢夕屡空。执鞭慕夫子，捧檄怀毛公。感激遂弹冠，安能守固穷。当途诉知己，投刺匪求蒙。秦楚邈离异，翻飞何日同。

## 还山贻湛法师

幼一作幻闻无生理，常欲观此身。心迹罕兼遂，〔崎岖〕(岖崎)多在尘。晚途归旧壑，偶与支公邻。导以微妙法，结为清净因。近本无以上二句。下有喜得林下契，共推席上珍。念兹泛苦海，方便示迷津四句。烦恼业顿舍，山林情转殷。朝来问疑义，夕话得清真。墨妙称古绝，词华惊世人。禅房闭虚静，花药连冬春。平石藉琴砚，落泉洒衣巾。欲知冥灭意一作意冥灭，朝夕海鸥驯。

## 夏日一作夕南亭怀辛大

山光忽西落一作发，池月渐东上。散发乘夕凉，开轩卧闲敞。荷风送香气，竹露滴清响。欲取鸣琴弹，恨无知音赏。感此怀故人，中宵劳梦想。

## 秋宵月下有怀

秋空明月悬,光彩露沾湿。惊鹊栖未一作不定,飞萤卷帘入。**庭槐**寒影疏,邻杵夜声急。佳期旷何许,望望空伫立。

## 将适天台留别临安李主簿

枳棘君尚栖,匏瓜吾岂系。念离当夏首一作谁念离亭下,漂一作淡泊指炎裔。江海非堕一作惰游,田园失归计。定山既早发,渔浦亦宵济。泛泛随波澜,行行任舻栧。故林日已远,群木坐成翳。羽人在丹丘,吾亦从此逝。

## 送丁大凤进士赴举呈张九龄

吾观鹡鸰赋,君负王佐才。惜无金张援,十上空归来。弃置乡园老,翻飞羽翼摧。故人今在位,岐路莫迟回。

## 送吴悦游韶阳

五色怜凤雏,南飞适鹧鸪。楚人不相识,何处求椅梧。去去日千里,茫茫天一隅。安能与斥鷃,决起但枪榆。

## 适越留别谯县张主簿申屠少府

朝乘汴河流一作去,夕次谯县界。幸值一作因西风吹,得与故人会。君学梅福隐,余从一作随伯鸾迈。别后能相思,浮云在一作去吴会。

## 送陈七赴西军

吾观非常者,碌碌在目前。君负鸿鹄志,蹉跎书剑年。一闻边烽动,万里忽争先。余亦赴京国一作阙,何当献凯还。

# 送从弟邕下第后寻会稽

疾风吹征帆，倏尔向空没。千里在一作去俄顷，三江坐超忽。向来
共欢娱，日夕成楚越。落羽更分飞，谁能不惊骨。

# 送辛大之鄂渚不及

送君不相见，日暮独愁绪。一作余。楚词曰："眇眇兮愁予。余、予，唐韵并有
上声，或改作绪，非。江上空一作久裴回，天边迷处所。郡邑经樊邓，山
河一作云山入嵩汝。蒲轮去渐遥，石径徒延伫。

# 江上别流人

以我越乡客一作里，逢君谪居者。分飞黄鹤楼，流落一作宕苍梧野。
驿使乘云去，征帆沿溜下。不知从此分，还袂何时把。

# 宴包二融宅 一作宴鲍二宅

闲居枕清洛，左右接大野。门庭无杂宾，车辙多长者。是时一作岁
方盛夏，风物自潇洒。五日休沐归，相携竹林下。开襟成欢趣，对
酒不能罢。烟暝栖鸟迷一作还，余将一作亦归白社。

# 与王昌龄宴王道士房 一作与王昌龄宴黄十一

归来卧青山，常梦游清都。漆园有傲吏，惠好一作我，一作县。在招
呼。书幌神仙箓，画屏山海图。酌霞复对此，宛似入蓬壶。

# 襄阳公宅饮

窈窕夕阳一作阴佳一作在，丰茸春色好。欲觅淹留处，无过狭斜道。
绮席卷龙须，香杯浮玛瑙。北林积修树，南池生别岛。手拨金翠

花,心迷玉红—作芝草。谈笑光六义,发论明三倒。座非陈子惊,门还魏公扫。荣辱—作华应无间,欢娱当共保。

## 寻香山湛上人

朝游访名山,山远在—作若空翠。氛氲亘百里,日入行始至。杖策寻故人,解鞭暂停骑。石门殊豁险,篁径转森—作深邃。法侣欣相逢,清谈晓不寐。平生慕真隐,累日探—作求奇—作灵异。野老朝入田—作云,山僧暮归寺。松泉多逸—作清响,苔壁饶古意。谷口闻钟声,林端识香气。近本以上二句在第五第六。愿言投此山,身世两相弃。

## 云门寺西六七里闻符<br>公兰若最幽与薛八同往

谓予独迷—作游方,逢子亦在野。结交指松柏,问法寻兰若。小溪劣容舟,怪石屡惊马。所居最幽绝,所住—作往皆静者。云簇兴座隅,天空落阶下。以上二句一作密筱夹路傍,清泉流舍下。上人亦何闻—作闲,尘念都已舍。四禅合真如,一切是虚假。愿承甘露润,喜得惠风洒。依止托—作此山门,谁能—作愿,又作知谁效丘也。

## 宿天台桐柏观

海行信风帆,夕宿逗云岛。缅寻沧洲趣,近爱赤城好。扪萝亦践苔,辍棹恣探—作穷讨。息阴憩桐柏,采秀弄芝草。鹤唳清露垂,鸡鸣信潮早。愿言解缨绂—作络,从此去—作无烦恼。高步凌四明—作壁,玄踪得三老。纷吾远游意,学—作乐彼长生道。日夕望三山,云涛空浩浩。

## 岘潭－作山作

石潭傍隈隩，沙岸－作榜晓黄缘。试垂竹竿钓，果得槎－作查头鳊。
美人骋金错，纤手脍红鲜。因谢陆内史，莼羹何足传。

## 题终南翠微寺空上人房 －作宿终南翠微寺

翠微终南里，雨后宜返照。闭关久沈冥，杖策一登眺。遂造幽人
室，始知静者妙。儒道虽异门，云林颇同调。两心相喜－作喜相得，
毕景共谈笑。暝还高窗眠－作昏，时见远山烧。缅怀赤城标，更忆
临海峤。风泉有清音－作听，何必苏门啸。

## 初春汉中漾舟

羊公岘山下－作漾舟逗何处，神女汉皋曲。雪罢冰复开，春潭千丈绿。
轻舟恣来往，探玩无厌足。波影摇妓钗，沙光逐人目。倾杯鱼鸟
醉，联句莺花续。良会难再逢，日入须秉烛。轻舟二句、良会二句，宋刻并
无。

## 宿业师－作来公山房期－作待丁大不至

夕阳度西岭，群壑倏已暝。松月生夜凉，风泉满清听。樵人归欲
尽，烟－作磴鸟栖初定。之子期宿－作未来，孤琴－作宿候萝径。

## 耶溪泛舟

落景馀清辉，轻桡－作棹弄溪渚。澄明－作泓澄爱水物，临泛何容与。
白首垂钓翁，新妆浣纱女。相看－作看看似－作未相识，脉脉不得语。

## 彭蠡湖中望庐山

太虚生月晕, 舟子一作中知天风。挂席候一作知明发, 眇漫平湖中。
中流见匡阜, 势压九江雄。黮黕容霁一作凝黛色, 峥嵘当晓一作曙空。
香炉一作炉峰初上日, 瀑布一作水喷成虹。久欲追尚子, 况兹怀远公。
我来限一作恨于役, 未暇息微躬。淮海途将半, 星霜岁欲穷。寄言
岩栖者, 毕趣当来同。

## 登一作题鹿门山 题下一有怀古二字

清晓因兴来, 乘流越江岘。沙禽近方一作初, 又作相识, 浦树遥一作远
莫辨。渐至一作到鹿门山, 山明翠微浅。岩潭多屈曲, 舟楫屡回转。
昔闻庞德公, 采药遂不返。金涧饵一作养芝术, 石床卧苔藓。纷吾
感耆旧, 结揽事攀践。隐迹今尚存, 高风邈已远。白云何时去, 丹
桂空偃蹇。探讨意未穷, 回艇一作舻夕阳晚。

## 游明禅师西山兰若

西山多奇状, 秀出倚前楹。停午收彩翠, 夕阳照分明。吾师住其
下, 禅坐证一作说无生。结庐就嵌窟, 剪苔一作竹通往一作径行。谈空
对樵叟, 授法与山精。日暮方辞去, 田园归冶城。

## 登望楚山最高顶

山水观形胜, 襄阳美会稽。最高唯望楚, 曾未一攀跻。石壁疑削
成, 众山比全低。晴明试登陟, 目极无端倪。云梦掌中小, 武陵花
处迷。暝还归骑下, 萝月映一作在深溪。

## 疾愈过龙泉寺精舍呈易业二公

停午闻山钟，起行散-作送愁疾。寻林采芝去，转谷松翠-作萝密。
傍见精舍开，长廊饭僧毕。石渠-作梁流雪水，金子-作乌耀霜橘。
竹房思旧游，过憩终永日。入洞窥石髓，傍崖采蜂蜜。日暮辞远
公，虎溪相送出。

## 万　山　潭　作

垂钓坐盘石，水清心亦-作益闲。鱼行-作游潭树下，猿挂岛藤间。
游女昔解佩，传闻于此山。求之不可得，沿月棹歌还。

## 与黄侍御北津泛舟

津无蛟龙患，日夕常安流。本欲避骢马，何如-作知同鹢舟。岂伊
今日幸，曾是昔年游。莫奏琴中鹤，且随波上鸥。堤缘九里郭，山
面百城楼。自顾躬耕者，才非管乐俦。闻君荐草泽，从此泛沧洲。

## 洗然弟竹亭

吾与二三子，平生结交深。俱怀鸿鹄志，昔-作共有鹡鸰心。逸气
假毫翰，清风在竹林。达-作远是酒中趣，琴上偶然音。

## 山中逢道士云公

春馀草木繁，耕种满田园。酌酒聊自劝，农夫安与言。忽闻荆山
子，时出桃花源。采樵过北谷，卖药来西村。村烟日云夕，榛路有
归客。杖策前相逢，依然是畴昔。邂逅欢觏止，殷勤叙离隔。谓予
搏扶桑，轻举振六翮。奈何偶昌运，独见遗草泽。既笑接舆狂，仍
怜孔丘厄。物情趋势利，吾道贵闲寂。偃息西山下，门庭罕人迹。

何时还清溪,从尔炼丹液。

# 越中逢天台太乙子

仙穴逢羽人,停舻向前拜。问余涉风水,何处远行迈。登陆寻天台,顺流下吴会。兹山凤所尚,安得问<sub>一作闻</sub>灵怪。上逼青天高,俯临沧海大。鸡鸣见日出,常觌仙人筛<sub>一作每与仙人会</sub>。往来<sub>一作去去,又作来去</sub>赤城中,逍遥白云外。莓苔异人间,瀑布当<sub>一作空</sub>界。福庭长自然<sub>一作不死</sub>,华顶<sub>一作胜境</sub>旧称最。永此<sub>一作怀,又作愿</sub>。从之<sub>一作此</sub>游,何当济所届。

# 家园卧疾毕太祝曜<sub>一无此字见寻</sub>

伏枕旧游旷,笙簧<sub>一作歌</sub>劳梦思。平生重交结,迨此令人疑。冰室无暖气,炎<sub>一作火</sub>云空赫曦。隙驹不暂驻,日听凉蝉悲。壮图哀未立,斑白恨吾衰。夫子自南楚,缅怀嵩汝期。顾予衡茅下,兼致禀物资。脱分趋庭礼,殷勤伐木诗。脱君车前鞅,设我园中葵。斗酒须寒兴,明朝难重持。<sub>一本无以上八句。</sub>

# 白云先生<sub>一无此四字</sub>王迥见访

闲归<sub>一作归闲</sub>日无事,云卧昼不起。有客款柴扉,自云巢居子。居闲好艺术<sub>一作花木</sub>,采药来城市。家在鹿门山,常游涧泽水。手持白羽扇,脚步青芒履。闻道鹤书征,临流还洗耳。

# 田园<sub>一作家作</sub>

弊庐隔尘喧,惟先养<sub>一作尚恬</sub>素。卜邻近<sub>一作劳</sub>三径,植果盈千树。粤余任推迁,三十犹未遇。书剑时将晚,丘园日已<sub>一作空</sub>暮。晨兴自多怀,昼坐常寡悟。冲天羡鸿鹄,争食羞<sub>一作嗟</sub>鸡鹜。望断金马门,劳歌采樵路。乡曲无知己,朝端乏亲故。谁能为扬雄,一荐甘泉赋。

# 采 樵 作

采樵入深山,山深树重叠。桥崩卧槎拥,路险垂藤接。日落伴将稀,山风拂萝<sub>一作薜衣</sub>。长歌负轻策,平野望烟归。

# 自浔阳泛舟经明<sub>一作湖</sub>海

大江分九流<sub>一作派</sub>,淼淼<sub>一作漫漫,一作淼淼</sub>成水乡。舟子乘利涉,往来至<sub>一作过,又作经</sub>。浔阳。因之泛五湖,流浪经三湘。观涛壮枚发,吊屈痛沉湘。魏阙心恒<sub>一作常</sub>在,金门诏不忘。遥怜上林雁,冰泮也<sub>一作已回翔</sub>。

# 早发渔浦潭

东<sub>一作晨</sub>旭早光芒<sub>一作光苍茫</sub>,渚禽已<sub>一作似惊聒</sub>。卧闻渔浦口,桡声暗相拨。日出气象分,始知江湖<sub>一作路阔</sub>。美人常晏起<sub>一作然</sub>,照影弄流沫。饮水畏惊猿,祭鱼时<sub>一作常</sub>见獭。舟行自无闷,况值晴景豁。

# 经 七 里 滩

予奉垂堂诫,千金非所轻。为多山水乐,频作泛舟行。五岳追向子,三湘吊屈平。湖经洞庭阔,江入新安清。复闻严陵濑,乃在兹湍<sub>一作川,又作此行</sub>。路。叠障数百里,沿洄非一趣。彩翠相氛氲,别流乱奔注。钓矶平可坐,苔磴滑难步。猿饮石下潭,鸟还日边树。观奇恨来晚,倚棹惜将暮。挥手弄潺湲,从兹洗尘虑。

# 岁暮海上作

仲尼既云一作已殁,余亦浮于海。昏一作又见斗柄回,方一作始知岁星一作新岁改。虚舟任所适,垂钓非有待。为问乘槎人,沧洲一作浪复谁一作何在。

## 南归阻雪　一作南阳北阻雪

我行滞宛许,日夕望京豫。旷野莽茫茫,乡山在何处。孤烟村际起,归雁天边去。积雪覆平皋一作湍,饥鹰捉寒兔。少年弄文墨,属意在章句。十上耻还家,裴回守归路。

## 听郑五愔弹琴

阮籍推名饮,清风满一作坐竹林。半酣下衫袖,拂拭龙唇琴。一杯弹一曲,不觉夕阳沉。予意在山水,闻之谐夙心。

## 同张明府清镜叹

妾有盘龙镜,清光常昼发。自从生尘埃,有若雾中月。愁来试取照,坐叹生白发。寄语边塞人,如何久离别。

## 庭橘

明发览群物,万木何阴森。凝霜渐渐水,庭橘似悬金。女伴争攀摘,摘窥碍叶深。并生怜共蒂,相示感同心。骨刺红罗被,香黏翠羽簪。擎来玉盘里,全胜在幽林。

## 早梅

园中有早梅,年例犯寒开。少妇曾一作争攀折,将归插镜台。犹言看不足,更欲剪刀裁。

## 清 明 即 事

帝里重清明,人心自愁思。车声上路合,柳色东城翠。花落草齐
生,莺飞蝶双戏。空堂坐相忆,酌茗聊代醉。

## 和卢明府送郑十三还京兼寄之什

昔时风景登临地,今日衣冠送别筵。醉坐一作闲卧自倾彭泽酒,思
归长望白云天。洞庭一叶惊秋早,溇落空嗟滞江岛。寄语朝廷当
世人,何时重见长安道。

## 高阳池送朱二

当昔襄阳雄盛时,山公常醉习家池。池边钓女日一作自相随,妆成
照影竞一作近来窥。澄一作红波澹澹芙蓉发,绿岸毵毵一作彤彤杨柳
垂。一朝物变人亦非,四面荒凉人径一作往稀。意气豪华何处在,
空馀草露湿罗一作征衣。此地朝来饯行者,翻向此中牧征马。征马
分飞日渐斜,见此空为人所嗟。殷勤为访桃源路,予亦归来松子
家。

## 鹦鹉洲送王九之一作游江左

昔登江上黄鹤楼,遥爱江中鹦鹉洲。洲势逶迤绕一作还碧流,鸳鸯
鸂鶒满滩一作沙头。滩头日落沙碛长,金沙熠熠一作耀耀动飙光。舟
人牵锦缆,浣女结罗裳。月明全见芦花白,风起遥闻杜若香。君行
采采莫相忘。

# 送王七尉松滋得阳台云

君不见巫山神女作行云，霏红一作虹霓沓翠晓氛氲。婵娟流一作游入楚一作襄王梦，倏忽一作觉后还随零雨分。空中飞一作晓去复飞来，朝朝暮暮下阳台。愁君此去一作处为仙尉，便逐行云去不回。

## 夜归鹿门山歌

山寺钟鸣昼已昏，渔梁一作阳渡头争渡喧。人随沙路一作岸向江村，余亦乘舟归鹿门。鹿门月照开烟一作烟中树，忽到一作辨庞公栖隐处。岩扉松一作草径一作樵径非遥长寂寥一作寞，惟有幽人夜来去。

## 长 乐 宫

秦城旧来称窈窕，汉家更衣应不少。红粉邀君在何处，青楼苦夜长难晓。长乐宫中钟暗来，可怜歌舞惯相催。欢娱此事今寂寞，惟有年年陵树哀。

## 示孟郊 按浩然与郊，年代邈不相及，诗题疑有谬误。

蔓草蔽极野，兰芝结孤根。众音何其繁，伯牙独不喧。当时高深意，举世无能分。钟期一见知，山水千秋闻。尔其保静节，薄俗徒云云。

# 全唐诗卷一六〇

## 孟浩然

### 和张丞相春朝对雪

迎气当春至一作立,承恩喜雪来。润从河汉下一作落,花逼艳阳开。不睹丰年瑞,焉一作安知燮理才。撒盐如可拟,愿糁和羹梅。

### 和张明府登鹿门作 一作山

忽示登高作,能宽旅寓情。弦歌既多暇,山水思微一作弥清。草得一作色风光一作先动,虹因雨气一作后成。谬承巴里和,非敢应同声。

### 和张二自穰县还途中遇雪

风吹沙海雪,渐一作来作柳园春。宛转随香骑,轻盈伴玉人。歌疑郢中客,态比洛川神。今日南归楚,双飞似入秦。

### 和贾主簿弁九日登岘山

楚万重阳日,群公赏宴来。共乘休沐暇,同醉菊花杯。逸思高秋发,欢情落景催。国人咸寡和,遥愧洛阳才。

## 望洞庭湖赠张丞相 一作临洞庭

八月湖水平,涵虚混太清。气蒸云梦泽,波撼一作动岳阳城。欲济
无舟楫,端居耻圣明。坐观一作徒怜垂钓者一作叟,空一作徒有羡鱼
情。

## 赠道士参寥

蜀琴久不弄,玉匣细尘生。丝脆弦将断,金徽色尚荣。知音徒自
惜,聋俗本相轻。不遇钟期听,谁知鸾凤声。

## 京还赠张一作王维

拂衣何处去一作去何处,高枕南山南。欲徇五斗禄,其如七不堪。早
朝非晚一作晏起,束带异抽簪。因向智者说,游鱼思旧潭。

## 题李十四庄兼赠綦毋校书

闻君息阴一作荫地,东郭柳林间。左右瀍涧水,门庭缑氏山。抱琴
来取醉,垂钓坐乘闲。归客莫相待,寻一作缘源殊未还。

## 九日龙沙作寄刘大昚虚

龙沙豫章北,九日挂帆过。风俗因时见,湖山发兴多。客中谁送
酒,棹里自成歌。歌竟乘流去,滔滔任夕波。

## 寄赵正字

正字芸香阁,幽人竹素一作叶园。经过宛如昨,归卧寂无喧。高鸟
能择木,羝羊漫一作屡触藩。物情今已见,从此一作徒自愿一作欲忘一
作无言。

# 洞庭湖寄阎九

洞庭秋正阔，余欲泛归船。莫辨荆吴地，唯徐水共天。渺渺江树没，合沓海潮<sub></sub>一作湖连。迟尔为舟楫，相将济巨川。

## 秦中感秋寄远上人 一作崔国辅诗

一丘常欲卧，三径苦无资。北土一作上非吾愿，东林怀我师。黄金然桂尽，壮志逐年衰。日一作旦夕凉风至，闻蝉但益悲。

# 宿永嘉江寄山阴崔少府国辅

我行穷水国，君使入京华。相去日千里，孤帆天一涯。卧闻海潮至，起视江月斜。借问同舟客，何时到永嘉。

# 上巳洛中寄王九迥 一作王迥十九

卜洛成周地，浮杯上巳筵。斗鸡寒食下，走马射堂前。垂柳金堤合，平沙翠幕连。不知王逸少，何处会群贤。

# 闻裴侍御朏自襄州司
# 户除豫州司户因以投寄

故人荆府一作河掾，尚有柏台威。移职自樊衍一作沔，芳声闻帝畿。昔余一作共子卧林巷，载酒过柴扉。松菊无时一作君赏，乡园欲懒一作懒欲归一作飞。

# 江上寄山阴崔少府国辅

春堤杨柳发，忆与故人期。草木本无意，荣枯自有时。山阴定远近，江上日相思。不及兰亭会一作事，空吟祓禊诗。

## 夜泊庐江闻故人在东一有林字寺以诗寄之

江路经庐阜,松门入虎溪。闻君寻寂乐,清夜宿招提。石镜山精怯,禅枝一作林怖鸽栖。一灯如悟道,为照客心迷。

## 宿桐庐江寄广陵旧游

山暝闻一作听猿愁,沧江急夜流。风鸣两岸叶,月照一孤舟。建德非吾土,维扬忆旧游。还将两一作数行泪,遥寄海西头。

## 南还舟中寄袁太祝

沿溯非便习,风波厌苦辛。忽闻迁谷鸟,来报五一作武陵春。岭北回征帆一作棹,巴东问故人。桃一作花源何处是一作在何处,游子正迷津。

## 东陂遇雨率尔贻谢南池

田家春事起,丁壮就东陂。殷殷雷声作,森森雨足垂。海虹晴始见,河柳润初移。予意在耕凿,因君问土宜一作问君田事宜。

## 行至汝坟寄卢征君

行乏憩予驾,依然见汝坟。洛川方罢雪,嵩嶂有残云。曳曳半空里,明明一作溶溶五色分。聊题一时兴,因寄卢征君。

## 寄天台道士

海上求仙客,三山望几时。焚香宿华顶,裛露采灵芝。屡蹑一作践莓苔滑,将寻汗漫期。倘因松子去,长与世人辞。

# 唐城馆中早发寄杨使君

犯霜驱晓驾，数里见唐城。旅馆归心逼，荒村客思盈。访人留后信，策蹇赴前程。欲识离魂断，长空听雁声。

## 涧南即事贻皎上人

弊庐在郭外，素产惟田园。左右林野旷，不闻朝一作城市喧。钓竿垂北涧，樵唱入南轩。书取幽栖事，将寻静者论一作言。

## 重酬李少府见赠

养疾衡檐一作茅下，由来浩气真。五行将禁火，十步任一作想，又作枉寻春。致敬惟桑梓，邀欢即主一作故人。回一作还看后凋色，青翠有松筠。

## 九日怀襄阳 题上有途中二字

去国似一作已如昨，倏然一作焉经杪秋。岘山不可一作望不见，风景令人愁。谁采篱下菊，应闲池上楼。宜城多美酒一作名善酝，归与葛强游。

## 初出关旅亭夜坐怀王大校书

向夕槐烟起，葱茏池馆曛。客中无偶坐，关外惜离群。烛至萤光灭，荷枯雨滴闻。永怀芸一作蓬阁友，寂寞滞〔扬〕(杨)云。

## 人日登南阳驿门亭子怀汉川诸友

朝来登陟处，不似艳阳时。异县殊风物，羁怀多所思。剪花惊岁早，看柳讶春迟。未有南飞雁，裁书一作衣欲寄谁。

## 早寒江上有怀 一作江上思归

木落雁南一作初度,北风江上寒。我家襄一作湘,又作江。水上一作曲,遥隔楚云一作山端。乡泪客中尽,孤一作归帆天际一作外看。迷津欲有问,平海夕漫漫。

## 闲园怀苏子

林园虽少事,幽独自多违。向夕开帘坐,庭阴落景一作叶落微。鸟过一作从烟树宿,萤傍水轩飞。感念同怀子,京华去不归。

## 同卢明府钱张郎中除义王府司马海园作 就张园作。题下一无海园作三字。

上国山一作星河列一作裂,贤王邸一作甲第开。故人分职去,潘令宠行来。冠盖趋梁苑,江湘一作山失楚材。豫愁轩骑动,宾客散池台。

## 送张子容进士赴举 一作赴进士举

夕曛山照灭,送客出柴门。惆怅野中别,殷勤岐路一作醉后言。茂林予偃息,乔木尔飞翻。无使谷风诮,须令友道存。

## 送张参明经举兼向泾州觐省

十五彩衣年,承欢慈一作恋母前。孝廉因岁贡,怀橘向秦川。四座推文举,中郎许仲宣。泛舟江上别,谁不仰神仙。

## 送张祥之房陵

我家南渡头,惯习野人舟。日夕弄清浅,林湍逆上流。山河一作鄣陵据形胜,天地生豪酋。君意在利往一作涉,知音期自一作暗,又一作暝。投。

## 送吴宣从事 <small>一作送苏六从军</small>

才有幕中士<small>一作画</small>,宁<small>一作而</small>无塞上勋。汉兵将灭虏,王粲始从军。
旌旆边庭去,山川地脉分。平生一匕首,感激赠夫君。

## 送桓子之郢成礼

闻君驰彩骑,蹀躞指南荆<small>一作荆衡</small>。为结潘杨好,言过鄢郢城。摽
梅诗有赠,羔雁礼将行。今夜神仙女,应来感梦情。

## 留别王侍御维

寂寂竟何待,朝朝空自归。欲寻芳草去,惜与故人违。当路谁相
假,知音世所稀。只应守索<small>一作寂寞</small>,还掩故园扉。

## 早春润州送从弟还乡

兄弟游吴国,庭闱恋楚关。已多新岁感<small>一作改</small>,更饯白眉还。归泛
西江水,离筵北固山。乡园欲有赠,梅柳著<small>一作看</small>先攀。

## 岘山饯<small>一作赠</small>房琯崔宗之

贵贱平生隔,轩车是日来。青阳一觏止,云路<small>一作雾</small>豁然开。祖道
衣冠列,分亭驿骑催。方期九日聚,还待二星回。

## 送谢录事之越

清旦江天迥,凉风西北吹。白云向吴会,征帆亦相随。想到耶溪
日,应探禹穴奇。仙书倘相示,予在此<small>一作北山陲</small>。

## 洛中送奚三还扬州

水国无边际,舟行共<sub></sub>一作兴使<sub></sub>一作便风。羡君从此去,朝夕见乡中。予亦离家久,南归恨不同。音书若有问,江上会相逢。

## 送告八从军

男儿一片气,何必五车书。好勇方过我,多才便起予。运筹将入幕,养拙就闲居。正待功名遂,从君继两疏。

## 送元公之鄂渚寻观主张骖鸾

桃花春水涨,之子忽乘流。岘首辞一作下离蛟浦,江中一作边问鹤楼。赠君青竹杖,送尔白蘋洲。应是神仙子一作辈,相期一作逢汗漫游。

## 送王五昆季省觐

公子恋庭闱,劳歌涉海涯一作沂。水乘舟楫去,亲望老莱归。斜日催乌鸟,清江照彩衣。平生急难意,遥仰鹡鸰飞。

## 送崔遏 一作遏,一作易。

片玉来夸楚,治中作主人。江山增润色,词赋动阳春。别馆当虚敞,离情任吐伸。因声两京旧,谁念卧漳滨。

## 送卢少府使入秦

楚关望秦国,相去千里馀。州县勤王事,山河转使车。祖筵江上列,离恨别前书。愿及芳年赏,娇莺二月初。

## 送袁十<sub>一有三字</sub>岭南寻弟

早闻牛渚咏,今见鹡鸰心。羽翼嗟零落,悲鸣别故林。苍梧白云远,烟水洞庭深。万里独飞去,南风迟尔音。

## 永嘉别张子容

旧国余归楚,新年子北征。挂帆愁海路,分手恋朋情。日夕故园意,汀洲春草生。何时一杯酒,重与季鹰倾。

## 东京留别诸公 <sub>一题作京还别新丰诸友</sub>

吾道昧所适,驱车还向东。主人开旧馆,留客醉新丰。树绕温泉绿,尘遮晚<sub>一作晓</sub>日红。拂衣从此去,高步蹑华嵩。

## 送袁太祝尉豫章

何幸遇休明,观光来上京。相逢武陵客,独送豫章行。随牒牵黄绶,离群会墨卿。江南佳丽地,山水旧难名。

## 都下送辛大之鄂

南国辛居士,言归旧竹林。未逢调鼎用,徒有济川心。予亦忘机者,田园在汉阴。因君故乡去,遥<sub>一作还</sub>寄式微吟。

## 送 席 大

惜尔怀其宝,迷邦倦客游。江山历全楚,河洛越成周。道路疲千里,乡园老一丘。知君命不偶,同病亦同忧。

## 送贾升主簿之荆府

奉使推能者,勤王不暂闲。观风随按察,乘骑度荆关。送别登何处,开筵旧岘山。征轩明日远,空望郢门间。

## 送王大校书

导漾自嶓冢,东流为汉川。维桑君有意,解缆我开筵。云雨从兹别,林端意渺然。尺书能不吝,时望鲤鱼传。

## 游江西留别富阳裴刘二
### 少府 一题作浙江西上留别裴刘二少府

西上游一作浙江西,临流恨一作惬解携。千山叠成嶂,万水泻一作凿合为溪。石浅流难溯一作注,藤长险易跻。谁怜问津者一作客,岁晏此中迷。

## 广陵别薛八 一题作送友东归

士有不得志,栖栖吴楚间。广陵相遇罢,彭蠡泛舟还。樯出江中树,波连海上山。风帆明日远,何处更追攀。

## 送洗然弟进士举

献策金门去,承欢彩服违。以吾一日长,念尔聚星稀。昏定须温席,寒多未授衣。桂枝如已擢,早逐雁南飞。

## 崔明府宅夜观妓

白日既云暮,朱颜亦已酡。画堂初点烛,金幌半垂罗。长袖平阳曲,新声子夜歌。从来惯留客,兹夕为谁多。

## 同卢明府早秋宴张郎中海亭

侧听弦歌宰，文书游夏徒。故园欣赏竹，为邑幸来苏。华省曾联事，仙舟复与俱。欲知临泛久，荷露渐成珠。

## 卢明府早秋宴张郎中
## 海园即事得秋字 一作卢象诗

邑有弦歌宰，翔鸾狎野一作已狎鸥。酹言华省旧，暂拂一作滞海池游。郁岛藏深竹，前溪对舞楼。更闻书即事，云物是清秋。

## 宴荣二山池 一题作〔宴〕(晏)荣山人池亭

甲第开金穴一作金张宅，荣期乐自多。枥嘶支遁马，池养右军鹅。竹引携一作〔嵇〕(稽)琴入，花邀载酒一作戴客过。山公来取醉，时唱接䍦歌。

## 夏日与崔二十一同集
## 卫明府宅 一作宴卫明府宅遇北使

言避一时暑，池亭五月开。喜逢金马客，同饮玉人杯。舞鹤乘轩至，游鱼拥钓来。座中殊未起，箫管莫相催。

## 清明日宴梅 一作张道士房

林卧愁春尽，开轩一作赛帷览物华。忽逢青鸟使，邀入一作我赤松家。丹灶初开火，仙桃正落一作发花。童颜若可驻，何惜醉流霞。

## 寒夜张明府宅宴

瑞雪初盈尺，寒宵始半更。列筵邀酒伴，刻烛限诗成。香炭金炉

暖,娇弦玉指清。醉来方欲卧,不觉晓鸡鸣。<small>末二句,一作厌厌不觉醉,归路晓霞生。</small>

## 宴张别驾新斋

世业传珪组,江城佐股肱。高斋征学问,虚薄滥先登。讲论陪诸子,文章得旧朋。士元多赏激,衰病恨无能。

## 与诸子登岘山

人事有代谢,往来成古今。江山留胜迹,我辈复登临。水落鱼梁浅,天寒梦泽深。羊公碑字<small>一作尚在</small>,读罢泪沾襟。

## 与杭州薛司户登樟<small>一作梓</small>亭楼作

水楼一登眺<small>一作望</small>,半出青林高。帟幕英僚敞,芳筵下客叨。山藏伯禹穴,城压伍胥涛。今日观溟涨,垂纶学<small>一作欲</small>钓鳌。

## 寻 天 台 山

吾友<small>一作爱</small>太乙子,餐霞卧赤城。欲寻华顶去,不惮恶溪名。歇马凭云宿,扬帆截海行。高高翠微里,遥见石梁横。

## 同曹三御史行泛湖归越

秋入诗人意<small>一作兴</small>,巴歌和者稀。泛湖同逸旅<small>一作旅泊</small>,吟会是思归。白简徒推荐,沧洲已拂衣。杳冥云外<small>一作海去</small>,谁不羡鸿飞。

## 晚泊浔阳望庐山

挂席几千里,名山都未逢。泊舟浔阳郭,始见香炉峰。尝读远公传,永怀尘外踪。东林精舍近,日暮但闻钟。

## 陪张丞相登嵩阳楼

独步人何在,嵩阳有故楼。岁寒问耆旧,行县拥诸侯。林一作泱莽
北弥望,沮漳东会流。客中遇知己,无复越乡忧。

## 武 陵 泛 舟

武陵川路狭,前棹入花林。莫测幽源里,仙家信几深。水回青嶂
合,云度绿溪阴。坐听闲猿啸,弥清尘外心。

## 与颜钱塘登障楼 一作樟亭望潮作

百里闻雷震,鸣弦暂辍弹。府中连骑出,江上待潮观。照日秋云一
作空迥,浮天一作云渤澥宽。惊涛来似雪,一坐凛生寒。

## 姚开府山池

主人新邸第,相国旧池台。馆是招贤辟,楼因教舞开。轩车人已
散,箫管凤初来。今日龙门下,谁知文举才。

## 夏日浮舟过陈大水亭 一作浮舟过滕逸人别业

水亭凉气多,闲棹晚来过。涧影见松一作藤竹,潭香闻芰荷。野童
扶醉舞,山鸟助一作笑酣歌。幽赏未云遍,烟光一作花奈夕何。

## 与白明府游江

故人来自远,邑宰复初临。执手恨为别,同舟无异心。沿洄洲渚
趣,演漾弦歌音。谁识一作为躬耕者,年年梁甫吟。

## 游凤林寺西岭

共喜年华好，来游水石间。烟容开远树，春色满幽山。壶酒朋情
洽，琴歌野兴闲。莫愁归路暝，招月伴人还。

## 秋日陪一作和题上无秋日二字李侍御渡松滋江

南纪西江阔，皇华御史雄。截流宁假楫，挂席自生风。僚寀争攀
鹢，鱼龙亦避骢。坐听一作闻白〔雪〕(云)唱，翻入棹歌中。

## 陪独孤使君同与萧员外证登万山亭

万山青嶂曲，千骑使君游。神女鸣环佩，仙郎接献酬。遍观云梦
野，自爱江城楼。何必东南守，空传沈隐侯。

## 秋登张明府海亭

海亭秋日望，委曲见江山。染翰聊题壁，倾壶一解颜。歌一作欢逢
彭泽令，归赏故园间。予亦将琴史，栖迟共取闲。

## 临涣裴明府席遇张十一

### 房六 一题作临涣裴赞席遇张十六

河县柳林边，河桥晚泊船。文叨才子会，官喜故人连一作怜。笑语
同今夕，轻肥异往年。晨风理归一作征棹，吴楚各依然。

## 梅道士水亭

傲吏非凡吏，名流即道流。隐居不可见，高论莫能酬。水接仙源
近，山藏鬼谷幽。再来迷处所，花下问渔舟。

## 游景空一作光寺兰若

龙象经行处,山腰度石关。屡迷青嶂合,时爱绿萝闲。宴息花林下,高谈竹屿间。寥寥隔尘事,疑是入鸡山。

## 陪李侍御访聪上人禅居 一作陪柏台友访聪上人

欣逢柏台友一作旧,共谒聪公禅。石室无人到,绳床见虎眠。阴崖常抱雪,枯涧为生泉。出处虽云异,同欢在法筵。

## 游精思观回王白云在后

出谷未停午,到一作至家日已曛。回瞻下山一作山下路,但见牛羊群。樵子暗相失,草虫寒不闻。衡门犹未掩,伫立望一作待夫君。

## 夏日辨玉法师茅斋

夏日茅斋里,无风坐亦凉。竹林深一作新笋概一作稚,藤架引梢长。燕觅巢窠处,蜂来造蜜房。物华皆可玩,花蕊四时芳。

## 与张折冲游耆阇寺

释子弥天秀,将军武库才。横行塞北尽,独步汉南来。贝叶传金口,山楼一作樱作赋开。因君振嘉藻,江楚气雄哉。

## 游精思题观主山房

误入桃源里,初怜竹径深。方知仙子宅,未有世人寻。舞鹤过闲砌,飞猿啸密林。渐通玄妙理,深得坐忘心。

# 宿立公房

支遁初求道，深公笑买山。何如石岩趣，自入户庭间。苔涧春泉满，萝轩夜月闲。能令许玄度，吟卧不知还。

# 寻陈一作滕逸人故居

人事一朝尽，荒芜三径休。始闻漳浦卧，奄作岱宗游。池水犹含一作涵墨，风一作山云已落秋。今宵一作朝泉壑里，何处觅藏舟。

# 寻梅道士 一作寻梅道士张山人

彭泽先生柳，山阴道士鹅。我来从所好，停策汉阴一作夏云多。重以观一作窥鱼乐，因之鼓枻歌。崔徐迹未朽，千载揖清波。

# 陪姚使君题惠上人房 题下一有得青字三字

带雪梅初暖，含烟柳尚青。来窥童子偈，得听法王经。会理知无我，观空厌有形。迷心应觉悟，客思未一作不遑宁。

# 晚春题远上人南亭

给园支遁隐，虚寂养身一作闲和。春晚群木秀，间一作关关黄鸟歌。林栖居士竹，池养右军鹅。炎一作花月北窗下，清风期再过。

# 题大禹寺义公禅房

义公习禅处一作寂，结构一作宇依空林。户外一峰秀，阶前群一作众壑深。夕阳连一作照雨足，空翠落庭阴。看取莲花净，应一作方知不染心。

## 寻白鹤岩张子容一作颜隐居

白鹤青岩半，幽人有隐一作旧居。阶庭空水石，林壑罢樵渔。岁月青松老，风霜苦竹疏一作馀。睹兹怀旧业，回一作仗，一作携。策返吾庐。

## 题融公兰若 一作题容山主兰若

精舍买金开一作地，流泉绕砌回。芰荷薰讲席，松柏映一作绕香台。法雨晴飞一作霏去，天花昼下来。谈玄殊未已一作一乘谈未了，归骑夕阳催。

## 过景空一作光寺故融公

### 兰若 一题作过潜上人旧房，一作悼正弘禅师。

池上青莲宇，林间白马泉。故人成异物，过客一作憩独潸然。既礼新松塔，还寻旧石筵。平生竹如意，犹挂草堂前。

## 题一作忆张野一作逸人园庐

与君园庐并，微尚颇亦同。耕钓方自逸，壶觞趣不空。门无俗士驾，人有上皇风。何处一作必先贤传，惟称庞德公。

## 李少府与杨一作王九再来

弱岁早登龙，今来喜再逢。如何春月柳，犹忆岁寒松。烟火临寒食，笙歌达一作咽曙钟。喧喧斗鸡道，行乐羡朋从。

## 寻张五回夜园作 一无下四字

闻就庞公隐，移居近洞一作涧湖。兴来林是竹，归卧谷名愚。挂席樵风便,开轩琴月孤。岁寒何用赏,霜落故园芜。

## 裴司士一作功员司户一作士见寻 一题作裴司士见访

府僚能枉驾一作顾,家酝复新开。落日池上酌,清风松下来。厨人
具鸡黍,稚子摘杨梅。谁道山公醉,犹能骑马回。

## 春中喜王九相寻 一题作晚春

二月湖水清,家家春鸟鸣。林花扫更落,径草踏还生。酒伴来相
命,开尊共解酲。当杯已入手,歌妓莫停声。

## 李氏园林卧疾

我爱陶家趣,园林无俗情。春雷百卉坼,寒食四邻清。伏枕嗟公
干,归山一作田羡子平。年年白社客,空滞洛阳城。

## 过 故 人 庄

故人具鸡黍,邀我至田家。绿树村边合,青山郭外斜。开筵面场
圃,把酒话桑麻。待到重阳日,还来就菊花。

## 张七及辛大见寻南亭醉作 一作张七及辛大见访

山公能饮酒,居士好弹筝。世外交初得,林中契已并。纳凉风飒
至,逃暑日将倾。便就南亭里,馀尊惜解酲。

## 岁暮归南山 一题作归故园作,一作归终南山。

北阙休上书,南山归敝庐。不才明主弃,多一作卧病故人疏。白发

催年老－作去，青阳逼岁除。永怀愁不寐－作寝，松月夜窗－作堂虚。

# 南山下与老圃期种瓜

樵牧南山近，林间北郭赊。先人留素业，老圃作邻家。不种千株橘，惟资五色瓜。邵平能就我，开径剪－作有蓬麻。

## 溯江至武昌

家本洞湖－作庭上，岁时归思催。客心徒欲速，江路苦遭回。残冻因风解，新正度－作梅变腊开。行看武昌柳，仿佛映楼台。

## 舟中晓－作晚望

挂席东南望，青山水国遥。舳舻争利涉，来往接－作任风潮。问我今何去－作适，天台访石桥。坐看霞色晓－作晚，疑是赤城标。

## 自洛之越

皇皇三十载，书剑两无成。山水寻吴越，风尘厌洛京。扁舟泛湖海，长揖谢公卿。且乐杯中物－作酒，谁论世上名。

## 途中遇晴

已失巴－作武陵雨－作已失五陵道，犹逢蜀坂泥。天开斜景遍，山出晚云低。馀湿犹沾草，残流尚入溪。今宵有明月，乡思远凄凄。

## 归至郢中

远游经海峤，返棹归山阿。日夕见乔木，乡关－作园在－作成伐柯。愁随江路尽，喜－作意入郢门多。左右看桑土，依然即匪他。

## 夕次蔡阳馆

日暮马行疾,城荒人住稀。听歌知<sub></sub>一作疑近楚,投馆忽如归。鲁堰田畴广,章陵气色微。明朝拜嘉<sub></sub>一作家庆,须著老莱衣。

## 他乡七夕

他乡逢七夕,旅馆益羁愁。不见穿针妇,空怀故国楼。绪风初减热,新月始临<sub></sub>一作登秋。谁忍窥河汉,迢迢问<sub></sub>一作望斗牛。

## 夜泊牛渚趁薛八船不及

星罗牛渚夕,风退鹢舟迟。浦溆尝同宿,烟波忽间之。榜歌空里失,船火望中疑。明发泛潮<sub></sub>一作湖海,茫茫何处期。

## 晓 入 南 山

瘴气晓氛氲,南山复<sub></sub>一作没水云。鲲飞今始见,鸟堕旧来闻。地接长沙近,江从汨渚分。贾生曾吊屈,予亦痛斯文。

## 夜渡湘水　一作崔国辅诗

客舟<sub></sub>一作行贪利涉,暗<sub></sub>一作夜里渡湘川。露气闻芳杜,歌声识采<sub></sub>一作暗莲。榜人投岸火,渔子宿潭烟。行侣时<sub></sub>一作遥相问,浔<sub></sub>一作浔阳何处边。

## 赴京途中遇雪

迢递秦京道,苍茫岁暮天。穷阴连晦朔,积雪满<sub></sub>一作遍山川。落雁迷沙渚,饥乌集<sub></sub>一作噪野田。客愁空伫立,不见有人烟。

## 途次一作落日望乡

客行愁落日,乡思重相催。况在他山外,天寒夕鸟来。雪深迷郢路,云暗失阳台。可叹凄惶一作栖迟子,高一作狂,又作劳。歌谁为媒。

## 永嘉上浦馆逢张八
### 子容 一题作永嘉浦逢张子容客卿

逆旅相逢处,江村日暮时。众山遥对酒,孤屿共题诗。廨宇邻蛟室,人烟接岛夷。乡园一作关万馀里,失路一相悲。

## 宿武阳一作陵即事 一作宿武阳川

川暗夕阳尽,孤舟泊岸初。岭猿相叫啸,潭嶂一作影似空虚。就枕灭明烛,扣舷闻夜渔。鸡鸣问何处,人物是秦馀。

## 渡扬子江

桂楫一作挂席中流望,京江一作空波两畔明。林开扬子驿,山出润州城。海尽边阴静,江寒朔吹生。更闻枫叶下,淅沥度秋声。

## 田家元日

昨夜斗回北,今朝岁起东。我年已强仕,无禄尚忧一作惟尚农。桑野就耕父一作野老就耕去,荷锄随牧童。田家占气候,共说此年丰。

## 九日得新字

初九一作九日未成旬,重阳即此晨。登高闻古一作寻故事,载酒访幽人。落帽恣欢饮,授衣同试新。茱萸正可佩,折取寄情亲。

# 除夜乐城逢张少府

云海泛一作访瓯闽,风潮一作涛泊岛滨。何知岁除夜,得见故乡亲。余是乘槎客,君为失路人。平生复能几,一别十馀春。

## 岁除夜会乐城张少府宅

畴昔通家好,相知一作思无间然。续明催画烛,守岁接长筵。旧曲梅花唱,新正柏酒传。客行随处乐,不见度年年。

## 寒　夜

闺夕绮窗闭,佳人罢缝衣。理琴开宝匣,就枕卧重一作罗帏。夜久灯花落,薰笼香气微。锦衾重自暖,遮莫晓霜飞。

## 赋得盈盈楼上女

夫婿久离别,青楼空望归。妆成卷帘坐,愁思懒缝衣。燕子家家入,杨花处处飞。空床难独守,谁为报一作解金徽。

## 春　意 一题作春怨

佳人能画眉,妆罢出帘帷。照水空自爱,折花将遗谁。春情多艳逸,春意倍相思。愁心极杨柳,一种乱如丝。

## 闺　情

一别隔炎凉,君衣忘短长。裁缝无处等,以意忖情量。畏瘦疑伤窄,防寒更厚装。半啼封裹了,知欲寄谁将。

# 美人分香

艳色本倾城,分香更有情。髻鬟垂欲解,眉黛拂能轻。舞学平阳态,歌翻子夜声。春风狭斜道,含笑待逢迎。

# 伤岘山云表观主

少小学书剑,秦吴多岁年。归来一登眺,陵谷尚依然。岂意餐霞客,溘一作忽随朝露先。因之问闾里,把臂几人全。

# 题梧州陈司马山斋 一作宋之问诗

南国无霜霰,连年对物华。青林暗换叶,红蕊亦开花。春去无山鸟,秋来见海槎。流芳虽可悦,会自泣长沙。

# 岁除夜有怀 一题作除夜

迢递三巴路,羁危万里身。乱山残雪夜,孤烛异乡人。渐与骨肉远,转于奴仆亲。那堪正飘泊,来日岁华新。

# 登安阳城楼

县城南面汉江流,江涨一作嶂开成南雍州。才子乘春来骋望,群公暇日坐销忧。楼台晚映青山郭,罗绮晴骄一作娇绿水洲。向夕波摇明月动,更疑神女弄珠游。

# 登万岁楼

万岁楼头望故乡,独令乡思更茫茫。天寒雁度堪垂泪,日一作月落猿啼欲断肠。曲引古堤临冻浦,斜分远岸近枯杨。今朝偶见同袍友,却喜家书寄八行。

# 除 夜 有 怀

五更钟漏欲相催,四气推迁往复回。帐里残灯才去一作犹有焰,炉
中香气尽成灰。渐看春逼芙蓉枕,顿觉寒销竹叶杯。守岁家家应
未卧,相思那得梦魂来。

# 春　情 一作晴

青楼晓日一作色珠帘映,红粉春妆宝镜催。已厌交欢怜枕席,相将
游戏绕池台。坐时衣带萦纤草,行即裙裾扫落梅。更道明朝不当
作,相期共斗管弦来。

# 长安早春 一作张子容诗

关戍一作开国惟东井一作汉,城池起北辰。咸歌太平日,共乐建寅春。
雪尽青山树,冰开黑水滨。草迎金埒马,花伴玉楼人。鸿渐看无
数,莺歌听欲频。何当遂荣一作桂枝擢,归及柳条新。

# 荆门上张丞相

共理分荆国,招贤愧不材。召南风更阐,丞相阁还开。觐止欣眉
睫,沉沦拔草莱。坐登徐孺榻,频接李膺杯。始慰蝉鸣柳一作稻,俄
看雪间梅。四时年篱尽,千里客程催。日下瞻归翼,沙边厌曝鳃。
伫闻宣室召,星象列三台一作复中台。

# 陪张丞相登荆城楼因寄蓟
# 州一作苏台张使君及浪泊戍主刘家

蓟门天北畔,铜柱日南端。出守声弥远,投荒法未宽。侧身聊倚
望,携手莫同欢。白璧无瑕玷,青松有岁寒。府中丞相阁,江上使

君滩。兴尽回舟去,方知行—作兹路难。

## 陪张丞相祠紫盖山途经玉泉寺

望秩宣王命,斋心待漏行。青衿列胄子,从事有参卿。五马寻归路,双林指化城。闻钟度门近,照胆玉泉清。皂盖依松憩,缁徒拥锡迎。天宫上兜率,沙界豁迷明。欲就终焉志,恭—作先闻智者名。人随逝水没—作叹,波—作山逐覆舟倾。想像若在眼,周流空复情。谢公还欲卧,谁与济苍生。

## 陪张丞相自松滋江东泊渚宫

放溜下松滋,登舟命楫师。诓—作宁忘经济日,不惮沍寒时。洗帻岂独古,濯缨良在兹。政成人自理,机息鸟无疑。云物凝—作吟孤屿,江山辨四维。晚来风稍急—作紧,冬至日行迟。腊响惊云梦,渔歌激楚辞。渚宫何处是,川暝欲安之。

## 和张—作赵,一作于判官登
## 万山亭因赠洪府都督韩公

韩公是—作美襄士—作土,日赏城西岑。结构意不浅,岩潭趣转—作亦深。皇华一动咏,荆国几谣—作盛讴吟。旧径兰勿剪,新堤柳欲阴。砌傍馀怪石,沙上有闲禽。自牧豫章郡,空瞻枫树林。因声寄流水,善听在知音。耆旧眇不接,崔徐无处寻。物情多贵远,贤俊岂无—作遥今。迟尔长江暮,澄清一洗心。

## 和宋太史—作大使北楼新亭

返耕意未遂,日夕登城隅。谁道—作谓山林近,坐为符竹拘。丽谯非改作,轩槛是新图。远水自嶓冢,长云吞具区。愿随—作为江燕贺，羞逐府僚趋。欲识狂歌者—作客，丘园一竖儒。

## 赠萧少府

上德如流—作流如水，安仁道若山。闻君秉高节，而得奉清颜。鸿渐升仪羽，牛刀列下班。处腴能不润，居剧体常闲。去诈—作讦人无谄，除邪吏息奸。欲知清与洁，明月照—作在澄湾。

## 秦中苦雨思归赠袁左丞贺侍郎

苦—作为学三十载，闭门江汉阴。用贤遭圣日—作明扬逢圣代，羁旅属秋霖。岂直昏垫苦，亦为权势沈。二毛催白发，百镒罄黄金。泪忆岘山堕，愁怀湘水深。谢公积愤懑，庄舄空谣吟。跃马非吾事，狎鸥宜—作真我心。寄言当路者，去矣北山岑。

## 同张明府碧溪赠答

别业闻新制，同声和者多。还看碧溪答，不羡绿珠歌。自有阳台女，朝朝拾翠过。绮筵—作舞庭铺锦绣，妆牖闭藤萝。秩满休闲日，春馀景气—作色和。仙凫能作伴，罗袜共凌波。曲—作别岛寻花药，回潭折芰荷。更怜斜日照，红粉艳青娥。

## 久滞越中贻谢南池会稽贺少府

陈平无产业，尼父倦东西。负郭昔云翳，问津今亦—作已迷。未能忘魏阙，空此滞秦稽。两见夏云起，再闻春鸟啼。怀仙梅福市，访旧若耶溪。圣主贤为宝，君—作卿何隐遁栖。

## 送韩使君除洪州都曹 韩公父常为襄州使

述职抚荆衡，分符袭宠荣。往来看拥传，前后赖专城。勿翦棠犹

在,波澄水更清。重推江汉理,旋改豫章行。召父多遗爱,羊公有
令名。衣冠列祖道,耆旧拥前旌—作程。岘首晨风送—作接,江陵夜
火迎。无才惭孺子,千里愧同声。

## 送莫甥兼诸昆弟从韩司马入西军

念尔习诗礼,未曾违—作常离户庭。平生早偏露—作严君先早露,万里
更飘零。坐弃三牲养—作冬业,行观八阵形。饰装辞故里,谋策赴
边庭。壮志吞鸿鹄,遥心伴鹡鸰。所从文且—作与武,不战自应宁。

## 岘山送萧员外之荆州

岘山江岸曲,郢水郭门前。自古登临处,非今独黯然。亭楼明落照
—作日,井邑秀通川。洞竹生幽兴,林风入管弦。再飞鹏激水,一举
鹤冲天。伫立三荆使,看君驷马旋。

## 送王昌龄之岭南

洞庭去远近,枫叶早惊—作经秋。岘首羊公爱,长沙贾谊愁。土毛
—作风无缟纻,乡味有楂—作查头。已抱沈痼—作痾疾,更贻魑魅忧。
数年同笔砚,兹夕间—作异衾裯。意气今何在,相思望斗牛。

## 岘山送张去非游巴东 —题作岘山亭送朱大

岘山南郭外,送别每登临。沙岸江村近,松—作村门山寺深。一言
予有赠,三峡尔将—作相寻。祖席宜城酒,征途云梦林。蹉跎游子
意,眷恋故人心。去矣勿淹滞,巴东—作江猿夜吟。

## 奉先张明府休沐还乡海亭宴集 探得阶字

自君理畿甸,予亦经江淮。万里书信断,数年云雨乖。归来休浣

日,始得赏心谐。朱绂恩虽重,沧洲趣每怀。树低新舞阁,山对旧
书斋。何以发秋兴,阴虫鸣夜阶。

## 宴张记室宅

甲第金张馆,门庭车一作轩骑多。家封汉阳郡,文会楚材过。曲岛
浮觞酌,前山入咏歌。妓堂花映发,书阁柳逶迤。玉指调筝柱,金
泥饰舞罗。宁一作谁知书剑者,岁月独蹉跎。

## 宴崔明府宅夜观妓

画堂一作书室观妙妓,长夜正留宾。烛吐莲花艳,妆成桃李春。髻
鬟低舞席,衫袖掩歌唇。汗湿偏宜粉,罗轻讵著身。调移筝柱促,
欢会酒杯频。倘使曹王见,应嫌洛浦神。

## 卢明府九日岘山宴袁
### 一作马使君张郎中崔员外

宇宙谁开辟,江山此郁盘。登临今古用,风俗岁时观。地理荆州
分,天涯楚塞宽。百城今刺史,华省旧郎官。共美重阳节,俱怀落
帽欢。酒邀彭泽载,琴辍武城弹。献寿先浮菊,寻幽或藉兰。烟虹
铺藻翰一作丽,松竹挂衣冠。叔子神如在,山公兴未阑。传一作常闻
骑马醉,还向习池看。

## 登龙兴寺阁

阁道乘空出,披轩远目开。逶迤见江势,客至屡缘回。兹郡何填
委,遥山复几哉。苍苍皆草木,处处尽楼台。骤雨一阳散,行舟四
海来。鸟归馀兴远,周览更裴回。

# 登总持寺浮图

半空跻宝塔,晴望尽京华。竹绕渭川遍,山连上苑斜。四门一作郊
开帝宅,阡陌俯人家。累劫从初地,为童忆聚沙。一窥功德见,弥
益道心加。坐觉诸天近,空香送一作逐落花。一无一窥功德见二句。

# 与崔二十一游镜湖寄包贺二公

试览镜湖物,中流到一作见底清。不知鲈鱼味,但识鸥鸟情。帆得
樵风送,春逢谷雨晴。将探一作特寻夏禹穴,稍背越王城。府一作守
掾有包子,文章推贺生。沧浪醉后唱,因此寄同声。

# 夜登孔伯昭南楼时沈太清朱升在座

谁家无风月,此地有琴尊。山水会稽郡,诗书孔氏门。再来值秋
杪,高阁夜一作闲无喧。华烛罢然蜡,清弦方奏鹍。沈生隐侯胤,朱
子买臣孙。好我意不浅,登兹共一作同话言。

# 陪卢明府泛舟回一有岘山二字作

百里行春返,清流逸兴多。鹢舟随雁泊一作鸟没,江火共星罗。已
救田家旱,仍医一作忧俗化讹。文章推后辈,风雅激颓波。高岸迷
陵谷,新声满棹歌。犹怜不才子一作调者,白首未登科。

# 腊月八日于剡县石城寺礼拜

石壁开金像,香山倚一作绕铁围。下生弥勒见,回向一心归。竹柏
一作松竹禅庭古,楼台世界稀。夕岚增气色,馀照发光辉。讲席邀
谈柄,泉堂施浴衣。愿承功德水,从此濯尘机。

## 同独孤使君东斋作

郎官旧华省,天子命分忧。襄土岁频旱,随车雨再流。云阴自南楚,河润及东周。廨宇宜新霁,田家贺有秋。竹间残照入,池上夕阳浮。寄谢东阳守,何如八咏楼。

## 同王九题就师山房

晚憩支公室,故人逢右军。轩窗避炎暑,翰墨动新文。竹蔽—作开檐前—作窗里日,雨随阶下云。周—作同游清荫遍,吟卧夕阳曛。江静棹歌歇,溪深樵语闻。归途未忍去,携手恋清芬。

## 冬至后过吴张二子檀溪别业

卜筑因自然,檀溪不更穿。园庐二友接,水竹数家连。直与—作取南山对,非关选地偏。—本此下有卜邻依孟母,共井让王宣,曾是歌三乐,仍闻咏五篇四句。草堂时偃曝,兰枻—作棹日周旋。外事情都远—作遣,中流性所便。闲垂太公钓,兴发子猷船。余亦幽栖者,经过窃慕焉。梅花残—作初腊月—作日,柳色半春天。鸟泊随阳雁,鱼藏缩项鳊。停杯问山简,何似习池边。

## 韩大使东斋会岳上人诸学士

郡守虚陈榻,林间召楚材。山川祈雨毕,云—作品物喜晴开。抗礼尊缝掖,临流揖渡杯。徒攀朱仲李,谁—作更荐和羹梅。翰墨缘情制,高深以意裁。沧洲趣不远,何必问蓬莱。

## 上巳日涧南园期王山人陈七诸公不至

摇艇候明发,花源弄晚春。在山怀绮季,临汉忆荀陈。上巳期三月,浮杯兴十旬。坐歌空有待,行乐恨无邻。日晚兰亭北,烟开一作花曲水滨。浴蚕逢姹女,采艾值幽人。石壁堪题序,沙场好解绅一作神。群公望不至,虚掷此芳晨。

## 齿坐呈山南诸隐

习公有遗坐,高在白云陲。樵子不见识,山僧赏自知。以余为好事,携手一来窥。竹露闲夜滴,松风清昼吹。从来抱微尚,况复感前规。于此无奇策,苍生奚以为。

## 来一作本阇黎新亭作

八解禅林秀,三明给苑才。地偏香界远,心净水亭开。傍险山查立,寻幽石径回。瑞花长自下,灵药岂须栽。碧网交红树,清泉尽绿苔。戏鱼闻法聚,闲鸟诵经来。弃象玄应悟,忘言理必该。静中何所得,吟咏也徒哉。

## 西山寻辛谔

漾舟寻一作乘水便,因访故人居。落日清川里,谁言独羡鱼。石潭窥洞彻,沙岸历纡徐。竹屿见垂钓,茅斋闻读书。款言忘景夕,清兴属凉初。回也一瓢饮,贤哉常晏如。

## 题长安主人壁

久废南山田,叨一作谬陪东阁贤。欲随平子去,犹未献甘泉。枕籍一作席琴书满,褰帷远岫连。我来如昨日,庭树忽鸣蝉。促织惊寒女,秋风感长年。授衣当九月,无褐竟谁怜。

## 行出东山望汉川 一题作行至汉川作

异县非吾土,连山尽绿篁。平田出郭少,盘坂入云长。万壑归于汉
一作海,千峰划彼苍。猿声乱楚峡,人语带巴乡。石上攒椒树,藤间
缀一作养蜜房。雪馀春未暖,岚解昼初阳。征马疲登顿,归帆爱渺
茫。坐欣沿溜下,信宿见维一作浮桑。

## 夜泊宣城界 一题作旅行欲泊宣州界

西塞沿江岛,南陵问驿楼。湖平津济阔,风止客帆收。去去怀前
浦,茫茫泛夕流。石逢罗刹碍,山泊敬亭幽。火识一作炽梅根冶,烟
迷杨叶洲。离家复水宿,相伴赖沙鸥。

## 下　赣　石

赣石三百里,沿洄千嶂间。沸声常活活一作浩浩,洊势亦潺潺。跳沫
鱼龙沸,垂藤猿狖攀。榜人苦奔峭,而我忘险艰。放溜情弥一作深
惬一作远,登舻目自闲。暝帆何处宿一作泊,遥指落星湾。

## 初年乐城馆中卧疾怀归作

异县天隅僻,孤帆海畔过。往来乡信断,留滞客情多。腊月闻雷
震,东风感岁和。蛰虫惊户穴,巢鹊晒庭柯。徒对芳尊酒,其如伏
枕何。归屿一作来理舟楫,江海正无波。

## 醉后赠马一作高四

四海重然诺,吾尝闻白眉。秦城游侠客一作窟,相得半酣时。

## 赠王九 题上一有口号二字

日暮田家远,山中勿久淹。归人须早去,稚子望陶潜。

## 登岘山亭寄晋陵张少府

岘首风湍急,云帆若鸟飞。凭轩试一问,张翰欲来归。

## 送朱大入秦

游人武陵去,宝剑直千金。分手脱相赠,平生一片心。

## 送友人之京

君登青云去,予望青山归。云山从此别,泪湿薜萝衣。

## 送张郎中迁京

碧溪常共赏,朱邸忽迁荣。豫有相思意,闻君琴上声。

## 同张将蓟门观灯

异俗非乡俗,新年改故年。蓟门看火树,疑是烛龙燃。

## 张郎中梅园中 一作作

绮席铺兰杜,珠盘折芰荷。故园留不住,应是恋弦歌。

## 北 涧 泛 舟

北涧流恒满,浮舟触处通。沿洄自有趣,何必五湖中。

# 春　晓

春眠不觉晓,处处闻啼鸟。夜来风雨声,花落知多少。一作欲知昨夜风,花落无多少。

## 洛中访袁拾遗不遇

洛阳访才子,江岭作流人。闻说梅花早,何如北一作此地春。

## 寻菊花潭主人不遇

行至菊花潭,村西日已斜。主人登高去,鸡犬空在家。

## 檀溪寻故人 一题作檀溪寻古

花伴一作苑半成龙竹,池分跃马溪。田园人不见,疑向洞中栖一作武陵迷。

# 扬子津望京口

北固临京口,夷山近一作对海滨。江风白浪起,愁杀渡头人。

# 同储十二洛阳道中作

珠弹繁华子,金羁游侠人。酒酣白日暮,走马入红尘。

# 初下浙江舟中口号

八月观潮一作涛罢,三江越海浔。回瞻魏阙路,空一作无复子牟心。

# 宿建德江

移舟泊烟一作幽渚,日暮客愁新。野旷天低树,江清月近人。

# 问 舟 子

向夕问舟子,前程复一作无几多。湾头正堪一作好泊,淮里足风波。

# 戏 题 <sub></sub>一作戏赠主人

客醉眠未起,主人呼解醒。已言鸡黍熟,复道一作说瓮头清。

# 凉 州 词

浑成紫檀金屑文,作得琵琶声入云。胡地迢迢三万里,那堪马上送明君。

异方之乐令人悲,羌笛胡箛不用吹。坐看今夜关山月,思杀边城游侠儿。

## 送新安张少府归秦中 一题作越中送人归秦中

试登秦岭一作望望秦川,遥忆青门春可怜。仲月送君从此去,瓜时须及邵平田。

## 送杜十四之江南 一无题下三字,一题作送杜晃进士之东吴。

荆吴相接水为一作连乡,君去春江一作江村正淼茫。日暮征帆何处泊一作泊何处,天涯一望断人肠。

## 渡浙江问舟中人 一题作济江问同舟人,一作崔国辅诗。

潮落江平未有风,扁舟一作舠共济与君同。时时引领望天末,何处青山是越中。

# 初　秋

不觉初秋夜渐长,清风习习重凄凉。炎炎暑退茅斋静,阶下丛莎有露光。

# 过融上人兰若

山头一作间禅室挂僧衣,窗外无人水一作溪鸟飞。黄昏半在下山路,却听泉声恋翠微。

# 句

微云淡河汉,疏雨滴梧桐。王士源云:"浩然常闲游秘省。秋月新霁,诸英联诗,次当浩然云云,举坐嗟其清绝,不复为缀。"

逐逐怀良驭,萧萧顾乐鸣。 省试骐骥长鸣诗　见《丹阳集》

# 全唐诗卷一六一

## 李 白

　　李白,字太白,陇西成纪人。凉武昭王暠九世孙。或曰山东人,或曰蜀人。白少有逸才,志气宏放,飘然有超世之心。初隐岷山,益州长史苏颋见而异之,曰:"是子天才英特,可比相如。"天宝初,至长安,往见贺知章。知章见其文,叹曰:"子谪仙人也。"言于明皇,召见金銮殿,奏颂一篇。帝赐食,亲为调羹,有诏供奉翰林。白犹与酒徒饮于市,帝坐沉香亭子,意有所感,欲得白为乐章,召入,而白已醉。左右以水颒面,稍解,援笔成文,婉丽精切。帝爱其才,数宴见。白常侍帝,醉,使高力士脱靴。力士素贵,耻之,摘其诗以激杨贵妃。帝欲官白,妃辄沮止。白自知不为亲近所容,恳求还山。帝赐金放还。乃浪迹江湖,终日沉饮。永王璘都督江陵,辟为僚佐。璘谋乱,兵败,白坐长流夜郎,会赦得还。族人阳冰为当涂令,白往依之。代宗立,以左拾遗召,而白已卒。文宗时,诏以白歌诗、裴旻剑舞、张旭草书为三绝云。集三十卷。今编诗二十五卷。

## 古 风

大雅久不作,吾衰竟谁陈。王风委蔓草,战国多荆榛。龙虎相啖

食,兵戈逮狂秦。正声何微茫,哀怨起骚人。扬马激颓波,开流荡
无垠。废兴虽万变,宪章亦已沦。自从建安来,绮丽不足珍。圣代
复元古,垂衣贵清真。群才属休明,乘运共跃鳞。文质相炳焕,众
星罗秋旻。我志在删述,垂辉映千春。希圣如有立,绝笔于获麟。

蟾蜍薄太清,蚀此瑶台月。圆光亏中天,金魄遂沦没。螮蝀入紫
微,大明夷朝晖。浮云隔两曜,万象昏阴霏。萧萧长门宫,昔是今
已非。桂蠹花不实,天霜下严威。沈叹终永夕,感我涕沾衣。

秦皇扫六合,虎视何雄哉。飞一作挥剑决浮云,诸侯尽西来。明断
自天启,大略驾群才。收兵铸金人,函谷正东开。铭功会稽岭,骋
望琅邪台。刑徒七十万,起土骊山隈。尚采不死药,茫然使心哀。
连弩射海鱼,长鲸正崔嵬。额鼻象五岳,扬波喷云雷。鬐鬣蔽青
天,何由睹蓬莱。徐市(巿)载秦女,楼船几时回。但见三泉下,金棺
葬寒灰。

凤飞九千仞,五章备彩珍。衔书且虚归,空入周与秦。横绝历四
海,所居未得邻。吾营紫河车,千载落风尘。药物秘海岳,采铅青
溪滨。时登大楼山,举手一作首望仙真。羽驾灭去影,飙车绝回轮。
尚恐丹液迟,志愿不及申。徒霜镜中发,羞彼鹤上人。桃李何处
开,此花非我春。唯应清都境,长与韩众亲。

太白何苍苍,星辰上森列。去天三百里,邈尔与世绝。中有绿发
翁,披云卧松雪。不笑亦不语,冥栖在岩穴。我来逢真人,长跪问
宝诀。粲然启玉齿一作忽自哂,授以炼药说。铭骨传其语,竦身已电
灭。仰望不可及,苍然五情热。吾将营丹砂,永与世人别。

代马不思越,越禽不恋燕。情性有所习,土风固其然一作其固然。昔
别雁门关,今戍龙庭前。惊沙乱海日,飞雪迷胡天。虮虱生虎鹖,
心魂逐旌旃。苦战功不赏,忠诚难可宣。谁怜李飞将,白首没三
边。

五鹤西北来,飞飞凌太清。仙人绿云上,自道安期名。两两白玉童,双吹紫鸾笙。去影忽不见,回风送天声。我欲一问之一作举首远望之,飘然若流星。愿餐金光草,寿与天齐倾。一作客有鹤上仙,飞飞凌太清。扬言碧云里,自道安期名。两两白玉童,双吹紫鸾笙。飘然下倒影,倏忽无留形。遗我金光草,服之四体轻。将随赤松去,对博坐蓬瀛。

咸阳二三月,宫柳黄金枝。绿帻谁家子,卖珠轻薄儿。日暮醉酒归,白马骄且驰。意气人所仰,冶游方及时。子云不晓事,晚献长杨辞。赋达身已老,草玄鬓若丝。投阁良可叹,但为此辈嗤。

庄周梦胡蝶,胡蝶为庄周。一体更变易,万事良悠悠。乃知蓬莱水,复作清浅流。青门种瓜人,旧日东陵侯。富贵故一作固如此,营营何所求。

齐有倜傥生,鲁连特高妙。明月出海底,一朝开光曜。却秦振英声,后世仰末照。意轻千金赠,顾向平原笑。吾亦澹荡人,拂衣可同调。

黄河走东溟,白日落西海。逝川与流光,飘忽不相待。春容舍我去,秋发已衰改。人生非寒松,年貌岂长在。吾当乘云螭,吸景驻光彩。一作谁能学天飞,三秀与君采。

松柏本孤直,难为桃李颜。昭昭严子陵,垂钓沧波间。身将客星隐,心与浮云闲。长揖万乘君,还归富春山。清风洒六合,邈然不可攀。使我长叹息,冥栖岩石间。

君平既弃世,世亦弃君平。观变穷太易,探元化群生。寂寞缀道论,空帘闭幽情。驺虞不虚来,鸑鷟有时鸣。安知天汉上,白日悬高名。海客去已久,谁人测沉冥。

胡关饶风沙,萧索竟终古。木落秋草黄,登高望戎虏。荒城空大漠,边邑无遗堵。白骨横千霜,嵯峨蔽榛莽。借问谁凌虐,天骄毒威武。赫怒我圣皇,劳师事鼙鼓。阳和变杀气,发卒骚中土。三十六万人,哀哀泪如雨。且悲就行役,安得营农圃。不见征戍儿,岂知关山苦。一本此下有争锋徒死节,秉钺皆庸竖。战士死蒿莱,将军获圭组四句。李牧今不在,边人饲豺虎。

燕昭延郭隗,遂筑黄金台。剧辛方赵至,邹衍复齐来。奈何青云士,弃我如尘埃。珠玉买歌笑,糟糠养贤才。方知黄鹤举,千里独裴回。

宝剑双蛟龙,雪花照芙蓉。精光射天地,雷腾不可冲。一去别金匣,飞沉失相从。风胡灭已久,所以潜其锋。吴水深万丈,楚山邈千重。雌雄终不隔,神物会当一作相逢。

金华牧羊儿,乃是紫烟客。我愿从之游,未去发已白。不知繁华子,扰扰何所迫。昆山采琼蕊一作蘂,可以炼精魄。

天津三月时,千门桃与李。朝为断肠花,暮逐东流水。前水复后水,古今相续流。新人非旧人,年年桥上游。鸡鸣海色动,谒帝罗公侯。月落西上阳一作上阳西,馀辉半城楼。衣冠照云日,朝下散皇州。鞍马如飞龙,黄金络马头。行人皆辟易,志气横嵩丘。入门上高堂,列鼎错珍羞。香风引赵舞,清管随齐讴。七十紫鸳鸯,双双戏庭幽。行乐争昼夜,自言度千秋。功成身不退,自古多愆尤。黄犬空叹息,绿珠成衅仇。何如鸱夷子,散发棹一作弄扁舟。

西岳一作上莲花山,迢迢见明星。素手把芙蓉,虚步蹑太清。霓裳曳广带,飘拂升天行。邀我登云台,高揖卫叔卿。恍恍与之去,驾鸿凌紫冥。俯视洛阳川,茫茫走胡兵。流血涂野草,豺狼尽冠缨。昔我游齐都,登华不注峰。兹山何峻秀,绿翠如芙蓉。萧飒古仙人,了知是赤松。借予一白鹿,自挟两青龙。含笑凌倒景,欣然愿相从。一本此十句作一首。泣与亲友别,欲语再三咽。勖君青松心,努力保霜雪。世路多险艰,白日欺红颜。分手各千里,去去何时还。一本此八句作一首。在世复几时,倏如飘风度。空闻紫金经,白首愁相误。抚己忽自笑,沉吟为谁故。名利徒煎熬,安得闲余步。终留赤玉舄,东上蓬莱—作山路。秦帝如我求,苍苍但烟雾。—本此十二句作一首。

郢客吟白雪,遗响飞青天。徒劳歌此曲,举世谁为传。试为巴人唱,和者乃数千。吞声何足道,叹息空凄然。

秦水别陇首,幽咽多悲声。胡马顾朔雪,躞蹀长嘶鸣。感物动我心,缅然含归情。昔视秋蛾飞,今见春蚕生。袅袅桑柘叶,萋萋柳垂荣。急节谢流水,羁心摇悬旌。挥涕且复去,恻怆何时平。

秋露白如玉,团团下庭绿。我行忽见之,寒早悲岁促。人生鸟过目,胡乃自结束。景公一何愚,牛山泪相续。物苦不知足,得陇又望蜀。人心若波澜,世路有屈曲。三万六千日,夜夜当秉烛。

大车扬飞尘,亭午暗阡陌。中贵多黄金,连云开甲宅。路逢斗鸡者,冠盖何辉赫。鼻息干虹蜺,行人皆怵惕。世无洗耳翁,谁知尧与跖。

世道日交丧,浇风散淳源。不采芳桂枝,反栖恶木根。所以桃李树,吐花竟不言。大运有兴没,群动争飞奔。归来广成子,去入无穷门。

碧荷生幽泉,朝日艳且鲜。秋花冒绿水,密叶罗青烟。秀色空绝世,馨香竟谁传。坐看飞霜满,凋此红芳年。结根未得所,愿托华池边。

燕赵有秀色,绮楼青云端。眉目艳皎月,一笑倾城欢。常恐碧草晚,坐泣秋风寒。纤手怨玉琴,清晨起长叹。焉得偶君子,共乘双飞鸾。

容颜若飞电,时景如飘风。草绿霜已白,日西月复东。华鬓—作发不耐秋,飒然成衰蓬。古来贤圣人,一一谁成功。君子变猿鹤,小人为沙虫。不及广成子,乘云驾轻鸿。

三季分战国,七雄成乱麻。王风何怨怒,世道终纷拏。至人洞玄象,高举凌紫霞。仲尼欲浮海,吾祖之流沙。圣贤共沦没,临歧胡咄嗟。

玄风变太古,道丧无时还。扰扰季叶—作市井人,鸡鸣趋四关。但识金马门,谁—作讵知蓬莱山。白首死罗绮,笑歌无时闲。绿酒哂丹液,青娥凋素颜。—作娄娄千金骨,风尘凋素颜。大儒挥金椎,琢之诗礼间。苍苍三株树,冥目焉能攀。

郑客西入关,行行未能已。白马华山君,相逢平原里。璧遗镐池君,明年祖龙死。秦人相谓曰,吾属可去矣。一往桃花源,千春隔流水。

蓐收肃金气,西陆弦海月。秋蝉号阶轩,感物忧不歇。良辰竟何许,大运有沦忽。天寒悲风生,夜久众星没。恻恻不忍言,哀歌逮明发。

北溟有巨鱼,身长数千里。仰喷三山雪—作云,横吞百川水。凭陵随海运,燀赫因风起。吾观摩天飞,九万方未已。

羽檄如流星,虎符合专城。喧呼救边急,群鸟皆夜鸣。白日曜紫微,三公运权衡。天地皆得一,澹然四海清。借问此何为,答言楚征兵。渡泸及五月,将赴云南征—作行。怯卒非战士,炎方难远行—作征。长号别严亲,日月惨光晶。泣尽继以血,心摧两无声。困兽当猛虎,穷鱼饵奔鲸。千去不一回,投躯岂全生。如何舞干戚,一使有苗平。

丑女来效颦,还家惊四邻。寿陵失本步,笑杀邯郸人。一曲斐然子,雕虫丧天真。棘刺造沐猴,三年费精神。功成无所用,楚楚且华身。大雅思文王,颂声久崩沦。安得郢中质,一挥成斧斤。

抱玉入楚国,见疑古所闻。良宝终见弃,徒劳三献君。直木忌先伐,芳兰哀自焚。盈满天所损,沉冥道为群。东海沉碧水,西关乘紫云。鲁连及柱史,可以蹑清芬。此诗一作感兴,云:揭来荆山客,谁为珉玉分。良宝绝见弃,虚持三献君。直木忌先伐,芬兰哀自焚。盈满天所损,沉冥道所群。东海有碧水,西山多白云。鲁连及夷齐,可以蹑清芬。

燕臣昔恸哭,五月飞秋霜。庶女号苍天,震风击齐堂。精诚有所感,造化为悲伤。而我竟何辜,远身金殿傍。一本无此二句。浮云蔽紫闼,白日难回光。群沙秽明珠,众草凌孤芳。古来共叹息,流泪空沾裳。

孤兰生幽园,众草共芜没。虽照阳春晖,复悲高秋月。飞霜早淅沥,绿艳恐休歇。若无清风吹,香气为谁发。

登高望四海,天地何漫漫。霜被群物秋,风飘大荒寒。荣华东流水,万事皆波澜。白日掩徂辉,浮云无定端。梧桐巢燕雀,枳棘栖鸳鸾。且复归去来,剑歌行一作悲路难。一作登高望四海,天地何漫漫。霜被群物秋,风飘大荒寒。杀气落乔木,浮云蔽层峦。孤凤鸣天倪,遗声何辛酸。游人悲旧国,抚心亦盘桓。倚剑歌所思,曲终涕泗澜。

凤饥不啄粟,所食唯琅玕。焉能与群鸡,刺蹙一作蹙促争一餐。朝鸣昆丘树,夕饮砥柱湍。归飞海路远,独宿天霜寒。幸遇王子晋,结交青云端。怀恩未得报,感别空长叹。

朝弄紫沂海一作朝驾碧鸾车,夕披丹霞裳。挥手折若木,拂此西日光。云卧一作举游八极,玉颜已千一作如清霜。飘飘入无倪,稽首祈上皇。呼我游太素,玉杯赐琼浆。一餐历万岁,何用还故乡。永随长风去,天外恣飘扬。一本无此二句。

摇裔双白鸥,鸣飞沧江流。宜与海人狎,岂伊云鹤俦。寄形一作影宿沙月,沿芳戏春洲。吾亦洗心者,忘机从尔游。

周穆八荒意,汉皇万乘尊。淫乐心不极,雄豪安足论。西海宴王母,北宫邀上元。瑶水闻遗歌,玉怀竟空言。灵迹成蔓草,徒悲千载魂。

绿萝纷葳蕤,缭绕松柏枝。草木有所托,岁寒尚不移。奈何夭桃色,坐叹葑菲诗。玉颜艳红彩,云发非素丝。君子恩已毕,贱妾将何为。

八荒驰惊飙,万物尽凋落。浮云蔽颓阳,洪波振大壑。龙凤脱罔罟,飘飖将安托。去去乘白驹,空山咏场藿。

一百四十年,国容何赫然。隐隐五凤楼,峨峨横三川。王侯象星月,宾客如云烟。以上六句,一作帝京信佳丽,国容何赫然。剑戟拥九关,歌钟沸三川。蓬莱象天构,珠翠夸云仙。斗鸡金宫里,蹴踘瑶台边。举动摇白日,指挥回青天。当途何翕忽,失路长弃捐。独有扬执戟,闭关草太玄。

桃花开东园,含笑夸白日。偶蒙东风荣,生一作矜此艳阳质。岂无佳人色,但恐花不实。宛转龙火飞,零落早相失。讵知南山松,独立自萧飋。此诗一作感兴,云:芙蓉娇绿波,桃李夸白日。偶蒙春风荣,生此艳阳质。岂无佳人色,但恐花不实。宛转龙火飞,零落互相失。讵知凌寒松,千载长守一。

秦皇按宝剑,赫怒震威神。逐日巡海右,驱石驾一作架沧津。征卒空九宇,作桥伤万人。但求蓬岛药,岂思农扈春。力尽功不赡,千载为悲辛。

美人出南国,灼灼芙蓉姿。皓齿终不发,芳心空自持。由来紫宫女,共妒青蛾眉。归去潇湘沚,沉吟何足悲。

宋国梧台东,野人得燕石。一作宋人枉千金,去国买燕石。夸作天下珍,却哂赵王璧。赵璧无缁磷,燕石非贞真。流俗多错误,岂知玉与珉。

殷后乱天纪,楚怀亦已昏。夷羊满中野,菉葹盈高门。比干谏而死,屈平窜湘源。虎口何婉娈,女婴空婵媛。彭咸久沦没,此意与谁论。

青春流惊湍,朱明一作火骤回薄。不忍看秋蓬,飘扬竟何托。光风灭兰蕙,白露洒葵藿一作委萧藿。美人不我期,草木日零落。

战国何纷纷,兵戈乱浮云。赵倚两虎斗,晋为六卿分。奸臣欲窃
位,树党自相群。果然田成子,一旦杀齐君。

倚剑登高台,悠悠送春目。苍榛蔽层丘,琼草隐深谷。凤鸟鸣西
海,欲集无珍木。鸒斯得所居,蒿下盈万族。晋风日已颓,穷途方
恸哭。以上六句,一作翩翩众鸟飞,翱翔在珍木。群花亦便娟,荣耀非一族。归来怆
途穷,日暮还恸哭。

齐瑟弹一作挥东吟,秦弦弄西音。慷慨动颜魄一作色,使人成荒淫。
彼美佞邪子,婉娈来相寻。一笑双白璧,再歌千黄金。珍色不贵
道,讵惜飞光沉。安识紫霞客,瑶台鸣素一作玉琴。

越客采明珠,提携出南隅。清辉照海月,美价倾皇都。献君君按
剑,怀宝空长吁。鱼目复相哂,寸心增烦纡。

羽族禀万化,小大各有依。周周亦何辜,六翮掩不挥。愿衔众禽
翼,一向黄河飞。飞者莫我顾,叹息将安归。

我到一作行巫山渚,寻古登阳台。天空彩云灭,地远清风来。神女
去已久,襄王安在哉。荒淫竟沦替一作没,樵牧徒悲哀。

恻恻泣路歧,哀哀悲素丝。路歧有南北,素丝易变移。万事固如
此,人生无定期。田窦相倾夺,宾客互盈亏。世途多翻覆一作谷风刺
轻薄,交道方崄巇。斗酒强然诺,寸心终自疑。张陈竟火灭,萧朱亦
星离。众鸟集荣柯,穷鱼守枯池。嗟嗟失权一作欢客,勤问何所规
一作悲。

# 全唐诗卷一六二

## 李　白

### 远　别　离

远别离，古有皇英之二女，乃在洞庭之南，潇湘之浦。海水直下万里深，谁人不言此离苦。日惨惨兮云冥冥，猩猩啼烟兮鬼啸雨。我纵言之将何补，皇穹窃恐不照余之忠诚。云一作雷凭凭兮欲吼怒，尧舜当之亦禅禹。君失臣兮龙为鱼，权归臣兮鼠变虎。或言一作云尧幽囚，舜野死，九疑联绵皆相似，重瞳孤坟竟何一作谁是。帝子泣兮绿云间，随风波兮去无还。恸哭兮远望，见苍梧之深山。苍梧山崩湘水绝，竹上之泪乃可灭。

### 公　无　渡　河

黄河西来决昆仑，咆哮一作吼万里触龙门。波滔天，尧咨嗟。大禹理百川，儿啼不窥家。杀湍湮洪水，九州始蚕麻。其害乃去，茫然风沙。被发之叟狂而痴，清晨临一作径流欲奚为。旁人不惜妻止之，公无渡河苦渡之。虎可搏，河难凭，公果溺死流海湄。有长鲸白齿若雪山，公乎公乎挂罥一作骨于其间，箜篌所悲竟不还。

# 蜀 道 难

噫吁戏危乎高哉，蜀道之难难于上青天。蚕丛及鱼凫，开国何茫然。尔来四万八千岁，不与秦塞通人烟。西当太白有鸟道，可以横绝峨眉巅。地崩山摧壮士死，然后天梯石栈相一作方钩连。上有六龙回日之高标一作横河断海之浮云，下有冲波逆折之回川。黄鹤之飞尚不得过，猿猱欲度愁攀援一作缘。青泥何盘盘，百步九折萦岩峦。扪参历井仰胁息，以手抚膺坐长叹。问君一作征人西游何时一作当还，畏途巉岩不可攀。但见悲鸟号古一作枯木，雄飞雌从一作呼雌，一作从雌绕林间。又闻子规啼夜月，愁空山。蜀道之难难于上青天，使人听此凋朱颜。连峰去天不盈尺一作入烟几千尺，枯松倒挂倚绝壁。飞湍瀑流争喧豗，砯崖转石万壑雷。其险也如一作若此，嗟尔远道之人胡为乎来哉。剑阁峥嵘而崔嵬，一夫当关，万夫一作人莫开。所守或匪亲一作人，化为狼与豺。朝避猛虎，夕避长蛇。磨牙吮血，杀人如麻。锦城虽云乐，不如早还家。蜀道之难难于上青天，侧身西望长咨一作令人嗟。

# 梁 甫 吟

长啸梁甫吟，何时见阳春。君不见朝歌屠叟辞棘津，八十西来钓渭滨。宁羞白发照清一作渌水，逢时吐一作壮气思经纶。广张三千六百钓，风期一作雅暗与文王亲。大贤虎变愚不测，当年颇似寻常人。君不见高阳酒徒起草中，长揖山东隆准公。入门不拜一作入门开说，一作一开游说。骋雄辩，两女辍洗来趋风。东下齐城七十二，指挥一作麾楚汉如旋蓬。狂客一作生落魄一作拓尚如此，何况壮士当群雄。我欲攀龙见明主，雷公砰訇震天鼓。帝傍投壶多玉女，三时大笑开一作生电光。倏烁晦冥起风雨，阊阖九门不可通。以额扣关阍者怒，

白日不照吾精诚,杞国无事忧天倾。猰貐磨牙竞人肉,驺虞不折生
草茎。手接飞猱搏雕虎,侧足焦原未言苦。智者可卷愚者豪,世人
见我轻鸿毛。力排南山三壮士,齐相杀之费二桃。吴楚弄兵无剧
孟,亚夫咍尔为徒劳。梁甫吟,梁甫吟,声正悲。张公两龙剑,神物
合有时。风云感会起屠钓,大人峍屼当安之。

# 乌 夜 啼

黄云城边乌欲栖,归飞哑哑枝上啼。机中织锦<small>一作闱中织妇</small>秦川<small>一作</small>
家女,碧纱如烟隔窗语。停梭怅然忆远人<small>一作向人间故夫</small>,独宿孤<small>一作</small>
空房<small>一作欲说辽西</small>泪如雨。

# 乌 栖 曲

姑苏台上乌栖时,吴王宫里醉西施。吴歌楚舞欢未毕,青山欲<small>一作</small>
犹衔半边日。银箭金壶<small>一作金壶丁丁</small>漏水多,起看秋月坠江波。东方
渐高奈乐<small>一作尔</small>何。

# 战 城 南

去年战桑干源,今年战葱河道。洗兵条支海上波,放马天山雪中
草。万里长征战,三军尽衰老。匈奴以杀戮为耕作,古来唯见白骨
黄沙田。秦家筑城避<small>一作备</small>胡处,汉家还有烽火然。烽火然不息,
征战<small>一作长征</small>无已时。野战格斗死,败马号鸣向天悲。乌鸢啄人
肠,衔飞上挂枯树枝<small>一作衔飞上枯枝</small>。士卒涂草莽,将军空尔为。乃
知兵者是凶器,圣人不得已而用之。

# 将 进 酒

君不见黄河之水天上来,奔流到海不复回。君不见高堂明镜悲白

发,朝如青丝暮成雪。人生得意须尽欢,莫使金樽空对月。天生我
材必有用,千金散尽还复来。烹羊宰牛且为乐,会须一饮三百杯。
岑夫子,丹丘生,将进酒,君<small>一作杯</small>莫停。与君歌一曲,请君为我侧
耳听。钟鼓馔玉不足贵<small>一作钟鼓玉帛岂足贵</small>,但愿长醉不愿<small>一作复</small>醒。
古来圣贤皆寂寞,惟有饮者留其名。陈王昔时宴平乐,斗酒十千恣
欢谑。主人何为言少钱,径须沽取对君酌。五花马,千金裘,呼儿
将出换美酒,与尔同销万古愁。

## 行行游且猎篇

边城儿,生年不读一字书,但将游猎夸轻趫。胡马秋肥宜白草,骑
来蹑影何矜<small>一作可怜</small>骄。金鞭拂雪<small>一作云</small>挥鸣鞘,半酣呼鹰出远郊。
弓弯<small>一作弯弧</small>满月不虚发,双鸧迸落连飞髇<small>一作髀</small>。海边观者皆辟
易,猛气英风振沙碛。儒生不及游侠人,白首下帷复何益。

## 飞龙引二首

黄帝铸鼎于荆山,炼丹砂。丹砂成黄金,骑龙飞上太清家。云愁海
思令人嗟,宫中彩女颜如花。飘然挥手凌紫霞,从风纵体登鸾车。
登鸾车,侍轩辕,遨游青天中,其乐不可言。
鼎湖流水清且闲,轩辕去时有弓剑,古人传道留其间。后宫婵娟多
花颜,乘鸾飞烟亦不还,骑龙攀天造天关。造天关,闻天语,长云河
车载玉女。载玉女,过紫皇,紫皇乃赐白兔所捣之药方,后天而老
凋三光。下视瑶池见王母,蛾眉萧飒如秋霜。

## 天　马　歌

天马来出月支窟,背为虎文龙翼骨。嘶青云,振绿发,兰筋权奇走
灭没。腾昆仑,历西极,四足无一蹶。鸡鸣刷燕晡秣越,神行电迈

蹑慌惚。天马呼,飞龙趋,目明长庚臆双凫。尾如流<sup>一作烟</sup>星首渴乌,口喷红光汗沟朱<sup>一作珠</sup>。曾陪时龙蹑天衢,羁金络月照皇都。逸气棱棱凌九区,白璧如山谁敢沽。回头笑紫燕,但觉尔辈愚。天马奔,恋君轩,骇<sup>音竦</sup>跃惊矫浮云翻。万里足踯躅,遥瞻阊阖门。不逢寒风子,谁采逸景孙。白云在青天,<sup>一本无青字</sup>。丘陵远崔嵬<sup>一作崔嵬远</sup>。盐车上峻坂,倒行逆施畏日晚。伯乐翦拂中道遗,少尽其力老弃之。愿逢田子方,恻然为我悲<sup>一作思</sup>。虽有玉山禾,不能疗苦饥。严霜五月凋桂枝,伏枥衔冤摧两眉。请君赎献穆天子,犹堪弄影舞瑶池。

# 行路难三首

金樽清酒斗十千,玉盘珍羞直万钱。停杯投箸不能食,拔剑四顾心茫然。欲渡黄河冰塞川,将登太行雪满山<sup>一作暗天</sup>。闲来垂钓碧<sup>一作坐</sup>溪上,忽复乘舟梦日边。行路难,行路难,多歧路,今安在。长风破浪会有时,直挂云帆济沧海。

大道如青天,我独不得出。羞逐长安社中儿,赤鸡白狗<sup>一作雉</sup>赌梨栗。弹剑作歌奏苦声,曳裾王门不称情。淮阴市井笑韩信,汉朝公卿忌贾生。君不见昔时燕家重郭隗,拥篲折节<sup>一作腰</sup>无嫌猜。剧辛乐毅感恩分,输肝剖胆效英才。昭王白骨萦烂<sup>一作蔓草</sup>,谁人更扫黄金台。行路难,归去来。

有耳莫洗颍川水,有口莫食首阳蕨。含光混世贵无名,何用孤高比云月。吾观自古贤达人,功成不退皆殒身。子胥既弃吴江上,屈原终投湘水滨。陆机雄才<sup>一作才多</sup>岂自保,李斯税驾苦不早。华亭鹤唳讵可闻,上蔡苍鹰何足道。君不见吴中张翰称<sup>一作真</sup>达生,秋风忽忆江东行。且乐生前一杯酒,何须身后千载名。

# 长 相 思

长相思,在长安。络纬秋啼金井阑,微一作凝霜凄凄簟色寒。孤灯
不明一作瘵思欲绝,卷帷望月空长叹,美人如花一作佳期迢迢隔云端。
上有青冥之长天,下有渌水之波澜。天长路远魂飞苦,梦魂不到关
山难。长相思,摧心肝。

## 上 留 田 行

行至上留田,孤坟何峥嵘。积此万古恨,春草不复生。悲风四边
来,肠断白杨声。借问谁家地,埋没蒿里茔。古老向余言,言是上
留田,蓬科马鬣今已平。昔之弟死兄不葬,他人于此举铭旌。一鸟
死,百鸟鸣。一兽走,百兽惊。桓山之禽别离苦,欲去回翔不能征。
田氏仓卒骨肉分,青天白日摧紫荆。交柯之木本同形,东枝憔悴西
枝荣。无心之物尚如此,参商胡乃寻天兵。孤竹延陵,让国扬名。
高风缅邈,颓波激清。尺布之谣,塞耳不能听。

## 春 日 行

深宫高楼入紫清,金作蛟龙盘绣一作绣作楹。佳人当窗弄白日,弦
将手语弹鸣筝。春风吹落君王耳,此曲乃是升天行。因出天池泛
蓬瀛,楼船蹙沓波浪惊。三千双蛾献歌笑,挝钟考鼓宫殿倾,万姓
聚舞歌太平。我无为,人自宁。三十六帝欲相迎,仙人飘翩下云
轩。帝不去,留镐京。安能为轩辕,独往入窅冥。小臣拜献南山
寿,陛下万古垂鸿名。

## 前有一樽酒行二首 一本无一字

春风东来忽相过,金樽渌酒生微波。落花纷纷稍觉多,美人欲醉朱

颜酡。青轩桃李能几何，流光欺人忽蹉跎。君起舞，日西夕。当年意气不肯平—一作倾，白发如丝叹何益。

琴奏龙门之绿桐，玉壶美酒清若空。催弦拂柱与君饮，看朱成碧颜始红。胡姬貌如花，当垆笑春风。笑春风，舞罗衣，君今不醉将—一作欲安归。

## 夜　坐　吟

冬夜夜寒觉夜长，沉吟久坐坐北堂。冰合井泉月入闺，金—一作青缸青凝—一作凝明照悲啼。金—一作青缸灭，啼转多。掩妾泪，听君歌。歌有声，妾有情。情声合，两无违。一语不入意，从君万曲梁尘飞。

## 野田黄雀行

游莫逐炎洲翠，栖莫近吴宫燕。吴宫火起焚巢—一作尔窠，炎洲逐翠遭网罗。萧条两翅蓬蒿下，纵有鹰鹯奈若—一作尔何。

## 箜　篌　谣

攀天莫登龙，走山莫骑虎。贵贱结交心不移，唯有严陵及光武。周公称大圣，管蔡宁相容。汉谣一斗粟，不与淮南春。兄弟尚路人，吾心安所从。他人方寸间，山海几千重。轻言托朋友，对面九疑峰。开—一作多花必早落，桃李不如松。管鲍久已死，何人继其踪。

## 雉　朝　飞

麦陇青青三月时，白雉朝飞挟两雌。锦衣绣翼何离褷，犊牧—一作犊沐采薪感之悲。春天和，白日暖。啄食饮泉勇气满，争雄斗死绣颈断。雉子班奏急管弦，倾心酒美—一作心倾美酒尽玉碗。枯杨枯杨尔生稊—一作荑，我独七十而孤栖。弹弦写恨意不尽，瞑目归黄泥。

# 上 云 乐

金天之西,白日所没。康老胡雏,生彼月窟。巉岩容仪,戍削风骨。碧玉炅炅双目瞳,黄金拳拳两鬓红。华盖垂下睫,嵩岳临上唇。不睹诡谲貌,岂知造化神。大道是文康之严父,元气乃文康之老亲。抚顶弄盘古,推车转天轮。云见日月初生时,铸冶火精与水银。阳乌未出谷,顾兔半藏身。女娲戏黄土,团作愚下人。散在六合间,蒙蒙若沙尘。生死了不尽,谁明此胡是仙真。西海栽若木,东溟植扶桑。别来几多时,枝叶万里长。中国有七圣,半路颓洪一作鸿荒。陛下应运起,龙飞入咸阳。赤眉立盆子,白水兴汉光。叱咤四海动,洪涛为簸扬。举足蹋紫微,天关自开张。老胡感至德,东来进仙倡。五色师子,九苞凤皇。是老胡鸡犬,鸣舞飞帝乡。淋漓飒沓,进退成行。能胡歌,献汉酒。跪双膝,立一作并两肘。散花指天举素手。拜龙颜,献圣寿。北斗戾,南山摧。天子九九八十一万岁,长倾万岁一作年,一作寿杯。

## 白鸠辞 一作夷则格上白鸠拂舞辞

铿鸣钟,考朗鼓。歌白鸠,引拂舞。白鸠之白谁与邻,霜衣雪襟诚可珍。含哺七子能平均。食不噎一作咽,性安驯。首农政,鸣阳春。天子刻玉杖,镂形赐耆人。白鹭一作鹰之一作亦白非纯真,外洁其色心匪仁。阙五德,无司晨,胡为啄我葭下之紫鳞。鹰鹯雕鹗,贪而好杀。凤凰虽大圣,不愿以为臣。

## 日出行 一作日出入行

日出东方隈,似从地底来。历天又入海,六龙所舍安在哉。其始与终古不息一作其行终古不休息,人非元气安得与之久裴徊。草不谢荣

于春风,木不怨落于秋天。谁挥鞭策驱四运,万物兴歇皆自然。羲
和羲和,汝奚汩没于荒淫之波。鲁阳何德,驻景挥戈。逆道违天,
矫诬实多。吾将囊括大块,浩然与溟涬同科。

# 胡 无 人

严风吹霜海草凋,筋干精坚胡马骄。汉家战士三十万,将军兼领一
作谁者霍嫖姚。流星白羽腰间插,剑花秋莲光出匣。天兵照雪下玉
关,虏箭如沙射金甲。云龙风虎尽交回,太白入月敌可摧。敌可
摧,旄头灭,履胡之肠涉胡血。悬胡青天上,埋胡紫塞傍。胡无人,
汉道昌。一本此下有陛下之寿三千霜,但歌大风云飞扬。安得猛士兮守四方,胡无
人,汉道昌五句。

# 北 风 行

烛龙栖寒门,光曜犹旦开。日月照之何不及此,唯有北风号怒天上
来。燕山雪花大如席,片片吹落轩辕台。幽州思妇十二月,停歌罢
笑双蛾摧。倚门望行人,念君长城苦寒良可哀。别时提剑救边去,
遗此虎纹金鞞靫一作鞞釵。中有一双白羽箭,蜘蛛结网生尘埃。箭
空在,人今战死不复回。不忍见此物,焚之已成灰。黄河捧土尚可
塞,北风雨雪恨难裁。

# 侠 客 行

赵客缦胡缨,吴钩霜雪明。银鞍照白马,飒沓如流星。十步杀一
人,千里不留行。事了拂衣去,深藏身与名。闲过信陵饮,脱剑膝
前横。将炙啖朱亥,持觞劝侯嬴。三杯吐然诺,五岳倒为轻。眼花
耳热后,意气素霓生。救赵挥金槌,邯郸先震惊。千秋二壮士,煊
赫大梁城。纵死侠骨香,不惭世上英。谁能书阁下,白首太玄经。

# 全唐诗卷一六三

## 李 白

### 关 山 月

明月出天山,苍茫云海间。长风几万里,吹度玉门关。汉下白登道,胡窥青海湾。由来征战地,不见有人还。〔戍〕(戌)客望边色一作邑,思归多苦颜。高楼当此夜,叹息未应闲一作还。

### 独 漉 篇

独漉水中泥,水浊不见月。不见月尚可,水深行人没。越鸟从南来,胡鹰亦北渡。我欲弯弓向天射,惜其中道失归路。落叶别树,飘零随风。客无所托,悲与此同。罗帏舒卷,似有人开。明月直入,无心可猜。雄剑挂壁,时时龙鸣。不断犀象,绣涩苔生。国耻未雪,何由成名。神鹰梦泽,不顾鸱鸢。为君一击,鹏〔抟〕(搏)一作〔搏〕(抟)鹏九天。

### 登高丘而望远

登高丘,望远海。六鳌骨已霜,三山流安在。扶桑半摧折,白日沈光彩。银台金阙如梦中,秦皇汉武空相待。精卫费木石,鼋鼍无所

凭。君不见骊山茂陵尽灰灭,牧羊之子来攀登。盗贼劫宝玉,精灵
竟何能。穷兵黩武今如此,鼎湖飞龙安可乘。

# 阳 春 歌

长安白日照春空,绿杨结烟垂袅风。披香殿前花始红,流芳发色绣
户中。绣户中,相经过。飞燕皇后轻身舞,紫宫夫人绝世一作代歌。
圣君三万六千日,岁岁年年奈乐何。

# 杨 叛 儿

君歌杨叛儿,妾劝新丰酒。何许最关人,乌啼白门柳。乌啼隐杨
花,君醉留妾家。博山炉中沉香火,双烟一气凌紫霞。

# 双 燕 离

双燕复双燕,双飞令人羡。玉楼珠阁不独栖,金窗绣户长相见。柏
梁失火去,因入吴王宫。吴宫又焚荡,雏尽巢亦空。憔悴一身在,
孀雌忆故雄。双飞难再得,伤我寸心中。

# 山 人 劝 酒

苍苍云松,落落绮皓。春风尔来为阿谁,蝴蝶忽然满芳草。秀眉霜
雪颜桃花,骨青髓绿长美好。一作秀眉雪霜桃花貌,青髓绿发长美好。称是
秦时避世人,劝酒相欢不知老。各守麋一作兔鹿志,耻随龙虎争。
欻起佐太子,汉王一作皇乃复惊。顾谓戚夫人,彼翁羽翼成。归来
商一作南山下,泛若云无情。举觞酹巢由,洗耳何独一作太清。浩歌
望嵩岳,意气还一作遥相倾。

# 于阗采花

于阗采花人，自言花相似。明妃一朝西入胡，胡中美女多羞死。乃知汉地多名姝，胡中无花可方比。丹青能令丑者妍，无盐翻在深宫里。自古妒蛾眉，胡沙埋皓齿。

# 鞠歌行

玉不自言如桃李，鱼目笑之卞和耻。楚国青蝇何太多，连城白璧遭谗毁。荆山长号泣血人，忠臣死为刖足鬼。听曲知甯戚，夷吾因小妻。秦穆五羊皮，买死百里奚。洗拂青云上，当时贱如泥。朝歌鼓刀叟，虎变磻溪中。一举钓六合，遂荒营丘东。平生渭水曲，谁识一作数此老翁。奈何今之人，双目送飞一作征鸿。

# 幽涧泉

拂彼白石，弹吾素琴。幽涧愀兮流泉深，善手明徽高张清。心寂历似千古，松飕飗兮万寻。中见愁猿吊影而危处兮，叫秋木而长吟。客有哀时失职一作志而听者，泪淋浪以沾襟。乃缉商缀羽，潺湲成音。吾但写声发情于妙指，殊不知此曲之古今。幽涧泉，鸣深林。

# 王昭君二首

汉家秦地月，流影照一作送明妃。一上玉关道，天涯去不归。汉月还从东海出，明妃西嫁无来日。燕支长寒雪作花，蛾眉憔悴没胡沙。生乏黄金枉图画，死留青冢使人嗟。

昭君拂玉鞍，上马啼红颊。今日汉宫人，明朝胡地妾。

# 中山孺子妾歌

中山孺子妾,特以色见珍。虽然不如延年妹,亦是当时绝世人。桃李出深井,花艳惊上春。一贵复一贱,关天岂由身。芙蓉老秋霜,团扇羞网尘。戚姬髡发一作剪入春市,万古共悲辛。

## 荆州歌 一作乐

白帝城边足风波,瞿塘五月谁敢过。荆州麦熟茧成蛾,缫丝忆君头绪多。拨谷飞鸣奈妾何。

## 雉子斑 一作设辟邪伎鼓吹雉子斑曲辞

辟邪伎作鼓吹惊,雉子班之奏曲成,喔咿振迅欲飞鸣。扇锦翼,雄风生。双雌同饮啄,趫悍谁能争。乍向草中耿介死,不求黄金笼下生。天地至广大,何惜遂物情。善卷让天子,务光亦逃名。所贵旷士怀,朗然合太清。

# 相 逢 行

相逢红尘内,高揖黄金鞭。万户垂杨里,君家阿那边。

## 有所思 一作古有所思行

我思仙一作佳人乃在碧海之东隅。海寒多天风,白波连山一作天倒蓬壶。长鲸喷涌不可涉,抚心茫茫泪如珠。西来青鸟东飞去,愿寄一书谢麻姑。

# 久 别 离

别来几春未还家,玉窗五见樱桃花。况有锦字书,开缄使人嗟。至

此肠断彼心绝。云鬟绿鬓罢梳一作揽结，愁如回飙乱白雪。去年寄
书报阳台，今年寄书重相催。东风兮东风，为我吹行云使西来。待
来竟不来，落花寂寂委青苔。

# 白头吟

锦水东北流，波荡双鸳鸯。雄巢汉宫树，雌弄秦草芳。宁同万死碎
绮翼，不忍一作分云间两分张。此时阿娇正娇妒，独坐长门愁日暮。
但愿君恩顾妾深，岂惜黄金买词一作将买赋。相如作赋得黄金，丈
夫好新多异心。一朝将聘茂陵女，文君因赠一作赋白头吟。东流不
作西归水，落花辞条羞故林。兔丝固一作本无情，随风任倾倒。谁
使女萝枝，而来强萦抱。两草犹一心，人心不如草。莫卷龙须席，
从他生网丝。且留琥珀枕，或有梦来时。覆水再收岂满杯，弃妾已
去难重回。古来得意不相负，只今惟见青陵台。一作锦水东流碧，波荡
双鸳鸯。雄巢汉宫树，雌弄秦草芳。相如去蜀谒武帝，赤车驷马生辉光。一朝再览大
人作，万乘忽欲凌云翔。闻道阿娇失恩宠，千金买赋要君王。相如不忆贫贱日，位高金
多聘私室。茂陵姝子皆见求，文君欢爱从此毕。泪如双泉水，行堕紫罗襟。五更鸡三
唱，清晨白头吟。长吁不整绿云鬓，仰诉青天哀怨深。城崩杞梁妻，谁道土无心。东流
不作西归水，落花辞枝羞故林。头上玉燕钗，是妾嫁时物。赠君表相思，罗袖幸时拂。
莫卷龙须席，从他生网丝。且留琥珀枕，还有梦来时。鹔鹴裘在锦屏上，自君一挂无由
披。妾有秦楼镜，照心胜照井。愿持照新人，双对可怜影。覆水却收不满杯，相如还谢
文君回。古来得意不相负，只今惟有青陵台。

# 采莲曲

若耶溪傍采莲女，笑隔荷花共人语。日照新妆水底明，风飘香袂一
作袖空中举。岸上谁家游冶郎，三三五五映垂杨。紫骝嘶入落花
去，见此踟蹰空断肠。

# 临江王节士歌

洞庭白波木叶稀,燕鸿始入吴云飞。吴云寒,燕鸿苦。风号沙宿潇湘浦,节士悲秋一作感泪如雨。白日当天心,照之可以事明主。壮士愤,雄风生。安得倚天剑,跨海斩长鲸。

# 司马将军歌 以代陇上健儿陈安

狂风吹古月,窃弄章华台。北落明星动光彩,南征猛将如云雷。手中电击一作曳倚天剑,直斩长鲸海水开。我见楼船壮心目,颇似龙骧下三蜀。扬兵习战张虎旗,江中白浪如银屋。身居玉帐临河魁,紫髯若戟冠崔嵬,细柳开营揖天子,始知灞上为婴孩。羌笛横吹阿嚲回,向月楼中吹落梅。将军自起舞长剑,壮士呼声动九垓。功成献凯见明主,丹青画像麒麟台。

# 君道曲 梁之雅歌有五篇,今作一章。

大君若天覆,广运无不至。轩后爪牙尝先太山稽,如心之使臂。小白鸿翼于夷吾,刘葛鱼水本无二。土校一作扶可成墙,积德为厚地。

# 结袜子

燕南壮士吴门豪,筑中置铅鱼隐刀。感君恩重许君命,太山一掷轻鸿毛。

# 结客少年场行

紫燕黄金瞳,啾啾一作棱棱摇绿骢。平明相驰逐,结客洛门东。少年学剑术,凌轹白猿公。珠袍曳锦带,匕首插吴鸿。由来万夫勇,挟此生雄风。托交从剧孟,买醉入新丰。笑尽一杯酒,杀人都市中。羞道易水寒,从一作徒令日贯虹。燕丹事不立,虚没秦帝宫。
舞阳死灰人,安可与成功。

## 长干行二首

妾发初覆额,折花门前剧。郎骑竹马来,绕床弄青梅。同居长干
里,两小无嫌猜。十四为君妇,羞颜未尝一作尚不开。低头向暗壁,
千唤不一回。十五始展眉,愿同尘与灰。常存抱柱信,岂一作耻上
望夫台。十六君远行,瞿塘滟滪堆。五月不可触,猿声一作鸣天上
哀。门前迟一作旧行迹,一一生绿一作苍苔。苔深不能扫,落叶秋风
早。八月胡蝶来一作黄,双飞西园草。感此伤妾心,坐愁红颜老。
早晚下三巴,预将书报家。相迎不道远,直至长风沙。
忆妾一作昔深闺里,烟尘不曾识。嫁与长干人,沙头候风色。五月
南风兴,思君下一作在巴陵。八月西风起,想君发扬子。去来悲如
何,见少离别多。湘潭几日到,妾梦越风波。昨夜狂风度,吹折江
头树。淼淼暗无边,行人在何处。好乘浮云骢,佳期兰渚东。鸳鸯
绿蒲上,翡翠锦屏中。自怜十五馀,颜色桃花红。那作商人妇,愁
水复愁风。此篇一作张潮。黄庭坚作李益。

## 古朗月行

小时不识月,呼作白玉盘。又疑瑶台镜,飞在白一作青云端。仙人
垂两足,桂树作一作何团团。白兔捣药成,问言与谁一作谁与餐。蟾
蜍蚀圆影,大明夜已残。羿昔落九乌,天人清且安。阴精此沦惑,
去去不足观。忧来其如何,凄一作恻怆摧心肝。

## 上 之 回

三十六离宫,楼台与天通。阁道步行月,美人愁烟空。恩疏宠不

及,桃李伤春风。淫乐意何极,金舆向回中。万乘出黄道,千旗扬彩虹。前军细柳北,后骑甘泉东。岂问渭川老,宁邀襄野童。但慕<sub></sub>一作秋暮瑶池宴,归来乐未穷。

# 独 不 见

白马谁家子,黄龙边塞儿。天山三丈雪,岂是远行时。春蕙忽秋草,莎鸡鸣西一作曲池。风摧寒棕一作梭响,月入霜闺悲。忆与君别年,种桃齐蛾眉。桃今百馀尺,花落成枯枝。终然独不见,流泪空自知。

# 白纻辞三首

扬清歌一作音,发皓齿,北方佳人东邻子。且一作旦吟白纻停绿水,长袖拂面为君起。寒云夜卷霜海空,胡风吹天飘塞鸿。玉颜满堂乐未终,馆娃日落歌吹濛一作中。

月寒江清夜沉沉,美人一笑千黄金。垂罗舞縠扬哀音,郢中白雪且莫吟,子夜吴歌动君心。动君心,冀君赏。愿作天池双鸳鸯,一朝飞去青云上。

吴刀剪彩一作绮缝舞衣,明妆丽服夺春晖。扬眉转袖若雪飞,倾城独立世所稀。激楚结风醉忘归,高堂月落烛已微,玉钗挂缨君莫违。

# 鸣 雁 行

胡雁鸣,辞燕山,昨发委羽朝度关。一一衔芦枝,南飞散落天地间,连行接翼往复还。客居烟波寄湘吴,凌霜触雪毛体枯。畏逢矰缴惊相呼,闻弦虚坠良可吁。君更弹射何为乎。

# 妾薄命

汉帝宠一作重阿娇，贮之黄金屋。咳唾落九天，随风生珠玉。宠极爱还歇，妒深情却疏。长门一步地，不肯暂回车。雨落不上天，水覆难再一作重难收。君情与妾意，各自东西流。昔日芙蓉花，今成断根草。以色事他人，能得几时好。

## 幽州胡马客歌

幽州胡马客，绿眼虎皮冠。笑拂两只箭，万人不可干。弯弓若转月，白雁落云端。双双掉鞭行，游猎向楼兰。出门不顾后，报国死何难。天骄五单于，狠戾好凶残。牛马散北海，割鲜若虎餐。虽居燕支山，不道朔雪寒。妇女马上笑，颜如赪玉盘。翻飞射鸟兽，花月醉雕鞍。旄头四光芒，争战若蜂攒。白刃洒赤血，流沙为之丹。名将古谁是，疲兵良可叹。何时天狼灭，父子得闲安。

# 全唐诗卷一六四

## 李　白

### 门有车马客行

门有车马宾一作客，金鞍曜朱轮。谓从丹一作云霄落，乃是故乡亲。
呼儿扫中堂，坐客论悲辛。对酒两不饮，停觞泪盈巾。叹我万里
游，飘飘三十春。空谈帝一作霸王略，紫绶不挂身。雄剑藏玉匣，阴
符生素尘。廓落无所合，流离湘水滨。借问宗党间，多为泉下人。
生苦百战役，死托万鬼邻。北风扬胡沙，埋翳周与秦。大运且如
此，苍穹宁匪仁。恻怆竟何道，存亡任大钧。

### 君子有所思行

紫阁连终南，青冥天倪色。凭崖望咸阳，宫阙罗北极。万井惊画
出，九衢如弦直。渭水银河清一作清银河，横天流不息。朝野盛文
物，衣冠何翕赩。厩马散连山，军容威绝域。伊皋运元化，卫霍输
筋力。歌钟乐未休一作休明，荣去老还逼。圆光过满缺，太阳移中
昃。不散东海金，何争西飞一作辉匿。无作牛山悲，恻怆泪沾臆。

### 东海有勇妇 代关中有贤女

梁山感杞妻，恸哭为之倾。金石忽暂开，都由激深情。东海有勇

妇,何惭苏子卿。学剑越处子,超然一作腾若流星。损躯报夫仇,万
死不顾生。白刃耀素雪,苍天感精诚。十步两躩一作跳跃,三呼一
交兵。斩首掉国门,蹴踏五藏行。豁此伉俪愤,粲然大义明。北海
李使一作府君,飞章奏天庭。舍罪警风俗,流芳播沧瀛。名一作志在
列女籍,竹帛已光荣。淳于免诏狱,汉主为缇萦。津妾一棹歌,脱
父于严刑。十子若不肖,不如一女英。豫让斩空衣,有心竟无成。
要离杀庆忌,壮夫所素一作素所轻。妻子亦何辜,焚之买虚声。岂
如东海妇,事立独扬名。

# 黄 葛 篇

黄葛生洛溪,黄花自绵幂。青烟蔓长条,缭绕几百尺。闺人费素
手,采缉作缔绤。缝为绝国衣,远寄日南客。苍梧大火落,暑服莫
轻掷。此物虽过时,是妾手中迹。

# 白 马 篇

龙马花雪毛,金鞍五陵豪。秋霜切玉剑,落日明珠袍。斗鸡事万
乘,轩盖一何高。弓摧南山虎,手接太行猱。酒后竞风采,三杯弄
宝刀。杀人如剪草,剧孟同游遨。发愤去函谷,从军向临洮。叱咤
万战场一作经百战,匈奴尽奔逃一作波涛。归来使酒气,未肯拜一作下
萧曹。羞入原宪室,荒淫一作径隐蓬蒿。

## 凤吹笙曲 一作凤笙篇送别

仙人十五爱吹笙,学得昆丘彩凤鸣。始闻炼气餐金液,复道朝天赴
玉京。玉京迢迢几千里,凤笙去去无穷一作边已。欲叹离声发绛
唇,更嗟别调流纤指。此时惜别讵堪闻,此地相看未忍分。重吟真
曲和清吹,却奏仙歌响绿云。绿云紫气向函关,访道应寻缑氏山。

莫学吹笙王子晋，一遇浮丘断不还。

### 怨歌行 长安见内人出嫁，友人令余代为之。

十五入汉宫，花颜笑春红。君王选玉色，侍寝金屏一作锦屏中。荐
枕娇夕月，卷衣恋春一作香风。宁知赵飞燕，夺宠恨无穷。沉忧能
伤人，绿鬓成霜蓬。一朝不得意，世事徒为空。鹔鹴换美酒，舞衣
罢雕龙一作笼。寒苦不忍言，为君奏丝桐。肠断弦亦绝，悲心夜忡
忡。

## 塞下曲六首

五月天山雪，无花只有寒。笛中闻折柳，春色未曾看。晓战随金
鼓，宵眠抱玉鞍。愿将腰下剑，直为斩楼兰。

天兵下北荒，胡马欲南饮。横戈从百战，直为衔恩甚。握雪海上
餐，拂沙陇头寝。何当破月氏，然后方高枕。

骏马似一作如风飙，鸣鞭出渭桥。弯弓辞汉月，插羽破天骄。阵解
星芒尽，营空海雾消。功成画麟阁，独有霍嫖姚。

白马黄金塞，云砂绕梦思。那堪愁苦节，远忆边城儿。萤飞秋窗
满，月度霜闺迟。摧残梧桐叶，萧飒沙棠枝。无时独不见，流泪空
自知。

塞虏乘秋下，天兵出汉家。将军分虎竹，战士卧龙沙。边月随弓
影，胡霜拂剑花。玉关殊未入，少妇莫长嗟。

烽火动沙漠，连照甘泉云。汉皇按剑起，还召李将军。兵一作杀气
天上合，鼓声陇底闻。横行负勇气，一战净妖氛。

## 来 日 大 难

来日一身，携粮负薪。道长一作长鸣食尽，苦口焦唇。今日醉饱，乐

过千春。仙人相存,诱我远学。海凌三山,陆憩五岳。乘龙天飞,
目瞻两角。授以仙一作神药,金丹满握。蟪蛄蒙恩,深愧短促。思
填东海,强衔一木。道重天地,轩师广成。蝉翼九五,以求长生。
下士大笑,如苍蝇声。

## 塞 上 曲

大汉无中策,匈奴犯渭桥。五原秋草绿,胡马一何骄。命将征西
极,横行阴山侧。燕支落汉家,妇女无华色。转战渡黄河,休兵乐
事多。萧条清万里,瀚海寂无波。

## 玉 阶 怨

玉阶生白露,夜久侵罗袜。却下水晶帘,玲珑望秋月。

## 襄阳曲四首

襄阳行乐处,歌舞白铜鞮。江城回渌水,花月使人迷。
山公醉酒时,酩酊高一作襄阳下。头上白接䍦,倒著还骑马。
岘山临汉江,水绿沙如雪一作水色如霜雪。上有堕泪碑,青苔久磨灭。
且醉习家池,莫看堕泪碑。山公欲上马,笑杀襄阳儿。

## 大 堤 曲

汉水临一作横襄阳,花开大堤暖。佳期大堤下,泪向南云满。春风
无复一作复无情,吹我梦魂散。不见眼中人,天长音信断。

## 宫中行乐词八首

　　奉诏作。明皇坐沉香亭,意有所感,欲得白为乐章。召入,而白已
醉。左右以水颒面,稍解,援笔成文,宛丽精切。

小小生金屋，盈盈在紫微。山花插宝髻，石竹绣罗衣。每出一作上深宫里，常随步辇归。只愁歌舞散一作罢，化作彩云飞。

柳色黄金嫩，梨花白雪香。玉楼巢一作关翡翠，金一作珠殿锁鸳鸯。选妓随雕一作朝辇，征歌出洞房。宫中谁第一，飞燕在昭阳。

卢橘为秦树，蒲萄出汉宫。烟花宜落日，丝管醉春风。笛奏龙吟水，箫鸣凤下空。君王多乐事，还与万方同一作何必向回中。

玉树一作殿春归日一作好，金宫乐事多。后庭朝未入，轻辇夜相过。笑出花间语，娇来竹一作烛下歌。莫教明月去，留著醉嫦娥。

绣户香风暖，纱窗曙色新。宫花争笑日，池草暗生春。绿树闻歌鸟，青楼见舞人。昭阳桃李月，罗绮自一作坐相亲。

今日明光里，还须结伴游。春风开紫殿，天乐下朱楼。艳舞全知巧，娇歌半欲羞。更怜花月夜，宫女笑藏钩。

寒雪梅中尽，春风柳上归。宫莺娇欲醉，檐燕语还飞。迟日明歌席，新花艳舞衣。晚来移彩仗，行乐泥光辉。

水绿南薰殿，花红北阙楼。莺歌闻太液，凤吹绕瀛洲。素女鸣珠佩，天人弄彩球。今朝风日好，宜入未央游。

# 清平调词三首

　　天宝中，白供奉翰林。禁中初重木芍药，得四本红、紫、浅红、通白者，移植于兴庆池东沉香亭。会花开，上乘照夜白，太真妃以步辇从，诏选梨园中弟子尤者，得乐一十六色。李龟年以歌擅一时，手捧檀板，押众乐前，欲歌之。上曰："赏名花，对妃子，焉用旧乐词？"遂命龟年持金花笺，宣赐李白，立进《清平调》三章。白承诏，宿酲未解，因援笔赋之。龟年歌之。太真持颇梨七宝杯，酌西凉州蒲萄酒，笑领歌词，意甚厚。上因调玉笛以倚曲，每曲遍将换，则迟其声以媚之。太真饮罢，敛绣巾重拜。上自是顾李翰林尤异于〔他〕学士。

云想衣裳花相容,春风拂槛露华浓。若非群玉山头见,会向瑶台月下逢。

一枝秾一作红艳露凝香,云雨巫山枉断肠。借问汉宫谁得似,可怜飞燕倚新妆。

名花倾国两相欢,长得君王带笑看。解释春风无限恨,沉香亭北倚阑干。

## 入朝曲 一作鼓吹入朝曲

金陵控海浦,渌水带吴京。铙歌列骑吹,飒沓引公卿。槌钟速严妆,伐鼓启重城。天子凭玉几一作案,剑履若云行。日出照万户,簪裾烂明星。朝罢沐浴闲,遨游阆风亭。济济双阙下,欢娱乐恩荣。

## 秦女休行 魏协律都尉左延年所作,今拟之。

西门秦氏女,秀色如琼花。手挥白杨刀一作刃,清昼杀雠家。罗袖洒赤血,英气一作声凌紫霞。直上西山去,关吏相邀遮。婿为燕国王,身被诏狱加。犯刑若履虎,不畏落爪牙。素颈未及断,摧眉伏泥沙。金鸡忽放赦,大辟得宽赊。何惭聂政姊,万古共惊嗟。

## 秦 女 卷 衣

天子居未央,妾侍一作来卷衣裳。顾无紫宫宠,敢拂黄金床。水至亦不去,熊来尚可当。微身奉一作捧日月,飘若萤之一作火光。愿君采葑菲,无以下体妨。

## 东 武 吟

一作出东门后书怀留别翰林诸公,又作还山留别金门知己。

好古笑流俗,素闻贤达风。方希佐明主,长揖辞成功。白日在高

天,回光烛微躬。恭承凤凰诏,欻起云萝中。清切紫霄—作垣迥,优
游丹禁通。君王赐颜色,声价凌烟虹。乘舆拥翠盖,扈从金城东。
宝马丽绝景,锦衣入新丰。依—作倚岩望松雪,对酒鸣丝桐。因学
扬子云,献赋甘泉宫。天书美片善,清芬播无穷。归来入—作向咸
阳,谈笑皆王公。—本无此二句。一朝去金马,飘落成飞蓬。宾客—作
友日疏散,玉樽亦已空—作日成空。才力犹可倚—作恃,不惭世上雄。
闲作东武吟,曲尽情未终。书此谢知己,吾寻黄绮翁—作扁舟寻钓翁。

## 邯郸才人嫁为厮养卒妇

妾本崇—作丛台女,扬蛾入丹阙。自倚颜如花,宁知有凋歇。一辞
玉阶下,去若朝云没。每忆邯郸城,深宫梦秋月。君王不可见,惆
怅至明发。

## 出自蓟北门行

虏阵横北荒,胡星耀精芒。羽书速惊电,烽火昼连光。虎竹救边
急,戎车森已行。明主不安席,按剑心飞扬。推毂出猛将,连旗登
战场。兵威冲绝幕,杀气凌穹苍。列卒—作阵赤山下,开营紫塞傍。
孟冬—作秋风沙紧,旌旗飒凋伤。画角悲海月,征衣卷天霜。挥刃
斩楼兰,弯弓射贤—作酋王。单于一平荡,种落自奔亡。收功报天
子,行歌—作歌舞归咸阳。

## 洛　阳　陌

白玉谁家郎,回车渡天津。看花东陌上,惊动洛阳人。

## 北　上　行

北上何所苦,北上缘太行。磴道盘且峻,巉岩凌穹苍。马足蹶侧

石,车轮摧高冈。沙尘接幽州,烽火连朔方。杀气毒剑戟,严风裂
衣裳。奔鲸夹黄河,凿齿屯洛阳。前行无归日,返顾思旧乡。惨戚
冰雪里,悲号绝中肠。尺布不掩体,皮肤剧枯桑。汲水涧谷阻,采
薪陇坂长。猛虎又掉尾,磨牙皓秋霜。草木不可餐,饥饮零露浆。
叹此北上苦,停骖为之伤。何日王道平,开颜睹天光。

# 短 歌 行

白日何短短,百年苦易满。苍穹浩茫茫,万劫太极长。麻姑垂两
鬓,一半已成霜。天公见玉女,大笑亿千场。吾欲揽六龙,回车挂
扶桑。北斗酌美酒,劝龙各一觞。富贵非所愿,与一作为人驻颜一作
颓,一作流光。

# 空 城 雀

嗷嗷空城雀,身计何戚促。本与鷃鹩群,不随凤凰族。提携四黄
口,饮乳未尝足。食君糠秕馀,尝恐乌鸢逐一作啄。耻涉太行险,羞
营覆车粟。天命有定端,守分绝所欲。

# 全唐诗卷一六五

## 李 白

### 发 白 马

将军发白马,旌节度黄河。箫鼓聒川岳,沧溟涌涛一作洪波。武安有振瓦,易水无寒歌。铁骑若雪山,饮流涸滹沱。扬兵猎月窟,转战略朝那。倚剑登燕然,边烽列嵯峨。萧条万里外,耕作五原多。一扫清大漠,包虎戢金戈。

### 陌 上 桑

美女渭桥东一作湘绮衣,春还事蚕作。五马如飞龙一作花,青丝结金络。不知谁家子,调笑来相谑。妾本秦罗敷,玉颜艳名都。绿条映素手,采桑向城隅。使君且不顾,况复论秋胡。寒螀爱碧草,鸣凤栖青梧。托心自有处,但怪傍人愚。徒令白日暮,高驾空踟蹰。

### 枯鱼过河泣

白龙改常服,偶被豫且制。谁使尔为鱼,徒劳诉天帝。作书报鲸鲵,勿恃风涛势。涛落归泥沙,翻遭蝼蚁噬。万乘慎出入,柏人以为识一作诫。

### 丁督一作都护歌

云阳上征去，两岸饶商贾。吴牛喘月时，拖船一何苦。水浊不可饮，壶浆半成土。一唱督一作都护歌，心摧泪如雨。万人凿盘石，无由达江浒。君看石芒砀，掩泪悲千古。

## 相　逢　行

朝骑五花马，谒帝出银台。秀色谁家子，云车一作中珠箔开。金鞭遥指点，玉勒近迟回。夹毂相借问，疑一作知从天上来。蹙一作邀入青绮门，当歌共衔杯。一作娇羞初解佩，语笑共衔杯。衔杯映歌扇，似月云中见。相见不得一作相亲，不如不相见。相见情已一作已情深，未语可知心。胡为守空闺，孤眠愁锦衾。锦衾与罗帏，缠绵会有时。春风正澹荡，暮雨来何迟。愿因三青鸟，更报长相思。光景不待人，须臾发成丝。当年失行乐，老去徒伤悲。持此道密意，毋令旷佳期。一本长相思下，无此六句。

## 千　里　思

李陵没胡沙，苏武还汉家。迢迢五原关，朔雪乱边花一作愁见雪如花。一去隔绝国，思归但长嗟。鸿雁向西北，因一作飞书报天涯。

## 树　中　草

鸟衔野田草，误入枯桑里。客土植危根，逢春犹不死。草木虽无情，因依尚可生。如何同枝叶，各自有枯荣。

## 君　马　黄

君马黄，我马白。马色虽不同，人心本无隔。共作游冶盘，双行洛阳陌。长剑既照曜,高冠何赩赫。各有千金裘,俱为五侯客。猛虎落陷阱,壮夫时屈厄。相知在急难,独好亦一作知何益。

# 拟　古

融融白玉辉,映我青蛾眉。宝镜似空水,落花如风吹。出门望帝子,荡漾不可期。安得黄鹤羽,一报佳人知。

# 折杨柳

垂杨拂绿水,摇艳一作艳裔东风年。花明玉关雪,叶暖金窗烟。美人结长想一作根,对此一作相对心凄然。攀条折春色,远寄龙庭前一作沙边。

# 少年子

青云年少一作少年子,挟弹章台左。鞍马四边开,突如流星过。金丸落飞鸟,夜入琼楼卧。夷齐是何人,独守西山饿。

# 紫骝马

紫骝行且嘶,双翻碧玉蹄。临流不肯渡,似惜锦障泥。白雪关山一作城远,黄云海戍一作树迷。挥鞭万里去,安得念一作恋春闺。

# 少年行二首

击筑饮美酒,剑歌易水湄。经过燕太子,结托并州儿。少年负壮气,奋烈自有时。因击一作声鲁勾践,争博勿相欺。
五陵年少金市东,银鞍白马度春风。落花踏尽游何处,笑入胡姬酒肆中。

# 白鼻䯀

银鞍白鼻䯀,绿地障泥锦。细雨春风花落时-作春风细雨落花时,挥鞭直-作且就胡姬饮。

# 豫章行

胡风吹代马-作燕人攒赤羽,北拥鲁阳关。吴兵照海雪,西讨何时还。半渡上辽津,黄云惨无颜。老母与子别,呼天野草间。白马-作百鸟绕旌旗,悲鸣相追攀。白杨秋月苦,早落豫章山。本为休明人,斩虏素不闲。岂惜战斗死,为君扫凶顽。精感石没羽,岂云惮险艰。楼船若鲸飞,波荡落星湾。此曲不可奏,三军鬓成斑。

# 沐浴子

沐芳莫弹冠,浴兰莫振衣。处世忌太洁,至-作志人贵藏晖。沧浪有钓叟,吾与尔同归。

# 高句骊

金花折风帽,白马小迟回。翩翩舞广袖,似鸟海东来。

# 舍利弗

金绳界宝地,珍木荫瑶池。云间妙音奏,天际法蠡吹。

# 静夜思

床前看月光,疑是地上霜。举头望山月,低头思故乡。

# 渌水曲

渌水明秋月一作日,南湖采白蘋。荷花娇欲语,愁杀荡舟人。

# 凤凰曲

嬴女吹玉箫,吟弄天上春。青鸾不独去,更有携手人。影灭彩云断,遗声落西秦。

# 凤台曲

尝闻秦帝女,传得凤凰声。是日逢仙子,当时别有情。人吹彩箫去,天借绿云迎。曲一作心在身不返,空馀弄玉名。

# 从军行

从军玉门道,逐虏金微山。笛奏梅花曲,刀开明月环。鼓声鸣海上,兵气拥云间。愿斩单于首,长驱静铁关。

# 秋思

春阳如昨日,碧树鸣黄鹂。芜然蕙草暮,飒尔凉风吹。天秋木叶下,月冷莎鸡悲。坐愁群芳歇,白露凋华滋。

# 春思

燕草如碧丝,秦桑低绿枝。当君怀归日,是妾断肠时。春风不相识,何事入罗帏。

# 秋思

燕支一作阏氏黄叶落,妾望自一作白登台。海上一作月出碧云断,单于一作蝉声秋色来。胡兵沙塞合,汉使玉关回。征客无归日,空悲蕙草摧。

## 子夜吴歌 一作子夜四时歌

### 春 歌

秦地罗敷女,采桑绿水边。素手青条上,红妆白日鲜。蚕饥妾欲去,五马莫留连。

### 夏 歌

镜湖三百里,菡萏发荷花。五月西施采,人看隘若耶。回舟不待月,归去越王家。

### 秋 歌

长安一片月,万户捣衣声。秋风吹不尽,总是玉关情。何日平胡虏,良人罢远征。

### 冬 歌

明朝驿使发,一夜絮征袍。素手抽针冷,那堪把剪刀。裁缝寄远道,几日到临洮。

## 对 酒 行

松子栖金华,安期入蓬海。此人古之仙,羽化竟何在。浮生速流电,倏忽变光彩。天地无凋换,容颜有迁改。对酒不肯饮,含情欲谁待。

## 估客行 一作乐

海客乘天风,将船远行役。譬如云中鸟,一去无踪迹。

## 捣 衣 篇

闺里佳人年十馀,颦蛾对影恨离居。忽逢江上春归燕,衔得云中尺

素书。玉手开缄长叹息，狂一作征夫犹戍交河北。万里交河水北
流，愿为双燕泛中洲。君边云拥青丝骑，妾处苔生红粉楼。楼上春
风日将歇，谁能揽镜看愁发。晓吹员管随落花，夜捣戎衣向明月。
明月高高刻漏长，真珠帘箔掩兰堂。横垂宝幄同心结，半拂琼筵苏
合香。琼筵宝幄连枝锦，灯烛荧荧照孤寝。有便凭将金剪刀，为君
留下相思枕。摘尽庭兰不见君，红巾拭泪生氤氲，明年若更征边
塞，愿作阳台一段云。

## 少年行 此诗严粲云是伪作

君不见淮南少年游侠客，白日球猎夜拥掷。呼卢百万终不惜，报仇
千里如咫尺。少年游侠好经过，浑身装束皆绮罗。蕙兰相随喧妓
女，风光去处满笙歌。骄矜自言不可有，侠士堂中养来久。好鞍好
马乞与人，十千五千旋沽酒。赤心用尽为知己，黄金不惜栽桃李。
桃李栽来几度春，一回花落一回新。府县尽为门下客，王侯皆是平
交人。男儿百年且乐命，何须徇一作读书受贫病。男儿百年且荣
身，何须徇节甘风尘。衣冠半是征战士，穷儒浪作林泉民。遮莫枝
根长百丈，不如当代多还往。遮莫姻亲连帝城，不如当身自簪缨。
看取富贵眼前者，何用悠悠身后名。

## 长 歌 行

桃李待一作得日开，荣华照当年。东风动百物，草木尽欲言。枯枝
无丑叶，涸水吐清泉。大力运天地，羲和无停鞭。功名不早著，竹
帛将何宣。桃李务青春，谁能贯白日。富贵与神仙，蹉跎成两失。
金石犹销铄，风霜无久质。畏落日月后，强欢一作饮歌与酒。秋霜
不惜人，倏忽侵蒲柳。

# 长相思

日色已尽花含烟，月明欲素愁不眠。赵瑟初停凤凰柱，蜀琴欲奏鸳
鸯弦。此曲有意无人传，愿随春风寄燕然，忆君迢迢隔青天。昔日
一作时横波目，今成流泪泉。不信妾肠断，归来看取明镜前。

美人在时花满堂，美人去后空一作花馀一作馀空床。床中绣被卷不寝
一作更不卷，至今三载犹闻香一作闻馀香。香亦竟不灭，人亦竟不来。
相思黄叶落一作尽，白露点一作湿青苔。此篇一作寄远。

## 猛虎行 此诗萧士赟云是伪作

朝作猛虎行，暮作猛虎吟。肠断非关陇头水，泪下不为雍门琴。旌
旗一作旌旌缤纷两河道，战鼓惊山欲颠一作倾倒。秦人半作燕地囚，
胡马翻衔洛阳草。一输一失关下兵，朝降夕叛幽蓟城。巨鳌未斩
海水动，鱼龙奔走安得宁。颇似楚汉时，翻覆无定止，朝过博浪沙，
暮入淮阴市。张良未遇韩信贫，刘项存亡在两臣。暂到下邳受兵
略，来投漂母作主人。贤哲栖栖古如此，今时亦弃青云士。有策不
敢犯龙鳞，窜身南国避胡尘。宝书玉一作长剑挂高阁，金鞍骏马散
故人。昨日方为宣城客，掣铃交通二千石。有时六博快壮心，绕床
三匝呼一掷。楚人每道张旭奇，心藏风云世莫知。三吴邦伯皆一作
多顾盼，四海雄侠两追随一作皆相推。萧曹曾作沛中吏，攀龙附凤当
有时。溧阳酒楼三月春，杨花茫茫一作漠漠愁杀人。胡雏一作人绿眼
吹玉笛，吴歌白纻飞梁尘。丈夫相见一作到处且为乐，槌牛挝鼓会
众宾。我从此去钓东海，得鱼笑寄情相亲。

## 去妇词 一作顾况诗

古来有弃妇，弃妇有归处。今日妾辞君，辞君遣何去。本家零落

尽,恸哭来时路。忆昔未嫁君,闻君却周旋。绮罗锦绣段,有赠黄金千。十五许嫁君,二十移所天。自从结发日未几,离君缅山川。家家尽欢喜,孤妾长自怜。幽闺多怨思,盛色无十年。相思若循环,枕席生流泉。流泉咽不扫,独梦关山道。及此见君归,君归妾已老。物情恶衰贱,新宠方妍好。掩泪出故房,伤心剧秋草。自妾为君妻,君东妾在西。罗帏到晓恨,玉貌一生啼。自从离别久,不觉尘埃厚。尝嫌玳瑁孤,犹羡鸳鸯偶。岁华逐霜霰,贱妾何能久。寒沼落芙蓉,秋风散杨柳。以比憔悴颜,空持旧物还。馀生欲何寄,谁肯相牵攀。君恩既断绝,相见何年月。悔倾连理杯,虚作同心结。女萝附青松,贵欲相依投。浮萍失绿水,教作若为流。不叹君弃妾,自叹妾缘业。忆昔初嫁君,小姑才倚床。今日妾辞君,小姑如妾长。回头语小姑,莫嫁如兄夫。

# 全唐诗卷一六六

## 李　白

### 襄　阳　歌

落日欲没岘山西，倒著接䍠花下迷。襄阳小儿齐拍手，拦街争唱白铜鞮。傍人借问笑何事，笑杀山翁<sub></sub>一作公醉似泥。鸬鹚杓，鹦鹉杯。百年三万六千日，一日须倾三百杯。遥看汉水鸭头绿，恰似葡萄初酦<sub></sub>一作拨醅。此江若变作春酒，垒麹便筑糟丘台。千金骏马换小<sub></sub>一作少妾，笑<sub></sub>一作醉坐雕鞍歌落梅。车傍侧挂一壶酒，凤笙龙管行相催。咸阳市中叹黄犬，何如月下倾金罍。君不见晋朝羊公一片石，龟头<sub></sub>一作龙剥落生莓苔。泪亦不能为之堕，心亦不能为之哀。一本此下有谁能忧彼身后事，金凫银鸭葬死灰二句。清风朗<sub></sub>一作明月不用一钱买，玉山自倒非人推。舒州杓，力士铛，李白与尔同死生。襄王云雨今安在，江水东流猿夜声。

### 南　都　行

南都信佳丽，武阙横西关。白水真人居，万商罗鄽阛。高楼对紫陌，甲第连青山。此地多英豪，邈然不可攀。陶朱与五羖，名播天壤间。丽华秀玉色，汉女娇朱颜。清歌遏流云，艳舞有馀闲。遨游盛宛洛，冠盖随风还。走马红阳城，呼鹰白河湾。谁识卧龙客，长吟愁鬓斑。

# 江 上 吟

木兰之枻沙棠舟，玉箫金管坐两头。美酒尊中置千斛，载妓随波任去留。仙人有待乘黄鹤，海客无心随白鸥。屈平词赋悬日月，楚王台榭空山丘。兴酣落笔摇五岳，诗成笑傲凌沧洲。功名富贵若长在，汉水亦应西北流。

## 侍从宜春苑奉诏赋龙池
## 柳色初青听新莺百啭歌

东风已绿瀛洲草，紫殿红楼觉春好。池南柳色半青青，紫烟袅娜拂绮城。垂丝百尺挂雕楹，上有好鸟相和鸣，间关早得春风情。春风卷入碧云去，千门万户皆春声。是时君王在镐京，五云垂晖耀紫清。仗出金宫随日转，天回玉辇绕花行。始向蓬莱看舞鹤，还过茝石听新莺。新莺飞绕上林苑，愿入箫韶杂凤笙。

# 玉 壶 吟

烈士击玉壶，壮心惜暮年。三杯拂剑舞秋月，忽然高咏涕泗涟。凤凰初下紫泥诏，谒帝称觞登御筵。揄扬九重万乘主，谑浪赤墀青琐贤。朝天数换飞龙马，敕赐珊瑚白玉鞭。世人不识东方朔，大隐金门是谪仙。西施宜笑复宜颦，丑女效之徒累身。君王虽爱蛾眉好，无奈宫中妒杀人。

## 豳歌行上新平长史兄粲

豳谷稍稍振庭柯，泾水浩浩扬湍波。哀鸿酸嘶暮声急，愁云苍惨寒气多。忆昨去家此为客，荷花初红柳条碧。中宵出饮三百杯，明朝归揖二千石。宁知流寓变光辉，胡霜萧飒绕客衣。寒灰寂寞凭谁暖，落叶飘扬何处归。吾兄行乐穷曛旭，满堂有美颜如玉。赵女长歌入彩云，燕姬醉舞娇红烛。狐裘兽炭酌流霞，壮士悲吟宁见嗟。前荣后枯相翻覆，何惜馀光及棣华。

## 西岳云台歌送丹丘子

西岳峥嵘何壮哉，黄河如丝天际来。黄河万里触山动，盘涡毂转秦地雷。荣光休气纷五彩，千年一清圣人在。巨灵咆哮擘两山，洪波喷箭一作流射东海。三峰却立如欲摧，翠崖丹谷高掌开。白帝金精运元气，石作莲花云作台。云台阁道连窈冥，中有不死丹丘生。明星玉女备洒扫，麻姑搔背指爪轻。我皇手把天地户，丹丘谈天与天语。九重出入生光辉，东来蓬莱复西归。玉浆倘惠故人饮，骑二茅龙上天飞。

## 元丹丘歌

元丹丘，爱神仙。朝饮颍川之清流，暮还嵩岑之紫烟，三十六峰长周旋。长周旋，蹑星虹，身骑飞龙耳生风，横河跨海与天通，我知尔游心无穷。

## 扶风豪士歌

洛阳三月飞胡沙，洛阳城中人怨嗟。天津流水波赤血，白骨相撑如乱麻。我亦东奔向吴国，浮云四塞道路赊。东方日出啼早鸦，城门人开扫落花。梧桐杨柳拂金井，来醉扶风豪士家。扶风豪士天下奇，意气相倾山可移。作人不倚将军势，饮酒岂顾尚书期。雕盘绮食会众客，吴歌赵舞香风吹。原尝春陵六国时，开心写意君所知。堂中各有三千士，明日报恩知是谁。抚长剑，一扬眉，清水白石何

离离。脱吾帽,向君笑。饮君酒,为君吟。张良未逐赤松去,桥边
黄石知我心。

## 同族弟金城尉叔卿烛照山水壁画歌

高堂粉壁图蓬瀛,烛前一见沧洲清。洪波汹涌山峥嵘,皎若丹丘隔
海望赤城。光中乍喜岚气灭,谓逢山阴晴后雪。回溪碧流寂无喧,
又如秦人月下窥花源。了然不觉清心魂,只将叠嶂鸣秋猿。与君
对此欢未歇,放歌行吟达明发。却顾海客扬云帆,便欲因之向溟
渤。

## 白 毫 子 歌

淮南小山白毫子,乃在淮南小山里。夜卧松下云一作雪,朝餐石中
髓。小山连绵向江开,碧峰巉岩绿水回。余配白毫子,独酌流霞
杯。拂花弄琴坐青苔,绿萝树下春风来。南窗萧飒松声起,凭崖一
听清心耳。可得见,未得亲。八公携手五云去,空馀桂树愁杀人。

## 梁 园 吟

我浮黄云一作河去京阙,挂席欲进波连山。天长水阔厌远涉,访古
始及平台间。平台为客忧思多,对酒遂作梁园歌。却忆蓬池阮公
咏,因吟渌水扬洪波。洪波浩荡迷旧国,路远西归安可得。人生达
命岂暇愁,且饮美酒登高楼。平头奴子摇大扇,五月不热疑清秋。
玉盘杨梅为君设,吴盐如花皎白雪。持盐把酒但饮之,莫学夷齐事
高洁一作何用孤高比云月。昔人豪贵信陵君,今人耕种信陵坟。荒城
虚照碧山月,古木尽入苍梧云。梁王宫阙今安在,枚马先归不相
待。舞影歌声散绿池,空馀汴水东流海。沉吟此事泪满衣,黄金买
醉未能归。连呼五白行六博,分曹赌酒酣驰辉。歌且谣,意方远。

东山高卧时起来,欲济苍生未应晚。

## 鸣皋歌送岑征君 时梁园三尺雪,在清泠池作。

若有人兮思鸣皋,阻积雪兮心烦劳。洪河凌竞不可以径度,冰龙鳞兮难容舠。邈仙山之峻极兮,闻天籁之嘈嘈。霜崖缟皓以合沓兮,若长风扇海涌沧溟之波涛。玄猿绿罴,舔同舔 敠音演釜崟。危柯振石,骇胆栗魄,群呼而相号。峰峥嵘以路绝,挂星辰于岩嶅。送君之归兮,动鸣皋之新作。交鼓吹兮弹丝,觞清泠之池阁。君不行兮何待,若反顾之黄鹤。扫梁园之群英,振大雅于东洛。巾征轩兮历阻折,寻幽居兮越巇峛。盘白石兮坐素月,琴松风兮寂万壑。望不见兮心氛氲,萝冥冥兮霰纷纷。水横洞以下渌,波小声而上闻。虎啸谷而生风,龙藏溪而吐云。寡鹤清唳,饥鼯颦呻。魂独处此幽默兮,愀空山而愁人。鸡聚族以争食,凤孤飞而无邻。蝘蜓嘲龙,鱼目混珍。嫫母衣锦,西施负薪。若使巢由桎梏于轩冕兮,亦奚异乎夔龙蹩躠于风尘。哭何苦而救楚,笑何夸而却秦。吾诚不能学二子沽名矫节以耀世兮,固将弃天地而遗身。白鸥兮飞来,长与君兮相亲。

## 鸣皋歌奉饯从翁清归
## 五崖山居 河南府陆浑县有鸣皋山

忆昨鸣皋梦里还,手弄素月清潭间。觉时枕席非碧山,侧身西望阻秦关。麒麟阁上春还早,著书却忆伊阳好。青松来风吹古一作石道,绿萝飞花覆烟草。我家仙翁一作公爱清真,才雄草圣凌古人,欲卧鸣皋绝世尘。鸣皋微茫在何处,五崖峡一作溪水横樵路。身披翠云裘,袖拂紫烟去。去时应过嵩少间,相思为折三花树。

# 劳 劳 亭 歌

在江宁县南十五里,古送别之所,一名临沧观。

金陵劳劳送客堂,蔓草离离生道傍。古情不尽东流水,此地悲风愁
白杨。我乘素舸同康乐,朗咏清川飞夜霜。昔闻牛渚吟五章,今来
何谢袁家郎。苦竹寒声动秋月,独宿空帘归梦长。

# 横江词六首

人道一作言横江好,侬道横江恶。一风三日一作一月吹倒山一作猛风吹
倒天门山,白浪高于瓦官阁。

海潮南去过浔阳,牛渚由来险马当。横江欲渡风波恶,一水牵愁万
里长。

横江西望阻西秦,汉一作楚水东连一作流扬子津。白浪如山那可渡,
狂风愁杀峭帆人。

海神来一作东过恶风回,浪打天门石壁开。浙江八月何如此,涛似
连山喷雪来。

横江馆前津吏迎,向余东指海云生。郎今欲渡缘何事,如此风波不
可行。

月一作日晕天风雾不开,海鲸东蹙百川回。惊波一起三山动,公无
渡河归去来。

# 金陵城西楼月下吟

金陵夜寂凉风发,独上高楼望吴越。白云映水摇空城,白露垂珠滴
秋月。月下沉吟久不归,古来相接眼中稀。解道澄江净如练,令人
长忆谢玄晖。

# 东　山　吟

　　土山去江宁城二十五里，晋谢安携妓之所。一作醉过谢安东山作
　东山吟。

携妓东土山一作东山去，怅然悲谢安。我妓今朝如花月，他妓古坟荒
草寒。白鸡梦后三百岁，洒酒浇君同所欢。酣来自作青海舞，秋风
吹落紫绮冠。彼亦一时，此亦一时，浩浩洪流之咏何必奇。

# 僧　伽　歌

真僧法号号僧伽，有时与我论三车。问言诵咒几千遍，口道恒河沙
复沙。此僧本住南天竺，为法头陀来此国。戒得长天秋月明，心如
世上青莲色。意清净，貌棱棱。亦不减，亦不增。瓶里千年铁柱一
作舍利骨，手中万岁胡孙藤。嗟予落魄江淮一作湖久，罕遇真僧说空
有。一言散尽波罗夷，再礼浑除犯轻垢。

# 白云歌送刘十六归山

楚山秦山皆白云，白云处处长随君。长随君，君入楚山里，云亦随
君渡湘水。湘水上，女萝衣，白云堪卧君早归。一作白云歌送友人，云：
楚山秦山皆白云，白云处处长随君。君今还入楚山里，云亦随君渡湘水。水上女萝衣
白云，早卧早行君早起。

# 金陵歌送别范宣

石头巉岩如虎踞，凌波欲过沧江去。钟山龙盘走势来，秀色横分历
阳树。四十馀帝三百秋，功名事迹随东流。白马小儿谁家子，泰清
之岁来关囚一作吹唇虎啸凤皇楼。金陵昔时何壮哉，席卷英豪天下来。
冠盖散为烟雾尽，金舆玉座成寒灰。扣剑悲吟空咄嗟，梁陈白骨乱

如麻。天子龙沉景阳井,谁歌玉树后庭花。此地伤心不能道,目下
离离长春草。送尔长江万里心,他年来访南山老一作皓。

## 笑歌行 以下二首,苏轼云是伪作。

笑矣乎,笑矣乎。君不见曲如钩,古人知尔封公侯。君不见直如
弦,古人知尔死道边。张仪所以只掉三寸舌,苏秦所以不垦二顷
田。笑矣乎,笑矣乎。君不见沧浪老人歌一曲,还道沧浪濯吾足。
平生不解谋此身,虚作离骚遣人读。笑矣乎,笑矣乎。赵有豫让楚
屈平,卖身买得千年名。巢由洗耳有何益,夷齐饿死终无成。君爱
身后名,我爱眼前酒。饮酒眼前乐,虚名何处有。男儿穷通当有
时,曲腰向君君不知。猛虎不看几上肉,洪炉不铸囊中锥。笑矣
乎,笑矣乎。宁武子,朱买臣,扣角行歌背负薪。今日逢君君不识,
岂得不如佯狂人。

## 悲　歌　行

悲来乎,悲来乎。主人有酒且莫斟,听我一曲悲来吟。悲来不吟还
不笑,天下无人知我心。君有数斗酒,我有三尺琴。琴鸣酒乐两相
得,一杯不啻千钧金。悲来乎,悲来乎。天虽长,地虽久,金玉满堂
应不守。富贵百年能几何,死生一度人皆有。孤猿坐啼坟上月,且
须一尽杯中酒。悲来乎,悲来乎。凤皇不至河无图,微子去之箕子
奴。汉帝不忆李将军,楚王放却屈大夫。悲来乎,悲来乎。秦家李
斯早追悔,虚名拨向身之外。范子何曾爱五湖,功成名遂身自退。
剑是一夫用,书能知姓名。惠施不肯干万乘,卜式未必穷一经。还
须黑头取方伯,莫谩白首为儒生。

# 全唐诗卷一六七

## 李　白

### 秋浦歌十七首

秋浦长似秋，萧条使人愁。客愁不可度，行上东大楼。正西望长安，下见江水流。寄言向江水，汝意忆侬不。遥传一掬泪，为我达扬州。

秋浦猿夜愁，黄山堪白头。清溪非陇水，翻作断肠流。欲去不得去，薄游成久游。何年是归日，雨泪下孤舟。

秋浦锦驼鸟，人间天上稀。山鸡羞渌水，不敢照毛衣。

两鬓入秋浦，一朝飒已衰。猿声催白发，长短尽成丝。

秋浦多白猿，超腾若飞雪。牵引条上儿，饮弄水中月。

愁作秋浦客，强看秋浦花。山川如剡县，风日似长沙。

醉上山公马，寒歌宁戚牛。空吟白石烂，泪满黑貂裘。

秋浦千重岭，水车岭最奇。天倾欲堕石，水拂寄生枝。

江祖一片石，青天扫画屏。题诗留万古，绿字锦苔生。

千千石楠树，万万女贞林。山山白鹭满，涧涧白猿吟。君莫向秋浦，猿声碎客心。

逻人一作叉横鸟道，江祖出鱼梁。水急客舟一作行疾，山花拂面香。

水如一匹练，此地即平天。耐可乘明月，看花上酒船。
渌水净素月，月明白鹭飞。郎听采菱女，一道夜歌归。
炉火照天地，红星乱紫烟。赧郎明月夜，歌曲动寒川。
白发三千丈，缘愁似个长。不知明镜里，何处得秋霜。
秋浦田舍翁，采鱼水中宿。妻子张白鹇，结置映深竹。
桃波一作陂一步地，了了语声闻。暗与山僧别，低头礼白云。

## 当涂赵炎少府粉图山水歌

峨眉高出西极天，罗浮直与南溟连。名公绎思挥彩笔，驱山走海置
眼前。满堂空翠如可扫，赤城霞气苍梧间。洞庭潇湘意渺绵，三江
七泽情洄沿。惊涛汹涌向何处，孤舟一去迷归年。征帆不动亦不
旋，飘如随风落天边。心摇目断兴难尽，几时可到三山巅。西峰峥
嵘喷流泉，横石蹙水波潺湲。东崖合沓蔽轻雾，深林杂树空芊绵。
此中冥昧失昼夜，隐几寂听无鸣蝉。长松之下列羽客，对坐不语南
昌仙。南昌仙人赵夫子，妙年历落青云士。讼庭无事罗众宾，杳然
如在丹青里。五色粉图安足珍，真仙可以全吾身。若待功成拂衣
去，武陵桃花笑杀人。

## 永王东巡歌十一首

永王璘，明皇子也。天宝十五年，安禄山反，诏璘领山南、岭南、黔
中、江南四道节度使。十一月，璘至江陵，募士得数万，遂有窥江左意。
十二月，引舟师东巡。

永王正月东出师，天子遥分龙虎旗。楼船一举风波静，江汉翻为雁
鹜池。
三川北虏乱如麻，四海南奔似永嘉。但用东山谢安石，为君谈笑静
胡沙。

雷鼓嘈嘈喧武昌，云旗猎猎过寻阳。秋毫不犯三吴悦，春日遥看五色光。

龙蟠虎踞帝王州，帝子金陵访古丘。春风试暖昭阳殿，明月还过鹧鸪楼。

二帝巡游俱未回，五陵松柏使人哀。诸侯不救河南地，更喜贤王远道来。

丹阳北固是吴关，画出楼台云水间。千岩烽火连沧海，两岸旌旗绕碧山。

王出三山按五湖，楼船跨海次陪都。战舰森森罗虎士，征帆一一引龙驹。

长风挂席势难回，海动山倾古月摧。君看帝子浮江日，何似龙骧出峡来。

祖龙浮海不成桥，汉武寻阳空射蛟。我王楼舰轻秦汉，却似文皇欲渡辽。此首萧士赟云是伪作。

帝宠贤王入楚关，扫清江汉始应还。初从云梦开朱邸，更一作直取金陵作小山。

试借君王玉马鞭，指挥戎虏坐琼筵。南风一扫胡尘静，西入长安到日边。

# 上皇西巡南京歌十首

天宝十五载六月己亥，禄山陷京师。七月庚辰，次蜀郡。八月癸巳，皇太子即皇帝位于灵武。十二月丁未，上皇天帝至自蜀郡，大赦，以蜀郡为南京。

胡尘轻拂建章台，圣主西巡蜀道来。剑壁门高五千尺，石为楼阁九天开。

九天开出一成都，万户千门入画图。草树云山如锦绣，秦川得及此间无。

华阳春树号—作似新丰，行入新都若旧宫。柳色未饶秦地绿，花光
不减上阳—作林红。

谁道君王行路难，六龙西幸万人欢。地转锦江成渭水，天回玉垒作
长安。

万国同风共一时，锦江何谢曲江池。石镜更明天上月，后宫亲—作
新得照蛾眉。

濯锦清江万里流，云帆龙舸下扬州。北地虽夸上林苑，南京还有散
花楼。

锦水东流绕锦城，星桥北挂象天星。四海此中朝圣主，峨眉山下列
仙庭。

秦开蜀道置金牛，汉水元通星汉流。天子一行遗圣迹，锦城长作帝
王州。

水绿天青不起尘，风光和暖胜三秦。万国烟花随玉辇，西来添作锦
江春。

剑阁重关蜀北门，上皇归马若云屯。少帝长安开紫极，双悬日月照
乾坤。

# 峨眉山月歌

峨眉山月半轮秋，影入平羌江水流。夜发清溪向三峡，思君不见下
渝州。

# 峨眉山月歌送蜀僧晏入中京

我在巴东三峡—作月时，西看明月忆峨眉。月出峨眉照沧海，与人
万里长相随。黄鹤楼前月华白，此中忽见峨眉客。峨眉山月还送
君，风吹西到长安陌。长安大道横九天，峨眉山月照秦川。黄金狮

子乘高座,白玉麈尾谈重玄。我似浮云殢吴越,君逢圣主游丹阙。一振高名满帝都,归时还弄峨眉月。

## 赤壁歌送别

二龙争战决雌雄,赤壁楼船扫地空。烈火张天照云海,周瑜于此破曹公。君去沧江望一作弄澄碧,鲸鲵唐突留馀迹。——书来报故人,我欲因之壮心魄。

## 江夏行

忆昔娇小姿,春心亦自持。为言嫁夫婿,得免长相思。谁知嫁商贾,令人却愁苦。自从为夫妻,何曾在乡土。去年下扬州,相送黄鹤楼。眼看帆去远,心逐江水流。只言期一载,谁谓历三秋。使妾肠欲断,恨君情悠悠。东家西舍同时发,北去南来不逾月。未知行李游何方,作个音书能断绝。适来往南浦,欲问西江船。正见当垆女,红妆二八年。一种为人妻,独自多悲凄。对镜便垂泪,逢人只欲啼。不如轻薄儿,旦暮长相随。悔作商人妇,青春长别离。如今正好同欢乐,君去容华谁得知。

## 怀仙歌

一鹤东飞过沧海,放心散漫知何在。仙人浩歌望我来,应攀玉树长相待。尧舜之事不足惊,自馀嚣嚣直可轻。巨鳌莫戴三山去,我欲蓬莱顶上行。

## 玉真仙人词

玉真之仙人,时往太华峰。清晨鸣天鼓,飙欻腾双龙。弄电不辍手,行云本无踪。几时入少室,王母应相逢。

## 清溪行 —作宣州清溪

清溪清我心,水色异诸水。借问新安江,见底何如此。人行明镜
中,鸟度屏风里。向晚猩猩啼,空悲远游子。

## 酬殷明佐见赠五云裘歌

我吟谢朓诗上语,朔风飒飒吹飞雨。谢朓已没青山空,后来继之有
殷公。粉图珍裘五云色,晔如晴天散彩虹。文章彪炳光陆离,应是
素娥玉女之所为。轻如松花落金粉,浓似苔锦含碧滋。远山积翠
横海岛,残霞飞丹映江草。凝毫采掇花露—作雾容,几年功成夺天
造。故人赠我我不违,著令山水含清晖。顿惊谢康乐,诗兴生我
衣。襟前林壑敛暝色,袖上云霞收夕霏。群仙长叹惊此物,千崖万
岭相萦郁。身骑白鹿行飘飖,手翳紫芝笑披拂。相如不足跨鹔鷞,
王恭鹤氅安可方。瑶台雪花数千点,片片吹落春风香。为君持此
凌苍苍,上朝三十六玉皇。下窥夫子不可及,矫首相思空断肠。

## 临 路 歌

大鹏飞兮振八裔,中天摧兮力不济。馀风激兮万世,游扶—作搏桑
兮挂石—作左袂。后人得之传此,仲尼亡兮谁为出涕。

## 古 意

君为女萝草,妾作兔丝花。轻条不自引,为逐春风斜。百丈托远
松,缠绵成一家。谁言会面—作合易,各在青山崖。女萝发馨香,兔
丝断人肠。枝枝相纠结,叶叶竞飘扬。生子不知根,因谁共芬芳。
中巢双翡翠,上宿紫鸳鸯。若识二草心,海潮亦可量。

# 山鹧鸪词

苦竹岭头秋月辉,苦竹南枝鹧鸪飞。嫁得燕山胡雁婿,欲衔我向雁
门归。山鸡翟雉来相劝,南禽多被北禽欺。紫塞严霜如剑戟,苍梧
欲巢难背违。我今誓死不能去,哀鸣惊叫泪沾衣。

## 历阳壮士勤将军名思齐歌 并序

> 以下二首,萧士赟云是伪作。

> 历阳壮士勤将军,神力出于百夫。则天太后召见,奇之,授游击将
> 军,赐锦袍玉带,朝野荣之。后拜横南将军。大臣慕义,结十友,即燕公
> 张说、馆陶公郭元振为首。余壮之,遂作诗。

太古历阳郡,化为洪川在。江山犹郁盘,龙虎秘光彩。蓄泄数千
载,风云何霮䨴。特生勤将军,神力百夫倍。

# 草 书 歌 行

少年上人号怀素,草书天下称独步。墨池飞出北溟鱼,笔锋杀尽中
山兔。八月九月天气凉,酒徒词客满高堂。笺麻素绢排数厢,宣州
石砚墨色光。吾师醉后倚绳床,须臾扫尽数千张。飘风骤雨惊飒
飒,落花飞雪何茫茫。起来向壁不停手,一行数字大如斗。恍恍如
闻神鬼惊,时时只见龙蛇走。左盘右蹙如惊电,状同楚汉相攻战。
湖南七郡凡几家,家家屏障书题遍。王逸少,张伯英,古来几许浪
得名。张颠老死不足数,我师此义不师古。古来万事贵天生,何必
要公孙大娘浑脱舞。

# 和卢侍御通塘曲

君夸通塘好,通塘胜耶溪。通塘在何处,远在寻阳西。青萝袅袅挂

烟树,白鹇处处聚沙堤。石门中断平湖出,百丈金潭照云日。何处
沧浪垂钓翁,鼓棹渔歌趣非一。相逢不相识,出没绕通塘。浦边清
水明素足,别有浣沙吴女郎。行尽绿潭潭转幽,疑是武陵春碧流。
秦人鸡犬桃花里,将比通塘渠见羞。通塘不忍别,十去九迟回。偶
逢佳境心已醉,忽有一鸟从天来。月出青山送行子,四边苦竹秋声
起。长吟白雪望星河,双垂两足扬素波。梁鸿德耀会稽日,宁知此
中乐事多。

# 全唐诗卷一六八

## 李 白

### 赠 孟 浩 然

吾爱孟夫子,风流天下闻。红颜弃轩冕,白首卧松云。醉月频中圣,迷花不事君。高山安可仰,徒此揖清芬。

### 赠从兄襄阳少府皓

结发未识事,所交尽豪雄。却秦不受赏,击晋一作救赵宁为功。一本此下有脱身白刃里,杀人红尘中。当朝揖高义,举世称英雄四句。小节岂足言,退耕春陵东。归来无产业,生事如转蓬。一朝乌裘敝,百镒黄金空。弹剑徒激昂,出门悲路穷。吾兄青云士,然诺闻诸公。所以陈片言,片言贵情通。棣华倘不接,甘与秋草同。

### 淮海对雪赠傅霭 一作淮南对雪赠孟浩然

朔雪落吴天,从风渡溟渤。海树成阳春,江沙浩明月。一本此下有飘飖四荒外,想像千花发。瑶草生阶墀,玉尘散庭阙四句。兴从剡溪起,思绕梁园发。寄君郢中歌,曲罢心断绝。一本此四句作剡溪兴空在,郢路歌未歇。寄君梁父吟,曲尽心断绝。

# 赠 徐 安 宜

白田见楚老,歌咏徐安宜。制锦不择地,操刀良在兹。清风动百里,惠化闻京师。浮人若云归,耕种满郊岐。川光净麦陇,日色明桑枝。讼息但长啸,宾来或解颐。青橙一作槐拂户牖,白水流园池。游子滞安邑,怀恩未忍辞。翳君树桃李,岁晚托深期。

# 赠任城卢主簿

海鸟知天风,窜身鲁门东。临觞不能饮,矫翼思凌空。钟鼓不为乐,烟霜谁与同。归飞未忍去,流泪谢鸳鸿。

# 早秋赠裴十七仲堪

远海动风色,吹愁落天涯。南星变大火,热气馀丹霞。光景不可回,六龙转天车。荆人泣美玉,鲁叟悲匏瓜。功业若梦里,抚琴发长嗟。裴生信英迈,屈起多才华。历抵海岱豪,结交鲁朱家。复携两少女,艳色惊荷葩一作花。双歌入青云,但惜白日斜。穷溟出宝贝,大泽饶龙蛇。明主倘见收,烟霞路非赊。时命若不会,归应炼丹砂。一作知飞万里道,勿使岁寒嗟。

# 赠范金卿二首

君子枉清盼,不知东走迷。离家来几月,络纬鸣中闱。桃李君不言,攀花愿成蹊。那能吐芳信,惠好相招携。我有结绿珍,久藏浊水泥。时人弃此物,乃与燕珉齐。摭拭欲赠之,申眉路无梯。辽东惭白豕,楚客羞山鸡。徒有献芹心,终流泣玉啼。只应自索漠,留舌示山妻。

范宰不买名,弦歌对前楹。为邦默自化,日觉冰壶清。百里鸡犬静,千庐机杼鸣。浮人少荡析,爱客多逢迎。游子睹嘉政,因之听颂声。

## 赠瑕丘王少府

皎皎鸾凤姿,飘飘神仙气。梅生亦何事,来作南昌尉。清风佐鸣琴,寂寞道为贵。一见过所闻,操持难与群。毫挥鲁邑讼,目送瀛洲云。我隐屠钓下,尔当玉石分。无由接高论,空此仰清芬。

## 东鲁见狄博通

去年别我向何处,有人传道游江东。谓言挂席度沧海,却来应是无长风。

## 见京兆韦参军量移东阳二首

潮水还归海,流人却到吴。相逢问愁苦,泪尽日南珠。
闻说金华渡,东连五百滩。全胜若耶好,莫道此行难。猿啸千溪合,松风五月寒。他年一携手,摇艇入新安。

## 赠丹阳横山周处士惟长

周子横山隐,开门临城隅。连峰入户牖,胜概凌方壶。时作白纻词,放歌丹阳湖。水色傲溟渤,川光秀菰蒲。当其得意时,心与天壤俱。闲云随舒卷,安识身有无。抱石耻献玉,沉泉笑探珠。羽化如可作,相携上清都。

## 玉真公主别馆苦雨赠卫尉张卿二首

秋一作愁坐金张馆,繁阴昼不开。空烟迷雨色,萧飒望中来。翳翳昏垫苦,沉沉忧恨催。清秋何以慰,白酒盈吾杯。吟咏思管乐,此人已成灰。独酌聊自勉,谁贵经纶才。弹剑谢公子,无鱼良可哀。
苦雨思白日,浮云何由卷。稷契和天人,阴阳乃<sub>一作仍</sub>骄蹇。秋霖
剧倒井,昏雾横绝巘。欲往咫尺涂,遂成山川限。漾漾奔溜闻<sub>一作</sub>
泻,浩浩惊波转。泥沙塞中途,牛马不可辨。饥从漂母食,闲缀羽
陵简。园家逢秋蔬,藜藿不满眼。蟏蛸结思幽,蟋蟀伤褊浅。厨灶
无青烟,刀机生绿藓。投箸解鹔鹴,换酒醉北堂。丹徒布衣者,慷
慨未可量。何时黄金盘,一斛荐槟榔。功成拂衣去,摇曳沧洲傍。

## 赠韦秘书子春二首

谷口郑子真,躬耕在岩石。高名动京师,天下皆籍籍。斯人竟不
起,云卧从所适。苟无济代心,独善亦何益。惟君家世者,偃息逢
休明。谈天信浩荡,说剑纷纵横。谢公不徒然,起来为苍生。秘书
何寂寂,无乃羁豪英。且复归碧山,安能恋金阙。旧宅樵渔地,蓬
蒿已应没。却顾女几峰,胡颜见云月。

徒为风尘苦,一官已白须。气同万里合,访我来琼都。披云睹青
天,扪虱话良图。留侯将绮里,出处未云殊。终与安社稷,功成去
五湖。<sub>一本二诗合作一首。</sub>

## 赠韦侍御黄裳二首

太华生长松,亭亭凌霜雪。天与百尺高,岂为微飙折。桃李卖阳
艳,路人行且迷。春光扫<sub>一作拂</sub>地尽,碧叶成黄泥。愿君学长松,慎
勿作桃李。受屈不改心,然后知君子。

见君乘骢马,知上太山<sub>一作行</sub>道。此地果摧轮,全身以为宝。我如
丰年玉,弃置秋田草。但勖冰壶心,无为叹衰老。

## 赠薛校书

我有吴越曲,无人知此音。姑苏成蔓草,麋鹿空悲吟。未夸观涛
作,空郁钓鳌心。举手谢东海,虚行归故林。

## 赠何七判官昌浩

有时忽惆怅,匡坐至夜分。平明空啸咤,思欲解世纷。心随长风
去,吹散万里云。羞作济南生,九十诵古文。不然拂剑起,沙漠收
奇勋。老死阡陌间,何因扬清芬。夫子今管乐,英才冠三军。终与
同出处,岂将沮溺群。

## 读诸葛武侯传书怀赠长安崔少府叔封昆季

汉道昔云季,群雄方战争。霸图各未立,割据资豪英。赤伏起颓
运,卧龙得孔明。当其南阳时,陇亩躬自耕。鱼水三顾合,风云四
海生。武侯立岷蜀,壮志吞咸京。何人先见许,但有崔州平。余亦
草间人,颇怀拯物情。晚途值子玉,华发同衰荣。托意在经济,结
交为弟兄。毋令管与鲍,千载独知名。

## 赠郭将军

将军少年出武威一作豪荡有英威,入一作昔掌银台护紫微。平明拂剑
朝天去,薄暮垂鞭醉酒归。爱子临风吹玉笛,美人向月舞罗衣。畴
昔雄豪如梦里,相逢且欲醉春晖。一作今日相逢俱失路,何年灞上弄春晖。

## 驾去温泉后赠杨山人

少年落魄楚汉间,风尘萧瑟多苦颜。自言管葛竟谁许,长吁莫错还
闭关。一朝君王垂拂拭,剖心输丹雪胸臆,忽蒙白日回景光,直上

青云生羽翼,幸陪鸾辇出鸿都,身骑飞龙天马驹。王公大人借颜
色,金璋紫绶来相趋。当时结交何纷纷,片言道合惟有君。待吾尽
节报明主,然后相携卧白云。

## 温泉侍从归逢故人

汉帝长杨苑,夸胡羽猎归。子云叨侍从,献赋有光辉。激赏摇天
笔,承恩赐御衣。逢君奏明主,他日共翻飞。

## 赠裴十四

朝见裴叔则,朗如行玉山,黄河落天走东海,万里写入胸怀间。身
骑白鼋不敢度,金高南山买君顾。裴回六合无相知,飘若浮云且西
去。

## 赠崔侍郎

黄河二一作三尺鲤,本在孟津居。点额不成龙,归来伴凡鱼。故人
东海客,一见借吹嘘。风涛傥相见一作因,更欲凌昆墟。一本此下有何
当赤车使,再往召相如二句。

## 述德兼陈情上哥舒大夫

天为国家孕英才,森森矛戟拥灵台。浩荡深谋喷江海,纵横逸气走
风雷。丈夫立身有如此,一呼三军皆披靡。卫青谩作大将军,白起
真成一竖子。

## 雪谗诗赠友人

嗟予沉迷,猖獗已久。五十知非,古人尝有。立言补过,庶存不朽。
包荒匿瑕,蓄此顽丑。月出致讥,贻愧皓首。感悟遂晚,事往日迁。

白璧何辜,青蝇屡前。群轻折轴,下沉黄泉。众毛飞骨,上凌青天。
萋斐暗成,贝锦粲然。泥沙聚埃,珠玉不鲜。洪焰烁山,发自纤烟。
苍波荡日,起于微涓。交乱四国,播于八埏。拾尘掇蜂,疑圣猜贤。
哀哉悲夫,谁察予之贞坚。彼妇人之猖狂,不如鹊之强强。彼妇人
之淫昏,不如鹑之奔奔。坦荡<small>一作皎皎</small>君子,无悦簧言。擢发续<small>一作</small>
<small>赎</small>罪,罪乃孔多。倾海流恶,恶无以过。人生实难,逢此织罗。积
毁销金,沉忧作歌。天未丧文,其如余何。妲己灭纣,褒女惑周。
天维荡覆,职此之由。汉祖吕氏,食其在傍。秦皇太后,毒亦淫荒。
蟊蛛作昏,遂掩太阳。万乘尚尔,匹夫何伤。辞殚意穷,心切理直。
如或妄谈,昊天是殛。子野善听,离娄至明。神靡遁响,鬼无逃形。
不我遐弃,庶昭忠诚。

# 赠参寥子

白鹤飞天书,南荆访高士。五云在岘山,果得参寥子。肮脏辞故
园,昂藏入君门。天子分玉帛,百官接话言。毫墨时洒落,探玄有
奇作。著论穷天人,千春秘麟阁。长揖不受官,拂衣归林峦。余亦
去金马,藤萝同所欢。相思在何处,桂树青云端。

# 赠饶阳张司户燧

朝饮苍梧泉,夕栖碧海烟。宁知鸾凤意,远托椅桐前。慕蔺岂曩
古,攀嵇是当年。愧非黄石老,安识子房贤。功业嗟落日,容华弃
祖川。一语已道意,三山期著鞭。蹉跎人间世,寥落壶中天。独见
游物祖,探元穷化先。何当共携手,相与排冥筌。

# 赠清漳明府侄聿

我李百万叶,柯条布中州。天开青云器,日为苍生忧。小邑且割

鸡,大刀仵烹牛。雷声动四境,惠与清漳流。弦歌咏唐尧,脱落隐簪组。心和得天真,风俗犹太古。牛羊散阡陌,夜寝不扃户。问此何以然,贤人宰吾土。举邑树桃李,垂阴亦流芬。河堤绕绿水,桑柘连青云。赵女不冶容,提笼昼成群。缫丝鸣机杼,百里声相闻。讼息鸟下阶,高卧披道帙。蒲鞭挂檐枝,示耻无扑抶。琴清月当户,人寂风入室。长啸无一言,陶然上皇逸。白玉壶冰水,壶中见底清。清光洞毫发,皎洁照群情。赵北美佳政,燕南播高名。过客览行谣,因之诵德声。

## 赠临洺县令皓弟 时被讼停官

陶令去彭泽,茫然太古心。大音自成曲,但奏无弦琴。钓水路非远,连鳌意何深。终期龙伯国,与尔相招寻。

## 赠郭季鹰

河东郭有道,于世若浮云。盛德无我位,清光独映君。耻将鸡并食,长与凤为群。一击九千仞,相期凌紫氛。

## 邺中赠王大一作邺中王大劝入高凤石门山幽居

一身竟无托,远与孤蓬征。千里失所依,复将落叶并。中途偶良朋,问我将何行。欲献济时策,此心谁见明。君王制六合,海塞无交兵。壮士伏草间,沉忧乱纵横。飘飘不得意,昨发南都城。紫燕枥下一作上嘶,青萍匣中鸣。投躯寄天下,长啸寻豪英。耻学琅琊人,龙蟠事躬耕。富贵吾自取,建功及春荣。我愿执尔手,尔方达我情。相知同一己,岂惟弟与兄。抱子弄白云,琴歌发清声。临别意难尽,各希存令名。

# 赠华州王司士

淮水不绝涛澜高,盛德未泯生英髦。知君先负庙堂器,今日还须赠
宝刀。

# 赠卢征君昆弟

明主访贤逸,云泉今已空。二卢竟不起,万乘高其风。河上喜相
得,壶中趣每同。沧州即此地,观化游无穷。水落海上清一作青,鳌
背睹方蓬。与君弄倒景,携手凌星虹。

# 赠新平少年

韩信在淮阴,少年相欺凌。屈体若无骨,壮心有所凭。一遭龙颜
君,啸咤从此兴。千金答漂母,万古共嗟称。而我竟何为,寒苦坐
相仍。长风入短袂,两手如怀冰。故友不相恤,新交宁见矜。摧残
槛中虎,羁绁鞲上鹰。何时腾风云,搏击申所能。

# 赠崔侍郎 一作御

长剑一杯酒,男儿方寸心。洛阳因剧孟,托宿话胸襟。但仰山岳
秀,不知江海深。长安复携手,再顾重千金。君乃輶轩一作轩辕佐,
予叨翰墨林。高风摧秀木,虚弹落惊禽。不取回舟兴,而来命驾
寻。扶摇应借力,桃李愿成阴。笑吐张仪舌,愁为庄舄吟。谁怜明
月夜,肠断听秋砧。

# 走笔赠独孤驸马

都尉朝天跃马归,香风吹人花乱飞。银鞍紫鞯照云日,左顾右盼生
光辉。是时仆在金门里,待诏公车谒天子。长揖蒙垂国士恩,壮心

剖出酬知己。一别蹉跎朝市间,青云之交不可攀。倘其公子重回顾,何必侯嬴长抱关。

## 赠嵩山焦炼师 并序

嵩丘有神人焦炼师者,不知何许妇人也。又云生于齐、梁时,其年貌可称五六十,常胎息绝谷,居少室庐,游行若飞,倏忽万里。世或传其入东海,登蓬莱,竟莫能测其往也。余访道少室,尽登三十六峰,闻风有寄,洒翰遥赠。

二室凌青天,三花含紫烟。中有蓬海客,宛疑麻姑仙。道在喧莫染,迹高想已绵。时餐金鹅蕊一作峨药,屡读青一作古苔篇。八极恣游憩,九垓长周旋。下瓢酌颍水,舞鹤来伊川。还归空山上,独拂秋霞眠。萝月挂朝镜,松风鸣夜弦。潜光隐嵩岳,炼魄栖云幄。霓裳一作衣何飘飖一作姜衰,风吹转绵邈。愿同西王母,下顾东方朔。紫书倘可传,铭骨誓相学。

## 口号赠征君鸿 此公时被征

陶令辞彭泽,梁鸿入会稽。我寻高士传,君与古人齐。云卧留丹壑,天书降紫泥。不知杨伯起,早晚向关西。

## 上李邕

大鹏一日同风起,抟摇直上九万里。假令风歇时下来,犹能簸却沧溟水。世人见我恒殊调,闻余大言皆冷笑。宣父犹能畏后生,丈夫未可轻年少。此首萧士赟云是伪作。

## 赠张公洲革处士

列子居郑圃,不将众庶分。革侯遁南浦,常恐楚人闻。抱瓮灌秋蔬，心闲游天云。每将瓜田叟，耕种汉水濆。时登张公洲，入兽不乱群。井无桔槔事，门绝刺绣文。长揖二千石，远辞百里君。斯为真隐者，吾党慕清芬。

# 全唐诗卷一六九

## 李　白

### 秋日炼药院镘白发赠元六兄林宗

木落识岁秋,瓶冰知天寒。桂枝日已绿,拂雪凌云端。弱龄接光景,矫翼攀鸿鸾。投分三十载,荣枯同所欢。长吁望青云,镘白坐相看。秋颜入晓镜,壮发凋危冠。穷与鲍生贾,饥从漂母餐。时来极天人,道在岂吟叹。乐毅方适赵,苏秦初说韩。卷舒固在我,何事空摧残。

### 书情题蔡舍人雄

尝高谢太傅一作尝闻谢安石,携妓东山门。楚舞醉碧云,吴歌断清猿。暂因苍生起,谈笑安黎元。余亦爱此人,丹霄冀飞翻。遭逢圣明主,敢进兴亡言。一本此下有蛾眉积谗妒,鱼目唛玙璠二句。白璧竟何辜一作本无瑕,青蝇遂成冤。一朝去京国,十载客梁园。猛犬吠九关,杀人愤精魂。皇穹雪冤枉,白日开氛昏。泰阶得夔龙,桃李满中原。倒海索明月,凌山采芳荪。愧无横草功,虚负雨露恩。迹谢云台阁,心随天马辕。夫子王佐才,而今复谁论。层飙振六翮,不日思腾骞。我纵五湖棹,烟涛恣崩奔。梦钓子陵湍,英风一作芬缅犹存。彼一作徒希客星隐,弱植不足援。千里一回首,万里一长歌。黄鹤不复来，清风愁奈何。舟浮潇湘月，山倒洞庭波。投汨笑古人，临濠得天和。闲时田亩中，搔背牧鸡鹅。别离解相访，应在武陵多。

## 忆襄阳旧游赠马少府巨

昔为大堤客，曾上山公楼。开窗碧嶂满，拂镜沧江流。高冠佩雄剑，长揖韩荆州。此地别夫子，今来思旧游。朱颜君未老，白发我先秋。壮志恐蹉跎，功名若云浮。归心结远梦，落日悬春愁。空思羊叔子，堕泪岘山头。<sub>一作何时共携手，更醉岘山头。</sub>

## 对雪献从兄虞城宰

昨夜梁园里，弟寒兄不知。庭前看玉树，肠断忆连枝。

## 访道安陵遇盖还为余造真箓临别留赠

清水见白石，仙人识青童。安陵盖夫子，十岁与天通。悬河与微言，谈论安可穷。能令二千石，抚背惊神聪。挥毫赠新诗，高价掩山东。至今平原客，感激慕清风。学道北海仙，传书蕊珠宫。丹田了玉阙，白日思云空。为我草真箓，天人惭妙工。七元洞豁落，八角辉星虹。三灾荡璇玑，蛟龙翼微躬。举手谢天地，虚无齐始终。黄金满高堂，答荷难克充。下笑世上士，沉魂北罗酆。昔日万乘坟，今成一科蓬。赠言若可重，实此轻华嵩。

## 赠崔郎中宗之 <sub>时谪官金陵</sub>

胡雁拂海翼，翱翔鸣素秋。惊云辞沙朔，飘荡迷河洲。有如飞蓬人，去逐万里游。登高望浮云，仿佛如旧丘。日从海傍没，水向天边流。长啸倚孤剑，目极心悠悠。岁晏归去来，富贵安可求。仲尼七十说，历聘莫见收。鲁连逃千金，珪组岂可酬。时哉苟不会，草木为我俦。希君同携手,长往南山幽。

## 赠 崔 咨 议

绿骥本天马,素非伏枥驹。长嘶向清风,倏忽凌九区。何言西北
至,却走东南隅。世道有翻覆,前期难豫图。希君一翦拂,犹可骋
中衢。

## 赠升州王使君忠臣

六代帝王国,三吴佳丽城。贤人当重寄,天子借高名。巨海一边
静,长江万里清。应须救赵策,未肯弃侯嬴。

## 赠别从甥高五

鱼目高泰山,不如一玙璠。贤甥即明月,声价动天门。能成吾宅
相,不减魏阳元。自顾寡筹略,功名安所存。五木思一掷,如绳系
穷猿。枥中骏马空,堂上醉人喧。黄金久已罄,为报故交恩。闻君
陇西行,使我惊心魂。与尔共飘飖,云天各飞翻。江水流或卷,此
心难具论。贫家一作居羞好客,语拙觉辞繁。三朝空错莫,对饭一作
饮却惭冤。自笑我非夫,生事多契阔。蓄积万古愤,向谁得开豁。
天地一浮云,此身乃毫末。忽见无端倪,太虚可包括。去去何足
道,临歧空复愁。肝胆不楚越,山河亦衾裯。云龙若相从,明主会
见收。成功解一作若相访,溪一作绿水桃花流。

## 赠 裴 司 马

翡翠黄金缕,绣成歌舞衣。若无云间月,谁可比光辉。秀色一如
此,多为众女讥。君恩移昔爱,失宠秋风归。愁苦不窥邻,泣上流
黄机。天寒素手冷,夜长烛复微。十日不满匹,鬓蓬乱若丝。犹是

可怜人，容华世中稀。向君发皓齿，顾我莫相违。

## 叙旧赠江阳宰陆调

泰伯让天下，仲雍扬波涛。清风荡万古，迹与星辰高。开吴食东溟，陆氏世英髦。多君秉古节，岳立冠人曹。风流少年时，京洛事游遨。腰间延陵剑，玉带明珠袍。我昔斗鸡徒，连延五陵豪。邀遮相组织，呵吓来煎熬。君开万丛人，鞍马皆辟易。告急清宪台，脱余北门厄。间宰江阳邑，翦棘树兰芳。城门何肃穆，五月飞秋霜。好鸟集珍木，高才列华堂。时从府中归，丝管俨成行。但苦隔远道，无由共衔觞。江北荷花开，江南杨梅熟。正好饮酒时，怀贤在心目。挂席拾海月，乘风下长川。多沽新丰醲，满载剡溪船。中途不遇人，直到尔门前。大笑同一醉，取乐平生年。一本作：太伯让天下，仲雍扬波涛。清风荡万古，迹与星辰高。开吴食东溟，陆氏世英髦。夫子特峻秀，岳立冠人曹。风流少年时，京洛事游遨。骖骊红阳燕，玉剑明珠袍。一诺许他人，千金双错刀。满堂青云士，望美期丹霄。我昔北门厄，摧如一枝蒿。有虎挟鸡徒，连延五陵豪。邀遮来组织，呵赫相煎熬。君披万人业，脱我如犹牢。此耻竟未刷，且食绥山桃。非天雨文章，所祖托风骚。苍蓬老壮发，长策未逢遭。别君几何时，君无相思否。鸣琴坐高楼，绿水净窗户。政成闻雅颂，人吏皆拱手。投刃有馀地，回车摄江阳。错杂非易理，先威挫豪强。城门何肃穆，五月飞秋霜。好鸟集珍木，高才列华堂。时从府中归，丝管俨成行。但苦隔远道，无由共衔觞。江北荷花开，江南杨梅鲜。挂席拾海月，乘风下长川。多沽新丰醲，满载剡溪船。中途不遇人，直到尔门前。大笑同一醉，取乐平生年。

## 赠从孙义兴宰铭

天子思茂宰，天枝得英才。朗然清秋月，独出映吴台。落笔生绮绣，操刀振风雷。蠖屈虽百里，鹏骞望三台。退食无外事，琴堂向山开。绿水寂以闲，白云有时来。河阳富奇藻，彭泽纵名杯。所恨不见之，犹如仰昭回。元恶昔滔天，疲人散幽草。惊川无活鳞，举邑罕遗老。誓雪会稽耻,将奔宛陵道。亚相素所重,投刃应桑林。独坐伤激扬,神融一开襟。弦歌欣再理,和乐醉人心。蠹政除害马,倾巢有归禽。壶浆候君来,聚舞共讴吟。农人弃蓑笠,蚕女堕缨簪。欢笑相拜贺,则知惠爱深。亚相李公重之以能政,中丞李公免罢以移官。历职吾所闻,称贤尔为最。化洽一邦上,名驰三江外。峻节贯云霄,通方堪远大。能文变风俗,好客留轩盖。他日一来游,因之严光濑。

## 草创大还赠柳官迪

天地为橐籥,周流行太易。造化合元符,交媾腾精魄。自然成妙用,孰知其指的。罗络四季间,绵微无一隙。日月更出没,双光岂云只。姹女乘河车,黄金充辕轭。执枢相管辖,摧伏伤羽翮。朱鸟张炎威,白虎守本宅。相煎成苦老,消铄凝津液。仿佛明窗尘,死灰同至寂。捣一作铸冶入赤色,十二周律历。赫然称大还,与道本无隔。白日可抚弄,清都在咫尺。北酆落死名,南斗上生籍。抑予是何者,身在方士格。才术信纵横,世途自轻掷。吾求仙弃俗,君晓损胜益。不向金阙游,思为玉皇客。鸾车速风电,龙骑无鞭策。一举上九天,相携同所适。

## 赠崔司户文昆季

双珠出海底,俱是连城珍。明月两特达,馀辉傍照人。英声振名都,高价动殊邻。岂伊箕山故,特以风期亲。惟昔不自媒,担簦西入秦。攀龙九天上,忝列岁星臣。布衣侍丹墀,密勿草丝纶。才微惠渥重,谗巧生缁磷。一去已十载,今来复盈旬。清霜入晓鬓,白露生衣巾。侧见绿水亭,开门列华茵。千金散义士,四坐无凡宾。欲折月中桂,持一作特为寒者薪。路傍已窃笑,天路将何因。垂恩倘丘山,报德有微身。

## 赠溧阳宋少府陟

李斯未相秦,且逐东门兔。宋玉事襄王,能为高唐赋。常闻绿水
曲,忽此相逢遇。扫洒青天开,豁然披云雾。葳蕤紫鸾鸟,巢在昆
山树。惊风西北吹,飞落南溟去。早怀经济策,特受龙颜顾。白玉
栖青蝇,君臣忽行路。人生感分义,贵欲呈丹素。何日清中原,相
期廓天步。

## 戏赠郑溧阳

陶令日日醉,不知五柳春。素琴本无弦,漉酒用葛巾。清风北窗
下,自谓羲皇人。何时到栗里,一见平生亲。

## 赠 僧 崖 公

昔在朗陵东,学禅白眉空。大地了镜彻,回旋寄轮风。揽彼造化
力,持为我神通。晚谒泰山君,亲见日没云。中夜卧山月一作夜卧雪
上月,拂衣逃人群。授余金仙道,旷劫未始闻。冥机发天光,独朗谢
垢氛。虚舟不系物,观化游江渍。江渍遇同声,道崖乃僧英。说法
动海岳,游方化公卿。手秉玉麈尾,如登白楼亭。微言注百川,亹
亹信可听。一风鼓群有,万籁各自鸣。启闭八窗牖,托宿掣电霆。
自言历天台,搏壁蹑翠屏。凌兢石桥去,恍惚入青冥。昔往今来
归,绝景无不经。何日更携手,乘杯向蓬瀛。

## 游溧阳北湖亭望瓦屋
## 山怀古赠同旅 一作赠孟浩然

朝登北湖亭,遥望瓦屋山。天清白露下,始觉秋风还。游子托主

人,仰观眉睫间。目色送飞鸿,邈然不可攀。长吁相劝勉,何事来吴关。闻有贞义女,振穷溧水湾。清光了在眼,白日如披颜。高坟五六墩,崒兀栖猛虎。遗迹翳九泉,芳名动千古。子胥昔乞食,此女倾壶浆。运开展宿愤,入楚鞭平王。凛冽天地间,闻名若怀霜。壮夫或未达,十步九太行。与君拂衣去,万里同翱翔。

## 醉后赠从甥高镇

马上相逢揖马鞭,客中相见客中怜。欲邀击筑悲歌饮,正值倾家无酒钱。江东风光不借人,枉杀落花空自春。黄金逐手快意尽,昨日破产今朝贫。丈夫何事空啸傲,不如烧却头上巾。君为进士不得进,我被秋霜生旅鬓。时清不及英豪人,三尺童儿重廉蔺。匣中盘剑装鲳音鹊,又音错鱼,闲在腰间未用渠。且将换酒与君醉,醉归托宿吴专诸。

## 赠秋浦柳少府

秋浦旧萧索,公庭人吏稀。因君树桃李,此地忽芳菲。摇笔望白云,开帘当翠微。时来引山月,纵酒酣清晖。而我爱夫子,淹留未忍归。

## 赠崔秋浦三首

吾爱崔秋浦,宛然陶令风。门前五杨柳,井上二梧桐。山鸟下厅事,檐花落酒中。怀君未忍去,惆怅意无穷。

崔令学陶令,北窗常昼眠。抱琴时弄月,取意任无弦。见客但倾酒,为官不爱钱。东皋春事起,种黍早归田。一作东皋多种黍,劝尔早耕田。

河阳花作县,秋浦玉为人。地逐名贤好,风随惠化春。水从天汉落,山逼画屏新。应念金门客,投沙吊楚臣。

## 望九华赠青阳韦仲堪

昔在九江上,遥望九华峰。天河挂绿水,秀出九芙蓉。我欲一挥手,谁人可相从。君为东道主,于此卧云松。

# 全唐诗卷一七〇

## 李　白

### 赠王判官时余归隐居庐山屏风叠

昔别黄鹤楼,蹉跎淮海秋。俱飘零落叶,各散洞庭流。中年不相见,蹭蹬游吴越。何处我思君,天台绿萝月。会稽风月好,却绕剡溪回。云山海上出,人物镜中来。一度浙江北,十年醉楚台。荆门倒屈宋,梁苑倾邹枚。苦﹝一作若﹞笑我夸诞,知音安在哉。大盗割鸿沟,如风扫秋叶。吾非济代人,且隐屏风叠。中夜天中望,忆君思见君。明朝拂衣去,永与海鸥群。

### 在水军宴赠幕府诸侍御

月化五白龙,翻飞凌九天。胡沙惊北海,电扫洛阳川。虏箭雨宫阙,皇舆成播迁。英王受庙略,秉钺清南边。云旗卷海雪,金戟罗江烟。聚散百万人,弛张在一贤。霜台降群彦,水国奉戎旃。绣服开宴语,天人借楼船。如登黄金台,遥谒紫霞仙。卷身编蓬下,冥机四十年。宁知草间人,腰下有龙泉。浮云在一决,誓欲清幽燕。愿与四座公,静谈金匮篇。齐心戴朝恩,不惜微躯捐。所冀旄头灭,功成追鲁连。

# 赠武十七谔 并序

门人武谔,深于义者也。质本沉悍,慕要离之风,潜钓川(一作江)
海,不数数于世间事。闻中原作难,西来访(一作谒)余。余爱子伯禽在
鲁,许将冒胡兵以致之。酒酣感激,援笔而赠。

马如一匹练,明日过吴门。乃是要离客,西来欲报恩。笑开燕匕
首,拂拭竟无言。狄犬吠清洛,天津成塞垣。爱子隔东鲁,空悲断
肠猿。林回弃白璧,千里阻同奔。君为我致之,轻赍涉淮原。精诚
合天道,不愧远游一作邓攸魂。

# 赠闾丘宿松

阮籍为太守,乘驴上东平。剖竹十日间,一朝风化清。偶来拂衣
去,谁测主人情。夫子理宿松,浮云知古城。扫地物莽然,秋来百
草生。飞鸟还旧巢,迁人返躬耕。何惭宓子贱,不减陶渊明。吾知
千载后,却掩二贤名。

# 狱中上崔相涣

胡马渡洛水,血流征战场。千门闭秋景,万姓危朝霜。贤相燮元
气,再欣海县康。台庭有夔龙,列宿粲成行。羽翼三元圣,发辉两
太阳。应念覆盆下,雪泣拜天光。

# 中丞宋公以吴兵三千赴河南
# 军次寻阳脱余之囚参谋幕府因赠之

独坐清天下,专征出海隅。九江皆渡虎,三郡尽还珠。组练明秋
浦,楼船入郢都。风高初选将,月满欲平胡。杀气横千里,军声动
九区。白猿惭剑术,黄石借兵符。戎虏行当剪,鲸鲵立可诛。自怜

非剧孟,何以佐良图。

## 流夜郎赠辛判官

昔在长安醉花柳,五侯七贵同杯酒。气岸遥凌豪士前,风流肯落他
人后。夫子红颜我少年,章台走马著金鞭。文章献纳麒麟殿,歌舞
淹留玳瑁筵。与君自谓长如此,宁知草动风尘起。函谷忽惊胡马
来,秦宫桃李向明—作胡开。我愁远谪夜郎去,何日金鸡放赦回。

## 赠 刘 都 使

东平刘公幹,南国秀馀芳。一鸣即朱绂,五十佩银章。饮冰事戎
幕,衣锦华水乡。铜官几万人,净讼清玉堂。吐言贵珠玉,落笔回
风霜。而我谢明主,衔哀投夜郎。归家酒债多,门客粲成行。高谈
满四座,一日倾千觞。所求竟无绪,裘马欲摧藏。主人若不顾,明
发钓沧浪。

## 赠 常 侍 御

安石在东山,无心济天下。一起振横流,功成复潇洒。大贤有卷
舒,季叶轻风雅。匡复属何人,君为知音者。传闻武安将,气振长
平瓦。燕赵期洗清,周秦保宗社。登朝若有言,为访南迁贾。

## 赠 易 秀 才

少年解长剑,投赠即分离。何不断犀象,精光暗往时。蹉跎君自
惜,窜逐我因谁。地远虞翻老,秋深宋玉悲。空摧芳桂色,不屈古
松姿。感激平生意,劳歌寄此辞。

## 经乱离后天恩流夜郎忆
## 旧游书怀赠江夏韦太守良宰

天上白玉京,十二楼五城。仙人抚我顶,结发受长生。误逐世间
乐,颇穷理乱情。九十六圣君,浮云挂空名。天地赌一掷,未能忘
战争。试涉霸王略,将期轩冕荣。时命乃大谬,弃之海上行。学剑
翻自哂,为文竟何成。剑非万人敌,文窃四海声。儿戏不足道,五
噫出西京。临当欲去时,慷慨泪沾缨。叹君倜傥才,标举冠群英。
开筵引祖帐,慰此远徂征。鞍马若浮云,送余骠骑亭。歌钟不尽
意,白日落昆明。十月到幽州,戈鋋若罗星。君王弃北海,扫地借
长鲸。呼吸走百川,燕然可摧倾。心知不得语,却欲栖蓬瀛。弯弧
惧天狼,挟矢不敢张。揽涕黄金台,呼天哭昭王。无人贵骏骨,骐
耳空腾骧。乐毅倘再生,于今亦奔亡。蹉跎不得意,驱马还贵乡。
逢君听弦歌,肃穆坐华堂。百里独太古,陶然卧羲皇。征乐昌乐
馆,开筵列壶觞。贤豪间青娥,对烛俨成行。醉舞纷绮席,清歌绕
飞梁。欢娱未终朝,秩满归咸阳。祖道拥万人,供帐遥相望。一别
隔千里,荣枯异炎凉。炎凉几度改,九土中横溃。汉甲连胡兵,沙
尘暗云海。草木摇杀气,星辰无光彩。白骨成丘山,苍生竟何罪。
函关壮帝居,国命悬哥舒。长戟三十万,开门纳凶渠。公卿如犬
羊,忠谠醢与菹。二圣出游豫,两京遂丘墟。帝子许专征,秉旄控
强楚。节制非桓文,军师拥熊虎。人心失去就,贼势腾风雨。惟君
固房陵,诚节冠终古。仆卧香炉顶,餐霞漱瑶泉。门开九江转,枕
下五湖连。半夜水军来,浔阳满旌旃。空名适自误,迫胁上楼船。
徒赐五百金,弃之若浮烟。辞官不受赏,翻谪夜郎天。夜郎万里
道,西上令人老。扫荡六合清,仍为负霜草。日月无偏照,何由诉
苍昊。良牧称神明,深仁恤交道。一忝青云客,三登黄鹤楼。顾惭

祢处士,虚对鹦鹉洲。樊山霸气尽,寥落天地秋。江带峨眉雪,川横三峡流。万舸此中来,连帆过扬州。送此万里目,旷然散我愁。纱窗倚天开,水树绿如发。窥日畏衔山,促酒喜得月。吴娃与越艳,窈窕夸铅红。呼来上云梯,含笑出帘栊。对客小垂手,罗衣舞春风。宾跪请休息,主人情未极。览君荆山作,江鲍堪动色。清水出芙蓉,天然去雕饰。逸兴横素襟,无时不招寻。朱门拥虎士,列戟何森森。剪凿竹石开,萦流涨清深。登台坐水阁,吐论多英音。片辞贵白璧,一诺轻黄金。谓我不愧君,青鸟明丹心。五色云间鹊,飞鸣天上来。传闻赦书至,却放夜郎回。暖气变寒谷,炎烟生死灰。君登凤池去,忽弃贾生才。桀犬尚吠尧,匈奴笑千秋。中夜四五叹,常为大国忧。旌旆夹两山,黄河当中流。连鸡不得进,饮马空夷犹。安得羿善射,一箭落旄头。

## 江夏使君叔席上赠史郎中

凤凰丹禁里,衔出紫泥书。昔放三湘去,今还万死馀。仙郎久为别,客舍问何如。涸辙思流水,浮云失旧居。多惭华省贵,不以逐臣疏。复如竹林下,叨陪芳宴初。希君生羽翼,一化北溟鱼。

## 博平郑太守自庐山千里相寻入<br>江夏北市门见访却之武陵立马赠别

大梁贵公子,气盖苍梧云。若无三千客,谁道信陵君。救赵复存魏,英威天下闻。邯郸能屈节,访博从毛薛。夷门得隐沦,而与侯生亲。仍要鼓刀者,乃是袖椎人。好士不尽心,何能保其身。多君重然诺,意气遥相托。五马入市门,金鞍照城郭。都忘虎竹贵,且与荷衣乐。去去桃花源,何时见归轩。相思无终极,肠断朗江猿。

## 江上赠窦长史

汉求季布鲁朱家,楚逐伍胥去章华。万里南迁夜郎国,三年归及长
风沙。闻道青云贵公子,锦帆游戏西江水。人疑天上坐楼船,水净
霞明两重绮。相约相期何太深,棹歌摇艇月中寻。不同珠履三千
客,别欲论交一片心。

## 赠 王 汉 阳

天落白一作上堕玉棺,王乔辞叶县。一去未千年,汉阳复相见。犹
乘飞凫舄,尚识仙人面。鬓发何青青,童颜皎如练。吾曾弄海水,
清浅嗟三变。果惬麻姑言,时光速流电。与君数杯酒,可以穷欢
宴。白云归去来,何事坐交战。

## 赠汉阳辅录事二首

闻君罢官意,我抱汉川湄。借问久疏索,何如听讼时。天清江月
白,心静海鸥知。应念投沙客,空馀吊屈悲。
鹦鹉洲横汉阳渡,水引寒烟没江树。南浦登楼不见君,君今罢官在
何处。汉口双鱼白锦鳞,令传尺素报情人。其中字数无多少,只是
相思秋复春。

## 江夏赠韦南陵冰

胡骄马惊沙尘起,胡雏饮马天津水。君为张掖近酒泉,我窜三色九
千里。天地再新法令宽,夜郎迁客带霜寒。西忆故人不可见,东风
吹梦到长安。宁期此地忽相遇,惊喜茫如堕烟雾。玉箫金管喧四
筵,苦心不得申长句。昨日绣衣倾绿尊,病如桃李竟何言。昔骑天
子大宛马,今乘款段诸侯门。赖遇南平豁方寸,复兼夫子持清论。

有似山开万里云,四望青天解人闷。人闷还心闷,苦辛长苦辛。愁来饮酒二千石,寒灰重暖生阳春。山公醉后能骑马,别是风流贤主人。头陀云月多僧气,山水何曾称人意。不然一作能鸣箛按鼓戏沧流,呼取江南女儿歌棹讴。我且为君槌碎黄鹤楼,君亦为吾倒却鹦鹉洲。赤壁争雄如梦里,且须歌舞宽离忧。

## 赠卢司户

秋色无远近,出门尽寒山。白云遥相识,待我苍梧间。借问卢耽鹤,西飞几岁还。

# 赠从弟南平太守之遥二首

少年不得意,落魄无安居。愿随任公子,欲钓吞舟鱼。常时饮酒逐风景,壮心遂与功名疏。兰生谷底人不锄,云在高山空卷舒。汉家天子驰驷马,赤军蜀道迎相如。天门九重谒圣人,龙颜一解四海春。彤庭左右呼万岁,拜贺明主收沉沦。翰林秉笔回英眄,麟阁峥嵘谁可见。承恩初入银台门一作侍从甘泉宫,著书独在金銮殿。龙钩雕镫白玉鞍,象床绮席黄金盘。当时笑我微贱者,却来请谒为交欢。一朝谢病游江海,畴昔相知几人在。前门长揖后门关,今日结交明日改。爱君山岳心不移,随君云雾迷所为。梦得池塘生春草,使我长价登楼诗。别后遥传临海作,可见羊何共和之。
东平与南平,今古两步兵。素心爱美酒,不是顾专城。谪官桃源去,寻花几处行。秦人如旧识,出户笑相迎。南平时因饮酒过度,贬武陵。

# 赠潘侍御论钱少阳

绣衣柱史何昂藏,铁冠白笔横秋霜。三军论事多引纳,阶前虎士罗干将。虽无二十五老者,且有一翁钱少阳。眉如松雪齐四皓,调笑可以安储皇。君能礼此最下士,九州拭目瞻清光。

## 赠柳圆

竹实满秋浦,凤来何苦饥。还同月下鹊,三绕未安枝。夫子即琼树,倾柯拂羽仪。怀君恋明德,归去日相思。

## 流夜郎半道承恩放还
## 兼欣克复之美书怀示息秀才

黄口为人罗,白龙乃鱼服。得罪岂怨天,以愚陷网目。鲸鲵未翦灭,豺狼-作虎屡翻履。悲作楚地囚,何日-作由秦庭哭。遭逢二明主,前后两迁逐。去国愁夜郎,投身窜荒谷。半道雪屯蒙,旷如鸟出笼。遥欣克复美,光武安可同。天子巡剑阁,储皇守扶风。扬袂正北辰,开襟揽群雄。胡兵出月窟,雷破关之东。左扫因右拂,旋收洛阳宫。回舆入咸京,席卷六合通。叱咤开帝业-作字,手成天地功。大驾还长安,两日忽再中。一朝让宝位,剑玺传无穷。愧无秋毫力,谁念璺铄翁。弋者何所慕,高飞仰冥鸿。弃剑学丹砂,临炉双玉童。寄言息夫子,岁晚陟方蓬。

## 赠张相镐二首

时逃难在宿松山作。萧士赟云,此下八首非白作。

神器难窃弄,天狼窥紫宸。六龙迁白日,四海暗胡尘。昊穹降元宰,君子方经纶。澹然养浩气,欻起持大钧。秀骨象山岳,英谋合鬼神。佐汉解鸿门,生唐为后身。拥旄秉金钺,伐鼓乘朱轮。虎将如雷霆,总戎向东巡。诸侯拜马首,猛士骑鲸鳞。泽被鱼鸟悦,令行草木春。圣智不失时,建功及良辰。丑虏安足纪,可贻帼与巾。倒泻溟海珠,尽为入幕珍。冯异献赤伏,邓生倏来臻。庶同昆阳

举,再睹汉仪新。昔为管将鲍,中奔吴隔秦。一生欲报主,百代思
荣亲。其事竟不就,哀哉难重陈。卧病宿松山—作古松滋,苍茫空四
邻。风云激壮志,枯槁惊常伦。闻君自天来,目张气益振。亚夫得
剧孟,敌—作七国空—作定无人。扪虱对桓公,愿得论悲辛。大块方
噫气,何辞鼓青蘋。斯言倘不合,归老汉江滨。

本家陇西人,先为汉边将。功略盖天地,名飞青云上。苦战竟不
侯,富—作当年颇惆怅。世传崆峒勇,气激金风壮。英烈遗厥孙,百
代神犹王。十五观奇书,作赋凌相如。龙颜惠殊宠,麟阁凭天居。
—作侍从承明庐。晚途未云已,蹭蹬遭谗毁。想像晋末时,崩腾胡尘
起。衣冠陷锋镝,戎虏盈—作荆棘生朝市。石勒窥神州,刘聪劫天
子。抚剑夜吟啸,雄心日千里。誓欲斩鲸鲵,澄清洛阳水。六合—
作三台洒霖雨,万物—作六合无凋枯。我挥一杯水,自笑何区区。因
人耻成事,贵欲决良图。灭虏不言功,飘然陟—作向蓬壶。惟有安
期舄,留之沧海隅。

## 闻谢杨儿吟猛虎词因此有赠

同州隔秋浦,闻吟猛虎词。晨朝来借问,知是谢杨儿。

## 宿清溪主人

夜到清溪宿,主人碧岩里。檐楹挂星斗,枕席响风水。月落西山
时,啾啾夜猿起。

## 系寻阳上崔相涣三首

邯郸四十万,同日陷长平。能回造化笔,或冀一人生。

毛遂不堕井,曾参宁杀人。虚言误公子,投杼惑慈亲。白璧双明
月,方知一玉真。

虚传一片雨,枉作阳台神。纵为梦里相随去,不是襄王倾国人。此
首萧士赟云:非上崔相。

# 巴陵赠贾舍人

贾生西望忆京华,湘浦南迁莫怨嗟。圣主恩深汉文帝,怜君不遣到
长沙。

# 全唐诗卷一七一

## 李　白

### 赠别舍人弟台卿之江南

去国客行远,还山秋梦长。梧桐落金井,一叶飞银床。觉罢揽明镜,鬓毛飒已霜。良图委蔓草,古貌成枯桑。欲道心下事,时人疑夜光。因为洞庭叶,飘落之潇湘。令弟经济士,谪居我何伤一作出门见我伤。潜虬隐尺水,著论谈兴亡。客遇一作云见王子乔,口传不死方。入洞过天地,登真朝玉皇。吾将抚尔背,挥手遂翱翔一作凌苍苍。

### 醉后赠王历阳 历阳,和州也。

书秃千兔毫,诗裁两牛腰。笔踪起龙虎,舞袖拂云霄。双歌二胡姬,更奏远清朝。举酒挑朔雪,从君不相饶。

### 赠历阳褚司马 时此公为稚子舞,故作是诗。

北堂千万寿,侍奉有光辉。先同稚子舞,更著老莱衣。因为小儿啼,醉倒月下归。人间无此乐,此乐世中稀。

# 对雪醉后赠王历阳

有身莫犯飞龙鳞，有手莫辬猛虎须。君看昔日汝南市，白头仙人隐玉壶。子猷闻风动窗竹，相邀共醉杯中绿。历阳何异山阴时，白雪飞花乱人目。君家有酒我何愁，客多乐酤秉烛游。谢尚自能鸲鹆舞，相如免脱鹔鹴裘。清晨一作兴罢鼓棹过江去，千里相思明月楼一作他日西看却月楼。

# 赠宣城宇文太守兼呈崔侍御

白若白鹭鲜，清如清唳蝉。受气有本性，不为外物迁。饮水箕山上，食雪首阳颠。回车避朝歌，掩口去盗泉。岩峣广成子，倜傥鲁仲连。卓绝二公外，丹心无间然。昔攀六龙飞，今作百炼铅。怀恩欲报主，投佩向北燕。弯弓绿弦开，满月不惮坚。闲骑骏马猎，一射两虎穿。回旋若流光，转背落双鸢。胡虏三叹息，兼知五兵权。枪枪突云将，却掩我之妍。多逢剿绝儿，先著祖生鞭。据鞍空矍铄，壮志竟谁宣。蹉跎复来归，忧恨坐相煎。无风难破浪，失计长江边。危苦惜颓光，金波忽三圆。时游敬亭上，闲听松风眠。或弄宛溪月，虚舟信洄沿。颜公二一作三十万，尽付酒家钱。兴发每取之，聊向醉中仙一作眠。过此无一事，静谈秋水篇。君从九卿来，水国有丰年。鱼盐满市井，布帛如云烟。下马不作威，冰壶照清川。霜眉邑中叟，皆美太守贤。时时慰风俗，往往出东田。竹马数小儿，拜迎白鹿前。含笑问使君，日晚可回旋。遂归池上酌，掩抑清风弦。曾标横浮云，下抚谢朓肩。楼高碧海出，树古青萝悬。光禄紫霞杯，伊昔忝相传。良图扫沙漠，别梦绕旌旃。富贵日成疏，愿言杳无缘。登龙有直道，倚玉阻芳筵。敢献绕朝策，思同郭泰船。何言一水浅，似隔九重天。崔生何傲岸，纵酒复谈玄。身为名公子,英才苦屯邅。鸣凤托高梧,凌风何翩翩。安知慕群客,弹剑拂秋莲。

## 赠宣城赵太守悦

赵得宝符盛,山河功业存。三千堂上客,出入拥平原。六国扬清风,英声何喧喧。大贤茂远业,虎竹光南藩。错落千丈松,虬龙盘古根。枝下无俗草,所植唯兰荪。忆在南阳时,始承国士恩。公为柱下史,脱绣归田园。伊昔簪白笔,幽都逐游魂。持斧冠三军,霜清天北门。差池宰两邑,鹗立重飞翻。焚香入兰台,起草多芳言。夔龙一顾重,矫翼凌翔鹓。赤县扬雷声,强项闻至尊。惊飙颓秀木,迹屈道弥敦。出牧历三郡,所居猛兽奔。迁人同卫鹤,谬上懿公轩。自笑东郭履,侧惭狐白温。闲吟步竹石,精义忘朝昏。憔悴成丑士,风云何足论。猕猴骑土牛,羸马夹双辕。愿借羲皇景,为人照覆盆。溟海不振荡,何由纵鹏鲲。所期玄一作要津白一作日,倜傥假腾骞。

## 赠从弟宣州长史昭

淮南一作北望江南,千里碧山对。我行倦一作尽过之,半落青天外。宗英佐雄郡,水陆相控带。长川豁中流,千里泻吴会。君心亦如此,包纳无小大。摇笔起风霜,推诚结仁爱。讼庭垂桃李,宾馆罗轩盖。何意苍梧云,飘然忽相会。才将圣不偶,命与时俱背。独立山海间,空老圣明代。知音不易得,抚剑增感慨。当结九万期,中途莫先退。

## 于五松山赠南陵常赞府

为草当作兰,为木当作松。兰秋香风远,松寒不改容。松兰相因

依,萧艾徒丰茸。鸡与鸡并食,鸾与鸾同枝。拣珠去沙砾,但有珠
相随。远客投名贤,真堪写怀抱。若惜方寸心,待谁可倾倒。虞卿
弃赵相,便与魏齐行。海上五百人,同日死田横。当时不好贤,岂
传千古名。愿君同心人,于我少留情。寂寂还寂寂,出门迷所适。
长铗归来乎一作长剑歌归来,秋风思归客。

## 自梁园至敬亭山见会公谈
## 陵阳山水兼期同游因有此赠

我随秋风来,瑶草恐衰歇。中途寡名山,安得弄云月。渡江如昨
日,黄叶向人飞。敬亭惬素尚,弭棹流清辉。冰谷明且秀,陵峦抱
江城。粲粲吴与史,衣冠耀天京。水国饶英奇,潜光卧幽草。会公
真名僧,所在即为宝。开堂振白拂,高论横青云。雪山扫粉壁,墨
客多新文。为余话幽栖,且述陵阳美。天开白龙潭,月映清秋水。
黄山望石柱,突兀谁开张。一作白柱撞星汉,西崖谁开张。黄鹤久不来,
子安在苍茫。东南焉可穷,山鸟飞绝处一作猿狖绝行处。稠叠千万
峰,相连入云去。闻此期振策,归来空闭关。相思如明月,可望不
可攀。何当移白足,早晚凌苍山。且寄一书札,令予解愁颜。

## 赠友人三首

兰生不当户,别是闲庭草。夙被霜露欺,红荣已先老。谬接瑶华
枝,结根君王池。顾无馨香美,叨沐清风吹。馀芳若可佩,卒岁长
相随。

袖中赵匕首,买自徐夫人。玉匣闭霜雪,经燕复历秦。其事竟不
捷,沦落归沙尘。持此愿投赠,与君同急难一作岁寒。荆卿一去后,
壮士多摧残。长号易水上,为我扬波澜。凿井当及泉,张帆当济
川。廉夫唯重义,骏马不劳鞭。人生贵相知,何必金与钱。

慢世薄功业,非无胸中画。谲浪万古贤,以为儿童剧。立产如广
费,匡君怀长策。但苦山北寒,谁知一作分道南宅。岁酒上逐风,霜
鬓两边白。蜀主思孔明,晋家望安石。时人一作来列五鼎,谈笑期
一掷。虎伏被胡尘,渔歌游海滨。弊裘耻妻嫂,长剑托交亲。夫子
秉家义,群公难与邻。莫持西江水,空许东溟臣。他日青云去,黄
金报主人。

## 陈情赠友人

延陵有宝剑,价重千黄金。观风历上国,暗许故人深。归来挂坟
松,万古知其心。懦夫感达节,壮士一作气激青一作素衿。鲍生荐夷
吾,一举置齐相。斯人无良朋,岂有青云望。临财不苟取,推一作揣
分固辞让。后世称其贤,英风邈难尚。论交但若此,友道孰云丧。
多君骋逸藻,掩映当时人。舒文振颓波,秉德冠彝伦。卜居乃此
地,共井为比邻。清琴弄云月,美酒娱冬春。薄德中见捐,忽之如
遗尘。英豪未豹变,自古多艰辛。他人纵以疏,君意宜独亲。奈何
成离居,相去复几许。飘风吹云霓,蔽目不得语。投珠冀相一作有
报,按剑恐相距。所思采芳兰,欲赠隔荆一作修渚。沉忧心若醉,积
恨泪如雨。愿假东壁辉,馀光照贫女。

## 赠 从 弟 冽

楚人不识凤,重一作高价求山鸡。献主昔云是,今来方觉迷。自居
漆园北,久别咸阳西。风飘落日去,节变流莺啼。桃李寒未开,幽
关岂来一作成蹊。逢君发花萼,若与青云齐。及此桑叶绿,春蚕起
中闺。日出布谷鸣,田家拥锄犁。顾余乏尺土,东作谁相携。傅说
降霖雨,公输造云梯。羌戎事未息,君子悲涂泥。报国有长策,成
功羞执珪。无由谒明主,杖策还蓬藜。他年尔相访,知我在磻溪。

# 赠闾丘处士

贤人有素业,乃在沙塘陂。竹影扫秋月,荷衣一作花落古池。闲读
山海经,散帙卧遥帷。且耽田家乐,遂旷林中期。野酌劝芳酒,园
蔬烹露葵。如能树桃李,为我结茅茨。

## 赠钱征君少阳 一作送赵云卿

白玉一杯酒,绿杨三月时。春风馀几日,两鬓各成丝。秉烛唯须
饮,投竿也未迟。如逢渭川一作水猎,犹可帝王师。

## 赠宣州灵源寺仲濬公

敬亭白云气,秀色连苍梧。下映双溪水,如天落镜湖。此中积龙
象,独许濬公殊。风韵逸江左,文章动海隅。观心同水月,解领得
明珠。今日逢支遁,高谈出有无。

## 赠 僧 朝 美

水客凌洪波,长鲸涌溟海。百川随龙舟,嘘吸竟安在。中有不死
者,探得明月珠。高价倾宇宙,馀辉照江湖。苞卷金缕褐,萧然若
空无。谁人识此宝,窃笑有狂夫。了心何言说,各勉黄金躯。

## 赠 僧 行 融

梁有汤惠休,常从鲍照游。峨眉史怀一,独映陈公出。卓绝二道
人,结交凤与麟。行融亦俊发,吾知有英骨。海若不隐珠,骊龙吐
明月。大海乘虚舟,随波任安流。赋诗旃檀阁,纵酒鹦鹉洲。待我
适东越,相携上白楼。

# 赠黄山胡公求白鹇 并序

　　闻黄山胡公有双白鹇,盖是家鸡所伏,自小驯狎,了无惊猜,以其名呼之,皆就掌取食。然此鸟耿介,尤难畜之。余平生酷好,竟莫能致。而胡公辄赠于我,唯求一诗。闻之欣然,适会宿意,因援笔三叫,文不加点以赠之。

请以双白璧,买君双白鹇。白鹇白如锦,白雪耻容颜。照影玉潭里,刷毛琪树间。夜栖寒月静,朝步落花闲。我愿得此鸟,玩之坐碧山。胡公能辄赠,笼寄野人还。

# 登敬亭山南望怀古赠窦主簿

敬亭一回首,目尽天南端。仙者五六人,常闻此游盘。溪流琴高水,石耸麻姑坛。白龙降陵阳,黄鹤呼子安。羽化骑日月,云行翼鸳一作鹍鸾。下视宇宙间,四溟皆一作空波澜。汰绝目下事,从之复何难。百岁落半途,前期浩漫漫。强食不成味,清晨起长叹。愿随子明去,炼火烧金丹。

# 经乱后将避地剡中留赠崔宣城

双鹅飞洛阳,五马渡江徼。何意上东门,胡雏更长啸。中原走豺虎,烈火焚宗庙。太白昼经天,颓阳掩馀照。王城皆荡覆,世路成奔峭。四海望长安,颦眉寡西笑。苍生疑落叶,白骨空相吊。连兵似雪山,破敌谁能料。我垂北溟翼,且学南山豹。崔子贤主人,欢娱每相召。胡床紫玉笛,却坐青云叫。杨花满州城,置酒同临眺。忽思剡溪去,水石远清妙。雪尽天地明,风开湖山貌。闷为洛生咏,醉发吴越调。赤霞动金光,日足森海峤。独散万古意,闲垂一溪钓。猿近天上啼,人移月边棹。无以墨绶苦,来求丹砂要。华发长折腰,将贻陶公诮。

## 献从叔当涂宰阳冰

金镜霾六国,亡新乱天经。焉知高光起,自有羽翼生。萧曹安嵽
嵲,耿贾摧樯枪。吾家有季父,杰出圣代英。虽无三台位,不借四
豪名。激昂风云气,终协龙虎精。弱冠燕赵来,贤彦多逢迎。鲁连
善谈笑,季布折公卿。遥知礼数绝,常恐不合并。惕想结宵梦,素
心久已冥。顾惭青云器,谬奉玉樽倾。山阳五百年,绿竹忽再荣。
高歌振林木,大笑喧雷霆。落笔洒篆文,崩云使人惊。吐辞又炳
焕,五色罗华星。秀句满江国,高才揽天庭。宰邑艰难时,浮云空
古城。居人若薙草,扫地无纤茎。惠泽及飞走,农夫尽归耕。广汉
水万里,长流玉琴声。雅颂播吴越,还如泰阶平。小子别金陵,来
时白下亭。群凤怜客鸟,差池相哀鸣。各拔五色毛,意重泰山轻。
赠微所费广,斗水浇长鲸。弹剑歌苦寒,严风起前楹。月衔天门
晓,霜落牛渚清。长叹即归路,临川空屏营。

## 书怀赠南陵常赞府

岁星入汉年,方朔见明主。调笑当时人,中天谢云雨。一去麒麟
阁,遂将朝市乖。故交不过门,秋草日上阶。当时何特达,独与我
心谐。置酒凌歊台,欢娱未曾歇。歌动白纻山,舞回天门月。问我
心中事,为君前致辞。君看我才能,何似鲁仲尼。大圣犹不遇,小
儒安足悲。云南五月中,频丧渡泸师。毒草杀汉马,张兵夺云一作
秦旗。至今西二河,流血拥僵尸。将无七擒略,鲁女惜园葵。咸阳
天下枢,累岁人不足。虽有数斗玉,不如一盘粟。赖得契宰衡,持
钧慰风俗。自顾无所用,辞家方来归。霜惊壮士发,泪满逐臣衣。
以此不安席,蹉跎身世违。终当灭卫谤,不受鲁人讥。

### 赠汪伦 白游泾县桃花潭,村人汪伦常酝美酒以待白。

李白乘舟将欲行,忽闻岸上踏歌声。桃花潭水深千尺,不及汪伦送我情。

# 全唐诗卷一七二

## 李 白

### 安陆白兆山桃花岩
### 寄刘侍御绾 一作春归桃花岩贻许侍御

云卧三十年，好闲复爱仙。蓬壶虽冥绝，鸾鹤心悠然。归来桃花岩，得憩云窗眠。此六句，一作幼采紫房谈，早爱沧溟仙。心迹颇相误，世事空徂迁。归来丹岩曲，得憩青霞眠。对岭人共语，饮潭猿相连。时升翠微上，邈若罗浮巅。两岑抱东壑，一嶂横西天。树杂日易隐，崖倾月难圆一作延。芳草换野色，飞萝摇春烟。入远构石室，选幽开上田。独此林下意，杳无区中缘。永辞霜台客，千载方来旋。

### 淮南卧病书怀寄蜀中赵征君蕤

吴会一浮云，飘如远行客。一作万里无主人，一身独为客。功业莫从就，岁光屡奔迫。良图俄弃损，衰疾乃绵剧。古琴藏虚匣，长剑挂空壁。楚冠一作杯怀一作奏钟仪，越吟比庄舄。国门遥天外，乡路远山隔。一作卧来恨已久，兴发思逾积。朝忆相如台，夜梦子云宅。旅情初结缉，秋气方寂历。风入松下清，露出草间白。故人不可见，幽梦谁与适。寄书西飞鸿，赠尔慰离析。

## 寄弄月溪吴山人

尝闻庞德公,家住洞湖水。终身栖鹿门,不入襄阳市。夫君弄明月,灭景清淮里。高踪邈难追,可与古人比。清扬杳莫睹,白云空望美。待我辞人间,携手访松子。

## 秋山寄卫尉张卿及王征君

何以折相赠,白花青桂枝。月华若夜雪,见此令人思。虽然剡溪兴,不异山阴时。明发怀二子,空吟招隐诗。

## 望终南山寄紫阁隐者

出门见南山,引领意无限。秀色难为名,苍翠日在眼。有时白云起,天际自舒卷。心中与之然,托兴每不浅。何当造幽人,灭迹栖绝巘。

## 夕霁杜陵登楼寄韦繇

浮阳一作云灭霁景,万物生秋容。登楼送远目,伏槛观群峰。原野旷超缅,关河纷杂一作错重。清晖映竹日,翠色明云松。蹈海寄遐想,还山迷旧踪。徒然迫晚暮,未果谐心胸。结桂空伫立,折麻恨莫从。思君达永夜,长乐闻疏钟。

## 秋夜宿龙门香山寺奉寄王方城
## 十七丈奉国莹上人从弟幼成令问

朝发汝海东,暮栖龙门中。水寒夕波急,木落秋山空。望极九霄迥,赏幽万壑通。目皓沙上月,心清松下风。玉斗横网户,银河耿花宫。兴在趣方逸,欢馀情未终。一作咫尺世喧隔,微冥真理融。凤驾忆王子,虎溪怀远公。桂枝坐萧瑟,棣华不复同。流恨寄伊水,盈盈焉可穷。

## 春日独坐寄郑明府

燕麦青青游子悲,河堤弱柳郁金枝。长条一拂春风去,尽日飘扬无定时。我在河南别离久,那堪坐此对窗牖。情人道来竟不来,何人共醉新丰酒。

## 寄淮南友人

红颜悲旧国,青岁歇芳洲。不待金门诏,空持宝剑游。海云迷驿道,江月隐乡楼。复作淮南客,因逢桂树留。

## 沙丘城下寄杜甫

我来竟何事,高卧沙丘城。城边有古树,日夕连秋声。鲁酒不可醉,齐歌空复情。思君若汶水,浩荡寄南征。

## 闻丹丘子于城北营石门幽居中有高凤遗迹仆离群远怀亦有栖遁之志因叙旧以寄之

春华沧江月,秋色碧海云。离居盈寒暑,对此长思君。思君楚水南,望君淮山北。梦魂虽飞来,会面不可得。畴昔在嵩阳,同衾卧羲皇。绿萝笑簪绂,丹壑贱岩廊。晚途各分析,乘兴任所适。仆在雁门关,君为峨眉客。心悬万里外,影滞两乡隔。长剑复归来,相逢洛阳陌。陌上何喧喧,都令心意烦。迷津觉路失,托势随风翻。以兹谢朝列,长啸归故园。故园恣闲逸,求古散缥帙。久欲入一作寻名山,婚娶一作嫁殊未毕。人生信多故,世事岂惟一。念此忧如焚,怅然若有失。闻君卧石门,宿昔契弥敦。方从桂树隐,不羡桃花源。高风起遐旷,幽人迹复存。松风清瑶瑟,溪月湛芳樽。安居偶佳赏,丹心期此论。

## 淮阴书怀寄王宗成 一作王宗城

沙墩至梁苑,二十五长亭。大舶夹双橹,中流鹅鹳鸣。云天扫空碧,川岳涵馀清。飞凫从西来,适与佳兴并。眷言王乔舄,婉娈故人情。复此亲懿会,而增交道荣。沿洄且不定,飘忽怅徂征。暝投淮阴宿,欣得漂母迎。斗酒烹黄鸡,一餐感素诚。予为楚壮士,不是鲁诸生。有德必报之,千金耻为轻。缅书羁孤意,远寄棹歌声。

## 闻王昌龄左迁龙标遥有此寄

杨花落尽一作〔扬〕(杨)州花落子规啼,闻道龙标过五溪。我寄愁心与明月,随风直到夜郎西。

## 寄王屋山人孟大融

我昔东海上,劳山餐紫霞。亲见安期公,食枣大如瓜。中年谒汉主,不惬还归家。朱颜谢春辉,白发见生涯。所期就金液,飞步登云车。愿随夫子天坛上,闲与仙人扫落花。

## 忆旧游寄谯郡元参军

忆昔洛阳董糟丘,为余天津桥南造酒楼。黄金白璧买歌笑,一醉累月轻王侯。海内贤豪青云客,就中与君心莫逆。迥山转海不作难,倾情倒意无所惜。我向淮南攀桂枝,君留洛北愁梦思。不忍别,还相随。相随迢迢访仙城,三十六曲水回萦。一溪初入千花明,万壑度尽松风声。银鞍金络倒平地,汉东太守来相迎。紫阳之真人,邀我吹玉笙。餐霞楼上动仙乐,嘈然宛似鸾凤鸣。袖长管催欲轻举,

汉中太守醉起舞。手持锦袍覆我身,我醉横眠枕其股。当筵意气
凌九霄,星离雨散不终朝,分飞楚关山水遥。余既还山寻故巢,君
亦归家渡渭桥。君家严君勇貔虎,作尹并州遏戎虏。五月相呼度
太行,摧轮不道羊肠苦。行来北凉岁月深,感君贵—作重义轻黄金。
琼杯绮食青玉案,使我醉饱无归心。时时出向城西曲,晋祠流水如
碧玉。浮舟弄水箫鼓鸣,微波龙鳞莎草绿。兴来携妓恣经过,其若
杨花似雪何。红妆欲醉宜斜日,百尺清潭写翠娥。翠娥婵娟初月
辉,美人更唱舞罗衣。清风吹歌入空去,歌曲自绕行云飞。此时行
—作欢乐难再遇,西游因献长杨赋。北阙青云不可期,东山白首还
归去。渭桥南头一遇君,酂台之北又离群。问余别恨知多少,落花
春暮争纷纷。言亦不可尽,情亦不可极。呼儿长跪缄此辞,寄君千
里遥相忆。

## 月夜江行寄崔员外宗之

飘飘—作飙江风起,萧飒海树秋。登舻美清夜,挂席移轻舟。月随
碧山转,水合青天流。杳如星河上,但觉云林幽。归路方浩浩,徂
川去悠悠。徒悲蕙草歇,复听菱歌愁。岸曲迷后浦,沙明瞰前洲。
怀君不可见,望远增离忧。

## 宿白鹭洲寄杨江宁

朝别朱雀门,暮栖白鹭洲。波光摇海月,星影入城楼。望美金陵
宰,如思琼树忧。徒令魂入梦,翻觉夜成秋。绿水解人意,为余西
北流。因声玉琴里,荡漾寄君愁。

## 新林浦阻风寄友人

潮水定可信,天风难与期。清晨西北转,薄暮东南吹。以此难挂

席,佳期益相思。海月破圆影,菰蒋生绿池。昨日北湖梅,开花已
满枝。今朝东门柳,夹道垂青丝。岁物忽如此,我来定几时。纷纷
江上雪,草草客中悲。明发新林浦,空吟谢朓诗。一本题作金陵阻风雪
书怀寄杨江宁,云:潮水定可信,天风难与期。清晨西北转,薄暮东南吹。以此难挂席,
沿洄颇淹迟。使索金陵书,又叨贤宰职。弦歌止过客,惠化闻京师。岁物忽如此,我来
复几时。纷纷江上雪,草草客中悲。明发新林浦,空吟谢朓诗。

## 寄韦南陵冰余江上乘兴
## 访之遇寻颜尚书笑有此赠

南船正东风,北船来自缓。江上相逢借问君,语笑未了风吹断。闻
君携伎访情人,应为尚书不顾身。堂上三千珠履客,瓮中百斛金陵
春。恨我阻此乐,淹留楚江滨。月色醉远客,山花开欲然。春风狂
杀人,一日剧三年。乘兴嫌太迟,焚却子猷船。梦见五柳枝,已堪
挂马鞭。何日到彭泽,长歌陶令前。

## 题情深树寄象公

肠断枝上猿,泪添山下樽。白云见我去,亦为我飞翻。

## 北山独酌寄韦六

巢父将许由,未闻买山隐。道存迹自高,何惮去人近。纷吾下兹
岭,地闲喧亦泯。门横群岫开,水凿众泉引。屏高而在云,窦深莫
能准。川光昼昏凝,林气夕凄紧。于焉摘朱果,兼得养玄牝。坐月
观宝书,拂霜弄瑶轸。倾壶事幽酌,顾影还独尽。念君风尘游,傲
尔令自哂。一本此下有安知世上人,名利空蠢蠢二句。

## 寄当涂赵少府炎

晚登高楼望,木落双江清。寒山饶积翠,秀色连州城。目送楚云

尽,心悲胡雁声。相思不可见,回首故人情。

## 寄东鲁二稚子 在金陵作

吴地桑叶绿,吴蚕已三眠。我家寄东鲁,谁种龟阴田。春事已不
及,江行复茫然。南风吹归心,飞堕酒楼前。楼东一株桃,枝叶拂
青烟。此树我所种,别来向三年。桃今与楼齐,我行尚未旋。娇女
字平阳,折花倚桃边。折花不见我,泪下如流泉。小儿名伯禽,与
姊亦齐肩。双行桃树下,抚背复谁怜。念此失次第,肝肠日忧煎。
裂素写远意,因之汶阳川。娇女字平阳下,一作:娇女字平阳,有弟与齐肩。双
行桃树下,折花倚桃边。折花不见我,泪下如流泉。

## 独酌清溪江石上寄权昭夷

我携一樽酒,独上江祖石。自从天地开,更长几千尺。举杯向天
笑,天回日西照。永愿坐此石,长垂严陵钓。寄谢山中人,可与尔
同调。

## 禅房怀友人岑伦

时南游罗浮,兼泛桂海。自春徂秋不返,仆旅江外,书情寄之。
婵娟罗浮月,摇艳桂水云。美人竟独往,而我安得群。一朝语笑
隔,万里欢情分。沉吟彩霞没,梦寐群一作琼芳歇。归鸿渡三湘,游
子在百粤。边尘染衣剑,白日凋华发。春风一作气变楚关,秋声落
吴山。草木结悲绪,风沙凄苦颜。揭来已永久,颓思如循环。飘飘
一作飘限江裔,想像空留滞。离忧每醉心,别泪徒盈袂。坐愁青天
末,出望黄云蔽。目极何悠悠,梅花南一作遍岭头。空长一作长空灭
征一作去鸟,水阔无还舟。宝剑终难托,金囊非易求。归来倘有问,
桂树山之幽。

# 全唐诗卷一七三

## 李　白

### 庐山谣寄卢侍御虚舟

我本楚狂人,凤歌笑孔丘。手持绿玉杖,朝别黄鹤楼。五岳寻仙不辞远,一生好入名山游。庐山秀出南斗傍,屏风九叠云锦张,影落明湖青黛光。金阙前开二峰长,银河倒挂三石梁。香炉瀑布遥相望,回崖沓嶂凌苍苍。翠影红霞映朝日,鸟飞不到吴天长。登高壮观天地间,大江茫茫去不还。黄云万里动风色,白波九道流雪山。好为庐山谣,兴因庐山发。闲窥石镜清我心,谢公行处苍苔没。早服还丹无世情,琴心三叠道初成。遥见仙人彩云里,手把芙蓉朝玉京。先期汗漫九垓上,愿接卢敖游太清。

### 下寻阳城泛彭蠡寄黄判官

浪动灌婴井,寻阳江上风。开帆入天镜,直向彭湖东。落景转疏雨,晴云散远空。一作返景照疏雨,轻烟澹远空。名山发一作中流得佳兴,清赏亦何穷。石镜挂遥月,香炉灭彩虹。一作瀑布洒青壁,遥山挂彩虹。相思俱对此,举目与君同。

## 书情寄从弟邠州长史昭

自笑客行久，我行定几时。绿杨已可折，攀取最长枝。翩翩弄春
色，延伫寄相思。谁言贵此物，意愿一作厚重琼蕤。昨梦见惠连，朝
吟谢公诗。东风引碧草，不觉生华池。临玩忽云夕，杜鹃夜鸣悲。
怀君芳岁歇，庭树落红滋。

## 寄王汉阳

南湖秋月白，王宰夜相邀。锦帐郎官醉，罗衣舞女娇。笛声喧沔
鄂，歌曲上云霄。别后空愁我，相思一水遥。

## 春日归山寄孟浩然

朱绂遗尘境，青山谒梵筵。金绳开觉路，宝筏度迷川。岭树攒飞
栱，岩花覆谷泉。塔形标海月，楼势出江烟。香气三天下，钟声万
壑连。荷秋珠已满，松密盖初圆。鸟聚疑闻法，龙参若护禅。愧非
流水韵，叨入伯牙弦。

## 流夜郎永华寺寄寻阳群官

朝别凌烟楼，贤豪满行舟。瞑投永华寺，宾散予独醉。愿结九江
流，添成万行泪。写意寄庐岳，何当来此地。天命有所悬，安得苦
愁思。

## 流夜郎至西塞驿寄裴隐

扬帆借天风，水驿苦不缓。平明及西塞，已先投沙伴。回峦引群
峰，横蹙楚山断。砯冲万壑会，震杳百川满。龙怪潜溟波，俟一作候
时救炎旱。我行望雷雨，安得沾枯散。鸟去天路长，人愁一作悲春

光短。空将泽畔吟,寄尔江南管。

## 自汉阳病酒归寄王明府

去岁左迁夜郎道,琉璃砚水长枯槁。今年敕放巫山阳,蛟龙笔翰生
辉光。圣主还听子虚赋,相如却与一作欲论文章。愿扫鹦鹉洲,与
君醉百场。啸起白云飞七泽,歌吟渌水动三湘。莫惜连船沽美酒,
千金一掷买春芳。

## 望汉阳柳色寄王宰

汉阳江上柳,望客引东枝。树树花如雪,纷纷乱若丝。春风传我
意,草木别前知一作发前墀。寄谢弦歌宰,西来定未迟。

## 江夏寄汉阳辅录事

谁道此水广,狭如一匹练。江夏黄鹤楼,青山汉阳县。大语犹可
闻,故人难可见。君草陈琳檄,我书鲁连箭。报国有壮心,龙颜不
回眷。西飞精卫鸟,东海何由填。鼓角徒悲鸣,楼船习征战。抽剑
步霜月,夜行空庭遍。长呼结浮云,埋没顾荣扇。他日观军容,投
壶接高宴。

## 早春寄王汉阳

闻道春还未相识,走傍寒梅访消息。昨夜东风入武阳一作昌,陌头
杨柳黄金色。碧水浩浩云茫茫,美人不来空断肠。预拂青山一片
石,与君连日醉壶觞。

## 江上寄巴东故人

汉水波浪远,巫山云雨飞。东风吹客梦,西落此中时。觉后思白

帝,佳人与我违。瞿塘饶贾客,音信莫令稀。

## 江上寄元六林宗

霜落江始寒,枫叶绿未脱。客行悲清秋,永路苦不达。沧波眇川汜,白日隐天末。停棹依林峦,惊猿相叫聒。夜分河汉转,起视溟涨阔。凉风何萧萧,流水鸣活活。浦沙净如洗,海月明可掇。兰交空怀思,琼树讵解渴。勖哉沧洲心,岁晚庶不夺。幽赏颇自得,兴远与谁豁。

## 寄从弟宣州长史昭

尔佐宣州郡,守官清且闲。常夸云月好,邀我敬亭山。五落洞庭叶,三江游未还。相思不可见,叹息损朱颜。

## 泾溪东亭寄郑少府谔

我游东亭不见君,沙上行将白鹭群。白鹭行时散飞去,又如雪点青山云。欲往泾溪不辞远,龙门蹙波虎眼转。杜鹃花开春已阑,归向陵阳钓鱼晚。

## 宣州九日闻崔四侍御与宇文太守游敬亭余时登响山不同此赏醉后寄崔侍御二首

九日茱萸熟,插鬓伤早白。登高望山海,满目悲古昔。远访投沙人,因为逃名一作名山客。故交竟谁在,独有崔亭伯。重阳不相知,载酒任所适。手持一枝菊,调笑二千石。日暮岸帻归,传呼隘阡陌。彤襜双白鹿,宾从何辉赫。夫子在其间,遂成云霄隔。良辰与美景,两地方虚掷。晚从南峰归,萝月下水壁。却登郡楼望,松色寒转碧。咫尺不可亲,弃我如遗舄。

九卿天上落,五马道傍来。列戟朱门晓,褰帏碧嶂开。登高望远海,召客得英才。紫绶欢情洽,黄花逸兴催。山从一作依图上见,溪即一作向镜中回。遥羡重阳作,应过戏马台。

## 寄崔侍御

宛溪霜夜听猿愁,去国长为不系舟。独怜一雁飞南海,却羡双溪解北流。高人屡解陈蕃榻,过客难一作还登谢朓楼。此处别离同落叶,朝朝分散敬亭秋。

## 泾溪南蓝山下有落星潭可以卜筑余泊舟石上寄何判官昌浩

蓝岑竦天壁,突兀如鲸额。奔蹙横澄潭,势吞落星石。沙带秋月明,水摇寒山碧。佳境宜缓棹,清辉能留客。恨君阻欢游,使我自惊惕。所期俱卜筑,结茅炼金液。

## 早过漆林渡寄万巨

西经大蓝山,南来漆林渡。水色倒空青,林烟横积素。漏流昔吞翕,沓浪竞奔注。潭落天上星,龙开水中雾。峣一作巉岩注公栅,突兀陈焦墓。岭峭纷上干,川明屡回顾。因思万夫子,解渴同琼树。何日睹清光,相欢咏佳句。

## 游敬亭寄崔侍御 一本作登古城望府中寄崔侍御

我家敬亭下,辄继谢公作。相去数百年,风期宛如昨。登高素秋月,下望青山郭。俯视鸳鹭群一作府中鸿鹭群,饮啄自鸣跃。夫子虽蹭蹬,瑶台雪中鹤。独立窥浮云,其心在寥廓。时来顾我笑,一饭葵与藿。世路如秋风,相逢尽萧索。腰间玉具剑,意许无遗诺。一作愿为经冬柏,不逐天霜落。壮士不可轻,相期在云阁。

## 三山望金陵寄殷淑

三山怀谢朓,水澹一作渌水望长安。芜没河阳县,秋江正北看。卢龙霜气冷,鸡鹊月光寒。耿耿忆琼树,天涯寄一欢。

## 自金陵溯流过白璧山玩月达天门寄句容王主簿

沧江溯流归,白璧见秋月。秋月照白璧,皓如山阴雪。幽人停宵征,贾客忘早发。进帆天门山,回首牛渚没。川长信风来,日出宿雾歇。故人在咫尺,新赏成胡越。寄君青兰花,惠好庶不绝。

## 寄上吴王三首

淮王爱八公,携手绿云中。小子忝枝叶,亦攀丹桂丛。谬以词赋重,而将枚马同。何日背淮水,东之观土风。
坐啸庐江静,闲闻进玉觞。去时无一物,东壁挂胡床。
英明庐江守,声誉广平籍。洒扫黄金台,招邀青云客。客曾与天通,出入清禁中。襄王怜宋玉,愿入兰台宫。

# 全唐诗卷一七四

## 李　白

### 秋日鲁郡尧祠亭上宴别杜补阙范侍御

我觉秋兴逸,谁云秋兴悲。山将落日去,水与晴空宜。鲁酒白玉壶,送行驻金羁。歇一作敧鞍憩古木,解带挂横枝。歌鼓川上亭,曲度神飙吹。一本无此二句,却添"南歌忆郢客,东舞见齐姬。清波忽澹荡,白雪纷逶迤。一隔范杜游,此欢忽若遗"三韵。云归碧海夕,雁没青天时。相失各万里,茫然空尔思。

### 别鲁颂

谁道泰山高,下却鲁连节。谁云秦军众,摧却鲁连舌。独立天地间,清风洒兰雪。夫子还倜傥,攻文继前烈。错落石上松,无为秋霜折。赠言镂宝刀,千岁庶不灭。

### 别中都明府兄

吾兄诗酒继陶君,试宰中都天下闻。东楼喜奉连枝会,南陌愁为落叶分。城隅渌水明秋日,海上青山隔暮云。取醉不辞留夜月,雁行中断惜离群。

## 梦游天姥吟留别 一作别东鲁诸公

海客谈瀛洲,烟涛微茫信难求。越人语天姥,云霓明灭或可睹。天姥连天向天横,势拔五岳掩赤城。天台四万八千丈,对此欲倒东南倾。我欲因之梦吴越,一夜飞度镜湖月。湖月照我影,送我至剡溪。谢公宿处今尚在,渌水荡漾清猿啼。脚著谢公屐,身登青云梯。半壁见海日,空中闻天鸡。千岩万转路不定,迷花倚石忽已暝。熊咆龙吟殷岩泉,栗深林兮惊层巅。云青青兮欲雨,水澹澹兮生烟。列缺霹雳,丘峦崩摧。洞天石扇,訇然中开。青冥浩荡不见底,日月照耀金银台。霓为衣兮风为马,云之君兮纷纷而来下。虎鼓瑟兮鸾回车,仙之人兮列如麻。忽魂悸以魄动,恍惊起而长嗟。惟觉时之枕席,失向来之烟霞。世间行乐亦如此,古来万事东流水。别君去时何时还,且放白鹿青崖间,须行即骑访名山。安能摧眉折腰事权贵,使我不得开心颜。

## 留别曹南群官之江南

我昔钓白龙,放龙溪水傍。道成本欲去,挥手凌苍苍。时来不关人,谈笑游轩皇。献纳少成事,归休辞建章。十年罢西笑,览镜如秋霜。闭剑琉璃匣,炼丹紫翠房。身佩豁落图,腰垂虎鞶囊。仙人驾彩凤,志在穷遐荒。恋子四五人,裴回未翱翔。东流送白日,骤歌兰蕙芳。仙宫两无从,人间久摧藏。范蠡说句践,屈平去怀王。飘飘一作飘紫霞心,流浪忆江乡。愁为万里别,复此一衔觞。淮水帝王州,金陵绕丹阳。楼台照海色,衣马摇川光。及此北望君,相思泪成行。朝云落梦渚,瑶草空高堂。帝子隔洞庭,青枫满潇湘。怀君路绵邈,览古情凄凉。登岳眺百川,杳然万恨长。知一作却恋峨眉去,弄景偶骑羊。

# 留别于十一兄逖裴十三游塞垣

太公渭川水,李斯上蔡门。钓周猎秦安黎元,小鱼鵔兔何足言。天张云卷有时节,吾徒莫叹羝触藩。于公白首大梁野,使人怅望何可论。既知朱亥为壮士,且愿束心秋毫里。秦赵虎争血中原,当去抱关救公子。裴生览千古,龙鸾炳文章。悲吟雨雪动林木,放书辍剑思高堂。劝尔一杯酒,拂尔裘上霜。尔为我楚舞,吾为尔楚歌。且探虎穴向沙漠,鸣鞭走马凌黄河。耻作易水别,临岐泪滂沱。

## 留别王司马嵩

鲁连卖谈笑,岂是顾千金。陶朱虽相越,本有五湖心。余亦南阳子,时为梁甫吟。苍山容偃蹇,白日惜颓侵。愿一佐明主,功成还旧林。西来何所为,孤剑托知音。鸟爱碧山远,鱼游沧——作江海深。呼鹰过上蔡,卖畚向嵩岑。他日闲相访,丘中有素琴。

## 夜 别 张 五

吾多张公子,别酌酹高堂。听歌舞银烛,把酒轻罗裳。横笛弄秋月,琵琶弹陌桑。龙泉解锦带,为尔倾千觞。

## 魏郡别苏明府因北游

魏都接燕赵,美女夸芙蓉。淇水流碧玉,舟车日奔冲。青楼夹两岸,万室喧歌钟。天下称豪贵,游此每相逢。一作天下称豪游,此中每相逢。洛阳苏季子,剑戟森词锋。六印虽未佩,轩车若飞龙。黄金数百镒,白璧有几双。散尽空掉臂,高歌赋还邛。落魄乃如此,何人不相从。远别隔两河,云山杳千重一作云天满愁容。何时更杯酒,再得论心胸。

# 留别西河刘少府

秋一作我发已种种,所为竟无成。闲倾鲁壶酒,笑对刘公荣。谓我是方朔,人间落岁星。白衣千万乘,何事去天庭。君亦不得意,高歌羡鸿冥。世人若醯鸡,安可识梅生。虽为刀笔吏,缅怀在赤城。余亦如流萍,随波乐休明。自有两少妾,双骑骏马行。东山春酒绿,归隐谢浮名。

# 颍阳别元丹丘之淮阳

吾将元夫子,异姓为天伦。本无轩裳契,素以烟霞亲。尝恨迫世网,铭意俱未伸。松柏虽寒苦,羞逐桃李春。悠悠市朝间,玉颜日缁磷。所失重山岳,所得轻埃尘。精魄渐芜秽,衰老相凭因。我有锦囊诀,可以持君身。当餐黄金药,去为紫阳宾。万事难并立,百年犹崇晨。别尔东南去,悠悠多悲辛。前志庶不易,远途期所遵。已矣归去来,白云飞天津。

# 留别广陵诸公 一作留别邯郸故人

忆昔作少年,结交赵与燕。金羁络骏马,锦带横龙泉。寸心无疑事,所向非徒然。晚节觉此疏,猎精草太玄。空名束壮士,薄俗弃高贤。中回圣明顾,挥翰凌云烟。骑虎不敢下,攀龙忽堕天。还家守清真,孤洁励秋蝉。炼丹费火石,采药穷山川。卧海不关人,租税辽东田。乘兴忽复起,棹歌溪中船。临醉谢葛强,山公欲倒鞭。狂歌自此别,垂钓沧浪前。

# 广 陵 赠 别

玉瓶沽美酒,数里送君还。系马垂杨下,衔杯大道间。天边看渌水,海上见青山。兴罢各分袂,何须醉别颜。

## 感时留别从兄徐王延年从弟延陵

天籁何参差,噫然大块吹。玄元包一作苞橐籥,紫气何逶迤。七叶
运皇化,千龄光本支。仙风生指树,大雅歌羲斯。诸王若鸾虬,肃
穆列藩维。哲兄锡茅土,圣代罗一作含荣滋。九卿领徐方,七步继
陈思。伊昔全盛日,雄豪动京师。冠剑朝凤阙,楼船侍龙池。鼓钟
出朱邸,金翠照丹墀。君王一顾盼,选色献蛾眉。列戟十八年,未
曾辄迁移。大臣小喑呜,谪窜天南垂。长沙不足舞,贝锦且成诗。
佐郡浙江西,病闲绝驱驰。阶轩日苔藓,鸟雀噪檐帷。时乘平肩
舆,出入畏人知。北宅聊偃憩,欢愉恤茕嫠。羞言梁苑地,烜赫耀
旌旗。兄弟八九人,吴秦各分离。大贤达机兆,岂独虑安危。小子
谢麟阁,雁行忝肩随。令弟字延陵,凤毛出天姿。清英神仙骨,芬
馥茝兰蕤。梦得春草句,将非惠连谁。深心紫河车,与我特相宜。
金膏犹罔象,玉液尚磷缁。伏枕寄宾馆,宛同清漳湄。药物多见
馈,珍羞亦兼之。谁道溟渤深,犹言浅恩慈。鸣蝉游子意,促织念
归期。骄阳何太一作火赫,海水烁龙龟。百川尽凋枯,舟楫阁中逵。
策马摇凉月,通宵出郊圻。泣别目眷眷,伤心步迟迟。愿言保明
德,王室仁清夷。掺袂何所道,援毫投此辞。

## 别储邕之剡中

借问剡中道,东南指越乡。舟从广陵去,水入会稽长。竹色溪下
绿,荷花镜里香。辞君向天姥,拂石卧秋霜。

## 留别金陵诸公

海水昔飞动,三龙纷战争。钟山危波澜,倾侧骇奔鲸。黄旗一扫

荡,割壤开吴京。六代更霸王,遗迹—作都见都—作空城。至今秦淮间,礼乐秀群英。地扇邹鲁学,诗腾颜谢名。五月金陵西,祖余白下亭。欲寻庐峰顶,先绕汉水行。香炉紫烟灭,瀑布落太清。若攀星辰去,挥手缅含情。

## 口 号 —作口号留别金陵诸公

食出野田美,酒临远水倾。东流若未尽,应见别离情。

## 金陵酒肆留别

风吹—作白门柳花满店香,吴姬压酒唤—作劝,—作使。客尝。金陵子弟来相送,欲行不行各尽觞。请君试问—作问取东流水,别意与之谁短长。

## 金陵白下亭留别

驿亭三杨树,正当白下门。吴烟暝长条,汉水啮古根。向来送行处,回首阻笑言。别后若见之,为余一攀翻。

## 别东林寺僧

东林送客处,月出白猿啼。笑别庐山远,何烦过虎溪。

## 窜夜郎于乌江留别宗十六璟

君家全盛日,台鼎何陆离。斩鳌翼娲皇,炼石补天维。一回日月顾,三入凤皇池。失势青门傍,种瓜复几时。犹会众—作旧宾客,三千光路歧。皇恩雪愤懑,松柏含荣滋。我非东床人,令姊忝齐眉。浪迹未出世,空名动京师。适遭云罗解,翻谪夜郎悲。拙妻莫邪剑,及此—作比二龙随。惭君澔波苦,千里远从之。白帝晓猿断,黄牛过客迟。遥瞻明月峡,西去益相思。

## 留别龚处士

龚子栖闲地,都无人世喧。柳深陶令宅,竹暗辟疆园。我去黄牛
峡,遥愁白帝猿。赠君卷葹草,心断竟何言。

## 赠别郑判官

窜逐勿复哀,惭君问寒灰。浮云本无意,吹落章华台。远别泪空
尽,长愁心已摧。二—作三年吟泽畔,憔悴几时回。

## 黄鹤楼送孟浩然之广陵

故人西辞黄鹤楼,烟花三月下扬州。孤帆远影碧山尽,唯见长江天
际流。

## 将游衡岳过汉阳双松亭留别族弟浮屠谈皓

秦欺赵氏璧,却入邯郸宫。本是楚家玉,还来荆山中。丹彩泻一作
照沧溟,精辉凌白虹。青蝇一相点,流落此时同。卓绝道门秀,谈
玄乃支公。延萝结幽居,剪竹绕芳丛。凉花拂户牖,天籁鸣虚空。
忆我初来时,蒲萄开景风。今兹大火落,秋叶黄梧桐。水色梦沅
湘,长沙去何穷。寄书访衡峤,但与南飞鸿。

## 留别贾舍人至二首

大梁白云起,飘飖来南洲。裴回苍梧野,十见罗浮秋。鳌抃山海
倾,四溟扬洪流。意欲托孤凤,从之摩天游。凤苦道路难,翱翔还
昆丘。不肯衔我去,哀鸣惭不周。远客谢主人,明珠难暗投。拂拭
倚天剑,西登岳阳楼。长啸万里风,扫清胸中忧。谁念刘越石,化

为绕指柔。

秋风吹胡霜,凋此檐下芳。折芳怨岁晚,离别凄以伤。谬攀青琐贤,延我于北堂。君为长沙客,我独之夜郎。劝此一杯洒,岂惟道路长。割珠两分赠,寸心贵不忘。何必儿女仁,相看泪成行。

## 渡荆门送别

流远荆门外,来从楚国游。山随平野尽,江入大荒流。月下飞天镜,云生结海楼。仍连故乡水,万里送行舟。

## 闻李太尉大举秦兵百万出征东南儒夫请缨冀申一割之用半道病还留别金陵崔侍御十九韵

秦出天下兵,蹴踏燕赵倾。黄河饮马竭,赤羽连天明。太尉杖旄钺,云旗绕彭城。三军受号令,千里肃雷霆。函谷绝飞鸟,武关拥连营。意在斩巨鳌,何论鲙长鲸一作鲵与鲸。恨无左车略,多愧鲁连生。拂剑照严霜,雕戈鬘胡缨。愿雪会稽耻,将期报恩荣。半道谢病还,无因东南征。亚夫未见顾,剧孟阻先行。天夺壮士心,长吁别吴京。金陵遇太守,倒屣相一作欣逢迎。群公咸祖饯,四座罗朝英。初发临沧观,醉栖征虏亭。旧国见秋月,长江流寒声。帝车信回转,河汉复纵横。孤凤向西海,飞鸿辞北溟。因之出寥廓,挥手谢公卿。

## 别韦少府

西出苍龙门,南登白鹿原。欲寻商山皓,犹恋汉皇恩。水国远行迈,仙经深讨论。洗心向溪月,清耳敬亭猿。筑室在人境,闭门无

世喧。多君枉高驾,赠我以微言。交乃意气合,道因风雅存。别离
有相思,瑶瑟与金樽。

## 南陵别儿童入京

白酒新熟山中归,黄鸡啄黍秋正肥。呼童烹鸡酌白酒,儿女嬉笑牵
人衣。高歌取醉欲自慰,起舞落日争光辉。游说万乘苦不早,著鞭
跨马涉远道。会稽愚妇轻买臣,余亦辞家西入秦。仰天大笑出门
去,我辈岂是蓬蒿人。

## 别　山　僧

何处名僧到水西,乘舟一作杯弄月宿泾溪。平明别我上山去,手携
金策踏云梯。腾身转觉三天近,举足回看万岭低。谑浪肯居支遁
下,风流还与远公齐。此度别离何日见,相思一夜暝猿啼。

## 赠别王山人归布山

王子析道论,微言破秋毫。还归布山隐,兴入天云高。尔去安可
迟,瑶草恐衰歇。我心亦怀归,屡梦松上月。傲然遂独往,长啸开
岩扉。林壑久已芜,石道生蔷薇。愿言弄笙鹤,岁晚来相依。

## 江夏别宋之悌

楚水清若空,遥将碧海通。人分千里外,兴在一杯中。谷鸟吟晴
日,江猿啸晚风。平生不下泪,于此泣无穷。

# 全唐诗卷一七五

## 李 白

### 南阳送客

斗酒勿为薄,寸心贵不忘。坐惜故人去,偏令游子伤。离颜怨芳草,春思结垂杨。挥手再三别,临歧空断肠。

### 送张舍人之江东

张翰江东去,正值秋风时。天清一雁远,海阔孤帆迟。白日行欲暮,沧波杳难期。吴洲如见月,千里幸相思。

### 送王屋山人魏万还王屋 并序

> 王屋山人魏万,云自嵩宋沿吴相访,数千里不遇,乘兴游台越,经永嘉,观谢公石门。后于广陵相见,美其爱文好古,浪迹方外,因述其行,而赠是诗。(一作见王屋山人魏万,云自嵩历兖,游梁入吴,计程三千里,相访不遇。因下江东,寻诸名山,往复百越。后于广陵一面,遂乘兴共过金陵。此公爱奇好古,独出物表,因述其行李,遂有此作。)

仙人东方生,浩荡弄云海。沛然乘天游,独往失所在。一作东方不辞家,独访紫泥海。时人少相逢,往往失所在。魏侯继大名,本家聊摄城。卷舒入元化,迹与古贤并。十三弄文史,挥笔如振绮。辩折田巴生,

心齐鲁连子。西涉清洛源,颇惊人世喧。采秀卧王屋,因窥洞天
门。揭来游嵩峰,羽客何双双。朝携月光子,暮宿玉女窗。鬼谷上
窈窕,龙潭下奔潈。东浮汴河水,访我三千里。逸兴满吴云,飘飖
浙江汜。挥手杭越间,樟亭望潮还。涛卷海门石,云横天际山。白
马走素车,雷奔骇心颜。遥闻会稽美,且度一作一弄耶溪水。万壑
与千岩,峥嵘镜湖里。秀色不可名,清辉满江城。人游月边去,舟
在空中行。此中久延伫,入剡寻王许。笑读曹娥碑,沉吟黄绢语。
天台连四明,日入向国清。五峰转月色,百里行松声。灵溪咨沿
越,华顶殊超忽。石梁横青天,侧足履半月。忽然思永嘉,不惮海
路赊。挂席历海峤,回瞻赤城霞。赤城渐微没,孤屿前峣兀。水续
万古流,亭空千霜一作山月。缙云川谷难,石门最可观。瀑布挂北
斗,莫穷此水端。喷壁洒素雪,空濛生昼寒。却思一作寻恶溪去,宁
惧恶溪恶。咆哮七十滩,水石相喷薄。路创李北海,岩开谢康乐。
松风和猿声,搜索连洞壑。径出梅花桥,双溪纳归潮。落帆金华
岸,赤松若可招。沈约八咏楼,城西孤岧峣。岧峣四荒外,旷望群
川会。云卷天地开,波连浙西大。乱流新安口,北指严光濑。钓台
碧云中,邈与苍岭对。稍稍来吴都,裴回上姑苏。烟绵横九疑,漭
荡见五湖。目极心更远,悲歌但长吁。回桡楚江滨,挥策扬子津。
身著日本裘,裘则朝卿所赠,日本布为之。昂藏出风尘。五月造我语,知
非佁拟人。相逢乐无限,水石日在眼。徒干五诸侯,不致百一作千
金产。吾友扬子云,弦歌播清芬。虽为江宁宰,好与山公群。乘兴
但一行,且知我爱君。君来几何时,仙台应有期。东窗绿玉树,定
长三五枝。至今天坛人,当笑尔归迟。我苦惜远别,茫然使心悲。
黄河若不断,白首长相思。

# 送当涂赵少府赴长芦

我来扬都市,送客回轻舠。因夸楚太子,便睹广陵涛。仙尉赵家玉,英风凌四豪。维舟至长芦,目送烟云高。摇扇对酒楼,持袂把蟹螯。前途倘相思,登岳一长谣。

# 送友人寻越中山水

闻道稽山去,偏宜谢客才。千岩泉洒落,万壑树萦回。东海横秦望,西陵绕越台。湖清霜镜晓,涛白雪山来。八月枚乘笔,三吴张翰杯。此中多逸兴,早晚向天台。

# 送族弟凝之滁求婚崔氏

与尔情不浅,忘筌已得鱼。玉台挂宝镜,持此意何如。坦腹东床下,由来志气疏。遥知向前路,掷果定盈车。

# 送友人游梅湖

送君游梅湖,应见梅花发。有使寄我来,无令红芳歇。暂行新林浦,定醉金陵月。莫惜一雁书,音尘坐胡越。

# 送崔十二游天竺寺

还闻天竺寺,梦想怀东越。每年海树霜,桂子落秋月。送君游此地,已属流芳歇。待我来岁行,相随浮溟渤。

# 送杨山人归天台

客有思天台,东行路超忽。涛落浙江秋,沙明浦阳月。今游方厌楚,昨梦先归越。且尽秉烛欢,无辞凌晨发。我家小阮贤,剖竹赤

城边。诗人多见重,官烛未曾燃。兴引登山屐,情催泛海船。石桥
如可度,携手弄云烟。

## 送温处士归黄山白鹅峰旧居

黄山四千仞,三十二莲峰。丹崖夹石柱,菡萏金芙蓉。伊昔升绝
顶,下窥天目松。仙人炼玉处,羽化留馀踪。亦闻温伯雪,独往今
相逢。采秀辞五岳,攀岩历万重。归休白鹅岭,渴饮丹砂井。凤吹
我时来,云车尔当整。去去陵阳东,行行芳桂丛。回溪十六度,碧
嶂尽晴空。他日还相访,乘桥蹑彩虹。

## 送方士赵叟之东平

长桑晓洞视,五藏无全牛。赵叟得秘诀,还从方士游。西过获麟
台,为我吊孔丘。念别复怀古,潸然空泪流。

## 送韩准裴政孔巢父还山

猎客张兔罝,不能挂龙虎。所以青云人,高一作浩歌在岩户。韩生
信英彦,裴子含清真。孔侯复秀出,俱与云霞亲。峻节凌远松,同
衾卧盘石。斧冰嗽寒泉,三子同二屐。时时或乘兴,往往云无心。
出山揖牧伯,长啸轻衣簪。昨宵梦里还,云弄竹溪月。今晨鲁东
门,帐饮与君别。雪崖滑去马,萝径迷归人。相思若烟草,历乱无
冬春。

## 送杨少府赴选

大国置衡镜,准平天地心。群贤无邪人,朗鉴穷情深。吾君咏南
风,衮冕弹鸣琴。时泰多美一作英士,京国会一作富缨簪。山苗落涧
底,幽松出高岑。夫子有盛才,主司得球琳。流水非郑曲,前行遇

知音。衣工剪绮绣,一误伤千金。何惜刀尺馀,不裁寒女衾。我非弹冠者,感别但开襟。空谷无白驹,贤人岂悲吟。大道安弃物,时来或招寻。尔见山吏部,当应无陆沉。

## 对雪奉饯任城六父秩满归京

龙虎谢鞭策,鸲鸾不司晨。君看海上鹤,何似笼中鹑。独用天地心,浮云乃吾身。虽将簪组狎,若与烟霞亲。季父有英风,白眉超常伦。一官即梦寐,脱屣归西秦。窦公敞华筵,墨客尽来臻。燕歌落胡雁,郢曲回阳春。征马百度嘶,游车动行尘。踟蹰未忍去,恋此四座人。饯离驻高驾,惜别空殷勤。何时竹林下,更与步兵邻。

## 鲁郡尧祠送吴五之琅琊

尧没三千岁,青松古庙存。送行奠桂酒,拜舞清心魂。日色促归人,连歌倒芳樽。马嘶俱醉起,分手更何言。

## 鲁郡尧祠送窦明府
### 薄华还西京 时久病初起作

朝策犁眉䮫,举鞭力不堪。强扶愁疾向何处,角巾微服一作步尧祠南。长杨扫地不见日,石门喷作金沙潭。笑夸故人指绝境,山光水色青于蓝。庙中往往来击鼓,尧本无心尔何苦。门前长跪双石人,有女如花日歌舞。银鞍绣毂往复回,簇林躞一作冰石鸣风雷。远烟空翠时明灭,白鸥历乱长飞雪。红泥亭子赤阑干,碧流环转青锦湍。深沉百丈洞海底,那知不有蛟龙蟠。君不见绿珠潭水流东海,绿珠红粉沉光彩。绿珠楼下花满园,今日曾无一枝在。昨夜秋声阊阖来,洞庭木落骚人哀。遂将三五少年辈,登高远望形神开。生前一笑轻九鼎,魏武何悲铜雀台。我歌白云倚窗牖,尔闻其声但挥

手。长风吹月度海来，遥劝仙人一杯酒。酒中乐酣宵向分，举觞酹
尧尧可闻。何不令皋繇拥篲横八极，直上青天挥一作扫浮云。高阳
小饮真琐琐，山公酩酊何如我。竹林七子去道赊，兰亭雄笔安足
夸。尧祠笑杀五湖水，至今憔悴空荷花。尔向西秦我东越，暂向瀛
洲访金阙。蓝田太白若可期，为余扫洒石上月。

## 金乡送韦八之西京

客自长安来，还归长安去。狂风吹我心，西挂咸阳树。此情不可
道，此别何时遇。望望不见君，连山起烟雾。

## 送薛九被谗去鲁

宋人不辨玉，鲁贱东家丘。我笑薛夫子，胡为两地游。黄金消众
口，白璧竟难投。梧桐生荑藜，绿竹乏佳实。凤凰宿谁家，遂与群
鸡匹。田家养老马，穷士归其门。蛾眉笑躄者，宾客去平原。却斩
美人首，三千还骏奔。毛公一挺剑，楚赵两相存。孟尝习狡兔，三
窟赖冯谖。信陵夺兵符，为用侯生言。春申一何愚，刎首为李园。
贤哉四公子，抚掌黄泉里。借问笑何人，笑人不好士。尔去且勿
喧，桃李竟何言。沙丘无漂母，谁肯饭王孙。

## 单父东楼秋夜送族弟沈之秦 时凝弟在席

尔从咸阳来，问我何劳苦。沐猴而冠不足言，身骑土牛滞东鲁。沈
弟欲行凝弟留，孤飞一雁秦云秋。坐来黄叶落四五，北斗已挂西城
楼。丝桐感人弦亦绝，满堂送君皆惜别。卷帘见月清兴来，疑是山
阴夜中雪。明日斗酒别，惆怅清路尘。遥望长安日，不见长安人。
长安宫阙九天上，此地曾经为近臣。一朝复一朝，发白心不改。屈
原憔悴滞江潭，亭伯流离放辽海。折翮翻飞随转蓬，闻弦坠虚下霜

空。圣朝久弃青云士,他日谁怜张长公。

## 送族弟凝至晏堌 单父三十里

雪满原野白,戎装出盘游。挥鞭布猎骑,四顾登高丘。兔起马足间,苍鹰下平畴。喧呼相驰逐,取乐销人忧。舍此戒禽荒,微声列齐讴。鸣鸡发晏堌,别雁惊涑沟。西行有东音,寄与长河流。

## 鲁城北郭曲腰桑下送张子还嵩阳

送别枯桑下,凋叶落半空。我行懵道远,尔独知天风。谁念张仲蔚,还依蒿与蓬。何时一杯酒,更与李膺同。

# 全唐诗卷一七六

## 李 白

### 送鲁郡刘长史迁弘农长史

鲁国一杯水,难容横海鳞。仲尼且不敬,况乃寻常人。白玉换斗粟,黄金买尺薪。闭门木叶下,始觉秋非春。闻君向西迁,地即鼎湖邻。宝镜匣苍藓,丹经埋素尘。轩后上天时,攀龙遗小臣。及此留惠爱,庶几风化淳。鲁缟如白烟,五缣不成束。临行赠贫交,一尺重山岳。相国齐晏子,赠行不及言。托阴当树李,忘忧当树萱。他日见张禄,绨袍怀旧恩。

### 送族弟单父主簿凝摄宋城主簿
### 至郭南月桥却回栖霞山留饮赠之

吾家青萍剑,操割有馀闲。往来纠二邑,此去何时还。鞍马月桥南,光辉歧路间。贤豪相追饯,却到栖霞山。群花散芳园,斗酒开离颜。乐酣相顾起,征马无由攀。

### 鲁郡东石门送杜二甫

醉别复几日,登临遍池台。何时石门路,重有金樽开。秋波落泗水,海色明徂徕。飞蓬各自远,且尽手中杯。

## 鲁郡尧祠送张十四游河北

猛虎伏尺草,虽藏难蔽身。有如张公子,肮脏在风尘。岂无横腰剑,屈彼淮阴人。击筑向北燕,燕歌易水滨。归来泰山上,当与尔为邻。

## 杭州送裴大泽赴庐州长史

西江天柱远,东越海门深。去割慈亲恋,行忧报国心。好风吹落日,流水引长吟。五月披裘者,应知不取金。

## 灞陵行送别

送君灞陵亭,灞水流浩浩。上有无花之古树,下有伤心之春草。我向秦人问路歧,云是王粲南登之古道。古道连绵走西京,紫阙一作关落日浮云生。正当今夕断肠处,黄鹂一作骊歌愁绝不忍听。

## 送贺监归四明应制

久辞荣禄遂初衣,曾向长生说息机。真诀自从茅氏得,恩波宁阻一作应许洞庭归。瑶台含雾星辰满,仙峤浮空岛屿微。借问欲栖珠树鹤,何年却向帝城飞。

## 送窦司马贬宜春

天马白银鞍,亲承明主欢。斗鸡金宫里,射雁碧云端。堂上罗中贵,歌钟清夜阑。何言谪南国,拂剑坐长叹。赵璧为谁点,隋珠枉被弹。圣朝多雨露,莫厌此行难。

## 送羽林陶将军

将军出使拥楼船,江上旌旗拂紫烟。万里横戈探虎穴,三杯拔剑舞
龙泉。莫道词人无胆气,临行将赠绕朝鞭。

## 送程刘二侍郎兼独孤判官赴安西幕府

安西幕府多材雄,喧喧惟道三数公。绣衣貂裘明积雪,飞书走檄如
飘风。朝辞明主出紫宫,银鞍送别金城空。天外飞霜下葱海,火旗
云马生光彩。胡塞清尘几日归,汉家草绿遥相待。

## 送侄良携二妓赴会稽戏有此赠

携妓东山去,春光半道催。遥看若桃李,双入镜中开。

## 送贺宾客归越

镜湖流水漾清波,狂客归舟逸兴多。山阴道士如相见,应写黄庭换
白鹅。

## 送张遥之寿阳幕府

寿阳信天险,天险横荆关。苻坚百万众,遥阻八公山。不假筑长
城,大贤在其间。战夫若熊虎,破敌有馀闲。张子勇且英,少轻卫
霍俦。投躯紫髯将,千里望风颜。勖尔效才略,功成衣锦还。

## 送裴十八图南归嵩山二首

何处可为别,长安青绮门。胡姬招素手,延一作留客醉金樽。临当
上马时,我独与君言。风吹芳兰折,日没鸟雀喧。举手指飞鸿,此
情难具论。同归无早晚,颍水有清源。

君思颍水绿,忽复归嵩岑。归时莫洗耳,为我洗其心。洗心得真情,洗耳徒买名。谢公终一起,相与济苍生。

## 同王昌龄送族弟襄归桂阳

### 二首 一作同王昌龄崔国辅送李舟归郴州

秦地见碧草,楚谣对清樽。把酒尔何思,鹧鸪啼南园。余欲罗浮隐,犹怀明主恩。踌躇紫宫恋,孤负沧洲言。终然无心云,海上同飞翻。相期乃不浅,幽桂有芳根。

尔家何在潇湘川,青莎白石长沙边。昨梦江花照江日一作月,几枝正发东窗前。觉来欲往心悠然,魂随越鸟飞南天。秦云连山海相接,桂水横烟不可涉。送君此去令人愁,风帆茫茫隔河洲。春潭琼草绿可折,西寄长安明月楼。

## 送外甥郑灌从军三首

六博争雄好彩来,金盘一掷万人开。丈夫赌命报天子,当斩胡头衣锦回。

丈八蛇予出陇西,弯弧拂箭白猿啼。破胡必用龙韬策,积甲应将熊耳齐。

月蚀西方破敌时,及瓜归日未应迟。斩胡血变黄河水,枭首当悬白鹊旗。

## 送于十八应四子举落第还嵩山

吾祖吹橐籥,天人信森罗。归根复太素,群动熙元和。炎炎四真人,摛辩若涛波。交流无时寂,杨墨日成科。夫子闻洛诵,夸才才固多。为金好踊跃,久客方蹉跎。道可束卖之,五宝溢山河。劝君还嵩丘,开酌盼庭柯。三花如未落,乘兴一来过。

# 送　别

寻阳五溪水,沿洄直入巫山里。胜境由来人共传,君到南中自称美。送君别有八月秋,飒飒芦花复益愁。云帆望远不相见,日暮长江空自流。

## 送族弟绾从军安西

汉家兵马乘北风,鼓行而西破犬戎。尔随汉将出门去,剪虏若草收奇功。君王按剑望边色一作邑,旄头已落胡天空。匈奴系颈数应尽,明年应入蒲萄宫。

## 送梁公昌从信安北征

入幕推英选,捐书事远戎。高谈百战术,郁作万夫雄。起舞莲花剑,行歌明月弓。将飞天地阵,兵出塞垣通。祖席留丹景,征麾拂彩虹。旋应献凯入,麟阁伫深功。

## 送白利从金吾董将军西征

西羌延国讨,白起佐军威。剑决浮云气,弓弯明月辉。马行边草绿,旌一作旗卷曙霜飞。抗手凛相顾,寒风生铁衣。

## 送张秀才从军

六驳食猛虎,耻从驽马群。一朝长鸣去,矫若龙行云。壮士怀远略,志存解世纷。周粟犹不顾,齐珪安肯分。抱剑辞高堂,将投崔冠军。长策扫河洛,宁亲归汝坟。当令千古后,麟阁著奇勋。

# 送崔度还吴 度，故人礼部员外〔国辅〕（辅国）之子。

幽燕沙雪地，万里尽黄云。朝吹归秋雁，南飞日几群。中有孤凤
雏，哀鸣九天闻。我乃重此鸟，彩章五色分。胡为杂凡禽，雏鹜轻
贱君。举手捧尔足，疾心若火焚。拂羽泪满面，送之吴江濆。去影
忽不见，踌躇日将曛。

# 送祝八之江东赋得浣纱石

西施越溪女，明艳光云海。未一作来入吴王宫殿时，浣纱古一作故石
今犹在。桃李新开映古查，菖蒲犹短出平沙。昔时红粉一作颜照流
水，今日青苔覆落花。君去西秦适东越，碧山青江几超忽。若到天
涯思故人，浣纱石上窥明月。

# 送侯十一

朱亥已击晋，侯嬴尚隐身。时无魏公子，岂贵抱关人。余亦不火
食，游梁同在陈。空馀湛卢剑，赠尔托交亲。

# 鲁中送二从弟赴举之西京 一作送族弟锽

鲁客向西笑，君门若梦中。霜凋逐臣发，日忆明光宫。复羡二龙
去，才华冠世雄。平衢骋高足，逸翰凌长风。舞袖拂秋月，歌筵闻
早鸿。送君日千里，良会何由同。

# 奉饯高尊师如贵道士传道箓毕归北海

道隐不可见，灵书藏洞天。吾师四万劫，历世递相传。别杖留青
竹，行歌蹑紫烟。离心无远近，长在玉京悬。

## 金陵送张十一再游东吴

张翰黄花句,风流五百年。谁人今继作,夫子世称贤。再动游吴棹,还浮入海船。春光白门柳,霞色赤城天。去国难为别,思归各未旋。空馀贾生泪,相顾共凄然。

## 送纪秀才游越

海水不满眼,观涛难称心。即知蓬莱石,却是巨鳌簪。送尔游华顶,令余发啸吟。仙人居射的,道士住山阴。禹穴寻溪入,云门隔岭深。绿萝秋月夜,相忆在鸣琴。

## 送长沙陈太守二首

长沙陈太守,逸气凌青松。英主赐五马,本是天池龙。湘水回九曲,衡山望五峰。荣君按节去,不及远相从。

七郡长沙国,南连湘水滨。定一作吴王垂舞袖,地窄不回身。莫小二千石,当安远俗人。洞庭乡路远,遥羡锦衣春。

## 送杨燕之东鲁

关西杨伯起,汉日旧称贤。四代三一作五公族,清风播人天。夫子华阴居,开门对玉莲。何事历衡霍,云帆今始还。君坐稍解颜,为君歌此篇。我固侯门士,谬登圣主筵。一辞金华殿,蹭蹬长江边。二子鲁门东,别来已经年。因君此中去,不觉泪如泉。

## 送蔡山人

我本不弃世,世人自弃我。一乘无倪舟,八极纵远舵。燕客期跃马,唐生安敢讥。采珠勿惊龙,大道可暗归。故山有松月,迟尔玩清晖。

# 送萧三十一之鲁中兼问稚子伯禽

六月南风吹白沙，吴牛喘月气成霞。水国郁一作歊蒸不可处，时炎道远无行车。夫子如何涉江路，云帆袅袅金陵去。高堂倚门望伯鱼，鲁中正是趋庭处。我家寄在沙丘傍，三年不归空断肠。君行既识伯禽子，应驾小车骑白羊。

# 送杨山人归嵩山

我有万古宅，嵩阳玉女峰。长留一片月，挂在东溪松。尔去掇仙草，菖蒲花紫茸。一作君行到此峰，餐霞驻衰容。岁晚或相访，青天骑白龙。

# 送殷淑三首

海水不可解，连江夜为潮。俄然浦屿阔，岸去酒船遥。惜别耐取醉，鸣榔且长谣。天明尔当去，应便有风飘。

白鹭洲前月，天明送客回。青龙山后日，早出海云来。流水无情去，征帆逐吹开。相看不忍别，更进手中杯。

痛饮龙筇下，灯青月复寒。醉歌惊白鹭，半夜起沙滩。

# 送岑征君归鸣皋山

岑公相门子，雅望归安石。奕世皆夔龙，中台竟三拆。至人达机兆，高揖九州伯。奈何天地间，而作隐沦客。贵道能一作皆全真，潜辉卧幽邻一作鳞。探元入窅默，观化游无垠。光武有天下，严陵为故人。虽登洛阳殿，不屈巢由身。余亦谢明主，今称偃蹇臣。登高览万古，思与广成邻。蹈海宁受赏，还山非问津。西来一作终期一摇扇,共拂元规尘。

## 送范山人归泰山

鲁客抱白鹤一作鸡,别余往泰山。初行若片云一作雪,杳在青崖间。
高高至天门,日观一作海日近可攀。云山望不及,此去何时还。

# 全唐诗卷一七七

## 李 白

### 送韩侍御之广德

昔日绣衣何足荣,今宵贳酒与君倾。暂就东山赊月色,酣歌一夜送泉明。

### 送通禅师还南陵隐静寺

我闻隐静寺,山水多奇踪。岩种朗公橘,门深杯渡松。道人制猛虎,振锡还孤峰。他日南陵下,相期谷口逢。

### 送 友 人

青山横北郭,白水绕东城。此地一为别,孤蓬万里征。浮云游子意,落日故人情。挥手自兹去,萧萧班马鸣。

### 送 别

斗酒渭城边,垆头醉不眠。梨花千树雪,杨叶万条烟。惜别倾壶醑,临分赠马鞭。看君颍上去,新月到应圆。

## 江上送女道士褚三清游南岳

吴江女道士,头戴莲花巾。霓衣一作裳不湿雨,特异阳台云。足下远游履,凌波生素尘。寻仙向南岳,应见魏夫人。

## 送友人入蜀

见说蚕丛路,崎岖不易行。山从人面起,云傍马头生。芳树笼秦栈,春流绕蜀城。升沉应已定,不必问君平。

## 送李青归南叶 一作华阳川

伯阳仙家子,容色如青春。日月秘灵洞,云霞辞世人。化心养精魄,隐几窅天真。莫作千年别,归来城郭新。

## 送舍弟

吾家白额一作马驹,远别临东道。他日相思一梦君,应得池塘生春草。

## 送别得书字

水色南天远,舟行若在虚。迁人发佳兴,吾子访闲居。日落看归鸟,潭澄羡一作怜跃鱼。圣朝思贾谊,应降紫泥书。

## 送麹十少府

试发清秋兴,因为吴会吟。碧云敛海色,流水折江心。我有延陵剑,君无陆贾金。艰难此为别,惆怅一何深。

# 送张秀才谒高中丞 并序

余时系寻阳狱中，正读《留侯传》，秀才张孟熊蕴灭胡之策，将之广陵谒高中丞。余嘉子房之风，感激于斯人，因作是诗以送之。

秦帝沦玉镜一作六雄灭金虎，留侯降氛氲。感激黄石老，经过沧海君。壮士挥金槌，报仇六国闻。智勇冠终古，萧陈难与群。两龙争斗时，天地动风云。酒酣一作纵横舞长剑，仓卒解汉纷。宇宙初倒悬，鸿沟势将分。英谋信奇绝，夫子扬清芬。一作夫子称卓绝，超然继清芬。胡月入紫微，三光乱天文。高公镇淮海，谈笑却妖氛。采尔幕中画，戡难光殊勋。我无燕霜感，玉石俱烧焚。但洒一行泪，临歧竟何云。

# 寻阳送弟昌峒鄱阳司马作

桑落洲渚连，沧江无云烟。寻阳非剡水，忽见子猷船。飘然欲相近，来迟杳若仙。人乘海上月，帆落湖中天。一睹无二诺，朝欢更胜昨。尔则吾惠连，吾非尔康乐。朱绂白银章，上官佐鄱阳。松门拂中道，石镜回清光。摇扇及于越，水亭风气凉。与尔期此亭，期在秋月满。时过或未来，两乡心已断。吴山对楚岸，彭蠡当中州。相思定如此，有穷尽年愁。

# 饯校书叔云

少年费白日，歌笑矜朱颜。不知忽已老，喜见春风还。惜别且为欢，裴回桃李间。看花饮美酒，听鸟临晴山。向晚竹林寂，无人空闭关。

## 送王孝廉觐省

彭蠡将天合,姑苏在日边。宁亲候海色,欲动孝廉船。窈窕晴江转,参差远岫连。相思无昼夜,东泣似长川。

## 同吴王送杜秀芝赴举入京

秀才何翩翩,王许回也贤。暂别庐江守,将游京兆天。秋山宜落日,秀水出寒烟。欲折一枝桂,还来雁沼前。

## 洞庭醉后送绛州吕使君果—作杲流澧州

昔别若梦中,天涯忽相逢。洞庭破秋月,纵酒开愁容。赠剑刻玉字,延平两蛟龙。送君不尽意,书及雁回峰。

## 与诸公送陈郎将归衡阳 并序

　　仲尼旅人,文王明夷,苟非其时,圣贤低眉,况仆之不肖者。而迁逐枯槁,固非其宜,朝心不开,暮发尽白。而登高送远,使人增愁。陈郎将义风凛然,英思逸发,来至曹城之榻,去邀才子之诗。动清兴于中流,泛素波而径去。诸公仰望不及,连章祖之。序惭起予,辄冠名贤之首;作者嗤我,乃为抚掌之资乎。

衡山苍苍入紫冥,下看南极老人星。回飙吹散五峰雪,往往飞花落洞庭。气清岳秀有如此,郎将一家拖金紫。门前食客乱浮云,世人皆比孟尝君。江上送行无白璧,临歧惆怅若为分。

## 送赵判官赴黔府中丞叔幕

廓落青云心,交结黄金尽。富贵翻相忘,令人忽自哂。蹭蹬鬓毛斑,盛时难再还。巨源咄石生,何事马蹄间。绿萝长不厌,却欲还东山。君为鲁曾子,拜揖高堂里。叔继赵平原,偏承明主恩。风霜推独坐,旌节镇雄藩。虎士秉金钺,蛾眉开玉樽。才高幕下去,义重林中言。水宿五溪月,霜啼三峡猿。东风春草绿,江上候归轩。

## 送陆判官往琵琶峡

水国秋风夜,殊非远别时。长安如梦里,何日是归期。

## 送梁四归东平

玉壶挈美酒,送别强为欢。大火南星月,长郊北路难。殷王期负鼎,汶水起垂竿。莫学东山卧,参差老谢安。

## 江夏送一作祖友人

雪点翠云裘,送君黄鹤楼。黄鹤振玉羽,西飞帝王州。凤无琅玕实,何以赠远游。裴回相顾影,泪下汉江流。

## 送郗昂谪巴中

瑶草寒不死,移植沧江滨。东风洒雨露,会入天地一作池春。予若洞庭叶,随波送逐臣。思归未可得,书此谢情人。

## 江夏送张丞

欲别心不忍,临行情更亲。酒倾无限月,客醉几重春。藉草依流水,攀花赠远人。送君从此去,回首泣迷津。

## 赋得白鹭鸶送宋少府入三峡

白鹭拳一足,月明秋水寒。人惊远飞去,直向使君滩。

# 送二季之江东

初发强中作,题诗与惠连。多惭一日长,不及二龙贤。西塞当中路,南风欲进船。云峰出远海,帆影挂清川。禹穴藏书地,匡山种杏田。此行俱有适,迟尔早归旋。

# 江西送友人之罗浮

桂水分五岭,衡山朝九疑。乡关渺安西,流浪将何之。素色愁明湖,秋渚晦寒姿。畴昔紫芳意,已过黄发期。君王纵疏散,云壑借巢夷。尔去之罗浮,我还憩峨眉。中阔道万里,霞月遥相思。如寻楚狂子,琼树有芳枝。

# 宣州谢朓楼饯别校书
## 叔云 一作倍侍御叔华登楼歌

弃我去者昨日之日不可留,乱我心者今日之日多烦忧。长风万里送秋雁,对此可以酣高楼。蓬莱文章建安骨,中间小谢又清发。俱怀逸兴壮思飞,欲上青天览日月。抽刀断水水更流,举杯销愁愁更一作复愁。人生一作男儿在世不称意,明朝散发弄扁舟一作举棹还沧洲。

# 宣城送刘副使入秦

君即刘越石,雄豪冠当时。凄清横吹曲,慷慨扶风词。虎啸俟腾跃,鸡鸣遭乱离。千金市骏马,万里逐王师。结交楼烦将,侍从羽林儿。统兵捍吴越,豺虎不敢窥。大勋竟莫叙,已过秋风吹。秉钺有季公,凛然负英姿。寄深且戎幕,望重必台司。感激一然诺,纵横两无疑。伏奏归北阙,鸣驺忽西驰。列将咸出祖,英僚惜分离。斗酒满四筵,歌啸宛溪湄。君携东山妓,我咏北门诗。贵贱交不易，恐伤中园葵。昔赠紫骝驹，今倾白玉卮。同欢万斛酒，未足解相思。此别又千里一作此外别千里，秦吴渺天涯。月明关山苦，水剧陇头悲。借问几时还，春风入黄池。无令长相忆，折断绿杨枝。

## 泾川送族弟锷

泾川三百里，若耶羞见之。锦石照碧山，两边白鹭鸶。佳境千万曲，客行无歇时。上有琴高水，下有陵阳祠。仙人不见我，明月空相知。问我何事来，卢敖结幽期。蓬山振雄笔，绣服挥清词。江湖发秀色，草木含荣滋。置酒送惠连，吾家称白眉。愧无海峤作，敢阙河梁诗。见尔复几朝，俄然告将离。中流漾彩鹢，列岸丛金羁。叹息苍梧凤，分栖琼树枝。清晨各飞去，飘落天南垂。望极落日尽，秋深暝猿悲。寄情与流水，但有长相思。

## 五松山送殷淑

秀色发江左，风流奈若何。仲文了不还，独立扬清波。载酒五松山，颓然白云歌。中天度落月，万里遥相过。抚酒惜此月，流光畏蹉跎。明日别离去，连峰郁嵯峨。

## 送崔氏昆季之金陵 一作秋夜崔八丈水亭送别

放一作吴歌倚东楼，行子期晓发。秋风渡江来，吹落山上月。主人出美酒，灭烛延清光。二崔向金陵，安得不尽觞。水客弄归棹，云帆卷轻霜。扁舟敬亭下，五两先飘扬。峡石入水花，碧流日更长。思君无岁月，西笑阻河梁。

## 登黄山凌歊台送族弟溧
## 阳尉济充泛舟赴华阴 <sub>得齐字</sub>

鸾乃凤之族,翱翔紫云霓。文章辉五色,双在琼树栖。一朝各飞去,凤与鸾俱啼。炎赫五月中,朱曦烁河堤。尔从泛舟役,使我心魂凄。秦地无碧草,南云喧鼓鼙。君王减玉膳,早起思鸣鸡。漕引救关辅,疲人免涂泥。宰相作霖雨,农夫得耕犁。静者伏草间,群才满金闺。空手无壮士,穷居使人低。送君登黄山,长啸倚<sup>一作上</sup>天梯。小舟若凫雁,大舟若鲸鲵。开帆散长风,舒卷与云齐。日入牛渚晦,苍然夕烟迷。相思定<sup>一作在何许一作所</sup>,杳在洛阳西。

## 送储邕之武昌

黄鹤西<sup>一作高楼</sup>月,长江万里情。春风三十度,空忆武昌城。送尔难为别,衔杯惜未倾。湖连张乐地,山逐泛舟行。诺为楚人重,诗传谢朓清。沧浪吾有曲,寄入棹歌声。

# 全唐诗卷一七八

## 李 白

### 酬谈少府

一尉居倏忽,梅生有仙骨。三事或可羞,匈奴哂千秋。壮心屈黄绶,浪迹寄沧洲。昨观荆岘作,如从云汉游。老夫当暮矣,蹀足俱骅骝。

### 酬宇文少府见赠桃竹书筒

桃竹书筒绮绣文,良工巧妙称绝群。灵心圆映三江月,彩质叠成五色云。中藏宝诀峨眉去,千里提携长忆君。

### 五月东鲁行答汶上君 一作翁

五月梅始一作子黄,蚕凋桑柘空。鲁人重织作,机杼鸣帘栊。顾余不及仕,学剑来山东。举鞭访前途,获笑汶上翁。下愚忽壮士,未足论穷通。我以一箭书,能取聊城功。终然不受赏,羞与时人同。西归去直道,落日昏阴虹。此一作我去尔勿言,甘心为转蓬。

### 早秋单父南楼酬窦公衡

白露见日灭,红颜随霜凋。别君若俯仰,春芳辞秋条。泰山嵯峨夏云在，疑是白波涨东海。散为飞雨川上来，遥帷却卷清浮埃。知君独坐青轩下，此时结念同所怀一作同怀者。我闭南楼看道书，幽帘清寂在仙居。曾无好事来相访，赖尔高文一起予。

## 山　中　问　答

问余何意一作事栖碧山，笑而不答心自闲。桃花流水窅然去，别有天地非人间。

## 答友人赠乌纱帽

领得乌纱帽，全胜白接䍦。山人不照镜，稚子道相宜。

## 酬张司马赠墨

上党碧松烟，夷陵丹砂末。兰麝凝珍墨，精光乃堪掇。黄头奴子双鸦鬟，锦囊养之怀袖间。今日赠予兰亭去，兴来洒笔会稽山。

## 答湖州迦叶司马问白是何人

青莲居士谪仙人，酒肆藏名三十春。湖州司马何须问，金粟如来是后身。

## 答长安崔少府叔封游终南
## 翠微寺太宗皇帝金沙泉见寄

河伯见海若，傲然夸秋水。小物昧远图，宁知通方士。多君紫霄意，独往苍山里。地古寒云深，岩高长风起。初登翠微岭，复憩金沙泉。践苔朝霜滑，弄波夕月圆。饮彼石下流，结萝宿溪烟。鼎湖梦渌水，龙驾空一作何茫然。早行子午关一作间，又作峰，却登山路远。一作却叹山路远，又作颇识关路远。拂琴听霜猿，灭烛乃星饭。人烟无明一作同异，鸟道绝往返。攀崖倒青天，下视白日晚。既过一作遇石门隐，还唱一作闻石潭歌。涉雪搴紫芳一作采紫茎，濯缨想一作掬清波。此人不可见，此地君自过。为余谢风泉，其如幽意何。

## 酬崔五郎中

朔云横高天，万里起秋色。壮士心飞扬，落日空叹息。长啸出原野，凛然寒风生。幸遭圣明时，功业犹未成。奈何怀良图，郁悒独愁坐一作空独坐。杖策寻英豪，立谈乃知我。崔公生民秀，缅邈青云姿。制作参造化，托讽含神祇。海岳尚可倾，吐诺终不移。是时霜飙寒，逸兴临华池。起舞拂长剑，四座皆扬眉。因得穷欢情，赠我以新诗。又结汗漫期，九垓远相待。举身憩蓬壶，濯足弄沧海。从此凌倒景，一去无时还。朝游明光宫，暮入阊阖关。但得长把袂，何必嵩丘山。

## 以诗代书答元丹丘

青鸟一作鸟海上来，今朝发何处。口衔云锦字一作书，与我忽飞去。鸟去凌紫烟，书留绮窗前。开缄方一作时一笑，乃是故人传。故人深相勖，忆我劳心曲。离居在咸阳，三见秦草绿。置书双袂间，引领不暂闲。长望一作欢杳难见，浮云横远山。

## 金门答苏秀才

君还石门日，朱火始改木。春草如有情，山中尚含绿。折芳愧遥忆，永路当日勖。远见故人心，平生以此足。巨海纳百川，麟阁多才贤。献书入金阙，酌醴奉琼筵。屡忝白云唱，恭闻黄竹篇。恩光照拙薄，云汉希腾迁。铭鼎倘云遂，扁舟方渺然。我留在金门，君去卧丹壑。未果三山期，遥欣一丘乐。玄珠寄象罔，赤水非寥廓。

愿狎东海鸥，共营西山药。栖岩君寂灭，处世余龙蠖。良辰不同赏，永日应闲居。鸟吟檐间树，花落窗下书。缘溪见绿筱，隔岫窥红蕖。采薇行笑歌，眷我情何已。月出石镜间，松鸣风琴里。得心自虚妙，外物空颓靡。身世如两忘，从君老烟水。

## 酬坊州王司马与阎正字对雪见赠

游子东南来，自宛适京国。飘然无心云，倏忽复西北。访戴昔未偶，寻嵇此相得。愁颜发新欢，终宴叙前识。阎公汉庭旧，沈郁富才力。价重铜龙楼，声高重门侧。宁期此相遇，华馆陪游息。积雪明远峰，寒城锁春色。主人苍生望，假我青云翼。风水如见资，投竿佐皇极。

## 酬中都小吏携斗酒双鱼于逆旅见赠

鲁酒若琥珀一作琥珀色，汶鱼紫锦鳞。山东豪吏有俊气，手携一作持此物赠远人。意气相倾两相顾，斗酒双鱼表情素。一本此下有酒来我饮之，脍作别离处二句。双鳃呀呷鳍鬣张，跋剌银盘欲飞去。呼儿拂几霜刃挥，红肌花落白雪霏。为君下箸一餐饱一作罢，醉著金鞍上马归。

## 酬张卿夜宿南陵见赠

月出鲁城东，明如天上雪。鲁女惊莎鸡，鸣机应秋节。当君相思夜，火落金风高。河汉挂户牖，欲济无轻舠。我昔辞林丘，云龙忽相见。客星动太微，朝去洛阳殿。尔来得茂彦，七叶仕汉馀。身为下邳客，家有圮桥书。傅说未梦时，终当起岩野。万古骑辰星，光辉照天下。与君各未遇，长策委蒿莱。宝刀隐玉匣，锈涩空莓苔。遂令世上愚，轻我土与灰。一朝攀龙去，蛙黾安在哉。故山定有酒,与尔倾金罍。

## 酬岑勋见寻就元丹丘对酒相待以诗见招

黄鹤东南来,寄书写心曲。倚松开其缄,忆我肠断续。不以千里
遥,命驾来相招。中逢元丹丘,登岭宴碧霄。对酒忽思我,长啸临
清飙。蹇予未相知,茫茫绿云垂。俄然素书及,解此长渴饥。策马
望山月,途穷造阶墀。喜兹一会面,若睹琼树枝。忆君我远来,我
欢方速至。开颜酌美酒,乐极忽成醉。我情既不浅,君意方亦深。
相知两相得,一顾轻千金。且向山客笑,与君论素心。

## 答从弟幼成过西园见赠

一身自潇洒,万物何嚣喧。拙薄谢明时,栖闲归故园。二季过旧
壑,四邻驰华轩。衣剑照松宇,宾徒光石门。山童荐珍果,野老开
芳樽。上陈樵渔事,下叙农圃言。昨来荷花满,今见兰苕繁。一笑
复一歌,不知夕景昏。醉罢同所乐,此情难具论。

## 酬王补阙惠翼庄庙宋丞泚赠别

学道三千一作十春,自言羲和人。轩盖宛若梦,云松长相亲。偶将
二公合,复与三山邻。喜结海上契,自为天外宾。鸾翻我先铩,龙
性君莫驯。朴散不尚古,时讹皆失真。勿踏荒溪坡,褐来浩然津。
薜带何辞楚,桃源堪避秦。世迫且离别,心在期隐沦。酬赠非炯
诫,永言铭佩绅。

## 酬裴侍御对雨感时见赠

雨色秋来寒,风严清江爽。孤高绣衣人,潇洒青霞赏。平生多感
激,忠义非外奖。祸连积怨生,事及祖川往。楚邦有壮士,鄢郢翻

扫荡。申包哭秦庭,泣血将安仰。鞭尸辱已及,堂上罗宿莽。颇似今之人,蟊贼<sub>一作蟘</sub>陷忠谠。渺然一水隔,何由税归鞅。日夕听猿怨,怀贤盈梦想。

### 酬崔侍御 一本此下有成甫二字

严陵不从万乘游,归卧空山钓碧流。自是客星辞帝座,元非太白醉扬州。

## 玩月金陵城西孙楚酒楼达曙歌吹日晚乘醉著紫绮裘乌纱巾与酒客数人棹歌秦淮往石头访崔四侍御

昨玩西城月,青天垂玉钩。朝沽金陵酒,歌吹孙楚楼。忽忆绣衣人,乘船往石头。草裹乌纱巾,倒被紫绮裘。两岸拍手笑,疑是王子猷。酒客十数公,崩腾醉中流。谑浪棹海客,喧呼傲阳侯。半道逢吴姬,卷帘出揶揄。我忆君到此,不知狂与羞。一月<sub>一作月下一</sub>见君,三杯便回桡。舍舟共连袂,行上南渡桥。兴发歌绿水,秦客为之摇。鸡鸣复相招,清宴逸云霄。赠我数百字,字字凌风飙。系之衣裘上,相忆每长谣。

### 江上答崔宣城

太华三芙蓉,明星玉女峰。寻仙下西岳,陶令忽相逢。问我将何事,湍波历几重。貂裘非季子,鹤氅似王恭。谬忝燕台召,而陪郭隗踪。水流知入海,云去或从龙。树绕芦洲月,山鸣鹊镇钟。还期如可访,台岭荫长松。

## 答族侄僧中孚赠玉泉仙人掌茶 并序

　　余闻荆州玉泉寺近清溪诸山,山洞往往有乳窟,窟中多玉泉交流。其中有白蝙蝠,大如鸦。按仙经,蝙蝠一名仙鼠,千岁之后,体白如雪,栖则倒悬,盖饮乳水而长生也。其水边处处有茗草罗生,枝叶如碧玉。唯玉泉真公常采而饮之,年八十馀岁,颜色如桃李。而此茗清香滑熟,异于他者,所以能还童振枯,扶人寿也。余游金陵,见宗僧中孚,示余茶数十片,拳然重叠,其状如手,号为仙人掌茶。盖新出乎玉泉之山,旷古未觌。因持之见遗,兼赠诗。要余答之,遂有此作。后之高僧大隐,知仙掌茶发乎中孚禅子及青莲居士李白也。

常闻玉泉山,山洞多乳窟。仙鼠如白鸦,倒悬清溪月。茗生此中石,玉泉流不歇。根柯洒芳津,采服润肌骨。丛一作楚老卷绿叶,枝枝相接连。曝成仙人掌,似拍洪崖肩。举世未见之,其名定谁传。宗英乃禅伯,投赠有佳篇。清镜烛无盐,顾惭西子妍。朝坐有馀兴,长吟播诸天。

## 酬裴侍御留岫师弹琴见寄

君同鲍明远,邀彼休上人。鼓琴乱白雪,秋变江上春。瑶草绿未衰,攀翻寄情亲。相思两不见,流泪空盈巾。

## 张相公出镇荆州寻除太子詹事余时流夜郎行至江夏与张公去千里公因太府丞王昔使车寄罗衣二事及五月五日赠余诗余答以此诗

张衡殊不乐,应有四愁诗。惭君锦绣段,赠我慰相思。鸿鹄复矫翼,凤凰忆故池。荣乐一如此,商山老紫芝。

## 醉后答丁十八以诗讥余

### 捶碎黄鹤楼 此诗,杨慎云是伪作。

黄鹤高楼已捶碎,黄鹤仙人无所依。黄鹤上天诉玉帝,却放黄鹤江
南归。神明太守再雕饰,新图粉壁还芳菲。一州笑我为狂客,少年
往往来相讥。君平帘下谁家子,云是辽东丁令威。作诗调我惊逸
兴,白云绕笔窗前飞。待取明朝酒醒罢,与君烂漫寻春晖。

## 答裴侍御先行至石头
## 驿以书见招期月满泛洞庭

君至石头驿,寄书黄鹤楼。开缄识远意,速此南行舟。风水无定
准,湍波或—作成滞留。忆昨新月生,西檐若琼钩。今来何所似,破
镜悬清秋。恨不三五明,平湖泛澄流。此欢竟莫遂,狂—作枉杀王
子猷。巴陵定遥远,持赠解人忧。

## 答高山人兼呈权顾二侯

虹霓掩天光,哲后起康济。应运生夔龙,开元扫氛翳。太微廓金
镜,端拱清遐裔。轻尘集嵩岳,虚点盛明意。谬挥紫泥诏,献纳青
云际。谗惑英主心,恩疏佞臣计。彷徨庭阙下,叹息光阴逝。未作
仲宣诗,先流贾生涕。挂帆秋江上,不为云罗制。山海向东倾,百
川无尽势。我于鸱夷子,相去千馀岁。运阔英达稀,同风遥执袂。
登舻望远水,忽见沧浪枻。高士何处来,虚舟渺安系。衣貌本淳
古,文章多佳丽。延引故乡人,风义未沦替。顾侯达语默,权子识
通蔽。曾是无心云,俱为此留滞。双萍易飘转,独鹤思凌历。明晨
去潇湘,共谒苍梧帝。

## 答杜秀才五松见赠 五松山在南陵铜坑西五六里

昔献长杨赋,天开云雨欢。当时待诏承明里,皆道扬雄才可观。敕赐飞龙二天马,黄金络头白玉鞍。浮云蔽日去不返,总为秋风摧紫兰。角巾东出商山道,采秀行歌咏芝草。路逢园绮笑向人,两君解来一何好。闻道金陵龙虎盘,还同谢朓望长安。千峰夹水向秋浦,五松名山当夏寒。铜井炎炉歊九天,赫如铸鼎荆山前。陶公矍铄呵赤电,回禄睢盱扬紫烟。此中岂是久留处,便欲烧丹从列仙。爱听松风且高卧,飔飔吹尽炎氛一作风过。登崖独立望九州,阳春欲奏谁相和。闻君往年游锦城,章仇尚书倒屣迎。飞笺络绎奏明主,天书降问回恩荣。肮脏不能就珪组,至今空扬高蹈名。夫子工文绝世奇,五松新作天下推。吾非谢尚邀彦伯,异代风流各一时,一时相逢乐在今。袖拂白云开素琴,弹为三峡流泉音。从兹一别武陵去,去后桃花春水深。

## 至陵阳山登天柱石酬韩侍御见招隐黄山

韩众骑白鹿,西往华山中。玉女千馀人,相随在云空。见我传秘诀,精诚与天通。何意到陵阳,游目送飞鸿。天子昔避狄,与君亦乘骢。拥兵五陵下,长策遏胡戎。时泰解绣衣,脱身若飞蓬。鸾凤翻羽翼,啄粟坐樊笼。海鹤一笑之,思归向辽东。黄山过石柱,嶻嶭上攒丛。因巢翠玉树,忽见浮丘公。又引王子乔,吹笙舞松风。朗咏紫霞篇,请开蕊珠宫。步纲绕碧落,倚树招青童。何日可携手,遗形入无穷。

## 酬崔十五见招

尔有鸟迹书,相招琴溪饮。手迹尺素中,如天落云锦。读罢向空笑,疑君在我前。长吟字不灭,怀袖且三年。

# 答王十二寒夜独酌

## 有怀 此诗,萧士赟云是伪作。

昨夜吴中雪,子猷佳兴发。万里浮云卷碧山,青天中道流孤月。孤
月沧浪河汉清,北斗错落长庚明。怀余对酒夜霜白,玉床金井水峥
嵘。人生飘忽百年内,且须酣畅万古情。君不能狸膏金距学斗鸡,
坐令鼻息吹虹霓。君不能学哥舒横行青海夜带刀,西屠石堡取紫
袍。吟诗作赋北窗里,万言不直一杯水。世人闻此皆掉头,有如东
风射马耳。鱼目亦笑我,请一作谓与明月同。骅骝拳跼不能食,蹇
驴得志鸣春风。折杨皇华合流俗,晋君听琴枉清角。巴人谁肯和
阳春。楚地由来贱奇璞。黄金散尽交不成,白首为儒身被轻。一
谈一笑失颜色,苍蝇贝锦喧谤声。曾参岂是杀人者,谗言三及慈母
惊。与君论心握君手,荣辱于余亦何有。孔圣犹闻伤凤麟,董龙更
是何鸡狗。一生傲岸苦不谐,恩疏媒劳志多乖。严陵高揖汉天子,
何必长剑拄颐事玉阶。达亦不足贵,穷亦不足悲。韩信羞将绛灌
比,祢衡耻逐屠沽儿。君不见李北海,英风豪气今何在。君不见裴
尚书,土坟三尺蒿棘一作下居。少年早欲五湖去,见此弥将钟鼎疏。

# 全唐诗卷一七九

## 李 白

### 游南阳白水登石激作

朝涉白水源,暂与人俗疏。岛屿佳境色,江天涵清虚。目送去海云,心闲游川鱼。长歌尽落日,乘月归田庐。

### 游南阳清泠泉

惜彼落日暮,爱此寒泉清。西辉逐流水,荡漾游子情。空歌望云月,曲尽长松声。

### 寻鲁城北范居士失道落
### 苍耳中见范置酒摘苍耳作

雁度秋色远,日静无云时。客心不自得,浩漫将何之。忽忆范野人,闲园养幽姿。茫然起逸兴,但恐行来迟。城壕失往路,马首迷荒陂。不惜翠云裘,遂为苍耳欺。入门且一笑,把臂君为谁。酒客爱秋蔬,山盘荐霜梨。他筵不下箸,此席忘朝饥。酸枣垂北郭,寒瓜蔓东篱。还倾四五酌,自咏猛虎词。近作十日欢,远为千载期。风流自簸荡,谑浪偏相宜。酣来上马去,却笑高阳池。

# 东鲁门泛舟二首

日落沙明天倒开,波摇石动水萦回。轻舟泛月寻溪转,疑是山阴雪后来。

水作青龙盘石堤,桃花夹岸鲁门西。若教月下乘舟去,何啻风流到剡溪。

# 秋猎孟诸夜归置酒单父东楼观妓

倾晖速短炬,走海无停川。冀餐圆丘草,欲以还颓年。此事不可得,微生若浮烟。骏发跨名驹,雕弓控鸣弦。鹰豪鲁草白,狐兔多肥鲜。邀遮相驰逐,遂出城东田。一扫四野空,喧呼鞍马前。归来献所获,炮炙宜霜天。出舞两美人,飘飖若云仙。留欢不知疲,清晓方来旋。

# 游泰山六首 天宝元年四月,从故御道上泰山。

四月上泰山,石屏一作平御道开。六龙过万壑,涧谷随萦回。马迹绕碧峰,于今满青苔。飞流洒绝巘,水急松声哀。北眺崿嶂奇,倾崖向东摧。洞门闭石扇,地底兴云雷。登高望蓬瀛,想象金银台。天门一长啸,万里清风来。玉女四五人,飘飖下九垓。含笑引素手,遗我流霞杯。稽首再拜之,自愧非仙才。旷然小宇宙,弃世何悠哉。

清晓骑白鹿,直上天门山。山际逢羽人,方瞳好容颜。扪萝欲就语,却掩青云关。遗我鸟迹书,飘然落岩间。其字乃上古,读之了不闲。感此三叹息,从师方未还。

平明登日观,举手开云关。精神四飞扬,如出天地间。黄河从西来,窈窕入远山。凭崖揽一作览八极,目尽长空闲。偶然值青童,绿发双云鬟。笑我晚学仙,蹉跎凋朱颜。踌躇忽不见,浩荡难追攀。
清斋三千一作十日,裂素写道经。吟诵有所得,众神卫我形。云行
信长风,飒若羽翼生。攀崖上日观,伏槛窥东溟。海色动远山,天
鸡已先鸣。银台出倒景,白浪翻长鲸。安得不死药,高飞向蓬瀛。
日观东北倾,两崖夹双石。海水落眼前,天光遥一作摇空碧。千峰
争攒聚,万壑绝凌历。缅彼鹤上仙,去无云中迹。长松入云一作霄
汉,远望不盈尺。山花异人间,五月雪中白。终当遇安期,于此炼
玉液。

朝饮王母池,暝投天门关。独抱绿绮琴,夜行青山间。山明月露
白,夜静松风歇。仙人游碧峰,处处笙歌发。寂静一作听娱清晖,玉
真连翠微。想像鸾凤舞,飘飖龙虎衣。扪天摘匏瓜,恍惚不忆归。
举手弄清浅,误攀织女机。明晨坐相失,但见五云飞。

## 秋夜与刘砀山泛宴喜亭池

明宰试舟楫,张灯宴华池。文招梁苑客,歌动郢中儿。月色望不
尽,空天交相宜。令人欲泛海,只待长风吹。

## 携妓登梁王栖霞山孟氏桃园中

碧草已满地,柳与梅争春。谢公自有东山妓,金屏笑坐如花人。今
日非昨日,明日还复来。白发对绿酒,强歌心已摧。君不见梁王池
上月,昔照梁王樽酒中。梁王已去明月在,黄鹂愁醉啼春风。分明
感激眼前事,莫惜醉卧桃园东。

## 与从侄杭州刺史良游天竺寺

挂席凌蓬丘,观涛憩樟楼。三山动逸兴,五马同遨游。天竺森在
眼,松风飒惊秋。览云测变化,弄水穷清幽。叠嶂隔遥海,当轩写

归流。诗成傲云月,佳趣满吴洲。

## 同友人舟行游台越作

楚臣伤江枫,谢客拾海月。怀沙去潇湘,挂席泛溟渤。蹇予访前迹,独往造穷发。古人不可攀,去若浮云没。愿言弄倒景,从此炼真骨。华顶窥绝溟,蓬壶望超忽。不知青春度,但怪绿芳歇。空持钓鳌心,从此谢魏阙。

## 下终南山过斛斯山人宿置酒

暮从碧山下,山月随人归。却顾所来径,苍苍横翠微。相携及田家,童稚开荆扉。绿竹入幽径,青萝拂行衣。欢言得所憩,美酒聊共挥。长歌吟松风,曲尽河星—作星河稀。我醉君复乐,陶然共忘机。

## 朝下过卢郎中叙旧游

君登金华省,我入银台门。幸遇—作逢圣明主,俱承云雨恩。复此休浣时,闲为畴昔言。却话山海事,宛然林壑存。明湖思晓月,叠嶂忆清猿。何由返初服,田野醉芳樽。

## 侍从游宿温泉宫作

羽林十二将,罗列应星文。霜仗悬秋月,霓旌卷夜云。严更千户肃,清乐九天闻。日出瞻佳气,葱葱绕圣君。

## 邯郸南亭观妓

歌鼓—作妓燕赵儿,魏姝弄鸣丝。粉色艳日—作月彩,舞袖—作衫拂花枝。把酒顾美人,请歌邯郸词。清筝何缭绕,度曲绿云垂。平原君

安在,科斗生古池。座客三千人,于今知有谁。我辈不作乐,但为
后代悲。

## 春日游罗敷潭

行歌入谷口,路尽无人跻。攀崖度绝壑,弄水寻回溪。云从石上
起,客到花间迷。淹留未尽兴,日落群峰西。

## 春陪商州裴使君游
### 石娥溪 时欲东归,遂有此赠。

裴公有仙标,拔俗数千丈。澹荡沧洲云,飘飖紫霞想。剖竹商洛
间,政成心已闲。萧条出世表,冥寂闭玄关。我来属芳节,解榻时
相悦。褰帷对云峰,扬袂指松雪。暂出东城边,遂游西岩前。横天
耸翠壁,喷壑鸣红泉。寻幽殊未歇,爱此春光发。溪傍饶名花,石
上有好月。命驾归去来,露华生翠一作绿苔。淹留惜将晚,复听清
猿哀。清猿断人肠,游子思故乡。明发首东路,此欢焉可忘。

## 陪从祖济南太守泛鹊山湖三首

初谓鹊山近,宁知湖水遥。此行殊访戴,自可缓归桡。
湖阔数千里,湖光摇碧山。湖西正有月,独送李膺还。
水入北湖去,舟从南浦回。遥看鹊山转,却似送人来。

## 春日陪杨江宁及诸官宴北湖感古作

昔闻颜光禄,攀龙宴京一作重,一作明湖。楼船入天镜,帐殿开云衢。
君王歌大风,如乐丰沛都。延年献佳作,邈与诗人俱。我来不及
此,独立钟山孤。杨宰穆清风一作飘,芳声腾海隅。英僚满四座,粲
若琼林敷。鹢首弄倒景,蛾眉缀明珠。新弦采一作来梨园,古舞娇

吴歈。曲度绕云一作清汉,听者皆欢娱。鸡栖何嘈嘈,沿一作江月沸
笙竽。古之帝宫苑,今乃人樵苏。感此劝一觞,愿君覆瓢壶。荣盛
一作盛时当作乐,无令后贤吁。

## 宴郑参卿山池

尔恐碧草晚,我畏朱颜移。愁看杨花飞,置酒正相宜。歌声送落
日,舞影回清池。今夕不尽杯,留欢更邀谁。

## 游谢氏山亭

沦老卧江海,再欢天地清。病闲久寂寞,岁物徒芬荣。借君西池
游,聊以散我情。扫雪松下去,扪萝石道行。谢公池塘上,春草飒
已生。花枝拂人来,山鸟向我鸣。田家有美酒,落日与之倾。醉罢
弄归月,遥欣稚子迎。

## 把酒问月 故人贾淳令予问之

青天有月来几时,我今停杯一问之。人攀明月不可得,月行却与人
相随。皎如飞镜临丹阙,绿烟灭尽清辉发。但见宵从海上来,宁知
晓向云间没。白兔捣药秋复春,嫦娥孤栖与谁邻。今人不见古时
月,今月曾经照古人。古人今人若流水,共看明月皆如此。唯愿当
歌对酒时,月光长照金樽里。

## 同族侄评事黯游昌禅师山池二首

远公爱康乐,为我开禅关。萧然松石下,何异清凉山。花将色不
染,水与心俱闲。一坐度小劫,观空天地间。
客来花雨际,秋水落金池。片石寒青锦,疏杨挂绿丝。高僧拂玉
柄,童子献霜梨。惜去爱佳景,烟萝欲暝时。

# 金陵凤凰台置酒

置酒延落景，金陵凤凰台。长波写万古，心与云俱开。借问往昔时，凤凰为谁来。凤凰去已久，正当今日回。明君越羲轩，天老坐三台。豪士无所用，弹弦醉金罍。东风吹山花，安可不尽杯。六帝没幽草，深宫冥绿苔。置酒勿复道，歌钟但相催。

## 秋浦清溪雪夜对酒客有唱山鹧鸪者

披君一作我貂襜褕，对君白玉壶。雪花酒上灭，顿觉夜寒无。客有桂阳至，能吟山鹧鸪。清风动窗竹，越鸟起相呼。持此足为乐，何烦笙与竽。

## 与周刚清溪玉镜潭

### 宴别 潭在秋浦桃树陂下，余新名此潭。

康乐上官去，永嘉游石门。江亭一作中有孤屿，千载迹犹存。我来游一作憩秋浦，三入桃陂源。千峰照积雪，万壑尽啼猿。兴与谢公合，文因周子论。扫崖去落叶，席一作带月开清樽。溪当大楼南，溪水正南奔。回作玉镜潭，澄明洗心魂。此中得佳境，可以绝嚣喧。清夜方归来，酣歌出平原。别后经此地，为余谢兰荪。

## 游秋浦白笴陂二首

何处夜行好，月明白笴陂。山光摇积雪，猿影挂寒枝。但恐佳景晚，小令归棹移。人来有清兴，及此有相思。
白笴夜长啸，爽然溪谷寒。鱼龙动陂水，处处生波澜。天借一明月，飞来碧云端。故乡不可见，肠断正西看。

## 宴陶家亭子

曲巷幽人宅,高门大士家。池开照胆镜,林吐破颜花。绿水藏春日,青轩秘晚霞。若闻弦管妙,金谷不能夸。

## 在水军宴韦司马楼船观妓

摇曳帆在空,清流一作川顺归风。诗因鼓吹发,酒为剑歌雄。对舞青楼妓,双鬟白玉童。行云且莫去,留醉楚王宫。

## 流夜郎至江夏陪长史叔 及薛明府宴兴德寺南阁

绀殿横江上,青山落镜中。岸回沙不尽,日映水成空。天乐流一作闻香阁,莲舟飏晚风。恭陪竹林宴,留醉与陶公。

## 泛沔州城南郎官湖 并序

　　乾元岁,秋八月,白迁于夜郎,遇故人尚书郎张谓出使夏口。沔州牧杜公、汉阳宰王公,觞于江城之南湖,乐天下之再平也。方夜,水月如练,清光可掇。张公殊有胜概,四望超然,乃顾白曰:"此湖古来贤豪游者非一,而枉践佳景,寂寥无闻。夫子可为我标之嘉名,以传不朽。"白因举酒酹水,号之曰郎官湖,亦犹郑圃之有仆射陂也。席上文士辅翼岑静,以为知言。乃命赋诗纪事,刻石湖侧,将与大别山共相磨灭焉。

张公多逸兴,共泛沔城隅。当时秋月好,不减武昌都。四座醉清光,为欢古来无。郎官爱此水,因号郎官湖。风流若未减,名与此山俱。

## 陪侍郎叔游洞庭醉后三首

今日竹林宴,我家贤侍郎。三杯容小阮,醉后发清狂。

船上齐桡乐,湖心泛月归。白鸥闲不去,争拂酒筵飞。

划却君山好,平铺湘水流。巴陵无限酒,醉杀洞庭秋。

## 夜泛洞庭寻裴侍御清酌

日晚湘水绿,孤舟无端倪。明湖涨秋月,独泛巴陵西。过憩裴逸
人,岩居陵丹梯。抱琴出深竹,为我弹鹍鸡。曲尽酒亦倾,北窗醉
如泥。人生且行乐,何必组与珪。

## 陪族叔刑部侍郎晔及
## 中书贾舍人至游洞庭五首

洞庭西望楚江分,水尽南天不见云。日落长沙秋色远,不知何处吊
湘君。

南湖秋水夜无烟,耐可乘流直上天。且就一作向洞庭赊月色,将船
买酒白云边。

洛阳才子谪湘川,元礼同舟月下仙。记得长安还欲笑,不知何处是
西天。

洞庭湖西秋月辉,潇湘江北早鸿飞。醉客满船歌白苎,不知霜露入
秋衣。

帝子潇湘去不还,空馀秋草洞庭间。淡扫明湖开玉镜,丹青画出是
君山。

## 楚江黄龙矶南宴杨执戟治楼

五月入五洲,碧山对青楼。故人杨执戟,春赏楚江流。一见醉一作
波漂月,三杯歌一作纵棹讴。桂枝攀不尽,他日更相求。

# 铜官山醉后绝句

我爱铜官乐,千年未拟还。要须回舞袖,拂尽五松山。

# 与南陵常赞府游五松山

山在南陵铜井西五里,有古精舍。

安石泛溟渤,独啸长风还。逸韵动海上,高情出人间。灵异可并迹,澹然与世闲。我来五松下,置酒穷跻攀。征古绝遗老,因名五松山。五松何清幽,胜境美沃州。萧飒鸣洞壑,终年风雨秋。响入百泉去,听如三峡流。剪竹扫天花,且从傲吏游。龙堂若可憩,吾欲归精修。

# 宣城青溪 —作入清溪山

青溪胜桐庐,水木有佳色。山貌日高古,石容天倾侧。彩鸟昔未名,白猿初相识。不见同怀人,对之空叹息。

# 与谢良辅游泾川陵岩寺

乘君素舸泛泾西,宛似云门对若溪。且从康乐寻山水,何必东游入会稽。

# 游水西简郑明府

天宫水西寺,云锦照东郭。清湍鸣回溪,绿水绕飞阁。凉风日潇洒,幽客时憩泊。五月思貂裘,谓言秋霜落。石萝引古蔓,岸笋开新箨。吟玩空复情,相思尔佳作。郑公诗人秀,逸韵宏寥廓。何当一来游,惬我雪山诺。

# 九 日 登 山

渊明归去来,不与世相逐。为无杯中物,遂偶本州牧。因招白衣
人,笑酌黄花菊。我来不得意,虚过重阳时。题舆何俊发,遂结城
南期。筑土按响山,俯临宛水湄。胡人叫玉笛,越女弹霜丝。自作
英王胄,斯乐不可窥。赤鲤涌琴高,白龟道冯夷。灵仙如仿佛,奠
酹遥相知。古来登高人,今复几人在。沧洲违宿诺,明日犹可待。
连山似惊波,合沓出溟海。扬袂挥四座,酩酊安所知。齐歌送清
扬,起舞乱参差。宾随落叶散,帽逐秋风吹。别后登此台,愿言长
相思。

# 九　日

今日云景好,水绿秋山明。携壶酌流霞,搴菊泛寒荣。地远松石
古,风扬弦管清。窥觞照欢颜,独笑还自倾。落帽醉山月,空歌怀
友生。

# 九日龙山饮

九日龙山饮,黄花笑逐臣。醉看风落帽,舞爱月留人。

# 九月十日即事

昨日登高罢,今朝更举觞。菊花何太苦,遭此两重阳。

# 陪族叔当涂宰游化城寺升公清风亭

化城若化出,金榜天宫开。疑是海上云,飞空结楼台。升公湖上一
作山秀,粲然有辩才。济人不利己,立俗无嫌猜。了见水中月,青莲
出尘埃。闲居清风亭,左右清风来。当暑阴广殿,太阳为裴回。茗

酌待幽客,珍盘荐凋梅。飞文何洒落,万象为之摧。季父拥鸣琴,
德声布云雷。虽游道林室,亦举陶潜杯。清乐动诸天,长松自吟
哀。留欢若可尽,劫石乃成灰。

# 全唐诗卷一八〇

## 李　白

### 登锦城散花楼

日照锦城头,朝光散花楼。金窗夹绣户,珠箔悬银一作琼钩。飞梯绿云中,极目散我忧一作愁。暮雨向三峡,春江绕双流。今来一登望,如上九天游。

### 登峨眉山

蜀国多仙山,峨眉邈难匹。周流试登览,绝怪安可息。青冥倚天开一作关,彩错疑画出。泠然紫霞赏,果得锦囊术。云间吟琼箫,石上弄宝瑟。平生有微尚,欢笑自此毕。烟容如在颜,尘累忽相失。倘逢骑羊子,携手凌白日。

### 大　庭　库

朝登大庭库,云物何苍然。莫辨陈郑火,空霾邹鲁烟。我来寻梓慎,观化入寥天。古木朔气多,松风如五弦。帝图终冥没,叹息满山川。

# 登单父陶少府半月台

陶公有逸兴,不与常人俱。筑台像半月,回向<sub>一作迥出</sub>高城隅。置酒望白云,商<sub>一作高</sub>飙起寒梧。秋山入远海,桑柘罗平芜。水色渌且明<sub>一作清</sub>,令人思镜湖。终当过江去,爱此暂踟蹰。

# 天 台 晓 望

天台邻四明,华顶高百越。门标赤城霞,楼栖沧岛月。凭高登远览,直下见溟渤。云垂大鹏翻,波动巨鳌没。风潮争汹涌,神怪何翕忽。观奇迹无倪,好道心不歇。攀条摘朱实,服药炼金骨。安得生羽毛,千春卧蓬阙。

# 早望海霞边

四明三千里,朝起赤城霞。日出红光散,分辉照雪崖。一餐咽琼液,五内发金沙。举手何所待,青龙白虎车。

# 焦山望寥山

石壁望松寥,宛然在碧霄。安得五彩虹,驾天作长桥。仙人如爱我,举手来相招。

# 杜 陵 绝 句

南登杜陵上,北望五陵间。秋水明落日,流光灭远山。

# 登 太 白 峰

西上太白峰,夕阳穷登攀。太白与我语,为我开天关。愿乘泠风去,直出<sub>一作上</sub>浮云间。举手可近月,前行若无山。一别武功去,何时复见还。

## 登邯郸洪波台置酒观发兵

我把两赤羽,来游燕赵间。天狼正可射,感激无时闲。观兵洪波台,倚剑望玉关。请缨不系越,且向燕然山。风引龙虎旗,歌钟昔追攀。击筑落高月,投壶破愁颜。遥知百战胜,定扫鬼方还。

一作忆,一作共。

## 登 新 平 楼

去国登兹楼,怀归伤暮秋。天长落日远,水净寒波流。秦云起岭树,胡雁飞沙洲。苍苍几万里,目极令人愁。

## 谒 老 君 庙

先君怀圣德,灵庙肃神心。草合人踪断,尘浓鸟迹深。流沙丹灶灭,关路紫烟沉。独伤千载后,空馀松柏林。

## 秋日登扬州西灵塔

宝塔凌苍苍,登攀览四荒。顶高元气合,标出海云长。万象分空界,三天接画梁。水摇金刹影,日动火珠光。鸟拂琼帘度,霞连绣栱张。目随征路断,心逐去帆扬。露浴梧楸白,霜催橘柚黄。玉毫如可见,于此照迷方。

## 登金陵冶城西北谢安墩

　　　　此墩即晋太傅谢安与右军王羲之同登,超然有高世之志。余将营园其上,故作是诗也。

晋室昔横溃,永嘉遂南奔。沙尘何茫茫,龙虎斗朝昏。胡马风汉草,天骄蹙中原。哲匠感颓运,云鹏忽飞翻。组练照楚国,旌旗连海门。西秦百万众,戈甲如云屯。投鞭<sub></sub>一作策可填江,一扫不足论<sub></sub>一作一朝为我吞。皇运有返正,丑虏无遗魂。谈笑遏横流,苍生望斯存。冶城访古迹,一作至今古城隅。犹有谢安墩。凭览周地险,高标绝人喧。想像东山姿,缅怀右军言。梧桐识嘉树,蕙草留芳根。白鹭映春洲,青龙见朝暾。地古云物在,台倾禾黍繁。我来酌清波,于此树名园。功成拂衣去,归入一作长啸武陵源。

# 登瓦官阁

晨登瓦官阁,极眺金陵城。钟山对北户,淮水入南荣。漫漫雨花落,嘈嘈天乐鸣。两廊振法鼓,四角吟一作吹风筝。杳出霄汉上,仰攀日月行。山空霸气灭,地古寒阴生。寥廓云海晚,苍茫宫观平。门馀阊阖字,楼识凤凰名。雷作百山动,神扶万栱倾。灵光何足贵,长此镇吴京。

## 登梅冈望金陵赠族侄高座寺僧中孚

钟山抱金陵,霸气昔腾发。天开帝王居,海色照宫阙。群峰如逐鹿,奔走相驰突。江水九道来,云端遥明没。时迁大运去,龙虎势休歇。我来属天清,登览穷楚越。吾宗挺禅伯,特秀鸾凤骨。一作吾宗道门秀,特异鸾凤骨。众星罗青天,明一作朗者独有月。冥居顺生理,草木不剪伐。烟窗引蔷薇,石壁老野蕨。吴风谢安屐,白足傲履袜。几宿一下山一作下山来,萧然忘干渴。谈经演金偈,降鹤舞海雪。时闻天香来,了与世事绝。佳游不可得,春风惜远别。赋诗留岩屏,千载庶不灭。

# 登金陵凤凰台

凤凰台上凤凰游,凤去台空江自流。吴宫花草埋幽径,晋代衣冠成古丘。三山半落青天外,二水中分白鹭洲。总为浮云能蔽日,长安不见使人愁。

# 望庐山瀑布水二首

西登香炉峰,南见瀑布水。挂流三百一作千丈,喷壑数十里。欻如飞电一作练来,隐若白虹起。初惊河汉一作银河落,半洒云天里一作半泻金潭里。仰观势转雄,壮哉造化功。海风吹不断,江一作山月照还空。空中乱潈射,左右洗青壁。飞珠散轻霞,流沫沸穹石。而我乐名山,对之心益闲。无论漱琼液,还得洗尘颜。且谐宿所好,永愿辞人间。

日照香炉生紫烟,遥看瀑布挂前川。一作庐山上与星斗连,日照香炉生紫烟。飞流直下三千尺,疑是银河落九天。

# 登庐山五老峰

庐山东南五老峰,青天削出金芙蓉。九江秀色可揽结,吾将此地巢云松。

# 江上望皖公山

奇峰出奇云,秀木含秀气。清宴皖公山,巉绝称人意。独游沧江上,终日淡无味。但爱兹岭高,何由讨灵异。默然遥相许,欲往心莫遂。待吾还丹成,投迹归此地。

# 望黄鹤楼

东望黄鹤山,雄雄半空出。四面生白云,中峰倚红日。岩峦行穹
跨,峰嶂亦冥密。颇闻列仙人,于此学飞术。一朝向蓬海,千载空
石室。金灶生烟埃,玉潭秘清谧。地古遗草木,庭寒老芝术。塞予
羡攀跻,因欲保闲逸。观奇遍诸岳,兹岭不可匹。结心寄青松,永
悟客情毕。

# 鹦鹉洲

鹦鹉来过吴江水,江上洲传鹦鹉名。鹦鹉西飞陇山去,芳洲之树何
青青。烟开兰叶香风暖,岸夹桃花锦浪生。迁客此时徒极目,长洲
孤月向谁明。

## 九日登巴陵置酒望洞庭水军 时贼逼华容县

九日天气清,登高无秋云。造化辟川岳,了然楚汉分。长风鼓横
波,合沓蹙龙文。忆昔传游豫,楼船壮横汾。今兹讨鲸鲵,旌旆何
缤纷。白羽落酒樽,洞庭罗三军。黄花不掇手,战鼓遥相闻。剑舞
转颓阳,当时日停曛。酣歌激壮士,可以摧妖氛。龌龊东篱下,渊
明不足群。

# 秋登巴陵望洞庭

清晨登巴陵,周览无不极。明湖映天光,彻底见秋色。秋色何苍
然,际海俱澄鲜。山青灭远树,水绿无寒烟。来帆出江中,去鸟向
日边。风清长沙浦,山一作霜空云梦田。瞻光惜颓发,阅水悲徂年。
北渚既荡漾,东流自潺湲。郢人唱白雪,越女歌采莲。听此更肠
断,凭崖泪如泉。

## 与夏十二登岳阳楼

楼观岳阳尽,川迥—作向洞庭开。雁引愁心去—作雁别秋江去,山衔好月来。云间连—作逢下榻,天上接行杯。醉后凉风起,吹人舞袖回。

## 登巴陵开元寺西阁赠衡岳僧方外

衡岳有阐—作开士,五峰秀真骨。见君万里心,海水照秋月。大臣南溟去,问道皆请谒。洒以甘露言,清凉润肌发。明湖落天镜,香阁凌银阙。登眺餐惠风,新花期启发。

## 与贾至舍人于龙兴寺剪落梧桐枝望漻湖

剪落青梧枝,漻湖坐可窥。雨洗秋山净,林光澹碧滋。水闲明镜转,云绕画屏移。千古风流事,名贤共此时。

## 挂席江上待月有怀

待月月未出,望江江自流。倏忽城西郭,青天悬玉钩。素华虽可揽,清景不可游。耿耿金波里,空瞻鸤鹊楼。

## 金陵望汉江

汉江回万里,派作九龙盘。横溃豁中国,崔嵬飞迅湍。六帝沦亡后,三吴不足观。我君混区宇,垂拱众流安。今日任公子,沧浪罢钓竿。

## 秋登宣城谢朓北楼

江城如画里,山晓望晴空。两水夹明镜,双桥落彩虹。人烟寒橘柚,秋色老梧桐。谁念北楼上,临风怀谢公。

# 望 天 门 山

天门中断楚江开，碧水东流至一作直北回。两岸青山相对出，孤帆
一片日边来。

# 望 木 瓜 山

早起见日出，暮见栖鸟还。客心自酸楚，况对木瓜山。

# 登敬亭北二小山余时
# 送客逢崔侍御并登此地

送客谢亭北，逢君纵酒还。屈盘戏白马，大笑上青山。回鞭指长
安，西日落秦关。帝乡三千里，杳在碧云间。

# 过崔八丈水亭

高阁横秀气，清幽并在君。檐飞宛溪水，窗落敬亭云。猿啸风中
断，渔歌月里闻。闲随白鸥去，沙上自为群。

# 登广武古战场怀古

秦鹿奔野草，逐之若飞蓬。项王气盖世，紫电明双瞳。呼吸八千
人，横行起江东。赤精斩白帝，叱咤入关中。两龙不并跃，五纬与
天同。楚灭无英图，汉兴有成功。按剑清八极，归酣歌大风。伊昔
临广武，连兵决雌雄。分我一杯羹，太皇乃汝翁。战争有古迹，壁
垒颓层穹。猛虎啸一作吟洞壑，饥鹰鸣一作猎秋空。翔云列晓阵，杀
气赫长虹。拨乱属豪圣，俗儒安可通。沉湎呼竖子，狂言非至公。
抚掌黄河曲，嗤嗤阮嗣宗。

# 全唐诗卷一八一

## 李　白

### 安州应城玉女汤作

《荆州记》云:(常)有玉女乘车投此泉。

神女殁幽境,汤池流大川。阴阳结炎炭,造化开灵泉。地底烁朱火,沙傍歊素烟。沸珠跃明—作晴月,皎镜函空天。气浮兰芳满,色涨桃花然。精览万殊入,潜行七泽连。愈疾功莫尚,变盈道乃全。濯濯气清沕,—作濯缨掬清沕。晞发弄潺湲。散下楚王国,分浇宋玉田。可以奉巡幸,奈何隔穷偏。独随朝宗水,赴海输微涓。

### 之广陵宿常二南郭幽居

绿水接柴门,有如桃花源。忘忧或假草,满院罗丛萱。〔暝〕(冥)色湖上来,微雨飞南轩。故人宿茅宇,夕鸟栖杨园。还惜诗酒别,深为江海言。明朝广陵道,独忆此倾樽。

### 夜下征虏亭

《丹阳记》:亭是晋太安中征虏将军谢安所立,因以为名。

船下广陵去,月明征虏亭。山花如绣颊,江火似流萤。

# 下途归石门旧居

吴山高,越水清,握手无言伤别情。将欲辞君挂帆去,离魂不散烟
郊树。此心郁怅谁能论,有愧叨承国士恩。云物共倾三月酒,岁时
同饯五侯门。羡君素书尝满案,含丹照白霞色烂。余尝学道穷冥
筌,梦中往往游仙山。何当脱屣谢时去,壶中别有日月天。俯仰人
间易凋朽,钟峰五云在轩牖。惜别愁窥玉女窗,归来笑把洪崖手。
隐居寺,隐居山,陶公炼液栖其间。灵神闭气昔登攀,恬然但觉心
绪闲。数人不知几甲子,昨夜一作来犹带冰霜颜。我离虽则岁物
改,如今了然失所在。别君莫道不尽欢,悬知乐客遥相待。石门流
水遍桃花,我亦曾到秦人家。不知何处得鸡豕,就中仍见繁桑麻。
翛然远与世事间,装鸾驾鹤又复远。何必长从七贵游,劳生徒聚万
金产。抱君去,长相思,云游雨散从此辞。欲知怅别心易苦,向暮
春风杨柳丝。

# 客　中　行

兰陵美酒郁金香,玉碗盛来琥珀光。但使主人能醉客,不知何处是
他乡。

# 太　原　早　秋

岁落众芳歇,时当大火流。霜威出塞早,云色渡河秋。梦绕边城
月,心飞故国楼。思归若汾水,无日不悠悠。

# 奔亡道中五首

苏武天山上,田横海岛边。万重关塞断,何日是归年。
亭伯去安在,李陵降未归。愁容变海色,短服改胡衣。

谈笑三军却，交游七贵疏。仍留一只箭，未射鲁连书。

函谷如玉关，几时可生还。洛阳为易水，嵩岳是燕山。俗变羌胡语，人多沙塞颜。申包惟恸哭，七日鬓毛斑。

森森望湖水，青青芦叶齐。归心落何处，日没大江西。歇马傍春草，欲行远道迷。谁忍子规鸟，连声向我啼。

## 郢 门 秋 怀

郢门一为客，巴月三成弦。朔风正摇落，行子愁归旋。杳杳山外日，茫茫江上天。人迷洞庭水，雁度潇湘烟。清旷谐宿好，缁磷及此年。百龄何荡漾，万化相推迁。空谒苍梧帝，徒寻溟海仙。已闻蓬海浅，岂见三桃圆。倚剑增浩叹，扪襟还自怜。终当游五湖，濯足沧浪泉。

## 至鸭栏驿上白马矶赠裴侍御

侧叠万古石，横为白马矶。乱流若电转，举棹扬珠辉。临驿卷缇幕，升常接绣衣。情亲不避马，为我解霜威。

## 荆门浮舟望蜀江

春水月峡来，浮舟望安极。正是桃花流，依然锦江色。江色绿且明，茫茫与天平。透迤巴山尽，摇曳楚云行。雪照聚沙雁，花飞出谷莺。芳洲却已转，碧树森森迎。流目浦烟夕，扬帆海月生。江陵识遥火，应到渚宫城。

## 上 三 峡

巫山夹青天，巴水流若兹。巴水忽可尽，青天无到时。三朝上黄牛，三暮行太迟。三朝又三暮，不觉鬓成丝。

## 自巴东舟行经瞿唐峡
## 登巫山最高峰晚还题壁

江行几千里,海月十五圆。始经瞿塘峡,遂步巫山巅。巫山高不穷,巴国尽所历。日边攀垂萝,霞外倚穹石。飞步凌绝顶,极目无纤烟。却顾失丹壑,仰观临青天。青天若可扪,银汉去安在。望云知苍梧,记水辨瀛海。周游孤光晚,历览幽意多。积雪照空谷,悲风鸣森柯。归途行欲曛,佳趣尚未歇。江寒早啼猿,松暝已吐月。月色何悠悠,清猿响啾啾。辞山不忍听,挥策还孤舟。

## 早发白帝城 一作白帝下江陵

朝辞白帝彩云间,千里江陵一日还。两岸猿声啼不尽,轻舟已过万重山。

## 秋 下 荆 门

霜落荆门江树空,布帆无恙挂秋风。此行不为鲈鱼鲙,自爱名山入剡中。

## 江 行 寄 远

刳木出吴楚,危槎百馀尺。疾风吹片帆,日暮千里隔。别时酒犹在,已为异乡客。思君不可得,愁见江水碧。

## 宿五松山下荀媪家

我宿五松下,寂寥无所欢。田家秋作苦,邻女夜春寒。跪进雕胡饭,月光明素盘。令人惭漂母,三谢不能餐。

## 下泾县陵阳溪至涩滩

涩滩鸣嘈嘈,两山足猿猱。白波若卷雪,侧足不容舠。渔子与舟人,撑折万张篙。

## 下陵阳沿高溪三门六剌滩

三门横峻滩,六剌走波澜。石惊虎伏起,水状龙萦盘。何惭七里濑,使我欲垂竿。

## 夜泊黄山闻殷十四吴吟

昨夜谁为吴会吟,风生万壑振空林。龙惊不敢水中卧,猿啸时闻岩下音。我宿黄山碧溪月,听之却罢松间琴。朝来果是沧洲逸,酤酒醍一作提盘饭霜栗。半酣更发江海声,客愁顿向杯中失。

## 宿虾湖

鸡鸣发黄山,暝投虾湖宿。白雨映寒山,森森似银竹。提携采铅客,结荷水边沐。半夜四天开,星河烂人目。明晨大楼去,冈陇多屈伏。当与持斧翁,前溪伐云木。

## 西　施

西施越溪女,出自苎萝山。秀色掩今古,荷花羞玉颜。浣纱弄碧水,自与清波闲。皓齿信难开,沉吟碧云间。勾践征绝艳,扬蛾入吴关。提携馆娃宫,杳渺讵可攀。一破夫差国,千秋竟不还。

## 王　右　军

右军本清真,潇洒出一作在风尘。山阴过羽客,爱此好鹅宾。扫素写道经,笔精妙入神。书罢笼鹅去,何曾别主人。

## 上 元 夫 人

上元谁夫人,偏得王母娇。嵯峨三角髻,馀发散垂腰。裘披青毛锦,身著赤霜袍。手提嬴女儿,闲与凤吹箫。眉语两自笑,忽然随风飘。

## 苏 台 览 古

旧苑荒台杨柳新,菱歌清唱不胜春。只今惟有西江月,曾照吴王宫里人。

## 越 中 览 古

越王勾践破吴归,义士还乡—作家尽锦衣。宫女如花满春殿,只今惟有鹧鸪飞。

## 商 山 四 皓

白发四老人,昂藏南山侧。偃卧松雪间,冥翳不可识。云窗拂青霭,石壁横翠色。龙虎方战争,于焉自休息。秦人失金镜,汉祖升紫极。阴虹浊太阳,前星遂沦匿。一行佐明圣—作两,倏起生羽翼。功成身不居,舒卷在胸臆。窅冥合元化,茫昧信难测。飞声塞天衢,万古仰遗则。

## 过 四 皓 墓

我行至商洛,幽独访神仙。园绮复安在,云萝尚宛然。荒凉千古迹,芜没四坟连。伊昔炼金鼎,何年闭玉泉。陇寒惟有月,松古渐无烟。木魅风号去,山精雨啸旋。紫芝高咏罢,青史旧名传。今日并如此,哀哉信可怜。

# 岘山怀古

访古登岘首,凭高眺襄中。天清远峰出,水落寒沙空。弄珠见游女,醉酒一作月怀山公。感叹发秋兴,长松鸣夜风。

# 苏 武

苏武在匈奴,十年持汉节。白雁上林飞,空传一书札。牧羊边地苦,落日归心绝。渴饮月窟冰,饥餐天上雪。东还沙塞远,北怆河梁别。泣把李陵衣,相看泪成血。

# 经下邳圯桥怀张子房

子房未虎啸,破产不为家。沧海得壮士,椎秦博浪沙。报韩虽不成,天地皆振动。潜匿游下邳,岂曰非智勇。我来圯桥上,怀古钦英风。惟见碧流水,曾无黄石公。叹息此人去,萧条徐泗空。

# 金陵三首

晋家南渡日,此地旧一作即长安。地即帝王宅,山为龙虎盘。一作碧宇楼台满,青山龙虎盘。金陵空壮观,天堑一作江塞净波澜。醉客回桡去,吴歌且自欢。一作谁云行路难。

地拥金陵势,城回江一作汉水流。当时百万户,夹道起朱楼。亡国生春草,离宫没古丘。空馀后湖月,波上对江一作瀛州。

六代兴亡国,三杯为尔歌。苑方秦地少一作小,山似洛阳多。古殿吴花草,深宫晋绮罗。并随人事灭,东逝与一作只沧波。

## 秋夜板桥浦泛月独酌怀谢朓

天上何所有，迢迢白玉绳。斜低建章阙，耿耿对金陵。汉水旧如练，霜江夜清澄。长川泻落月，洲渚晓寒凝。独酌板桥浦，古人谁可征。玄晖难再得，洒酒**一作泪**气填膺。

## 入彭蠡经松门观石镜
## 缅怀谢康乐题诗书游览之志

谢公之彭蠡，因此游松门。余方窥石镜，兼得穷江源。将欲**一作欲将**继风雅，岂徒清心魂。前赏逾所见，后来道空存。况属临泛美，而无洲渚喧。漾水向东去，漳流直南奔。空濛三川夕，回合千里昏。青桂隐遥月，绿枫鸣愁猿。水碧或可采，金精秘莫论。吾将学仙去，冀与琴高言。**一作过彭蠡湖，云：谢公入彭蠡，因此游松门。余方窥石镜，兼得穷江源。前赏迹可见，后来道空存。而欲继风雅，岂惟清心魂。云海方助兴，波涛何足论。青嶂忆遥月，绿萝鸣愁猿。水碧或可采，金膏秘莫言。余将振衣去，羽化出嚣烦。**

## 庐江主人妇

孔雀东飞何处栖，庐江小吏仲卿妻。为客裁缝君自见，城乌独宿夜空啼。

## 陪宋中丞武昌夜饮怀古

清景南楼夜，风流在武昌。庾公爱秋月，乘兴坐胡床。龙笛吟寒水，天河落晓霜。我心还不浅，怀古醉馀觞。

## 望鹦鹉洲怀祢衡

魏帝营八极，蚁观一祢衡。黄祖斗筲人，杀之受恶名。吴江赋鹦鹉,落笔超群英。锵锵振金玉,句句欲飞鸣。鸷鹗啄孤凤,千春伤我情。五岳起方寸,隐然讵可平。才高竟何施,寡识冒天刑。至今芳洲上,兰蕙不忍生。

# 宿巫山下

昨夜巫山下,猿声梦里长。桃花飞绿水,三月下瞿塘。雨色风吹去,南行拂楚王。高丘怀宋玉,访古一沾裳。

# 金陵白杨十字巷

白杨十字巷,北夹湖沟道。不见吴时人,空生唐年草。天地有反覆,宫城尽倾倒。六帝馀古丘,樵苏泣遗老。

# 谢公亭 盖谢朓、范云之所游

谢公离别处,风景每生愁。客散青天月,山空碧水流。池花春映日,窗竹夜鸣秋。今古一相接,长歌怀旧游。

# 纪南陵题五松山

圣达有去就,潜光愚其德。鱼与龙同池,龙去鱼不测。当时版筑辈,岂知傅说情。一朝和殷羹,光气为列星。伊尹生空桑,捐庖佐皇极。桐宫放太甲,摄政无愧色。三年帝道明,委质终辅翼。旷哉至人心,万古可为则。时命或大缪,仲尼将一作其奈何。鸾凤忽覆巢,麒麟不来过。龟山蔽鲁国,有斧且无柯。归来归去来,一作归去来归去,宵济越洪波。

# 夜泊牛渚怀古 此地即谢尚闻袁宏咏史处

牛渚西江夜,青天无片云。登舟望秋月,空忆谢将军。余亦能高咏,斯人不可闻。明朝挂帆席,一作洞庭去枫叶落一作正纷纷。

# 姑孰十咏 一作李赤诗

## 姑 孰 溪

爱此溪水闲,乘流兴无极。漾楫怕鸥惊,垂竿待鱼食。波翻晓霞影,岸叠春山色。何处浣纱人,红颜未相识。

## 丹 阳 湖

湖与元气连,风波浩难止。天外贾客归,云间片帆起。龟游莲叶上,鸟宿芦花里。少女棹归舟,歌声逐流水。

## 谢 公 宅

青山日将暝,寂寞谢公宅。竹里无人声,池中虚月白。荒庭衰草遍,废井苍苔积。惟有清风闲,时时起泉石。

## 陵 歊 台

旷望登古台,台高极人目。叠嶂列远空,杂花间平陆。闲云入窗牖,野翠生松竹。欲览碑上文,苔侵岂堪读。

## 桓 公 井

桓公名已古,废井曾未竭。石甃冷苍苔,寒泉湛孤月。秋来桐暂落,春至桃还发。路远人罕窥,谁能见清彻一作洁。

## 慈 姥 竹

野竹攒石生,含烟映江岛。翠色落波深,虚声带寒早。龙吟曾未听,凤曲吹应好。不学蒲柳凋,贞心尝自保。

## 望 夫 山

颙望临碧空,怨情感离别。江草不知愁,岩花但争发。云山万重隔,音信千里绝。春去秋复来,相思几时歇。

## 牛 渚 矶

绝壁临巨川,连峰势相向。乱石流洑间,回波自成浪。但惊群木秀,莫测精灵状。更听猿夜啼,忧心醉江上。

## 灵　墟　山

丁令辞世人,拂衣向仙路。伏炼九丹成,方随五云去。松萝蔽幽洞,桃杏深隐处。不知曾化鹤,辽海归几度。

## 天　门　山

迥出江山上,双峰自相对。岸映松色寒,石分浪花碎。参差远天际,缥缈晴霞外。落日舟去遥,回首沉青霭。

# 全唐诗卷一八二

## 李　白

### 与元丹丘方城寺谈玄作

茫茫大梦中,惟我独先觉。腾转风火来,假合作容貌。灭除昏疑尽,领略入精要。澄虑观此身,因得通寂照。朗悟前后际,始知金仙妙。幸逢禅居人,酌玉坐相召。彼我俱若丧,云山岂殊调。清风生虚空,明月见谈笑。怡然青莲宫,永愿恣游眺。

### 寻高凤石门山中元丹丘

寻幽无前期,乘兴不觉远。苍崖渺难涉,白日忽欲晚。未穷三四山,已历千万转。寂寂闻猿愁,行行见云收。高松来好月,空谷宜清秋。溪深古雪在,石断寒泉流。峰峦秀中天,登眺不可尽。丹丘遥相呼,顾我忽而哂。遂造穷谷间,始知静者闲。留欢达永夜,清晓方言还。

### 安州般若寺水阁纳凉喜遇薛员外乂

倏然金园赏,远近含晴光。楼台成海气,草木皆天香。忽逢青云士,共解丹霞裳。水退池上热,风生松下凉。吞讨破万象,搴窥临众芳。而我遗有漏,与君用无方。心垢都已灭,永言题禅房。

## 鲁中都东楼醉起作

昨日东楼醉—作城饮,还应—作归来倒接䍦。阿谁扶上马,不省下楼
时。

## 对酒醉题屈突明府厅

陶令八十日,长歌归去来。故人建昌宰,借问几时回。风落吴江
雪,纷纷入酒杯。山翁今已醉,舞袖为君开。

## 月下独酌四首

花间—作下,—作前。一壶酒,独酌无相亲。举杯邀明月,对影成三
人。月既不解饮,影徒随我身。暂伴月将影,行乐须及春。我歌月
裴回,我舞影零乱。醒时同交欢,醉后各分散。永结无情游,相期
邈云汉—作碧岩畔。

天若不爱酒,酒星不在天。地若不爱酒,地应无酒泉。天地既爱
酒,爱酒不愧天。已闻清比圣,复道浊如贤。贤圣既已饮,何必求
神仙。三杯通大道,一斗合自然。但得酒中趣,勿为醒者传。

三月咸阳城—作时,千花昼如锦。—作好鸟吟清风,落花散如锦。—作园鸟语
成歌,庭花笑如锦。谁能春独愁,对此径须饮。穷通与修短,造化夙所
禀。一樽齐死生,万事固难审。醉后失天地,兀然就孤枕。不知有
吾身,此乐最为甚。

穷愁千万端—作有千端,美酒三百杯—作唯数杯。愁多酒虽少,酒倾愁
不来。所以知酒圣,酒酣心自开。辞粟卧首阳—作伯夷,屡空饥颜
回。当代不乐饮,虚名安用哉。蟹螯即金液,糟丘是蓬莱。且须饮
美酒,乘月醉高台。

## 春归终南山松龛旧隐

我来南山阳,事事不异昔。却寻溪中水,还望岩下石。蔷薇缘东窗,女萝绕北壁。别来能几日,草木长数尺。且复命酒樽,独酌陶永夕。

## 冬夜醉宿龙门觉起言志

醉来脱宝剑,旅憩高堂眠。中夜忽惊觉,起立明灯前。开轩聊直望,晓雪河冰壮。哀哀歌苦寒,郁郁独惆怅。傅说版筑臣,李斯鹰犬人。欻起匡社稷,宁复长艰辛。而我胡为者,叹息龙门下。富贵未可期,殷忧向谁写。去去泪满襟,举声梁甫吟。青云当自致,何必求知音。

## 寻山僧不遇作

石径入丹壑,松门闭青苔。闲阶有鸟迹,禅室无人开。窥窗见白拂,挂壁生尘埃。使我空叹息,欲去仍裴回。香云遍山起,花雨从天来。已有空乐好,况闻青猿哀。了然绝世事,此地方悠哉。

## 过汪氏别业二首

游山谁可游,子明与浮丘。叠岭碍河汉,连峰横斗牛。汪生面北阜,池馆清且幽一作涵清幽。我来感意气,捶炰列珍羞。扫石待归月,开池涨寒流。酒酣益爽气,为乐不知秋。

畴昔未识君,知君好贤才。随山起馆宇,凿石营池台。星一作大火五月中,景风从南来。数枝石榴发,一丈荷花开。恨不当此时,相过醉金罍。我行值木落,月苦清猿哀。永夜达五更,吴歈送琼杯。酒酣欲起舞,四座歌相催。日出远海明,轩车且裴回。更游龙潭去,枕石拂莓苔。

# 待 酒 不 至

玉壶系青丝,沽酒来何迟。山花向我笑,正好衔杯时。晚酌东窗一作轩下,流莺复在兹。春风与醉客,今日乃相宜。

# 独 酌

春草如有意,罗生玉堂阴。东风吹愁来,白发坐相侵。独酌劝孤影,闲歌面芳林。长松尔何知一作本无情,萧瑟为谁吟。手舞石上月,膝横花间琴。过此一壶外,悠悠非我心。一本云:春草遍绿野,新莺有佳音。落日不尽欢,恐为愁所侵。独酌劝孤影,闲歌面芳林。清风寻空来,岩松与共吟。手舞石上月,膝横花下琴。过此一壶外,悠悠非我心。

# 友 人 会 宿

涤荡千古愁,留连百壶饮。良宵宜清谈,皓月未一作谁能寝。醉来卧空山,天地即衾枕。

# 春日独酌二首

东风扇淑气,水木荣春晖。白日照绿草,落花散且飞。孤云还空山,众鸟各已归。彼物皆有托,吾生独无依。对此石上月,长醉歌一作歌醉芳菲。

我有紫霞想,缅怀沧洲间。思一作且对一壶酒,澹然万事闲。横琴倚高松,把酒望远山。长空去鸟没,落日孤云还。但恐光景晚,宿昔成秋颜。

# 金陵江上遇蓬池隐者

时于落星石上以紫绮裘换酒为〔欢〕(饮)。

心爱名山游,身随名山远。罗浮麻姑台,此去或未返。遇君蓬池隐,就我石上饭。空言不成欢,强笑惜日晚。绿水向雁门,黄云蔽龙山。叹息两客鸟,裴回吴越间。共一作一语一执手,留连夜将久。解我紫绮裘,且换金陵酒。酒来笑复歌,兴酣乐事多。水影弄月色,清光奈愁何。明晨挂帆席,离恨满沧波。

## 月夜听卢子顺弹琴

闲坐夜一作夜坐明月,幽人弹素琴。忽闻悲风调,宛若寒松吟。白雪乱纤手,绿水清虚心。钟期久已没,世上无知音。

## 清溪半夜闻笛

羌笛梅花引,吴溪陇水情一作清。寒山秋浦月,肠断玉关声一作情。

## 日夕山中忽然有怀

久卧青一作名山云,遂为青一作名山客。山深云更好,赏弄终日夕。月衔楼间峰,泉漱阶下石。素心自此得,真趣非外惜。鼯啼桂方秋,风灭籁归寂。缅思洪崖术,欲往沧海隔。云车来何迟,抚几空叹息。

## 夏　日　山　中

懒摇白羽扇,裸体青林中。脱巾挂石壁,露顶洒松风。

## 山中与幽人对酌

两人对酌山花开,一杯一杯复一杯。我醉欲眠卿且去,明朝有意抱琴来。

## 春日醉起言志

处世若大梦,胡为劳其生。所以终日醉,颓然卧前楹。觉来盼庭前,一鸟花间鸣。借问此何时,春风语流莺。感之欲叹息,对酒还自倾。浩歌待明月,曲尽已忘情。

## 庐山东林寺夜怀

我寻青莲宇,独往谢城阙。霜清东林钟,水白虎溪月。天香生虚空,天乐鸣不歇。宴坐寂不动,大千入毫发。湛然冥真心,旷劫断出没。

## 寻雍尊师隐居

群峭碧摩天,逍遥不记年。拨云寻古道,倚石听流泉。花暖青牛卧,松高白鹤眠。语来江色暮,独自下寒烟。

## 与史郎中钦听黄鹤楼上吹笛

一为迁客去长沙,西望长安不见家。黄鹤楼中吹玉笛,江城五月落梅花。

## 对 酒

劝君莫拒杯,春风笑人来。桃李如旧识,倾花向我开。流莺啼碧树,明月窥金罍。昨日一作来朱颜子,今日白发催。棘生石虎殿,鹿走姑苏台。自古帝王宅,城阙闭黄埃。君若不饮酒,昔人安在哉。

## 醉题王汉阳厅

我似鹧鸪鸟,南迁懒北飞。时寻汉阳令,取醉月中归。

# 嘲王历阳不肯饮酒

地白风色寒,雪花大如手。笑杀陶渊明,不饮杯中酒。浪抚一张
琴,虚栽五株柳。空负头上巾,吾于尔何有。

# 独坐敬亭山

众鸟高飞尽,孤云独去闲。相看两不厌,只有敬亭山。

# 自　遣

对酒不觉暝,落花盈我衣。醉起步溪月,鸟还人亦稀。

# 访戴天山道士不遇

犬吠水声中,桃花带雨浓。树深时见鹿,溪午不闻钟。野竹分青
霭,飞泉挂碧峰。无人知所去,愁倚两三松。

# 秋日与张少府楚城韦公藏书高斋作

日下空庭暮,城荒古迹馀。地形连海尽,天影落江虚。旧赏人虽
隔,新知乐未疏。彩云思作赋,丹壁间藏书。楂拥随流叶,萍开出
水鱼。夕来秋兴满,回首意何如。

# 秋夜独坐怀故山

小隐慕安石,远游学屈一作子平。天书访江海,云卧起咸京。入侍
瑶池宴,出陪玉辇行。夸胡新赋作,谏猎短书成。但奉紫霄顾,非
邀青史名。庄周空说剑,墨翟耻论兵。拙薄遂疏绝,归闲事耦耕。
顾无苍生望,空爱紫芝荣。寥落暝霞色,微茫旧壑情。秋山绿萝
月,今夕为谁明。

# 忆崔郎中宗之游南阳遗
# 吾孔子琴抚之潸然感旧

昔在南阳城,唯餐独山蕨。忆与崔宗之,白水弄素月。时过菊潭
上,纵酒无休歇。泛此黄金花,颓然清歌发。一朝摧玉树,生死殊
飘忽。留我孔子琴,琴存人已殁。谁传广陵散,但哭邙山骨。泉户
何时明,长扫<small>一作归</small>狐兔窟。

## 忆东山二首

不向东山久,蔷薇几度花。白云还自散,明月落谁家。
我今携谢妓,长啸绝人群。欲报东山客,开关扫白云。

## 望 月 有 怀

清泉映疏松,不知几千古。寒月摇清波,流光入窗户。对此空长
吟,思君意何深。无因见安道,兴尽愁人心。

## 对酒忆贺监二首 <small>并序</small>

> 太子宾客贺公,于长安紫极宫一见余,呼余为谪仙人,因解金龟换
> 酒为乐。殁后对酒,怅然有怀,而作是诗。

四明有狂客,风流贺季真。长安一相见,呼我谪仙人。昔好杯中
物,翻<small>一作今</small>为松下尘。金龟换酒处,却忆泪沾巾。
狂客归四明,山阴道士迎。敕赐镜湖水,为君台沼荣。人亡馀故
宅,空有荷花生。念此杳如梦,凄然伤我情。

## 重 忆 一 首

欲向江东去,定将谁举杯。稽山无贺老,却棹酒船回。

## 春滞沅湘有怀山中

沅湘春色还,风暖烟草绿。古之伤心人,于此肠断续。予非怀沙客,但美采菱曲。所愿归东山,寸心于此足。

## 落日忆山中

雨后烟景绿,晴天散馀霞。东风随春归,发我枝上花。花落时欲暮,见此令人嗟。愿游名山去,学道飞丹砂。

## 忆秋浦桃花旧游时窜夜郎 一本无时窜夜郎四字

桃花春水生,白石今出没。摇荡女萝枝,半摇青天月。不知旧行径,初拳几枝蕨。三载夜郎还,于兹炼金骨。

# 全唐诗卷一八三

## 李 白

### 越中秋怀

越水绕碧山,周回数千里。乃是天镜中,分明画相似。一本首四句作:
蹈海思仲连,游山慕康乐。攀云穷千峰,弄水涉万壑。爱此从冥搜,永怀临湍
游一作幽。一为沧波客,十见红蕖秋。观涛壮天险,望海令人愁。
路遐迫西照,岁晚悲东流。何必探禹穴,逝将归蓬丘。不然五湖
上,亦可乘扁舟。

### 效古二首

朝入天苑中,谒帝蓬莱宫。青山映辇道,碧树摇苍空。谬题金闺
籍,得与银台通。待诏奉明主,抽毫颂清风。归时落日晚,蹀躞浮
云骢。人马本无意,飞驰自豪雄。入门紫鸳鸯,金井双梧桐。清歌
弦古曲,美酒沽新丰。快意且为乐,列筵坐群公。光景不可留,生
世如转蓬。早达胜晚遇,羞比垂钓翁。

自古有秀色,西施与东邻。蛾眉不可妒,况乃效其颦。所以尹婕
妤,羞见邢夫人。低头不出气,塞默少精神。寄语无盐子,如君何
足珍。

# 拟古十二首

青天何历历，明星如白石一作白如石。黄姑与织女，相去不盈尺。银河无鹊桥，非时将安适。闺人理纨素，游子悲行役。瓶冰知冬寒，霜露欺远客。客似秋叶飞，飘飖不言归。别后罗带长，愁宽去时衣。乘月托宵梦，因之寄金徽。

高楼入青天，下有白玉堂。明月看欲堕，当窗悬清光。遥夜一美人，罗衣沾秋霜。含情弄柔瑟，弹作陌上桑。弦声何激烈，风卷绕飞梁。行人皆踯躅，栖鸟起回翔。但写妾意苦，莫辞此曲伤。愿逢同心者，飞作紫鸳鸯。

长绳难系日，自古共悲辛。黄金高北斗，不惜买阳春。石火无留光，还如世中人。即事已如梦，后来我谁身。提壶莫辞贫，取酒会四邻。仙人殊恍惚，未若醉中真。

清都绿玉树，灼烁瑶台春。攀花弄秀色，远赠天仙人。香风送紫蕊，直到扶桑津。取掇世上艳，所贵心之珍。相思传一笑，聊欲示情亲。

今日风日好，明日恐不如。春风笑于人，何乃愁自居。吹箫舞彩凤，酌醴鲙神鱼。千金买一醉，取乐不求馀。达士遗天地，东门有二疏。愚夫同瓦石，有才知卷舒。无事坐悲苦，块然涸辙一作鲋鱼。

运速天地闭，胡风结飞霜。百草死冬月，六龙颓西荒。太白出东方，彗星扬精光。鸳鸯非越鸟，何为眷南翔。惟昔鹰将犬，今为侯与王。得水成蛟龙，争池夺凤凰。北斗不酌酒，南箕空簸扬。

世路今太行，回车竟何托。万族皆凋枯，遂无少可乐。旷野多白骨，幽魂共销铄。荣贵当及时，春华宜照灼。人非昆山玉，安得长璀错。身没期不朽，荣名在麟阁。

月色不可扫，客愁不可道。玉露生秋衣，流萤飞百草。日月终销

毁,天地同枯槁。蟪蛄啼青松,安见此树老。金丹宁误俗,昧者难
精讨。尔非千岁翁,多恨去世早。饮酒入玉壶,藏身以为宝。

生者为过客,死者为归人。天地一逆旅,同悲万古尘。月兔空捣
药,扶桑已成薪。白骨寂无言,青松岂知春。前后更叹息,浮荣安
足珍。

仙人骑彩凤,昨下阆风岑。海水三清浅,桃源一见寻。遗我绿玉
杯,兼之紫琼琴。杯以倾美酒,琴以闲素心。二物非世有,何论珠
与金。琴弹松里风,杯劝天上月。风月长相知,世人何倏忽。

涉江弄秋水,爱此荷花鲜。攀荷弄其珠,荡漾不成圆。佳人彩云
里,欲赠隔远天。相思无由见,怅望凉风前。又《折荷有赠》云:涉江玩秋
水,爱此红蕖鲜。攀荷弄其珠,荡漾不成圆。佳期彩云重,欲赠隔远天。相思无由见,
惆怅凉风前。

去去复去去,辞君还忆君。汉水既殊流,楚山亦此分。人生难称
意,岂得长为群。越燕喜海日,燕鸿思朔云。别久容华晚,琅玕不
能饭。日落知天昏,梦长觉道远。望夫登高山,化石竟不返。

## 感兴六首 集本八首,内二首与古风同,前已附注,不重录。

瑶姬天帝女,精彩化朝云。宛转入宵梦,无心向楚君。锦衾抱秋
月,绮席空兰芬。茫昧竟谁测,虚传宋玉文。

洛浦有宓妃,飘飖雪争飞。轻云拂素月,了可见清辉。解珮欲西
去,含情讵相违。香尘动罗袜,绿水不沾衣。陈王徒作赋,神女岂
同归。好色伤大雅,多为世所讥。

裂素持作书,将寄万里怀。眷眷待远信,竟岁无人来。征鸿务随
阳,又不为我栖。委之在深箧,蠹鱼坏其题。何如投水中,流落他
人开。不惜他人开,但恐生是非。

十五游神仙,仙游未曾歇。吹笙坐一坐吟松风,泛瑟窥海月。西山

玉童子,使我炼金骨。欲逐黄鹤飞,相呼向蓬阙。

西国有美女,结楼青云端。蛾眉艳晓月,一笑倾城欢。高节不可
夺,炯心如凝丹。常恐彩色晚,不为人所观。安得配君子,共乘双
飞鸾。

嘉谷隐丰草,草深苗且稀。农夫既不异,孤穗将安归。常恐委畴
陇,忽与秋蓬飞。乌得荐宗庙,为君生光辉。

# 寓 言 三 首

周公负斧扆,成王何夔夔。武王昔不豫,剪爪投河湄。贤圣遇谗
慝,不免人君疑。天风拔大木,禾黍咸伤萎。管蔡扇苍蝇,公赋鸱
鸮诗。金滕若不启,忠信谁明之。

摇裔双彩凤,婉娈三青禽。往还瑶台里,鸣舞玉山岑。以欢秦娥
意,复得王母心。区区精卫鸟,衔木空哀一作沉吟。

长安春色归,先入青门道。绿杨不自持,从风欲倾倒。海燕还秦
宫,双飞入帘栊。相思不相见,托梦辽城东。

# 秋 夕 旅 怀

凉风度秋海,吹我乡思飞。连山去无际,流水何时归。目极浮云
色,心断明月晖。芳草歇柔艳,白露催寒衣。梦长银汉落,觉罢天
星稀。含悲想旧国,泣下谁能挥。

# 感 遇 四 首

吾爱王子晋,得道伊洛滨。金骨既不毁,玉颜长自春。可怜浮丘
公,猗靡与情亲。举首白日间,分明谢时人。二仙去已远,梦想空
殷勤。

可叹东篱菊,茎疏叶且微。虽言异兰蕙,亦自有芳菲。未泛盈樽

酒,徒沾清露辉。当荣君不采,飘落欲何依。

昔余闻姮娥,窃药驻云发。不自娇玉颜,方希炼金骨。飞去身莫返,含笑坐明月。紫宫夸蛾眉,随手会凋歇。

宋玉事楚王,立身本高洁。巫山赋彩云,郢路歌白雪。举国莫能和,巴人皆卷舌。一感登徒言,恩情遂中绝。

## 翰林读书言怀呈集
### 贤 一本此下有院内二字诸学士

晨趋紫禁中,夕待金门诏。观书散遗帙,探古穷至妙。片言苟会心,掩卷忽而笑。青蝇易相点,白雪难同调。本是疏散人,屡贻褊促诮。云天属清朗,林壑忆游眺。或时清风来,闲倚栏一作檐下啸。严光桐庐溪,谢客临海峤。功成谢人间一作君,从此一投钓。

## 寻阳紫极宫感秋作

何处闻秋声,修修北窗竹。回薄万古心,揽之不盈掬。静坐观众妙,浩然媚幽独。白云南山来,就我檐下宿。懒从唐生决,羞访季主卜。四十九年非,一往不可复。野情转萧洒,世道有翻覆。陶令归去来,田家酒应熟。

## 江 上 秋 怀

餐霞卧旧壑,散发谢远游。山蝉号枯桑,始复知天秋。朔雁别海裔,越燕辞江楼。飒飒风卷沙,茫茫雾萦洲。黄云结暮色,白水扬寒流。恻怆心自悲,潺湲泪难收。蘅兰方萧瑟,长叹令人愁。

## 秋夕书怀 一作秋日南游书怀

北风吹海雁,南渡落寒声。感此潇湘客,凄其流浪情。海怀结沧

洲，一作远心飞苍梧。霞一作遐想游赤城。始探蓬壶事一作术，旋觉天地
轻。澹然吟一作思高秋，闲卧瞻太清。萝月掩一作隐空幕，松霜结一
作皓前楹。一作松云散前楹。灭见息群动，猎微穷至精。桃花有源水，
可以保吾生。

## 避地司空原言怀

南风昔不竞，豪圣思经纶。刘琨与祖逖，起舞鸡鸣晨。虽有匡济
心，终为乐祸人。我则异于是，潜光皖水滨。卜筑司空原，北将天
柱邻。雪霁万里月，云开九江春。俟乎泰阶平，然后托微身。倾家
事金鼎，年貌可长新。所愿得此道，终然保清真。弄景奔日驭，攀
星戏河津。一随王乔去，长年玉天宾。

## 上崔相百忧章 <sub>时在浔阳狱</sub>

共公赫怒，天维中摧。鲲鲸喷荡，扬涛起雷。鱼龙陷人，成此祸胎。
火焚昆山，玉石相硾。仰希霖雨，洒宝炎煨。箭发石开，戈挥日
回。邹衍恸哭，燕霜飒来。微诚不感，犹萦夏台。苍鹰搏攫，丹棘
崔嵬。豪圣凋枯，王风伤哀。斯文未丧，东岳岂颓。穆逃楚难，邹
脱吴灾。见机苦迟，二公所咍。骥不骤进，麟何来哉。星离一门，
草掷二孩。万愤结习一作缉。忧从中催。金瑟玉壶，尽为愁媒。举
酒太息，泣血盈杯。台星再朗，天网重恢。屈法申恩，弃瑕取材。
冶长非罪，尼父无猜。覆盆傥举，应照寒灰。

## 万愤词投魏郎中

海水渤潏，人罹鲸鲵。蓊胡沙而四塞，始滔天于燕齐。何六龙之浩
荡，迁白日于秦西。九土星分，嗷嗷栖栖。南冠君子，呼天而啼。
恋高堂而掩泣，泪血地而成泥。狱户一作时当春而不草，独幽怨而

沉迷。兄九江兮弟三峡,悲羽化之难齐。穆陵关北愁爱子,豫章天
南隔老妻。一门骨肉散百草,遇难不复相提携。树榛拔桂,囚鸾宠
鸡。舜昔授禹,伯成耕犁。德自此衰,吾将安栖。好我者恤我,不
好我者何忍临危而相挤。子胥鸱夷,彭越醢醯。自古豪烈,胡为此
繄。苍苍之天,高乎视低。如其听卑,脱我牢狴。傥辨美玉,君收
白珪。

## 荆州贼平临洞庭言怀作

修蛇横洞庭,吞象临江岛。积骨成巴陵,遗言闻楚老。水穷三苗
国,地窄三湘道。岁〔晏〕(宴)天峥嵘,时危人枯槁。思归阴丧乱,去
国伤怀抱。郢路方丘墟,章华亦倾倒。风悲猿啸苦,木落鸿飞早。
日隐西赤沙,月明东城草。关河望已绝,氛雾行当扫。长叫天可
闻,吾将问苍昊。

## 览 镜 书 怀

得道无古今,失道还衰老。自笑镜中人,白发如霜草。扪心空叹
息,问影何枯槁。桃李竟何言,终成南山皓。

## 田 园 言 怀

贾谊三年谪,班超万里侯。何如牵白犊,饮水对清流。

## 江 南 春 怀

青春几何时,黄鸟鸣不歇。天涯失乡一作归路,江外老华发。心飞
秦塞云,影滞楚关月。身世殊烂漫,田园久芜没。岁〔晏〕(宴)何所
从,长歌谢金阙。

## 听蜀僧濬弹琴

蜀僧抱绿绮,西下峨眉峰。为我一挥手,如听万壑松。客心洗流水,馀响入霜钟。不觉碧山暮,秋云暗几重。

## 鲁东门观刈蒲

鲁国寒事早,初霜刈渚蒲。挥镰若转月,拂水生连珠。此草最可珍,何必贵龙须。织作玉床席,欣承清夜娱。罗衣能再拂,不畏素尘芜。

## 咏邻女东窗海石榴

鲁女东窗下,海榴世所稀。珊瑚映绿水,未足比光辉。清香随风发,落日好鸟归。愿为东南枝,低举拂罗衣。无由共攀折,引领望金扉。

## 南　轩　松

南轩有孤松,柯叶自绵幂。清风无闲时,潇洒终日夕。阴生古苔绿,色染秋烟碧。何当凌云霄,直上数千尺。

## 咏山樽二首

蟠木不雕饰,且将斤斧疏。樽成山岳势,材是栋梁馀。外与金罍并,中涵玉醴虚。惭君垂拂拭,遂忝玳筵居。此首题一作咏柳少府山瘿木樽。

拥肿寒山木,嵌空成酒樽。愧无江海量,偃蹇在君门。

# 初出金门寻王侍御不遇咏壁上

## 鹦鹉 一作敕放归山留别王侍御不遇咏鹦鹉。

落羽辞金殿,孤鸣咤一作托绣衣。能言终见弃,还向陇西一作山飞。

# 紫 藤 树

紫藤挂云木,花蔓宜阳春。密叶隐歌鸟,香风留美人。

# 观放白鹰二首

八月边风高,胡鹰白锦毛。孤飞一片雪,百里见秋毫。
寒冬十二月,苍鹰八九毛。寄言燕雀莫相啅,自有云霄万里高。

# 观博平王志安少府山水粉图 一作壁

粉壁为空天,丹青状江海。游云不知归,日见白鸥在。博平真人王
志安,沉吟至此愿挂冠。松溪石磴带秋色,愁客思归坐晓寒。

# 题雍丘崔明府丹灶

美人为政本忘机,服药求仙事不违。叶县已泥丹灶毕,瀛洲当伴赤
松归。先师有诀神将助,大圣无心火自飞。九转但能生羽翼,双凫
忽去定何依。

# 观元丹丘坐巫山屏风

昔游三峡见巫山,见画巫山宛相似。疑是天边十二峰,飞入君家彩
屏里。寒松萧瑟如有声,阳台微茫如有情。锦衾瑶席何寂寂,楚王
神女徒盈盈。高一本有唐字咫尺,如千里,翠屏丹崖灿如绮。苍苍远
树围荆门,历历行舟泛巴水。水石潺湲万壑分,烟光草色俱氛氲。

溪花笑日何年发，江客听猿几岁闻。使人对此心缅邈，疑入嵩丘梦彩云。

## 求崔山人百丈崖瀑布图

百丈素崖裂，四山丹壁开。龙潭中喷射，昼夜生风雷。但见瀑泉落，如潨云汉来。闻君写真图，岛屿备萦回。石黛刷幽草，曾青泽古苔。幽缄傥相传，何必向天台。

## 见野草中有曰白头翁者

醉入田家去，行歌荒野中。如何青草里，亦有白头翁。折取对明镜，宛将衰鬓同。微芳似相诮，留恨向东风。

## 流夜郎题葵叶

惭君能卫足，叹我远移根。白日如分照，还归守故园。

## 莹禅师房观山海图

真僧闭精宇，灭迹含达观。列嶂图云山，攒峰入霄汉。丹崖森在目，清昼疑卷幔。蓬壶来轩窗，瀛海入几案。烟涛争喷薄，岛屿相凌乱。征帆飘空中，瀑水洒天半。峥嵘若可陟，想像徒盈叹。杳与真心冥，遂谐静者玩。如登赤城里，揭步沧洲畔。即事能娱人，从兹得消散。

## 白　鹭　鹚

白鹭下秋水，孤飞如坠霜。心闲且未去，独立沙洲傍。

## 咏　槿

园花笑芳年,池草艳春色。犹不如槿花,婵娟玉阶侧。芬荣何夭
促,零落在瞬息。岂若琼树枝,终岁长翕赩。

## 咏　桂

世人种桃李,皆在金张门。攀折争捷径,及此春风喧。一朝天霜
下,荣耀难久存。安知南山桂,绿叶垂芳根。清阴亦可托,何惜树
君园。

## 白　胡　桃

红罗袖里分明见,白玉盘中看却无。疑是老僧休念诵,腕前推下水
晶珠。

## 巫　山　枕　障

巫山枕障画高丘,白帝城边树色秋。朝云夜入无行处,巴水横天更
不流。

## 南奔书怀

一作自丹阳南奔道中作。此诗萧士赟云是伪作。

遥夜何漫漫,一作何时旦。空歌白石烂。宁戚未匡齐,陈平终佐汉。
櫑枪扫河洛,直割鸿沟半。历数方未迁,云雷屡多难。天人秉旄
钺,虎竹光藩翰。侍笔黄金台,传觞青玉案。不因秋风起,自有思
归叹。主将动谗疑,王师忽离叛。自来白沙上,一作兵罗沧海上。鼓
噪丹阳岸。宾御如浮云,从风各消散。舟中指可掬,城上骸争爨。
草草出近关,行行昧前算。南奔剧星火,北寇无涯畔。顾乏七宝

鞭,留连道傍玩。太白夜食昴,长虹日中贯。秦赵兴天兵,茫茫九州乱。感遇明主恩,颇高祖遂言。过江誓流水,志在清中原。拔剑击前柱,悲歌难重论。

# 全唐诗卷一八四

## 李　白

### 题随州紫阳先生壁

神农好长生,风俗久已成。复闻紫阳客,早署丹台名。喘息餐妙
气,步虚吟真声。道与古仙合,心将元化并。楼疑出蓬海,鹤似飞
玉京。松雪窗外晓,池水阶下明。忽耽笙歌乐,颇失轩冕情。终愿
惠金液,提携凌太清。

### 题元丹丘山居

故人栖东山,自爱丘壑美。青春卧空林,白日犹不起。松风清襟
袖,石潭洗心耳。羡君无纷喧,高枕碧霞里。

### 题元丹丘颍阳山居 并序

> 丹丘家于颍阳,新卜别业。其地北倚马岭,连峰嵩丘,南瞻鹿台,极
> 目汝海,云岩映郁,有佳致焉。白从之游,故有此作。

仙游渡颍水,访隐同元君。忽遗苍生望,独与洪崖群。卜地初晦
迹,兴言且成文。却顾北山断,前瞻南岭分。遥通汝海月,不隔嵩
丘云。之子合逸趣,而我钦清芬。举迹倚松石,谈笑迷朝曛。益一
作终愿狎青鸟,拂衣栖江濆。

## 题瓜州新河饯族叔舍人贲

齐公凿新河,万古流不绝。丰功利生人,天地同朽灭。两桥对双
阁,芳树有行列。爱此如甘棠,谁云敢攀折。吴关倚此固,天险自
兹设。海水落斗门,湖平见沙汭。我行送季父,弭棹徒流悦。杨花
满江来,疑是龙山雪。惜此林下兴,怆为山阳别。瞻望清路尘,归
来空寂灭。

## 洗　脚　亭

白道向姑熟,洪亭临道傍。前有昔时井,下有五丈床。樵女洗素
足,行人歇金装。西望白鹭洲,芦花似朝霜。送君此时去,回首泪
成行。

## 劳　劳　亭

天下伤心处,劳劳送客亭。春风知别苦,不遣柳条青。

## 题金陵王处士水亭 此亭盖齐朝南苑,又是陆机故宅。

王子耽玄言,贤豪多在门。好鹅寻道士,爱竹啸名园。树色老一作
秀荒苑,池光荡华轩。此堂见明月,更忆陆平原。扫拭青玉簟,为
余置金尊。醉罢一作后欲归去,花枝宿鸟喧。何时复来此,再得洗
器烦。

## 题嵩山逸人元丹丘山居 并序

白久在庐霍,元公近游嵩山,故交深情,出处无间。岩信频及,许为
主人,欣然适会本意。当冀长往不返,欲便举家就之。兼书共游,因有
此赠。

家本紫云山,道风未沦落。沉怀丹丘志,冲赏归寂寞。褐来游闽荒,扪涉穷禹凿。夤缘泛潮海,偃蹇陟庐霍。凭雷蹑天窗,弄影憩霞阁。且欣登眺美,颇惬隐沦诺。三山旷幽期,四岳聊所托。故人契嵩颍,高义炳丹腰。灭迹遗纷嚣,终言本峰壑。自矜林湍好,不羡朝市乐。偶与真意并,顿觉世情薄。尔能折芳桂,吾亦采兰若。拙妻好乘鸾,娇女爱飞鹤。提携访神仙,从此炼金药。

## 题江夏修静寺 此寺是李北海旧宅

我家北海宅,作寺南江滨。空庭无玉树,高殿坐幽人。书带留青草,琴堂一作台幂素尘。平生种桃李,寂灭不成春。

## 题宛溪馆

吾怜宛溪好,百尺照心明。一作久照心益明。何谢新安水,千寻见底清。白沙留月色,绿竹助秋声。却笑严湍上,于今独擅名。

## 题东谿公幽居

杜陵贤人清且廉,东谿卜筑岁将淹。宅近青山同谢朓,门垂碧柳似陶潜。好鸟迎春歌后院,飞花送酒舞前檐。客到但知留一醉,盘中只有水晶盐。

## 嘲鲁儒

鲁叟谈五经,白发死章句。问以经济策,茫如坠烟雾。足著远游履,首戴方山巾。缓步从直道,未行先起尘。秦家丞相府,不重褒衣人。君非叔孙通,与我本殊伦。时事且未达,归耕汶水滨。

## 惧　谗

二桃杀三士,讵假剑如霜。众女妒蛾眉,双花竞春芳。魏姝信郑
袖,掩袂对怀王。一惑巧言子,朱颜成死一作损伤。行将泣团扇,戚
戚愁人肠。

## 观　猎

太守耀清威,乘闲弄晚晖。江沙横猎骑,山火绕行围。箭逐云鸿
落,鹰随月兔飞。不知白日暮,欢赏夜方归。

## 观一作听胡人吹笛

胡人吹玉笛,一半是秦声。十月吴山晓,梅花落敬亭。愁闻出塞
曲,泪满逐臣缨。却望长安道,空怀恋主情。

## 军行 一作从军行。一作行军。

骊马新跨一作夸白玉鞍,战罢沙场月色寒。城头铁鼓声犹震,匣里
金刀血未干。

## 从 军 行

百战沙场碎铁衣,城南已合数重围。突营射杀呼延将,独领残兵千
骑归。

## 平虏将军妻

平虏将军妇,入门二十年。君心自有悦,妾宠岂能专。出解床前
帐,行吟道上篇。古人不唾井,莫忘昔缠绵。

## 春夜洛城闻笛

谁家玉笛暗飞声,散入春风满洛城。此夜曲中闻折柳,何人不起故园情。

## 嵩山采菖蒲者

神仙一作人多古貌,双耳下垂肩。嵩岳逢汉武,疑是九疑仙。我来采菖蒲,服食可延年。言终忽不见,灭影入云烟。喻帝竟莫悟,终归茂陵田。

## 金陵听韩侍御吹笛

韩公吹玉笛,倜傥流英音。风吹绕钟山,万壑皆龙吟。王子停凤管,师襄掩瑶琴。馀韵度江去,天涯安可寻。

## 流夜郎闻酺不预

北阙圣人歌太康,南冠君子窜遐荒。汉酺闻奏钧天乐,愿得风吹到夜郎。

## 放后遇恩不沾

天作云与雷,霈然德泽开。东风日本至,白雉越裳来。独弃长沙国,三年未许回。何时入宣室,更问洛阳才。

## 宣城见杜鹃花 一作杜牧诗,题云《子规》。

蜀国曾闻子规鸟,宣城还见杜鹃花。一叫一回肠一断,三春三月忆三巴。

## 白田马上闻莺

黄鹂啄紫椹,五月鸣桑枝。我行不记日,误作阳春时。蚕老客未归,白田已缫丝。驱马又前去,扪心空自悲。

## 三 五 七 言

秋风清,秋月明。落叶聚还散,寒鸦栖复惊。相思相见知何日,此时此夜难为情。

## 杂 诗

白日与明月,昼夜尚一作常不闲。况尔悠悠人,安得久世间。传闻海水上,乃有蓬莱山。玉树生绿叶,灵仙每登攀。一食驻玄发,再食留红颜。吾欲从此去,去之无时还。

## 寄远十一首

三鸟别王母,衔书来见一作相过。肠断若剪弦,其如愁思何。遥知玉窗里,纤手弄云和。奏曲有深意,青松交女萝。写水山井中,同泉岂殊波。秦心与楚恨,皎皎为谁多。

青楼何所在,乃在碧云中。宝镜挂秋水一作月,罗衣轻春风。新妆坐落日,怅望金一作锦屏空。念此一作剪彩送短书,愿因双飞鸿。

本作一行书,殷勤道相忆。一行复一行,满纸情何极。瑶台有黄鹤,为报青楼人。朱颜凋落尽,白发一何新。自知未应还,离居一作君经三春。桃李今若为,当窗发光彩。莫使香风飘,留与红芳待。

玉箸(筋)落春镜,坐愁湖阳水。闻与阴丽华,风烟接邻里。青春已复过,白日忽相催。但恐荷一作飞花晚,令人意已摧。相思不惜梦,日夜向阳台。

远忆巫山阳，花明渌江暖。踌躇未得往，泪向南云满。春风复无情，吹我梦魂断。不见眼中人，天长音信短。

阳台隔楚水，春草生黄河。一作阴云隔楚水，转蓬落渭河。相思无日夜，浩荡若流波。流波向海去，欲见终无因一作定绕珠江滨。遥将一点泪，远寄如花人。

妾在春陵东，君居汉江岛。一日望花光，往来成白道。一作日日采蘼芜，上山成白道。一为云雨别，此地生秋草。秋草秋蛾飞，相思愁落晖。何由一相见，灭烛解罗衣。一本无此二句，落晖下有昔时携手去，今日流泪归。遥知不得意，玉箸点罗衣四句。

忆昨东园桃李红碧枝，与君此时初别离。金瓶落井无消息，令人行叹复坐思。坐思行叹成楚越，春风玉颜畏销歇。碧窗纷纷下落花，青楼寂寂空明月。两不见，但相思。空留锦字表心素，至今缄愁不忍窥。

长短春草绿，缘阶如有情。卷施心独苦，抽却死还生。睹物知妾意，希君种后庭。闲时当采掇，念此莫相轻。

鲁缟如玉霜，笔一作剪题月氏书。寄书白鹦鹉，西海慰离居。行数虽不多，字字有委曲。天末如见之，开缄泪相续。泪尽恨转深，千里同此心。一作千里若在眼，万里若在心。相思千万里，一书值千金。

爱君芙蓉婵娟之艳色，色可餐兮难再得。怜君冰玉清迥之明心，情不极兮意已深。朝共琅玕之绮食，夜同鸳鸯之锦衾。恩情婉娈忽为别，使人莫错乱愁心。乱愁心，涕如雪。寒灯厌梦魂欲绝，觉来相思生白发。盈盈汉水若可越，可惜凌波步罗袜。美人美人兮归去来，莫作朝云暮雨兮飞阳台。

# 长信宫 一作长信怨

月皎昭阳殿，霜清长信宫。天行乘玉辇，飞燕与君同。别有欢娱处一作更有留情处,承恩乐未穷。谁怜团扇妾,独坐怨秋风。

# 长门怨二首

天回北斗挂西楼,金屋无人萤火流。月光欲到长门殿,别作深宫一
段愁。

桂殿长愁不记春,黄金四屋起秋尘。夜悬明镜青天上,独照长门宫
里人。

# 春　怨

白马金羁辽海东,罗帷绣被卧春风。落月低轩窥烛尽,飞花入户笑
床空。

# 代　赠　远

妾本洛阳人,狂夫幽燕客。渴饮易水波,由来多感激。胡马西北
驰,香骢摇绿丝。鸣鞭从此去,逐虏荡边陲。昔去有好言,不言久
离别。燕支多美女,走马轻风雪。见此不记人,恩情云雨绝。啼流
玉箸尽,坐恨金闺切。织锦作短书,肠随回文结。相思欲有寄,恐
君不见察。焚之扬其灰,手迹自此灭。

# 陌上赠美人 一作小放歌行

骏马骄行踏落花,垂鞭直拂五云车。美人一笑褰珠箔,遥指红楼是
妾家。

# 闺　情

流水去绝国,浮云辞故关。水或恋前浦,云犹归旧山。恨君流一作
龙沙去,弃妾渔阳间。玉箸夜垂一作日夜流,双双落朱颜。黄鸟坐相

悲,绿杨谁更攀。织锦心草草,挑灯泪斑斑。窥镜不自识,况乃狂
夫还。

# 代 别 情 人

清水本不动,桃花发岸傍。桃花弄水色,波荡摇春光。我悦子容
艳,子倾我文章。风吹绿琴去,曲度紫鸳鸯。昔作一水鱼,今成两
枝鸟。哀哀长鸡鸣,夜夜达五一作天晓。起折相思树,归赠知寸心。
覆水不可收,行云难重寻。天涯有度鸟,莫绝瑶华音。

# 代 秋 情

几日相别离,门前生橘葵。寒蝉聒梧桐,日夕长鸣悲。白露湿萤
火,清霜凌兔丝。空掩紫罗袂一作空围掩罗袂,长啼无尽时。

# 对 酒

蒲萄酒,金叵罗,吴姬十五细马驮。青黛画眉红锦靴,道字不正娇
唱歌。玳瑁筵中怀里醉,芙蓉帐底奈君何。

# 怨 情

新人如花虽可宠,故人似玉由来重。花性飘扬不自持,玉心皎洁终
不移。故人昔新今尚故,还见新人有故时。请看陈后黄金屋,寂寂
珠帘生网丝。

# 湖边采莲妇

小姑织白纻,未解将人语。大嫂采芙蓉,溪湖千万重。长兄行不
在,莫使外人逢。愿学秋胡妇,贞心比古松。

# 怨　情

美人卷珠帘,深坐颦蛾眉。但见泪痕湿,不知心恨谁。

# 代寄情楚词体

君不来兮,徒蓄怨积思而孤吟。云阳一去已远,隔巫山绿水之沉沉。留馀香兮染绣被,夜欲寝兮愁人心。朝驰余马于青楼,怳若空而夷犹。浮云深兮不得语,却惆怅而怀忧。使青鸟兮衔书,恨独宿兮伤离居。何无情而雨一作两绝,梦虽往而交疏。横流涕而长嗟,折芳洲之瑶华。送飞鸟以极目,怨夕阳之西斜。愿为连根同死之秋草,不作飞空之落花。

# 学古思边

衔悲上陇首,肠断不见君。流水若有情,幽哀从此分。苍茫愁边色,惆怅落日曛。山外接远天,天际复有云。白雁从中来,飞鸣苦难闻。足系一书札,寄言难离群。离群心断绝,十见花成雪。胡地无春晖,征人行不归。相思杳如梦,珠泪湿罗衣。

# 思　边 一作春怨

去年何时君别妾,南园绿草飞蝴蝶。今岁何时妾忆君,西山白雪暗晴云。玉关去此三千里,欲寄音书那可闻。

# 口号吴王美人半醉

风动荷花水殿香,姑苏台上宴吴王。西施醉舞娇无力,笑倚东窗白玉床。

# 代美人愁镜二首

明明金鹊镜,了了玉台前。拂拭交冰月,光辉何清圆。红颜老昨日,白发多去年。铅粉坐相误,照来空凄然。

美人赠此盘龙之宝镜,烛我金缕之罗衣。时将红袖拂明月,为惜普照之馀晖。影中金鹊飞不灭,台下青鸾思独绝。稿砧一别若箭弦,去有日,来无年。狂风吹却妾心断,玉箸并堕菱花前。

## 赠 段 七 娘

罗袜凌波生网尘,那能得计访情亲。千杯绿酒何辞醉,一面红妆恼杀人。

## 别内赴征三首

王命三征去未还,明朝离别出吴关。白玉高楼看不见,相思须上望夫山。

出门妻子强牵衣,问我西行几日归。归时倘佩黄金印,莫学苏秦不下机。

翡翠为楼金作梯,谁人独宿倚门啼一作卷帘愁坐待鸣鸡。夜坐一作泣寒灯连晓月,行行泪尽楚关西。

## 秋 浦 寄 内

我今寻阳去,辞家千里馀。结荷倦一作愁水宿,却寄大雷书。虽不同辛苦,怆离各自居。我自入秋浦,三年北信疏。红颜愁落尽,白发不能除。有客自梁苑,手携五色鱼。开鱼得锦字,归问我何如。江山虽道阻,意合不为殊。

# 自 代 内 赠

宝刀截流水，无有断绝时。妾意逐君行，缠绵亦如之。别来门前
草，秋巷春转碧一作春尽秋转碧。扫尽更还生，萋萋满行迹。鸣凤始
相得，雄惊雌各飞。游云落何山，一往不见归。估客发大楼一作东
海，知君在秋浦。梁苑空锦衾，阳台梦行雨。妾家三作相，失势去
西秦。犹有一作存旧歌管，凄清闻四邻。曲度入紫云，啼无眼中人。
此下一本有女弟争笑弄，悲羞泪盈巾二句。妾似井底桃，开花向谁笑。君如
天上月，不肯一回照。窥镜不自识，别多憔悴深。安得秦吉了，为
人道寸心。

## 秋浦感主人归燕寄内

霜凋楚关木，始知杀气严。寥寥金天廓，婉婉绿红潜。胡燕别主
人，双双语前檐。三飞四回顾，欲去复相瞻。岂不恋华屋，终然谢
珠帘。我不及此鸟，远行岁已淹。寄书道中叹，泪下不能缄。

## 送内寻庐山女道士李腾空二首

君寻腾空子，应到碧山家。水舂云母碓，风扫石楠花。若爱幽居
好，相邀弄紫霞。
多君相门女，学道爱神仙。素手掬青霭，罗衣曳紫烟。一往屏风
叠，乘鸾著玉鞭一作不著鞭。

## 赠 内

三百六十日，日日醉如泥。虽为李白妇，何异太常妻。

## 在浔阳非所寄内

闻难知恸哭,行啼入府中。多君同蔡琰,流泪请曹公。知登吴章岭,昔与死无分。崎岖行石道,外折入青云。相见若悲叹,哀声那可闻。

## 南流夜郎寄内

夜郎天外怨离居,明月楼中音信疏。北雁春归看欲尽,南来不得豫章书。

### 越女词五首 越中书所见也

长干吴儿女,眉目艳新月。屐上足如霜,不著鸦头袜。
吴儿多白皙,好为荡舟剧。卖眼掷春心,折花调行客。
耶溪采莲女,见客棹歌回。笑入荷花去,佯羞不出来。
东阳素足女,会稽素舸郎。相看月未堕,白地断肝肠。
镜湖水如月,耶溪女似雪。新妆荡新波,光景两奇绝。

## 浣纱石上女

玉面耶溪女,青娥红粉妆。一双金齿屐,两足白如霜。

### 示金陵子 一作金陵子词

金陵城东谁家一作金陵子,窃听琴声碧一作夜窗里。落花一片天上来,随人直渡西江水。楚歌吴语娇不成,似能未能最有情。谢公正要东山妓,携手林泉处处行。

# 出妓金陵子呈卢六四首

安石东山三十春,傲然携妓出风尘。楼中见我金陵子,何似阳台云雨人。

南国新丰酒,东山小妓歌。对君君不乐,花月奈愁何。

东道烟霞主,西江诗酒筵。相逢不觉醉,日堕历阳川。

小妓金陵歌楚声,家僮丹砂学凤鸣。我亦为君饮清酒,君心不肯向人倾。

# 巴 女 词

巴水急如箭,巴船去若飞。十月三千里,郎行几岁归。

# 哭晁卿衡

日本晁卿辞帝都,征帆一片绕蓬壶。明月不归沉碧海,白云愁色满苍梧。

# 自溧水道哭王炎三首

白杨双行行,白马悲路傍。晨兴见晓月,更似发云阳。溧水通吴关,逝川去未央。故人万化尽,闭骨茅山冈。天上坠玉棺,泉中掩龙章。名飞日月上,义与风云翔。逸气竟莫展,英图俄夭伤。楚国一老人,来嗟龚胜亡。有言不可道,雪泣忆兰芳。

王公希代宝,弃世一何早。吊死不及哀,殡宫已秋草。悲来欲脱剑,挂向何枝好。哭向茅山虽未摧,一生泪尽丹阳道。

王家碧瑶树,一树忽先摧。海内故人泣,天涯吊鹤来。未成霖雨用,先失济川材。一罢广陵散,鸣琴更不开。

# 哭宣城善酿纪叟

纪叟黄泉里，还应酿老春。夜台无晓日，沽酒与何人。一作题戴老酒店，云：戴老黄泉下，还应酿大春。夜台无李白，沽酒与何人。

# 宣城哭蒋征君华

敬亭埋玉树，知是蒋征君。安得相如草，空馀封禅文。池台空有月，词赋旧凌云。独挂延陵剑，千秋在古坟。

# 全唐诗卷一八五

## 李 白 补遗

### 鞠歌行 以下见《文苑英华》

丽莫似汉宫妃,谦莫似黄家女。黄女持谦齿发高,汉妃恃丽天庭去。人生容德不自保,圣人安用推天道。君不见蔡泽嵌枯诡怪之形状,大言直取秦丞相。又不见田千秋才智不出人,一朝富贵如有神。二侯行事在方册,泣麟老人终困厄。夜光抱恨良叹悲,日月逝矣吾何之。

### 胡 无 人

十万羽林儿,临洮破郅支。杀添胡地骨,降足汉营旗。塞阔牛羊散,兵休帐幕移。空馀陇头水,呜咽向人悲。

### 月夜金陵怀古

苍苍金陵月,空悬帝王州。天文列宿在,霸业大江流。绿水绝驰道,青松摧古丘。台倾鸡鹊观,宫没凤凰楼。别殿悲清暑,芳园罢乐游。一闻歌玉树,萧瑟后庭秋。

# 冬日归旧山

未洗染尘缨，归来芳草平。一条藤径绿，万点雪峰晴。地冷叶先尽，谷寒云不行。嫩篁侵舍密，古树倒江横。白犬离村吠，苍苔壁上生。穿厨孤雉过，临屋旧猿鸣。木落禽巢在，篱疏兽路成。拂床苍鼠走，倒箧素鱼惊。洗砚修良策，敲松拟素贞。此时重一去，去合到三清。

## 望 夫 石

仿佛古容仪，含愁带曙辉。露如今日泪，苔似昔年衣。有恨同湘女，无言类楚妃。寂然芳霭内，犹若待夫归。

## 对 雨

卷帘聊举目，露湿草绵芊。古岫藏云霭，空庭织碎烟。水纹愁不起，风线重难牵。尽日扶犁叟，往来江树前。

## 晓 晴 一作晚晴

野凉疏雨歇，春色遍萋萋。鱼跃青池满，莺吟绿树低。野花妆面湿，山草纽斜齐。零落残云片，风吹挂竹谿。

## 初 月

玉蟾离海上，白露湿花时。云畔风生爪，沙头水浸眉。乐哉弦管客，愁杀战征儿。因绝西园赏，临风一咏诗。

## 雨 后 望 月

四郊阴霭散，开户半蟾生。万里舒霜合，一条江练横。出时山眼白,高后海心明。为惜如团扇,长吟到五更。

## 赋得鹤送史司马赴崔相公幕

峥嵘丞相府,清切凤凰池。羡尔瑶台鹤,高栖琼树枝。归飞晴日
好,吟弄惠风吹。正有乘轩乐,初当学舞时。珍禽在罗网,微命若
游丝。愿托周周羽,相衔汉水湄。

## 送 客 归 吴

江村秋雨歇,酒尽一帆飞。路历波涛去,家惟坐卧归。岛花开灼
灼,汀柳细依依。别后无馀事,还应扫钓矶。

## 送友生游峡中

风静杨柳垂,看花又别离。几年同在此,今日各驱驰。峡里闻猿
叫,山头见月时。殷勤一杯酒,珍重岁寒姿。

## 送袁明府任长沙

别离杨柳青,樽酒表丹诚。古道携琴去,深山见峡迎。暖风花绕
树,秋雨草沿城。自此长江内,无因夜犬惊。

## 邹 衍 谷

燕谷无暖气,穷岩闭严阴。邹子一吹律,能回天地心。

## 杂言用投丹阳知己兼奉宣慰判官

以下见《诗纪》,第八句缺二字。

客从昆仑来,遗我双玉璞。云是古之得道者西王母食之馀,食之可
以凌太虚。受之颇谓绝今昔,求识江淮人犹乎比石。如今虽在下

和手,□□正憔悴,了了知之亦何益。恭闻士有调相如,始从镐京还,复欲镐京去。能上秦王殿,何时回光一相眄。欲投君,保君年,幸君持取无弃捐。无弃捐,服之与君俱神仙。

## 观鱼潭

观鱼碧潭上,木落潭水清。日暮紫鳞跃,圆波处处生。凉烟浮竹尽,秋月照沙明。何必沧浪去,兹焉可濯缨。

## 自广平乘醉走马六十里至邯郸登城楼览古书怀

醉骑白花马一作骆,西走邯郸城。扬鞭动一作度柳色,写鞚春风生。入郭登高楼,山川与云平。深宫翳绿草一作雄都半古冢,万事伤人情。相如章华巅,猛气折秦嬴。两虎不可斗,廉公终负荆。提携袴中儿,杵臼及程婴。立孤就白刃一作空孤献白刃,必死耀丹诚。平原三千客,谈笑尽豪英。毛君能颖脱,二国且同盟。皆为黄泉土,使我涕纵横。磊磊石子冈,萧萧白杨声。诸贤没此地,碑版有残铭。太古共今时,由来互一作同哀荣。伤哉何足道,感激仰空名。赵俗爱长剑,文儒少逢迎。闲从博陵一作徒游,畅饮雪朝酲。歌酣易水动,鼓震丛台倾。日落把烛归,凌晨向燕京。方陈五饵策,一使胡尘清。

## 宣州长史弟昭赠余琴谿中双舞鹤诗以见志

令弟佐宣城,赠余琴谿鹤。谓言天涯雪,忽向窗前落。白玉为毛衣,黄金不肯博。背风振六翮,对舞临山阁。顾我如有情,长鸣似相托。何当驾此物,与尔腾寥廓。

# 题舒州司空山瀑布

断崖如削瓜,岚光破崖绿。天河从中来,白云涨川谷。玉案赤文字,世眼不可读。摄身凌青霄,松风拂我足。

# 金 陵 新 亭

金陵风景好,豪士集新亭。举目山河异,偏伤周颛情。四坐楚囚悲,不忧社稷倾。王公何慷慨,千载仰雄名。

# 上清宝鼎诗

前首见《东观馀论》,后首见《王直方诗话》。

我居清空表,君处红埃中。仙人持玉尺,废君多少才。玉尺不可尽,君才无时休。

咽服十二环,奄有仙人房。暮骑紫麟去,海气侵肌凉。赠我累累珠,靡靡明月光。

# 题许宣平庵壁 见《诗话类编》

我吟传舍咏,来访真人居。烟岭迷高迹,云林隔太虚。窥庭但萧瑟,倚杖空踌躇。应化辽天鹤,归当千岁馀。

# 戏赠杜甫 以下见《唐诗纪事》

饭颗山头逢杜甫,顶戴笠子日卓午。借问别来一作因何太瘦生,总为从前作诗苦。

# 春 感 诗

白隐居戴天大匡山,往来旁郡,依潼江赵征君蕤。蕤亦节士,任侠有气,善为纵横学,著书号《长短经》。白从学岁馀,去游成都,赋此诗。
益州刺史苏颋见而异之。

茫茫南与北,道直事难谐。榆荚钱生树,杨花玉糁街。尘萦游子
面,蝶弄美人钗。却忆青山上,云门掩竹斋。

## 白微时募县小吏入令卧内尝驱牛
## 经堂下令妻怒将加诘责白呕以诗谢云

素面倚栏钩,娇声出外头。若非是织女,何得问牵牛。

## 句

焰随红日去,烟逐暮云飞。令一日赋山火诗云:"野火烧山后,人归火不归。"思
轧不属,白从旁缀其下句,令惭止。

绿鬓随波散,红颜逐浪无。因何逢伍相,应是想秋胡。白从令观涨,有
女子溺死江上,令赋诗云:"二八谁家女,漂来倚岸芦。鸟窥眉上翠,鱼弄口旁珠。"令复
苦吟,白辄应声继之。

举袖露条脱,招我饭胡麻。 见《二老堂诗话》

# 全唐诗卷一八六

## 韦应物

　　韦应物,京兆长安人。少以三卫郎事明皇,晚更折节读书。永泰中,授京兆功曹,迁洛阳丞。大历十四年,自鄠令制除栎阳令,以疾辞不就。建中三年,拜比部员外郎,出为滁州刺史。久之,调江州。追赴阙,改左司郎中,复出为苏州刺史。应物性高洁,所在焚香扫地而坐。唯顾况、刘长卿、丘丹、秦系、皎然之俦,得厕宾客,与之酬倡。其诗闲澹简远,人比之陶潜,称陶韦云。集十卷。今编诗十卷。

### 拟古诗十二首

　　辞君远行迈,饮此长恨端。已谓道里远,如何中险艰。流水赴大壑,孤云还暮山。无情尚有归,行子何独难。驱车背乡园,朔风一作吹卷行迹。严冬霜断肌,日入不遑息。忧欢一作惧容一作客发变,寒暑人事易。中心君讵知,冰玉徒贞白。

　　黄鸟何关关,幽兰亦靡靡。此时深闺妇,日照纱一作绮窗里。娟娟双青娥,微微启玉齿。自惜桃李年,误身游侠子。无事久离别,不知今生死。

　　峨峨高山巅,浼浼青川流。世人不自悟,驰谢如惊飚。百金非所重,厚意良难得。旨酒亲与朋,芳年乐京国。京城繁华地,轩盖凌晨出。垂杨十二衢,隐映金张室。汉宫南北对,飞观齐白日。游泳属芳时,一云游冶咏康时。平生自云毕。

绮楼何氛氲,朝日正杲杲。四壁含清风,丹霞射其牖。玉颜上哀啭,绝耳非世有。但感离恨情,不知谁家妇。孤云忽无色,边马为回首。曲绝碧天高,馀声散秋草。徘徊帷中意,独夜不堪守。思逐朔风翔,一去千里道。

嘉树蔼初绿,靡芜叶幽芳。君子不在赏,寄之云路长。路长信难越,惜此芳时歇。孤鸟去不还,缄情向天末。

月满秋夜长,惊乌号北林。天河横未落,斗柄当西南。寒蛩悲洞房,好鸟无遗音。商飙一夕至,独宿怀重衾。旧交日一作目千里,隔我浮与沉。人生岂草木,寒暑移此心。

酒星非所酌,月桂不为食。虚薄空有名,为君长叹息。兰蕙虽可怀,芳香与时息。岂如凌霜叶,岁暮蔼颜色。折柔将有赠,延意千里客。草木知贱微,所贵寒不易。

神州高爽地,退瞰靡不通。寒月野无绿,寥寥天宇空。阴阳不停驭,贞脆各有终。汾沮何鄙俭,考槃何退穷。反志解牵踢,无为尚劳躬。美人夺南国,一笑开芙蓉。清镜理容一作云发,褰帘出深重。艳曲呈皓齿,舞罗不堪风。慊慊情有待,赠芳为我容。可嗟青楼月,流影君帷中。

春至林木变,洞房夕含清。单居谁能裁,好鸟对我鸣。良人久燕赵,新爱移平生。别时双鸳绮,留此千恨情。碧草生旧迹,绿琴歇芳声。思一作愿将魂梦欢,反侧寐不成。揽衣迷所次,起望空前庭。一云览衣迷处所,夕起望前庭。孤影中自侧,不知双涕零。

秋天无留景,万物藏光辉。落叶随风起一作远,愁人独何依。华一作明月屡圆缺,君还浩无期。如何雨绝天一云如何云雨绝,一去音问一作尘违。

有客天一方，寄我孤桐琴。迢迢万里隔，托此传幽音。冰霜中自结，龙凤相与吟。弦以明直道一云弦以昭清直，漆以固一作形交深。

白日淇上没，空闺生远愁。寸心不可限，淇水长悠悠。芳树自妍芳，一云自交结，又云房树正妍郁。春禽自相求。徘徊东西厢，孤妾谁与俦。年华逐丝泪，一落俱不一作难收。

# 杂体五首

沉沉匣中镜，为此尘垢蚀。辉光何所如，月在云中黑。南金既雕错，擘带共辉饰。空存一作鉴物名，坐使妍蚩惑。美人竭肝胆，思照冰玉色。自非磨莹工，日日空叹息。

古宅一作宇集祆鸟，群号枯树枝。黄昏窥人室，鬼物相与期。居人不安寝，搏击思此时。岂无鹰与鹯，饱肉不肯飞。既乖逐鸟节，空养凌云姿。孤负肉食恩，何异城上鸱。

春罗双鸳鸯，出自寒夜女。心精烟雾色，指历千万绪。长安贵豪家一作室，妖艳不可数。裁此百日功，唯将一朝舞。舞罢复裁新，岂思劳者苦。

同声自相应，体质不必齐。谁知贾人铎，能使大一作音乐谐。铿锵发宫徵，和乐变其哀。人神既昭享，凤鸟一作皇亦下来。岂非至贱物，一奏升天阶。物情苟有合，莫问玉与泥。

碌碌荆山璞，卞和献君门。荆璞非有求，和氏非有恩。所献知国宝，至公不待言。是非吾一作语欲默，此道今岂存。

# 与友生野饮效陶体

携酒花林下，前有千载坟。于时不共酌，奈此泉下人。始自玩芳物，行当念徂春。聊舒远世踪，坐望还山云。且遂一欢笑，焉知贱与贫。

# 效何水部二首

玉宇含清一作秋露,香笼散轻烟。应当结沉抱,难从兹夕眠。
夕漏起遥恨,虫响一作鸿音乱秋阴。反复相思字,中有故人心。

## 效陶彭泽

霜露悴百草,时菊独妍华。物性有如此,寒暑其奈何。掇英泛浊
醪,日入会田家。尽醉茅檐下,一生岂在多。

## 大梁亭会李四栖梧作

梁王昔爱才,千古化不泯。平声至今蓬池上,远集八方宾。车马平
明合,城郭满埃尘。逢君一相许,岂要平生亲。入仕三十载,如何
独未伸。英声久籍籍,台阁多故人。置酒发清弹,相与一作将乐佳
辰。孤亭得长望,白日下广津。富贵良可取一作求,褰来西入秦。
秋风旦夕起,安得客梁陈。

## 燕李录事

与君十五侍皇闱,晓拂炉烟上赤墀。花开汉苑经过处,雪下骊山沐
浴时。近臣零落今犹在,仙驾飘飖不可期。此日相逢一作逢君思一
作非旧日,一杯成喜亦一作又成悲。

## 淮上喜会梁川故人

江汉曾为客,相逢每醉还。浮云一别后,流水十年间。欢笑情如
旧,萧疏鬓已斑。何因北一作不归去,淮上对一作有秋山。

## 扬州偶会前洛阳卢耿主簿

应物顷贰洛阳,常有连骑之游。

楚塞故人稀,相逢本不期。犹存袖里字,忽怪鬓中丝。客舍盈樽酒,江行满箧诗。更能连骑出,还似洛桥时。

## 贾常侍林亭燕集

高贤侍天陛一作阶,迹显心独幽。朱轩骛关右,池馆在东周。缭绕接都城,氤氲望嵩丘。群公尽词客,方驾永日游。朝旦气候佳,逍遥写烦忧。绿林蔼已布,华沼澹不流。没露摘幽草,涉烟玩轻舟。圆荷既出水,广厦可淹留。放神遗所拘,觥罚屡见酬。乐燕良未极,安知有沉浮。醉罢各云散,何当复相求。

## 月下会徐十一草堂

空斋无一事,岸帻故人期。暂辍观书夜,还题玩月诗。远钟高枕后,清露卷帘时。暗觉新秋近,残河欲曙迟。

## 移疾会诗客元生与释子法朗因贻诸祠曹

对此嘉树林,独有戚戚颜。抱瘵知旷职,淹旬非乐闲。释子来问讯,诗人亦扣关。道同意一作适暂遣,客散疾徐还。园径自幽静,玄蝉噪其间。高窗瞰远郊,暮色起秋山。英曹幸休暇,悢悢一作恨恨心所攀。

## 慈恩伽蓝清会

素友俱薄世,屡招清景赏。鸣钟悟音闻,宿昔心已往。重门相洞达,高宇亦遐一作通朗。岚岭晓城分,清阴夏条长一作清条夏阴长。氤氛芳台馥,萧散竹池广。平荷随波泛,回飙激林响。蔬食遵道侣,泊怀遗滞想。何彼尘昏人,区区在天壤。

## 夜偶诗客操公作

尘襟一潇洒,清夜得禅公。远自鹤林寺,了知人世空。惊禽翻暗叶,流水注幽丛。多谢非玄度,聊将诗兴同。

## 与韩库部会王祠曹宅作

闲一作闭门荫堤柳,秋渠含夕清。微风送荷气,坐客散尘缨。守默共无吝,抱冲俱寡营。良时颇高会,琴酌共开情。

## 晦日处士叔园林燕集

遽看黄叶尽,坐阙芳年赏。赖此林下期,清风涤烦想。始萌动新煦,佳禽发幽响。岚岭对高斋,春流灌蔬壤。樽酒遗形迹,道言屡开奖。幸蒙终夕欢,聊用税归鞅。

## 扈亭西陂燕赏

杲杲朝阳时,悠悠清陂望。嘉树始氤氲,春游方浩荡。况逢文翰侣,爱此孤舟漾。绿野际遥波,横云分叠嶂。公堂日为倦,幽襟自兹旷。有酒今满盈,愿君尽弘量。

## 西 郊 燕 集

济济众君子,高宴及时光。群山霭遐瞩,绿野布熙阳。列坐遵曲岸,披襟袭兰芳。野庖荐嘉鱼,激涧泛羽觞。众鸟鸣茂林,绿草延高冈。盛时易徂谢,浩思坐飘飏。眷言同心友,兹游安可忘。

## 春宵燕万年吉少府中孚南馆

始见斗柄回,复兹霜月霁。河汉上纵横,春城夜迢递。宾筵接时
彦,乐燕凌芳岁。稍爱清觞满,仰叹高文丽。欲去返郊扉,端为一
欢滞。

## 滁州园池燕元氏亲属

日暮游清池,疏林罗—作筵高天。馀绿飘霜露,夕气变风烟。水门
架危阁,竹亭列广筵。一展私姻礼,屡叹芳樽前。感往在兹会,伤
离属颓年。明晨复云去,且愿此流连。

## 郡 楼 春 燕

众乐杂军鞞,高楼邀上客。思逐花光乱,赏馀山景夕。为郡访凋
瘵,守程难损益。聊假一杯欢,暂忘终日迫。

## 南塘泛舟会元六昆季

端居倦时燠,轻舟泛回塘。微风飘襟散,横吹绕林长。云澹水容
夕,雨微荷气凉。一写惆勤意—云川上意,宁用诉—作计华觞。

## 郡斋雨中与诸文士燕集

兵卫森画戟,宴寝凝清香。海上风雨至,逍遥池阁凉。烦疴近—作
正消散,嘉宾复满堂。自惭居处崇,未睹斯民康。理会是非遣,性
达形迹忘。鲜肥属时禁,蔬果幸见尝。俯饮一杯酒,仰聆金玉章。
神欢体自轻,意欲凌风—作云翔。吴中盛文史,群彦今汪洋。方知
大藩地—作盛,岂曰财赋疆—作强。

# 军 中 冬 燕

沧海已云晏,皇恩犹念勤。式燕遍恒秩,柔远及斯人。兹邦实大藩,伐鼓军乐陈。是时冬服成,戎士气益振。虎竹谬朝寄,英贤降上宾。旋馨周旋礼,愧无海陆珍。庭中丸剑阑,堂上歌吹新。光景不知晚,觥酌岂言频。单醪昔所感,大酺况同忻。顾谓军中士,仰答何由申。

## 司空主簿琴席

烟华方散薄,蕙气犹含露。澹景发清琴,幽期默玄一作云悟。流连白雪意,断续回风度。掩抑虽已终,忡忡在幽素。

## 与村老对饮

鬓眉雪色犹嗜酒,言辞淳朴古人风。乡村年少生离乱,见话先朝如梦中。

# 全唐诗卷一八七

## 韦应物

### 城中卧疾知阎薛二
### 子屡从邑令饮因以赠之

车一作良马日萧萧,胡不枉一作在我庐。方来从令饮,卧病独何如。
秋风起汉一作江皋,开户望平芜。即此吝一作稀音素,一作表焉知中密
疏。渴者不思火,寒者不求水。人生羁寓一作旅时,去就当如此。
犹希心异迹,一作从利心迹异,眷眷存终始。

### 听嘉陵江水声寄深上人

凿崖泄奔湍,称古神禹迹。夜喧山门店,独宿不安席。水性自云一
作为静,石中本无声。如何两相激,雷转空山惊。贻之道门旧一作
友,了此物我情。

### 高陵书情寄三原卢少府

直方难为进,守此微贱班。开卷不及顾,沉埋案牍间。兵凶久一作
互相践,徭赋岂得闲。促戚下可哀,宽政身致患。日夕思自退,出
门望故山。君心倘如此,携手相与还。

# 假中对雨呈县中僚友

却足甘一作堪为笑,闲居梦杜陵。残莺知夏浅,社一作时雨报年登。流麦非关忘,收书独不能。自然忧旷职,缄此谢良朋。

## 赠萧河南

厌剧辞京县,褒贤待诏书。鄷侯方继业,潘令且闲居。雾后三川冷,秋深一作馀万木疏。对琴无一事,新兴复何如。

## 示从子河南尉班 并序

> 永泰中,余任洛阳丞,以扑抶军骑。时从子河南尉班,亦以刚直为政,俱见讼于居守。因诗示意,府县好我者,岂旷斯文。

拙直余恒守,公方尔所存。同占朱鸟克,俱起小人言。立政思悬棒,谋身类触藩。不能林下去,只恋府廷恩。

## 趋府候晓呈两县僚友

趋府不遑安,中宵出户看。满天星尚在,近壁烛仍一作犹残。立马频惊曙,垂帘却避寒。可怜同宦者,应一作始悟下流难。

## 赠李儋

丝桐本异质,音响合一作今自然。吾观造化意,二物相因缘。误触龙凤啸,静闻寒夜泉。心神自安宅,烦虑顿可捐。何因知久要,丝白漆亦坚。

## 赠卢嵩

百川注东海,东海无虚盈。泥滓不能浊,澄波非益清。恬然自安流,日照万里晴。云物不隐象,三山共分明。奈何疾风怒,忽若砥柱倾。海水虽无心,洪涛亦相惊。怒号在倏忽,谁识变化情。

## 寄冯著

春雷起萌蛰,土壤日已疏。胡能遭盛明,才俊伏里闾。偃仰遂真性,所求惟斗储。披衣出茅屋,盥漱临清渠。吾道亦自适,退身保玄虚。幸无职事牵,且览案上书。亲友各驰骛,谁当访敝庐。思君在何夕,明月照广除。

## 早春对雪寄前殿中元侍御

扫雪开幽径,端居望故人。犹残腊月酒,更值早梅春。几日东城陌,何时曲水滨。闻闲且共赏,莫待绣衣新。

## 赠王侍御

心同野鹤与尘远,诗似冰壶见底清。府县同趋昨日事,升沉不改故人情。上阳秋晚萧萧雨,洛水寒来夜夜声。自叹犹为折腰吏一作客,可怜骢马路傍行。

## 将往江淮寄李十九儋

余自西京至,李又发河洛,同道不遇。

燕燕东向来,文鹓亦西飞。如何不相见,羽翼有高卑。徘徊到河洛,华屋未及窥。秋风飘我行,远与淮海期。回首隔烟雾,遥遥两相思。阳春自当返,短翮欲追随。

## 自巩洛舟行入黄河即事寄府县僚友

夹水苍山路向东,东南山豁大河通。寒树依微远天外,夕阳明灭乱流中。孤村几岁临伊岸,一雁初晴下朔风。为报洛桥游宦侣,扁舟不系与心同。

## 寄卢庚

悠悠远离别,分此欢会难。如何两相近,反使心不安。乱发思一栉,垢衣思一浣。协韵岂如望友生,对酒起长叹。时节异京洛,孟冬天未寒。广陵多车马,日夕自游盘。独我何耿耿,非君谁为欢。

## 发广陵留上家兄兼寄上长沙

将违安可怀,宿恋复一方。家贫无旧业,薄宦各飘飏。执板身有属,淹时心恐惶。拜言不得留,声结泪满裳。漾漾动行舫,亭亭远相望。离晨苦须臾,独往道路长。萧条风雨过,得此海气凉。感秋意已违,况自结中肠。推道固当遣,及情岂所忘。何时共还归,举翼鸣春阳。

## 初发扬子寄元大校书

凄凄去亲爱,泛泛入烟雾。归棹洛阳人,残钟广陵树。今朝此为别,何处还相遇。世事波上舟,沿洄安得住。

## 淮上即事寄广陵亲故

前舟已眇眇,欲渡谁相待。秋山起暮钟,楚雨连沧海。风波离思满一作远,宿昔容鬓改。独鸟下东南,广陵何处在。

## 寄洪州幕府卢二十一侍御

自南昌令拜,顷同官洛阳。

忽报南昌令,乘骢入郡城。同时趋府客,此日望尘迎。文苑台中妙,冰壶幕下清。洛阳相去远,犹使故林荣。

## 经少林精舍寄都邑亲友

息驾依松岭,高阁一攀缘。前瞻路已穷,既诣喜更延。出巘听万籁,入林濯幽泉。鸣钟生道心,暮磬—作鹤空云烟。独往虽暂适,多累终见牵。方思结茅地,归息期暮年。

## 同长源归南徐寄子西子烈有道

东洛何萧条,相思邈遐路。策驾复谁游,入门无与晤—作出入亦无晤。还因送归客,达此缄中素。屡暌心所欢,岂得颜如故。所欢不可暌,严霜晨凄凄。如彼万里行,孤妾守空闺。临舻一长叹,素欲何时谐。

## 雪中闻李儋过门不访聊以寄赠

度门能不访,冒雪屡西东。已想人如玉,遥怜马似骢。乍迷金谷路,稍变上阳宫。还比相思意,纷纷正满空。

## 同德精舍养疾寄河南兵曹东厅掾

逍遥东城隅,双树寒葱茜。广庭流华月,高阁凝馀霰。杜门非养素,抱疾阻良宴。孰谓无他人,思君岁云变。官曹亮先忝,陈躅惭俊彦。岂知晨与夜,相代不相见。缄书问所如—作知,酬藻当芬绚。

## 同德寺雨后寄元侍御李博士

川上风雨来,须臾满城阙。岧峣青莲界—作宇,萧条孤兴发。前山遽已净,阴霭夜来歇。乔木生夏凉,流云吐华月。严城自有限,一水非难越。相望曙河—作何远,高斋坐超忽。

# 同德阁期元侍御李博士不至各投赠二首

庭树忽已暗,故人那<sup>一作何</sup>不来。只因厌烦暑,永日坐霜台。
官荣多所系,闲居亦愆期。高阁犹相望,青山欲暮时。

## 使云阳寄府曹

夙驾祗府命,冒炎不遑息。百里次云阳,闾阎问漂溺。上天屡愆
气,胡不均寸泽。仰瞻乔树巅,见此洪流迹。良苗免湮没,蔓草生
宿昔。颓墉满故墟,喜返将安宅。周旋涉涂潦,侧峭缘沟脉。仁贤
忧斯民,贱子甘所役。公堂众君子,言笑思与觌。

## 过扶风精舍旧居简朝宗巨川兄弟

佛刹出高树,晨光间井中。年深念陈迹,追此独忡忡。零落逢故
老,寂寥悲草虫。旧宇多改构,幽篁延本丛。栖止事如昨,芳时去
已空。佳人亦携手,再往今不同。新文聊感旧,想子意无穷。

## 赠令狐士曹

　　自八月朔旦,同使蓝田,淹留涉季,事先半日而不相待,故有戏赠。

秋檐<sup>一作霜</sup>滴滴对床寝,山路迢迢联骑行。到家俱及东篱菊,何事
先归半日程。

## 赠 冯 著

契阔仕两京,念子亦飘蓬。方来属追往,十载事不同。岁晏乃云
至,微褐还未充。惨凄游子情,风雪自关东。华馔发欢颜,嘉藻播
清风。始此盈抱恨,旷然一夕中。善蕴岂轻售,怀才希国工。谁当
念素士,零落岁华空。

## 对雨寄韩库部协

飒至池馆凉,霭然和晓雾。萧条集新荷,氤氲散高树。闲居兴方澹,默想心已屡。暂出仍湿衣,况君东城住。

## 寄子西

夏景已难度,怀贤思方续。乔树落疏阴,微风散烦燠。伤离枉芳札,忻遂见心曲。蓝上舍已成,田家雨新足。托邻素多欲,一作愿残帙犹见束。日夕上高斋,但望东原绿。

## 县内闲居赠温公

满郭春〔风〕(鱼)岚已昏,鸦栖散吏掩重门。虽居世网常清净,夜对高僧无一言。

## 对雪赠徐秀才

靡靡寒欲收,霭霭阴还结。晨起望南端,千林散春雪。妍光属瑶阶,乱绪陵新节。无为掩扉卧,独守袁生辙。

## 西郊游宴寄赠邑僚李巽

升阳暖春物,置酒临芳席。高宴阙英僚,众宾寡欢怿。是时尚多垒,板筑兴颓壁。羁旅念越疆,领徒方祗役。如何嘉会日,当子忧勤夕。西郊郁已茂,春岚重如积。何当返徂雨,杂英纷可惜。

## 对雨赠李主簿高秀才

逦迤曙云薄,散漫东风来。青山满春野,微雨洒轻埃。吏局劳佳士,宾筵得上才。终朝狎文墨,高兴共徘徊。

# 休沐东还胄贵里示端

宦游三十载，田野久已疏。休沐遂兹日，一来还故墟。山明宿雨霁，风暖百卉舒。泓泓野泉洁，熠熠林光初。竹木稍摧嶭，园场亦荒芜。俯惊鬓已衰，周览昔所娱。存没恻私怀，迁变伤里间。欲言少留心，中复畏简书。世道良自退，荣名亦空虚。与子终携手，岁晏当来居。

# 朝请后还邑寄诸友生

宰邑分甸服，凤驾朝上京。是时当暮春，休沐集友生。抗志青云表，俱践高世名。樽酒且欢乐，文翰亦纵横。良游昔所希，累宴夜复明。晨露含瑶琴，夕风殒素英。一旦遵归路，伏轼出京城。谁言再念别，忽若千里行。闲一作闭闾寡喧讼，端居结幽情。况兹昼方永，展转何由平。

## 沣上西斋寄诸友 七月中善福之西斋作

绝岸临西野，旷然尘事遥。清川下逦迤，茅栋上岧峣。玩月爱佳夕，望山属清朝。俯砌视归翼，开襟纳远飙。等陶辞小秩，效朱方负樵。闲游忽无累，心迹随景超。明世重才彦，雨露降丹霄。群公正云集，独予忻寂寥。

# 独游西斋寄崔主簿

同心忽已别，昨事方成昔。幽径还独寻，绿苔见行迹。秋斋正萧散，烟水易昏夕。忧来结几重，非君不可释。

## 紫阁东林居士叔缄赐松英丸捧对
## 忻喜盖非尘侣之所当服辄献诗代启

碧涧苍松五粒稀,侵云采去露沾衣。夜启群仙合灵药,朝思俗侣寄将归。道场斋戒今初服,人事荤膻已觉非。一望岚峰拜还使,腰间铜印与心违。

## 秋集罢还途中作谨献寿春公黎公

束带自衡门,奉命宰王畿。君侯枉高鉴,举善掩瑕疵。斯民本已安,工拙两无施。何以酬明德,岁晏不磷缁。时节乃来集,欣怀方载驰。平明大府开,一得拜光辉。温如春风至,肃若严霜威。群属所载瞻,而忘倦与饥。公堂燕华筵,礼罢复言辞。将从平门道,憩车沣水湄。山川降嘉岁,草木蒙润滋。孰云还本邑,怀恋独迟迟。

## 闲 居 赠 友

补吏多下迁,罢归聊自度。园庐既芜没,烟景空澹泊。闲居养痾瘵,守素甘葵藿。颜鬓日衰耗,冠带亦寥落。青苔已生路,绿筱始分箨。夕气下遥阴,微风动疏薄。草玄良见诮,杜门无请托。非君好事者,谁来一作能顾寂寞。

## 四禅精舍登览悲旧寄朝宗巨川兄弟

萧散人事忧,迢递古原行。春风日已暄,百草亦复生。跻阁谒金像,攀云造禅扃。新景林际曙,杂花川上明。徂岁方缅邈,陈事尚纵横。温泉有佳气,驰道指京城。携手思故日,山河留恨情。存者邈难见,去者已冥冥。临风一长恸,谁畏一作谓行路惊。

## 善福阁对雨寄李儋幼遐

飞阁凌太虚，晨跻郁峥嵘。惊飙触悬槛，白云冒层甍。太阴布其
地，密雨垂八纮。仰观固不测，俯视但冥冥。感此穷秋气，沉郁命
友生。及时未高步，羁旅游帝京。圣朝无隐才，品物俱昭形。国士
秉绳墨，何以表坚贞。寸心东北驰，思与一会并。我车夙已驾，将
逐晨风征。郊途住成淹，默默阻中情。

## 寺居独夜寄崔主簿

幽人寂不一作无寐，木叶纷纷落。寒雨暗深更，流萤度高阁。坐使
青灯晓，还伤夏衣薄。宁知岁方晏，离居更萧索。

## 九日沣上作寄崔主簿倬二李端系

凄凄感时节，望望临沣涘。翠岭明华秋，高天澄遥滓。川寒流愈
迅，霜交物初委。林叶索已空，晨禽迎飙起。时菊乃盈泛，浊醪自
为美。良游虽可娱，殷念在之子。人生不自省，营欲无终已。孰能
同一酌，陶然冥斯理。

## 西郊养疾闻畅校书有
## 新什见赠久伫不至先寄此诗

养病惬清夏，郊园敷卉木。窗夕一作户含涧凉，雨馀爱筼绿。披怀
始高咏，对琴转幽独。仰子游群英，吐词如兰馥。还闻枉嘉藻，伫
望延昏旭。唯见草青青，闭户沣水曲。

## 沣上寄幼遐

寂寞到城阙，惆怅返柴荆。端居无所为，念子远徂征。夏昼人已

息,我怀独未宁。忽从东斋起,兀兀寻涧行。胃挂丛榛密,披玩孤花明。旷然西南望,一极山水情。周览同游处,逾恨阻音形。壮图非旦夕,君子勤令名。勿复久留燕,蹉跎在北京。

## 善福精舍示诸生

湛湛嘉树阴,清露夜景沉。悄然群物寂,高阁似阴岑。方以玄默处,岂为名迹侵。法妙一作泛如不知归,独此抱冲襟。斋舍无馀物,陶器与单衾。诸生时列坐,共爱风满林。

## 晚出沣上赠崔都水

临流一舒啸,望山意转延。隔林分落景,馀霞明远川。首起趣东作,已看耘夏田。一从民里居,岁月再徂迁。昧质得全性,世名良自牵。行忻携手归,聊复饮酒眠。

## 寓居沣上精舍寄于张二舍人

万木丛云出香阁,西连碧涧竹林园。高斋犹宿远山曙,微霰下庭寒雀喧。道心淡泊对流水,生事萧疏空掩门。时忆故交那得见,晓排闾阖奉明恩。

## 开元观怀旧寄李二韩二裴四兼呈崔郎中严家令

宿昔清都燕,分散各西东。车马行迹在,霜雪竹林空。方轸故物念,谁复一樽同。聊披道书暇,还此听松风。

## 春日郊居寄万年吉少府
## 中孚三原少府伟夏侯校书审

谷鸟时一啭,田园春雨馀。光风动林早,高窗照日初。独饮涧中水,吟咏老氏书。城阙应多事,谁忆此闲居。

### 沣上醉题寄涤武

芳园知夕燕,西郊已独还。谁言不同赏,俱是醉花间。

### 西郊期涤武不至书示

山高鸣过雨,涧树一云林涧落残花。非关春不待,当由期自赊。

### 沣上对月寄孔谏议

思怀在云阙,泊素守中林。出处虽殊迹,明月两知心。

### 将往滁城恋新竹简崔都水示端

停车欲去绕丛竹,偏爱新篁十数竿。莫遣儿童触琼粉,留待幽人回日看。

### 还阙首途寄精舍亲友

休沐日云满,冲然将罢观。严车候门侧,晨起正一作整朝冠。山泽含馀雨,川涧注惊湍。揽辔遵东路一作登前路,回首一长叹。居人已不见,高阁在林端。

### 秋夜南宫寄沣上弟及诸生

暝色起烟阁,沉抱积离忧。况兹风雨夜,萧条梧叶秋。空宇感凉至,颓颜惊岁周。日夕游阙下,山水忆同游。

## 途中书情寄沣上两弟因送二甥却还

华簪岂足恋,幽林徒自违。遥知别后意,寂寞掩郊扉。回首昆池
上,更羡尔同归。

## 雪夜下朝呈省中一绝

南望青山满禁闱,晓陪鸳鹭正差池。共爱朝来何处雪,蓬莱宫里拂
松枝。

# 全唐诗卷一八八

## 韦应物

### 寄柳州韩司户郎中

达一作远识与昧机,智殊迹同静。于焉得携手,屡赏清夜景。潇洒陪高咏,从容羡华省。一逐风波迁,南登桂阳岭。旧里门空掩,欢一作新游事皆屏。怅望城阙遥,幽居时序永。春风吹百卉,和煦变闾井。独闷终日眠,篇书不复省。唯当望雨露,沾子荒遐境。

### 寄令狐侍郎

三山有琼树,霜雪色逾新。始自风尘交,中结绸缪姻。西掖方掌诰,南宫复司春。夕燕华池月,朝奉玉阶尘。众宝归和氏,吹嘘多俊人。群公共然诺,声问迈时伦。孤鸿既高举,燕雀在荆榛。翔集且不同,岂不欲殷勤。一旦迁南郡,江湖渺无垠。宠辱良未定,君子岂缁磷。寒暑已推斥,别离生苦辛。非将会面目,书札何由申。

### 闲居寄端及重阳

山明野寺曙钟微,雪满幽林人迹稀。闲居寥落生高兴,无事风尘独不归。

## 园林晏起寄昭应韩明府卢主簿

田家已耕作,井屋起晨烟。园林鸣好鸟,闲居犹独眠。不觉朝已晏,起来望青天。四体一舒散,情性亦忻然。还复茅檐下,对酒思数贤。束带理官府,简牍盈目前。当念中林赏,览物遍山川。上非遇明世,庶以道自全。

## 寄大梁诸友

分竹守南谯,弭节过梁池。雄都众君子,出饯拥河湄。燕谑始云洽,方舟已解维。一为风水便,但见山川驰。昨日次睢阳,今夕宿符离。云树怆重叠,烟波念还期。相敦在勤事,海内方劳师。

## 新秋夜寄诸弟

两地俱秋夕,相望共一作在星河。高梧一叶下,空斋归思多。方用忧人瘼,况自抱微痾。无将别来近,颜鬓已蹉跎。

## 郊园闻蝉寄诸弟

去岁郊园别,闻蝉在兰省。今岁卧南谯,蝉鸣归路永。夕响依山谷,馀悲散秋景一作馀声发秋岭。缄书报此时一作远景,此心方耿耿。

## 寄中书刘舍人

云霄路竟别,中年迹暂同。比翼趋丹陛,连骑下南宫。佳咏邀清月,幽赏滞芳丛。迨予一出守,与子限西东。晨露方怆怆一作苍,离抱更忡忡。忽睹九天诏,秉纶归国工。玉座浮香气,秋禁散凉风。应向横门度一作旁,环珮杳玲珑。光辉恨未瞩,归思坐难通。苍苍松桂姿,想在披垣中。

## 郡斋感秋寄诸弟

首夏辞旧国,穷秋卧滁城。方如昨日别,忽觉徂岁惊。高阁收烟雾,池水晚澄清一作明。户牖已凄爽,晨夜感深情。昔游郎署间,是月天气晴一作清。授衣还西郊,晓露田中一作野行。采菊投酒中,昆弟自同倾。簪组聊挂壁,焉知有世荣。一旦居远郡,山川间音形。大道庶无累,及兹念已盈。

## 郡中对雨赠元锡兼简杨凌

宿雨冒空山,空城响秋叶。沉沉暮色至,凄凄凉气入。萧条林表散,的砾荷上集。夜雾著衣重,新苔侵履湿。遇兹端忧日,赖与嘉宾接。

## 冬至夜寄京师诸弟兼怀崔都水

理郡无异一作美政,所忧在素餐。徒令去京国,羁旅当岁寒。子一作玄月生一气,阳景极南端。已怀时节感,更抱别离酸。私燕席一作夕云罢,还斋夜方阑。邃幕沉空宇一作月。孤灯照床单。应同兹夕念,宁忘故岁欢。川途恍悠邈,涕下一阑干。

## 元日寄诸弟兼呈崔都水

一从守兹郡,两鬓生素发。新正加我年,故岁去超忽。淮滨益时候,了似仲秋月。川谷风景温,城池草木发。高斋属多暇,惆怅临芳物。日月昧还期,念君何时歇。

## 寄职方刘郎中

相闻二十载,不得展平生。一夕一作旦南宫遇,聊用写中情。端服光朝次,群烈慕—作器英声。归来坐粉闱,挥笔乃纵横。始陪文翰游,欢燕难久并。予因谬忝出,君为沉疾婴。别离寒暑过,荏苒春草生。故园兹日隔,新禽池上鸣。郡中永无事,归思徒自盈。

## 社日寄崔都水及诸弟群属

山郡多暇日,社时放吏归。坐阁独成闷,行塘阅清辉。春风动高柳,芳园掩夕扉。遥思里中会,心绪怅微微。

## 寒食日寄诸弟

禁火暖佳辰,念离独伤抱。见此野田花,心思杜陵道。联骑定—作竟何时,予今颜已老。

## 三月三日寄诸弟兼怀崔都水

暮节看已谢,兹晨愈可惜。风澹意伤春,池寒花敛夕—作色。对酒始依依,怀人还的的。谁当曲水行,相思寻旧迹。

## 赠李儋侍御

风光山郡少,来看广陵春。残花犹待客,莫问意中人。

## 寄杨协律

吏散门阁掩,鸟鸣山郡中。远念长江别,俯觉座隅空。舟泊南池雨,簟卷北楼风。并罢芳樽燕,为怆昨时同。

## 郡斋赠王卿

无术谬称简,素餐空自嗟。秋斋雨成滞,山药寒始华。濩落人皆笑,幽独岁逾赊。唯君出尘意,赏爱似山—作僧家。

# 简 恒 璨

室一作台虚多凉气一作风。天高属秋时。空庭夜风雨,草木晓离披。
简书日云旷,文墨谁复持。聊因遇澄静,一与道人期。

## 闲居寄诸弟

秋草生庭白露时,故园诸弟益相思。尽日高斋无一事,芭蕉叶上独
题诗。

## 登楼寄王卿

踏阁攀林恨不同,楚云沧海思无穷。数家砧杵秋山下,一郡荆榛寒
雨中。

## 寄畅当 闻以子弟被召从军

寇贼起东山,英俊方未闲。闻君新应募,籍籍动京关。出身文翰
场,高步不可攀。青袍未及解,白羽插腰间。昔为琼树枝一作姿。
今有风霜颜。秋郊细柳道,走马一夕还。丈夫当为国,破敌如摧
山。何必事州府,坐使鬓毛斑。

## 赠 崔 员 外

一别十年事,相逢淮海滨。还思洛阳日,更话府中人。且对清觞
满,宁知白发新。匆匆何处去,车马冒风尘。

## 寄李儋元锡

去年花里逢君别,今日花开已一年。世事茫茫难自料,春愁黯黯一
作忽忽独成眠。身多疾病思田里,邑有流亡愧俸钱。闻道欲来相问

讯,西楼望月几回圆。

## 京师叛乱寄诸弟

弱冠遭世难,二纪犹未平。羁离官—作守远郡,虎豹满西京。上怀
犬马恋,下有骨肉情。归去在何时,流泪忽沾缨。忧来上北楼,左
右但军营。函谷行人绝,淮南春草生。鸟鸣野田间,思忆故园—作
里行。何当四海晏,甘与齐民耕。

## 赠　琼　公

山僧一相访,吏案正盈前。出处似殊致,喧静两皆—作依禅。暮春
华池宴,清夜高斋眠。此道本无得,宁复有忘筌。

## 寄　诸　弟

　　　　建中四年十月三日,京师兵乱。自滁州间道遣使。明年兴元甲子岁
　　五月九日使还作。

岁暮兵戈乱京国,帛书间道访存亡。还信忽从天上落,唯知彼此泪
千行。

## 寄　恒　璨

心绝去来缘,迹—作踵顺—作断人间事。独寻秋草径,夜宿寒山寺。
今日郡斋闲,思问楞伽字。

## 简郡中诸生

守郡卧秋阁,四面尽荒山。此时听夜雨,孤灯照窗间。药园日芜
没,书帷长自闲。惟当上客至,论诗一解颜。

# 寄全椒山中道士

今朝郡斋冷,忽念山中客。涧底束一作采荆薪,归来煮白石。欲持一瓢酒,远慰一作寄风雨夕。落叶满一作遍空山,何处寻行迹。

## 寄释子良史酒

秋山僧冷病,聊寄三五杯。应泻山瓢里,还寄此瓢来。

## 重 寄

复寄满瓢去,定见空瓢来。若不打瓢破,终当费酒材。

## 答释子良史送酒瓢

此瓢今已到,山瓢知已空。且饮寒塘水,遥将回也同一作遥知回也风。

## 简陟巡建三甥 卢氏生

忽羡后生连榻话,独依寒烛一斋空。时流欢笑事从别,把酒吟诗待尔同。

## 览褒子卧病一绝聊以题示 沈氏生全真

念子抱沉疾,霜露变滁城。独此高窗下,自然无世情。

## 寄 璨 师

林院生夜色,西廊上纱灯。时忆长松下,独坐一山僧。

## 寄 卢 陟

柳叶遍寒塘,晓霜凝高阁。累日此流连,别来成寂寞。

## 途中寄杨邈裴绪示褒子 永阳县馆中作

上宰领淮右,下国属星驰。雾野腾晓骑,霜竿裂冻旗。萧萧陟连冈,莽莽望空陂。风截雁嘹唳,云惨树参差。高斋明月夜,中庭松桂姿。当睽一酌恨,况此两旬期。

## 宿永阳寄璨律师

遥知郡斋夜,冻雪封松竹。时有山僧来,悬灯独自宿。

## 雪行寄褒子

淅沥覆寒骑,飘飖暗川容。行子郡城晓,披云看杉松。

## 寄裴处士

春风驻游骑,晚景澹山晖。一问清泠子,独掩荒园扉。草木雨来长,里闾人到稀。方从广陵宴,花落未言归。

## 偶入西斋院示释子恒璨

僧斋地虽密,忘子迹要赊。一来非问讯,自是看山花。

## 示全真元常 元常,赵氏生。

余辞郡符去,尔为外事牵。宁知风雪夜,复此对床眠。始话南池饮,更咏西楼篇。无将一会易,岁月坐推迁。

## 寄刘尊师

世间荏苒縈此身,长望碧山到无因。白鹤徘徊看不去,遥知下有清都人。

### 寄庐山棕衣居士

兀兀山行无处归,山中猛虎识棕衣。俗客欲寻应不遇,云溪道士见
犹稀。

### 因省风俗与从侄成绪游山水中道先归寄示

累宵同燕酌,十舍携征骑。始造双林寂,遐搜洞府秘。群峰绕盘
郁,悬泉仰特一作时异。阴壑云松埋,阳崖烟花媚。每虑观省牵,中
乖游践志。我尚山水行,子归栖息地。一操临流袂,上耸干云眷。
独往倦危途,怀冲一作忡寡幽致。赖尔还都期,方将登楼迟。

### 寒食寄京师诸弟

雨中禁火空斋冷,江上流莺独坐听。把酒看花想诸弟,杜陵寒食草
青青。

### 岁日寄京师诸〔季〕(季)端武等

献岁抱深恻,侨居念归缘。常患亲爱离,始觉世务牵。少事河阳
府,晚守淮南壖。平生几会散,已及蹉跎年。昨日罢符竹,家贫遂
留连。部曲多已去,车马不复全。闲将酒为偶,默以道自诠。听松
南岩寺,见月西涧泉。为政无异术,当责岂望迁。终理一作襄来时
装,归凿杜陵田。

### 简　卢　陟

可怜白雪曲,未遇知音人。栖惶戎旅下,蹉跎淮海滨。涧树含朝
雨,山鸟哢馀春。我有一瓢酒,可以慰风尘。

## 西涧即事示卢陟

寝扉临碧涧，晨起澹忘情。空林细雨至，圆文遍水生。永日无馀事，山中伐木声。知子尘喧久，暂可散<sub>一作解</sub>烦缪。

## 登郡寄京师诸季淮南子弟

始罢永阳守，复卧浔阳楼。悬槛飘寒雨，危堞侵<sub>一作浸</sub>江流。迨兹闻雁夜，重忆别离秋。徒有盈樽酒，镇此百端忧。

## 寄黄尊师

结茅种杏在云端，扫雪焚香宿石坛。灵祇不许世人到，忽作雷风登岭难。

## 寄黄刘二尊师

庐山两道士，各在一峰居。矫掌白云表，晞发阳和初。清夜降真侣，焚香满空虚<sub>一作庐</sub>。中有无为乐，自然与世疏。道尊不可屈，符守岂暇馀。高斋遥致敬，愿示一编书。

## 秋夜寄丘二十二员外

怀君属秋夜，散步咏凉天。山空松子落，幽人应未眠。

## 赠丘员外二首

高词弃浮靡，贞行表乡间。未真南宫拜，聊偃东山居。大藩本多事，日与文章疏。每一睹之子，高咏遂起予。宵昼方连燕，烦吝亦顿祛。格言雅诲阙，善谑矜数馀。久蹐思游旷，穷惨遇阳舒。虎丘惬登眺，吴门怅踌躇。方此恋携手，岂云还旧墟。告诸吴子弟，文学为何如。

迹与孤云远,心将野鹤俱。那同石氏子,每到府门趋。

## 赠李判官

良玉定为宝,长材世所稀。佐幕方巡郡,奏命布恩威。食蔬程独
守,饮冰节靡违。决狱兴邦颂,高文禀天机。宾馆在林表,望山启
西扉。下有千亩田,泱漭吴土肥。始耕已见获,衫绤今授衣。政拙
劳详省,淹留未得归。虽惭且忻愿,日夕睹光辉。

## 寄皎然上人

吴兴老释子,野雪盖精庐。诗名徒自振,道心长晏如。想兹栖禅
夜,见月东峰初。鸣钟一作磬惊岩壑,焚香满空虚。叨慕端成旧,未
识岂为疏。愿以碧云思,方君怨别馀。茂苑文华地,流水古僧居。
何当一游咏,倚阁吟踌躇。

## 赠旧识

少年游太学,负气蔑诸生。蹉跎三十载,今日海隅行。

## 复理西斋寄丘员外

前岁理西斋,得与君子同。追兹已一周,怅望临春风。始自疏林
竹,还复长榛丛。端正良难久,芜秽易为功。援斧开众郁,如师启
群蒙。庭宇还清旷,烦抱亦舒通。海隅雨雪霁,春序风景融。时物
方如故,怀贤思无穷。

## 和张舍人夜直中书寄吏部刘员外

西垣草诏罢,南宫忆上才。月临兰殿出,凉自凤池来。松桂生丹

禁,鸳鹭集云台。托身各有所,相望徒徘徊。

## 和李二主簿寄淮上綦毋三

满城怜傲吏,终日赋新诗。请<sub>去声</sub>报淮阴客,春帆浪作<sub>音佐</sub>期。

## 寄二严 <sub>士良,婺牧。士元,郴牧。</sub>

丝竹久已懒,今日遇君忺。打破蜘蛛千道网,总为鹡鸰两个严。

# 全唐诗卷一八九

## 韦应物

### 李五席送李主簿归西台

请告严程尽，西归道路寒。欲陪鹰隼集，犹恋鹡鸰单。洛邑人全少，嵩高雪尚残。满台谁不故，报我在微官。

### 送崔押衙相州 顷任内黄令

礼乐儒家子，英豪燕赵风。驱鸡尝理邑，走马却从戎。白刃千夫辟，黄金四海同。嫖姚恩顾下，诸将指挥中。别路怜芳草，归心伴塞鸿。邺城新骑满，魏帝旧台空。望阙应怀恋，遭时贵立功。万方如已静，何处欲输忠。

### 送宣城路录事

江上宣城郡，孤舟远到时。云林谢家宅，山水敬亭祠。纲纪多闲日，观游得赋诗。都门且尽醉，此别数年期。

### 送李十四山东游 一作山人东游

圣朝有遗逸，披胆谒至尊。岂是贸荣宠，誓将救元元。权豪非所便，书奏寝禁门。高歌长安酒，忠愤不可吞。欻来客河洛，日与静者论。济世翻小事，丹砂驻精魂。东游无复系，梁楚多大蕃。高论动侯伯，疏怀脱尘喧。送君都门野，饮我林中樽。立马望东道，白云满梁园。踟蹰欲何赠，空是平生言。

## 送李二归楚州 时李季弟牧楚州，被讼赴急。

情人南楚别，复咏在原诗。忽此嗟歧路，还令泣素丝。风波朝夕远，音信往来迟。好去扁舟客，青云何处期。

## 送阎寀赴东川辟

冰炭俱可怀，孰云热与寒。何如结发友，不得携手欢。晨登严霜野，送子天一端。祗承简书命，俯仰豸角冠。上陟白云峤，下冥玄壑湍。离群自有托，历险得所安。当念反穷巷，登朝成慨叹。

## 送令狐岫宰恩阳

大雪天地闭，群山夜来晴。居家犹苦寒，子有千里行。行行安得辞，荷此蒲璧荣。贤豪争追攀，饮饯出西京。樽酒岂不欢，暮春自有程。离人起视日，仆御促前征。逶迟岁已穷，当造巴子城。和风被草木，江水日夜清。从来知善政，离别慰友生。

## 送冯著受李广州署为录事

郁郁杨柳枝，萧萧征马悲。送君灞陵岸，纠郡南海湄。名在翰墨场，群公正追随。如何从此去，千里万里期。大海吞东南，横岭隔地维。建邦临日域，温燠御四时。百国共臻奏，珍奇献京师。富豪虞兴戎，绳墨不易持。州伯荷天宠一作龙选，还当翊丹墀。子为门下生，终始岂见遗。所愿酌贪泉，心不为磷缁。上将玩国士，下以报渴饥。

## 送元仓曹归广陵

官闲得去住,告别恋音徽一作辉。旧国应无业,他乡到是归。楚山
明月满,淮甸夜钟微。何处孤舟泊,遥遥心曲违。

## 送唐明府赴溧水 三任县事

三为百里宰,已过十馀年。只叹官如旧,旋闻邑屡迁。鱼盐滨海
利,姜蔗傍湖田。到此安氓俗,琴堂又晏然。

## 喜于广陵拜觐家兄奉送发还池州

青青连枝树,苒苒久别离。客游广陵中,俱到若有期。俯仰叙存
殁,哀肠发酸悲。收情且为欢,累日不知饥。凤驾多所迫,复当还
归池。长安三千里,岁晏独何为。南出登闉门,惊飙左右吹。所别
谅非远,要令心不怡。

## 送章八元秀才擢第往上都应制

决胜文场战已酣,行应辟命复才堪。旅食不辞游阙下,春衣未换报
江南。天边宿鸟生归思,关外晴山满夕岚。立马欲从何处别,都门
杨柳正毵毵。

## 送张侍御秘书江左觐省

莫叹都门路,归无驷马车。绣衣犹在箧,芸一作蓬阁已观书。沃野
收红稻,长江钓白鱼。晨餐亦可荐一作洁,名利欲何如。

## 赋得鼎门送卢耿赴任

名因定鼎地,门对凿龙山。水北楼台近,城南车马还。稍开芳野静,欲掩暮钟闲。去此无嗟屈,前贤尚抱关。

## 赋得浮云起离色送郑述诚

游子欲言去,浮云那得知。偏能见行色,自是独伤离。晚带城遥暗,秋生峰尚奇。还因朔吹断,匹马与相随。

## 钱雍聿之潞州谒李中丞

郁郁雨一作两相遇,出门草青青。酒酣拔剑舞,慷慨送子行。驱马涉大河,日暮怀洛京。前登太行路,志士亦未平。薄游五府都,高步振英声。主人才且贤,重士百金轻。丝竹促飞觞,夜宴达晨星。娱乐易淹暮,谅在执高情。

## 上东门会送李幼举南游徐方

离弦既罢弹,樽酒亦已阑。听我歌一曲,南徐在云端。云端虽云邈,行路本非难。诸侯皆爱才,公子远结欢。济济都门宴,将去复盘桓。令姿何昂昂,良马远游冠。意气且为别,由来非所叹。

## 送洛阳韩丞东游

仙鸟何飘飖,绿衣翠为襟。顾我差池羽,咬咬怀好音。徘徊洛阳中,游戏清川浔。神交不在结,欢爱自中心。驾言忽徂征,云路邈且深。朝游尚同啄,夕息当异林。出饯宿东郊,列筵属城阴。举酒欲为乐,忧怀方一作何沉沉。

# 送郑长源

少年一相见一作得,飞辔河洛间。欢游不知罢,中路忽言还。泠泠
鹍弦哀,悄悄冬夜闲。丈夫虽耿介,远别多苦颜。君行拜高堂,速
驾难久攀。鸡鸣俦侣发,朔雪满河关。须臾在今夕,樽酌且循环。

# 送李儋

别离何从生,乃在亲爱中。反念行路子,拂衣自西东。日昃不留
宴,严车出崇墉。行游一作役非所乐,端忧一作处道未通。一作丰春野
百卉发,清川思无穷。芳时坐离散,世事谁可同。归当掩重关,默
默想音容。

## 赋得暮雨送李胄 一作渭

楚江微雨里,建业暮钟时。漠漠帆来重,冥冥鸟去迟。海门深不
见,浦树远含滋。相送情无限,沾襟比散丝。

# 留别洛京亲友

握手出都门,驾言适京师。岂不怀旧庐,惆怅与子辞。丽日坐高
阁,清觞宴华池。昨游倏已过,后遇良未知。念结路方永,岁阴野
无晖。单车我当前一作去,暮雪子独归。临流一云渐遥一相望,零泪
忽沾衣。

## 赋得沙际路送从叔象

独树沙边人迹稀,欲行愁远暮钟时。野泉几处侵应尽,不遇山僧知
问谁。

# 送榆次林明府

无嗟千里远,亦是宰王畿。策马雨中去,逢人关外稀。邑传榆石
在,路绕晋山微。别思方萧索,新秋一叶飞。

## 杂言送黎六郎 寿阳公之子

冰壶见底未为清,少年如玉有诗名。闻话嵩峰多野寺,不嫌黄绶向
阳城。朱门严训朝辞去,骑出东郊满飞絮。河南庭下拜府君,阳城
归路山氛氲。山氛氲,长不见。钓台水渌荷已生,少姨庙寒花始
遍。县闲吏傲与尘隔,移竹疏泉常岸帻。莫言去作折腰官,岂似长
安折腰客。

# 天长寺上方别子西有道

时任京兆府功曹,摄高陵宰。别田曹卢康、户曹韩质,因而有作。

假邑非拙素,况乃别伊人。聊登释氏居,携手恋一作念兹晨。高旷
出尘表,逍遥涤心神。青山对芳苑,列树绕一作盈通津。车马无时
绝,行子倦风尘。今当遵往路,伫立欲何申。唯持贞白志,以慰心
所亲。

# 送黎六郎赴阳翟少府

试吏向嵩阳,春山蹋躅芳。腰垂新绶色,衣满旧芸香。乔树别时
绿,客程关外长。只应传善政,日夕慰高堂。

# 送别覃孝廉

思亲自当去,不第未蹉跎。家住青山下,门前芳草一作流水多。秭
归通远徼,巫峡注惊波。州举年年事,还期复几何。

# 送开封卢少府

雄藩车马地,作尉有光辉。满席宾常侍一作待,阗街烛夜归。关河
征旆远,烟树夕阳微。到处无留滞,梁园花欲稀。

## 送槐广落第归扬州

下第常称屈,少年心独轻。拜亲归海畔,似舅得诗名。晚对青山
别,遥寻芳草行。还期应不远,寒露湿芜城。

## 送汾城王主簿

少年初带印,汾上又经过。芳草归时遍,情人故郡多。禁钟春雨
细,宫树野烟和。相望东桥别,微风起夕波。

## 送渑池崔主簿

邑带洛阳道,年年应此行。当时匹马客,今日县人迎。暮雨投关
郡,春风别帝城。东西殊不远,朝夕待佳声。

## 送颜司议使蜀访图书

轺驾一封急一作传,蜀门千岭曛。讵分江转字,但见路缘云。山馆
夜听雨,秋猿独叫群。无为久留滞,圣主待遗文。

## 奉送从兄宰晋陵

东郊暮草歇,千里夏云生。立马愁将夕,看山独送行。依微吴苑
树,迢递晋陵城。慰此断行别,邑人多颂声。

## 赠别河南李功曹 宏辞登科拜官

耿耿抱私戚,寥寥独掩扉。临觞自不饮,况与故人违。故人方琢
磨,瑰朗代所稀。宪礼更右职,文翰洒天机。聿—作揭来自东山,群
彦仰馀辉。谈笑取高第,绾绶即言归。洛都游燕地,千里及芳菲。
今朝章台别,杨柳亦依依。云霞未改色,山川犹夕晖。忽复不相
见,心思乱霏霏。

## 送五经赵随登科授广德尉

明经有清秩,当在石渠中。独往宣城郡,高斋谒谢公。寒原正芜漫
一作没夕鸟自西东。秋日不堪别,凄凄多朔风。

## 宴别幼遐与君贶兄弟

乖阙一作阔意方一作云弿,安知忽来翔。累日重欢宴,一旦复离伤。
置酒慰兹夕,秉烛坐华堂。契阔未及展,晨星出东方。征人惨已
辞,车马俨成一作来装。我怀自无欢,原野满春光一作芳。群水含时
泽,野雉鸣朝阳。平生有壮志,不觉泪沾裳。况自守空宇,日夕但
彷徨。

## 送宣州周录事

清时重儒士,纠郡属伊人。薄游长安中,始得一交亲。英豪若云
集,饯别塞城闉。高驾临长路,日夕起风尘。方念清宵宴,已度芳
林春。从兹一分手,缅邈吴与秦。但睹年运驶,安知后会因。唯当
存令德,可以解悁勤。

## 谢栎阳令归西郊赠别诸友生

结发仕一作事州县，蹉跎在文墨。徒有排云心，何由生羽翼。幸遭明盛日，万物蒙生植。独此抱微痾，颓然谢斯职。大历十四年六月二十三日，自鄠县制除栎阳令，以疾辞归善福精舍，七月二十日赋此诗。世道方荏苒，郊园思偃息。为欢日已延，君子情未极。驰舫一作驱驰忽云晏，高论良难测。游步清都宫，迎风嘉树侧。晨起西郊道，原野分黍稷。自乐陶唐人，服勤在微力。仁君列丹陛，出处两为得。

## 送端东行

世承清白遗一作世事留清白，躬服古人言。从官一作宦俱守道，归来共闭门。驱车何处去，暮雪满平原。

## 送姚孙还河中 孙一作系

上国旅游罢，故园生事微。风尘满路起，行人何处归。留思芳树饮，惜别暮春晖。几日投关郡，河山对掩扉。

## 始除尚书郎别善福精舍

建中二年四月十九日，自前栎阳令除尚书比部员外郎。

简略非世器，委身同草木。逍遥精舍居，饮酒自为足。累日曾一栉，对书常懒读。社腊会高年，山川恣游瞩。明世方选士，中朝悬美禄。除书忽到门，冠带便拘束。愧忝郎署迹，谬蒙君子录。俯仰垂华缨，飘飖翔轻毂。行将亲爱别，恋此西涧曲。远峰明夕川，夏雨生众绿。迅风飘野路一作吹往路，回首不遑宿。明晨下烟阁，白云在幽谷。

# 送常侍御却使西蕃

归奏圣朝行万里,却衔天诏报蕃臣。本是诸生守文墨,今将匹马静烟尘。旅宿关河逢暮雨,春耕亭障识遗民。此去多应收故地,宁辞沙塞往来频。

# 送郗詹事

圣朝列群彦,穆穆佐休明。君子独知止,悬车守国程。忠良信旧德,文学播英声。既获天爵美,况将齿位并。书奏蒙省察,命驾乃东征。皇恩赐印绶,归为田里荣。朝野同称叹,园绮郁齐名。长衢轩盖集,饮饯出西京。时属春阳节,草木已含英。洛川当盛宴,斯焉为达生。

# 送苏评事

季弟仕谯都,元兄坐兰省。言访始忻忻,念离当耿耿。嵯峨夏云起,迢递山川永。登高望去尘,纷思终难整一作馨。

# 送李侍御益赴幽州幕

二十挥篇翰,三十穷典坟。辟书五府至,名为四海闻。始从车骑幕,今赴嫖姚军。契阔晚相遇,草戚遽离群。悠悠行子远,眇眇川途分。登高望燕代,日夕生夏云。司徒拥精甲,誓将除国氛。儒生幸持斧,可以佐功勋。无言羽书急,坐阙相思文。

# 自尚书郎出为滁州刺史 留别朋友兼示诸〔弟〕(第)

少年不远仕,秉笏东西京。中岁守淮郡,奉命乃征行。素惭省阁姿,况忝符竹荣。效愚方此始,顾私岂获并。徘徊亲交恋,怆恨昆友情。日暮风雪起,我去子还城。登途建隼旆,勒驾望承明。云台焕中天,龙阙郁上征。晨兴奉早朝,玉露沾华缨。一朝从此去,服膺理庶氓。皇恩倘岁月,归服厕群英。

## 送元锡杨凌

荒林翳山郭,积水成秋晦。端居意自违,况别亲与爱。欢筵慊未足,离灯悄已对。还当掩郡阁,伫君方此会。

## 送杨氏女

永日方戚戚,出门复悠悠。女子今有行,大江溯轻舟。尔辈况无恃,抚念益慈柔。幼为长所育,幼女为杨氏所抚育。两别泣不休。对此结中肠,义往难复留。自小阙内训,言早无恃。事姑贻我忧。赖兹托令门,仁恤庶无尤。贫俭诚所尚,资从岂待一作在周。孝恭遵妇道,容止顺其猷。别离在今晨,见尔当何秋。居闲始自遣,临感忽难收。归来视幼女,零泪缘缨流。

## 送中弟 一作送崔肃懿

秋风一作气入疏户,离人起晨朝。山郡多风雨,西楼更萧条。嗟予淮海老,送子关河遥。同来不同去,沉忧宁复消。

## 寄别李儋

首戴惠文冠,心有决胜筹。翩翩四五骑,结束向并州。名在相公幕一作府,丘山恩未酬。妻子不及顾,亲友安得留。宿昔同文翰,交分共绸缪。忽枉别离札,涕泪一交流。远郡卧残疾一作雨,凉气满西楼。想子临长路,时当淮海秋。

## 送仓部萧员外院长存

袄被蹉跎老江国,情人邂逅此相逢。不随鸳鹭朝天去,遥想蓬莱台阁重。

## 送 王 校 书

同宿高斋换时节,共看移石复栽杉。送君江浦已惆怅,更上西楼看远帆。

## 送丘员外还山

长栖白云表,暂访高斋宿。还辞郡邑喧,归泛松江渌。结茅隐苍岭,伐薪响深谷。同是山中人,不知往来躅。灵芝非庭草,辽鹤委一作匪池鹜。终当署里门,一表高阳族。

## 重送丘二十二还临平山居

岁中始再觏,方来又解携。才留野艇语,已忆故山栖。幽涧人夜汲,深林鸟长啼。还持郡斋酒,慰子一作此霜露凄。

## 送郑端公弟移院常州

时瞻宪臣重,礼为内兄全。公程倘见责,私爱信不愆。况昔陪朝列,今兹俱海堧。清觞方对酌一作笑燕,天书忽告迁。岂徒咫尺地,使我心思绵。应当自此始,归拜云台前。

## 送房杭州 孺复

专城未四十,暂谪岂蹉跎。风雨吴门夜,恻怆别情多。

## 送陆侍御还越

居藩久不乐，遇子聊一欣。英声颇籍甚，交辟乃时珍。绣衣过旧里，骢马辉四邻—作辉光耀四邻。敬恭尊郡守，笺简具州民。谬忝诚所愧，思怀方见申。置榻宿清夜，加笾宴良辰。遵途还盛府，行舫绕长津。自有贤方伯，得此文翰宾。

## 听江笛送陆侍御 同丘员外赋题

远听江上笛，临舻一送君。还愁独宿夜，更向郡斋闻。

## 送丘员外归山居

郡阁始嘉宴，青山忆旧居。为君量革履，且愿住蓝舆。

## 送崔叔清游越

忘兹适越意，爱我郡斋幽。野情岂好谒，诗兴一相留。远水带寒树，阊门望去舟。方伯怜文士，无为成滞游。

## 送云阳邹儒立少府侍奉还京师

建中即藩守，天宝为侍臣。历观两都士，多阅诸侯人。邹生乃后来，英俊亦罕伦。为文颇瑰丽，禀度自贞醇。甲科推令名，延阁播芳尘。再命趋王畿，请告奉慈亲。一钟信荣禄，可以展欢欣。昆弟俱时秀，长衢当自伸。聊从郡阁暇，美此时景新。方将极娱宴，已复及离晨。一云芜后乃离辰，一作燕后。省署惭再入，江海绵十春。今日阊门路，握手子归秦。

## 送豆卢策秀才

岁交冰未一作始，又作水泮，地卑海气昏。子有京师游，始发吴闾门。
新黄含远林，微绿生陈根。诗人感时节，行道当忧烦。古来濩落
者，俱不事田园。文如金石韵，岂乏知音言。方辞郡斋榻，为一作已
酌离亭樽。无为倦羁旅，一去高飞翻。

## 送 王 卿

别酌春林啼鸟稀，双旌背日晚风吹。却忆回来花已尽，东郊立马望
城池。

## 送 刘 评 事

声华满京洛，藻翰发阳春。未遂鹓鸿举，尚为江海宾。吴中高宴
罢，西上一游秦。已想函关道，游子冒风尘。笼禽羡归翼，远守怀
交亲。况复岁云暮，凛凛冰霜辰。旭霁开郡阁，宠饯集文人。洞庭
摘朱实，松江献白鳞。丈夫岂恨别，一酌且欢忻。

## 送雷监赴阙庭

才大无不备，出入为时须。雄藩精理行，秘府擢文儒。诏书忽已
至，焉得久踟蹰。方舟趁朝谒，观者盈路衢。广筵列众宾，送爵无
停迂。攀饯诚怆恨一作悴，贺荣且欢娱。长陪柏梁宴，日向丹墀趋。
时方重右职，蹉跎独海隅。

## 送秦系赴润州

近作新婚镊白髯，长怀旧卷映蓝衫。更欲携君虎丘寺，不知方伯望
征帆。

# 送孙徵赴云中

黄骢少年舞双戟,目视旁人皆辟易。百战曾夸陇上儿,一身复作云中客。寒风动地气苍芒,横吹先悲出塞长。敲石军中传夜火,斧冰河畔汲朝浆。前锋直指阴山外,虏骑纷纷蒩应碎。匈奴破尽看君归,金印酬功如斗大。

# 全唐诗卷一九〇

## 韦应物

### 期卢嵩枉书称日暮无马不赴以诗答

佳期不可失,终愿枉衡门。南陌人犹度,西林日未昏。庭前空倚杖,花里独留樽。莫道无来驾,知君有短辕。

### 任洛阳丞答前长安田少府问

相逢且对酒,相问欲何如。数岁犹卑吏,家人笑著书。告归应一作今未得,荣宦又知疏。日日生春草,空令忆旧居。

### 假中枉卢二十二书亦称卧疾兼讶李二久不访问以诗答书因亦戏李二

微官何事劳趋走,服药闲眠养不才。花里棋盘憎鸟污,枕边书卷讶风开。故人问讯缘同病,芳月相思阻一杯。应笑王戎成俗物,遥持麈尾独徘徊。

### 酬卢嵩秋夜见寄五韵

乔木生夜凉,月华满前墀。去君咫尺地,劳君千里一作万思。素秉栖遁志,况贻招隐诗。坐见林木荣,一云坐损经济策。愿赴沧洲期。

何能待岁晏,携手当此时。<sub></sub>卢诗云:岁晏以为期。

## 酬郑户曹骊山感怀

苍山何郁盘,飞阁凌上清。先帝昔好道,下元朝百灵。白云已萧
条,麋鹿但纵横。泉水今尚暖,旧林亦青青。我念绮襦岁,扈从当
太平。小臣职前驱,驰道出灞亭。翻翻日月旗,殷殷鼙鼓声。万马
自腾骧,八骏按辔行。日出烟峤绿,氛氲丽层甍。登临起遐想,沐
浴欢圣情。朝燕咏无事,时丰贺国祯。日和弦管音,下使万室听。
海内凑朝贡,贤愚共欢荣。合沓车马喧,西闻长安城。事往世如
寄,感深迹所经。申章报兰藻,一望双涕零。

## 答李澣三首

孤客逢春暮,缄情寄旧游。海隅人使远,书到洛阳秋。
马卿犹有壁,渔父自无家。想子今何处,扁舟隐荻花。
林中观易罢,溪上对鸥闲。楚俗饶辞客,何人最往还。

## 酬柳郎中春日归扬州南郭见别之作

广陵三月花正开,花里逢君醉一回。南北相过殊不远,暮潮从去早
潮来。

## 酬豆卢仓曹题库壁见示

掾局劳才子,新诗动洛川。运筹知决胜,聚米似论边。宴罢常分
骑,晨趋又比肩。莫嗟年鬓改,郎署定推先。

## 酬李儋

开门临广陌,旭旦车驾喧。不见同心友,徘徊忧且烦。都城二十

里,居在艮与坤。人生所各务,乖阔累朝昏。湛湛樽中酒,青青芳树园。缄情未及发,先此枉玙璠。迈世超—作蹑高躅,寻流得真源。明当策疲马,与子同笑言。

## 酬元伟过洛阳夜燕

三载寄关东,所欢皆远违。思怀方耿耿,忽得观容辉。亲燕在良夜,欢携辟中闱。问我犹杜门,不能奋高飞。明灯照四隅,炎炭正可依。清觞虽云酌,所愧乏珍肥。晨装复当行,寥落星已稀。何以慰心曲,伫子西还归。

## 酬韩质舟行阻冻

晨坐枉嘉藻,持此慰寝兴。中获辛苦奏,长河结阴冰。皓曜群玉发,凄清孤景凝—作澄。至柔反成坚,造化安可恒。方舟未得行,凿饮空兢兢。寒苦弥时节,待泮岂所能。何必涉广川,荒衢且升腾。殷勤宣中意,庶用达吾朋。

## 李博士弟以余罢官居同德精舍共有伊陆名山之期久而未去枉诗见问中云宋生昔登览末云那能顾蓬荜直寄鄙怀聊以为答

初夏息众缘,双林对禅客。枉兹芳兰藻,促我幽人策。冥搜企前哲,逸句陈往迹。仿佛陆浑南,迢递千峰碧。从来迟高驾,自顾无物役。山水心所娱,如何更朝夕。晨兴涉清洛,访子高阳宅。莫言往来疏,驽马知阡陌。

## 寄酬李博士永宁主簿叔厅见待

解鞍先几日,款曲见新诗。定向公堂醉,遥怜独去时。叶沾寒雨落,钟度远山迟。晨策已云整,当同林下期。

## 答令狐士曹独孤兵曹联骑暮归望山见寄

共爱青山住近南,行牵吏役背双骖。枉书独宿对流水,遥羡归时满
夕岚。

## 答 李 博 士

休沐去人远,高斋出林杪。晴山多碧峰,颢气疑秋晓。端居喜良
友,枉使千里路。缄书当夏时,开缄时已度。檐雏已飘飏,荷露方
萧飒。梦远竹窗幽,行稀兰径合。旧居共南北,往来只如昨。问君
今为谁,日夕度清洛。

## 答刘西曹 时为京兆功曹

公馆夜云寂,微凉群树秋。西曹得时彦,华月共淹留。长啸举清
觞,志气谁与俦。千龄事虽邈,俯念忽已周。篇翰如云兴,京洛颇
优游。诠文不独古,理妙即同流。浅劣见推许,恐为识者尤。空惭
文璧赠,日夕—作仄不能酬。

## 答贡士黎逢 时任京兆功曹

茂等—作才方上达,诸生安可希。栖神澹物表,涣汗布令词。如彼
昆山玉,本自有光辉。鄙人徒区区,称叹亦何为。弥月旷不接,公
门但—作役驱驰。兰章忽有赠,持用慰所思。不见心尚—作微密,况
当相见时。

## 答韩库部 协

良玉表贞度,丽藻颇为工。名列金闺籍,心与素士同。日晏下朝

来,车马自生风。清宵有佳兴,皓月直南宫。矫翮方上征,顾我邈忡忡。岂不愿攀举,执事府庭中。智乖时亦蹇,才大命有一作为通。还当以道推,解组守蒿蓬。

## 答崔主簿倬

朗月分林霭,遥管动离声。故欢良已阻,空宇澹无情。窈窕云雁没,苍茫河汉横。兰章不可答,冲襟徒自盈。

## 答徐秀才

铅钝谢贞器,时秀猥见称。岂如白玉仙一作仙山鹤,方与紫霞升。清诗舞艳雪,孤抱莹玄冰。一枝非所贵,怀书思武一作且茂陵。

## 答东林道士

紫阁西边第几峰,茅斋夜雪虎行踪。遥看黛色知何处,欲出山门一作欲向西山寻暮钟。

## 答长宁令杨辙

皓月升林表,公堂满清辉。嘉宾自远至,觞饮夜何其。宰邑视京县,归来无寸资。瑰文溢众宝,雅正得吾师。广川含澄澜,茂一作芳树擢华滋。短才何足数,枉赠愧妍词。欢盼良见属,素怀亦已披。何意云栖翰,不嫌蓬艾卑。但恐河汉没,回车首路歧。

## 答冯鲁秀才

晨坐枉琼藻,知子返中林。澹然山景晏,泉谷响幽禽。仿佛谢尘迹,逍遥舒道心。顾我腰间绶,端为华发侵。簿书劳应对,篇翰旷不寻。薄田失锄耰,生苗安可任。徒令惭所问,想望东山岑。

## 答崔主簿问兼简温上人

缘情生众累,晚悟依道流。诸境一已寂,了将身世浮。闲居澹无
味,忽复四时周。靡靡芳草积,稍稍新篁抽。即此抱馀素,块然诚
寡俦。自适一忻意,愧蒙君子忧。

## 清都观答幼遐

逍遥仙家子,日夕朝玉皇。兴高清露没,渴饮琼华浆。解组一来
款,披衣拂天香。粲然顾我笑,绿简发新章。泠泠如玉音一作响,馥
馥若兰芳。浩意坐盈此,月华殊未央。却念喧哗日,何由得清凉。
疏松抗一作枕高殿,密竹阴长廊。荣名等粪土,携手随风翔。

## 善福精舍答韩司录清都观会宴见忆

弱志厌众纷,抱素寄精庐。皦皦仰时彦,闷闷平声独为愚。之子亦
辞秩,高踪罢驰驱。忽因西飞禽,赠我以琼琚。始表仙都集,复言
欢乐殊。人生各有因,契阔不获俱。一来田野中,日与人事疏。水
木澄秋景,逍遥清赏馀。枉驾怀前诺,引领岂斯须一作须臾。无为
便高翔,邈矣不可迁。

## 答长安丞裴说

出身忝时士,于世本无机。爱以林壑趣,遂成顽钝姿。临流意已
凄,采菊露未稀。举头见秋山,万事都若遗。独践幽人踪,邈将亲
友违。髦士佐京邑,怀念枉贞词。久雨积幽抱,清樽宴良知。从容
操剧务,文翰方见推。安能戢羽翼,顾此林栖时。

## 奉酬处士叔见示

挂缨守贫贱，积雪卧郊园。叔父亲降趾，壶觞携到门。高斋乐宴罢，清夜道心存。即此同疏氏，可以一忘言。

## 答库部韩郎中

高士不羁世，颇将荣辱齐。适委华冕去，欲还幽林栖。虽怀承明恋，忻与物累暌。逍遥观运流，谁复识端倪。而我岂高一作能致，偃息平门西。愚者世所遗，沮溺共耕犁。风雪积深夜，园田掩荒蹊。幸蒙相思札，款曲期见携。

## 答畅校书当

偶然弃官去，投迹在田中。日出照茅屋，园林一作种园养愚蒙。虽云无一资，樽酌会不空。且忻百谷成，仰叹造化功。出入与民伍，作事靡不同。时伐南涧竹，夜还沣水东。贫蹇自成退，岂为高人踪。览君金玉篇，彩色发我容一作蒙。日月欲为报，方一作历春已徂冬。

## 答　崔　都　水

深夜竹亭雪，孤灯案上书。不遇无为化一作法，谁复得闲居。

## 酬令狐司录善福精舍见赠

野寺望山雪，空斋对竹林。我以养愚地，生君道者心。

## 沣上精舍答赵氏外生伉

远迹出尘表，寓身双树林。如何小子伉一作弟，亦有超世心。担书从我游,携手广川阴。云开夏郊绿,景晏青山沉。对榻遇清夜,献诗合一作全雅音。所推苟礼数,于性道岂深。隐拙在冲默,经世昧古今。无为率尔言,可以致华簪。

## 答赵氏生伉

暂与云林别,忽陪鸳鹭翔。看山不得去,知尔独相望。

## 答　端

郊园夏雨歇,闲院绿阴生。职事方无效,幽赏独违情。物色坐如见,离抱怅多盈。况感夕凉气,闻此乱蝉鸣。

## 答史馆张学士段一作同柳庶子学士集贤院看花见寄兼呈柳学士

班杨秉文史,对院自为邻。馀香掩阁去,迟日看花频。似雪飘闾阎,从风点近臣。南宫有芳树,不并禁垣春。

## 答王郎中

卧阁枉芳藻,览旨怅秋晨。守郡犹羁寓,无以慰嘉宾。野旷归云尽,天清晓露新。池荷凉已至,窗梧落渐频。风物殊京国,邑里但荒榛。赋繁属军兴,政拙愧斯人。髦士久台阁,中路一漂沦。归当列盛朝一作明,岂念卧淮滨。

## 答崔都水

亭亭心中人,迢迢居秦关。常缄素札去一作问,适枉华章还。忆在沣郊时,携手望秋山。久嫌官府劳,初喜罢秩闲。终年不事业,寝食长慵顽。不知为时来一作何为来,名籍挂郎间。摄衣辞田里,华簪耀颓颜。卜居又依仁,日夕正追攀。牧人本无术,命至苟复迁。离念积岁序,归途眇山川。郡斋有佳月,园林含清泉。同心不在宴,樽酒徒盈前。览君陈迹游,词意俱凄妍。忽忽已终日,将酬不能宣。氓税况重叠,公门极熬煎。责逋甘首免一作退,岁晏当归田。勿厌守穷辙一作贱,慎为名所牵。

## 答王卿送别

去马嘶春草,归人立夕阳。元知数日别,要使两情伤。

## 答裴丞说归京所献

执事颇勤久,行去亦伤乖。家贫无僮仆,吏卒升寝斋。衣服藏内箧,药草曝前阶。谁复知次第,濩落且安排。还期在岁晏,何以慰吾怀。

## 答　裴　处　士

遗民爱精舍,乘犊入青山。来署高阳里,不遇白衣还。礼贤方化俗,闻风自款关。况子逸群士,栖息蓬蒿间。

## 答杨奉礼

多病守山郡,自得接嘉宾。不见三四日,旷若十馀旬。临觞独无味,对榻已生尘。一咏舟中作,洒雪忽惊新。烟波见栖旅,景物具昭陈。秋塘唯落叶,野寺不逢人。白事廷吏简,闲居文墨亲。高天池阁静,寒菊霜露频。应当整孤棹,归来展殷勤。

## 答　端

坐忆故园人已老,宁知远郡雁还来。长瞻西北是归路,独上城楼日几回。

## 答僩奴重阳二甥 僩奴，赵氏甥伉。重阳，崔氏甥播。

弃职曾守拙，玩幽遂忘喧。山涧依硗硧，竹树荫清源。贫居烟火湿一作绝，岁熟梨枣繁。风雨飘茅屋，蒿草没瓜园。群属相欢悦，不觉过朝昏。有时看禾黍，落日上秋原。饮酒任真性，挥笔肆狂言。一朝忝兰省，三载居远藩。复与诸弟子，篇翰每相敦。西园休习射，南池对芳樽。山药一作茵经雨碧，海榴凌霜翻。念尔不同此，怅然复一论。重阳守故家，僩子旅湘沅。俱有缄中藻，恻恻动离魂。不知何日见，衣上泪空存。

## 答重阳

省札陈往事，怆忆数年中。一身朝北阙，家累守田农。望山亦临水，暇日每来同。性情一疏散，园林多清风。忽复隔淮海，梦想在沣东。病来经时节，起见秋塘空。城郭连榛岭，鸟雀噪沟丛。坐使惊霜鬓，撩乱已如蓬。

## 酬刘侍郎使君 刘太真

琼树凌霜雪，葱茜如芳春。英贤虽出守，本自玉阶人。宿昔陪郎署，出入仰清尘。孰云俱列郡，比德岂为邻。风雨飘海气，清凉悦心神。重门深夏昼，赋诗延众宾。方以岁月旧，每蒙君子亲。继作郡斋什，远赠荆山珍。高闲一作山城庶务理，游眺景物新。朋友亦远集，燕酌在佳辰。始唱已惭拙，将酬益难伸。濡毫意黾勉，一用写悁勤。

## 答令狐侍郎 令狐峘

一凶乃一吉，一是复一非。孰能逃斯理，亮在识其微。三黜故无
愠，高贤当庶几。但以亲交恋，音容邈难希。况昔别离久，俱忝藩
守归。朝宴方陪厕，山川又乖违。吴门冒海雾，峡路凌连矶。同会
在京国，相望涕沾衣。明时重英才，当复列彤闱。白玉虽尘垢，拂
拭还光辉。

## 酬 张 协 律

昔人霭春地，今人复一贤。属余藩守日，方君卧病年。丽思阻文一
作交宴，芳踪阙宾筵。经时岂不怀，欲往事屡牵。公府适烦倦，开缄
莹新篇。非将握中宝，何以比其妍。感兹栖寓词，想复痾瘵缠。空
宇风霜交，幽居情思绵。当以贫非病，孰云白未玄。邑中有其人，
憔悴即我愆。由来牧守重，英俊得荐延。匪人等鸿毛，斯道何由
宣。遭时无早晚，蕴器俟良缘。观文心未衰，勿药疾当痊一云当自
痊。晨期简牍罢，驰慰子忡然。

## 答秦十四校书 秦系

知掩山扉三十秋，鱼须翠碧弃床头。莫道谢公方在郡，五言今日为
君休。

## 答 宾

斜月才鉴帷，凝霜偏冷枕。持情须耿耿，故作单床寝。

## 答郑骑曹青橘绝句 一作故人重九日求橘书中戏赠

怜君卧病思新橘，试摘犹酸亦未黄。书后欲题三百颗，洞庭须待满

林霜。

## 奉和圣制重阳日赐宴

圣心忧万国，端居在穆清。玄功致海〔晏〕(宴)，锡宴表文明。恩属重阳节，雨应此时晴。寒菊生池苑，高树出宫城。捧藻千官处，垂戒百王程。复睹开元日，臣愚献颂声。

## 和吴舍人早春归沐西亭言志

晓漏戒中禁，清香肃朝衣。一门双掌诰，伯侍仲一作仲侍言归。亭高性情旷，职密交游稀。赋诗乐无事，解带偃南扉。阳春美时泽，旭霁望山晖。幽禽响一作好鸟幽未转，东原绿犹微。名虽列仙爵，心已遣一作遗尘机。即事同岩隐，圣渥良难违。

## 奉和张大夫戏示青山郎

天生逸世姿，竹马不曾骑。览卷冰将释，援毫露欲垂。金貂传几叶，玉树长新枝。荣禄何妨早，甘罗亦小儿。

## 答河南李士巽题香山寺

洛都游宦日，少年携手行。投杯起芳席，总辔振华缨。关塞有佳气，岩开伊水清。攀林憩佛寺，登高望都城。蹉跎二十载，世务各所营。兹赏长在梦，故人安得并。前岁守九江，恩诏赴咸京。因途再登历，山河属晴明。寂寞僧侣少，苍茫林木成。墙宇或崩剥，不见旧题名。旧游况存殁，独此泪交横。交横谁与同，书壁贻友生。今兹守吴郡，绵思方未平。子复经陈迹，一感我深情。远蒙恻怆篇，中有金玉声。反覆终难答，金玉尚为轻。

# 答故人见谕

素寡名利心,自非周圆器。徒以岁月资,屡蒙藩条寄。时风重书
札,物情敦货遗。机杼十缣单,慵疏百函愧。常负交亲责,且为一
官累。况本澒落人,归无置锥地。省己已知非,枉书见深致。虽欲
效区区,何由枉其志。

# 酬阎员外陟

寒夜阻良觌,丛竹想幽居。虎符〔予〕(子)已误,金丹子何如。宴集
观农暇,笙歌听讼馀。虽蒙一言教,自愧道情疏。

# 酬秦征君徐少府春日见寄

一作奉酬秦征君系春日抚州西亭野望兼寄徐少府。

终日愧无政,与君聊散襟。城根山半腹,亭影水中心。朗咏竹窗
静,野情花径深。那能有馀兴,不作剡溪寻。

# 冬夜宿司空曙野居因寄酬赠

南北与山邻,蓬庵庇一身。繁霜疑有雪,荒草似无人。遂性在耕
稼,所交唯贱贫。何掾张橼傲,每重德璋亲。

# 长安遇冯著

客从东方来,衣上灞陵雨。问客何为来一作来何为,采山因买斧。冥
冥花正开一作满,飏飏燕新乳。昨别今已春,鬓丝生几缕。

## 将发楚州经宝应县访李二忽
## 于州馆相遇月夜书事因简李宝应

孤舟欲夜发,只为访情人。此地忽相遇,留连意更新。停杯嗟别久,对月言家贫。一问临邛令,如何待上宾。

### 广陵遇孟九云卿

雄藩本帝都,游士多俊贤。夹河树郁郁,华馆千里连。新知虽满堂,中意颇未宣。忽逢翰林友,欢乐斗酒前。高文激颓波,四海靡不传。西施且一笑,众女安得妍。明月满淮海,哀鸿逝长天。所念京国远,我来君欲一作独还一作又旋。

### 淮上遇洛阳李主簿

结茅临古渡,卧见长淮流。窗里人将老,门前树已秋。寒山独过雁,暮雨远来舟。日夕逢归客,那能忘旧游。

### 路逢崔元二侍御避马见招以诗见赠

一台称二妙,归路望行尘。俱是攀龙客,空为避马人。见招翻踯躅,相问良殷勤。日日吟趋府,弹冠岂有因。

### 逢 杨 开 府

少事武皇帝,无赖恃恩私。身作里中横,家藏亡命儿。朝持一作拼,一作拆樗蒲局,暮窃东邻姬。司隶不敢捕,立在一作登白玉墀。骊山风雪夜,长杨羽猎时。一字都不识,饮酒肆顽痴。武皇升仙去,憔悴被人欺。读书事已晚,把笔学题诗。两府始收迹,南宫谬见推。非才果不容,出守抚茕嫠。忽逢杨开府,论旧涕俱垂。坐客何由识,惟有故人知。

## 休暇日访王侍御不遇

九日驱驰一日闲,寻君不遇又空还。怪来诗思清人骨,门对寒流雪满山。

## 因省风俗访道士侄不见题壁

去年涧水今亦流,去年杏花今又坼。山人归来问是谁,还是去年行春客。

# 全唐诗卷一九一

## 韦应物

### 有 所 思

借问堤一作江上柳,青青为谁春。空游昨日地,不见昨日人。缭绕
万家井,往来车马尘。莫道无相识,要非心所亲。

### 暮 相 思

朝出自不还,暮归花尽发。岂无终日会,惜此花间月。空馆忽相
思,微钟坐来一作未歇。

### 夏夜忆卢嵩

霭霭高馆暮,开轩涤烦襟。不知湘雨来,潇洒在幽林。一云不知微萧
洒,山鸟鸣幽林。炎月得凉夜,芳樽谁与斟。故人南北居,累月间徽
音。人生无闲日,欢会当在今。反侧候天旦,层城苦沉沉。

### 春 思

野花如雪绕江城,坐见年芳忆帝京。闾阖晓开凝碧树,曾陪鸳鹭听
流莺。

# 春中忆元二

雨歇万井春，柔条已含绿。徘徊洛阳陌，惆怅杜陵曲。游丝正高下，啼鸟还断续。有酒今不同，思君莹如玉。

# 怀素友子西

广陌并游骑，公堂接华襟。方欢遽见别，永日独沉吟。阶暝流暗驶，气疏露已侵。层城湛深夜，片月生幽林。往款良未遂，来觏旷无音。恒当清觞宴，思子玉山岑。耿耿何以写，密言空委心。

# 对韩少尹所赠砚有怀

故人谪遐远，留砚宠斯文。白水浮香墨，清池满夏云。念离心已永，感物思徒纷。未有桂阳使，裁书一报君。

# 月晦忆去年与亲友曲水游宴

晦赏念前岁，京国结良俦。骑出宣平里，饮对曲池流。今朝隔天末，空园伤独游。雨歇林光变，塘绿鸟声幽。凋氓积逋税，华鬓集新秋。谁言恋虎符，终当还旧丘。

# 清明日忆诸弟

冷食方多病，开襟一忻然。终令思故郡，烟火满晴川。杏粥犹堪食，榆羹已稍煎。唯恨乖亲燕，坐度此芳年。

# 池上怀王卿

幽居捐世事，佳雨散园芳。入门霭已绿，水禽鸣春塘。重云始成夕，忽霁尚残阳。轻舟因风泛，郡阁望苍苍。私燕阻外好，临欢一停舻。兹游无时尽,旭日愿相将。

## 立夏日忆京师诸弟

改序念芳辰,烦襟倦日永。夏木已成阴,公门昼恒静。长风始飘阁,叠云才吐岭。坐想离居人,还当惜徂一作光景。

## 晓至园中忆诸弟崔都水

山郭恒悄悄,林月亦娟娟。景清神已澄一作谧,事简虑绝牵。秋塘遍衰草,晓露洗红莲。不见心所爱,兹赏岂为妍。

## 怀琅玡深标二释子

白云埋大壑,阴崖滴夜泉。应居西石室,月照山苍然。

## 雨夜感怀

微雨洒高林,尘埃自萧散。耿耿心未平,沉沉夜方半。独惊长簟冷,遽觉愁鬓换。谁能当此夕,不有盈襟叹。

## 云阳馆怀谷口

清泚阶下流,云自谷口源。念昔白衣士,结庐在石门。道高杳无累,景静得忘言。山夕绿阴满,世移清赏存。吏役岂遑暇,幽怀复朝昏。云泉非所濯,萝月不可援。长往遂真性,暂游恨卑喧。出身既事世,高躅难等论。

## 忆沣上幽居

一来当复去,犹此厌樊笼。况我林栖子,朝服坐南宫。唯独问啼鸟,还如沣水东。

## 重九登滁城楼忆前岁九日归
## 沣上赴崔都水及诸弟宴集凄然怀旧

今日重九宴,去岁在京师。聊回出省步,一赴郊园期。嘉节始云迈,周辰已及兹。秋山满清景,当赏属乖离。凋散民里阔,摧翳众木衰。楼中一长啸,恻怆起凉飔。

## 始夏南园思旧里

夏首云物变,雨馀草木繁。池荷初帖水,林花已扫园。萦丛蝶尚乱,依阁鸟犹喧。对此残芳月,忆在汉陵原。

## 登蒲塘驿沿路见泉谷
## 村墅忽想京师旧居追怀昔年

青山导骑绕,春风行旆舒。均徭视属城,问疾躬里闾。烟水依泉谷,川陆散樵渔。忽念故园日,复忆骊山居。荏苒斑鬓及,梦寝婚宦初。不觉平生事,咄嗟二纪馀。存殁阔已永,悲多欢自疏。高秩非为美,阑干泪盈裾。

## 经 函 谷 关

洪河绝山根,单轨出其侧。万古为要枢,往来何时息。秦皇既恃险,海内被吞食。及嗣同覆颠,咽喉莫能塞。炎灵讵西驾,娄子非经国。徒欲扼诸侯,不知恢至德。圣朝及天宝,豺虎起东北。下沉战死魂,上结穷冤色。古今虽共守,成败良可识。藩屏无俊贤,金汤独何力。〔驰〕(驻)车一登眺,感慨中自恻。

# 经武功旧宅

兹邑昔所游,嘉会常在目。历载俄二九,始往今来复。戚戚居人
少,茫茫野田绿。风雨经旧墟,毁垣迷往躅。门临川流驶,树有羁
雌宿。多累恒悲往,长年觉时速。欲去中复留,徘徊一作彷徨结心
曲。

## 往云门郊居途经回流作

兹晨乃休暇,适往田家庐。原谷径途涩,春阳草木敷。才遵板桥
曲,复此清涧纡。崩壑方见射,回流忽已舒。明灭泛孤景,杳霭含
夕虚。无将为邑志,一酌澄波馀。

## 乘月过西郊渡

远山含紫氛,春野霭云暮。值此归时月,留连西涧渡。谬当文墨
会,得与群英遇。赏逐乱流翻,心将清景悟。行车俨未转,芳草空
盈步。已举候亭火,犹爱村原树。还当守故扃,怅恨秉幽素。

## 晚 归 沣 川

凌雾朝阊阖,落日返清川。簪组方暂解,临水一倏然。昆弟忻来
集,童稚满眼前。适意在无事,携手望秋田。南岭横爽气,高林绕
遥阡。野庐不锄理,翳翳起荒烟。名秩斯逾分,廉退愧不全。已想
平门路,晨骑复言旋。

## 授衣还田里

公门悬甲令,浣濯遂其私。晨起怀怆恨,野田寒露时。气收天地
广,风凄草木衰。山明始重叠,川浅更逶迤。烟火生闾里,禾黍积

东菑。终然可乐业,时节一来斯。

## 夕次盱眙县

落帆逗一作透淮镇,停舫临孤驿。浩浩风起波,冥冥日沉夕。人归山郭暗,雁下芦洲白。独夜忆秦关,听钟未眠客。

## 春月观省属城始憩东西林精舍

因时省风俗,布惠迨高年。建隼出浔阳,整驾游山川。白云敛晴壑,群峰列遥天。嶔崎石门状,杳霭香炉烟。榛荒屡罥挂,逼侧殆覆颠。方臻释氏庐,时物屡华妍。县远昔经始,于兹閟幽玄。东西竹林寺,灌注寒涧泉。人事既云泯,岁月复已绵。殿宇馀丹绀,磴阁峭歊悬。佳士亦栖息,善身绝尘缘。今我蒙朝寄,教化敷里鄽。道妙苟为得,出处理无偏。心当同所尚,迹岂辞缠牵。

## 自蒲塘驿回驾经历山水

馆宿风雨滞,始晴行盖转。浔阳山水多,草木俱纷衍。崎岖缘碧涧,苍翠践苔藓。高树夹潺湲,崩石横阴巘。野杏依寒坼,馀云冒岚浅。性惬形岂劳,境殊路遗缅。忆昔终南下,佳游亦屡展。时禽下流暮,纷思何由遣。

## 山行积雨归途始霁

揽辔穷登降,阴雨遘二旬。但见白云合,不睹岩中春。急涧岂易揭,峻途良难遵。深林猿声冷,沮洳虎迹新。始霁升阳景,山水阅清晨。杂花积如雾,百卉萎已陈。鸣驺屡骧首,归路自忻忻。

## 伤　逝 此后十九首，尽同德精舍旧居伤怀时所作。

染白一为黑，焚木尽成灰。念我室中人，逝去亦不回。结发二十
载，宾敬如始来。提携属时屯，契阔忧患灾。柔素亮为表，礼章夙
所该。仕公不及私，百事委令才。一旦入闺门，四屋满尘埃。斯人
既已矣，触物但伤摧。单居移时节，泣涕抚婴孩。知妄谓当遣，临
感要难裁。梦想忽如睹，惊起复徘徊。此心良无已，绕屋生蒿莱。

## 往富平伤怀

晨起凌严霜，恸哭临素帷。驾言百里途，恻怆复何为。昨者仕公
府，属城常载驰。出门无所忧，返室亦熙熙。今者掩筠扉，但闻童
稚悲。丈夫须出入，顾尔内无依。衔恨已酸骨，何况苦寒时。单车
路萧条，回首长透迟。飘风忽截野，嘹唳雁起飞。昔时同往路，独
往今讵知。

## 出　还

昔出喜还家，今还独伤意。入室掩无光，衔哀写虚位。凄凄动幽
幔，寂寂惊寒吹。幼女复何知，时来庭下戏。咨嗟日复老，错莫身
如寄。家人劝我餐，对案空垂泪。

## 冬　夜

杳杳日云夕，郁结谁为开。单衾自不暖，霜霰已皑皑。晚岁沦夙
志，惊鸿感深哀。深哀当何为，桃李忽凋摧。帏帐徒自设，冥寞岂
复来。平生虽恩重，迁去托穷埃。抱此女曹恨，顾非高世才。振衣
中夜起，河汉尚裴回。

# 送　终

奄忽逾时节,日月获其良。萧萧车马悲,祖载发中堂。生平同此
居,一旦异存亡。斯须亦何益,终复委山冈。行出国南门,南望郁
苍苍。日入乃云造,恸哭宿风霜。晨迁俯玄庐,临诀但遑遑。方当
永潜翳,仰视白日光。俯仰遽终毕,封树已荒凉。独留不得还,欲
去结中肠。童稚知所失,啼号捉我裳。即事犹仓卒,岁月始难忘。

# 除　日

思怀耿如昨,季月已云暮。忽惊年复新,独恨人成故。冰池始泮
绿,梅楥一作稍还飘素。淑景方转延,朝朝自难度。

# 对　芳　树

迢迢芳园树,列映清池曲。对此伤人心,还如故时绿。风条洒馀
霭,露叶承新旭。佳人不再攀,下有往来躅。

# 月　夜

皓月流春城,华露积芳草。坐念绮窗空,翻伤清景好。清景终若
斯,伤多人自老。

# 叹　杨　花

空蒙不自定,况值暄风度。旧赏逐流年,新愁忽盈素。才紫下苑
曲,稍满东城路。人意有悲欢,时芳独如故。

# 过昭国里故第

不复见故人,一来过故宅。物变知景暄,心伤觉时寂。池荒野筊

合,庭绿幽草积。风散花意谢,鸟还—作啼山光夕。宿昔方同赏,讵知今念昔。缄室在东厢,遗器不忍觌。柔翰全分意,芳巾尚染泽。残工委筐篋,馀素经刀尺。收此还我家,将还复愁惕。永绝携手欢,空存旧行迹。冥冥独无语,杳杳将何适。唯思今古同,时缓伤与戚。

# 夏　日

已谓心苦伤,如何日方永。无人不昼寝,独坐山中静。悟澹将遣虑,学空庶遗境。积俗易为侵,愁来复难整。

# 端 居 感 怀

沉沉积素抱,婉婉属之子。永日独无言,忽惊振衣起。方如在帏室,复悟永终已。稚子伤恩绝,盛时若流水。暄凉同寡趣,朗晦俱无理。寂性常喻人,滞情今在己。空房欲云暮,巢燕亦来止。夏木遽成阴,绿苔谁复履。感至竟何方,幽独长如此。

# 悲 纨 扇

非关秋节至,讵是恩情改。掩嚬人已无,委篋凉空在。何言永不发,暗使销光彩。

# 闲 斋 对 雨

幽独自盈抱,阴淡亦连朝。空斋对高树,疏雨共萧条。巢燕翻泥湿,蕙花依砌消。端居念往事,倏忽苦惊飙。

# 林 园 晚 霁

雨歇见青山,落日照林园。山多—作夕烟鸟乱,林清风景翻。提携

唯子弟,萧散在琴言一作尊。同游不同意,耿耿独伤魂。寂寞钟已
尽,如何还入门。

## 秋夜二首

庭树转萧萧,阴虫还戚戚。独向高斋眠,夜闻寒雨滴。微风时动
牖,残灯尚留壁。惆怅平生怀,偏来委今夕。
霜露已凄凄,星汉复昭回。朔风中夜起,惊鸿千里来。萧条凉叶
下,寂寞清砧哀。岁晏仰空宇,心事若寒灰。

## 感　梦

岁月转芜漫,形影长寂寥。仿佛觏微梦,感叹起中宵。绵思霭流
月,惊魂飒回飙。谁念兹夕永,坐令颜鬓凋。

## 同德精舍旧居伤怀

洛京十载别,东林访旧扉。山河不可望,存没意多违。时迁迹尚
在,同去独来归。还见窗中鸽,日暮绕庭飞。

## 悲故交

白璧众求瑕,素丝易成污。万里颠沛还,高堂已长暮。积愤方盈
抱,缠哀忽逾度。念子从此终,黄泉竟谁诉。一为时事感,岂独平
生故。唯见荒丘原,野草涂朝露。

## 张彭州前与缑氏冯少府各惠寄一篇多
## 故未答张已云没因追哀叙事兼远简冯生

君昔掌文翰,西垣复石渠。朱衣乘白马,辉光照里闾。余时忝南
省,接宴愧空虚。一别守兹郡,蹉跎岁再除。长怀关河表,永日简

牍馀。郡中有方塘,凉阁对红蕖。金玉蒙远贶,篇咏见吹嘘。未答平生意,已没九原居。秋风吹寝门,长恸涕涟如。覆视缄中字,奄为昔人书。发鬂已云白,交友日凋疏。冯生远同恨,憔悴在田庐。

## 东林精舍见故殿中郑侍御题诗追旧书情涕泗横集因寄呈阆澧州冯少府

仲月景气佳,东林一登历。中有故人诗,凄凉在高壁。精思长悬一作怀世,音容已归寂。墨泽传洒馀,磨灭亲翰迹。平生忽如梦,百事皆成昔。结骑京华年,挥文箧笥积。朝廷重英彦,时辈分圭璧。永谢柏梁陪,独阙金门籍。方婴存殁感,岂暇林泉适。雨馀山景寒,风散花光夕。新知虽满堂,故情谁能觌。唯当同时友,缄寄空凄戚。

## 同李二过亡友郑子故第 李与之故,非予所识。

客车名未灭,没世恨应长。斜月知何照,幽林判自芳。故人惊逝水,寒雀噪空墙。不是平生旧,遗踪要可伤。

## 话　旧 亭中对兄姊话兰陵崇贤怀真已来故事,泫然而作。

存亡三十载,事过悉成空。不惜沾衣泪,并话一宵中。

## 至开化里寿春公故宅

宁知府中吏,故宅一徘徊。历阶存往敬,瞻位泣馀哀。废井没荒草,阴牖生绿苔。门前车马散,非复昔时来。

## 睢阳感怀

豺虎犯天纲,升平无内备。长驱阴山卒,略践三河地。张侯本忠

烈，济世有深智。坚壁梁宋间，远筹吴楚利。穷年方绝输，邻援皆
携贰。使者哭其庭，救兵终不至。重围虽可越，藩翰谅难弃。饥喉
待危巢，悬命中路坠。甘从锋刃毙，莫夺坚贞志。宿将降贼庭，儒
生独全义。空城唯白骨，同往无贱贵。哀哉岂独今，千载当歔欷。

## 广德中洛阳作

生长太平日，不知太平欢。今还洛阳中，感此方苦酸。饮药本攻
病，毒肠翻自残。王师涉河洛，玉石俱不完。时节屡迁斥，山河长
郁盘。萧条孤烟绝，日入空城寒。蹇劣乏高步，缉遗守微官。西怀
咸阳道，踟蹰心不安。

## 阊门怀古

独鸟下高树，遥知吴苑园。凄凉千古事，日暮倚阊门。

## 感事

霜雪皎素丝，何意坠墨池。青苍犹可濯，黑色不可移。女工再三
叹，委弃当此时。岁寒虽无褐，机杼谁肯施。

## 感镜

铸镜广陵市，菱花匣中发。夙昔尝许人，镜成人已没。如冰结圆
器，类璧无丝发。形影终不临，清光殊不歇。一感平生言，松枝树
<sub>一作挂秋月。</sub>

## 叹白发

还同一叶落，对此孤镜晓。丝缕乍难分，杨花复相绕。时役人易
衰，吾年白犹少。

# 全唐诗卷一九二

## 韦应物

### 登高望洛城作

高台造云端,遐瞰周四垠。雄都定鼎地,势据万国尊。河岳出云雨,土圭酌乾坤。舟通—作盈南越贡,城背北邙原。帝宅夹清洛,丹霞捧朝暾。葱茏瑶台榭,窈窕双阙门。十载构屯难,兵戈若—作久云屯。膏腴满榛芜,比屋空毁垣。圣主乃东眷,俾贤拯元元。熙熙居守化,泛泛太府恩。至损当—作方受益,苦寒必生温。平明四城开,稍见市井喧。坐感理乱迹,永怀经济言。吾生自不达,空鸟何翩翩。天高水流远,日晏城郭昏。裴回讫旦夕,聊用写忧烦。

### 同德寺阁集眺

芳节欲云晏,游遨乐相从。高阁照丹霞,飂飂含远风。寂寥氛氲廓,超忽神虑空。旭日霁皇州,岩峣见两宫。嵩少多秀色,群山莫与崇。三川浩东注,瀍涧亦来同。阴阳降大和,宇宙得其中。舟车满川陆,四国靡不通。旧堵今既葺,庶氓亦已丰。周览思自奋,行当遇时邕。

## 登宝意寺上方旧游 <sub></sub>寺在武功,曾居此寺。

翠岭香台出半天,万家烟树满晴川。诸僧近住不相识,坐听微一作
岩钟记往年。

## 登乐游庙作

高原出东城,郁郁见咸阳。上有千载事,乃自汉宣皇。颓堨久凌
迟,陈迹黯丘荒。春草虽复绿,惊风但飘扬。周览京城内,双阙起
中央。微钟何处来,暮色忽苍苍。歌吹喧万井,车马塞康庄。昔人
岂不尔,百世同一伤一作场。归当守冲漠,迹寓心自忘。

## 登西南冈卜居遇雨寻竹浪至
## 沣堨萦带数里清流茂树云物可赏

登高创危构,林表见川流。微雨飒已至,萧条川气秋。下寻密竹
尽,忽旷沙际游。纡曲一作直水分野,绵延稼盈畴。寒花明废墟,樵
牧笑榛丘。云水成一作交阴澹,竹树更清幽。适自恋佳赏,一作惬心
赏,又一作幽赏。复兹永日留。

## 沣上与幼遐月夜登西冈玩花

置酒临高隅,佳人自城阙。已玩满川花,还看满川月。花月方浩
然,赏心何由歇。

## 台 上 迟 客

高台一悄一作聊望,远树间朝晖。但见东西骑,坐一作端令心赏违。
始霁郊原绿,暮春啼鸟稀。徒然对芳物,何能独醉归。

## 登　楼

兹楼日登眺,流岁暗蹉跎。坐厌淮南守,秋山红树多。

## 善 福 寺 阁

残霞照高阁,青山出远林。晴明一登望,潇洒此幽襟。

## 楼 中 月 夜

端令倚悬槛,长望抱沉忧。宁知故园月,今夕在兹楼。衰莲送馀馥,华露湛新秋。坐见苍林变,清辉怆已休一作收。

## 寒 食 后 北 楼 作

园林过新节,风花乱高阁。遥闻击鼓声,蹴鞠军中乐。

## 西　楼

高阁一长望,故园何日归。烟尘拥一作在函谷,秋雁过来稀。

## 夜　望

南楼夜已寂,暗鸟动林间。不见城郭事,沉沉唯四山。

## 晚 登 郡 阁

怅然高阁望,已掩东城关。春风偏送柳,夜景欲沉山。

## 登 重 玄 寺 阁

时暇陟云构,晨霁澄景光。始见吴都一作郡大,十里郁苍苍。山川表明丽,湖海吞大荒。合沓臻水陆,骈阗会四方。俗繁节又暄,雨顺物亦康。禽鱼各翔泳,草木遍芬芳。于兹省氓俗,一用劝农桑。诚知虎符忝,但恨归路长。

## 观 早 朝

伐鼓通严城,车马溢广躔。煌煌列明烛,朝服照华鲜。金门杳深沉,尚听清漏传。河汉忽已没,司阍启晨关。丹殿据龙首,崔嵬对南山。寒生千门里,日照双阙间。禁旅下成列,炉香起中天。辉辉睹明圣,济济行<sup>音航</sup>俊贤。愧无鸳鹭姿,短翮空飞还。谁当假毛羽,云路相追攀。

## 陪元侍御春游

何处醉春风,长安西复东。不因俱罢职,岂得此时同。贳酒宣平里,寻芳下苑中。往来杨柳陌,犹避昔年骢。

## 游龙门香山泉

山水本自佳,游人已忘虑。碧泉更幽绝,赏爱未<sup>一作不</sup>能去。潺湲写幽磴,缭绕带<sup>一作对</sup>嘉树。激转忽殊流,归泓又同注。羽觞自成<sup>一作伐玩</sup>,永日亦延趣。灵草有时香,仙<sup>一作山</sup>源不知处。还当候圆月,携手重游寓。

## 龙 门 游 眺

凿山导伊流,中断若天辟。都门遥相望,佳气生朝夕。素怀出尘意,适有携手客。精舍绕<sup>一作缭</sup>层阿,千龛邻<sup>一作鳞</sup>峭壁。缘云路犹缅,憩涧钟已寂。花树发烟华,淙流散石脉。长啸招远风,临潭漱金碧。日落望都城,人间何役役。<sup>一作裴回怅还驾,城阙多物役。</sup>

# 洛 都 游 寓

东风日已和,元化亮无私。草木同时植,生条有高卑。罢官守园庐,岂不怀渴饥。穷通非所干,踢促当何为。佳辰幸可游,亲友亦相追。朝从华林宴,暮返东城期。掇英出兰皋,玩月步川坻。轩冕诚可慕,所忧在絷维。

# 再游龙门怀旧侣

尝与窦黄州、洛阳韩丞、渑池李丞、密郑二尉同游。

两山郁相对,晨策方上干。霭霭眺都城,悠悠俯清澜。邈矣二三子,兹焉屡游盘。良时忽已周,独往念前欢。好鸟始云至,众芳亦未阑。遇物岂殊昔,慨伤自有端。

# 庄严精舍游集

良游因时暇,乃在西南隅。绿烟凝层城,丰草满通衢。精舍何崇旷,烦踢一弘舒。架虹施广荫,构云眺八区。即此尘境远,忽闻幽鸟殊。新林一作秋泛景光,丛绿含露濡。永日亮难遂,平生少欢娱。谁能遽还归,幸与一作得高士俱。

# 府 舍 月 游

官舍一作寺耿深夜,佳月喜同游。横河俱半落,泛露忽惊秋。散彩疏群树,分规澄素流。心期与浩景,苍苍殊未收。

# 任鄠令渼陂游眺

野水滟长塘,烟花乱晴日。氤氲绿树多,苍翠千山出。游鱼时可见,新荷尚未密。屡往心独闲,恨无理人术。

## 西 郊 游 瞩

东风散余沍，陂水淡已绿一本作渌。烟芳何处寻，杳霭春山曲。新
禽哢暄节，晴光泛嘉木。一与诸君游，华舫忻见属。

## 再游西郊渡

水曲一追游，游人重怀恋。婵娟昨夜月，还向波中见。惊禽栖不
定，流芳寒未遍。携手更何时，伫看花似霰。

## 月溪与幼遐君贶同游 时二子还城

岸筱覆回溪，回溪曲如月。沉沉水容绿，寂寂流莺一作莺初歇。浅
石方凌乱，游禽时出没。半雨夕阳霏，缘源杂花发。明晨重来此，
同心应已阙。

## 与幼遐君贶兄弟同游白家竹潭

清赏非素期，偶游方自得。前登绝岭险，下视深潭黑。密竹已成
暮，归云殊未极。春鸟依谷暄，紫兰含幽色。已将芳景遇，复款平
生忆。终念一欢别，临风还默默。

## 秋夕西斋与僧神静游

晨登西斋望，不觉至夕曛。正当秋夏交，原野起烟氛。坐听凉飙
举，华月稍披云。漠漠山犹隐，滟滟川始分。物幽夜更殊，境静兴
弥臻。息机非傲世，于时乏嘉闻。究空自为理，况与释子群。

## 观 田 家

微雨众卉新，一雷惊蛰始。田家几日闲，耕种从此起。丁壮俱在

野,场圃亦就理。归来景常晏,饮犊西涧水。饥劬不自苦,膏泽且为喜。仓廪无宿储,徭役犹未已。方惭不耕者,禄食出闾里。

## 园亭览物

积雨时物变,夏绿满园新。残花已落实,高笋半成筠。守此幽栖地,自是忘机人。

## 观沣水涨

夏雨万壑凑,沣涨一作流暮浑浑。草木盈川谷,澶漫一平吞。槎梗方涨泛,涛沫亦洪翻。北来注泾渭,所过无安源。云岭同昏黑,观望悸心魂。舟人空敛棹,风波正自奔。

## 陪王卿郎中游南池

鹡鸿俱失侣,同为此地游。露浥荷花气,风散柳园秋。烟草凝衰屿,星汉泛归流。林高初上月,塘深未转舟。清言屡往复,华樽始献酬。终忆秦川赏,端坐起离忧。

## 南园陪王卿游瞩

形迹虽拘检,世事澹无心。郡中多山水,日夕听幽禽。几阁文墨暇,园林春景深。杂花芳意散,绿池暮色沉。君子有高躅,相携在幽寻。一酌何为贵,可以写冲襟。

## 游西山

时事方扰扰,幽赏独悠悠。弄泉朝涉涧,采石夜归州。挥翰题苍峭,下马历嵌丘。所爱唯山水,到此即淹留。

## 春 游 南 亭

川明气已变,岩寒云尚拥。南亭草心绿,春塘泉脉动。景煦听禽响,雨馀看柳重。逍遥池馆华,益愧专城宠。

## 再 游 西 山

南谯古山郡,信是高人居。自叹乏弘量,终朝亲簿书。于时忽命驾,秋野正萧疏。积逋诚待责,寻山亦有馀。测测石泉冷,暧暧烟谷虚。中有释门子,种果一作药结茅庐。出身厌名利,遇境即踌躇。守直虽多忤,视险方晏如。况将尘埃外,襟抱从此舒。

## 游 灵 岩 寺

始入松路永,独忻山寺幽。不知临绝槛,乃见西江流。吴岫分烟景,楚甸散林丘。方悟关塞眇,重轸故园愁。闻钟戒归骑,憩涧惜良游。地疏泉谷狭,春深草木稠。兹焉赏未极,清景一作潇期杪秋。

## 与卢陟同游永定寺北池僧斋

密竹行已远,子规啼更深。绿池芳草气,闲斋春树阴。晴蝶飘兰径,游蜂绕花心。不遇君携手,谁复此幽寻。

## 游　溪

野水烟鹤唳,楚天云雨空。玩舟清景晚,垂钓绿蒲中。落花飘旅衣,归流澹清风。缘源不可极,远树但青葱。

## 游开元精舍

夏衣始轻体,游步爱僧居。果园新雨后,香台照日初。绿阴生昼静一作寂，孤花表春馀。符竹方为累，形迹一来疏。

## 襄武馆游眺

州民知礼让，讼简得遨游。高亭凭古地，山川当暮秋。是时粳稻
熟，西望尽田一作平畴。仰恩惭政拙，念劳喜岁收。澹泊风景晏，缭
绕云树幽。节往情恻恻，天高思悠悠。嘉宾幸云集，芳樽始淹留。
还希习池赏一作还喜曲池滨，聊以驻鸣驺。

## 秋景诣琅 玡精舍

屡访尘外迹，未穷幽赏情。高秋天景远，始见山水清。上陟岩殿
憩，暮看云壑平。苍茫寒色起，迢递晚钟鸣。意有清夜恋，身为符
守婴。悟言一作方爱缁衣子，萧洒中林行。

## 同韩郎中闲庭南望秋景

朝下抱馀素，地高心本闲。如何趋府客，罢秩见秋山。疏树共寒
意，游禽同暮还。因君悟清景，西望一开颜。

## 慈恩精舍南池作

清境岂云远，炎氛忽如遗。重门布绿阴，菡萏满广池。石发散清
浅，林光动涟漪。缘崖摘紫房，扣槛集灵龟。浥浥馀露气，馥馥幽
襟披。积喧忻物旷，耽玩觉景驰。明晨复趋府，幽赏当反思。

## 雨夜宿清都观

灵飙动闾阖，微雨洒瑶林。复此新秋夜，高阁正沉沉。旷岁恨殊
迹，兹夕一披襟。洞户含凉气，网轩构层阴。况自展良友，芳樽遂
盈斟。适悟委前妄，清言怡道心。岂恋腰间绶，如彼笼中禽。

# 善福精舍秋夜迟诸君

广庭独闲步,夜色方湛然。丹阁已排云,皓月更<sub>一作正</sub>高悬。繁露降秋节,苍林郁芊芊。仰观天气凉,高咏古人篇。抚己亮无庸,结交赖群贤。属予翘思时,方子中夜眠。相去隔城阙,佳期屡徂<sub>一作</sub>阻迁。如何日夕待,见月三四圆。

# 东　郊

吏舍跼终年,出郊旷清曙。杨柳散和风,青山澹吾虑。依丛适自憩,缘涧还复去。微雨霭芳原,春鸠鸣何处。乐幽心屡止,遵事迹犹遽。终罢斯<sub>一作期</sub>结庐,慕陶真可庶。

# 秋　郊　作

清露澄境远,旭日照林初。一望秋山净,萧条形迹疏。登原忻时稼,采菊行故墟。方愿沮溺耦,淡泊守田庐。

# 行宽禅师院

北望极长廊,斜扉映<sub>一作掩</sub>丛竹。亭午一来寻,院幽僧亦独。唯闻山鸟啼,爱此林下宿。

# 神　静　师　院

青苔幽巷遍,新林露气微。经声在深竹,高斋独掩扉。憩树爱岚岭,听禽悦朝晖。方耽静中趣,自与尘事违。

# 精　舍　纳　凉

山景寂已晦,野寺变苍苍。夕风吹高殿,露叶散林光。清钟始戒夜,幽禽尚归翔。谁复掩扉卧,不咏南轩凉。

# 蓝岭精舍

石壁精舍高,排云聊直上。佳游惬始愿,忘险得前赏。崖倾景方晦,谷转川如掌。绿林含萧条,飞阁起弘敞。道人上方至,清夜还独往。日落群山阴,天秋百泉响。所嗟累已成,安得长偃仰。

# 道晏寺主院

北邻有幽竹,潜筱穿我庐。往来地已密,心乐道者居。残花回往节,轻条荫夏初。闻钟北窗起,啸傲永日馀。

# 义演法师西斋

结茅临绝岸,隔水闻清磬。山水旷萧条,登临散情性。稍指缘原骑,还寻汲涧径。长啸倚亭树,怅然川光暝。

# 澄秀上座院

缭绕西南隅,鸟声转幽静。秀公今不在,独礼高僧影。林下器未收,何人适煮茗。

# 至西峰兰若受田妇馈

攀崖复缘涧,遂造幽人居。鸟鸣泉谷暖,土起萌甲舒。聊登石楼憩,下玩潭中鱼。田妇有嘉献,泼撒新岁馀。常怪投钱饮,事与贤达疏。今我何为答,鳏寡欲焉如。

# 昙智禅师院

高年不复出,门径一作援众草生。时夏方新雨,果药发馀荣。疏澹下林景,流暮幽禽情。身名两俱遣,独此野寺行。

## 起度律师同居东斋院

释子喜相偶,幽林俱避喧。安居同僧夏,清夜讽道言。对阁景恒晏,步庭阴始繁。逍遥无一事,松风入南轩。

## 游琅玡山寺

受命恤人隐,兹游久未遑。鸣驺响幽涧一作谷,前旌耀崇冈。青冥台砌寒,绿缛草木香。填壑跻花界,叠石构云房。经制随岩转,缭绕岂定方。新泉泄阴壁,高萝荫绿塘。攀林一栖止,饮水得清凉。物累诚可遣,疲氓终未忘。还归坐郡阁,但见山苍苍。

## 同越琅玡山 赵氏生辟疆

石门有雪无行迹,松壑凝烟满众香。饣食施庭寒鸟下,破衣挂树老僧亡。

## 诣西山深师

曹溪旧弟子,何缘住此山。世有征战事,心将流水闲。扫林驱虎出,宴坐一林间。藩守宁为重,拥骑造云关。

## 寻简寂观瀑布

蹑石欹危过急涧,攀崖迢递弄悬泉。犹将虎竹为身累,欲付归人绝世缘。

## 简寂观西涧瀑布下作

淙一作深流绝壁散,虚烟翠涧深。丛际松风起,飘来洒尘襟。窥萝玩猿鸟,解组傲云林。茶果邀真侣,觞酌洽同心。旷岁怀兹赏,行春始重寻。聊将横吹笛,一写山水音。

# 游 南 斋

池上鸣佳禽,僧斋日幽寂。高林晚露清,红药无人摘。春水不生烟,荒冈筿翳石。不应朝夕游,良为蹉跎客。

# 南 园

清露夏天晓,荒园野气通。水禽遥泛雪,池莲迥披红。幽林讵知暑,环舟似不穷。顿洒尘喧意,长啸满襟风。

# 西 亭

亭宇丽朝景,帘牖散暄风。小山初构石,珍树正然红。弱藤已扶树<sub></sub>一作楦,幽兰欲成丛。芳心幸如此,佳人时不同。

# 夏 景 园 庐

群木昼阴静,北窗凉气多。闲居逾时节,夏云已嵯峨。寨叶爱繁绿,缘涧弄惊波。岂为论夙志,对此青山阿。

## 夏至避暑北池

昼晷已云极,宵漏自此长。未及施政教,所忧变炎凉。公门日多暇,是月农稍忙。高居念田里,苦热安可当。亭午息群物,独游爱方塘。门闭阴寂寂,城高树苍苍。绿筿尚含粉,圆荷始散芳。于焉洒烦抱,可以对华觞。

## 题从侄成绪西林精舍书斋

栖身齿<sub>一作始</sub>多暮,息心君独少。慕谢始精文,依僧欲观妙。冽泉前阶注,清池北窗照。果药杂芬敷,松筠疏蒨峭。屡跻幽人境,每肆芳辰眺。采栗玄猿窟,撷芝丹林峤。纩衣岂寒御,蔬食非饥疗。虽甘巷北箪<sub>一作箪</sub>,岂塞青紫耀。郡有优贤榻,朝编贡士诏。欲同<sub>一作求</sub>朱轮载,勿惮移文诮。

## 题郑弘宪侍御遗爱草堂

居士近依僧,青山结茅屋。疏松映岚晚,春池含苔绿。繁华冒阳岭,新禽响幽谷。长啸攀乔林,慕兹高世躅。

## 同元锡题琅玡寺

适从郡邑喧,又兹三伏热。山中清景多,石罅寒泉洁。花香天界事,松竹人间别。殿分岚岭明,磴临悬<sub>一作玄</sub>壑绝。昏旭穷陟降,幽显尽披阅。嵌<sub>一作岭</sub>骇风雨区,寒知龙蛇穴。情虚澹泊生,境寂尘妄灭。经世岂非道,无为厌车<sub>一作归</sub>辙。

## 题郑拾遗草堂

借地结茅栋,横竹挂朝衣。秋园雨中绿,幽居尘事违。阴<sub>一作凉</sub>井夕虫乱,高林霜果稀。子有白云意,构此想岩扉。

# 全唐诗卷一九三

## 韦应物

### 咏 玉

乾坤有精物,至宝无文章。雕琢为世器,真性一朝伤。

### 咏 露 珠

秋荷一滴露,清夜坠玄天。将来玉盘上,不定始知圆。

### 咏 水 精

映物随颜色,含空无表里。持来向明月,的砾愁成水。

### 咏 珊 瑚

绛树无花叶,非石亦非琼。世人何处得,蓬莱石上生。

### 咏 琉 璃

有色同寒冰,无物隔纤尘。象筵看不见,堪将对玉人。

### 咏 琥 珀

曾为老茯神,本是寒松液。蚊蚋落其中,千年犹可觌。

## 咏　晓

军中始吹角,城上河初落。深沉犹隐帷,晃朗先分阁。

## 咏　夜

明从何处去,暗从何处来。但觉年年老,半是此中催。

## 咏　声

万物自生一作此听,太空恒寂寥。还从一作应静中起,却向静中消。

## 任洛阳丞请告一首

方凿不受圆,直木不为轮。揉材各有用,反性生苦辛。折腰非吾事,饮水非吾贫。休告卧空馆,养病绝嚣尘。游鱼自成族,野鸟亦有群。家园杜陵下,千岁心氤氲。天晴嵩山高,雪后河洛春。乔木犹未芳,百草日已新。著书复何为,当去东皋耘。

## 县　斋

仲春时景好,草木渐舒荣。公门且无事,微雨园林清。决决水泉动,忻忻众鸟鸣。闲斋始延瞩,东作兴庶氓。即事玩文墨,抱冲披道经。于焉日淡泊,徒使芳尊盈。

## 晚出府舍与独孤兵曹令狐士曹南寻朱雀街归里第

分曹幸同简,联骑方惬素。还从广陌归,不觉青山暮。翻翻鸟未没,杳杳钟犹度。寻草远无人,望山多枉路。聊参世士迹,尝得静者顾。出入虽见牵,忘身缘所一作明晤。

# 休暇东斋

由来束带士,请谒无朝暮。公暇及私身,何能独闲步。摘叶爱芳在,扪竹怜粉污。岸帻偃东斋,夏天清晓露。怀仙阅真诰,贻友题幽素。荣达颇知疏,恬然自成度。绿苔日已满,幽寂谁来顾。

# 夜直省中

河汉有秋意,南宫生早凉。玉漏殊杳杳,云阙更苍苍。华灯发新焰,轻一作炉烟浮夕香。顾迹知为忝,束带愧周行。

# 郡内闲居

栖息绝尘侣,孱钝得自怡。腰悬竹使符,心与一作如庐山缁。永日一酣寝,起坐兀无思。长廊独看雨,众药发幽姿。今夕已云罢,明晨复如斯。何事能为累,宠辱岂要辞。

# 燕居即事

萧条竹林院,风雨丛兰折。幽鸟林上啼,青苔人迹绝。燕居日已永,夏木纷成结。几阁积群书,时来北窗阅。

# 幽 居

贵贱虽异等,出门皆有营。独无外物牵,遂此幽居情。微雨夜来过,不知春草生。青山忽已曙,鸟雀绕舍鸣。时与道人偶,或随樵者行。自当安蹇劣一作拙,谁谓薄世荣。

# 野居书情

世事日可见,身名良蹉跎。尚瞻白云岭,聊作负薪歌。

# 郊居言志

负暄衡门下，望云归远山。但要尊中物，馀事岂相关。交无是非
责，且得任疏顽。日夕临清涧，逍遥思虑闲。出去唯空屋，弊篚委
窗间。何异林栖鸟，恋此复来还。世荣斯独已，颓志<sub>一作思</sub>亦何攀。
唯当岁丰熟，闾里一欢颜。

# 夏景端居即事

北斋有凉气，嘉树对层城。重门永日掩，清池夏云生。遇此庭讼
简，始闻蝉初鸣。逾怀故园怆，默默以缄情。

# 始至郡

溢城古雄郡<sub>一作镇</sub>，横江千里驰。高树上迢递，峻堞绕欹危。井邑
烟火晚，郊原草树滋。洪流荡<sub>一作薄</sub>北阯，崇岭郁南圻。斯民本乐
生，逃逝竟何为。旱岁属荒歉，旧逋积如坻。到郡方逾月，终朝理
乱丝。宾朋未及宴，简牍已云疲。昔贤播高风，得守愧无施。岂待
干戈戢，且愿抚惸嫠。

# 郡中西斋

似与尘境<sub>一作世</sub>绝，萧条斋舍秋。寒花独经雨，山禽时到州。清觞
养真气，玉书示道流。岂将符守恋，幸已栖心幽。

# 新理西斋

方将泯讼理，久翳西斋居。草木无行次，闲暇一芟除。春阳土脉
起，膏泽发生初。养条刊朽枿，护药锄秽<sub>一作荒芜</sub>。稍稍觉林耸，历
历忻竹疏。始见庭宇旷，顿令烦抱舒。兹焉即可爱，何必是吾庐。

## 晓坐西斋

蓥蓥城鼓动,稍稍林鸦去。柳意不胜春,岩光已知曙。寝斋有单梯
一作茅,灵药为朝茹。盥漱忻景清,焚香澄神虑。公门自常事,道心
宁易一作异处。

## 郡斋卧疾绝句

香炉宿火灭,兰灯宵影微。秋斋独卧病,谁与覆寒衣。

## 寓居永定精舍 苏州

政拙忻罢守,闲居初理生。家贫何由往,梦想在京城。野寺霜露
月,农兴羁旅情。聊租二顷田,方课子弟耕。眼暗文字废,身闲道
心精。即与人群远,岂谓是非婴。

## 永定寺喜辟强夜至

子有新岁庆,独此苦寒归。夜叩竹林寺,山行雪满衣。深炉正燃
火,空斋共掩扉。还将一尊对,无言百事违。

## 野　居

结发屡辞秩,立身本疏慢。今得罢守归,幸无世欲患。栖止且偏
僻,嬉游无早晏。逐兔上坡冈,捕鱼缘赤涧。高歌意气在,赁酒贫
居惯。时启北窗扉,岂将文墨间。

## 同褒子秋斋独宿

山月皎如烛,风霜时动竹。夜半鸟惊栖,窗间人独宿。

## 饵　黄　精

灵药出西山,服食采其根。九蒸换凡骨,经著上世言。候火起中夜,馨香满南轩。斋居感众灵,药术启妙门。自怀物外心,岂与俗士论。终期脱印绶,永与天壤存。

## 昭国里第听元老师弹琴

竹林高宇霜露清,朱丝玉徽多故情。暗识啼乌与别鹤,只缘中有断肠声。

## 野次听元昌奏横吹

立马莲塘吹横笛,微风动柳生水波。北人听罢泪将落,南朝曲中怨更多。

## 楼中阅清管

山阳遗韵在,林端横吹惊。响迥凭高阁,曲怨绕秋城。淅沥危叶振,萧瑟凉气生。始遇兹管赏,已怀故园情。

## 寒　食

晴明寒食好,春园百卉开。彩绳拂花去,轻球度阁来。长歌送落日,缓吹逐残杯。非关无烛罢,良为羁思催。

## 七　夕

人世拘形迹,别去间山川。岂意灵仙偶,相望亦弥年。夕衣清露湿,晨驾秋风前。临欢定不住,当为何所牵。

# 九 日

今朝把酒复惆怅,忆在杜陵田舍时。明年九日知何处,世难还家未有期。

# 秋 夜

暗窗凉叶动,秋天<sub></sub>一作斋寝席单。忧人半夜起,明月在林端。一与清景遇,每忆平生欢。如何方恻怆,披衣露更一作转寒。

# 秋 夜 一 绝

高阁渐凝露,凉叶稍飘闻。忆在南宫直,夜长钟漏稀。

# 滁 城 对 雪

晨起满闻雪,忆朝闛阖时。玉座分曙早,金炉上烟迟。飘散云台下,凌乱桂树姿。厕迹鸳鹭末,蹈舞丰年期。今朝覆山郡,寂寞复何为。

# 雪 中

空堂岁已晏,密室独安眠。压筱夜偏积,覆阁晓逾妍。连山暗古郡,惊风散一川。此时骑马出,忽省京华年。

# 咏 春 雪

裴回轻雪意,似惜艳阳时。不悟风花冷,翻令梅柳迟。

# 对 春 雪

萧屑杉松声,寂寥寒夜虑。州贫人吏稀,雪满山城曙。春塘看幽谷,栖禽愁未去。开闸正乱流,宁辨花枝处。

# 对 残 灯

独照碧窗久,欲随寒烬灭。幽人将遽眠,解带翻成结。

# 对 芳 尊

对芳尊,醉来百事何足论。遥见青山始一醒,欲著接〔䍦〕(离)还复昏。

# 夜对流萤作

月暗竹亭幽,萤光拂席流。还思故园夜,更度一年秋。自惬观书兴,何惭秉烛游。府中徒冉冉,明发好归休。

# 对 新 篁

新绿苞初解,嫩气笋犹香。含露渐舒叶,抽丛稍自长。清晨止亭下,独爱此幽篁。

# 夏 花 明

夏条绿已密,朱萼缀明鲜。炎炎日正午,灼灼火俱燃。翻风适自乱,照水复成妍。归视窗间字,荧煌满眼前。

# 对 萱 草

何人树萱草,对此郡斋幽。本是忘忧物,今夕一作日重生忧。丛疏露始滴,芳馀蝶尚留。还思杜陵圃,离披风雨秋。

# 见 紫 荆 花

杂英纷已积,含芳独暮春。还如故园树,忽忆故园人。

# 玩 萤 火

时节变衰草,物色近新秋。度月影才敛,绕竹光复流。

# 对 杂 花

朝红争景新一作鲜,夕素含露翻。妍姿如有意,流芳复满园。单栖守远郡,永日掩重门。不与花为偶,终遣与谁言。

# 种 药

好读神农书,多识药草名。持缣购山客,移莳罗众英。不改幽涧色,宛如此地生。汲井既蒙泽,插榜亦扶倾。阴颖夕房敛,阳条夏花明。悦玩从兹始,日夕绕庭行。州民自寡讼,养闲非政成。

# 西 涧 种 柳

宰邑乖所愿,黾勉愧昔人。聊将休暇日,种柳西涧滨。置锸息微倦,临流睇归云。封壤自人力,生条在阳一作王春。成阴岂自取,为茂属他辰。延咏留佳赏,山水变夕曛。

# 种 瓜

率性方卤莽,理生尤自疏。今年学种瓜,园圃多荒芜。众草同雨露,新苗独翳如。直以春窘迫,过时不得锄。田家笑枉费,日夕转空虚。信非吾侪事,且读古人书。

## 喜园中茶生

洁性不可污，为饮涤尘烦。此物信灵味，本自出山原。聊因理郡
馀，率尔植荒园。喜随众草长，得与幽人言。

## 移海榴

叶有苦寒色，山中霜霰多。虽此蒙阳景，移根意如何。

## 郡斋移杉

〔擢〕(櫂)干方数尺，幽姿已苍然。结根西山寺，来植郡斋前。新含
野露气，稍静高窗眠。虽为赏心遇，岂有岩中缘。

## 花　径

山花夹径幽，古甃生苔涩。胡床理事馀，玉琴承露湿。朝与诗人
赏，夜携禅客入。自是尘外踪，无令更趋急。

## 慈恩寺南池秋荷咏

对殿含凉气，裁规覆清沼。衰红受露多，馀馥依人少。萧萧远尘
迹，飒飒凌秋晓。节谢客来稀，回塘方独绕。

## 题桐叶

参差剪绿绮，潇洒覆琼柯。忆在沣东寺，偏书此叶多。

## 题石桥

远学临海峤，横此莓苔石。郡斋三四峰，如有灵仙—作山迹。方愁
暮云滑，始照寒池碧。自与幽人期，逍遥竟朝夕。

# 池　上

郡中卧病久,池上一来赊。榆柳飘枯叶,风雨倒横查。

# 滁 州 西 涧

独怜幽—作芳草涧边生—作行,上有黄鹂深树—作处鸣。春潮带雨晚来急,野渡无人舟自横。

# 西 塞 山

势从千里奔,直入江中断。岚横秋塞雄,地束惊流满。

# 山 耕 叟

萧萧垂白发,默默讵知情。独放寒林烧,多寻虎迹行。暮归何处宿,来此空山耕。

# 上 方 僧

见月出东山,上方高处禅。空林无宿火,独夜汲寒泉。不下蓝溪寺,今年—作来三十年。

# 烟 际 钟

隐隐起何处,迢迢送落晖。苍茫随思远,萧散逐—作入烟微。秋野寂云—作方晦,望山僧独归。

# 始 闻 夏 蝉

徂夏暑未晏,蝉鸣景已曛。一听知何处,高树但侵云。响悲遇衰齿,节谢属离群。还忆郊园日,独向涧中闻。

## 射　雉

走马上东冈,朝日照野田。野田双雉起,翻射斗回鞭。虽无百发
中,聊取一笑妍。羽分绣臆碎,头一作颈弛锦鞲悬。方将悦羁旅,非
关学少年。弢弓一长啸,忆在灞城阡。

## 夜闻独鸟啼

失侣度山觅,投林舍北啼。今将独夜意,偏知对影栖。

## 述　园　鹿

野性本难畜,玩习亦逾年。麚斑始力直,麛角已苍然。仰首嚼园
柳,俯身饮清泉。见人若闲暇,蹶起忽低骞。兹兽有高貌,凡类宁
比肩。不得游山泽,踢促诚可怜。

## 闻　雁

故园眇何处,归思方悠哉。淮南秋雨夜,高斋闻雁来。

## 子　规　啼

高林滴露夏夜清,南山子规啼一声。邻家孀妇抱儿泣,我独展转何
时明一作为情。

## 始　建　射　侯

男子本悬弧,有志在四方。虎竹忝明命,熊侯始张皇。宾登时事
毕,诸将备戎装。星飞的屡破,鼓噪武更扬。曾习邹鲁学,亦陪鸳
鹭翔。一朝愿投笔,世难激中肠。

# 仙 人 祠

苍岑古仙子,清庙闵华容。千载去寥廓,白云遗旧踪。归来灞陵
上,犹见最高峰。

## 鹧鸪啼 一作李峤诗

可怜鹧鸪飞,飞向树南枝。南枝日照暖,北枝霜露滋。露滋不堪
栖,使我夜常啼。愿逢云中鹤,衔我向寥廓。愿作城上乌,一年生
九雏。何不旧巢住,枝弱不得一作若去。何意道苦辛,客子常畏人。

# 全唐诗卷一九四

## 韦应物

### 长 安 道

汉家宫殿含云烟,两宫十里相连延。晨霞出没弄丹阙,春雨依微自
甘泉。春雨依微春尚早,长安贵游爱芳草。宝马横来下建章,香车
却转避驰道。贵游谁最贵,卫霍世难比。何能蒙主恩,幸遇边尘
起。归来甲第拱皇居,朱门峨峨临九衢。中有流苏合欢之宝帐,一
百二十凤凰罗列含明珠。下有锦铺翠被之粲烂,博山吐香五云散。
丽人绮阁情飘飖,头上鸳钗双翠翘。低鬟曳袖回春雪,聚黛一声愁
碧霄。山珍海错弃藩篱,烹犊炰羔如折葵。既请列侯封部曲,还将
金印授庐儿。欢荣—作容若此何所苦,但苦白日西南驰。

### 行路难 —作连环歌

荆山之白玉兮,良工雕琢双环连,月蚀中央镜心穿。故人赠妾初相
结,恩在环中寻不绝。人情厚薄苦须臾,昔似连环今似玦。连环可
碎不可离,如何物在人自移。上客勿遽欢,听妾歌路难。旁人见环
环可怜,不知中有长恨端。

# 横 塘 行

妾家住横塘,夫婿郗家郎。玉盘的历双白鱼,宝簟玲珑透象床。象
床可寝鱼可食,不知郎意何南北。岸上种莲岂得生,池中种槿岂得
成。丈夫一去花落树,妾独夜长心未平。

# 贵 游 行

汉帝外家子,恩泽少封侯。垂杨拂白马,晓日上青楼。上有颜如
玉,高情世一作非无俦。轻裾含碧烟,窈窕似云浮。良时无还景,促
节为我讴。忽闻艳阳曲,四坐亦已柔。宾友仰称叹,一生何所求。
平明击钟食,入夜乐未休。风雨愆岁候,兵戎横九州。焉知坐上
客,草草心所忧。

# 酒 肆 行

豪家沽酒长安陌,一旦起楼高百尺。碧疏玲珑含春风,银题彩帜邀
上客。回瞻丹凤阙,直视乐游苑。四方称赏名已高,五陵车马无近
远。晴景悠扬三月天,桃花飘俎柳垂筵。繁丝急管一时合,他垆邻
肆何寂然。主人无厌且专利,百斛须臾一壶一作囊费。初酨后薄为
大偷,饮者知名不知味。深门潜酝客来稀,终岁醇酨味不移。长安
酒徒空扰扰,路傍过去那得知。

# 相 逢 行

二十登汉朝,英声迈今古。适从东方来,又欲谒明主。犹酣新丰
酒,尚带灞陵雨。邂逅两相逢,别来问一作间寒暑。宁知白日晚,暂
向花间语。忽闻长乐钟,走马东西去。

# 乌引雏

日出照东城,春乌鸦鸦雏和鸣。雏和鸣,羽犹短。巢在深林春正寒,引飞欲集东城暖。群雏缡褷睥睨高,举翅不及坠蓬蒿。雄雌来去飞又引,音声上下惧鹰隼。引雏乌,尔心急急将何如,何得比日搜索雀卵啖尔雏。

# 鸢夺巢

野鹊野鹊巢林梢,鸱鸢恃力夺鹊巢。吞鹊之肝啄鹊脑,窃食偷居还自保。凤凰五色百鸟尊,知鸢为害何不言。霜鹯野鹠得残肉,同啄膻腥不肯逐。可怜百鸟纷纵横,虽有深林何处宿。

# 燕衔泥

衔泥燕,声喽喽,尾涎涎。秋去何所归,春来复相见。岂不解决绝高飞碧云里,何为地上衔泥滓。衔泥虽贱意有营,杏梁朝日巢欲成。不见百鸟畏人林野宿,翻遭网罗俎其肉,未若衔泥入华屋。燕衔泥,百鸟之智莫与齐。

# 鼙鼓行

淮海生云暮惨澹,广陵城头鼙鼓暗,寒声坎坎风动边。忽似孤城万里绝,四望无人烟。又如虏骑截辽水,胡马不食仰朔天。座中亦有燕赵士,闻鼙不语客心死。何况鳏孤火绝无晨炊,独妇夜泣官有期。

# 古剑行

千年土中两刃铁,土蚀不入金星灭。沉沉青脊鳞甲满,蛟龙无足蛇

尾断,忽欲飞动中有灵。豪士得之敌国宝,仇家举意半夜鸣。小儿
女子不可近,龙蛇变化此中隐。夏云奔走雷阗阗,恐成霹雳飞上
天。

## 金谷园歌

石氏灭,金谷园中水流绝。当时豪右争骄侈,锦为步障四十里。东
风吹花雪满川,紫气凝阁朝景妍。洛阳陌上人回首,丝竹飘飖入青
天。晋武平吴恣欢燕,馀风靡靡朝廷变。嗣世衰微谁肯忧,二十四
友日日空追游。追游讵可足,共惜年华促。祸端一发埋恨长,百草
无情春自绿。

## 温泉行

出身天宝今年几,顽钝如锤一作铅命如纸。作官不了却来归,还是
杜陵一男子。北风惨惨投温泉,忽忆先皇游幸年。身骑厩马引天
仗,直入华清列御前。玉林瑶雪满寒山,上升玄阁游绛烟。平明羽
卫朝万国,车马合沓溢四鄽。蒙恩每浴华池水,扈猎不蹂渭北田。
朝廷无事共欢燕,美人丝管从九天。一朝铸鼎降龙驭,小臣髯绝不
得去。今来萧瑟一作索万井空,唯见苍山起烟雾。可怜蹭蹬失风
波,仰天大叫无奈何。弊裘羸马冻欲死,赖遇主人杯酒多。

## 学仙二首

昔有道士求神仙,灵真下试心确然。千〔钧〕(金)巨石一发悬,卧之
石下十三年。存道忘身一试过,名奏玉皇乃升天。云气冉冉渐不
见,留语弟子但精坚。
石上凿井欲到水,惰心一起中路止。岂不见古来三人俱弟兄,结茅
深山读仙经。上有青冥倚天之绝壁,下有飕飗万壑之松声。仙人

变化为白鹿,二弟玩之兄诵读。读多七过可乞言,为子心精得神仙。可怜二弟仰天泣,一失毫厘千万年。

# 广 陵 行

雄藩镇楚郊,地势郁岧峣。双旌拥万戟,中有霍嫖姚。海云助兵气,宝货益军饶。严城动寒角,晚骑踏霜桥。翕习英豪集,振奋士卒骁。列郡何足数,趋拜等卑寮。日宴方云罢,人逸马萧萧。忽如京洛间,游子风尘飘。归来视宝剑,功名岂一朝。

# 萼 绿 华 歌

有一人兮升紫霞,书名玉牒兮萼绿华。仙容矫矫兮杂瑶珮,轻衣重重兮蒙绛纱。云雨愁思兮望淮海,鼓吹萧条兮驾龙车。世淫浊兮不可降,胡不来兮玉斧家。

# 玉 母 歌 一作玉女歌

众仙翼神母,羽盖随云起。上游玄极杳冥中,下看东海一杯水。海畔种桃经几时,千年开花千年子。玉颜眇眇何处寻,世上茫茫人自死。

# 马明生遇神女歌

学仙贵功亦贵精,神女变化感马生。石壁千寻启双检,中有玉堂一作床铺玉簟。立之一隅不与言,玉体安隐三日眠。马生一立一作粒心转坚,知其丹白蒙哀怜。安期先生来起居,请示金铛玉佩天皇书。神女呵责不合见,仙子谢过手足战。大瓜玄枣冷如冰,海上摘来朝霞凝。赐仙复坐对食讫,额之使去随烟升一作使随玄烟升。乃言马生合不死,少姑教救令付尔。安期再拜将生出,一授素书天地毕。

# 石 鼓 歌

周宣大猎兮岐之阳,刻石表功兮炜煌煌。石如鼓形数止十,风雨缺讹苔藓涩。今人濡纸脱其文,既击既扫白黑分。忽开满卷不可识,惊潜动蛰走云云。喘逶迤,相纠错,乃是宣王之臣史籀作。一书遗此天地间,精意长存世冥寞。秦家祖龙还刻石,碣石之罘李斯迹。世人好古犹共一作法传,持来比此殊悬隔。

# 宝观主白鹇鸹歌

鹇鸹鹇鸹,众皆如漆,尔独如玉。鹇之鸹之,众皆蓬蒿下,尔自三山来。叶音黎三山处子下人间,绰约不妆冰雪颜。仙鸟随飞来掌上。来掌上,时拂拭。人心鸟意自无猜,玉指霜毛本同色。有时一去凌苍苍,朝游汗漫暮玉堂。巫峡雨中飞暂湿,杏花林里过来香。日夕依仁全羽翼,空欲衔环非报德。岂不及阿母之家青鸟儿,汉宫来往传消息。

# 弹 棋 歌

园天方地局,二十四气子。刘生绝艺难对曹,客为歌其能,请从中央起。中央转斗破欲阑,零落势背谁能弹。此中举一得六七,旋风忽散霹雳疾。履机乘变安可当,置之死地翻取强。不见短兵反掌收已尽,唯有猛士守四方。四方又何难,横击且缘边。岂如昆明与碣石,一箭飞中隔远天。神安志惬动十全,满堂惊视谁得然。

# 全唐诗卷一九五

## 韦应物

### 听 莺 曲

东方欲曙花冥冥,啼莺相唤亦可听。乍去乍来时近远,才闻南陌又东城。忽似上林翻下苑,绵绵蛮蛮如有情。欲啭不啭意自娇,羌儿弄笛曲未调。前声后声不相及,秦女学筝指犹涩。须臾风暖朝日暾,流音变作百鸟喧。谁家懒妇惊残梦,何处愁人忆故园。伯劳飞过声蹢躅,戴胜下时桑田绿。不及流莺日日啼花间,能使万家春意闲。有时断续听不了,飞去花枝犹袅袅。还栖碧树锁千门,春漏方残一声晓。

### 白沙亭逢吴叟歌

龙池宫里上皇时,罗衫宝带香风吹。满朝豪士今已尽,欲话旧游人不知。白沙亭上逢吴叟,爱客脱衣且沽酒。问之执戟亦先朝,零落难艰却负樵。亲观文物蒙雨露,见我昔年侍丹霄。冬狩春祠无一事,欢游洽宴多颁赐。尝陪月夕竹宫斋,每返温泉灞陵醉。星岁再周十二辰,尔来不语今为君。盛时忽去良可恨,一生坎壈何足云。

## 送褚校书归旧山歌

握珠不返泉,匣玉不归山。明皇重士亦如此,忽怪褚生何得还。方
称羽猎赋,未拜兰台职。汉箧亡书已暗传,嵩丘遗简还能识。朝朝
待诏青锁闱,中有万年之树蓬莱池。世人仰望栖此地,生独徘徊意
何为。故山可往薇可采,一自人间星岁改。藏书壁中苔半侵,洗药
泉中月还在。春风饮饯灞陵原,莫厌归来朝市喧。不见东方朔,避
世从容金马门。

## 五 弦 行

美人为我弹五弦,尘埃忽静心悄然。古刀幽磬初相触,千珠贯断落
寒玉。中曲又不喧,徘徊夜长月当轩。如伴风流紫艳雪,更逐落花
飘御园。独凤寥寥有时隐,碧霄来下听还近。燕姬有恨楚客愁,言
之不尽声能尽。末曲感我情,解幽释结和乐生。壮士有仇未得报,
拔剑欲去愤已平,夜寒酒多愁遽明。

## 骊 山 行

君不见开元至化垂衣裳,厌坐明堂朝万方。访道灵山降圣祖,沐浴
华池集百祥。千乘万骑被原野,云霞草木相一作生辉光。禁仗围山
晓霜切,离宫积翠夜漏长。玉阶寂历朝无事,碧树萋蕤寒更芳。三
清小鸟传仙语,九华真人奉琼浆。下元昧爽漏一作编恒秩,登山朝
礼玄元室。翠华稍隐天半云,丹阁光明海中日。羽旗旄节憩瑶台,
清丝妙管从空来。万井九衢皆仰望,彩云白鹤方徘徊。凭高览古
或作一望嗟寰宇,造化茫茫思悠哉。秦川八水长缭绕,汉氏五陵空
崔嵬。乃言圣祖奉丹经,以年为日亿万龄。苍生咸寿阴阳泰,高谢
前王出尘外。英豪共理天下晏,戎夷詟伏兵无战。时丰赋敛未告

劳,海阔珍奇亦来献。干戈一起文武乖,欢娱已极人事变。圣皇弓剑坠幽泉,古木苍山闭宫殿。缵承鸿业圣明君,威震六合驱妖氛。太平游幸今可待,汤泉岚岭还氛氲。

# 汉武帝杂歌三首

汉武好神仙,黄金作台与天近。王母摘桃海上还,感之西过聊问讯。欲来不来夜未央,殿前青鸟先回翔。绿鬓紫云裾曳雾,双节飘飖下仙步。白日分明到世间,碧空何处来时路。玉盘捧桃将献君,踟蹰未去留彩云。海水桑田几翻覆,中间此桃四五熟。可怜穆满瑶池燕,正值花开不得荐。花开子熟安可期,邂逅能当汉武时。颜如芳华洁如玉,心念我皇多嗜欲。虽留桃核桃有灵,人间粪土种不生。由来在道<sub>一作德</sub>岂在药,徒劳方士海上行。掩扇一言相谢去,如烟非烟不知处。

金茎孤峙兮凌紫烟,汉宫美人望杳然。通天台上月初出,承露盘中珠正圆。珠可饮,寿可永。武皇南面曙欲分,从空下来玉杯冷。世间彩翠亦作囊,八月一日仙人方。仙方称上药,静者服之常绰约。柏梁沉饮自伤神,犹闻驻颜七十春。乃知甘酸皆是腐肠物,独有淡泊之水能益人。千载金盘竟何处,当时铸金恐不固。蔓草生来春复秋,碧天何言空坠露。

汉天子,观风自南国。浮舟大江屹不前,蛟龙索斗风波黑。春秋方壮雄武才,弯弧叱浪连山开。愕然观者千万众,举麾齐呼一矢中。死蛟浮出不复灵,舳舻千里江水清。鼓鼙馀响数日在,天吴深入鱼鳖惊。左有伙飞落霜翮,右有孤儿贯犀革。何为临深亲射蛟,示威以夺诸侯魄。威可畏,皇可尊。平田校猎书犹陈,此日从臣何不言。独有威声振千古,君不见后嗣尊为武。

## 棕榈蝇拂歌

棕榈为拂登君席，青蝇掩一作撩乱飞四壁。文如轻罗散如发，马尾牦牛不能絜。柄出湘江之竹碧玉寒，上有纤罗萦缕寻未绝。左挥右洒繁暑清，孤松一枝风有声。丽人纨素可怜色，安能点白还为黑。

## 信州录事参军常曾古鼎歌

三年纠一郡，独饮寒泉井。江南铸器多铸银，罢官无物唯古鼎。雕螭一作虫刻篆相错盘，地中岁久青苔寒。左对苍山右流水，云有古来葛仙子。葛仙埋之何不还，耕者锄然得其间。持示世人不知宝，劝君炼丹永寿考。

## 夏冰歌

出自玄泉杳杳之深井，汲在朱明赫赫之炎辰。九天含露未销铄，闾阖初开赐贵人。碎如坠琼方截璐，粉壁生寒象筵布。玉壶纨扇亦玲珑，座有丽人色俱素。咫尺炎凉变四时，出门焦灼君讵知。肥羊甘醴心闷闷，饮此莹然何所思。当念阑干凿者苦，腊月深井汗如雨。

## 鼋头山神女歌

鼋头之山，直上洞庭连青天。苍苍烟树闭古庙，中有蛾眉成水仙。水府沉沉行路绝，蛟龙出没无时节。魂同魍魉潜太阴，身与空山长不灭。东晋永和今几代，云发素颜犹盼睐。阴一作沉深灵气静凝美，的砾龙绡杂琼珮。山精木魅不敢亲，昏明想像如有人。蕙兰琼芳积烟露，碧窗松月无冬春。舟客经过莫椒醑，巫女南音歌激楚。

碧水冥空惟<sub></sub>一作见鸟飞,长天何处云随雨。红渠绿蘋芳意多,玉灵荡漾凌清波。孤峰绝岛俨相向,鬼啸猿啼垂女萝。皓雪琼枝殊异色,北方绝代徒倾国。云没烟销不可期,明堂翡翠无人得。精灵变态状无方,游龙宛转惊鸿翔。湘妃独立九疑暮,汉女菱歌春日长。始知仙事无不有,可惜吴宫空白首。

## 寇季膺古刀歌

古刀寒锋青槭槭,少年交结平陵客。求之时一作年代不可知,千痕万穴如星离。重叠泥沙更剥落,纵横鳞甲相参差。古物有灵知所适,貂裘拂之横广席。阴森白日掩云虹,错落池光动金碧。知君宝此夸绝代,求之不得心常爱。厌见今时绕指柔,片锋折刃犹堪佩。高山成谷苍海填,英豪埋没谁所捐。吴钩断马不知处,几度烟尘今独全。夜光投人人不畏,知君独识精灵器。酬恩结思心自知,死生好恶不相弃。白虎司秋金气清,高天寥落云峥嵘。月肃风凄古堂净,精芒切切如有声。何不跨蓬莱,斩长鲸。世人所好殊辽阔,千金买铅徒一割。

## 凌雾行

秋城海雾重,职事凌晨出。浩浩合元天,溶溶迷朗一作朝日。才看含鬓白,稍视一作似沾衣密。道骑全不分,郊树都如失。霏微误嘘吸,肤腠生寒栗。归当饮一杯,庶用躅斯疾。

## 乐燕行

良辰且燕乐,乐往不再来。赵瑟正高张,音响清尘埃。一弹和妙讴,吹去绕瑶台。艳雪凌空散,舞罗起徘徊。辉辉发众颜,灼灼叹令才。当喧既无寂,中饮亦停杯。华灯何遽升,驰景忽西颓。高节亦云立,安能滞不回。

# 采玉行

官府征白丁,言采蓝谿玉。绝岭夜无家,深榛雨中宿。独妇饷粮
还,哀哀一作田荒舍南哭。

# 难言

掬土移山望山尽一作迕,投石填海望海满。持索捕风几时得,将刀
斫水几时断。未若不相知,中心万仞何由款。

# 易言

洪炉炽炭燎一毛,大鼎炊汤沃残雪。疾影随形不觉至,千钧引缕不
知绝。未若同心言,一言和同解千结。

# 三台二首

　　按《乐苑》,唐天宝中,羽调曲有三台,又有急三台。
一年一年老去,明日后日花开。未报长安平定,万国岂得衔杯。
冰泮寒塘始绿,雨馀百草皆生。朝来门阁无事,晚下高斋有情。

# 上皇三台

不寐倦长更,披衣出户行。月寒秋竹冷,风切夜窗声。

# 答畅参军

秉笔振芳步,少年且吏游。官闲高兴生,夜直河汉秋。念与清赏
遇,方抱沉疾忧。嘉言忽见赠,良药同所瘳。高树起栖鸦,晨钟满
皇州。凄清露华动,旷朗景气浮。偶宦心非累,处喧道自幽。空虚

为世薄,子独意绸缪。

## 南池宴钱子辛赋得科斗

临池见科斗,美尔乐有馀。不忧网与钩,幸得免为鱼。且愿充文字,登君尺素书。

## 咏徐正字画青蝇

误点能成物,迷真许一时。笔端来已久,座上去何迟。顾白曾无变,听鸡不复疑。讵劳才子赏,为入国人诗。

## 虞获子鹿 并序

　　　虞获子鹿,悯园鹿也。遭虞之机张,见畜于人,不得遂其天性焉。
虞获子鹿,畜之城陬。园有美草,池有清流。但见蹶蹶,亦闻呦呦。
谁知其思,岩谷云一作之游。

## 陪王郎中寻孔征君

俗吏闲居少,同人会面难。偶随香署客,来访竹林欢。暮馆花微落,春城雨暂寒。瓮间聊共酌,莫使宦情阑。

## 送宫人入道

舍宠求仙畏色衰,辞天素面立天墀。金丹拟驻千年貌,宝镜休匀八字眉。公主与收珠翠后,君王看戴角冠时。从来宫女皆相妒,说著瑶台总泪垂。

## 和晋陵陆丞早春游望 一作杜审言诗

独有宦游人,偏惊物候新。云霞出海曙,梅柳渡江春。淑气催黄鸟,晴光照绿蘋。忽闻歌古调,归思欲沾巾。

# 九　日

一为吴郡守,不觉菊花开。始有故园思,且喜众宾来。

# 全唐诗卷一九六

## 孟彦深

孟彦深,字士源。登天宝二年进士第,为武昌令。元结居樊上,〔尝〕(常)作《退谷铭》曰:干进之客,不得游之。又作《杯湖铭》曰:为人厌者,勿泛杯湖。孟士源尝黜官,无情干进,在武昌,不为人厌,可游退谷,可泛杯湖矣。诗一首。

### 元次山居武昌之樊山
#### 一作上新春大雪以诗问之

江山十日雪,雪深江雾浓。起来望樊山,但见群玉峰。林莺却不语,野兽翻有踪。山中应大寒,短褐何以完一作安。皓气凝书帐,清著钓鱼竿。怀君欲进谒,谿滑渡舟难。

## 刘　湾

刘湾,字灵源,西蜀人。天宝进士。禄山之乱,以侍御史居衡阳。与元结相友善。诗六首。

### 出塞曲 一作刘济诗

将军在重围,音信绝不通。羽书如流星,飞入甘泉宫。倚是并州

儿,少年心胆雄。一朝随召募,百战争王公。去年桑干北,今年桑
干东。死是征人死,功是将军功。汗马牧一作败秋月,疲卒卧霜风。
仍闻左贤王,更将一作欲围云中。

## 云 南 曲

百蛮乱南方,群盗如猬起。骚然疲中原,征战从此始。白门太和
城,来往一万里。去者无全生,十人九人死。岱马卧阳山,燕兵哭
泸水。妻行求死夫,父行求死子。苍天满愁云,白骨积空垒。哀哀
云南行,十万同已矣。

## 李陵别苏武

汉武爱边功,李陵提步卒。转战单于庭,身随汉军没。李陵不爱
死,心存归汉阙。誓欲还国恩,不为匈奴屈。身辱家已无,长居虎
狼窟。胡天无春风,虏地多积雪。穷阴愁杀人,况与苏武别。发声
天地哀,执手肺肠绝。白日为我愁,阴云为我结。生为汉宫臣,死
为胡地骨。万里长相思,终身望南月。

## 虹县严孝子墓

至性教不及,因心天一作天然得所资。礼闻三年丧,尔一作汝独终身
期。下由一作布骨肉恩,上报父母慈。礼闻哭有卒,汝独哀无时。
前有松柏林,荆榛一作棘结朦胧。墓门白日闭,泣血黄泉中。草服
蔽枯骨,垢容戴飞蓬。举声哭苍天,万木皆悲风。

## 对雨愁闷寄钱大郎中

积雨细纷纷,饥寒命不分。揽衣愁见肘,窥镜觅从文。九陌成泥
海,千山尽湿云。龙钟驱款段,到处倍思君。

## 即席赋露中菊

众芳春竞发,寒菊露偏滋。受气何曾异,开花独自迟。晚成犹有分,欲采未过时。勿弃东篱下,看随秋草衰。

# 孙昌胤

> 孙昌胤,登天宝进士第。柳宗元《与韦中立书》,称其为子举冠礼事,人以为迂。诗四首。

## 遇旅鹤

灵鹤产绝境,昂昂无与俦。群飞沧海曙,一叫云山秋。野性方自得,人寰何所求。时因戏祥风,偶尔来中州。中州帝王宅,园沼深且幽。希君惠稻粱,欲并离丹丘。不然奋飞去,将适汗漫游。肯作池上鹜,年年空沉浮。

## 清明

清明暮春里,怅望北山陲。燧火开新焰,桐花发故枝。沉冥惭岁物,欢宴阻朋知。不及林间鸟,迁乔并羽仪。

## 和司空曙刘眘虚九日送人

京邑叹离群,江楼喜遇君。开筵当九日,泛菊外浮云。朗咏山川雾,酣歌物色新。君看酒中意,未肯丧斯文。

## 越裳献白翟 一作丁仙芝诗

圣哲符休运,伊皋列上台。覃恩丹徼远,入贡素羽来。北阙欣初见,南枝顾未回。敛容残雪净,矫翼片云开。驯扰将无惧,翻飞幸莫猜。甘从上苑里,饮啄自绯徊。

# 乔 琳

乔琳,太原人。天宝间举进士,累授兴平尉。郭子仪辟为节度掌书记。拜监察御史。贬巴州司户。历果、绵、遂三州刺史。入为大理少卿、国子祭酒。又出为怀州刺史。以张涉称引,拜御史大夫平章事,后受朱泚伪署,伏诛。诗一首。

## 绵州越王楼即事

三蜀澄清郡政闲,登楼携酌日跻攀。顿觉胸怀无俗事,回看掌握是人寰。滩声曲折涪州水,云影低衔富乐山。行雁南飞似乡信,忽然西笑向秦关。

# 柳 浑

柳浑,字夷旷,一字惟深,本名载。襄州人。天宝初,擢进士第。大历中,累官至尚书右丞。贞元三年,以兵部侍郎同中书门下平章事。集十卷。今存诗一首。

## 牡 丹

近来无奈牡丹何,数十千钱买一颗。今朝始得分明见,也共戎葵不校多。

# 全唐诗卷一九七

## 张　谓

张谓，字正言，河南人。天宝二年登进士第。乾元中，为尚书郎。大历间官至礼部侍郎，三典贡举。诗一卷。

### 读后汉逸人传二首

子陵没已久，读史思其贤。谁谓颍阳人，千秋如比肩。尝闻汉皇帝，曾是旷周旋。名位苟无心，对君犹可眠。东过富春渚，乐此佳山川。夜卧松下月，朝看江上烟。钓时如有待，钓罢应忘筌。生事在林壑，悠悠经暮年。于今七里濑—作滩，遗迹尚依然。高台竟寂寞，流水空潺湲。

庞公南郡人，家在襄阳里。何处偏来往，襄阳东陂是。誓将业田种，终得保妻子。何言二千石，乃欲劝吾仕。鹳鹊巢茂林，鼋鼍穴深水。万物从所欲，吾心亦如此。不见鹿门山，朝朝白云起。采药复采樵，优游终暮齿。

### 同孙构免官后登蓟楼

昔在五—作平陵时，年少心亦壮。尝矜有奇骨，必是封侯相。东走到营州，投身似边将。一朝去乡国，十载履亭障。部曲皆武夫，功成不相让。犹希虏尘动，更取林胡帐。去年大将军，忽—作一负乐

生谤。北别伤士卒,南迁死炎瘴。濩落悲无成,行登蓟丘上。长安
三千里,日夕西南望。寒沙榆塞没,秋水滦河涨。策马从此辞,云
山保闲放。

## 代北州老翁答

负薪老翁往北州,北望乡关生客愁。自言老翁有三子,两人已向黄
沙死。如今小儿新长成,明年闻道又征兵。定知此别必零落,不及
相随同死生。尽将田宅借邻伍,且复伶俜去乡土。在生本求多子
孙,及有谁知更辛苦。近传天子尊武臣,强兵直欲静胡尘。安边自
合有长策,何必流离中国人。

## 湖上对酒行

夜坐不厌湖上月,昼行不厌湖上山。眼前一尊又长满,心中万事如
等闲。主人有黍百馀石,浊醪数斗应不惜。即今相对一作逢不尽
欢,别后相思复何益。茱萸湾头归路赊,愿君且宿黄公家。风光若
此人不醉,参差辜负东园花。

## 赠乔琳 一作刘眘虚诗

去年上策不见收,今年寄食仍淹留。羡君有酒能便醉,羡君无钱能
不忧。如今五侯不爱一作待客,羡君不问一作过五侯宅。如今七贵
方自尊,羡君不过七贵门。丈夫会应有知己,世上悠悠何足论。

## 邵 陵 作

尝闻虞帝苦忧人,只为苍生不为身。已道一作到一朝辞北阙,何须
五月更南巡。昔时文武皆销铄,今日精灵常寂寞。斑竹年来笋自
生,白蘋春尽花空落。遥望零陵见旧丘,苍梧云起至今愁。惟馀帝

子千行泪,添作潇湘万里流一作秋。

# 寄李侍御

柱下闻周史,书中慰越吟。近看三岁字,遥见百年心。价以吹嘘长,恩从顾盼深。不栽桃李树,何日得成阴。

# 寄崔沣州

共襆台郎被,俱褰郡守帷。罚金殊往日,鸣玉幸同时。五马来何晚,双鱼赠已迟。江头望乡月,无夜不相思。

# 送裴侍御归上都

楚地劳行役,秦城罢鼓鼙。舟移洞庭岸,路出武陵谿。江月随人影,山花趁一作逐马蹄。离魂将别梦,先已一作尔到关西。

# 送青龙一公

事佛轻金印,勤王度玉关。不知从树下,还肯一作许到人间。楚水青莲净,吴门白日闲。圣朝须助理一作治,绝一作切莫爱东山。

# 送韦侍御赴上都

天朝辟书下,风宪取才难。更谒麒麟殿,重簪獬豸冠。月明湘水夜,霜重桂林寒。别后头堪白,时时镜里看。

# 饯田尚书还兖州

忠义三朝许,威名四海闻。更乘归鲁诏,犹忆破胡勋。别路逢霜雨,行营对雪云。明朝郭门外,长揖大将军。

## 送杜侍御赴上都

避马台中贵，登车岭外遥。还因贡赋礼，来谒大明朝。地入商山路，乡连渭水桥。承恩返南越，尊酒重相邀。

## 道林寺送莫侍御 一作麓州精舍送莫侍御归宁

何处堪留客，香林隔翠微。薜萝通驿骑，山竹挂朝衣。霜引台乌集，风惊塔雁飞。饮茶胜饮酒，聊以送将—作君归。

## 别睢阳故人

少小客游梁，依然似故乡。城池经战阵，人物恨存亡。夏雨桑条绿，秋风麦穗黄。有书无寄处，相送一沾裳。

## 郡南亭子宴 一作春宴

亭子春城外，朱门向绿林。柳枝经雨重，松色带烟深。漉酒迎山客，穿池集水禽。白云常在眼，聊足慰人心。

## 早春陪崔中丞浣花溪宴得暄字

旌节临溪口，寒郊斗觉暄。红亭移酒席，画鹢逗江村。云带歌声飐，风飘舞袖翻。花间催秉烛，川上欲黄昏。

## 宴郑伯玙宅

正月风光好，逢君上客稀。晓风催鸟啭，春雪带花飞。堂上吹金管，庭前试舞衣。俸钱供酒债—作价，行子未须归。

## 夜同宴用人字

北斗回新岁，东园值早春。竹风能醒酒，花月解留人。邑宰陶元亮，山家郑子真。平生颇同道，相见日相亲。

## 过从弟制疑官舍竹斋

羡尔方为吏，衡门独〔晏〕(宴)如。野猿偷纸笔，山鸟污图书。竹里藏公事，花间隐使车。不妨垂钓坐，时脍小江鱼。

## 扬州雨中张十七宅观妓 一作刘长卿诗

夜色带寒烟，灯花拂更然。残妆添石黛，艳舞落金钿。笑须欹扇，迎歌乍动弦。不知巫峡雨，何事海西边。

## 登金陵临江驿楼

古戍依重险，高楼见五梁。山根盘驿道，河水浸城墙。庭树巢鹦鹉，园花隐麝香。忽然江浦上，忆作捕鱼郎。

## 同王征君湘中有怀 一作严维诗

八月洞庭秋，潇湘水北流。还家万里梦，为客五更愁。不用开书帙 一作箧，偏宜上酒楼。故人京洛满 一作客，何日复同游。

## 官舍早梅

阶下双梅树，春来画不成。晚时花未 一作易落，阴处叶难生。摘子防人到，攀枝畏鸟惊。风光先占得，桃李莫相轻。

## 玉清公主挽歌 代宗之女

学凤年犹小,乘龙日尚赊。初封千户邑,忽驾五云车。地接金人岸,山通一作藏玉女家。秋风何太早,吹落禁园花。

## 别 韦 郎 中

星轺计日赴岷峨,云树连天阻笑歌。南入洞庭随雁去,西过巫峡听猿多。峥嵘洲上飞黄蝶,滟滪堆边起白波。不醉郎中桑落酒,教人无奈别离何。

## 送皇甫龄宰交河

将军帐下来从客,小邑弹琴不易逢。楼上胡笳传别怨,尊中腊酒为谁浓。行人醉出双门道,少妇愁看七里烽。今日相如轻武骑,多应朝暮一作且客临邛。

## 杜侍御送贡物戏赠

铜柱朱崖道路难,伏波横海旧登坛。越人自贡珊瑚树,汉使何劳獬豸冠。疲马山中愁日晚,孤舟江上畏春寒。由来此货称难得,多恐君王不忍看。

## 春 园 家 宴

南园春色正相宜,大妇同行少妇随。竹里登楼人不见,花间觅路鸟先知。樱桃解结垂檐子,杨柳能低入户枝。山简醉来歌一曲,参差笑杀鄅中儿。

# 西亭子言怀

数丛芳草在堂阴,几处闲花映竹林。攀树玄猿呼郡吏,傍谿白鸟应
家禽。青山看景知高下,流水闻声觉浅深。官属不令拘礼数,时时
缓步一相寻。

## 辰阳即事 一作刘长卿诗,题云感怀

青枫落叶正堪悲,黄菊残花欲待谁。水近偏逢寒气早,山深常见日
光迟。愁中卜命看周易,病里招魂读楚词。自恨不如湘浦雁,春来
即是北归时。

## 送　僧

童子学修道,诵经求出家。手持贝多叶,心念优昙花。得度一作处
北州近,随缘东路赊。一身求清净,百毳纳袈裟。钟岭更飞锡,炉
峰期结跏。深心大海水,广愿恒河沙。此去不堪别,彼行安可涯。
殷勤结香火,来世上牛车。

## 同诸公游云公禅寺 一作院

共许寻鸡足,谁能惜马蹄。长空净云雨,斜日半虹霓。檐下千峰
转,窗前万木低。看花寻径远,听鸟入林迷。地与喧闻一作卑隔,人
将物我齐。不知樵客意,何事武陵谿。

## 哭护国上人

昔喜三身净,今悲万劫长。不应归北斗,应一作多是向西方。舍利
众生得,袈裟弟子将。鼠行残药碗一作枕,虫网旧绳床。别起千花
塔,空留一草堂。支公何处在,神理竟茫茫。

## 送卢举使河源

故人行役向边州，匹马今朝不少留。长路关山何日尽，满堂丝竹一
作管为君愁。

## 题长安壁主人

世人结交须黄金，黄金不多交不深。纵令然诺暂相许，终是悠悠行
路心。

## 长沙失火后戏题莲花寺

金园宝刹半长沙，烧劫旁延一万家。楼殿纵随烟焰去一作尽，火中
何处出一作有莲花。

## 早　梅

一树寒梅白玉条，迥临林村傍谿桥。不知近水花先发，疑是经春一
作冬雪未销。

## 赠赵使君美人

红粉青蛾映楚云，桃花马上石榴裙。罗敷独向东方去，漫学他家作
使君。

## 句

〔稽〕(嵇)山贺老粗知名，吴郡张颠曾不易。
奔蛇走虺势入坐，骤雨旋风声满堂。　赠怀素　见《颜真卿集》

# 全唐诗卷一九八

## 岑　参

　　岑参，南阳人。文本之后。少孤贫，笃学。登天宝三载进士第。由率府参军累官右补阙，论斥权佞。改起居郎，寻出为虢州长史，复入为太子中允。代宗总戎陕服，委以书奏之任。由库部郎出刺嘉州。杜鸿渐镇西川，表为从事，以职方郎兼侍御史领幕职。使罢，流寓不还，遂终于蜀。参诗辞意清切，迥拔孤秀，多出佳境。每一篇出，人竞传写，比之吴均、何逊焉。集八卷。今编四卷。

## 北庭西郊候封大夫受降回军献上

胡地苜蓿美，轮台征马肥。大夫讨匈奴，前月西出师。甲兵未得战，降虏来如归。橐驼何连连，穿帐亦累累。阴山烽火灭，剑水羽书稀。却笑霍嫖姚，区区徒尔为。西郊候中军，平沙悬落晖。驿马从西来，双节夹路驰。喜鹊捧金印，蛟龙盘画旗。如公未四十，富贵能及时。直上排青云，傍看疾若飞。前年斩楼兰，去岁平月支。天子日殊宠，朝廷方见推。何幸一书生，忽蒙国士知。侧身佐戎幕，敛衽事边陲。自逐定远侯，亦著短后衣。近来能走马，不弱并州儿。

# 初至西虢官舍南池呈左右省及南宫诸故人

黜官自西掖，待罪临下阳。空积犬马恋，岂思鹓鹭行。素多江湖
意，偶佐山水乡。满院池月静，卷帘溪雨凉。轩窗竹翠湿，案牍荷
花香。白鸟上衣桁，青苔生笔床。数公不可见，一别尽相忘。敢恨
青琐客，无情华省郎。早年迷进退，晚节悟行藏。他日能相访，嵩
南旧草堂。

## 过梁州奉赠张尚书大夫公

汉中二良将，今昔各一时。韩信此登坛，尚书复来斯。手把铜虎
符，身总丈人师。错落北斗星，照耀黑水湄。英雄若神授，大材济
时危。顷岁遇雷云，精神感灵祇。勋业振青史，恩德继鸿私。羌虏
昔未平，华阳积僵尸。人烟绝墟落，鬼火依城池。巴汉空水流，褒
斜惟鸟飞。自公布德政，此地生光辉。百堵创里闾，千家恤茕嫠。
层城重鼓角，甲士如熊罴。坐啸风自调，行春雨仍随。芃芃麦苗
长，蔼蔼桑叶肥。浮客相与来，群盗不敢窥。何幸承嘉惠，小年即
相知。富贵情易疏，相逢心不移。置酒宴高馆，娇歌杂青丝。锦席
绣拂庐，玉盘金屈卮。春景透高戟，江云彗长麾。枥马嘶柳阴，美
人映花枝。门传大夫印，世拥上将旗。承家令名扬，许国苦节施。
戎幕宁久驻，台阶不应迟。别有弹冠士，希君无见遗。

## 登北庭北楼呈幕中诸公

尝读西域传，汉家得轮台。古塞千年空，阴山独崔嵬。二庭近西
海，六月秋风来。日暮上北楼，杀气凝不开。大荒无鸟飞，但见白
龙堆即堆。旧国眇天末，归心日悠哉。上将新破胡，西郊绝烟埃。
边城寂无事，抚剑空徘徊。幸得趋幕中，托身厕群才。早知安边

计, 未尽平生怀。

## 初过陇山途中呈宇文判官

一驿过一驿, 驿骑如星流。平明发咸阳, 暮及陇山头。陇水不可
听, 鸣咽令人愁。沙尘扑马汗, 雾露凝貂裘。西来谁家子, 自道新
封侯。前月发安西, 路上无停留。都护犹未到, 来时在西州。十日
过沙碛, 终朝风不休。马走碎石中, 四蹄皆血流。万里奉王事, 一
身无所求。也知塞垣苦, 岂为妻子谋。山口月欲出, 先照关城楼。
溪流与松风, 静夜相飕飗—作飚。别家—作来赖归梦, 山塞多离忧。
与子且携手, 不愁前路修。

## 陪狄员外早秋登府西楼因呈院中诸公

常爱张仪楼, 西山正相当。千峰带积雪, 百里临城墙。烟氛扫晴
空, 草树映朝光。车马隘百井, 里闬盘二江。亚相自登坛, 时危安
此方。威声振蛮貊, 惠化钟华阳。旌节罗广庭, 戈铤凛秋霜。阶下
貔虎士, 幕中鹓鹭行。今我忽登临, 顾恩不望乡。知己犹未报, 鬓
毛飒已苍。时命难自知, 功业岂暂忘。蝉鸣秋城夕, 鸟去江天长。
兵马休战争, 风尘尚苍茫。谁当共携手, 赖有冬官郎。

## 冬夜宿仙游寺南凉堂呈谦道人

太乙连太白, 两山知几重。路盘石门窄, 匹马行才通。日西倒山
寺, 林下逢支公。昨夜山北时, 星星闻此钟。秦女去已久, 仙台在
中峰。箫声不可闻, 此地留遗踪。石潭积黛色, 每岁投金龙。乱流
争迅湍, 喷薄如雷风。夜来闻清磬, 月出苍山空。空山满清光, 水
树相玲珑。回廊映密竹, 秋殿隐深松。灯影落前谿, 夜宿水声中。
爱兹林峦好, 结宇向谿东。相识唯山僧, 邻家一钓翁。林晚栗初

圻,枝寒梨已红。物幽兴易惬,事胜趣弥浓。愿谢区中缘,永依金
人宫。寄报乘辇客,簪裾尔何容。

## 潼关镇国军勾覆使院早春寄王同州

胡寇尚未尽,大军镇关门。旌旗遍草木,兵马如云屯。圣朝正用
武,诸将皆承恩。不见征战功,但闻歌吹喧。儒生有长策,闭口不
敢言。昨从关东来,思与故人论。何为廊庙器,至今居外藩。黄霸
宁淹留,苍生望腾骞。卷帘见西岳,仙掌明朝暾。昨夜闻春风,戴
胜过后园。各自限官守,何由叙凉温。离忧不可忘,襟背思树萱。

## 青山峡口泊舟怀狄侍御

峡口秋水壮,沙边且停桡。奔涛振石壁,峰势如动摇。九月芦花
新,弥令客心焦。谁念在江岛,故人满天朝。无处豁心胸,忧来醉
能销。往来巴山道,三见秋草凋。狄生新相知,才调凌云霄。赋诗
析造化,入幕生风飙。把笔判甲兵,战士不敢骄。皆云梁公后,遇
鼎还能调。离别倏经时,音尘殊寂寥。何当见夫子,不叹乡关遥。

## 寄青城龙溪奂道人

五岳之丈人,西望青瞢瞢一作槽槽。云开露崖峤,百里见石棱。龙
溪盘中峰,上有莲华僧。绝顶小一作少兰若,四时岚气一作翠凝。身
同云虚无,心与溪清澄。诵戒龙每听,赋诗人则称。杉风吹一作冷
裂裘,石壁悬孤灯。久欲谢微禄,誓将归大乘。愿闻开士说,庶以
心相应。

## 梁州对雨怀麴二秀才
## 便呈麴大判官时疾赠余新诗

江上云气黑,峄山昨夜雷。水恶平明飞,雨从嶓冢来。濛濛随风
过,萧飒鸣庭槐。隔帘湿衣巾,当暑凉幽斋。麴生住相近,言语阻
且乖。卧疾不见人,午时门始开。终日看本草,药苗满前阶。兄弟
早有名,甲科皆秀才。二人事慈母,不弱古老莱。昨叹携手迟,未
尽平生怀。爱君有佳句,一日吟几回。

## 潼关使院怀王七季友

王生今才子一作人,时辈咸所仰。何当见颜色,终日劳梦想。驱车
到关下,欲往阻河广。满日徒春华,思君罢心赏。开门见太华,朝
日映高掌。忽觉莲花峰,别来更如长。无心顾微禄,有意在独往。
不负林中期,终当出尘网。

## 至一作官大梁却寄匡一作康城主人

一从弃鱼钓,十载干明王。无由谒天阶,却欲归沧浪。仲秋至东
郡,遂见天雨霜。昨日梦故山,蕙草一作芳蕙色已黄。平明辞铁丘,
薄暮游大梁。仲秋萧条景,拔剌飞鹅鸧。四郊阴气一作氛闭,万里
无晶光。长风吹白茅,野火烧枯桑。故人南燕史,籍籍名更香。聊
以玉壶赠,置之君子堂。

## 宿华阴东郭客舍忆阎防

次舍山郭近,解鞍鸣钟时。主人炊新粒,行子充夜饥。关月生首
阳,照见华阴祠。苍茫秋山晦,萧瑟寒松悲。久从园庐别,遂与朋
一作相知辞。旧壑兰杜晚,归轩今已迟。

## 宿东溪王屋李隐者

山店不凿井，百家同一泉。晚来南村黑，雨色和人烟。霜畦吐寒菜，沙雁噪河田。隐者不可见，天坛飞鸟边。

## 郊行寄杜位

嶂崒空城烟，凄清一作凉寒山景。秋风引归梦，昨夜到汝颍。近寺闻钟声，映陂见树影。所思何由见，东北徒引领。

## 怀叶县关操姚旷韩涉李叔齐

数子皆故人，一时吏宛叶。经年总不见，书札徒满箧。斜日半空庭，旋风走梨叶。去君千里地，言笑何时接。

## 西蜀旅舍春叹寄朝中故人呈狄评事

春与人相乖，柳青头转白。生平未得意，览镜私自惜。四海犹未安，一身无所适。自从兵戈动，遂觉天地窄。功业悲后时，光阴叹虚掷。却为文章累，幸有开济策。何负当途人，无心矜窘厄。回瞻后来者，皆欲肆一作相辐辏。起草思南宫，寄言忆西掖。时危任舒卷，身退知损益。穷巷草转深，闲门日将夕。桥西暮雨黑，篱外春江碧。昨者初识君，相看俱是客。声华同道术，世业通往昔。早须归天阶，不得安孔席。吾先税归鞅，旧国如咫尺。

## 太白东溪张一作李老舍即事寄 舍弟侄等 一本题上有宿字，题下无等字。

渭上秋雨过，北风何一作春骚骚。天晴诸山出，太白峰最高。主人东溪老，两耳生长毫。远近知百岁，子孙皆二毛。中庭井阑上，一架猕猴桃。石泉饭香粳，酒瓮开新槽。爱兹田中趣，始悟世上劳。
我行有胜事，书此寄尔曹。

## 上嘉州青衣山中峰题惠净
## 上人幽居寄兵部杨郎中 并序

青衣之山，在大江之中，屹然迥绝，崖壁苍峭，周广七里，长波四匝。
有惠净上人，庐于其颠，唯绳床竹杖而已。恒持《莲花经》，十年不下山。
予自公浮舟，聊一登眺。友人夏官弘农杨侯，清谈之士也，素工为文，独
立于世，与余有方外之约，每多独往之意。今者幽踬胜概，叹不得与此
公俱。爰命小吏，刮磨石壁以识其事，乃诗以达杨友尔。

青衣谁开凿，独在水中央。浮舟一跻攀，侧径缘一作沿穹苍。绝顶
诣一作访老僧，豁然登上方。诸岭一何小，三江奔茫茫。兰若向西
开，峨眉正相当。猿鸟乐钟磬，松萝泛天香。江云入袈裟，山月吐
绳床。早知清净理，久乃机心忘。尚以名宦拘，聿来夷獠乡。吾友
不可见，郁为尚书郎。早岁爱丹经，留心向青囊。渺渺云智远，幽
幽海怀长。胜赏欲与俱，引领遥相望。为政愧无术，分忧幸时康。
君子满天朝，老夫忆沧浪。况值庐山远，抽簪归法王。

## 入剑门作寄杜杨二郎中
## 时二公并为杜元帅判官

不知造化初，此山谁开坼。双崖倚天立，万仞从地劈。云飞不到
顶，鸟去难过壁。速驾畏岩倾，单行愁路窄。平明地仍黑，停午日
暂赤。凛凛三伏寒，巉巉五丁迹。与时忽开闭，作固或顺逆。磅礴
跨岷峨，巍蟠限蛮貊。星当觜参分，地处西南僻。陡觉烟景殊，杳
将华夏隔。刘氏昔颠覆，公孙曾败绩。始知德不修，恃此险何益。
相公总师旅，远近罢金革。杜母来何迟，蜀人应更惜。暂回丹青

虑,少用开济策。二友华省郎,俱为幕中客。良筹佐戎律,精理皆硕画。高文出诗骚,奥学穷讨赜。圣朝无外户,寰宇被德泽。四海今一家,徒然剑门石。

## 巩北秋兴寄崔明允

白露披梧桐,玄蝉昼夜号。秋风万里动,日暮黄云高。君子佐休明,小人事蓬蒿。所适在鱼鸟,焉能徇锥刀。孤舟向广武,一鸟归成皋。胜概日相与,思君心郁陶。

## 春遇南使贻赵知音

端居春心醉,襟背思树萱。美人在南州,为尔歌北门。北风吹烟物,戴胜鸣中园。枯杨长一作抽新条,芳草滋旧根。网丝结宝琴,尘埃被空樽。适遇江海信,聊与南客论。

## 冀州客舍酒酣贻王绮
### 寄题南楼 时王子欲应制举西上

夫子傲常调,诏书下征求。知君欲谒帝,秣马趋西周。逸足何骎骎,美声实风流。学富赡清词,下笔不能休。君家一何盛,赫奕难为俦。伯父四五人,同时为诸侯。忆昨始相值,值君客贝丘。相看复乘兴,携手到冀州。前日在南县,与君上北楼。野旷不见山,白日落草头。客舍梨花繁,深花隐鸣鸠。南邻新酒熟,有女弹箜篌。醉后或狂歌,酒醒满离忧。主人不相识,此地难淹留。吾庐终南下,堪与王孙游。何当肯相寻,澧上一孤舟。

## 终南云际精舍寻法澄上人不遇归
## 高冠东潭石淙望秦岭微雨作贻友人

昨夜云际宿，且一作适从西峰一作岭，一作风回。不见林中僧，微雨潭
上来。诸峰皆青翠，秦岭独不开。石鼓有时鸣，秦王安在哉。东南
云开处，突兀猕猴台。崖口悬瀑流，半空白皑皑。《河岳英灵》无上四
句，有水深断山口，吼沫相喧豗二句。喷壁四时雨，傍村终日雷。北瞻长安
道，日夕生尘埃。若访张仲蔚，衡门满一作映蒿莱。

## 敬酬杜华淇上见赠兼呈熊曜

杜侯实才子，盛名不可及。只曾效一作为一官，今已年四十。是君
同时者，已有尚书郎。怜君独未遇，淹泊在他乡。我从京师来，到
此喜相见。共论穷途事，不觉泪满面。忆昨癸未岁，吾兄自江东。
得君江湖诗，骨气凌谢公。熊生尉淇上，开馆常待客。喜我二人
来，欢笑朝复夕。县楼压春岸，戴胜鸣花枝。吾徒在舟中，纵酒兼
弹棋。三月犹未还，寒愁满春草。赖蒙瑶华赠，讽咏慰怀抱。

## 酬成少尹骆谷行见呈

闻君行路难，惆怅临长衢。岂不惮险艰，王程剩相拘。忆昨蓬莱
宫，新授刺史符。明主仍赐衣，价直千万馀。何幸承命日，得与夫
子俱。携手出华省，连镳赴长途。五马当路嘶，按节投蜀都。千崖
一作岩信萦折，一径何盘纡。层冰滑征轮，密竹碍隼旟。深林迷昏
旦，栈道凌空虚。飞雪缩马毛，烈风擘我肤。峰攒望天小，亭午见
日初。夜宿月近人，朝行云满车。泉浇石罅坼，火入松心枯。亚尹
同心者，风流贤大夫。荣禄上及亲，之官随板舆。高价振台阁，清
词出应徐。成都春酒香，且用俸钱沽。浮名何足道，海上堪乘桴。

## 虢中酬陕西甄判官见赠

微才弃散地，拙宦惭清时。白发徒自负，青云难可期。胡尘暗东洛，亚相方出师。分陕振鼓鼙，二崤满旌旗。夫子廊庙器，迥然青冥姿。阃外佐戎律，幕中吐兵奇。前者驿使来，忽枉行军诗。昼吟庭花落，夜讽山月移。昔君隐苏门，浪迹不可羁。诏书自征用，令誉天下知。别来春草长，东望转相思。寂寞山城暮，空闻画角悲。

## 送许子擢第归江宁拜亲因寄王大昌龄

建业控京口，金陵款沧溟。君家临秦淮，傍对石头城。十年自勤学，一鼓游上京。青春登甲科，动地闻香名。解褐皆五侯，结交尽群一作时英。六月槐花飞，忽思莼菜羹。跨马出国门，丹阳返柴荆。楚云引归帆，淮水浮客程。到家拜亲时，入门有光荣。乡人尽来贺，置酒相邀迎。闲眺北顾一作登江，一作因登楼，醉眠湖上亭。月从海门出，照见茅山青。昔为帝王州，今幸天地一作下平。五朝变人世，千载空江声。玄元告灵符，丹洞获其铭。皇帝受玉册，群臣罗天庭。喜气薄太阳，祥光彻窅冥。奔走朝万国，崩腾集百灵。王兄尚谪宦，屡见秋云生。孤城带后湖，心与湖水清。一县无诤辞，有时开道经。黄鹤垂两翅，徘徊但悲一作悲且鸣。相思不可见，空望牛女星。

## 武威送刘单判官赴安
## 西行营一作使便呈高开府

热海亘铁门，火山赫金方。白草磨天涯，湖沙莽茫茫。夫子佐戎幕，其锋利如霜。中岁学兵符，不能守文章。功业须及时，立身有行藏。男儿感忠义，万里忘越乡。孟夏边候迟，胡国草木长。马疾过飞鸟,天穷超夕阳。都护新出师,五月发军装。甲兵二百万,错落黄金光。扬旗拂昆仑,伐鼓震蒲昌。太白引官军,天威临大荒。西望云似蛇,戎夷知丧亡。浑驱大宛马,系取楼兰王。曾到交河城,风土断人肠。寒驿远如点,边烽互相望。赤亭多飘风,鼓怒不可当。有时无人行,沙石乱飘扬。夜静天萧条,鬼哭夹道傍。地上多髑髅,皆是古战场。置酒高馆夕,边城月苍苍。军中宰肥牛,堂上罗羽觞。红泪金烛盘,娇歌艳新妆。望君仰青冥,短翮难可翔。苍然西郊道,握手何慨慷。

## 送王大昌龄赴江宁

对酒寂不语,怅然悲送君。明时未得用,白首徒攻文。泽国从一官,沧波几千里。群公满天阙,独去过淮水。旧家富春渚,尝忆卧江楼。自闻君欲行,频望南徐州。穷巷独闭门,寒灯静深屋。北风吹微雪,抱被肯同宿。君行到京口,正是桃花时。舟中饶孤兴,湖上多新诗。潜虬且深蟠,黄鹄举未一作鹤飞来晚。惜君青云器,努力加餐饭。

## 送祁乐归河东

祁乐后来秀,挺身出河东。往年诣骊山,献赋温泉宫。天子不召见,挥鞭遂从戎。前月还长安,囊中金已空。有时忽乘兴,画出江上峰。床头苍梧云,帘下天台松。忽如高堂上,飒飒生清一作闻江风。五月火云屯,气烧天地红。鸟且不敢飞,子行如转蓬。少华与首阳,隔河势争雄。新月河上出,清光满关中。置酒灞亭别,高歌披心胸。君到故山时,为谢五一作君谢老翁。

# 北庭贻宗学士道别

万事不可料,叹君在军中。读书破万卷,何事来从戎。曾逐李轻车,西征出太蒙。荷戈月窟外,擐甲昆仑东。两度皆破胡,朝廷轻战功。十年只一命,万里如飘蓬。容鬓老胡尘,衣裳脆边风。忽来轮台下,相见披心胸。饮酒对春草,弹棋闻夜钟。今且还龟兹,臂上悬角弓。平沙向旅馆,匹马随飞鸿。孤城倚大碛,海气迎边空。四月犹自寒,天山雪濛濛。君有贤主将,何谓泣途穷。时来整六翮,一举凌苍穹。

# 送许拾遗恩归江宁拜亲

诏书下青琐,驷马还吴洲。束帛仍赐衣,恩波涨沧流。微禄将及亲,向家非远游。看君五斗米,不谢万户侯。适出西掖垣,如到南徐州。归心望海日,乡梦登江楼。大江盘金陵,诸山横石头。枫树隐茅屋,橘林系渔舟。种药疏故畦,钓鱼垂旧钩。对月京口夕,观涛海门秋。天子怜谏官,论事不可一作肯休。早来丹墀下,高驾无淹留。

# 虢州郡斋南池幽兴因与阎二侍御道别

池色净天碧,水凉雨凄凄。快风从东南,荷叶翻向西。性本爱鱼鸟,未能返岩谿。中岁徇微官,遂令心赏睽。及兹佐山郡,不异寻幽栖。小吏趋竹径,讼庭侵药畦。胡尘暗河洛,二陕震鼓鼙。故人佐戎轩,逸翮凌云霓。行军在函谷,两度闻莺啼。相看红旗下,饮酒白日低。闻君欲朝天,驷马临道嘶。仰望浮与沉,忽如云与泥。夜眠驿楼月,晓发关城鸡。惆怅西郊暮,乡书对君题。

## 青龙招提归一上人远游吴楚别诗

久交应真侣,最叹青龙僧。弃官向二年,削发归一乘。了然莹心身,洁念乐空寂。名香泛窗户,幽磬清晓夕。往年仗一剑,由是佐二庭。于焉久从戎,兼复解论兵。世人犹未知,天子愿相见。朝从青莲宇,暮入白虎殿。宫女擎锡杖,御筵出香炉。说法开藏经,论边穷阵图。忘机厌尘喧,浪迹向江海。思师石可访,惠远峰犹在。今旦飞锡去,何时持钵还。湖烟冷吴门,淮月衔楚山。一身如浮云,万里过江水。相思眇天末一作外,南望无穷已。

## 送李翥游江外

相识应十载,见君只一官。家贫禄尚薄,霜降衣仍单。惆怅秋草死,萧条芳岁阑。且寻沧洲路,遥指一作望吴云端。匹马关塞远,孤舟江海宽。夜眠楚烟湿,晓饭湖山寒。砧净红鲙落,袖香朱橘团。帆前见禹庙,枕底闻严滩。便获赏心趣,岂歌行路难。青门须醉别,少为解征鞍。

## 送王著作赴淮西幕府

燕子与百劳,一西复一东。天空信寥廓,翔集何时同。知己怅难遇,良朋非易逢。怜君心相亲,与我家又通。言笑日无度,书札凡几封。湛湛万顷陂,森森千丈松。不知有机巧,无事干心胸。满堂皆酒徒,岂复羡王公。早年抱将略,累岁依幕中。昨者从淮西,归来奏边功。承恩长乐殿,醉出明光宫。逆旅悲寒蝉,客梦惊飞鸿。发家见春草,却去闻秋风。月色冷楚城,淮光透霜空。各自务功业,当须激深衷。别后能相思,何嗟山水重。

# 送张秘书充刘相公通
# 汴河判官便赴江外觐省

前年见君时，见君正泥蟠。去年见君处，见君已风〔抟〕（搏）。朝趋
赤墀前，高视青云端。新登麒麟阁，适脱獬豸冠。刘公领舟楫，汴
水扬波澜。万里江海通，九州天地宽。昨夜动使星，今旦送征鞍。
老亲在吴郡，令弟双同官。鲈鲙剩堪忆，莼羹殊可餐。既参幕中
画，复展膝下欢。因送故人行，试歌行路难。何处路最难，最难在
长安。长安多权贵，珂珮声珊珊。儒生直如弦，权贵不须干。斗酒
取一醉，孤琴为君弹。临歧欲有赠，持以握中兰。

# 冬宵家会饯李郎司兵赴同州

急管杂青丝，玉瓶金屈卮。寒天高堂夜，扑地飞雪时。贺君关西
掾，新绶腰下垂。白面皇家郎，逸翩青云姿。明旦之官去，他辰良
会稀。惜别冬夜短，务欢杯行迟。季女犹自小，老夫未令归。且看
匹马行，不得鸣凤飞。昔岁到冯翊，人烟接京师。曾上月楼头，遥
见西岳祠。沙苑逼官舍，莲峰压城池。多暇或自公，读书复弹棋。
州县信徒劳，云霄亦可期。应须力为政，聊慰此相思。

# 送颜平原 并序

> 十二年春，有诏补尚书十数公为郡守。上亲赋诗觞群公，宴于蓬莱
> 前殿，仍赠以缯帛，宠饯加等。参美颜公是行，为宠别章句。

天子念黎庶，诏书换诸侯。仙郎授剖符，华省辍分忧。置酒会前
殿，赐钱若山丘。天章降三光，圣泽该九州。吾兄镇河朔，拜命宣
皇猷。驷马辞国门，一星东北流。夏云照银印，暑雨随行辀。赤笔
仍在箧，炉香惹衣裘。此地邻东溟，孤城吊沧洲。海风掣金戟，导

吏呼鸣驺。郊原北连燕,剽劫风未休。鱼盐隘里巷,桑柘盈田畴。为郡岂淹旬,政成应未秋。易俗去猛虎,化人似驯鸥。苍生已望君,黄霸宁久留。

## 送狄员外巡按西山军 得霁字

兵马守西山,中国非得计。不知何代策,空使蜀人弊。八州崖谷深,千里云雪闭。泉浇阁道滑,水冻绳桥脆。战士常苦饥,糗粮不相继。胡兵犹不归,空山积年岁。儒生识损益,言事皆审谛。狄子幕府郎,有谋必康济。胸中悬明镜,照耀无巨细。莫辞冒险艰,可以禅节制。相思江楼夕,愁见月澄霁。

## 虢州送郑兴宗弟归扶风别庐

佐郡已三载,岂能长后时。出关少亲友,赖汝常相随。今旦忽言别,怆然俱泪垂。平生沧洲意,独有青山知。州县不敢说,云霄谁敢期。因怀东溪老,最忆南峰缡。为我多种药,还山应未迟。

## 澧头送蒋侯

君住澧水北,我家澧水西。两村辨乔木,五里闻鸣鸡。饮酒溪雨过,弹棋山月低。徒闻一作开蒋生径,尔去谁相携。

## 送永寿王赞府径一作遥归县 得蝉字

当官接闲暇,暂得归林泉。百里路不宿,两乡山复连。夜深露湿簟,月出风惊蝉。且尽主人酒,为君从醉眠。

## 南池宴饯辛子赋得蝌斗子

临池见蝌斗,羡尔乐有馀。不忧网与钓,幸得免为鱼。且愿充文字,登君尺素书。

## 登嘉州凌云寺作

寺出飞鸟外,青峰戴朱楼。搏壁跻半空,喜得登上头。始知宇宙阔,下看三江流。天晴见峨眉,如向波上浮。迥旷烟景豁,阴森棕楠稠。愿割区中缘,永从尘外游。回风吹虎穴,片雨当龙湫。僧房云濛濛,夏月寒飕飕。回合俯近郭,寥落见远舟。胜概无端倪,天宫可淹留。一官诇足道,欲去令人愁。

## 与高適薛据登慈恩寺浮图

塔势如涌出,孤高耸天宫。登临出世界,磴道盘虚空。突兀压神州,峥嵘如鬼工。四角碍白日,七层摩苍穹。下窥指高鸟,俯听闻惊风。连山若波涛,奔凑似朝东。青槐夹驰道,宫馆何玲珑。秋色从西来,苍然满关中。五陵北原上,万古青濛濛。净理了可悟,胜因夙所宗。誓将挂冠去,觉道资无穷。

## 登千福寺楚金禅师法华院多宝塔

多宝灭已久,莲华付吾师。宝塔凌太空,忽如涌出时。数年功不成,一志坚自持。明主亲梦见,世人今始知。千家献黄金,万匠磨琉璃。既空泰山木,亦罄天府赀。焚香如云屯,幡盖珊珊垂。悉窣神绕护,众魔不敢窥。作礼睹灵境,焚香方证疑。庶割区中缘,脱身恒在兹。

## 出关经华岳寺访法华云公

野寺聊解鞍,偶见法华僧。开门对西岳,石壁青棱层。竹径厚苍苔,松门盘紫藤。长廊列古画,高殿悬孤灯。五月山雨热,三峰火

云蒸。侧闻樵人言，深谷犹积冰。久愿寻此山，至今嗟未能。谪官
忽东走，王程苦相仍。欲去恋双树，何由穷一乘。月轮吐山郭，夜
色空清澄。

## 春半与群公同游元处士别业

郭南处士宅，门外罗群峰。胜概忽相引，春华今正浓。山厨竹里
爨，野碓藤间舂。对酒云数片，卷帘花万重。岩泉嗟到晚，州县欲
归慵。草色带朝雨，滩声兼夜钟。爱兹清俗虑，何事老尘容。况有
林下约，转怀方外踪。

## 陪群公龙冈寺泛舟 得盘字

汉水天一色，寺楼波底看。钟鸣长空夕，月出孤舟寒。映酒见山
火，隔帘闻夜滩。紫鳞掣芳饵，红烛然金盘。良友兴正惬，胜游情
未阑。此中堪倒载，须尽主人欢。

## 终南山双峰草堂作

敛迹归山田，息心谢时辈。昼还草堂卧，但与双峰对。兴来恣佳
游，事惬符胜概。著书高窗下，日夕见城内。曩为世人误，遂负平
生爱。久与林壑辞，及来松杉大。偶兹近精庐，屡得名僧会。有时
逐樵渔，尽一作永日不冠带。崖口上新月，石门破苍霭。色向群木
深一作沉，光摇一潭碎。缅怀郑生谷，颇忆严子濑。胜事犹可追，斯
人邈千载。

## 左仆射相国冀公东斋幽居 同黎拾遗赋献

丞相百僚长，两朝居此官。成功云雷际，翊圣天地安。不矜南宫
贵，只向东山看。宅占凤城胜，窗中云岭宽。午时松轩夕，六月藤

斋寒。玉珮冒女萝,金印耀牡丹。山蝉上衣桁,野鼠缘药盘。有时披道书,竟日不著冠。幸得趋省闼,常欣在门阑。何当复持衡,短翮期风〔抟〕(搏)。

## 过缑山王处士黑石谷隐居

旧居缑山下,偏识缑山云。处士久不还,见云如见君。别来逾十秋,兵马日纷纷。青谿开战场,黑谷屯行军。遂令巢由辈,远逐麋鹿群。独有南涧水,潺湲如昔闻。

## 缑山西峰草堂作

结庐对中岳,青翠常在门。遂耽水木兴,尽作渔樵言。顷来阙章句,但欲闲心魂。日色隐空谷,蝉声喧暮村。曩闻道士语,偶见清净源。隐几阅吹叶,乘秋眺归根。独游念求仲,开径招王孙。片雨下南涧,孤峰出东原。栖迟虑益澹,脱略道弥敦。野霭晴拂枕,客帆遥入轩。尚平今何在,此意谁与论。伫立云去尽,苍苍月开园。

## 观楚国寺璋上人写一切经院南有曲池深竹

璋公不出院,群木闭深居。誓写一切经,欲向万卷馀。挥毫散林鹊,研墨惊池鱼。音翻四句偈,字译五天书。鸣钟竹阴晚,汲水桐花初。雨气润衣钵,香烟泛庭除。此地日清净,诸天应未如。不知将锡杖,早晚蹑空虚。

## 寻巩县南李处士别业

先生近南郭,茅屋临东川。桑叶隐村户,芦花映钓船。有时著书暇,尽日窗中眠。且喜闾井近,灌田同一泉。

## 闻崔十二—作三十侍御灌口夜宿报恩寺

闻君寻野寺,便—作夜宿支公房。溪月冷深殿,江云拥回廊。然灯松林静,煮茗柴门香。胜事不可接,相思幽兴长。

## 自潘陵尖还少室居止秋夕凭眺

草堂近少室,夜静闻风松。月出潘陵尖,照见十六峰。九月山叶赤,黯云淡秋容。火点伊阳村,烟深嵩角钟。尚子不可见,蒋生难再逢。胜悰只自知,佳趣为谁浓。昨诣山僧期,上到天坛东。向下望雷雨,云间见回龙。夕与人群疏,转爱丘壑中。心澹水木会,兴幽鱼鸟通。稀微了自释,出处乃不同。况本无宦情,誓将依道风。

## 南池夜宿思王屋青萝旧斋

池上卧烦暑,不栉复不巾。有时清风来,自谓羲皇人。天晴云归尽,雨洗月色新。公事常不闲,道书日生尘。早年家王屋,五别青萝春。安得还旧山,东黯垂钓纶。

## 过王判官西津所居

胜迹不在远,爱君池馆幽。素怀岩中诺,宛得尘外游。何必到清黯,忽来见沧洲。潜移岷山石,暗引巴江流。树密昼先夜,竹深夏已秋。沙鸟上笔床,黯花彗帘钩。夫子贱簪冕,注心向林丘。落日出公堂,垂纶乘钓舟。赋诗忆楚老,载酒随江鸥。倏然一傲吏,独在西津头。

## 因假归白阁西草堂

雷声傍太白,雨在八九峰。东望白阁云,半入紫阁松。胜概纷满目,衡门趣弥浓。幸有数亩田,得延二仲踪。早闻达士语,偶与心相通。误徇一微官,还山愧尘容。钓竿不复把,野碓无人春。惆怅飞鸟尽,南豀闻夜钟。

## 题华严寺瑰公禅房

寺南几十峰,峰翠晴可掬。朝从老僧饭,昨日崖口宿。锡杖倚枯松,绳床映深竹。东豀草堂路,来往行自熟。生事在云山,谁能复羁束。

## 东归留题太常徐卿草堂 在蜀

不谢古名将,吾知徐太常。年才三十馀,勇冠西南方。顷曾策匹马,独出持两枪。虏骑无数来,见君不敢当。汉将小卫霍,蜀将凌关张。卿月益清澄,将星转光芒。复居少城北,遥对岷山阳。车马日盈门,宾客常满堂。曲池荫高树,小径穿丛篁。江鸟飞入帘,山云来到床。题诗芭蕉滑,封酒棕花香。诸将射猎时,君在翰墨场。圣主赏勋业,边城最辉光。与我情绸缪,相知久芬芳。忽作万里别,东归三峡长。

## 太一石鳖崖口潭旧庐招王学士

骤雨鸣淅沥,飕飕豀谷寒。碧潭千馀尺,下见蛟龙蟠。石门吞众流,绝岸呀层峦。幽趣倏万变,奇观非一端。偶逐干禄徒,十年皆小官。抱板寻旧圃,弊庐临迅湍。君子满清朝,小人思挂冠。酿酒漉松子,引泉通竹竿。何必濯沧浪,不能钓严滩。此地可遗老,劝君来考槃。

## 林　卧

偶得鱼鸟趣,复兹水木凉。远峰带雨色,落日摇川光。臼中西山
药,袖里淮南方。唯爱隐几时,独游无何乡。

### 骊姬墓下作　夷吾、重耳墓,隔河相去十三里。

骊姬北原上,闭骨已千秋。浍水日东注,恶名终不流。献公恣耽
惑,视子如仇雠。此事成蔓草,我来逢古丘。蛾眉山月苦,蝉鬓野
云愁。欲吊二公子,横汾无轻舟。

## 东归晚次潼关怀古

暮春别乡树,晚景低津楼。伯夷在首阳,欲往无轻舟。遂登关城
望,下见洪河流。自从巨灵开,流血千万秋。行行潘生赋,赫赫曹
公谋。川上多往事,凄凉满空洲。

## 楚夕旅泊古兴

独鹤唳江月,孤帆凌楚云。秋风冷萧瑟,芦荻花纷纷。忽思湘川
老,欲访云中君。骐骥息悲鸣,愁见豺虎群。

## 先主武侯庙

先主与武侯,相逢云雷际。感通君臣分,义激鱼水契。遗庙空萧
然,英灵贯千岁。

## 文 公 讲 堂

文公不可见,空使蜀人传。讲席何时散,高台岂复全。丰碑文字
灭,冥漠不知年。

## 杨雄草玄台

吾悲子云居,寂寞人已去。娟娟西江月,犹照草玄处。精怪喜无人,睢盱藏老树。

## 司马相如琴台

相如琴台古,人去台亦空。台上寒萧条,至今多悲风。荒台汉时月,色与旧时同。

## 严君平卜肆

君平曾卖卜,卜肆芜已久。至今杖头钱,时时地上有。不知支机石,还在人间否。

## 张　仪　楼

传是秦时楼,巍巍至今在。楼南两江水,千古长不改。曾闻昔时人,岁月不相待。

## 升　仙　桥

长桥题柱去,犹是未达时。及乘驷马车,却从桥上归。名共东流水,滔滔无尽期。

## 万　里　桥

成都与维扬,相去万里地。沧江东流疾,帆去如鸟翅。楚客过此桥,东看尽垂泪。

# 石　犀

江水初荡潏,蜀人几为鱼。向无尔石犀,安得有邑居。始知李太守,伯禹亦不如。

# 龙　女　祠

龙女何处来,来时乘风雨。祠堂青林下,宛宛如相语。蜀人竞祈恩,捧酒仍击鼓。

## 使交河郡郡在火山脚其
## 地苦热无雨雪献封大夫

奉使按胡俗,平明发轮台。暮投交河城,火山赤崔巍。九月尚流汗,炎风吹沙埃。何事阴阳工,不遣雨雪来。吾君方忧边,分阃资大才。昨者新破胡,安西兵马回。铁关控天涯一作崖,万里何辽哉。烟尘不敢飞,白草空皑皑。军中日无事,醉舞倾金罍。汉代李将军,微功合一作今可咍。

## 与鲜于庶子自梓州成都少
## 尹自褒城同行至利州道中作

剖竹向西蜀,岷峨眇天涯。空深北阙恋,岂惮南路赊。前日登七盘,旷然见三巴。汉水出嶓冢,梁山控褒斜。栈道笼迅湍,行人贯层崖。岩倾劣通马,石窄难容车。深林怯魑魅,洞穴防龙蛇。水种新插秧,山田正烧畲。夜猿啸山雨,曙鸟鸣江花。过午方始饭,经时旋及瓜。数公各游宦,千里皆辞家。言笑忘羁旅,还如在京华。

# 下外江舟怀终南旧居

杉冷晓猿悲,楚客心欲绝。孤舟巴山雨,万里阳台月。水宿已淹时,芦花白如雪。颜容老难赪,把镜悲鬓发。早年好金丹,方士传口诀。敝庐终南下,久与真侣别。道书谁更开,药灶烟遂灭。顷来压尘网,安得有仙骨。岩壑归去来,公卿是何物。

# 安西馆中思长安

家在日出处,朝来起东风。风从帝乡来,不异家信通。绝域地欲尽,孤城天遂穷。弥年但走马,终日随飘蓬。寂寞不得意,辛勤方在公。胡尘净古塞,兵气屯边空。乡路眇天外,归期如梦中。遥凭长房术,为缩天山东。

# 暮 秋 山 行

疲马卧长坡,夕阳下通津。山风吹空一作长林,飒飒如有人。苍旻霁凉雨,石路无飞尘。千念集暮节,万籁悲萧晨。鹍鸡昨夜鸣,蕙草色已陈。况在远行客,自然多苦辛。

# 赴犍为经龙阁道

侧径转一作搏青壁,危梁透沧波。汗流出鸟道,胆碎窥龙一作鱼涡。骤雨暗豀口一作溪谷,归云网松萝。屡闻羌儿笛,厌听巴童歌。江路险复永,梦魂愁更多。圣朝幸典郡,不敢嫌岷峨。

# 江上一作山阻风雨

江上风欲来,泊舟未能发。气昏雨已过,突兀山复出。积浪成高丘,盘涡为嵌窟。云低岸花掩,水涨滩草没。老树蛇蜕皮,崩崖龙退骨。平生抱忠信,艰险殊可忽。

## 经　火　山

火山今始见,突兀蒲昌东。赤焰烧虏云,炎氛蒸塞空。不知阴阳
炭,何独然此中。我来严冬时,山下多炎风。人马尽汗流,孰知造
化功。

## 题铁门关楼

铁关天西涯,极目少行客。关门一小吏,终日对石壁。桥跨千仞
危,路盘两崖窄。试登西楼望,一望头欲白。

## 早上五盘岭

平旦驱驷马,旷然出五盘。江回两崖斗,日隐群峰攒。苍翠烟景
曙,森沉云树寒。松疏露孤驿,花密藏回滩。栈道谿雨滑,畲田原
草干。此行为知己,不觉蜀道难。

## 峨眉东脚临江听猿怀二室旧庐

峨眉烟翠新,昨夜秋雨洗。分明峰头树,倒插秋江底。久别二室
间,图他五斗米。哀猿不可听,北客欲流涕。

## 东归发犍为至泥谿舟中作

前日解侯印,泛舟归山东。平旦发犍为,逍遥信回风。七月江水
大,沧波涨秋空。复有峨眉僧,诵经在舟中。夜泊防虎豹,朝行逼
鱼龙。一道鸣迅湍,两边走连峰。猿拂岸花落,鸟啼檐树重。烟霭
吴楚连,溯沿湖海通。忆昨在西掖,复曾入南宫。日出朝圣人,端
笏陪群公。不意今弃置,何由豁心胸。吾当海上去,且学乘桴翁。

# 阻戎泸间群盗

申岁,余罢官东归,属断江路时淹泊戎州作。

南州林莽深,亡命聚其间。杀人无昏晓,尸积填江湾。饿虎衔髑髅,饥乌啄心肝。腥臊滩草死,血流江水殷。夜雨风萧萧,鬼哭连楚山。三江行人绝,万里无征船。唯有白鸟飞,空见秋月圆。罢官自南蜀,假道来兹川。瞻望阳台云,惆怅不敢前。帝乡北近日,泸口南连蛮。何当遇长房,缩地到京关。愿得随琴高,骑鱼向云烟。明主每忧人,节使恒在边。兵革方御寇,尔恶胡不悛。吾窃悲尔徒,此生安得全。

# 郡斋闲坐

负郭无良田,屈身徇微禄。平生好疏旷,何事就羁束。幸曾趋丹墀,数得侍黄屋。故人尽荣宠,谁念此幽独。州县非宿心,云山欣满目。顷来废章句,终日披案牍。佐郡竟何成,自悲徒碌碌。

# 衙郡守还

洪迈曰:监司郡守初上事,既受官吏参谒,至晡时,僚属复伺于客次,胥吏立庭下通刺曰衙,以听进退之命。

世事何反覆,一身难可料。头白翻折腰,还家私自笑。所嗟无产业,妻子嫌不调。五斗米留人,东谿忆垂钓。

# 行军诗二首 时扈从在凤翔

吾窃悲此生,四十幸未老。一朝逢世乱,终日不自保。胡兵夺长安,宫殿生野草。伤心五陵树,不见二京道。我皇在行军,兵马日浩浩。胡雏尚未灭,诸将恳征讨。昨闻咸阳败,杀戮净如扫。积尸

若丘山,流血涨丰镐。干戈碍乡国,豺虎满城堡。村落皆无人,萧
条空桑枣。儒生有长策,无处豁怀抱。块然伤时人,举首哭苍昊。
早知逢世乱,少小谩读书。悔不学弯弓,向东射狂胡。偶从谏官
列,谬向丹墀趋。未能匡吾君,虚作一丈夫。抚剑伤世路,哀歌泣
良图。功业今已迟,览镜悲白须。平生抱忠义,不敢私微躯。

## 秋夕听罗山人弹三峡流泉

皤皤岷山老,抱琴鬓苍然。衫袖拂玉徽,为弹三峡泉。此曲弹未
半,高堂如空山。石林何〔飕飗〕(魆魃),忽在窗户间。绕指弄鸣咽,
青丝激潺湲。演漾怨楚云,虚徐韵秋烟。疑兼阳台雨,似杂巫山
猿。幽引鬼神听,净令耳目便。楚客肠欲断,湘妃泪斑斑。谁栽青
桐枝,缅以朱丝弦。能含古人曲,递与今人传。知音难再逢,惜君
方老年。曲终月已落,惆〔怅〕(帐)东斋眠。

## 尹相公京兆府中棠树降甘露诗

相国尹京兆,政成人不欺。甘露降府庭,上天表无私。非无他人
家,岂少群木枝。被兹甘棠树,美掩召伯诗。团团甜如〔蜜〕(密),晶
晶凝若脂。千柯玉光碎,万叶珠颗垂。昆仑何时来,庆云相逐飞。
魏宫铜盘贮,汉帝金掌持。王泽布人和,精心动灵祇。君臣日同
德,祯瑞方潜施。何术令大臣,感通能及兹。忽惊政化理,暗与神
物期。却笑赵张辈,徒称今古稀。为君下天酒,麴糵将用时。

## 刘相公中书江山画障

相府征墨妙,挥毫天地穷。始知丹青笔,能夺造化功。潇湘在帘
间,庐壑横座中。忽疑凤凰池,暗与江海通。粉白湖上云,黛青天
际峰。昼日恒见月,孤帆如有风。岩花不飞落,涧草无春冬。担锡

香炉缁,钓鱼沧浪翁。如何平津意,尚想尘外踪。富贵心独轻,山林兴弥浓。喧幽趣颇异,出处事不同。请君为苍生,未可追赤松。

## 精 卫

负剑出北门,乘桴适东溟。一鸟海上飞,云是帝女灵。玉颜溺水死,精卫空为名。怨积徒有志,力微竟不成。西山木石尽,巨壑何时平。

## 石上藤 得上字

石上生孤藤,弱蔓依石长。不逢高枝引,未得凌空上。何处堪托身一作可堪托,为君长万丈。

# 全唐诗卷一九九

## 岑 参

### 临河客舍呈狄明府兄留题县南楼

黎阳城南雪正飞，黎阳渡头人未归—作渡口人渡稀。河边酒家堪寄宿，主人小女能缝衣。故人高卧黎阳县，一别三年不相见。邑中雨雪偏著时，隔河东郡人遥羡。邺都唯见古时丘，漳水还如旧日流。城上望乡应不见，朝来好是懒登楼。

### 客舍悲秋有怀两省旧游呈幕中诸公

三度为郎便白头，一从出守五经秋。莫言圣主长不用，其那苍生应未休。人间岁月如流水，客舍秋风今又起。不知心事向谁论，江上蝉鸣空满耳。

### 白雪歌送武判官归京

北风卷地白草折，胡天八月即飞雪。忽然一夜春风来，千树万树梨花开。散入珠帘湿罗幕，狐裘不暖锦衾薄。将军角一作雕弓不得控，都护铁衣冷难著。瀚海阑干百丈一作千尺冰，愁云黪淡万里凝。中军置酒饮归客，胡琴琵琶与羌笛。纷纷暮雪下辕门，风掣红旗冻

不翻。轮台东门送君去,去时雪满天山路。山回路转不见君,雪上
空留马行处。

## 热海行送崔侍御还京

侧闻阴山胡儿语,西头热海水如煮。海上众鸟不敢飞,中有鲤鱼长
且肥。<sub>海中有赤鲤。</sub>岸傍青草常不歇,空中白雪遥旋灭。蒸沙烁石
然虏云,沸浪炎波煎汉月。阴火潜烧天地炉,何事偏烘西一隅。势
吞月窟侵太白,气连赤坂通单于。送君一醉天山郭,正见夕阳海边
落。柏台霜威寒逼人,热海炎气为之一作君薄。

## 轮台歌奉送封大夫出师西征

轮台城头夜吹角,轮台城北旄头落。羽书昨夜过渠黎,单于已在金
山西。戍楼西望烟尘黑,汉兵屯在轮台北。上将拥旄西出征,平明
一作小胡吹笛大军行。四边伐一作戍鼓雪海涌,三军大呼阴山动。虏
塞兵气连云屯,战场白骨缠草根。剑河风急雪片阔,沙一作河口石
冻马蹄脱。亚相勤王甘苦辛,誓将报主静边尘。古来青史谁不见,
今见功名胜古人。

## 敷水歌送窦渐入京

罗敷昔时秦氏女,千载无人空处所。昔时流水至今流,万事皆逐东
流去。此水东流无尽期,水声还似旧来时。岸花仍自羞红脸,堤柳
犹能学翠眉。春去秋来不相待,水中月色长不改。罗敷养蚕空耳
闻,使君五马今何在。九月霜天水正寒,故人西去度征鞍。水底鲤
鱼幸无数,愿君别后垂尺素。

## 天山雪歌送萧治—作沼归京

天山有雪常不开,千峰万岭雪崔嵬。北风夜卷赤亭口,一夜天山雪
更厚。能兼汉月照银山,复逐胡风过铁关。交河城边飞鸟绝,轮台
路上马蹄滑。晻霭寒氛万里凝,阑干阴崖千丈冰。将军狐裘卧不
暖,都护宝刀冻欲断。正是天山雪下时,送君走马归京师。雪中何
以赠君别,惟有青青松树枝。

## 火山云歌送别

火山突兀赤亭口,火山五月火云厚。火云满山凝未开,飞鸟千里不
敢来。平明乍逐胡风断,薄暮浑随塞雨回。缭绕斜吞铁关树,氛氲
半掩交河戍。迢迢征路火山东,山上孤云随马去。

## 青门歌送东台张判官

青门金锁平旦开,城头日出使车回。青门柳枝正堪折,路傍一日几
人别。东出青门路不穷,驿楼官树灞陵东。花扑征衣看似绣—作
锦,云随去马色疑骢。胡姬酒垆日未午,丝绳玉缸酒如乳。灞头落
花没马蹄,昨夜微雨花成泥。黄鹂翅湿飞转低,关东尺书醉懒题。
须臾望君不可见,扬鞭飞鞚疾如箭。借问使乎何时来,莫作东飞伯
劳西飞燕。

## 梁园歌送河南王说判官

君不见梁孝王修竹园,颓墙隐磷势仍存。娇娥曼脸成草蔓,罗帏珠
帘空竹根。大梁一旦人代改,秋月春风不相待。池中几度雁新来,
洲上千年鹤应在。梁园中有雁池、鹤洲。梁园二月梨花飞,却似梁王雪
下时。当时置酒延枚叟,肯料平台狐兔走。万事翻覆如浮云,昔人

空在今人口。单父古来称宓生，只今为政有吾兄。家兄时宰单父辒轩若过梁园道，应傍琴台闻政声。

## 走马川行奉送出师西征 一作行

君不见走马川行雪海边一作君不见走马沧海边，平沙莽莽黄入天。轮台九月风夜吼，一川碎石大如斗，随风满地石乱走。匈奴草黄马正肥，金山西见烟尘飞，汉家大将西出师。将军金甲夜不脱，半夜军行戈相拨，风头如刀面如割。马毛带雪汗气蒸，五花连钱旋作冰，幕中草檄砚水凝。虏骑闻之应胆慑，料知短兵不敢接，车师西门伫献捷。

## 函谷关歌送刘评事使关西

君不见函谷关，崩城毁壁至今在。树根草蔓遮古道，空谷千年长不改。寂寞无人空旧山，圣朝无外一作事不须关。白马公孙何处去，青牛老人更不还。苍苔白骨空满地，月与古时长相似。野花不省见行人，山鸟何曾识关吏。故人方乘使者车，吾知郭丹却不如。请君时忆关外客，行到关西多致书。

## 胡笳歌送颜真卿使赴河陇

君不闻胡笳声最悲，紫髯绿一作碧眼胡人吹。吹之一曲犹未了，愁杀楼兰征戍儿。凉秋八月萧关道，北风吹断天山草。昆仑山南月欲斜，胡人向月吹胡笳。胡笳怨兮将送君，秦山遥望陇山云。边城夜夜多愁梦，向月胡笳谁喜闻。

## 秦筝歌送外甥萧正归京

汝不闻秦筝声最苦，五色缠弦十三柱。怨调慢声如欲语，一曲未终

日移午。红亭水木不知暑,忽弹黄钟和白纻。清风飒来云不去,闻
之酒醒泪如雨。汝归秦兮弹秦声,秦声悲兮聊送汝。

## 与独孤渐道别长句兼呈严八侍御

轮台客舍春草满,颍阳归客肠堪断。穷荒绝漠鸟不飞,万碛千山梦
犹懒。怜君白面一书生,读书千卷未成名。五侯贵门脚不到,数亩
山田身自耕。兴来浪迹无远近,及至辞家忆乡信。无事垂鞭信马
头,西南几欲穷天尽。〔奉〕(秦)使三年独未归,边头词客旧来稀。
借问君来得几日,到家不觉换春衣。高斋清昼卷帷幕,纱帽接䍦慵
不著。中酒朝眠日色高,弹棋夜半灯花落。冰片高堆金错盘,满堂
凛凛五月寒。桂林蒲萄新吐蔓,武城刺蜜未可餐。军中置酒夜挝
鼓,锦筵红烛月未午。花门将军善胡歌,叶河蕃王能汉语。知尔园
林压渭滨,夫人堂上泣罗裙。鱼龙川北盘谿雨,鸟鼠山西洮水云。
台中严公于我厚,别后新诗满人口。自怜弃置天西头,因君为问相
思否。

## 送费子归武昌

汉阳归客悲秋草,旅舍叶飞愁不扫。秋来倍忆武昌鱼,梦著只在巴
陵道。曾随上将过祁连,离家十年恒在边。剑锋可惜虚用尽,马蹄
无事今已穿。知君开馆常爱客,樗蒲百金每一掷。平生有钱将与
人,江上故园空四壁。吾观费子毛骨奇,广眉大口仍赤髭。看君失
路尚如此,人生贵贱那得知。高秋八月归南楚,东门一壶聊出祖。
路指凤皇山北云,衣沾鹦鹉洲边雨。勿叹蹉跎白发新,应须守道勿
羞贫。男儿何必恋妻子,莫向江村老却人。

## 送韩巽入都觐省便赴举

槐叶苍苍柳叶黄,秋高八月天欲霜。青门百壶送韩侯,白云千里连
嵩丘。北堂倚门望君忆,东归扇枕后秋色。洛阳才子能几人,明年
桂枝是君得。

## 送李副使赴碛西官军

火山六月应更热,赤亭道口行人绝。知君惯度祁连城,岂能愁见轮
台月。脱鞍一作衣暂入酒家垆,送君万里西击胡。功名只向马上
取,真是英雄一丈夫。

## 凉州馆中与诸判官夜集

弯弯月出挂城头,城头月出照梁一作凉州。凉州七里一作城十万家,
胡人半解弹琵琶。琵琶一曲肠堪断,风萧萧兮夜漫漫。河西幕中
多故人,故人别来三五春。花门楼前见秋草,岂能贫贱相看老。一
生大笑能几回,斗酒相逢须醉倒。

## 酒泉太守席上醉后作

琵琶长笛曲相和,羌儿胡雏齐唱歌。浑炙犁牛烹野驼,交河美酒归
一作金叵罗。三更醉后军中寝,无奈秦山归梦何。

## 偃师东与韩樽同诣景

### 云《英华》无景云二字晖上人即事

山阴老僧解楞伽,颍阳归客远相过。烟深草湿昨夜雨,雨后秋风渡
漕河。空山终日尘事少,平一作出郊远见行人小一作人渺。尚书碛
上黄昏钟,别驾渡头一归鸟。

## 醉题匡城周少府厅壁

妇姑城南风雨秋,妇姑城中人独愁。愁云遮却望乡处,数日不上西
南楼。故人薄暮公事闲,玉壶美酒琥珀殷。颍阳秋草今黄尽,醉卧
君家犹未还。

## 敦煌太守后庭歌

敦煌太守才且贤,郡中无事高枕眠。太守到来山出泉,黄砂碛里人
种田。敦煌耆旧鬓皓然,愿留太守更五年。城头月出星满天,曲房
置酒张锦筵。美人红妆色正鲜,侧垂高髻插金钿。醉坐藏钩红烛
前,不知钩在若个边。为君手把珊瑚鞭,射得半段黄金钱,此中乐
事亦已偏。

## 喜韩樽相过

三月灞陵春已老,故人相逢耐醉倒。瓮头春酒黄花脂,禄米只充沽
酒资。长安城中足年少,独共韩侯开口笑。桃花点地红斑一作如锦
斑,有酒留君且莫还。与君兄弟日携手,世上虚一作浮名好是闲。

## 银山碛西馆

银山碛口风似箭,铁门关西月如练。双双愁泪沾马毛,飒飒胡沙迸
人面。丈夫三十未富贵,安能终日守笔砚。

## 感　遇

五花骢马七香车,云是平阳帝子家。凤皇城头日欲斜,门前高树鸣
春鸦。汉家鲁元君不闻,今作城西一古坟。昔来唯有秦王女,独自
吹箫乘白云。

## 太白胡僧歌 并序

　　太白中峰绝顶,有胡僧,不知几百岁,眉长数寸,身不制缯帛,衣以草叶,恒持《楞伽经》。云壁迥绝,人迹罕到。尝东峰有斗虎,弱者将死,僧杖而解之。西湫有毒龙,久而为患,僧器而贮之。商山赵叟,前年采茯苓,深入太白,偶值此僧,访我而说。予恒有独往之意,闻而悦之,乃为歌曰:

闻有胡僧在太白,兰若去天三百尺。一持楞伽入中峰,世人难见但闻钟。窗边锡杖解两虎,床下钵盂藏一作盛一龙。草衣不针复不线,两耳垂肩眉覆面。此僧年几那得知,手种青松今十围。心将流水同清净,身与浮云无是非。商山老人已曾识,愿一见之何由得。山中有僧人不知,城里看山空黛色。

## 卫节度赤骠马歌

君家赤骠画不得,一团旋风桃花色。红缨紫鞯珊瑚鞭,玉鞍锦韂黄金勒。请君鞲一作鞍出看君骑,尾长窣地如红丝。自矜诸马皆不及,却忆百金新买时。香街紫陌凤城内,满城见者谁不爱。扬鞭骤急白汗流,弄影行骄碧蹄碎。紫髯胡雏金剪刀,平明剪出三鬉高。枥上看时独意气,众中牵出偏雄豪。骑将猎向南山口,城南狐兔不复有。草头一点疾如飞,却使苍鹰翻向后。忆昨看君朝未央,鸣珂拥盖满路香。始知边将真富贵,可怜人马相辉光。男儿称意得如此,骏马长鸣北风起。待君东去扫胡尘,为君一日行千里。

## 田使君美人舞如莲
### 花北𬘡歌 此曲本出北同城

美人舞如莲花旋,世人有眼应未见。高堂满地红氍毹,试舞一曲天

下无。此曲胡人传入汉,诸客见之惊且叹。慢脸娇娥纤复秾,轻罗
金缕花葱茏。回裾转袖若飞雪,左鋋右鋋生旋风。琵琶横笛和未
匝,花门山头黄云合。忽作出塞入塞声,白草胡沙寒飒飒。翻身入
破如有神,前见后见回回新。始知诸曲不可比,采莲落梅徒聒耳。
世人学舞只是舞,恣一作姿态岂能得如此。

## 裴将军宅芦管歌

辽东九月芦叶断,辽东小儿采芦管。可怜新管清且悲,一曲风飘海
头满。海树萧索天雨霜,管声寥亮月苍苍。白狼河北堪愁恨,玄兔
城南皆断肠。辽东将军长安宅,美人芦管会佳客。弄调啾飕胜洞
箫,发声窈窕欺横笛。夜半高堂客未回,只将芦管送君杯。巧能陌
上惊杨柳,复向园中误落梅。诸客爱之听未足,高卷珠帘列红烛。
将军醉舞不肯休,更使美人吹一曲。

## 韦员外家花树歌

今年花似去年好,去年人到今年老。始知人老不如花,可惜落花君
莫扫。君家兄弟不可当,列卿御史尚书郎。朝回花底恒会客,花扑
玉缸春酒香。

## 醉后戏与赵歌儿

秦州歌儿歌调苦,偏能立唱濮阳女。座中醉客不得意,闻之一声泪
如雨。向使逢着汉帝怜,董贤气咽不能语。

## 范公丛竹歌 并序

　　职方郎中兼侍御史范公,乃于陕西使院内种竹,新制丛竹诗以见
示。美范公之清致雅操,遂为歌以和之。

世人见竹不解爱,知君种竹府城内。此君托根幸得地,种来几时闻
已大。盛暑脩脩丛色寒,闲宵槭槭叶声干。能清案牍帘下见,宜对
琴书窗外看。为君成阴将蔽日,迸笋穿阶踏还出。守节偏凌御史
霜,虚心愿比郎官笔。君莫爱南山松树枝,竹色四时也不移。寒天
草木黄落尽,犹自青青君始知。

## 玉门关盖将军歌

盖将军,真丈夫。行年三十执金吾,身长七尺颇有须。玉门关城迥
且孤,黄沙万里白草枯。南邻犬戎北接胡,将军到来备不虞。五千
甲兵胆力粗,军中无事但欢娱。暖屋绣帘红地炉,织成壁衣花氍
毹。灯前侍婢泻玉壶,金铛乱点野酡酥。紫绂金章左右趋,问著只
是苍头奴。美人一双闲且都,朱唇翠眉映明胪一作眸。清歌一曲世
所无,今日喜闻凤将雏。可怜绝胜秦罗敷,使君五马谩踟蹰。野草
绣窠紫罗襦,红牙缕马对樗蒲。玉盘纤手撒一作揉作卢,众中夸道
不曾输。枥上昂昂皆骏驹,桃花叱拨价最殊。骑将猎向城南隅,腊
日射杀千年狐。我来塞外按边储,为君取醉酒剩沽。醉争酒盏相
喧呼,忽一作却忆咸阳旧酒徒。

## 赠酒泉韩太守

太守有能政,遥闻如古人。俸钱尽供客,家计常清贫。酒泉西望玉
关道,千山万碛皆白草。辞君走马归长安,忆君倏忽令人老。

## 赠西岳山人李冈

君隐处,当一星。莲花峰头饭黄精,仙人掌上演丹经。鸟可到,人
莫攀,隐来十年不下山。袖中短书谁为达,华阴道士卖药还。

## 送张献心充副使归河西杂句

将门子弟君独贤,一从受命常在边。未至三十已高位,腰间金印色
赭然。前日承恩白虎殿,归来见者谁不羡。箧中赐衣十重馀,案上
军书十二卷。看君谋智若有神,爱君词句皆清新。澄湖万顷深见
底,清冰一片光照人。云中昨夜使星动,西门驿楼出相送。玉瓶素
蚁腊酒香,金鞭白马紫游缰。花门南,燕支北,张掖城头云正 一作碛
云黑,送君一去天外忆。

## 送郭乂杂言

地上青草出,经冬今始归。博陵无近信,犹未换春衣。怜汝不忍
别,送汝上酒楼。初行莫早发,且宿霸桥头。功名须及早,岁月莫
虚掷。早年已工诗,近日兼注易。何时过东洛,早晚度盟津。朝歌
城边柳蓁地,邯郸道上花扑人。去年四月初,我正在河朔。曾上君
家县北楼,楼上分明见恒岳。中山明府待君来,须计行程及早回。
到家速觅长安使,待汝书封我自开。

## 送魏升卿 一作叔虹 擢第归
## 东都因怀魏校书陆浑乔潭

井上桐叶雨 一作赤,瀍亭卷秋风。故人适战胜,匹马归山东。问君
今年三十几,能使香名满人耳。君不见三峰直上五千仞,见君文章
亦如此。如君兄弟天下稀,雄辞健笔皆若飞。将军金印蝥紫绶,御
史铁冠重绣衣。乔生作尉别来久,因君为问平安否。魏侯校理复
何如,前日人来不得书。陆浑山下佳可赏,蓬阁闲时日应往。自料
青云未有期,谁知白发偏能长。垆头青丝白玉瓶,别时相顾酒如
倾。摇鞭举袂忽不见,千树万树空蝉鸣。

## 送魏四落第还乡

东归不称意,客舍戴胜鸣。腊酒饮未尽,春衫缝已成。长安柳枝春欲来,洛阳梨花在前开。魏侯池馆今尚在,犹有太师歌舞台。君家盛德岂徒然,时人注意在吾贤。莫令别后无佳句,只向垆头空醉眠。

## 送宇文南金放后归太原寓居因呈太原郝主簿

归去不得意,北京关路赊。却投晋山老,愁见汾阳花。翻作灞陵客,怜君丞相家。夜眠旅舍雨,晓辞春城鸦。送君系马青门口,胡姬垆头劝君酒。为问太原贤主人,春来更有新诗否。

## 西亭子送李司马

高高亭子郡城西,直上千尺与云齐。盘崖缘壁试攀跻,群山向下飞鸟低。使君五马天半嘶,丝绳玉壶为君提。坐来一望无端倪,红花绿柳莺乱啼。千家万井连回豀,酒行未醉闻暮鸡,点笔操纸为君题。为君题,惜解携。草萋萋,没马蹄。

## 渔　父

扁舟沧浪叟,心与沧浪清。不自道乡里,无人知姓名。朝从滩上饭,暮向芦中宿。歌竟还复歌,手持一竿竹。竿头钓丝长丈馀,鼓枻乘流无定居。世人那得识一作解深意,此翁取适非取鱼。

## 登古邺城

下马登邺城,城空复何见。东风吹野火,暮入飞云殿一作入暮飞云电。

城隅南对望陵台,漳水东流不复回。武帝宫中人去尽,年年春色为谁来。

## 邯郸客舍歌

客从长安来,驱马邯郸道。伤心丛台下,一带生蔓草。客舍门临漳水边,垂杨下系钓鱼船。邯郸女儿夜沽酒,对客挑灯夸数钱。酩酊醉时日正午,一曲狂歌垆上眠。

## 宿蒲关东店忆杜陵别业

关门锁归客,一夜梦还家。月落河上晓,遥闻秦树鸦。长安二月归正好,杜陵树边纯是花。

## 感　遇

北山有芳杜,靡靡花正发。未及得采之,秋风忽吹杀。君不见拂云百丈青松柯,纵使秋风无奈何。四时常作青黛色,可怜杜花不相识。

## 优钵罗花歌 并序

　　参尝读佛经,闻有优钵罗花,目所未见。天宝庚申岁,参忝大理评事,摄监察御史,领伊西北庭度支副使。自公多暇,乃于府庭内栽树种药,为山凿池,婆娑乎其间,足以寄傲。交河小吏有献此花者,云得之于天山之南,其状异于众草,势笼如冠弁,嶷然上耸,生不傍引。攒花中折(一作坼),骈叶外包,异香腾风,秀色媚景。因赏而叹曰:“尔不生于中土,僻在遐裔,使牡丹价重,芙蓉誉高,惜哉!夫天地无私,阴阳无偏,各遂其生,自物厥性,岂以偏地而不生乎!岂以无人而不芳乎!适此花不遭小吏,终委诸山谷,亦何异怀才之士,未会明主,摈于林薮邪。”因感而为歌,歌曰:

白山南,赤山北。其间有花人不识,绿茎碧叶好颜色。叶六瓣,花九房。夜掩朝开多异香,何不生彼中国兮生西方。移根在庭,媚我公堂。耻与众草之为伍,何亭亭而独芳。何不为人之所赏兮,深山穷谷委严霜。吾窃悲阳关道路长,曾不得献于君王。

## 蜀一作戎葵花歌

《英华》作刘眘虚诗,注云:附见岑参诗

昨日一花开,今日一花开。今日花正好,昨日花已老。始知人老不如花,可惜落花君莫扫。上二句与《韦员外家花树歌》相重,他本多无此二句。人生不得长少年,莫惜床头沽酒钱。请君有钱向酒家,君不见,蜀葵花。

## 题李士曹厅壁画度雨云歌

似出栋梁里,如和风雨飞。掾曹有时不敢归,谓言雨过湿人衣。

## 入蒲关先寄秦中故人

秦山数点似青黛,渭上一作水一条如白练。京师故人不可见,寄将两眼看飞燕。

# 全唐诗卷二〇〇

## 岑 参

### 长 门 怨

君王嫌妾妒,闭妾在一作向长门。舞袖垂新宠,愁眉结旧恩。绿钱
侵履迹,红粉湿啼痕。羞被夭桃笑,看春独不言。

### 寄左省杜拾遗

联步趋丹陛,分曹限紫微。晓随天仗入,暮惹御香归。白发悲花
落,青云羡鸟飞。圣朝无阙事,自觉谏书稀。

### 岁暮碛外寄元撝

西风传戍鼓,南望见前军。沙碛人愁月,山城犬吠云。别家逢逼
岁,出塞独离群。发到阳关白,书今远报君。

### 寄宇文判官

西行殊未已,东望何时还。终日风与雪,连天沙复山。二年领公
事,两度过阳关。相忆不可见,别来头已斑。

# 宿关西客舍寄东山严许二山人时天宝初
# 七月初三日在内学见有高一本有近字道举征

别本俱作七月三日在内学见有高道举征宿关西客舍寄东山严许二山人。

云送关西雨，风传渭北秋。孤灯然客梦，寒杵捣乡愁。滩上思严子，山中忆许由。苍生今有望，飞诏下林丘。

## 丘中春卧寄王子

田中开白室，林下闭玄关。卷迹人方处，无心云自闲。竹深喧暮鸟，花缺露春山。胜事那能说，王孙去未还。

## 江行夜宿龙吼滩临眺
## 思峨眉隐者兼寄幕中诸公

官舍临江口，滩声人一作已惯闻。水烟晴吐月，山火夜烧云。且欲寻方士，无心恋使君。异乡何可住，况复久离群。

## 汉川山行呈成少尹

西蜀方携手，南宫忆比肩。平生犹不浅，羁旅转相怜。山店云迎客，江村犬吠船。秋来取一醉，须待月光眠。

## 奉和杜相公初发京城作

按节辞黄阁，登坛恋赤墀。衔恩期报主，授律远行师。野鹊迎金印，郊云拂画旗。叨陪幕中客，敢和出车诗。

## 敬酬李判官使院即事见呈

公府日无事,吾徒只是闲。草根侵柱础,苔色上门关。饮砚时见鸟,卷帘晴对山。新诗吟未足,昨夜梦东还。

## 虢州酬辛侍御见赠

门柳叶已大,春花今复阑。鬓毛方二色,愁绪日千端。夫子屡新命,鄙夫仍旧官。相思难见面,时展尺书看。

## 酬崔十三侍御登玉垒山思故园见寄

玉垒天晴望,诸峰尽觉低。故园江树北,斜日岭云西。旷野看人小,长空共鸟齐。高山徒仰止,不得日攀跻。

## 南楼送卫凭 得归字

近县多过一作来客,似君诚亦稀。南楼取凉好,便送故人归。鸟向望中灭,雨侵晴处飞。应须乘月去,且为解征衣。

## 送王伯伦应制授正字归

当年最称意,数子不如君。战胜时偏许,名高人共一作总闻。半天城北雨,斜日灞西云。科斗皆成字,无令错古文。

## 送宇文舍人出宰元城 得阳字

双凫出未央,千里过河阳。马带新行色,衣闻旧御香。县花迎墨绶,关柳拂铜章。别后能为政,相思淇水长。

## 崔驸马山池重送宇文明府 得苗字

竹里过红桥，花间藉绿苗。池凉醒别酒，山翠拂行镳。风去妆楼闭，凫飞叶县遥。不逢秦女在，何处听吹箫。

## 送李郎尉武康

潘郎腰绶新，雪上县花春。山色低官舍，湖光映吏人。不须嫌邑小，莫即耻家贫。更作东征赋，知君有老亲。

## 碛西头送李判官入京

一身从远使，万里向安西。汉月垂乡泪，胡沙费一作损马蹄。寻河愁地尽，过碛觉天低。送子军中饮，家书醉里题。

## 陪使君早春西亭送王赞府赴选 得归字

西亭系五马，为送故人归。客舍草新出，关门花欲飞。到来逢岁酒，却去换春衣。吏部应相待，如君才调稀。

## 送刘郎将归河东 同用边字

借问虎贲将，从军凡几年。杀人宝刀缺，走马貂裘穿。山雨醒别酒，关云迎渡船。谢君贤主将，岂忘轮台边。参曾北庭事赵中丞，故有下句。

## 浐水东店送唐子归嵩阳

野店临官路，重城压御堤。山开灞水北，雨过杜陵西。归梦秋能作，乡书醉懒题。桥回忽不见，征马尚闻嘶。

## 西亭送蒋侍御还京 得来字

忽闻骢马至,喜见故人来。欲语多时别,先愁计日回。山河宜晚
眺,云雾待—作赖君开。为报乌台客,须怜白发催。

## 水亭送刘颙使还归节度 得低字

无计留君住,应须绊马蹄。红亭莫惜醉,白日眼看低。解带怜高
柳,移床爱小溪。此来相见少,正—作政事各东西。

## 送杨录事充潼关判官 得江字。一作充使。

夫子方寸里,秋天澄雾江。关西望第一,郡内政无双。狭室下珠
箔,连宵倾玉缸。平明—作使乎犹未醉,斜月隐书—作高,一作吟窗。

## 送裴判官自贼中再归河阳幕府

东郊未解围,忠义似君稀。误落胡尘里,能持汉节归。卷帘山对
酒,上马雪沾衣。却向嫖姚幕,翩翩去若飞。

## 送陕县王主簿赴襄阳成亲

六月襄山道,三星汉水边。求凰应不远,去马剩须鞭。野店愁中
雨,江城梦里蝉。襄阳多故事,为我访先贤。

## 送李卿赋得孤岛石 得离字

一片他山石,巉巉映小池。绿窠攒剥藓,尖硕—作顶坐鸬鹚。水底
看常倒,花边势欲攲。君心能不转,卿月岂相离。

# 送王录事却归华阴

王录事自华阴尉授虢州录事参军，旬日却复旧官。

相送欲狂歌，其如此别何。攀辕人共惜，解印日无多。仙掌云重见，关门路再过。双鱼莫不寄，县外是黄河。

# 送二十二兄北游寻罗中

斗柄欲东指，吾兄方北游。无媒谒明主，失计干诸侯。夜雪入穿履，朝霜凝敝裘。遥知客舍饮，醉里闻春鸠。

# 送郑堪归东京汜水别业 得闲字

客舍见春草，忽闻思旧山。看君灞陵去，匹马成皋还。对酒风与雪，向家河复关。因悲宦游子，终岁无时闲。

# 送崔全被放归都觐省

夫子不自炫，世人知者稀。来倾阮氏酒，去著老莱衣。渭北草新出，关东花欲飞。楚王犹自惑，宋玉且将归。

# 送孟孺卿落第归济阳

献赋头欲白，还家衣已穿。羞过灞陵树，归种汶阳田。客舍少乡信，床头无酒钱。圣朝徒侧席，济上独遗贤。

# 送裴校书从大夫淄川觐省

尚书未应作东出守，爱子向青州。一路通关树，孤城近海楼。怀中江橘熟，倚处戟门秋。更奉轻轩去，知君无客愁。

## 送杨千牛一作秋趁岁赴
## 汝南郡觐省便成婚 得寒字

问吉转征鞍,安仁道姓潘。归期明主赐,别酒故人欢。珠箔障炉暖,狐裘耐腊寒。汝南遥倚望,早去及春盘。

## 送胡象落第归王屋别业

看君尚少年,不第莫凄然。可即疲献赋,山村归种田。野花迎短褐,河柳拂长鞭。置酒聊相送,青门一醉眠。

## 送颜韶 得飞字

迁客犹未老,圣朝今复归。一从襄阳住,几度梨花飞。世事了可见,怜君人亦稀。相逢贪醉卧,未得作春衣。

## 送杜佐下第归陆浑别业

正月今一作初欲半,陆浑花未开。出关见青草,春色正东来。夫子且归去,明时方爱才。还须及秋赋,莫即隐嵩莱。

## 送张郎中赴陇右
## 觐省卿公时张卿公亦充节度留后

中郎凤一毛,世上独贤豪。弱冠已银印,出身唯宝刀。还家卿月迥,度陇将星高。幕下多相识,边书醉懒操。

## 送楚丘麴少府赴官

青袍美少年,黄绶一神仙。微子城东面,梁王苑北边。桃花色似马,榆荚小于钱。单父闻相近,家书早为传。

## 送蜀郡李掾 一作接,非。

饮酒俱未醉,一言聊赠君。功曹善为政,明主还应闻。夜宿剑门月,朝行巴水云。江城菊花发,满道香氛氲。

## 送郑少府赴滏阳

子真河朔尉,邑里带清漳。春草迎袍色,晴花拂绶香。青山入官舍,黄鸟度宫墙。若到铜台上,应怜魏寝荒。

## 还高冠潭口留别舍弟

昨日山有信,只今耕种时。遥传杜陵叟,怪我还山迟。独向潭上酌,无人林下棋。东谿忆汝处,闲卧对鸬鹚。

## 醴泉东谿送程皓元镜微入蜀 得寒字

蜀郡路漫漫,梁州过七盘。二人来信宿,一县醉衣冠。谿逼春衫冷,林交宴席寒。西南如喷酒,遥向雨中看。

## 夏初醴泉南楼送太康颜少府

何地堪相饯,南楼出万家。可怜高处送,远见故人车。野果新成子,庭槐欲作花。爱君兄弟好,书向颍中夸。

## 送严诜擢第归蜀

巴江秋月新,阁道发征轮。战胜真才子,名高动世人。工文能似舅,擢第去荣亲。十月天官待,应须早赴秦。

## 送张直公归南郑拜省

夫子思何速,世人皆叹奇。万言不加点,七步犹嫌迟。对酒落日后,还家飞雪时。北堂应久待,乡梦促征期。

## 送周子落第游荆南

足下复不第,家贫寻故人。且倾湘南酒,羞对关西尘。山店橘花发,江城枫叶新。若从巫峡过,应见楚王神。

## 送薛彦伟擢第东归

时辈似君稀,青春战胜归。名登郗诜第,身著老莱衣。称意人皆羡,还家马若飞。一枝谁不折,棣萼独相辉。

## 送杨瑗<sub>一作张子</sub>尉南海

不择南州尉,高堂有老亲。楼台重蜃气,邑里杂鲛人。海暗三山雨,花<sub>一作江</sub>明五岭春。此乡多宝玉,慎莫厌清贫。

## 凤翔府行军送程使君赴成州

程侯新出守,好日发行军。拜命时人羡,能官圣主闻。江楼黑塞雨,山郭冷秋云。竹马诸童子,朝朝待使君。

## 送张升卿宰新滏

官柳叶尚小,长安春未浓。送君浔阳宰,把酒青门钟。水驿楚云冷,山城江树重。遥知南湖上,只对香炉峰。

## 送陈子归陆浑别业

虽不旧相识,知君丞相家。故园伊川上,夜梦方山花。种药畏春
过,出关愁路赊。青门酒垆别,日暮东城鸦。

## 稠桑驿喜逢严河南中丞便别 得时字

驷马映花枝,人人夹路窥。离心且莫问,春草自应知。不谓青云
客,犹思紫禁时。参忝西掖,曾联接。别君能几日,看取鬓成丝。

## 送蒲秀才擢第归蜀

去马疾如飞,看君战胜归。新登郄诜第,更著老莱衣。上四句与送薛
彦〔伟〕诗相同。汉水行人少,巴山客舍稀。向南风候暖,腊月见春辉。

## 送郭司马赴伊吾郡请
## 示李明府 郭子是赵节度同好

安西美少年,脱剑卸弓弦。不倚将军势,皆称司马贤。秋山城北
面,古治郡东边。江一作池上舟中月,遥思李郭仙。

## 送滕亢擢第归苏州拜亲

送尔姑苏客,沧波秋正凉。橘怀三个去,桂折一枝将一作香。湖上
山当舍,天边水是乡。江村人事少,时作捕鱼郎。

## 送任郎中出守明州

罢起郎官草,初封刺史符。城边楼枕海,郭里树侵湖。郡政傍连
楚,朝恩独借吴。观涛秋正好,莫不上姑苏。

## 临洮客舍留别祁四

无事向边外，至今仍不归。三年绝乡信，六月未春衣。客舍洮水
聒，孤城胡雁飞。心知别君后，开口笑应稀。

## 送弘文李校书往汉南拜亲

未识已先闻，清辞果出群。如逢祢处士，似见鲍参军。梦暗巴山
雨，家连汉水云。慈亲思爱子，几度泣沾裙。

## 送李别将摄伊吾令充使赴武威便寄崔员外

词赋满书囊，胡为在战场。行间脱宝剑，邑里挂铜章。马疾飞一作
行千里，凫飞向五凉。遥知竹林下，星使对星郎。

## 送四镇薛侍御东归

相送泪沾衣，天涯独未归。将军初得罪，门客复何依。梦去湖山
阔，书停陇雁稀。园林幸接近，一为到柴扉。

## 送张都尉东归

白羽绿弓弦，年年只在边。还家剑锋尽，出塞马蹄穿。逐虏西逾
海，平胡北到天。封侯应不远，燕颔岂徒然。

## 送樊侍御使丹阳便觐

卧病穷巷晚，忽惊骢马来。知君京口去，借问几时回。驿舫江风
引，乡书海雁催。慈亲应倍喜，爱子在霜台。

## 送张卿郎君赴硖石尉

卿家送爱子，愁见灞头春。草羡青袍色，花随黄绶新。县西函谷路，城北大阳津。日暮征鞍去，东郊一片尘。

## 送颜少府投郑陈州

一尉便垂白，数年唯草玄。出关策匹马，逆旅闻秋蝉。爱客多酒债，罢官无俸钱。知君羁思少，所适主人贤。

## 赵少尹南亭送郑侍御归东台 得长字

红一作江亭酒瓮香，白面绣衣郎。砌冷虫喧坐，帘疏雨一作月到床。钟催离兴急，弦逐一作缓醉歌长。关树应先落，随君满鬓一作路霜。

## 祁四再赴江南别诗

万里来又去，三湘东复西。别多人换鬓，行远马穿蹄。山驿秋云冷，江帆暮雨低。怜君不解说，相忆在书题。

## 送许员外江外置常平仓

诏置海陵仓，朝推画省郎。还家锦服贵，出使绣衣香。水驿风催舫，江楼月透床。仍怀陆氏橘，归献老亲尝。

## 送秘省虞校书赴虞乡丞

花绶傍腰新，关东县欲春。残书厌科斗，旧阁别麒麟。虞坂临官舍，条山映吏人。看君有知己，坦腹向平津。

## 送江陵泉少府赴任便呈卫荆州

神仙吏姓梅,人吏待君来。渭北草新出,江南花已开。城边宋玉宅,峡口楚王台。不畏无知己,荆州甚爱才。

## 奉送李太保兼御史大夫充渭北节度使 即太尉光弼弟

诏出未央宫,登坛近总戎。上公周太保,副相汉司空。弓抱一作挽关西月,旗翻渭北风。弟兄皆许国,天地荷成功。

## 送江陵黎少府

悔系腰间绶,翻为膝下愁。那堪汉水远,更值楚山秋。新橘香官舍,征帆拂县楼。王城一作程不敢住,岂是爱荆州。

## 虢州送天平何丞入京市马

关树晚苍苍,长安近夕阳。回风醒别酒,细雨湿行装。习战边尘黑,防秋塞草黄。知君市骏马,不是学燕王。

## 送扬州王司马

君家旧淮水,水上到扬州。海树青官舍,江云黑郡楼。东南随去鸟,人吏待行一作归舟。为报吾兄道,如今已白头。

## 陕州月城楼送辛判官入奏

送客飞鸟外,城头楼最高。樽前遇风雨,窗里动波涛。谒帝向金殿,随身唯宝刀。相思灞陵月,只有梦偏劳。

## 送王七录事赴虢州

早岁即相知,嗟君最后时。青云仍未达,白发欲成丝。小店关门树,长河华岳祠。弘农人吏待,莫使马行迟。

## 阌乡送上官秀才归关西别业

风尘奈汝—作尔何,终日独波波。亲老无官养,家贫在外多。醉眼轻白发,春梦渡黄河。相去关城—作山近,何时更肯过。

## 送羽林长孙将军赴歙州

剖竹向江濆,能名计日闻。隼旗新刺史,虎剑旧将军。驿舫宿湖月,州城浸海云。青门酒楼上,欲别醉醺醺。

## 送崔主簿赴夏阳

常爱夏阳县,往年曾再过。县中饶白鸟,郭外是黄河。地近行程少,家贫酒债多。知君新称意,好得奈春何。

## 送梁判官归女几旧庐

女几知君忆,春云相逐归。草堂开药裹,苔壁取荷衣。老竹移时小,新花旧处飞。可怜真傲吏,尘事到山稀。

## 送怀州吴别驾

瀍上柳枝黄,垆头酒正香。春流饮去马,暮雨湿行装。驿路通函谷,州城接太行。覃怀人总喜,别驾得王祥。

## 送人归江宁

楚客忆乡信,向家湖水长。住愁春草绿,去喜桂枝香。海月迎归楚,江云引到乡。吾兄应借问,为报鬓毛霜。

## 送襄州任别驾

别乘向襄州,萧条楚地秋。江声官舍里,山色郡城头。莫羡黄公盖,须乘彦伯舟。高阳诸醉客,唯见古时丘。

## 送李司谏归京 得长字

别酒为谁香,春官驳正郎。醉经秦树远,梦怯汉川长。雨过风头黑,云开日脚黄。知君解起草,早去入文昌。

## 送绵州李司马秩满归京因呈李兵部

久客厌江月,罢官思早归。眼看春光一作色老,羞见梨花飞。剑北山居小,巴南音信稀。因君报兵部,愁泪日沾衣。

## 送崔员外入秦一作奏因访故园

欲谒明光殿,先一作应趋建礼门。仙郎去得意,亚相正承恩。竹里巴山道,花间汉水源。凭将两行泪,为访邵平园。

## 送柳录事赴梁州

英掾柳家郎,离亭酒瓮香。折腰思汉北,随传过巴阳。江树连官舍,山云到卧床。知君归梦积,去去剑川长。

## 送韦侍御先归京 得宽字

闻欲朝龙阙,应须拂豸冠。风霜随马去,炎暑为君寒。客泪题书落,乡愁对酒宽。先凭报亲友,后月到一作客长安。

## 送裴侍御赴一作趁岁入京 得阳字

羡他骢马郎,元日谒明光。立处闻天语,朝回惹御香。台寒柏树绿,江暖柳条黄。惜别津亭暮,挥戈忆鲁阳。

## 送颜评事入京

颜子人叹屈,宦游今未迟。仁闻明主用,岂负青云姿。江柳秋吐叶,山花寒满枝。知君客一作穷愁处,月满一作出,一作落。巴川时。

## 送赵侍御归上都

骢马五花毛,青云归处高。霜随驱夏暑,风逐振江涛。执简皆推直,勤王岂告劳。帝城谁不恋,回望动离骚。

## 送　杨　子

斗酒渭城边,垆头耐醉眠。梨花千树雪,杨一作柳叶万条烟。惜别添壶酒,临歧赠马鞭。看君颍上去,新月到家圆。

## 送人赴安西

上马带胡钩,翩翩度陇头。小来思报国,不是爱封侯。万里乡为梦,三边月作愁。早须清黠虏,无事莫经秋。

## 发临洮将赴北庭留别 得飞字

闻说轮台路，连年一作年年见雪飞。春风曾一作长不到，汉使亦应一作
来稀。白草通疏勒，青山过武威。勤王敢道远一作不敢道远思，私向
梦中归。

## 临洮泛舟赵仙舟自北庭罢使还京

白发轮台使，边功竟不成。云沙万里地，孤负一书生。池上风回
舫，桥西雨过城。醉眠乡梦罢，东望羡归程。

## 春日醴泉杜明府承恩五品宴席上赋诗

凫舄旧称仙，鸿私降自天。青袍移草色，朱绶夺花然。邑里雷仍
震，台中星欲悬。吾兄此栖棘，因得贺初筵。

## 早春陪崔中丞同泛浣花谿宴

旌节临谿口，寒郊陡觉暄。红亭移酒席，画舸逗江村。云带歌声
飏，风飘舞袖翻。花间催秉烛，川上欲黄昏。

## 喜华阴王少府使到南池宴集

有客至铃下，自言身姓梅。仙人掌里使，黄帝鼎边来。竹影拂棋
局，荷香随酒杯。池前堪醉卧，待月未须回。

## 行军雪后月夜宴王卿家

子夜雪华馀，卿家月影初。酒香薰枕席，炉气暖轩除。晚岁宦情
薄，行军欢宴疏。相逢剩取醉，身外尽空虚。

## 梁州陪赵行军龙冈寺
## 北庭泛舟宴王侍御 得长字

谁宴霜台使,行军粉署郎。唱歌江鸟没,吹笛岸花香。酒影摇新
月,滩声聒夕阳。江钟闻已暮,归棹绿川长。

## 奉陪封大夫宴得征字时封公兼鸿胪卿

西边虏尽平,何处更专征。幕下人无事,军中政已成。座参殊俗
语,乐杂异方声。醉里东楼月,偏能照列卿。

## 陪封大夫宴瀚海亭纳凉 得时字

细管杂青丝,千杯倒接䍦。军中乘兴出,海上纳凉时。日没鸟飞
急,山高云过迟。吾从大夫后,归路拥旌旗。

## 虢州西亭陪端公宴集

红亭出鸟外,骏马系云端。万岭窗前睥,千家肘底看。开瓶酒色
嫩,踏地叶声干。为逼霜台使,重裘也觉寒。

## 陪使君早春东郊游眺 得春字

太守拥朱轮,东郊物候新。莺声随坐啸,柳色唤行春。谷口云迎
马,溪边水照人。郡中叨佐理,何幸接芳尘。

## 雪后与群公过慈—作报恩寺

乘兴忽相招,僧房暮与朝。雪融双树湿,沙暗—作闭一灯烧。竹外
山低塔,藤间院隔—作接桥。归家如—作好欲懒,俗虑向来销。

## 与鄠县群官泛渼陂

万顷浸天色,千寻穷地根。舟移城入树,岸阔水浮村。闲鹭惊箫管,潜虬傍酒樽。暝来呼小吏,列火俨归轩。

## 与鄠县源少府泛渼陂 得人字

载酒入天色,水凉难醉人。清摇县郭动,碧洗云山新。吹笛惊白鹭,垂竿跳紫鳞。怜君公事后,陂上日娱宾。

## 终南东谿中作·

谿水碧于草,潺潺花底流。沙平堪濯足,石浅不胜舟。洗药朝与暮,钓鱼春复秋。兴来从所适,还欲向沧洲。

## 与鲜于庶子泛汉江

急管更须吹,杯行一作金杯莫遣迟。酒光红琥珀,江色碧琉璃。日影浮归棹,芦花胃钓丝。山公醉不醉,问取葛〔强〕(疆)知。

## 晦日陪侍御泛北池

春池满复宽,晦节耐邀欢。月带虾蟆冷,霜随獭豸寒。水云低锦席,岸柳拂金盘。日暮舟中散,都人夹道看。

## 登凉州尹台寺

胡地三月半,梨花今始开。因从老僧饭,更上夫人台。清唱云不去,弹弦风飒来。应须一倒载,还似山公回。

## 登总持阁

高阁逼诸天，登临近日边。晴开万井树，愁看五陵烟。槛外低秦岭，窗中小渭川。早知清净理，常愿奉金仙。

## 奉陪封大夫九日登高

九日黄花酒，登高会昔闻。霜威逐亚相，杀气傍中军。横笛惊征雁，娇歌落塞云。边头幸无事，醉舞荷吾君。

## 郡斋平望江山

水路东连楚，人烟北接巴。山光围一郡，江月照千家。庭树纯栽橘，园畦半种茶。梦魂知忆处，无夜不京华。

## 宿岐州北郭严给事别业

郭外山色暝，主人林馆秋。疏钟入卧内，片月到床头。遥夜惜已半，清言殊未休。君虽在青琐，心不忘沧洲。

## 暮秋会严京兆后厅竹斋

京兆小斋宽，公庭半药阑。瓯香茶色嫩，窗冷竹声干。盛德中朝贵，清风画省寒。能将吏部镜，照取寸心看。

## 省中即事

华省谬为郎，蹉跎鬓已苍。到来恒褫被，随例且含香。竹影遮窗暗，花阴拂簟凉。君王新赐笔，草奏向明光。

## 寻阳七郎中宅即事

万事信苍苍，机心久已忘。无端来出守，不是厌为郎。雨滴芭蕉赤，霜催橘子黄。逢君开口笑，何处有他乡。

## 携琴酒寻阎防崇济寺所居僧院 得浓字

相访但寻钟，门寒古殿松。弹琴醒暮酒，卷幔引诸峰。事惬林中语，人幽物外踪。吾庐幸接近，兹地兴偏慵。

## 春寻河阳陶处士别业

风暖日暾暾，黄鹂飞近村。花明潘子县，柳暗陶公门。药碗摇山影，鱼竿带水痕。南桥车马客，何事苦喧喧。

## 晚过盘石寺礼郑和尚

暂诣高僧话，来寻野寺孤。岸花藏水碓，溪水一作竹映风炉。顶上巢新鹊一作鹤，衣中带一作得旧珠。谈禅未得去，辍棹且踟蹰。

## 寻少室张山人闻与偃师周明府同入都

中峰炼金客，昨日游人间。叶县凫共去，葛陂龙暂还。春云凑深水，秋雨悬空山。寂寂清溪上，空馀丹灶闲。

## 虢州卧疾喜刘判官相过水亭

卧疾尝晏起，朝来头未梳。见君胜服药，清话病能除。低柳共系马，小池堪钓鱼。观棋不觉暝，月出水亭初。

## 武威一作城春暮一作寒闻
## 宇文判官西使还已到晋昌

岸一作片雨过城头,黄鹂上戍楼。塞花飘客泪,边柳挂乡愁。白发悲明镜,青春换敝裘。君从万里使,闻已到瓜州。

## 虢州南池候严中丞不至

池上日相待,知君殊未回。徒教柳叶长,漫使梨花开。驷马去不见,双鱼空往来。思想一作相思不解说,孤负舟中杯。

## 春兴思南山旧庐招柳建正字

终岁不得意,春风今复来。自怜蓬鬓改,羞见梨花开。西掖诚可恋,南山思早回。园庐幸接近,相与归蒿莱。

## 郡斋南池招杨辚

郡僻人事少,云山常一作遮眼前。偶从池上醉,便向舟中眠。与子居最近,周官情又偏。闲时耐相访,正有床头钱。

## 高冠一作官谷口招一作赠郑鄠

谷口来相访,空斋不见君。涧花然暮雨,潭树暖春云。门径稀人迹,檐峰下鹿群。衣裳与枕席,山霭碧氛氲。

## 题新乡王釜厅壁

怜君守一尉,家计复清贫。禄米尝不足,俸钱供与人。城头苏门树,陌上黎阳尘。不是旧相识,声同心自亲。

## 题山寺僧房

窗影摇群木,墙阴载一峰。野炉风自爇,山碓水能春。勤学翻知误,为官好欲慵。高僧暝不见,月出但闻钟。

## 汉上题韦氏庄

结茅闻楚客,卜筑汉江边。日落数归鸟,夜深闻扣舷。水痕侵岸柳,山翠借厨烟。调笑提筐妇,春来蚕几眠。

## 题永乐韦少府厅壁

大河南郭外,终日气昏昏。白鸟下公府,青山当县门。故人是邑尉,过客驻征轩。不惮烟波阔,思君一笑言。

## 题金城临河驿楼

古戍依重险,高楼见五凉。山根盘驿道,河水浸城墙。庭树巢鹦鹉,园花隐麝香。忽如江浦上,忆作捕鱼郎。

## 初授官题高冠草堂

三十始一命,宦情多欲阑。自怜无旧业,不敢耻微官。涧水吞樵路,山花醉药栏。只缘五斗米,辜负一渔竿。

## 题虢州西楼

错料一生事,蹉跎今白头。纵横皆失计,妻子也堪羞。明主虽然弃,丹心亦未休。愁来无去处,只上郡西楼。

## 夜过盘石隔河望永乐寄闺中效齐梁体

盈盈一水隔，寂寂二更初。波上思罗袜，鱼边忆素书。月如眉已画，云似鬓新梳。春物知人意，桃花笑索居。

## 河西春暮忆秦中

渭北春已老，河西人未归。边城细草出，客馆梨花飞。别后乡梦数，昨来家信稀。凉州三月半，犹未脱寒衣。

## 过酒泉忆杜陵别业

昨夜宿祁连，今朝过酒泉。黄沙西际海，白草北连天。愁里难消日，归期尚隔年。阳关万里梦，知处杜陵田。

## 早发焉耆怀终南别业

晓笛别乡泪，秋冰鸣马蹄。一身虏云外，万里胡天西。终日见征战，连年闻鼓鼙。故山在何处，昨日梦清溪。

## 宿铁关西馆

马汗踏成泥，朝驰几万蹄。雪中行地角，火处宿天倪。塞迥心常怯，乡遥梦亦迷。那知故园月，也到铁关西。

## 首秋轮台

异域阴山外，孤城雪海边。秋来唯有雁，夏尽不闻蝉。雨拂毡墙湿，风摇毳幕膻。轮台万里地，无事历三年。

# 北 庭 作

雁塞通盐泽,龙堆接醋沟。孤城天北畔,绝域海西头。秋雪春仍下,朝风夜不休。可知年四十,犹自未封侯。

# 轮 台 即 事

轮台风物异,地是古单于。三月无青草,千家尽白榆。蕃书文字别,胡俗语音殊。愁见流沙北,天西海一隅。

# 还东山洛上作

春流急不浅,归枻去何迟。愁客叶舟里,夕阳花水时。云晴开螮蝀,棹发起鸧鹒。莫道东山远,衡门在梦思。

# 杨 固 店

客舍梨叶赤,邻家闻捣衣。夜来尝有梦,坠泪缘思归。洛水行欲尽,缑山看渐微。长安只千里,何事信音稀。

# 巴南舟中思陆浑别业

泸水南州一作舟远,巴山北客稀。岭云撩乱起,溪鹭等闲飞。镜里愁衰鬓,舟中换旅衣。梦魂知忆处,无夜不先归。

# 晚 发 五 渡

客厌巴南地,乡邻剑北天。江村片雨外,野寺夕阳边。芋叶藏山径,芦花杂一作间渚田。舟行未可住,乘月且须牵。

## 巴南舟中夜市 一作夜书事

渡口欲黄昏,归人争流喧。近钟清野寺,远火点一作照江村。见雁
思乡信,闻猿积泪痕。孤舟万里外一作夜,秋月不堪论。

## 江 上 春 叹

腊月江上暖,南桥新柳枝。春风触处到,忆得故园时。终日不如
意,出门何所之。从人觅颜色,自笑弱男儿。

## 初至犍为作

山色轩槛内,滩声枕席间。草生公府静,花落讼庭闲。云雨连三
峡,风尘接百蛮。到来能几日,不觉鬓毛斑。

## 使院中新栽柏树子呈李十五栖筠

爱尔青青色,移根此地来。不曾台上种,留向碛中栽。脆叶欺门
柳,狂花笑院梅。不须愁岁晚,霜露岂能摧。

## 咏郡斋壁画片云 得归字

云片何人画,尘侵粉色微。未曾行雨去,不见逐风归。只怪偏凝
壁,回看欲惹衣。丹青忽借便,移向帝乡飞。

## 临洮龙兴寺玄上人院同咏青木香丛

移根自远方,种得在僧房。六月花新吐,三春叶已长。抽茎高锡
杖,引影到绳床。只为能除疾,倾心向药王。

# 成王挽歌

幽山悲旧桂,长坂怆馀兰。地底孤灯冷,泉中一镜寒。铭旌门客送,骑吹路人看。漫作琉璃碗,淮王误合丹。

## 苗侍中挽歌二首

摄政朝章重,持衡国相尊。笔端通造化,掌内运乾坤。青史遗芳满,黄枢故事存。空悲渭桥路,谁对汉皇言。

天子悲元老,都人惜上公。优贤几杖在,会葬市朝空。丹旐飞斜日,清笳怨暮风。平生门下客,继美庙堂中。

# 故仆射裴公挽歌三首

盛德资邦杰,嘉谟作世程。门瞻驷马贵,时仰八龙名。罢市秦人送,还乡绛老迎。莫埋丞相印,留著付玄成。

五一作二府瞻高位,三台丧大贤。礼容还故绛,宠赠冠一作过新田。气歇汾阴鼎,魂飞京兆阡。先时剑已没,陇树久苍然。

富贵徒言久,乡闾殁后归。锦衣都未著,丹旐忽先飞。哀挽辞秦塞,悲笳出帝畿。遥知九原上,渐觉一作远吊人稀。

# 河西太守杜公挽歌四首

蒙叟悲藏壑,殷宗惜济川。长安非旧日,京兆是新阡。黄霸官犹屈,苍生望已愆。唯馀卿月在,留向杜陵悬。

鼓角一作吹城中出,坟茔郭外新。雨随思太守,云从送夫人。蒿里埋双剑,松门闭万春。回瞻北堂上,金印已生尘。

忆昨明光殿,新承天子恩。剖符移北地,授钺领西门。塞草迎军幕,边云拂使轩。至今闻陇外,戎虏尚亡魂。

漫漫澄波阔，沉沉大厦深。秉心常匪席一作石，行义每挥金。汲引
窥兰室，招携入翰林。多君有令子，犹注世人心。

## 故河南尹岐国公赠工
## 部尚书苏公挽歌二首

河尹恩荣旧，尚书宠赠新。一门传画戟，几世驾朱轮。夜色何时
晓，泉台不复春。唯馀朝服在，金印已生尘。
白日扃泉户，青春掩夜台。旧堂阶草长，空院砌花开。山晚铭旌
去，郊寒骑吹回。三川难可见，应惜庾公才。

## 韩员外夫人清河县君崔氏挽歌二首

令德当时重，高门举世推。从夫荣已绝，封邑宠难追。陌上人皆
惜，花间鸟亦悲。仙郎看陇月，犹忆画眉时。
遽闻伤别剑，忽复叹藏舟。灯冷泉中夜，衣寒地下秋。青松吊客
泪，丹旐路人愁。徒有清河在，空悲逝水流。

## 西河郡太原守张夫人挽歌

鹊印庆仍传，鱼轩宠莫先。从夫元凯贵，训子孟轲贤。龙是双归
日，鸾非独舞年。哀容今共尽，凄怆杜陵田。

## 南 溪 别 业

结宇依青嶂，开轩对翠畴。树交花两色，溪合水重流。竹径春来
扫，兰樽夜不收。逍遥自得意，鼓腹醉中游。

# 全唐诗卷二〇一

## 岑 参

### 奉和中书舍人贾至早朝大明宫

鸡鸣紫陌曙光寒,莺啭皇州春色—作欲阑。金阙—作锁晓钟开万户,玉阶仙仗拥千官。花迎—作明剑珮星初落,柳拂旌旗露未干。独有凤皇池上客,阳春一曲和皆难。

### 和祠部王员外雪后早朝即事

长安雪后似春归,积素凝华连曙晖。色借玉珂迷晓骑,光添银烛晃朝衣。西山落月临天仗,北阙晴云捧禁闱。闻道仙郎歌白雪,由来此曲和人稀。

### 奉和—作有杜字相公发益昌

相〔国〕(公)临戎别—作发帝京,拥麾持节远横行。朝登剑阁云随马,夜渡巴江雨洗兵。山花万朵迎—作垂征盖,川柳千条拂—作拨去旌。暂到蜀城应计日,须知明主待持衡。

### 秋夕读书幽兴献兵部李侍郎

年纪蹉跎四十强,自怜头白始为郎。雨滋苔藓侵阶绿,秋飔梧桐覆

井黄。惊蝉也解求高树,旅雁还应厌后行。览卷试穿邻舍壁,明灯
何惜借馀光。

## 使君席夜送严河南赴长水 得时字

娇歌急管杂青丝,银烛金杯映翠眉。使君地主能相送,河尹天明坐
莫辞。春城月出人皆醉,野戍花深马去迟。寄声报尔山翁道,今日
河南胜昔时。

## 暮春虢州东亭送李司马归扶风别庐

柳鞞莺娇花复殷,红亭绿酒送君还。到来函谷愁中月,归去磻谿梦
里山。帘前春色应须惜,世上浮名好是闲。西望乡关肠欲断,对君
衫袖泪痕斑。

## 九日使君席奉饯卫中丞赴长水

节使横行西一作东出师,鸣弓摄甲羽林儿。台上霜风凌草木,军中
杀气傍旌旗。预一作须知汉将宣威日,正是胡尘欲灭时。为报使君
多泛菊,更将弦管醉东篱。

## 西掖省即事

西掖重云开曙晖,北山疏雨点朝衣。千门柳色连青琐,三殿花香入
紫微。平明端笏陪鹓列,薄暮垂鞭信马归。官拙自悲头白尽,不如
岩下一作石偃一作掩荆扉。

## 首春渭西郊行呈蓝田张二主簿

回风度雨渭城西,细草新花踏作泥。秦女峰头雪未尽,胡公陂上日
初低。愁窥白发羞微禄,悔别青山忆旧溪。闻道辋川多胜事,玉壶

春酒正堪携。

## 赴嘉州过城固县寻永安超禅师房

满寺枇杷冬著花，老僧相见具袈裟。汉王城北雪初霁，韩信台西日欲斜。门外不须催五马，林中且听演三车。岂料巴川多胜事，为君书此报京华。

## 酬畅当嵩山寻麻道士见寄 一作卢纶诗

闻逐樵夫闲看棋，忽逢人世是秦时。开云种玉嫌山浅，渡海传书怪鹤迟。阴洞石幢微有字，古坛松树半无枝。烦君远示青囊录，愿得相从一问师。

## 和刑部成员外秋夜寓直寄台省知己

列宿光三署，仙郎直五宵。时衣天子赐，厨膳大官调。长乐钟应近，明光漏不遥。黄门持被覆，侍女捧香烧。笔为题诗点，灯缘起草挑。竹喧交砌叶，柳弹拂窗条。粉署荣新命，霜台忆旧僚。名香播兰蕙，重价蕴琼瑶。击水翻沧海，〔抟〕(搏)风透赤霄。微才喜同舍，何幸忽闻韶。

## 送卢郎中除杭州赴任

罢起郎官草，初分刺史符。海云迎过楚，江月引归吴。城底涛声震，楼端蜃气孤。千家窥驿舫，五马饮春湖。柳色供诗用，莺声送酒须。知君望乡处，枉道上姑苏。

## 奉送李宾客荆南迎亲

迎亲辞旧苑，恩诏下储闱。昨见双鱼去，今看驷马归。驿帆湘水

阔,客舍楚山稀。手把黄香扇,身披莱子衣。鹊随金印喜,乌傍板
舆飞。胜作东征赋,还家满路辉。

## 送严维下第还江东

勿叹今不第,似君殊未迟。且归沧洲去,相送青门时。望鸟指乡
远,问人愁路疑。敝裘沾暮雪,归棹带流澌。严子滩复在,谢公文
可追。江皋如有信,莫不寄新诗。

## 六月三十一作十三日水亭
### 送华阴王少府还县 得潭字

亭晚人将别,池凉酒未酣。关门劳夕梦,仙掌引归骖。荷叶藏鱼
艇,藤花胃客簪。残云收夏暑,新雨带秋岚。失路情无适,离怀思
不堪。赖兹庭户里,别有小江潭。

## 饯王岑一作鉴判官赴襄阳道

故人汉阳使,走马向南荆。不厌楚山路,只怜襄水清。津头习氏
宅,江上夫人城。夜入橘花宿,朝穿桐叶行。害群应自慢,持法固
须平。暂得青门醉,斜光速去程。

## 送薛弁归河东

薛侯故乡处,五老峰西头。归路秦树灭,到乡河水流。看君马首
去,满耳蝉声愁。献赋今未售,读书凡几秋。应过伯夷庙,为上关
城楼。楼上能相忆,西南指雍州。

## 送薛播擢第归河东

归去新战胜,盛名人共闻。乡连渭川树,家近条山云。夫子能好

全唐诗 卷二〇一 岑参四

学，圣朝全用文。弟兄负世誉，词赋超人群。雨气醒别酒，城阴低暮曛。遥知出关后一作去，更有一终军。

## 送陶铣弃举荆南觐省

明时不爱璧，浪迹东南游。何必世人识，知君轻五侯。采兰度汉水，问绢过荆州。异国有归兴，去乡无客愁。天寒楚塞雨，月净襄阳秋。坐见吾道远，令人看白头。

## 送史司马赴崔相公幕

一作无名氏诗，一作李白诗，一本题上有赋得鹤二字。

峥嵘丞相府，清切凤皇池。羡尔瑶台鹤，高栖琼树枝。归飞晴日好，吟弄惠风吹。正有乘轩乐，初当学舞时。珍禽在罗网，微命若游丝。愿托周南羽，相衔溪水湄。

## 送严黄门拜御史大夫再镇蜀川兼觐省

授钺辞金殿，承恩恋玉墀。登坛汉主用，讲德蜀人思。副相韩安国，黄门向子期。刀州重入梦，剑阁再题词。春草连青绶，晴花间赤旗。山莺朝送酒，江月夜供诗。许国分忧日，荣亲色养时。苍生望已久，来去不应迟。

## 送郭仆射节制剑南

铁马擐红缨，幡旗出禁城。明王亲授钺，丞相欲专征。玉馔天厨送，金杯御酒倾。剑门乘崄过，阁道踏空行。山鸟惊吹笛，江猿看洗兵。晓云随去阵，夜月逐行营。南仲今时往，西戎计日平。将心感知己，万里寄悬旌。

## 早秋与诸子登虢州西亭观眺

亭高出鸟外,客到与云齐。树点千家小,天围万岭低。残〔虹〕(红)
挂陕北,急雨过关西。酒榼缘青壁,瓜田傍绿溪。微官何足道,爱
客且相携。唯有乡园处,依依望不迷。

## 佐郡思旧游 并序

　　己亥岁春三月,参自补阙转起居舍人。夏四月,署虢州长史。适见
秋草,凉风复来。昔桓谭出为六安丞,常忽忽不乐,今知之矣。悲州县
琐屑,思披垣清闲,呈左右省旧游。

幸得趋紫殿,却忆侍丹墀。史笔众推直,谏书人莫窥。平生恒自
负,垂老此安卑。同类皆先达,非才独后时。庭槐宿鸟乱,阶草夜
虫悲。白发今无数,青云未有期。

## 灭 胡 曲

都护新灭胡,士马气亦粗。萧条虏尘净,突兀天山孤。

## 尚书念旧垂赐袍衣率
## 题绝句献上以申感谢

富贵情还在,相逢岂间然。绨袍更有赠,犹荷故人怜。

## 忆长安曲二章寄庞漼

东望望长安,正值日初出。长安不可见,喜—作但见长安日。
长安何处在,只在马蹄下。明日归长安,为君急走马。

## 寄 韩 樽

夫子素多疾,别来未得书。北庭苦寒地,体内今何如。

## 醉里送裴子赴镇西

醉后未能别,待醒方送君。看君走马去,直上天山云。

## 题井陉双谿李道士所居

五粒松花酒,双谿道士家。唯求缩却地,乡路莫教赊。

## 题云际南峰眼上人

### 读经堂 眼公不下此堂十五年矣

结宇题三藏,焚香老一峰。云间独坐卧,只是对山松。

## 题梁锽城中高居

高一作居住最高处,千家恒眼前。题诗饮酒后,只对诸峰眠。

## 题三会寺苍颉造字台

野寺荒台晚,寒天古木悲。空阶有鸟迹,犹似造书时。

## 日没贺延碛作

沙上见日出,沙上见日没。悔向万里来,功名是何物。

## 西过渭州见渭水思秦川

渭水东流去,何时到雍州。凭添两行泪,寄向故园流。

## 经陇头分水

陇水何年有,潺潺逼路傍。东西流不歇,曾断几人肠。

## 秋 · 思

那知芳岁晚,坐见寒叶堕。吾不如腐草,翻飞作萤火。

## 行军九日思长安故园 <sub>时未收长安</sub>

强欲登高去,无人送酒来。遥怜故园菊,应傍战场开。

## 戏 题 关 门

来亦一布衣,去亦一布衣。羞见关城吏,还从旧路归。

## 叹 白 发

白发生偏一作太速,交一作教人不奈何。今朝两鬓上,更较数茎多。

## 题平阳郡汾桥边柳树 参曾居此郡八九年

此地曾居住,今来宛似归。可怜汾上柳,相见也依依。

## 失 题

帝乡北近日,泸口南连蛮。何当遇长房,缩地到京关。

## 献封大夫破播仙凯歌六首

汉将承恩西破戎,捷书先奏未央宫。天子预开麟阁待,只今谁数贰师功。

官军西出过楼兰,营幕傍临月窟寒。蒲海晓霜凝马一作剑尾,葱山夜雪扑旌竿。

鸣笳叠一作揥鼓拥回军,破国平蕃昔未闻。丈夫鹊印摇一作迎边月,大一作天将龙旗掣海云。

日落辕门鼓角鸣,千群面缚出蕃城。洗兵鱼海云迎阵,秣马龙堆月照营。

蕃军遥见汉家营,满谷连山遍哭声。万箭千刀一夜杀,平明流血浸空城。

暮雨旌旗湿未干,胡烟一作尘白草日光寒。昨夜将军连晓战,蕃军只见马空鞍。

## 春兴戏题赠李侯

黄雀始欲衔花来,君家种桃花未开。长安二月眼看尽,寄报春风早为催。

## 过燕支寄杜位

燕支山西酒泉道,北风吹沙卷白草。长安遥在日光边,忆君不见令人老。

## 题苜蓿峰寄家人

苜蓿峰边逢立春,胡芦河上泪沾巾。闺中只是空相忆,不见沙场愁杀人。

## 玉关寄长安李主簿

东去长安万里馀,故人何惜一行书。玉关西望堪肠断,况复明朝是岁除。

## 武威送刘判官赴碛西行军

火山五月行人少,看君马去疾如鸟。都护行营太白西,角声一动胡天晓。

## 虢州后亭送李判官使赴晋绛 得秋字

西原驿路挂城头，客散红亭雨未收。君去试看汾水上，白云犹似汉时秋。

## 五月四日送王少府归华阴 得留字

仙掌分明引马头，西看一点是关楼。五月也须应到舍，知君不肯更淹留。

## 原头送范侍御 得山字

百尺原头酒色殷，路傍骢马汗斑斑。别君只有相思梦，遮莫千山与万山。

## 送李明府赴睦州便拜觐太夫人

手把铜章望海云，夫人江上泣罗裙。严滩一点舟中月，万里烟波也梦君。

## 虢州西山亭子送范端公 得浓字

百尺红亭对万峰，平明相送到斋钟。骢马劝君皆卸却，使君家酝旧来浓。

## 奉送贾侍御使江外

新骑骢马复承恩，使出金陵过海门。荆南渭北难相见，莫惜衫襟著酒痕。

## 崔仓曹席上送殷寅充石相判官赴淮南

清淮无底绿江深，宿处津亭枫树林。骊马欲辞丞相府，一樽须尽故
人心。

## 送崔子还京

匹马西从天外归，扬鞭只共鸟争飞。送君九月交河北，雪里题诗泪
满衣。

## 酒泉太守席上醉后作

酒泉太守能剑舞，高堂置酒夜击鼓。胡笳一曲断人肠，座上相看泪
如雨。

## 题观楼

荒楼荒井闭空山，关令乘云去不还。羽盖霓旌何处在，空留药臼向
人间。

## 草堂村寻罗生不遇

数株溪柳色依依，深巷斜阳暮鸟飞。门前雪满无人迹，应是先生出
未归。

## 山房春事二首

风恬日暖荡春光，戏蝶游蜂乱入房。数枝门柳低衣桁，一片山花落
笔床。

梁园日暮乱飞鸦，极目萧条三两家。庭树不知人死一作去尽，春来
还发旧时花。

# 逢 入 京 使

故园东望路漫漫，双袖龙钟泪不干。马上相逢无纸笔，凭君传语报平安。

# 过 碛

黄沙碛里客行迷，四望云天直下低。为言地尽天还尽，行到安西更向西。

# 碛 中 作

走马西来欲到天，辞家见月两回圆。今夜不知何处宿，平沙万里绝人烟。

# 赴北庭度陇思家

西向轮台万里馀，也知乡信日应疏。陇山鹦鹉能言语，为报家人数寄书。

# 胡 歌

黑姓蕃王貂鼠裘，葡萄宫锦醉缠头。关西老将能苦战，七十行兵仍未休。

# 赵 将 军 歌

九月天山风似刀，城南猎马缩寒毛。将军纵博场场胜，赌得单于貂鼠袍。

## 醉戏窦子美人

朱唇一点桃花殷,宿妆娇羞偏髻鬟。细看只似阳台女,醉著莫许归巫山。

## 秋夜闻笛

天门街西闻捣帛,一夜愁杀湘南客。长安城中百万家,不知何人吹夜笛。

## 戏问花门酒家翁

老人七十仍沽酒,千壶百瓮花门口。道傍榆荚仍似钱,摘来沽酒君肯否。

## 春梦

洞房一作庭昨夜春风起,故人尚隔一作遥忆美人湘江水。枕上片时春梦中,行尽江南数千里。

## 冬夕

浩汗霜风刮天地,温泉火井无生意。泽国龙蛇冻不伸,南山瘦柏消残翠。

## 句

初程莫早发,且宿灞桥头。陆游尝称此句至工。

# 全唐诗卷二○二

## 沈 宇

沈宇,太子洗马。诗三首。

### 武 阳 送 别

菊黄芦白雁初飞,羌笛胡笳泪满衣。送君肠断秋江水,一去东流何日归。

### 捣 衣

日暮远天青,霜风入后庭。洞房寒未掩,砧杵夜泠泠。

### 代 闺 人

杨柳青青鸟乱吟,春风一作花香霭洞房深。百花帘下朝窥镜,明月窗前夜理琴。

## 张 鼎

张鼎,司勋员外郎。诗三首。

## 江 南 遇 雨

江天寒意少,冬月雨仍飞。出户愁为听,从风洒客衣。旅魂惊处断,乡信意中微。几日应晴去,孤舟且欲归。

## 邺 城 引

君不见汉家失统三灵变,魏武争雄六龙战。荡海吞江制中国,回天运斗应南面。隐隐都城紫陌开,迢迢分野黄星见。流年不驻漳河水,明月俄终邺国一作城宴。文章犹入管弦新,帷座空销狐兔尘。可惜望陵歌舞处,松风四面暮愁人。

## 僧 舍 小 池

引出白云根,潺潺涨藓痕。冷光摇砌锡,疏影露枝猿。净带凋霜叶,香通洗药源。贝多文字古,宜向此中翻。

## 薛奇童 一作章

薛奇童,大理司直。诗七首。

## 拟 古

沙尘朝蔽日,失道还相遇。寒影波上云,秋声月前树。川气生晓夕,野阴乍烟雾。沉沉滮池水,人马不敢渡。吮痈世所薄,挟纩恩难顾。不见古时人,中宵泪横注。

## 和李起居秋夜之作

过庭闻礼日,趋侍记言回。独卧玉窗前,卷帘残雨来。高秋南斗

转,凉夜北堂开。水影入朱户,萤光生绿苔。简成良史笔,年是洛
阳才。莫重白云意,时人许上台。

## 吴声子夜歌 一作崔国辅诗,题云《古意》。

净扫黄金阶,飞霜皓一作皎如雪。下帘弹箜篌,不忍见秋月。

## 塞 下 曲

骄虏初南下,烟尘暗国中。独召李将军,夜开甘泉宫。一身许明
主,万里总元戎。霜甲卧不暖,夜半闻边风。胡天早飞雪,荒徼多
转蓬。寒云覆水重,秋气连海空。金鞍谁家子,上马鸣角弓。自是
幽并客,非论爱立功。

## 云 中 行

云中小儿吹金管,向晚因风一川满。塞北云高心已悲,城南木落肠
堪断。忆昔魏家都此方,凉风观前朝百王。千门晓映山川色,双阙
遥连日月光。举杯称寿永相保,日夕歌钟彻清昊。将军汗马百战
场,天子射兽五原草。寂寞金舆去不归,陵上黄尘满路飞。河边不
语伤流水,川上含情叹落晖。此时独立无所见,日暮寒风吹客衣。

## 楚宫词一作怨诗二首

禁苑春风起,流莺绕合欢。玉窗通日气,珠箔卷轻寒。杨叶垂阴
砌,梨花入井阑。君王好长袖,新作舞衣宽。
日晚梧桐落,微寒入禁垣。月悬三雀观,霜度万秋门。艳舞矜新
宠,愁容泣旧恩。不堪深殿里,帘外欲黄昏。

# 杨　谏

杨谏，永乐丞，诗二首。

## 长孙十一东山春夜见赠

故人谢城阙，挥手碧云期。谿月照隐处，松风生兴时。旧林日云暮，芳草岁空滋。甘与子成梦，请君同所思。

## 赠　知　己

江南折芳草，江北赠佳期。江阔水复急，过江常苦迟。蘋白兰叶青，恐度先香时。美人碧云外，宁见长相思。

# 张万顷

张万顷，开、宝间进士。诗三首。

## 东谿待苏户曹不至

洛阳城东伊水西，千花万竹使人迷。台上柳枝临岸低，门前荷叶与桥齐。日暮待君君不见，长风吹雨过青谿。

## 登天目山下作

去岁离秦望，今冬使楚关。泪添天目水，发变海头山。别母乌南逝，辞兄雁北还。宦游偏不乐，长为忆慈颜。

## 送裴少府

夕膳望—作思东周,晨装不少留。酒中同乐事,关外越离忧。座湿秦山雨,庭寒渭水秋。何当鹰隼击,来拂故林游。

## 沈　颂

沈颂,无锡尉。诗六首。

## 旅次灞亭

闲琴开旅思,清夜有愁心。圆月正当户,微风犹在林。苍茫孤亭上,历乱多秋音。言念待明发,东山幽意深。

## 春旦歌

常闻嬴女玉箫台,奏曲情深彩凤来。欲登此地销归恨,却羡双飞去不回。

## 早发西山

游子空有怀,赏心杳无路。前程数千里,乘夜连轻驭。缭绕松筱中,苍茫犹未曙。遥闻孤村犬,暗指人家去。疲马怀洞泉,征衣犯霜露。喧呼鸂鸟惊,沙上或骞翥。娟娟东岑月,照耀独归虑。

## 送人还吴

人心不忘乡,矧余客已久。送君江南去,秋醉洛阳酒。赠言幽径兰,别思河堤柳。征帆暮风急,望望空延首。

## 送金文学还日本

君家东海东,君去因秋风。漫漫指乡路,悠悠如梦中。烟雾积孤岛,波涛连太空。冒险当不惧,皇恩措尔躬。

## 卫 中 作

卫风愉艳宜春色,淇水清泠增暮愁。总使榴花能一醉,终须萱草暂忘忧。

# 梁　锽

梁锽,官执戟。天宝中人。诗十五首。

## 天 长 节

日月生天久,年年庆一回。时平祥不去,寿远节长来。连吹千家笛,同朝百郡杯。愿持金殿镜,处处照遗才。

## 长 门 怨

妾命何偏薄,君王去不归。欲令遥见悔,楼上试春衣。空殿看人入,深宫羡鸟飞。翻悲因买赋,索镜照空辉。

## 美人春卧 一作怨

妾家巫峡阳,罗幌一作帐寝兰堂一作银床。晓日临窗久,春风引梦长。落钗仍挂一作犹罥鬓,微汗欲消黄。纵使朦胧觉,魂犹逐楚王。

## 名姝咏

阿娇年未多,弱体性能和。怕重愁拈镜,怜轻喜曳罗。临津双洛浦,对月两嫦娥。独有荆王殿,时时暮雨过。

## 艳女词

露井桃花发,双双燕并飞。美人姿态里,春色上罗衣。自爱频开镜,时羞欲掩扉。不知行路客,遥惹五香归。

## 狷氏子

杏梁初照日,碧玉后堂开。忆事临妆笑,春娇满镜台。含声歌扇举,顾影舞腰回。别有佳期处,青楼客夜来。

## 戏赠歌者

白皙歌童子,哀音绝又连。楚妃临扇学,卢女隔帘传。晓燕喧喉里,春莺啭舌边。若逢汉武帝,还是李延年。

## 七夕泛舟

云端有灵匹,掩映拂妆台。夜久应摇珮,天高响不来。片欢秋始展,残梦晓翻催。却怨填河鹊,留桥又不一作欲回。

## 崔驸马宅咏画山水扇

画扇出秦楼,谁家赠列侯。小含吴剡县,轻带楚扬州。掩作山云暮,摇成陇树秋。坐来传与客,汉水又回流。

## 观王美人海图障子

宋玉东家女,常怀物外多。自从图渤海,谁为觅湘娥。白鹭栖脂粉,赬鲂跃绮罗。仍怜转娇眼,别恨一横波。

## 闻 百 舌 鸟

百舌闻他郡,间关媚物华。敛形藏一叶,分响出千花。坐爱时褰幌,行藏或驻车。不须应独感,三载已辞家。

## 省试方士进恒春草

东吴有灵草,生彼剡溪傍。既乱莓苔色,仍连菡苕香。掇之称远士,持以奉明王。北阙颜弥驻,南山寿更长。金膏徒骋妙,石髓莫矜良。倘使沾涓滴,还游不死方。

## 代征人妻喜夫还

征夫走马发渔阳,少妇含娇开洞房。千日废台还挂镜,数年尘面再新妆。春风喜出今朝户,明月虚眠昨夜床。莫道幽闺书信隔,还衣总是旧时香。

## 赠 李 中 华

莫向嵩山去,神仙多误人。不如朝魏阙,天子重贤臣。

## 咏木老人 一作傀儡吟,一作咏窟礧子人。

《明皇杂录》云:李辅国矫制,迁明皇西宫,戚戚不乐,日一蔬食,尝咏此诗。或云明皇所作。

刻木牵丝作老翁,鸡皮鹤发与真同。须臾弄罢寂无事,还似人生一梦中。

## 句

堂高凭上望，宅广乘车行。 咏郭令公宅 见《封氏闻见记》（见闻录）

# 全唐诗卷二〇三

## 杜俨

杜俨,新安丞。诗一首。

### 客中作

书剑催人不暂闲,洛阳羁旅复秦关。容颜岁岁愁边改,乡国时时梦里还。

## 赵良器

赵良器,兵部员外。诗二首。

### 三月三日曲江侍宴

圣祖发神谋,灵符叶帝求。一人光锡命,万国荷时休。雷解圜丘毕,云需曲水游。岸花迎步辇,仙仗拥行舟。睿藻天中降,恩波海外流。小臣同品物,陪此乐皇猷。

### 郑国夫人挽歌词

淑德延公胄,宜家接帝姻。桂宫男掌仆,兰殿女升嫔。恩泽昭前命,盈虚变此辰。万年今已矣,彤管列何人。

# 黄 麟

黄麟,金部员外郎。诗一首。

## 郡 中 客 舍

虫响乱啾啾,更人正数筹。魂归洞庭夜,霜卧洛阳秋。微月有时隐,长河到晓流。起来还嘱雁,乡信在吴洲。

# 郭 向

郭向,太子尉。诗一首。

## 途 中 口 号 一作卢僎诗

抱玉三朝楚,怀书十上秦。年年洛阳陌,花鸟弄归人。

# 郭 良

郭良,金部员外郎。诗二首。

## 题李将军山亭

凤辖将军位,龙门司隶家。衣冠为隐逸,山水作繁华。径出重林草,池摇两岸花。谁知贵公第一作子,亭院有烟霞。

## 早　行

早行星尚在,数里未天明。不辨云林色,空闻风水声。月从山上落,河入斗间横。渐至重门外,依稀见洛城。

# 王　乔

王乔,安定太守。诗一首。

## 过故人旧宅

故人轩骑罢归来,旧宅<sub>一作国</sub>园林闲不开。唯馀挟瑟楼中妇,哭向平生歌舞台。

# 徐九皋

徐九皋,河阴尉。诗五首。

## 关　山　月

玉塞抵长城,金徽映高阙。遥心万馀里,直望三边月。霜静影逾悬,露晞光渐没。思君不可见,空叹将焉歇。

## 战　城　南

塞北狂胡旅,城南敌汉围。巉岩一鼓气,拔利<sub>一作刺</sub>五兵威。虏骑瞻山哭,王师拓地飞。不应须宠战,当遂勒金徽<sub>一作微</sub>。

## 咏 史

亡国秦韩代,荣身刘项年。金槌击政后,玉斗碎增前。圣主称三杰,明离保四贤。已申黄石祭,方慕赤松仙。

## 途 中 览 镜

四海游长倦,百年愁半侵。赖窥明镜里,时见丈夫心。

## 送部四镇人往单于别知故

天下今无事,云中独未宁。乔驱更戍卒,方远送——作送远边庭。马饮长城水,军占太白星。国恩行可报,何必守经营。

# 阎 宽

阎宽,醴泉尉。诗五首。

## 松滋江北阻风

江风久未歇,山雨复相仍。巨浪天涯起,馀寒川上凝。忧人劳夕惕,乡事惫晨兴。远听知音骇,诚哉不可陵。

## 晓入宜都渚

问俗周楚甸,川行眇江浔。兴随晓光发,道会春言深。回眺佳气象,远怀得山林。仁应舟楫用,曷务归闲心。

## 古 意

庭树发华滋,瑶草复葳蕤。好鸟飞相从,愁人深此时。天中有灵

匹,日夕颦蛾眉。愿逐飘风花,千里入遥帷。心逝爱不见,空歌悲
莫悲。

## 春 宵 览 月

月生东荒外,天云收夕阴。爱见澄清景,象吾虚白心。耳目静无
哗,神超道性深。乘兴得至乐,寓言因永吟。

## 秋 怀

下帷长日尽,虚馆早凉生。芳草犹未荐,如何蜻蜎鸣。秋风已振
衣,客去何时归。为问当途者,宁知心有违。

# 李　收 一作牧

　　李收,右武卫(一作左威卫)录事。诗二首。

## 和中书侍郎院壁画云

粉壁画云成,如能上太清。影从霄汉发,光照掖垣明。映筱多幽
趣,临轩得野情。独思作霖雨,流润及生灵。

## 幽　情

幽人惜春暮,潭上折芳草。佳期何时还,欲寄千里道。

# 程弥纶

　　程弥纶,开、宝间进士。诗一首。

# 怀　鲁

曲阜国,尼丘山。周公邈难问,夫子犹启关。履风雩兮若见,游夏兴兮鲁颜。天孙天孙,何为今兮学且难,负星明而东—无东字游闲闲。

## 屈同仙 一作屈同

屈同仙,千牛兵曹。诗二首。

# 燕 歌 行

君不见一本无此三字渔阳八月塞草腓,征人相对并思归。云和朔气连天黑一作暗,蓬杂惊一作胡沙散野飞。是时天地阴埃遍,瀚海龙城皆习一作血战。两军鼓角暗相闻,四面旌旗看不见。昭君远嫁已年多,戎狄无厌不复一作尚不和。汉兵候月秋防塞,胡骑乘冰夜渡河。河塞东西万馀里,地与京华不相似。燕支山下一作上少春一作光晖,黄沙碛里无流水。金戈玉剑十年征,红粉青楼多怨情。厌向殊乡一作方久离别,秋来愁听捣衣声。

# 乌 江 女

越艳谁家女,朝游江岸傍。青春犹未嫁,红粉旧来娼。锦袖盛朱橘,银钩摘紫房。见人羞不语,回艇入溪藏。

## 豆卢复

豆卢复,前崇玄生。诗二首。

## 昌年宫之作 <small>一本无之字</small>

但有离宫处,君王每不居。旗门芳草合,辇路小<small>一作老</small>槐疏。殿闭山烟满,窗凝野霭虚。丰年多望幸,春色待銮舆。

## 落第归乡留别长安主人

客里愁多不记春,闻莺始叹柳条新。年年下第东归去,羞见长安旧主人。

# 荆冬倩

　　荆冬倩,校书郎。诗一首。

## 奉试咏青

路辟天光远,春还月道临。草浓河畔色,槐结路边阴。未映君王史,先标冑子襟。经明如可拾,自有致云心。

# 梁　洽

　　梁洽,开、宝间进士。诗一首。

## 观 汉 水

发源自嶓冢,东注经襄阳。一道入溟渤,别流为沧浪。求思咏游女,投吊悲昭王。水滨不可问,日暮空汤汤。

# 郑 绍

郑绍,武进尉。诗一首。

## 游 越 溪

溪水碧悠悠,猿声断客愁。渔潭逢钓楫,月浦值孤舟。访泊随烟火,迷途视斗牛。今宵越乡意,还取醉忘忧。

# 朱 斌

朱斌,处士。诗一首。

## 登 楼 一作王之涣诗

白日依山尽,黄河入海流。欲穷千里目,更上一重楼。

# 梁德裕

梁德裕,四门助教。诗二首。

## 感 寓 二 首

彩云呈瑞质,五色发人寰。独作龙虎状,孤飞天地间。隐隐临北极,峨峨象南山。恨在帝乡外,不逢枝叶攀。

幽涧生蕙若,幽渚老江蓠。荣落人不见,芳香徒尔为。不及绿萍草,生君红莲池。左右美人弄,朝夕春风吹。叶洗玉泉水,珠清湛露滋。心亦愿如此,托君君不知。

# 常非月

常非月,西河尉。诗一首。

## 咏 谈 容 娘

举手整花钿,翻身舞锦筵。马围行处匝,人压<sub>一作簇</sub>看场圆。歌要
<sub>一作索</sub>齐声和,情教细语传。不知心大小,容得许多怜。

# 张良璞

张良璞,长安尉。诗一首。

## 览　史

享年八十已,历数穷苍生。七虎门源上,咆哮关内鸣。建都用鹑
宿,设险因金城。舜曲烟火起,汾河珠翠明。海云引天仗,朔雪留
边兵。作孽人怨久,其亡鬼信盈。素灵感刘季,白马从子婴。昏虐
不务德,百代无芳声。

# 孙　欣

孙欣,开、宝间人。诗一首。

## 奉试冷井诗

仙闱井初凿,灵液沁<sub>一作忽</sub>成泉。色湛青苔里,寒凝紫绠边。铜瓶

向影落,玉甓抱虚圆。永愿调神鼎,尧时泰万年。

# 王羡门

王羡门,开、宝间人。诗一首。

## 都中闲居

君王巡海内,北阙下明台。云物天中少,烟花岁后来。河从御苑出,山向国门开。寂寞东京里,空留贾谊才。

# 芮挺章

芮挺章,国子进士。天宝三年编《国秀集》,集中并载挺章诗二首。

## 江南弄

春江可怜事,最在美人家。鹦鹉能言鸟,芙蓉巧笑花。地一作马衔金作埒,水抱玉为沙。薄晚青丝骑,长鞭赴狭斜。

## 少年行

任气称张放,衔恩在少年。玉阶朝就日,金屋夜升天。轩骑青云际,笙歌绿水边。建章明月好,留醉伴风烟。

# 楼颖

楼颖,天宝中进士。作《国秀集序》。诗五首。

# 伊　水　门

朝涉伊水门,伊水入门流。惬心乃成兴,澹然泛孤舟。霏微傍青霭,容与随白鸥。竹阴交前浦,柳花媚中洲。日落阴云生,弥觉兹路幽。聊以恣所适,此外知何求。

## 东郊纳凉忆左威卫李录事
## 收昆季太原崔参军三首 并序

　　仆三伏于通化门东北数里避暑之地,地即故倅天官顾公之旧林,今贰宰君李公之别业。右抵禁籞,斜界沁园。空水相辉,步虹桥而下视;竹木交映,弄仙棹而傍窥。足涤烦襟,陶蒸暑。独往成兴,恨不与数公共之,率然有作,因以见意。

水竹谁家宅,幽庭向苑门。今知季伦沼,旧是辟疆园。饥鹭窥鱼静,鸣鸦带子喧。兴成只自适,欲白返忘言。

纳凉每选地,近得青门东。林与缭垣接,池将沁水通。枝交帝女树,桥映美人虹。想是忘机者,悠悠在兴中。

林间求适意,池上得清飙。稍稍斜回楫,时时一度桥。水光壁际动,山影浪中摇。不见李元礼,神仙何处要。

# 西　施　石

西施昔日浣纱津,石上青苔思杀人。一去姑苏不复返,岸旁桃李为谁春。

# 李康成

　　李康成,天宝中,与李、杜同时。其赴使江东,刘长卿有诗送之。尝撰《玉台后集》，自陈后主、隋炀帝、江总、庾信、沈、宋、王、杨、卢、骆而下二百·九人，诗六百七十首，汇为十卷，自载其诗八篇。今存四首。

# 江 南 行

杨柳青青莺欲啼，风光摇荡绿蘋齐，金阴城头日色低。日色低，情难极，水中凫鹥双比翼。《文苑英华》首有梅花落，好使香车度二句。

# 采 莲 曲

采莲去，月没春江曙。翠钿一作钗红袖水中央，青荷莲子杂衣香，云起风生归路长。归路长，那得久。各回船，两摇手。

# 玉华仙子歌

紫阳仙子名玉华，珠盘承露饵丹砂。转态凝情五云里，娇颜千岁芙蓉花。紫阳彩女矜无数，遥见玉华皆掩婷。高堂初日不成妍，洛渚流风徒自怜。璇阶霓绮阁，碧题霜罗幕。仙娥桂树长自春，王母桃花未尝落。上元夫人宾上清，深宫寂历厌层城。解佩空怜郑交甫，吹箫不逐许飞琼。溶溶紫庭步，渺渺瀛台路。兰陵贵士谢相逢，济北风生尚回顾。沧洲傲吏爱金丹，清心回望云之端。羽盖霓裳一相识，传情写念长无极。长无极，永相随。攀霄历金阙，弄影下瑶池。夕宿紫府云母帐，朝餐玄圃昆仑芝。不学兰香中道绝，却教青鸟报相思。

# 自君之出矣 《乐府》作辛弘智，误。

自君之出矣，弦吹绝无声。思君如百草，撩乱逐春生。

# 句

因缘苟会合,万里犹同乡。运命傥不谐,隔壁无津梁。《经籍考》云:康成编《玉台后集》,中间自载其诗八首,如《河阳居家女》长篇一首,押五十二韵,若欲与《木兰》及《孔雀东南飞》之作方驾者。末四句云云,亦佳。

# 全唐诗卷二〇四

## 杨贲

杨贲，天宝三年登第。诗一首。

### 时 兴

贵人昔未贵，咸愿顾寒微。及自登枢要，何曾问布衣。平明登紫阁，日晏下彤闱。扰扰路傍子，无劳歌是非。

## 李清

李清，登天宝十二年进士第。诗一首。

### 咏石季伦

金谷繁华石季伦，只能谋富不谋身。当时纵与绿珠去，犹有无穷歌舞人。

## 陈季

陈季，天宝十五年及第。诗二首。

## 鹤 警 露

南国商飙动，东皋野鹤鸣。溪松寒暂宿，露草滴还惊。欲有高飞意，空闻召侣情。风间传藻质，月下引清声。未假抟扶势，焉知羽翼轻。吾君开太液，愿得应皇明。

## 湘 灵 鼓 瑟

神女泛瑶瑟，古祠严野亭。楚云来泆溔，湘水助清泠。妙指微幽契，繁声入杳冥。一弹新月白，数曲暮山青。调苦荆人怨，时遥帝子灵。遗音如可赏，试奏为君听。

# 王 邕

王邕，天宝进士。诗二首。

## 湘 灵 鼓 瑟

宝瑟和琴韵，灵妃应乐章。依稀闻促柱，仿佛梦新妆。波外声初发一作新度，风前曲正长。凄清一作凉和万籁，断续绕三湘。转觉云山迥，空怀杜若芳。诚能传此意，雅奏在宫商。

## 嵩 山 望 幸

峻极位何崇，方知造化功。降灵逢圣主，望幸表维嵩。隐映连青壁，嵯峨向碧空。象车因叶瑞，龙驾愿升中。万岁声长在，千岩气转雄。东都歌盛事，西笑仵皇风。

# 庄若讷

庄若讷,天宝进士。诗一首。

## 湘灵鼓瑟

帝子鸣金瑟,馀声—作音自抑扬。悲风丝上断,流水曲中长。出没游鱼听,逶迤彩凤翔。微音时—作初扣徵,雅韵乍含商。神理诚难测,幽情讵可量。至今闻古调,应恨滞三湘。

# 魏 璀

魏璀,天宝进士。诗一首。

## 湘灵鼓瑟

瑶瑟多哀怨,朱弦且莫听。扁舟三楚客,丛竹二妃灵。淅沥闻馀响,依稀欲辨形。柱间寒水碧,曲里暮山青。良马悲衔草,游鱼思绕萍。知音若相遇,终不滞南溟。

# 王 颙

王颙,永州太守。诗一首。

## 怀素上人草书歌 一本作王邕诗,今从统签另编。

衡阳双峡插天峻,青壁巉巉万馀仞。此中灵秀众所知,草书独有怀素奇。怀素身长五尺四，嚼汤诵咒吁可畏。铜瓶锡杖倚闲庭，斑管秋毫多逸意。或粉壁，或彩笺，蒲葵绢素何相鲜。忽作风驰如电掣，更点飞花兼散雪。寒猿饮水撼枯藤，壮士拔山伸劲铁。君不见张芝昔日称独贤，君不见近日张旭为老颠。二公绝艺人所惜，怀素传之得真迹。峥嵘蹙出海上山，突兀状成湖畔石。一纵又一横，一欹又一倾。临江不羡飞帆势，下笔长为骤雨声。我牧此州喜相识，又见草书多慧力。怀素怀素不可得，开卷临池转相忆。

# 窦　冀

窦冀，官御史。诗一首。

## 怀素上人草书歌

狂僧挥翰狂且逸，独任天机摧格律。龙虎惭因点画生，雷霆却避锋芒疾。鱼笺绢素岂不贵，只嫌局促儿童戏。粉壁长廊数十间，兴来小豁胸-作心襟气。长幼集，贤豪至，枕糟藉麴犹半醉。忽然绝叫三五声，满壁纵横千万字。吴兴张老尔莫颠，叶县公孙我何谓。如熊如罴不足比，如虺如蛇不足拟。涵物为动鬼神泣，狂风入林花乱起。殊形怪状不易说，就中惊燥尤枯绝。边风杀气同惨烈，崩槎卧木争摧折。塞草遥飞大漠霜，胡天乱下阴山雪。偏看-作有能事转新奇，郡守王公同赋诗。枯藤劲铁愧三舍，骤雨寒猿惊一时。此生绝艺人莫测，假此常为护持力。连城之璧不可量，五百年知草圣当。

# 鲁 收

鲁收,大历时人。诗一首。

## 怀素上人草书歌

吾观文士多利用,笔精墨妙诚堪重。身上艺能无不通,就中草圣最
天纵。有时兴酣发神机,抽毫点一作吮墨纵横挥。风声吼烈随手
起,龙蛇迸落空壁飞。连拂数行势不绝,藤悬查蹙生奇节。划然放
纵惊云涛,或时顿挫紫毫发。自言转腕无所拘,大笑羲之用阵图。
狂来纸尽势不尽,投笔抗声连叫呼。信知鬼神助此道,墨池未尽书
已好。行路谈君口不容,满堂观者空绝倒。所恨时人多笑声,唯知
贱实一作宝翻贵名。观尔向来三五字,颠奇何谢张先生。

# 朱 逵 一作遥

朱逵,处士。诗一首。

## 怀素上人草书歌

几年出家通宿命,一朝却忆临池圣。转腕摧锋增崛崎,秋毫茧纸常
相随。衡阳客舍来相访,连饮百杯神转王。忽闻风里度飞泉,纸落
纷纷如跕鸢。形容脱略真如助一作脱落任真助,心思周游在何处。笔
下惟看激电流,字成只畏盘龙去。怪状崩腾若转蓬,飞丝历乱如回
风。长松老死倚云壁,蹙浪相翻惊海鸿。于今年少尚如此,历睹一
作观远代无伦比。妙绝当动鬼神泣,崔蔡幽魂更心死。

# 许　瑶

许瑶,官御史。诗一首。

## 题怀素上人草书

志在新奇无定则,古瘦漓缅半无墨。醉来信手两三行,醒后却书书
不得。

# 全唐诗卷二○五

## 包 佶

　　包佶,字幼正。天宝六年及进士第。累官谏议大夫,坐善元载贬岭南。刘晏奏起为汴东两税使。晏罢,以佶充诸道盐铁轻货钱物使。迁刑部侍郎,改秘书监,封丹阳郡公。诗一卷。

### 祀风师乐章

#### 迎 神

太皞御气,句芒肇功。苍龙青旗,爰候祥风。律以和应,神以感通。鼎俎修蚃,时惟礼崇。

#### 奠币登歌

旨酒告洁,青蘋应候。礼陈瑶币,乐献金奏。弹弦自昔,解冻惟旧。仰瞻肸蚃,群祥来凑。

#### 迎俎酌献

德盛昭临,迎拜巽方。爰候发生,式荐馨香。酌醴具举,工歌再扬。神歆入律,恩降百祥。

#### 亚献终献

肴芗备,玉帛陈。风动物,乐感神。三献终,百神臻。草木荣,天下春。

## 送　神

微穆敷华能应节,飘扬发彩宜行庆。送迎—作迎送灵驾神心飨,跪
拜灵坛礼容盛。气和草木发萌芽,德畅禽鱼遂翔泳。永望翠盖逐
流云,自兹率土调春令。

# 祀雨师乐章

### 迎　神

陟降左右,诚达幽圆。作解之功,乐惟有年。云辂戾止,洒雾飘烟。
惟馨展礼,爰列豆笾。

### 奠　币　登　歌

岁正朱明,礼布玄制。惟乐能感,与神合契。阴雾离披,灵驭摇裔。
膏泽之庆,期于稔岁。

### 迎　俎　酌　献

阳开幽蛰,躬奉郁鬯。礼备节应,震来灵降。动植求声,飞沉允望。
时康气茂,惟神之贶。

### 亚　献　终　献

奠既备,献将终。神行令,瑞飞空。迎乾德,祈岁功。乘烟燎,俨从
风。

### 送　神

整驾升车望寥廓,垂阴荐祉荡昏氛。飨时灵贶俨如在,乐罢馀声遥
可闻。饮福陈诚礼容备,撤俎终献曙光分。跪拜临坛结空想,年年
应节候油云。

# 答窦拾遗卧病见寄

今春扶病移沧海,几度承恩对白花。送客屡闻帘—作檐外鹊,销愁
已辨酒中蛇。瓶开枸杞悬泉水,鼎炼芙蓉伏火砂。误入尘埃牵吏

役,羞将簿领到君家。

## 对酒赠故人

扶起离披菊,霜轻喜重开。醉中惊老去,笑里觉愁来。月送人无尽,风吹浪不回。感时将有寄,诗思涩难裁。

## 同李吏部伏日口号呈元庶子路中丞

火炎逢六月,金伏过三庚。几度衣裳汗—作浣,谁家枕簟清。颁冰无下位,裁扇有高名。吏部还开瓮,殷勤二客情—作卿。

## 岭下卧疾寄刘长卿员外

唯有贫兼病,能令亲爱疏。岁时供放逐,身世付空虚。胫弱秋添絮,头风晓废梳。波澜喧众口,藜藿静吾庐。丧马思开卦,占鸦懒发书。十年江海隔,离恨子知予。

## 戏题诸判官厅壁

六十老翁无—作何所取,二三君子不相遗。愿留今日交欢意,直到骠官谢病时。

## 酬兵部李侍郎晚过
## 东厅之作 时自刑部侍郎拜祭酒

酒礼惭先祭,刑书已旷官。诏驰黄纸速,身在绛纱安。圣位登堂静,生徒跪席寒。庭槐暂摇落,幸为入春看。

## 昭德皇后挽歌词

西汜驰晖过,东园别路长。岁华唯陇柏,春事罢公桑。龟兆开泉户,禽巢闭画梁。更闻哀礼过,明诏制心丧。

## 秋日过徐氏园林

回塘分越水,古树积吴烟。扫竹催铺席,垂萝待系船。鸟窥新罅
栗,龟上半欹莲。屡入忘归地,长嗟俗事牵。

## 双山过信公所居

遥礼前朝塔,微闻后夜钟。人间第四祖,云里一双峰。积雨封苔
径,多年亚石松。传心不传法,谁可继高踪。

## 尚书宗兄使过诗以奉献

洛下交亲满,归闲意有馀。翻嫌旧坐宅,却驾所一作新悬车。腹饱
山僧供,头轻侍婢梳。上官唯揖让,半禄代耕锄。雨散三秋别,风
传一字书。胜游如可继,还欲并园庐。

## 抱疾谢李吏部赠诃黎勒叶

一叶生西徼,赍来上海查。岁时经水府,根本别天涯。方士真难
见,商胡辄自夸。此香同异域,看色胜仙家。茗饮暂调气,梧丸喜
伐邪。幸蒙祛老疾,深愿驻韶华。

## 奉和柳相公中书言怀

运筹时所贵,前席礼偏深。羸驾归贫宅,敧冠出禁林。凤巢方得
地,牛喘最关心。雅望期三入,东山未可寻。

## 客自江南话过亡友朱司议故宅

交臂多相共一作失,风流忆此人。海翻移里巷,书蠹积埃尘。奉佛

栖禅久,辞官上疏频。故来分半宅,惟是旧交亲。

## 酬于侍郎湖南见寄十四韵

桂岭千崖断,湘流一派通。长沙今贾傅,东海旧于公。章甫经殊俗,离骚继雅风。金闺文作字,玉匣气成虹。翰墨时招一作无侣,丹青夙在公一作工。主恩留左掖,人望积南宫。巧拙循名异,浮沉顾位同。九迁归上略,三已契愚衷。责谢庭中吏一作礼,悲宽塞上翁。楚材欣有适,燕石愧无功。山晓重岚外,林春苦雾中。雪花翻海鹤,波影倒江枫。去札频逢信,回帆早挂空。避贤方有日,非敢爱微躬。

## 朝 拜 元 陵

宫前石马对中峰,云里金铺闭几重。不见露盘迎晓日,唯闻木斧扣寒松。

## 发襄阳后却寄公安人

挥泪送回人,将书报所亲。晚年多疾病,中路有风尘。王粲频征楚,君恩许入秦。还同星火去,马上别江春。

## 立春后休沐

心与青春背,新年亦掩扉。渐穷无相学,惟避不材讥。积病攻难愈,衔恩报转微。定知书课日,优诏许辞归。

## 宿庐山赠白鹤观刘尊师

苍苍五老雾中坛,杳杳三山洞里官。手护昆仑象牙简,心推霹雳枣枝盘。春飞雪粉如一作加毫润,晓漱琼膏冰齿寒。渐恨流年筋力少,惟思露冕事星冠。

## 观壁画九想图

一世荣枯无异同,百年哀乐又归空。夜阑鸟鹊相争处,林下真僧在
定中。

## 送日本国聘贺使晁巨卿东归

上才生下国,东海是西邻。九译蕃君使,千年圣主臣。野情偏得
礼,木性本含真一作仁。锦帆乘风转,金装照地新。孤城开蜃阁,晓
日上朱轮。早识来朝岁,涂山玉帛均。

## 顾著作宅赋诗

几年江海烟霞,乘醉一到京华。已觉不嫌羊酪,谁能长守兔罝。脱
巾偏招相国,逢竹便认吾家。各在芸台阁里,烦君日日登车。

## 近获风痹之疾题寄所怀

病夫将已矣,无可答君恩。衾枕同羁客,图书委外孙。久来从吏
道,常欲奉空门。疾走机先息,歈行力渐烦。无医能却老,有变是
游魂。鸟宿还依伴,蓬飘莫问根。寓形齐指马,观境制心猿。唯借
南荣地,清晨暂负暄。

## 奉和常阁老晚秋集贤
## 院即事寄赠徐薛二侍郎

秘殿扆垣西,书楼苑树齐。秋烟凝缥帙,晓色上璇题。门接承明
近,池连太液低。疏钟文马驻,繁叶彩禽栖。职美纶将綍,荣深组
及珪。九霄偏眷顾,三事早提携。对案临青玉,窥书捧紫泥。始欢

新遇重,还一作怀惜旧游睽。左宦登吴岫,分家渡越溪。赋中频叹鹏,卜处几听鸡。望阙应多恋,临津不用迷。柏梁思和曲,朝夕候金闺。

## 酬顾况见寄

于越城边枫叶高一作落,楚人书里寄离骚。寒江鸂鶒思俦侣,岁岁临流刷羽毛。

## 岁日作 一作口号

更劳今日春风至,枯树无枝可寄花。览镜唯看飘乱发,临风谁为驻浮槎。

## 元日观百僚朝会

万国贺唐尧,清晨会百僚。花冠萧相府,绣服霍嫖姚。寿色凝丹槛,欢声彻九霄。御炉分兽炭,仙管弄云韶。日照金觞动,风吹玉佩摇。都城献赋者,不得共趋朝。

## 再 过 金 陵

玉树歌终王气收,雁行高送石城秋。江山不管兴亡事,一任斜阳伴客愁。

## 寄杨侍御 一作包何诗

一官何幸得同时,十载无媒独见遗。今日不论腰下组,请君看取鬓边丝。

# 全唐诗卷二〇六

## 李嘉祐

　　李嘉祐,字从一,赵州人。天宝七年擢第,授秘书正字。坐事谪鄱江令,调江阴,入为中台郎。上元中,出为台州刺史。大历中,复为袁州刺史。与严维、刘长卿、冷朝阳诸人友善。为诗丽婉,有齐梁风。集一卷。今编诗二卷。

### 江 上 曲

江心澹澹芙蓉花,江口蛾眉独浣纱。可怜应是阳台女,对坐鸳鸯娇不语。掩面羞看北—作此地人,回身—作首忽作空山语—作巫山雨。苍梧秋色不堪论,千载依依帝子魂。君看峰上斑斑竹,尽是湘妃泣泪痕。

### 伤 吴 中

馆娃宫中春已归,阖闾城头莺已飞。复见花开人又老,横塘寂寂柳依依。忆昔吴王在宫阙,馆娃满—作卖眼看花发。舞袖朝欺陌上春,歌声夜怨江边月。古来人事亦犹今,莫厌清觞与绿琴。独向西山聊一笑,白云芳草自知心。

## 夜闻江南人家赛神因题即事

南方淫祀—作祠古风俗，楚妪—作媪解—作能唱迎神曲。锵锵铜鼓芦叶深，寂寂琼筵江水绿。雨过风清洲渚闲，椒浆醉尽迎神还—作神欲还。帝女凌空下湘岸，番君隔浦向尧山。月隐回塘犹自舞，一门依倚神之祜。韩康灵—作卖药不复求，扁鹊医方曾莫睹。逐客临江空自悲，月明流水无已时。听此迎神送神曲，携觞欲吊屈原祠。

## 古 兴

十五小家女，双鬟人不如。蛾眉暂一见，可直千金馀。自从得向蓬莱里，出入金舆乘玉趾。梧桐树上春鸦鸣，晓伴君王犹未起。莫道君恩长不休，婕妤团扇苦悲秋。君看魏帝邺都里，惟有铜台漳水流。

## 杂 兴

花间昔日黄鹂啭，妾向青楼已生怨。花落黄鹂不复来，妾老君心亦应变。君心比妾心，妾意旧来深。一别十年无尺素，归时莫赠路傍金。

## 送韦邕少府归钟山 —本题作送韦山人归钟山别业

祈门官罢后—作旗亭阁书罢，负笈向桃源。万卷长开峡，千峰不闭—作掩门。绿杨垂野渡—作径，黄鸟傍山村。念尔能高枕，丹墀会一论。

## 送卢员外往饶州

为郎复典郡，锦帐映朱轮。露冕随龙节，停桡得水人。早霜芦叶变，寒雨石榴新。莫怪谙风土，三年作逐臣。

## 送裴五归京口

君罢江西日,家贫为一官。还归五陵去一作上,只向远峰看。暮色催人别,秋风待雨寒。遥知到三径,唯有菊花残。

## 送严维归越州

艰难只用武,归向浙河东。松雪千山暮,林泉一水通。乡心缘绿草,野思看青枫。春日一作好偏相忆,裁书寄剡中。

## 送杜士瞻楚州觐省

风流与才思,俱似晋时人。淮月归心促一作速,江花入兴新。云深沧海暮,柳暗白田春。共道官犹小,怜君孝养亲。

## 送裴宣城上元所居

水流过海稀,尔去换春衣。泪向槟榔尽,身随鸿雁归。草思晴后发,花怨雨中飞。想到金陵渚,酣歌对落晖。

## 留别毗陵诸公

久作浔一作昨鉴阳令,丹墀忽再还。凄凉辞泽国,离乱到乡山。北固滩一作潮声满,南徐草色闲。知心从此别,相忆鬓毛斑。

## 送独孤拾遗先辈先赴上都

行春日已晓,桂楫逐寒烟。转曲遥峰出,看涛极浦连。入京当献赋,封事更闻天。日日趋黄阁,应忘云海边。

# 常州韦郎中泛舟见饯

主人冯轼贵,送客泛舟稀。逼岸随芳草,回桡背落晖。映花双节驻,临水伯劳飞。醉与群公狎,春塘露冕归。

# 送崔侍御入朝

十年犹执宪,万里独归春。旧国逢芳草,青云见故人。潘郎今发白,陶令本家贫。相送临京口,停桡泪满巾。

# 送岳州司马弟之任

岳阳天水外,念尔一帆过。野墅人烟迥,山城雁影多。有时巫峡色,终日洞庭波。丞相今为郡,应无劳者歌。

# 裴侍御见赠斑竹杖

骚人夸竹杖,赠我意何深。万点湘妃泪,三年贾谊心。愿持终白首,谁道贵黄金。他日归愚谷,偏宜绿绮琴。

# 送张观一作劝归袁州

羡尔湘东去,烟花尚可亲。绿芳深映鸟一作马,远岫递迎人。饥狖啼初日,残莺惜暮春。遥怜谢客兴,佳句又应新。

# 冬夜饶州使堂饯相公五叔赴歙州

丞相过邦牧,清弦送羽觞。高情同客醉,子夜为人长。斜汉初过斗,寒云正护霜。新安江自绿,明主待惟良。

## 蒋山开善寺 一作崔峒诗

山殿秋云里,香烟出翠微。客寻朝磬至,僧背夕阳归。下界千门
在,前朝万事非。看心兼送目,葭菼自依依。

## 晚发江宁道中呈严维

惆怅遥江路,萧条落日过。蝉鸣独树急,鸦向古城多。转曲随青
嶂,因高见白波。潘生秋径草,严子意如何。

## 句容县东青阳馆作

句曲千峰暮,归人向远烟。风摇近水叶,云护欲晴一作霜天。夕照
留山馆,秋光落草一作野田。征途傍斜日,一骑独翩翩。

## 晚春宴无锡蔡明府一作长官西亭

茅檐闲寂寂,无事觉人和。井近时浇圃,城低下见河。兴缘芳草
积,情向远峰多。别日归吴地,停桡更一过。

## 送王端赴朝

君承明主意,日日上丹墀。东阁论兵后,南宫草奏期。人稀傍河
处,槐暗入关时。独遣吴州客,平陵结梦思。

## 送王正字山寺读书

欲究先儒教,还过支遁居。山一作筱阶闲听法,竹径一作寺独看书。
向日荷新卷,迎秋柳半疏。风流有佳句,不一作又似带经锄。

## 送房明府罢长宁令湖州客舍

君为万里宰，恩及五湖人。未满先求退，归闲不厌贫。远峰晴更近，残柳雨还新。要自趋丹陛，明年鸡树亲。

## 咏 萤

映水光难定，凌虚体自轻。夜风吹不灭，秋露洗还明。向烛仍分焰，投书更有情。犹将流乱影，来此傍檐楹。

## 送李中丞杨判官

射策名先著，论兵气自雄。能全季布诺，不道鲁连功。流水兼葭外，诸山睥睨中。别君秋日晚，回首夕阳空。

## 至七里滩作

迁客投於越，临江泪满衣。独随流水远，转觉故人稀。万木迎秋序，千峰驻晚晖。行舟犹未已，惆怅暮潮归。

## 南浦渡口

寂寞横塘路，新篁覆水低。东风潮信满，时雨稻粳齐。寡妇共租税，渔人逐鼓鼙。惭无卓鲁术，解印谢黔黎。

## 暮秋迁客增思寄京华

宋玉怨三秋，张衡复四愁。思乡雁北至，欲—作叹别水东流。倚树看黄叶，逢人诉—作话白头。佳期不可失—作见，落日自登楼。

## 送苏修往上饶

爱尔无羁束，云山恣意过。一身随远岫，孤棹任轻波。世事关心少，渔家寄宿多。芦花泊舟处，江月奈人何。

## 题王十九茆堂

满庭多种药，入里作山家。终日能留客，凌寒亦对花。海鸥过竹屿，门柳拂江沙。知尔卑栖意，题诗美白华。

## 送弘志上人归湖州

山林唯幽静，行住不妨禅。高月穿松径，残阳过水田一作泉。诗从宿世悟，法为本师传。能使南人敬，修持香火缘。

## 送陆士伦宰义兴

阳羡兰陵近，高城带水闲。浅流通野寺，绿茗盖春山。长吏多一作先愁罢，游人讵肯还。知君日清净，无事掩重关。

## 和张舍人中书宿直

汉主留才子，春城直紫微。对花闾阖静，过竹吏人稀。裁诏催添烛，将朝欲更衣。玉堂宜岁久，且莫厌彤闱。

## 司勋王郎中宅送韦九郎中往濠州

怜尔因同舍，看书似外家。出关逢落叶，傍水见寒花。送远添秋思，将衰恋岁华。清淮倍相忆，回首莫令赊。

## 晚春送吉校书归楚州 吉中孚曾为道士

诗人饶楚思,淮上及春归。旧浦菱花发一作待,闲门柳絮飞。高名乡曲重,少事道流稀。定向渔家醉,残阳卧钓矶。

## 送严二擢第东归

隳官就宾荐,时辈讵争先。盛业推儒行,高科独少年。迎秋见衰叶,馀照逐鸣蝉。旧里三峰下,开门古县一作道前。

## 送冷朝阳及第东归江宁

高第由佳句,诸生似者稀。长安带酒别,建业候潮归。稚子欢迎棹,邻人为扫扉。含情过旧浦,鸥鸟亦依依。

## 送越州辛法曹之任

但能一官适,莫羡五侯尊。山色垂一作同趋府,潮声自到门。缘塘刽溪路,映竹五湖村。王谢登临处,依依今尚存。

## 送樊兵曹潭州谒韦大夫

塞鸿归欲尽,北客始辞春。零桂虽逢竹,湘川少见人。江花铺浅水,山木暗残春。修刺辕门里,多怜尔为亲。

## 送杜御史还广陵

惭君从弱岁一作冠,顾我比诸昆。同事元戎久,俱承国士恩。随莺过淮水,看柳向辕门。草色金陵岸,思心那可论。

## 送兖州杜别驾之任

停车邀别乘,促轸奏胡笳。若见楚山暮,因愁浙水赊。河堤经浅草,村径历繁花。更有堪悲处,梁城春日斜。

## 题裴十六少卿东亭

平津旧东阁,深巷见南山。卷箔岚烟润,遮窗竹影闲。倾茶兼落帽,恋客不开关。斜照窥帘外,川禽时往还。

## 同皇甫侍御题荐福寺一公房

虚室独焚香,林空静磬长。闲窥数竿竹,老在一绳床。啜茗翻真偈,然灯继夕阳。人归远相送,步履出回廊。

## 送从侄端之东都

虏近人行少,怜君独出城。故关逢落叶,寒日逐徂征。闻笛添归思,看山惬野情。皇华今绝少,龙额也相迎。

## 送王谏议充东都留守判官

时称谢康乐,别事汉平津。衰柳寒关道,高车左掖臣。背河见北雁,到洛问东人。忆昔游金谷,相看华发新。

## 和都官苗员外秋夜省直对雨简诸知己

多一作久雨南宫夜,仙郎寓一作上直时。漏长丹凤阙,秋冷一作老白云司一作词。萤影侵阶乱,鸿声出苑迟。萧条人吏散一作静,小谢有新诗。

## 送从弟归河朔

故乡那可到，令弟独能归。诸将矜旄节，何人重布衣。空城流水在，荒泽旧村稀。秋日平原路，虫鸣桑叶飞。

## 送崔夷甫员外和蕃

君过湟中去，寻源未是赊。经春逢白草，尽日度黄沙。双节行为伴，孤烽到似家。和戎非用武，不学李轻车。

## 春日长安送从弟尉吴县

春愁能浩荡，送别又如何。人向吴台远，莺飞汉苑多。见花羞白发，因尔忆沧波。好是神仙尉，前贤亦未过。

## 元日无衣冠入朝寄皇
## 甫拾遗冉从弟补阙纾

伏奏随廉使，周行外冗员。白髭空受岁，丹陛不朝天。秉烛千官去，垂帘一室眠。羡君青琐里，并冕入炉烟。

## 和韩郎中扬子津玩雪寄严维

雪深扬子岸，看柳尽成梅。山色潜知近，潮声只听来。夜禽惊晓散，春物受寒催。粉署生新兴，瑶华寄上才。

## 送王牧往吉州谒王使君叔

细草绿汀洲，王孙耐一作奈薄游。年华初冠带，文体旧弓裘。野渡花争发，春塘水乱流。使君怜一作矜小阮，应念倚门愁。

## 广陵送林宰

清政过前哲，香名达至尊。明通汉家籍，重识府公恩。春景生云物，风潮敛雪痕。长吟策赢马，青楚入关门。

## 赠卫南长官赴任

吏曹难茂宰，主意念疲人。更事文犀节，还过白马津。云间辞北阙，树里出西秦。为报陶明府，裁书莫厌贫。

## 自常州还江阴途中作

处处空篱落，江村不忍看。无人花色惨，多雨鸟声寒。黄霸初临郡，陶潜未罢一作去官。乘春务征伐，谁肯问凋残。

## 润州杨别驾宅送蒋九侍御收兵归扬州

沴一作冷气清金虎，兵威壮铁冠。扬旌川色暗一作暝，吹角水风寒。人对辒軿醉，花垂一作看睥睨残。羡归丞相阁一作府，空望旧门一作雕栏。

## 仲夏江阴官舍寄裴明府

万室边江次，孤城对海安。朝霞晴作雨，湿气晚生寒。苔色侵衣桁，潮痕上井栏。题诗招茂宰，思尔欲辞官。

## 送夏侯审参军游江东

袖中多丽句，未遣世人闻。醉夜眠江月，闲时逐海云。荻花寒漫漫，鸥鸟暮群群。若到长沙苑，渔家更待君。

## 送袁员外宣慰劝农毕赴洪州使院

圣主临前殿,殷忧遣使臣。气迎天诏喜,恩发土膏春。草色催归棹,莺声为送人。龙沙多道里,流水自—作日相亲。

## 送侍御史四叔归朝

淮南频送别,临水惜残春。攀折隋宫柳,淹留秦地人。含情归上国,论旧见平津。更接天津近,馀花映绶新。

## 登楚州城望驿路十馀<br>里山村竹林相次交映

十里山村道,千峰栎树林。霜浓竹枝亚,岁晚荻花深。草市多樵客,渔家足水禽。幽居虽可羡,无那子牟心。

## 奉陪韦润州游鹤林寺

野寺江城近,双旌五马过。禅心超忍辱,梵语问多罗。松竹闲僧老,云烟晚日和—作多。寒塘归路转,清磬隔微波。

## 奉酬路五郎中院长新除工部员外见简

一门同秘省,万里作长城。问绢莲花府,扬旗细柳营。词锋偏却敌,草奏直论兵。何幸新诗赠,真—作甘输小谢名。

## 送韦司直西行 此公深入道门

不耻青袍故,尤宜白发新。心朝玉皇帝,貌似紫阳人。湘浦眠销日,桃源醉度春。能文兼证道,庄叟是前身。

## 送上官侍御赴黔中

莫向黔中路，令人到欲迷。水声巫峡里，山色夜郎西。树隔朝云合，猿窥晓月啼。南方饶翠羽，知尔饮清溪。

## 送元侍御还荆南幕府

迢递荆州路，山多水又分。霜林澹寒日，朔一作故，一作朝。雁蔽南云。八座由持节，三湘亦置军。自当行直指，应不为功勋。

## 登溢城浦望庐山初晴直省赍敕催赴江阴

西望香炉雪，千峰晚色一作照新。白头悲作吏，黄纸苦一作更催人。多负登山屐，深藏漉酒巾。伤心公府内，手板日相亲。

## 九　日

惆怅重阳日，空山野菊新。蒹葭百战地，江海十年人。叹老堪衰柳，伤秋对白蘋。孤楼闻夕磬，塘路向城闉。

## 九 日 送 人

晴景应重阳，高台怆远乡。水澄千室倒，雾卷四山长。受节人逾老，惊寒菊半黄。席前愁此别，未别已沾裳。

## 春日淇上作 一作汉口春

淇上一作水春风一作来涨，鸳鸯逐一作逆浪飞。清明桑叶小，度雨杏花稀。卫女红妆薄，王孙白马肥。相将踏青去，不解惜罗衣。

# 送从叔阳冰祗召赴都

自小从游惯,多由戏笑偏。常时矜礼数,渐老荷优怜。见主承休命,为郎贵晚年。伯喈文与篆,虚作汉家贤。

# 送友人入湘

闻说湘川路,年年苦雨—作湖水多。猿啼巫峡雨,月照洞庭波。穷海人还去,孤城雁共过。青山不可极,来往自蹉跎。

# 送裴员外往江南

公务江南远,留骢幕下荣。枫林缘楚塞,水驿到溢城。岸草知春晚,沙禽好夜惊。风帆几度泊,处处暮潮声。

# 登 秦 岭

南登秦岭头,回望始堪愁。汉阙青门远,高山蓝水流。三湘迁客去,九陌故人游。从此辞乡泪,双垂不复收。

# 送张惟俭秀才入举

清秀过终童,携书访老翁。以吾为世旧,怜尔继家风。淮岸经霜柳,关城带月鸿。春归定得意,花送到东中。

# 送韦侍御湖南幕府

执宪随征虏,逢秋出故关。雨多愁郢路,叶下识衡山。地远从军乐,兵强分野闲。皇家不易将,此去未应还。

# 同皇甫冉赴官留别灵一上人

法许庐山远,诗传休上人。独归双树宿,静与百花亲。对物一作劫
虽留兴,观空已悟身。能令折腰客,遥赏竹房春。

# 送客游荆州

草色随骢马,悠悠共出秦。水传云梦晓,山接洞庭春。帆影连三
峡,猿声在四邻。青门一分首,难见杜陵人。

# 与郑锡游春

东门垂柳长,回首独心伤。日暖临芳草,天晴忆故乡。映花莺上
下,过水蝶悠飏。借问同行客,今朝泪几行。

# 故燕国相公挽歌二首

文若为全德,留侯是重名。论公一作功长不宰,因病得无生。大梦
依禅定,高坟共一作仰化城。自应怜寂灭,人世但伤情。
共美持衡日,皆言折槛时。蜀侯一作臣供庙略,汉主缺台司。车马
行仍止,笳箫咽又悲。今年杜陵陌一作柏,疹瘁百花迟。

# 故吏部郎中赠给事中韦公挽歌二首

神理今何在,斯人竟若斯。颜渊徒有德,伯道且无儿。白发今非
老,青云数有奇。谁言夕郎拜,翻向夜台悲。
社里东城接,松阡北地开。闻笳春色惨,执绋故人哀。终日南山
对,何时渭水回。仁兄与恩旧,相望泣泉台。

# 全唐诗卷二〇七

## 李嘉祐

### 和袁郎中破贼后经剡县山水上太尉

受律仙郎贵,长驱下会稽。鸣箛山月晓,摇旆野云低。翦寇人皆贺,回军马自嘶。地闲春草绿,城静夜乌啼。破竹清闽岭,看花入剡溪。元戎催献捷,莫道事攀跻。

### 送评事十九叔入秦

白露沾蕙草,王孙转忆归。蔡州新战罢,郢路去人稀。谒帝不辞远,怀亲空有违。孤舟看落叶,平楚逐斜晖。北阙见端冕,南台当绣衣。唯余播迁客,只伴鹧鸪飞。

### 赠王八衢 一本此下有州字

丹地偏相逐,清江若有期。腰金才子贵,剖竹老人迟。桂楫闲迎客,茶瓯对说诗。渚田分邑里,山桂树罘罳。心静无华发,人和似古时。别君远山去,幽独更应悲。

### 入睦州分水路忆刘长卿

北阙忤明主,南方随白云。沿洄滩草色,应接海鸥群。建德潮已尽,新安江又分。回看严子濑,朗咏谢安文。雨过暮山碧,猿吟秋日曛。吴洲不可到,刷鬓为思君。

## 奉和杜相公长兴新宅即事呈元相公

意有空门乐,居无甲第奢。经过容法侣,雕饰让侯家。隐树重檐肃,开园一径斜。据梧听好鸟,行药寄名花。梦蝶留清簟,垂貂坐绛纱。当山不掩户,映日自倾茶。雅望归安石,深知在叔牙。还成吉甫颂,赠答比瑶华。

## 江 湖 秋 思

趋陪禁掖雁行随,迁向江潭鹤发垂。素浪遥疑八溪水,清枫忽似万年枝。嵩南春遍伤魂梦,壶口云深隔路歧。共望汉朝多霈泽,苍蝇早晚得先知。

## 送朱—作宋中舍游江东

孤城郭外送王孙,越水吴洲共尔论。野寺山边斜有径,渔家竹里半开门。青枫独映摇前浦,白鹭闲飞过远村。若到西陵征战处,不堪秋草自伤魂。

## 送窦拾遗赴朝因寄中书十七弟 窦拾遗叔向,其弟窦舒也。

自叹未沾黄纸诏,那堪远送赤墀人。老为侨客偏相恋,素是诗家倍益亲。妻儿共载无羁思,鸳鹭同行不负身。凭尔将书通令弟,唯论华发愧头巾。

## 自苏台至望亭驿人家尽空春物增思怅然有作因寄从弟纾

南浦孤蒋覆白蘋，东吴黎庶逐黄巾。野棠自发空临一作流水，江燕
初归不见人。远岫一作树依依如送客，平田渺渺独伤春。那堪回首
长洲苑，烽火年年报房尘。

## 承恩量移宰江邑临鄱江怅然之作

四年谪宦滞江城，未厌门前鄱水清。谁言宰邑化黎庶，欲别云山如
弟兄。双鸥为底无心狎，白发从他绕鬓生。惆怅闲眠临极浦，夕阳
秋草不胜情。

## 题灵台县东山村主人

处处征胡人渐稀，山村寥落暮烟微。门临莽苍经年闭，身逐嫖姚几
日归。贫妻白发输残税，馀寇黄河未解围。天子如今能用武，只应
岁晚息兵机。

## 同皇甫冉登重玄阁

高阁朱栏不厌游，兼葭白水绕长洲。孤云独鸟川光暮，万井千山海
色秋。清梵林中人转静，夕阳城上角偏愁。谁怜一作堪远作秦吴
别，离恨归心双泪流。

## 宋州东登望题武陵驿

梁宋人稀鸟自啼，登舻一望倍含凄。白骨半随河水去，黄云犹傍郡
城低。平陂战地花空落，旧苑春田草未齐。明主频移虎符守，几时
行县向黔黎。

## 晚登江楼有怀

独坐南楼佳兴新,青山绿水共为邻。爽气遥分隔浦岫,斜光偏照渡江人。心闲鸥鸟时相近,事简鱼竿私自亲。只忆帝京不可到,秋琴一弄欲沾巾。

## 游徐城河忽见清淮因寄赵八

自缘迟暮忆沧洲,翻爱南河浊水流。初过重阳惜残菊,行看旧浦识群鸥。朝霞映日同归处,暝柳摇风欲别秋。长恨相逢即分首,含情掩泪独回头。

## 题游仙阁白一作息公庙

仙冠轻举竟何之,薜荔缘阶竹映祠。甲子不知风驭日,朝昏唯见雨来时。霓旌翠盖终难遇,流水青山空所思。逐客自怜双鬓改,焚香多负白云期。

## 送郑正则汉阳迎妇

锦字相催鸟急飞,郎君暂脱老莱衣。遥想双眉待人画,行看五马送潮归。望夫山上花犹发,新妇江边莺未稀。令秩和鸣真可羡,此行谁道负春辉。

## 送皇甫冉往安宜

江皋尽日唯烟水,君向白田何日归。楚地兼葭连海迥,隋朝杨柳映堤稀。津楼故市无行客,山馆荒城闭落晖。若问行人与征战,使君双泪定沾衣。

## 晚发咸阳寄同院遗补

征战初休草又衰,咸阳晚眺泪堪垂。去路全无千里客,秋田不见五陵儿。秦家故事随流水,汉代高坟对石碑。回首青山独不语,羡君谈笑万年枝。

## 早秋京口旅泊章侍御寄
## 书相问因以赠之时七夕

移家避寇逐行舟,厌见南徐江水流。吴越一作地征徭非旧日,秣陵凋弊不宜秋。千家闭户无砧杵,七夕何人望斗牛。只有同时骢马客,偏宜一作题尺牍问穷愁。

## 秋晓一作晚招隐寺东峰
## 茶宴送内弟阎伯均归江州

万畦新稻傍山村,数里深松到寺门。幸有香茶留稚子一作释子,不堪秋草送王孙。烟尘怨别唯愁隔,井邑萧条谁忍论。莫怪临歧独垂泪,魏舒偏念外家恩。

## 送严员外 一作刘长卿诗

春风倚棹阖闾城,水国春寒阴复晴。细雨湿衣看不见,闲花落地听无声。日斜江上孤帆影,草绿湖南万里情。君去若逢相识问,青袍今已误儒生。

## 赴南中留别褚七少府湖上林亭 一作刘长卿诗

种田东郭傍春陂,万事无情把钓丝。绿竹放侵行径里,青山常对卷帘时。纷纷花发门空闭,寂寂莺啼日更迟。从此别君千万里,白云流水忆佳期。

## 与从弟正字从兄兵曹宴集林园

竹窗松户有佳期,美酒香茶慰所思。辅嗣外生还解易,惠连群从总
能诗。檐前花落春深后,谷里莺啼日暮时。去路归程仍待月,垂缰
不控马行迟。

## 酬皇甫十六侍御曾见寄 此公时贬舒州司马

自顾衰容累玉除,忽承优诏赴铜鱼。江头鸟避青旄节,城里人迎露
网车。长沙地近悲才子,古郡山多忆旧庐。更枉新诗思何苦,离骚
愁一作怨处亦无如。

## 暮春宜阳郡斋愁坐忽枉
## 刘七侍御新诗因以酬答

子规夜夜〔啼〕(题)楛叶,远道逢春一作春来半是愁。芳草伴人还易
老,落花随水亦东流。山临睥睨恒多雨,地接潇湘畏及秋。唯羡君
为周柱史,手持黄纸到沧洲。

## 送 舍 弟

诸谢偏推永嘉守,三何独许水曹郎。老兄鄙思难俦匹,令弟清词堪
比量。叠嶂入云藏古寺,高秋背月转南湘。定知马上多新句,早寄
袁溪当八行。

## 送从弟永任饶州录事参军

一官万里向千溪,水宿山行鱼浦西。日晚长烟高岸近,天寒积雪远
峰低。芦花渚里鸿相叫,苦竹丛边猿暗啼。闻道慈亲倚门待,到时

兰叶正萋萋。

## 送马将军奏事毕归滑州使幕

吴门别后蹈沧州,帝里相逢俱白头。自叹马卿常带病,还嗟李广未封侯。棠梨宫里瞻龙衮,细柳营前著豹裘。想到滑台桑叶落,黄河东注荻花秋。

## 闻逝者自惊

亦知死是人间事,年老闻之心自疑。黄卷清琴总为累,落花流水共添悲。愿将从药看真诀,又欲休官就本师。儿女眼前难喜舍,弥怜双鬓渐如丝。

## 伤歙州陈二使君

怜君辞满一作病卧沧洲,一旦云亡万事休。慈母断肠妻独泣,寒云惨色水空流。江村故老长怀惠,山路孤猿亦共愁。寂寞荒坟近渔浦,野松孤月即千秋。

## 白田西忆楚州使君弟

山阳郭里无潮,野水自向新桥。鱼网平铺荷叶,鹭鸶闲步稻苗。秣陵归人惆怅,楚地连山寂寥。却忆士龙宾阁,清琴绿竹一作水萧萧。

## 送陆澧还吴中 一作刘长卿诗

瓜步寒潮送客,杨花暮雨沾衣。故乡南望何处,春水连天独归。

## 春日忆家 一作春日归山

自觉劳乡梦,无人见客心。空馀庭草色,日日伴愁襟。

## 远 寺 钟

疏钟何处来,度竹兼拂水。渐逐微风声—作欻,依依犹在耳。

## 白　鹭

江南渌水多,顾影逗轻波。落日秦云里,山高奈若何。

## 夜宴南陵留别

雪满前庭月色闲,主人留客未能还。预愁明日相思处,匹马千山与万山。

## 题 前 溪 馆

两年谪宦在江西,举目云山要自迷。今日始知风土异,浔阳南去鹧鸪啼。

## 过乌公山寄钱起员外

雨过青山猿叫时,愁人泪点石榴枝。无端王事还相系,肠断兼葭君不知。

## 寄王舍人竹楼

傲吏身闲笑五侯,西江取竹起高楼。南风不用蒲葵扇,纱帽闲眠对水鸥。

## 韦润州后亭海榴

江上年年小雪迟,年光独报海榴知。寂寂山城风日暖,谢公含笑向南枝。

## 送崔十一弟归北京

潘郎美貌谢公诗,银印花骢年少时。楚地江皋一为别,晋山沙水独相思。

## 访韩司空不遇

图画风流似长康,文词体格效陈王。蓬莱对去一作奏对归常晚,丛竹一作雀闲飞满夕阳。

## 题道虔上人竹房

诗思禅心共竹闲,任他流水向一作到人间。手持如意高窗里,斜日沿江千万山。

## 秋朝木芙蓉

水面芙蓉秋已衰,繁条到是著花时。平明露滴垂红脸,似有朝愁暮落悲。

## 袁江口忆王司勋王吏
## 部二郎中起居十七弟

京华不啻三千里,客泪如今一万双。若个最为相忆处,青枫黄竹入袁江。

## 答泉州薛播使君重阳日赠酒

欲强登高无力去,篱边黄菊为谁开。共知不是浔阳郡,那得王弘送酒来。

# 题 张 公 洞

空山杳杳鸾凤飞,神仙门户开翠微。主人白发雪霞衣,松间留我谈
玄机。

# 句

水田飞白鹭,夏木啭黄鹂。 李肇称嘉祐有此句,王右丞取以为七言,今集中无
之。

白马撼金珂,纷纷侍从多。身居骠骑幕,家住滹沱河。 少年行 《诗
式》

溪北映初星。《海录碎事》

# 全唐诗卷二〇八

## 包 何

包何,字幼嗣,润州延陵人。融之子。与弟佶齐名,世称
二包。登天宝进士第。大历中,为起居舍人。诗一卷。

### 送泉州李使君之任 一作送李使君赴泉州

傍海皆荒服,分符重汉臣。云山百越路,市井十洲人。执玉来朝
远,还珠入贡频。连年不见雪,到处即行春。

### 和孟虔州闲斋即事

古郡邻江岭,公庭半薜萝。府僚闲不入,山鸟静偏过。睥睨临花
柳,栏干枕芰荷。麦秋今欲至,君听两歧歌。

### 同李郎中净律院梡子树

本一作木梡稀难识,沙门种则生。叶殊经写字,子为佛称名。滤水
浇新长,燃灯暖更荣。亭亭无别意,只是劝修行。

### 同阎伯均宿道士观有述

南国佳人去不回,洛阳才子更须媒。绮琴白雪无心弄,罗幌清风到
晓开。冉冉修篁依户牖,迢迢列宿映楼台。纵令奔月成仙去,且作

行云入梦来。

## 送乌程王明府贬巴江

一片孤帆无四邻,北风吹过五湖滨。相看尽是江南客,独有君为岭外人。

## 同舍弟佶班韦二员外秋苔对之成咏

每看苔藓色,如向簿书闲。幽思缠芳树,高情寄远山。雨痕连地绿,日色出林斑。却笑兴公赋,临危滑石间。

## 送王汶—作文宰江阴

郡北—作此郡乘流去,花间竟日行。海鱼朝满市,江鸟夜喧城。止酒非关病,援琴不在声。应缘五斗米,数日滞渊明。

## 和苗员外寓直中书 —作和苗员外寓直寄台中舍弟

朝列称多士,君家有二难。贞为台里柏,芳作省中兰。夜宿—作直分曹阔—作间,晨—作朝趋接武欢。每怜双阙下,雁序入鸳鸾。

## 阙下芙蓉

一人理国致升平,万物呈祥助圣明。天上河从阙下过,江南花向殿前生。广云垂荫开难落,湛露为珠满不倾。更对乐悬张宴处—作簨虡,歌工欲奏采莲声。

## 江上田家

近海川原薄,人家本自稀。黍苗期腊酒,霜叶是寒衣。市井谁—作虽相识,渔樵夜始归。不须骑马问,恐畏—作是狎鸥飞。

## 送韦侍御奉使江岭诸道催青苗钱

近远一作远近从王事,南行处处经。手持霜简白,心在夏苗青。回雁书应报,愁猿夜一作客屡听。因君使绝域,方物尽来庭。

## 和程员外春日东郊即事

郎官休浣怜迟日,野老欢娱为有年。几处折花惊蝶梦,数家留叶待蚕眠。藤垂宛一作委地紫珠履,泉进侵阶浸绿钱。直到闭关朝谒去,莺声不散一作语柳含烟。

## 裴端公使院赋得隔帘见春雨

细雨未成霖,垂帘但觉阴。唯看上砌湿,不遣入檐深。度隙沾霜简,因风润绮琴。须移户外屦,檐溜夜相侵。

## 相里使君第七男生日 一作生日

娶妻生子复生男,独有君家众所谈。荀氏八龙唯欠一,桓山四凤已过三。他时干蛊声名著,今日悬弧宴乐酣。谁道众贤能继体,须知个个出于蓝。

## 同诸公寻李方直不遇

闻说到扬州,吹箫忆旧游。人来多不见,莫是上迷楼。

## 婺州留别邓使君

西掖驰名久,东阳出守时。江山婺女分,风月隐侯诗。别恨双溪急,留欢五马迟。回舟映沙屿,未远剩相思。

## 寄杨侍御 一作包佶诗

一官何幸得同时，十载无媒独见遗。今日不论腰下组，请君看取鬓
边丝。

## 赋得秤送孟孺卿

愿以金秤锤一作锤秤，因君赠别离。钩悬新月吐，衡举众星随。掌
握须一作应平执，锱铢必尽知。由来投分审，莫放一作被弄权移。

## 长安晓望寄崔补阙 一作司空曙诗

迢递山河拥帝京，参差宫殿接云平。风吹晓漏经长乐，柳带晴烟出
禁城。天净笙歌临路发，日高车马隔尘行。自怜久滞诸生列，未得
金闺籍姓名。曙诗末句与此异，云：独有浅才甘未达，自惭名在鲁诸生。

# 全唐诗卷二〇九

## 贾邕

贾邕，天宝九年登进士第。诗一首。

### 送萧颖士—作夫子赴东府得路字 刘太真撰序

萧夫子赴东府，门人送者十二人。刘太真为之序云：先师微言既绝者千有馀载，至夫子而后洵美无度，得夫天和。顷东倭之人，逾海来宾，举其国俗，愿师于夫子，弗敢私；请表闻于天子，夫子辞以疾而不之从也。退然贫居，述作万卷，去其浮辞，存乎正言。昔左氏失于烦，谷梁失于短，公羊失于俗，而夫子为其折衷。王公交辟，拒而不应。从官三年，始参谋于洛京，家兄与先鸣者六七人，奉壶开筵，执弟子之礼于路左。太真以文求进，以无闻见举，而不吝为夫子羞。春云轻阴，草色新碧，皎皎匹马，出于青门。吾徒喟然，瞻望不及。赋诗仰饯者，自相里造、贾邕以下，凡十二人，皆及门之选也。（按序称赋诗十二人，《纪事》以邬载不预会，仅得九人之诗。所阙者，相里造及刘太真诗，其一人并姓名亦逸之矣。颖士门人可考者，自赋诗诸贤外，有尹徵、王恒、卢异、卢士式、赵匡、阎士和、柳并及李阳〔冰〕、李幼卿、皇甫冉、陆渭。而贾邕之受业，在颖士客濮阳时云。）

子欲适东周，门人盈歧路。高标信难仰，薄官非始务。绵邈千里途，裴回四郊暮。征车日云远，抚已惭深顾。

# 刘 舟 一作冉

刘舟,天宝中登进士第。诗一首。

## 送萧颖士一作夫子赴东府得适字

大名掩诸古,独断无不适。德遂天下宗,官为幕中客。骊山浮云散,灞岸零雨夕。请业非远期,圆光再生魄。

# 长孙铸

长孙铸,天宝十二年登进士第。诗一首。

## 送萧颖士一作夫子赴东府得离字

大德讵可拟,高梧有长离。素怀经纶具,昭世犹安卑。落日去关外,悠悠隔山陂。我心如浮云,千里相追随。

# 房 白

房白,天宝中登进士第。诗一首。

## 送萧颖士一作夫子赴东府得还字

夫子高世迹,时人不可攀。今予亦云幸,谬得承温颜。良策资入幕,遂行从近关。青春灞亭别,此去何时还。

# 元　晟

元晟,河南府进士。诗一首。

## 送萧颖士一作夫子赴东府得引字

吾见夫子德,谁云习相近。数仞不可窥,言味终难尽。处喧虑常澹,作吏心亦隐。更有嵩少峰,东南为胜引。

# 刘太冲

刘太冲,彭城人,天宝十二年进士第。诗一首。

## 送萧颖士一作夫子赴东府得浅字

吾师继微言,赞述在坟典。寸禄聊自资,平生宦情鲜。逶迟东州一作周路,春草深复浅。日远夫子门,中心曷由展。

# 姚　发

姚发,天宝十二年登进士第。诗一首。

## 送萧颖士一作夫子赴东府得草字

天生良史笔,浪迹擅文藻。中夏授参谋,东夷愿闻道。行轩玩春日,饯席藉芳草。幸得师季良,欣留箧笥宝。

# 郑　愕

郑愕,天宝十二年登进士第。诗一首。

## 送萧颖士一作夫子赴东府得往字

斤溪数亩田,素心拟长往。繄君曲得引,使我缨俗网。风尘岂不劳,道义成心赏。春郊桃李月,忍此戒征两。

# 殷少野

殷少野,天宝十二(一作六)年登进士第。诗一首。

## 送萧颖士一作夫子赴东府得散字

官闲幕府下,聊以任纵诞。文学鲁仲尼,高标嵇中散。出门时雨润,对酒春风暖。感激知己恩,别离魂欲断。

# 邬　载

邬载,天宝十二年登进士第。诗一首。

## 送萧颖士一作夫子赴东府得君字

策名十二载,独立先斯文。迩一作尔来及门者,半已升青云。青云岂无姿,黄鹄素不群。一辞芸香吏,几岁沧江溃。散职既不羁,天听一作聪亦昭闻。虽承急贤诏,未谒陶唐一作唐虞君。薄俸还自急,此言那足云。和风媚东郊,时物滋南薰。蕙草正可摘,豫章犹未分。宗师忽千里,使我心氛氲。

# 全唐诗卷二一〇

## 皇甫曾

皇甫曾,字孝常,冉母弟也。天宝十二载登进士第。历侍御史,坐事徙舒州司马、阳翟令。诗名与兄相上下,当时比张氏景阳、孟阳云。集一卷。今编诗一卷。

### 奉陪韦中丞使君游鹤林寺

古寺传灯久,层城闭阁闲。香花同法侣,旌旆入深山。寒磬虚空里,孤云起灭间。谢公忆高卧,徒御—作望欲东—作忘还。

### 奉送杜侍御还京 —作杜中丞,—作林中丞。

罢战回龙节,朝天上—作识,—作见。凤池。寒生五湖道,春入—作及万年枝。召—作郡化多遗爱,胡—作官清已畏知。怀恩偏感别,堕泪向旌麾。

### 酬郑侍御—作高邮秋夜见寄

摇落空林夜,河阳兴已生。未—作欲辞公府步,知结远山情。高柳风难定,寒泉月助明。袁公方卧雪,尺素及柴荆。

## 酬窦拾遗秋日见呈 时此公自江阴令除谏官

孤城永巷时相见,衰柳闲门日半斜。欲送近臣朝魏阙,犹怜残菊在陶家。

## 韦使君宅海榴咏

淮阳卧理有清风,腊月榴花带雪红。闭阁寂寥常对此,江湖心在数枝中。

## 送普上人还阳羡 一作皇甫冉诗

花宫难久别,道者忆千灯。残雪入林路,暮山归寺僧。日光依嫩草,泉响滴春冰。何用求方便,看心是一乘。

## 送李中丞归本道 一作送人作使归

上将还专席一作宜分阃,双旌复出一作去秦。关河三晋路,宾从五原人。孤戍云连海,平沙雪度春。一作碣石山通海,滹沱雪度春。酬恩看玉剑,何处有烟尘。

## 和谢舍人雪夜寓直

禁省夜沉沉,春风雪满林。沧洲归客梦,青琐近一作侍臣心。挥翰宣一作宜鸣玉,承恩在赐金。建章寒漏起一作章台寒雁起,更助掖垣深。

## 寻刘处士

几年人不见,林下掩柴关。留客当清夜,逢君话旧山。隔城寒杵急,带月早鸿还。南陌虽相近,其如隐者闲。

## 哭—作伤陆处士

从此无期见,柴门—作扉对雪开。二毛逢世难,万恨掩泉台。返照
空堂夕,孤城吊客回。汉家偏访道,犹畏—作未鹤书来。

## 乌程水楼留别

悠悠千里去,惜此一尊同。客散高楼上,帆飞细雨中。山程随远
水,楚思在—作望,—作任。青枫。共说前期易,沧波处处同—作通。

## 题赠吴—作云门—作送云林邕上人

春山唯一室,独坐草萋萋。身寂心成道,花闲—作开鸟自啼。细泉
松径里,返景竹林西。晚与门人别,依依出虎溪。

## 送陆鸿渐山人采茶回 —本无回字

千峰待逋客,香茗复丛生。采摘知深处,烟霞羡独行。幽期山寺
远,野饭石泉清。寂寂燃灯夜—作火,相思一磬—作磬一声。

## 寄刘员外长卿

南忆新安郡,千山带夕阳。断猿知夜久,秋草助江长。疏发应成
素,青松独耐霜。爱才称汉主,题柱待回乡—作刘郎。

## 寄张仲—作众甫

悲风生旧浦,云岭隔东田。伏腊同鸡黍,柴门闭雪天。孤村明夜
火,稚子候归船。静者心相忆,离居畏度年。

## 送元侍御充使湖南

云梦南行尽,三湘万里流。山川重分手一作首,徒御亦悲秋。白简
劳王事,清猿助客愁。离群复多病,岁晚忆沧洲。

## 晚 至 华 阴

腊尽促归心,行人及华阴。云霞仙掌出,松柏古祠深。野渡冰生
岸,寒川烧隔林。温泉看一作程渐近一作远,宫树晚沉沉。

## 送 孔 征 士

谷口山多一作多山,一作多幽。处,君归不可寻。家贫青史在,身老白
云深。扫雪开松径,疏泉过竹林。馀一作余生负丘壑,相送亦何心。

## 秋 兴

流萤与落叶,秋晚共纷纷。返照城中尽,寒砧雨外闻。离人见衰
鬓,独鹤暮一作慕何群。楚客在千里,相思看碧云。

## 送归中丞使新罗

南幰一作宪衔恩去,东夷泛海行。天遥辞上国,水尽到孤城。已变
炎凉气,仍愁浩淼程。云涛不可极,来往见双旌。

## 送少微上人东南游

石梁人不到,独往更迢迢。乞食山家少,寻钟野寺遥。松门风自
扫,瀑布雪难消。秋夜闻清梵,馀音逐海潮。

## 送韦判官赴闽中

孤棹闽中客,双旌海上军。路人从北少,海—作岭水向南分。野鹤
伤秋别,林猿忌夜闻。汉家崇亚相,知子—作汝远邀勋。

## 送人还 —作往荆州 —作李嘉祐诗

草色随骢马,悠悠同出秦。水传云梦晓,山接洞庭春。帆影连三
峡,猿声近四邻。青门一分手,难见杜陵人。

## 寄净虚上人初至云门 —作刘长卿诗

寒踪白云里,法侣自提携。竹径通城下,松门隔水西。方同沃洲
去,不似武陵迷。仿佛方—作心知处,高峰是会稽。

## 春和杜相公移入长兴宅奉呈诸宰执

欲向幽偏适,还从绝地移。秦官鼎食贵,尧世土阶卑。戟户槐阴
满,书窗竹叶垂。才分午夜漏,遥隔万年枝。北阙深恩在,东林远
梦知。日斜门掩—作杳映,山远树参差。论道齐鸳—作鸾翼,题诗忆
凤池。从公亦何幸,长与珮声随。

## 路中口号

还乡不见家,年老眼多泪。车马上河桥,城中好天气。

## 山下泉

漾漾带山光,澄澄倒林影。那知石上喧,却忆—作益山中静。

# 早朝日寄所知

长安雪夜—作后见归鸿,紫禁朝天拜舞同。曙色渐分双阙下—作里,
漏声遥在百花中。炉烟乍起开仙仗,玉佩才成—作成行引上公。共
荷发生同雨露,不应黄叶久随风。

## 秋夕寄怀契—作素上人

已见槿花朝委露,独悲孤鹤—作憔悴在人群。真僧出世心无事,静
夜名香手自焚。窗临绝涧闻—作同流水,客至孤峰扫白云。更想清
晨诵经处,独看松上雪—作雨纷纷。

## 张芬—作芳见访郊居作

林中雨散早凉生,已有迎秋促织声。三径荒芜羞对客,十年衰老愧
称兄。愁心自惜江蓠晚—作短,世事方看木槿荣。君若罢官携手日
—作去,寻山莫算—作计白云程。

## 赠鉴上人—作赠别筌公

律仪传教诱,僧腊老烟霄。树色依禅诵,泉声入寂寥。宝—作龙龛
经末劫—作来远国,画壁见南朝。深竹—作户风开合,寒潭—作泉月动
摇。息心归静理,爱道坐—作定至中宵。更欲寻真去,乘船过海潮。

## 奉寄中书王舍人

腰金载笔谒承明,至—作志道安禅得此生。西掖几年纶绋贵,东山
遥夜薜萝情。风传刻漏星河曙,月上梧桐雨露清。圣主好文谁为
荐,闭门空赋子虚成。

## 送汤中丞和蕃

继好中司出，天心外国知。已传尧雨露，更说汉威仪。陇上应回首，河源复载驰。孤峰问徒御，空碛见旌麾。春草乡愁起，边城旅梦移。莫嗟行远地，此去答恩私。

## 送和西蕃使

白简初分命，黄金已在腰。恩华通外国，徒御发中朝。雨雪从边起，旌旗上陇遥。暮天沙漠漠，空碛马萧萧。寒路随河水，关城见柳条。和戎先罢战，知胜霍嫖姚。

## 送王相公赴幽州

台衮兼戎律，勤忧秉化元。凤池东掖宠，龙节北方尊。长路山河转，前驱鼓角喧。人安布时令，地远答君恩。暮日平沙迥，秋风大旆翻。渔阳在天末，恋别信陵门。

## 送徐大夫赴南海

旧国当分阃，天涯答圣私。大军传羽檄，老将拜旌旗。位重登坛后，恩深弄印时。何年谏猎赋，今日饮泉诗。海内求民瘼，城隅见岛夷。由来黄霸去，自有上台期。

## 赠沛—作霈禅师

南岳满—作潇湘沆—作源，吾师经利涉。身归沃洲老，名与支公接。净教传荆吴，道缘止渔猎。观空色不染，对境心自慊。室中人寂寞，门外山重—作稠叠。天台积幽梦，早晚当—作岁归负笈。

# 萼岭四望

汉家仙仗在咸阳,洛水东流出建章。野老至今犹望幸,离宫秋树独苍苍。

## 过刘员外长卿别墅 —作碧涧别业

谢客开山后,郊扉积—作去水通。江湖千里—作十年别,衰老一尊同。返照寒川满,平田暮雪空。沧洲自有趣,不便哭—作复泣途穷。

## 遇风雨作 —作权德舆诗

草草理夜装,涉江又登陆。望路殊未穷,指期今已促。传呼戒徒驭,振辔转林麓。阴云拥岩端,沾雨当山腹。震雷如在耳,飞电来照目。兽迹不敢窥,马蹄惟务速。虔心若斋祷,濡体如沐浴。万窍相怒号,百泉暗奔瀑。危梁虑足跌,峻坂忧车覆。问我何以然,前日爱微禄。转知人代事,缨组乃徽束。向若家居时,安枕春梦熟。遵途稍已近,候吏来相续。晓霁心始安,林端见初旭。

# 送商州杜中丞赴任

安康地理接商於,帝命专城总赋舆。夕拜忽辞青琐闼,晨装独捧紫泥书。深山古驿分骃骑,芳草闲云逐隼旟。绮皓清风千古在,因君一为谢岩居。

# 送著公归越

谁能愁此别,到越会相逢。长忆云门寺,门前千万峰。石床埋积雪,山路倒枯松。莫学白居—作衣士,无人知去踪。

# 送郑秀才贡举

西去意如何,知随贡士科。吟诗向月路,驱马出烟萝。晚色寒芜远,秋声候雁多。自怜归未得,相送一劳歌。

## 锡杖歌送明楚上人归佛川 一作权德舆诗

上人远自西天至,头陀行遍南朝寺。口翻贝叶古字经,手持金策声泠泠。护法护身惟振锡,石濑云溪深寂寂。乍来松径风露寒,遥映霜天月成魄。后夜空山禅诵时,寥寥挂在枯树枝。真法尝传心不住,东西南北随缘路。佛川此去何时回,应真莫便游天台。

# 玉山岭上作

悠悠驱匹马,征路上连冈。晚翠深云窦,寒台净石梁。秋花偏似雪,枫叶不禁霜。愁见前程远,空郊下夕阳。

# 国子柳博士兼领太常博士辄申贺赠

博士本秦官,求才帖职难。临风曲台净,对月碧池寒。讲学分阴重,斋祠晓漏残。朝衣辨色处,双绶更宜看。

# 送裴秀才贡举

儒衣羞此别,去抵汉公卿。宾贡年犹少,篇章艺已成。临流惜暮景,话别起乡情。离酌不辞醉,西江春草生。

# 赠 老 将

白草黄云塞上秋,曾随骠骑出并州。辘轳剑折虬髯白,转战功多独不侯。

# 全唐诗卷二一一

## 高　适

　　高适,字达夫,渤海蓨人。举有道科,释褐封丘尉。不得志,去游河右,哥舒翰表为左骁卫兵曹、掌书记。进左拾遗,转监察御史。潼关失守,适奔赴行在,擢谏议大夫,节度淮南。李辅国谮之,左授太子少詹事,出为蜀、彭二州刺史。进成都尹、剑南西川节度使。召为刑部侍郎,转散骑常侍,封渤海县侯。永泰二年卒,赠礼部尚书,谥曰忠。适喜功名,尚节义。年过五十,始学为诗,以气质自高。每吟一篇,已为好事者传诵。开、宝以来,诗人之达者,惟适而已。集二卷。今编四卷。

### 铜 雀 妓

日暮铜雀迥,秋深玉座清。萧森松柏望,委郁绮罗情。君恩不再得,妾舞为谁轻。

### 塞 下 曲

结束浮云骏,翩翩出从戎。且凭天子怒,复倚将军雄。万鼓雷殷地,千旗火生风。日轮驻霜戈,月魄悬雕弓。青海阵云匝,黑山兵气冲。战酣太白高,战罢旄头空。一本无战酣二句。万里不惜死,一朝一作阵得成功。画图麒麟阁,入朝明光宫。大笑向文士,一经何足穷。古人昧此道,往往成老翁。

# 塞　上

东出卢龙塞,浩然客思孤。亭堠列万里,汉兵犹备胡。边尘涨北
溟,虏骑<sub></sub>—作塞马正南驱。转斗岂长策,和亲非远图。惟昔李将军,
按节出皇<sub></sub>—作临此都。总戎扫大漠,一战擒单于。常怀感激心,愿
效纵横谟。倚剑欲谁语,关<sub></sub>—作山河空郁纡。

# 蓟门行五首

蓟门逢古<sub></sub>—作故老,独立思氛氲。一身既零丁,头鬓白纷纷。勋庸
今已矣,不识霍将军。

汉家能用武,开拓穷异域。戍卒厌糠核,降胡饱衣食。关<sub></sub>—作开亭
试一望,吾欲泪沾臆。

边城十一月,雨雪乱霏霏。元戎号令严,人马亦轻肥。羌胡无尽
日,征战几时归。

幽州多骑射,结发重横行。一朝事将军,出入有声名。纷纷猎秋
草,相向角弓鸣。

黯黯<sub></sub>—作茫茫长城外,日没更烟尘。胡骑虽凭陵,汉兵不顾身。古
树满空塞,黄云愁杀人。

# 效古赠崔二

十月河洲时,一看有归思。风飙生惨烈,雨雪暗天地。我辈今胡
为,浩哉迷所至。缅怀当途者,济济居声位。遨然在云霄,宁肯更
沦踬。周旋多燕乐,门馆列车骑。美人芙蓉姿,狭室兰麝气。金炉
陈兽炭,谈笑正得意。岂论草泽中,有此枯槁士。我惭经济策,久
欲甘弃置。君负纵横才,如何尚憔悴。长歌增郁快,对酒不能醉。

穷达自有时,夫子莫下泪。

## 钜鹿赠李少府

李侯虽薄宦,时誉何籍籍。骏马常借人,黄金每留客。投壶华馆
静,纵酒凉风夕。即此遇神仙,吾欣知损益。

## 东平留赠狄司马 曾与田安西充判官

古人无宿诺,兹道以一作未为难。万里赴知己,一言诚可叹。马蹄
经月窟,剑术指楼兰。地出北庭尽,城临西海寒。森然瞻武库,则
是一作刚者弄儒翰。入幕绾银绶,乘轺兼铁冠。练兵日精锐,杀敌
无遗残。献捷见天子,论功俘可汗。激昂丹墀下,顾盼青云端。谁
谓纵横策,翻为权势干。将军既坎壈,使者亦辛酸。耿介挹一作揖
三事,羁离从一官。知君不得意,他日会鹏抟。

## 过卢明府有赠

良吏不易得,古人今可传。静然本诸己,以此知其贤。我行挹高
风,羡尔兼少年。胸怀豁清夜,史汉如流泉。明日复行春,逶迤出
郊坛。登高见百里,桑野郁芊芊。时平俯鹊巢,岁熟多人烟。奸猾
唯闭户,逃亡归种田。回轩自郭南,老幼满马前。皆贺蚕农至一作
事,而无徭役牵。君观黎庶心,抚之诚万全。何幸逢大道,愿言烹
小鲜。能奏明廷主一作谁能奏明主,一试武城弦。

## 单父逢邓司仓覆仓库因而有赠

邦牧今坐啸,群贤趋纪纲。四人忽不扰,耕者遥相望。粲粲府中
妙,授词如履霜。炎炎伏热时,草木无晶光。匹马度睢水,清风何
激扬。校缗阅帑藏,发廪欣斯箱。邂逅得相逢,欢言至夕阳。开襟

自公馀,载酒登琴堂。举杯挹山川,寓目穷毫芒。白鸟向田尽,青蝉归路长。醉中不惜别,况乃正游梁。

## 蓟门不遇王之〔涣〕(焕)郭密之因以留赠

适远登蓟丘,兹晨独搔屑。贤交不可见,吾愿终难说。迢递千里游,羁离十年别。才华仰清兴,功业嗟芳节。旷荡阻云海,萧条带风雪。逢时事多谬,失路心弥折。行矣勿重陈,怀君但愁绝。

## 寄孟五少府

秋气一作风落穷巷,离忧兼暮蝉。后时已如此,高兴亦徒然。知君念淹泊,忆我屡周旋。征路见来雁,归人悲远天。平生感一作各千里,相望在贞坚一作贤。

## 苦雨寄房四一作休昆季

独坐见多雨,况兹兼索居。茫茫十月交,穷阴千里馀。弥望无端倪,北风击林箊。白日一作月渺难睹一作见,黄云争卷舒。安一作焉得造化功,旷然一扫除。滴沥檐宇愁,寥一作寂寥谈笑疏。泥涂拥城郭,水潦盘丘墟。惆怅悯田农,裴回伤里闾。曾是力井一作耕税,曷为一作云无斗储。万事切中怀,十年思上书。君门嗟缅邈,身计念居诸。沉吟顾草茅,郁怏任盈虚。黄鹄一作鹤不可羡,鸡鸣时起予。故人平台侧,高馆临通衢。兄弟方荀陈,才华冠应徐。弹棋自多暇,饮酒更一作复何如。知人想林宗,直道惭史鱼。携手风流一作流风在,开襟鄙吝祛。宁能访穷巷,相与对园一作嘉,一作家。蔬。

## 和贺兰判官望北海作

圣代务平典,辀轩推上才。迢遥一作亭溟海际,旷望沧波开。四牡未遑息，三山安在哉。巨鳌不可钓，高浪何崔嵬。湛湛朝百谷，茫茫连九垓。挹流纳广大，观异增迟回。日出见鱼目，月圆知蚌胎。迹非想像到，心以精灵猜。远色带孤屿，虚声涵殷雷。风行越裳贡，水遏天吴灾。揽辔隼将击，忘机鸥复来。缘情韵骚雅，独立遗尘埃。吏道竟殊一作吾用，翰林仍忝陪。长鸣谢知己，所愧非龙媒。

## 和崔二少府登楚丘城作

故人亦不遇，异县久栖托。辛勤失路意，感叹登楼作。清晨眺原野，独立穷寥廓。云散芒砀山，水还睢阳郭。绕梁即襟带，封卫多漂泊。事古悲城池，年丰爱墟落。相逢俱未展，携手空萧索。何意千里心，仍求百金诺。公侯皆我辈，动用在谋略。圣心思贤才，揭来刈葵藿。

## 酬司空璲少府

飘飖未得意，感激与谁论。昨日遇夫子，仍欣吾道存。江山满词赋，札翰起凉温。吾见风雅作，人知德业尊。惊飙荡万木，秋气屯高原。燕赵何苍茫，鸿雁来翩翩。此时与君别，握手欲无言。

## 酬李少府

出塞魂屡一作犹惊，怀贤意难说。谁知吾道间，乃在客中别。日夕捧琼瑶，相思无休歇。伊人虽薄宦，举代推高节。述作凌江山，声华满冰雪。一登蓟丘上一作山，四顾何惨烈。来雁无尽时，边风正骚屑。将从崖谷遁，且与沉浮绝。君若登青云，余当投魏阙。

## 酬裴秀才

男儿贵得意，何必相知早。飘荡与物永一作华，蹉跎觉年一作身老。

长卿无产业,季子惭妻嫂。此事难重陈,未于一作为众人道。

## 酬陆少府

朝临淇水岸,还望卫人邑。别意在山阿,征途背原隰。萧萧一作稍稍前村口,唯见转蓬入。水渚人去迟,霜天雁飞急。固应不远别一作我行应不远,所与路一作终未及。欲济川上舟,相思空伫立。

## 奉酬北海李太守丈人夏日平阴亭

天子股肱守,丈人山岳灵。出身侍丹墀,举翮凌青冥。当昔皇运否,人神俱未宁。谏官莫敢议,酷吏方专刑。谷永独言事,匡衡多引经。两朝纳深衷,万乘无不听。盛烈播南史,雄词豁东溟。谁谓整隼旟,翻然忆柴扃。寄书汶阳客,回首平阴亭。开封见千里,结念存百龄。隐轸江山丽一作来,氛氲兰茝馨。自怜遇时休,漂泊随流萍。春野变木德,夏天临火星。一生徒羡鱼,四十犹聚萤。从此日闲放,焉能怀拾青。

## 酬马八效古见赠

深一作黯崖无绿竹,秀色徒氛氲。时代种桃李,无人顾此君。奈何冰雪操,尚与蒿莱群。愿托灵仙子,一声吹入云。

## 酬鸿胪裴主簿雨后睢阳北楼见赠之作 一作王昌龄诗

暮霞照新晴,归云犹相逐。有怀晨昏暇,相见登眺目。问礼侍彤襜,题诗访茅屋。高楼多古今,陈事满陵谷。地久微子封,台馀孝王筑。裴回顾霄汉,豁达俯川陆。远水对秋城,长天向乔木。公门何清净,列戟森已肃。不叹携手稀,恒思著鞭速。终当拂羽翰,轻举随鸿鹄。

## 酬裴员外以诗代书

少时方浩荡,遇物犹尘埃。脱略身外事,交游天下才。单车入燕赵,独立心悠哉。宁知戎马间,忽展平生怀。且欣清论高,岂顾夕阳颓。题诗碣石馆,纵酒燕王台。北望沙漠垂,漫天雪皑皑。临边无策略,览古空裴回。乐毅吾所怜,拔齐翻见猜。荆卿吾所悲,适秦不复回。然诺多死地,公忠成祸胎。与君从此辞,每恐流年催。如何俱老大,始复忘形骸。兄弟真二陆,声名连八裴。乙未将星变,贼臣候天灾。胡骑犯龙山,乘舆经马嵬。千官无倚著,万姓徒悲哀。诛吕鬼神动,安刘天地开。奔波走风尘,倏忽值云雷。拥旆出淮甸,入幕征楚材。誓当剪鲸鲵,永以竭驽骀。小人胡不仁,谗我成死灰。赖得日月明,照耀无不该。留司洛阳宫,詹府唯蒿莱。是时扫氛祲,尚未歼渠魁。背河列长围,师老将亦乖。归军剧风火,散卒争椎埋。一夕瀍洛空,生灵悲曝腮。衣冠投草莽,予欲驰江淮。登顿宛叶下,栖遑襄邓隈。城池何萧条,邑屋更崩摧。纵横荆棘丛,但见瓦砾堆。行人无血色,战骨多青苔。遂除彭门守,因得朝玉阶。激昂仰鹓鹭,献替欣盐梅。驱传及远蕃,忧思郁难排。罢人纷争讼,赋税如山崖。所思在畿甸,曾是鲁宓侪。自从拜郎官,列宿焕天街。那能访遐僻,还复寄琼瑰。金玉本高价,埙篪终易谐。朗咏临清秋,凉风下庭槐。何意寇盗间,独称名义偕。辛酸陈侯诔,<small>陈二补阙铭诔,即裴所为。</small>叹息季鹰杯。白日屡分手,青春不再来。卧看中散论,愁忆太常斋。酬赠徒为尔,长歌还自哈。

## 酬庞十兵曹

忆昔游京华,自言生羽翼。怀书访知己,末路空相识。许国不成名,还家有惭色。托身从畎亩,浪迹初自得。雨泽感天时,耕耘忘帝力。同人洛阳至,问我睢水北。遂尔款津涯,净然见胸臆。高谈悬物象,逸韵投翰墨。别岸迥无垠,海鹤鸣不息。梁城多古意,携手共凄恻。怀贤想邹枚,登高思荆棘。世情恶疵贱,之子怜孤直。酬赠感并深,离忧岂终极。

## 同吕员外酬田著作幕一作莫门军西宿盘山秋夜作

碛路天早秋,边城夜应永。遥传戎旅作,已报关山冷。上将顿盘阪,诸军遍泉井。绸缪阃外书,慷慨幕中请。能使勋业高,动令氛雾屏。远途能自致,短步终难骋。羽翮时一看,穷愁始三省。人生感然诺,何啻若形影。白发知苦心,阳春见佳境一作景。星河连塞络,刁斗兼山静。忆君霜露时,使我空引领。

## 酬秘书弟兼寄幕下诸公 并序

乙亥岁,适征诣长安。时侍御杨公任通事舍人,诗书起予,盖终日矣。今年适自封丘尉统吏卒于青夷,途经博陵,得太守贾公之政,相见如旧,他日之意存焉。司业张侯,周旋追兹,仅三十载,将畴昔是好,匪穷达之异乎?族弟秘书,雁序之白眉者。风尘一别,俱东西南北之人,怆然相逢,适与愿契,旅馆之暇,长怀益增。因赋是诗,愧非六义之流也。

亚相膺时杰,群才遇良工。翩翩幕下来,拜赐甘泉宫。信知命世奇,适会非常功。侍御执邦宪,清词焕春丛。末路望绣衣,他时常发蒙。孰云三军壮,惧我弹射雄。谁谓万里遥,在我樽俎中。光禄经济器,精微自深衷。前席屡荣问,长城兼在躬。高纵激颓波,逸翮驰苍穹。将副节制筹,欲令沙漠空。司业志应徐,雅度思冲融。

相思三十年，忆昨犹儿童。今来抱青紫，忽若披鹓鸿。说剑增慷慨，论交持始终。秘书即吾门，虚白无不通。多才陆平原，硕学郑司农。献封到关西，独步归山东。永意久知处，嘉言能亢宗。客从梁宋来，行役随转蓬。酬赠欣元弟，忆贤瞻数公。游鳞戏沧浪，鸣凤栖梧桐。并负垂天翼，俱乘破浪风。眈眈天府间，偃仰谁敢同。何意构广厦，翻然顾雕虫。应知阮步兵，惆怅此途穷。

## 淇上酬薛三据兼寄郭少府微 一作王昌龄诗

自从别京华，我心乃萧索。十年守章句，万事空寥落。北上登蓟门，茫茫见沙漠。倚剑对风尘，慨然思卫霍。拂衣去燕赵，驱马怅不乐。天长沧洲路，日暮邯郸郭。酒肆或淹留，渔潭屡栖泊。独行备艰险，所见穷善恶。永愿拯刍荛，孰云一作薛干鼎镬。皇情念淳古，时俗何浮薄。理道资一作须任贤，安人在求瘼。故交负灵奇，逸气抱謇谔。隐轸经济具，纵横建安作。才望忽先鸣，风期无宿诺。飘飖劳州县，迢递限言谑。东驰眇贝丘，西顾弥虢略。淇水徒自流，浮云不堪托。吾谋适可用，天路岂寥廓。不然买山田，一身与耕凿。且欲同鹪鹩，焉能志鸿鹄一作鹤。

## 酬岑二十主簿秋夜见赠之作

舍下蛩乱鸣，居然自萧索。缅怀高秋兴，忽枉清夜作。感物我心劳，凉风惊二毛。池枯菡萏死，月出梧桐高。如何异乡一作州县，复得交才彦。汩没嗟后时，蹉跎耻相见。箕山别来久，魏阙谁不恋。独有江海心，悠悠一作然未尝倦。

## 答侯少府

常日好读书，晚年学垂纶。漆园多乔木，睢水清粼粼。诏书下柴

门，天命敢逡巡。赫赫三伏时，十日到咸秦。褐衣不得见，黄绶翻
在身。吏道顿羁束，生涯难重陈。北使经大寒，关山饶苦辛。边兵
若刍狗，战骨成埃尘。行矣勿复言，归欤伤我神。如何燕赵陲，忽
遇平生亲。开馆纳征骑，弹弦娱远宾。飘飘天地间，一别方兹晨。
东道有佳作，南朝无此人。性灵出万象，风骨超常伦。吾党谢王
粲，群贤推郄诜。明时取秀才，落日过蒲津。节苦名已富，禄微家
转贫。相逢愧薄游，抚己荷陶钧。心事正堪尽，离居一作忧宁太频。
两河归路遥，二月芳草新。柳接滹沱暗，莺连渤海春。谁谓行路
难，猥当希代珍。提握每终日，相思犹比邻。江海有扁舟，丘园有
角巾。君意定何适，我怀知所遵。浮沉各异宜，老大贵全真。莫作
云霄计，遑遑随缙绅。

## 宋中别周梁李三子

曾是不得意，适来兼别离。如何一尊酒，翻作满堂悲。周子负高
价，梁生多逸词。周旋梁宋间，感激建安时。白雪一作云正如此，青
云一作天无自疑。李侯怀英雄一作清英，肮脏乃天资。方寸且无间，
衣冠当在斯。俱为千里游，忽一作勿念两乡辞。且见壮心在，莫嗟
携手迟。凉风吹北原，落日满一作照西陂。露下草初白，天长云屡
滋。我心不可问一作得，君去一作兮定何之。京洛多知己，谁能忆左
思。

## 宋中别李八

岁晏谁不归，君归意可说。将趋倚门望，还念同人别。驻马临长
亭，飘然事明发。苍茫眺千里，正值苦寒节。旧国多转蓬，平台下
明月。世情薄疵贱，夫子怀贤哲。行矣各勉旃，吾当把馀烈。

# 别王彻

归客自南楚,怅然思北林一作临。萧条秋风暮,回首江淮深。留君
终日一作留连愁作欢,或为梁父吟。时辈想鹏举,他人嗟陆沉。载酒
登平台,赠君千里心。浮云暗长路,落日有归禽。离别未足悲,辛
勤当自任。吾知十年后,季子多黄金。

# 送萧十八与房侍御回还

常苦一作悲古人远,今见斯人古。澹泊遗声华,周旋必邹鲁。故交
在梁宋,游方出庭户。匹马鸣朔风,一身济河淝。辛勤采兰咏,款
曲翰林主。岁月催别离,庭闱远风土。寥寥寒烟静,莽莽夕阴吐一
作云苦。明发不在兹,青天眇难睹。

# 宋中送族侄式颜

时张大夫贬括州,使人召式颜,遂有此作。

大夫击东胡,胡尘不敢起。胡人山下哭,胡马海边死。部曲尽公
侯,舆台亦朱紫。当时有勋业,末路遭谗毁。转旆燕赵间,剖符括
苍里。弟兄莫相见,亲族远枌梓。不改青云心,仍招布衣士。平生
怀感激,本欲候知己。去矣难重陈,飘然自兹始。游梁且未遇,适
越今何以。乡山西北愁,竹箭东南美。峥嵘缙云外,苍莽几千里。
旅雁悲啾啾,朝昏孰云已。登临多瘴疠,动息在风水。虽有贤主
人,终为客行子。我携一尊酒,满酌聊劝尔。劝尔惟一言,家声勿
沦滓。

# 又送族侄式颜

惜君才未遇,爱君才若此。世上五百年,吾家一千里。俱游帝城

下,忽在梁园里。我今行山东,离忧不能已。

# 赠别王十七管记

故交吾未测,薄宦空年岁。晚节踪曩贤,雄词冠当世。堂中皆食客,门外多酒债。产业曾未言,衣裘与人敝。飘飖戎幕下,出入关山际。转战轻壮心,立谈有边计。云沙自回合,天海空迢递。星高汉将骄,月盛胡兵锐。沙深冷陉断,雪暗辽阳闭。亦谓扫欃枪,旋惊陷蜂虿。归旌告东捷,斗骑传西败。遥飞绝汉书,已筑长安第。画龙俱在叶,宠鹤先居卫。勿辞部曲勋,不藉将军势。相逢季冬月,怅望穷海裔。折剑留赠人,严装遂云迈。我行将悠纻,《说文》:与缅同。及此还羁滞。曾非济代谋,且有临深诫。随波混清浊,与物同丑丽。眇忆青岩栖,宁忘褐衣拜。自言爱一作偕水石,本欲亲兰蕙。何意薄松筠,翻然重菅蒯。恒深取与分,孰慢平生契。款曲鸡黍期,酸辛别离袂。逢时愧名节,遇坎悲沧替。适赵非解纷,游燕往一作独无说。浩歌方振荡,逸翮思凌励。倏若异鹏抟,吾当学蝉蜕。

# 涟上别王秀才

飘飖经远道,客思满穷秋。浩荡对长涟,君行殊未休。崎岖山海侧,想像无前俦。何意一作岂谓照乘珠,忽然欲暗投。东路方萧条,楚歌复悲愁。暮帆使人感,去鸟兼离忧。行矣当自爱,壮年莫悠悠。余亦从此辞,异乡难久留。赠言岂终极,慎勿滞沧洲。

# 赠别沈四逸人 一作士

沈侯未可测,其况信浮沉。十载常独坐,几人知此心。乘舟蹈沧海,买剑投黄金。世务不足烦,有田西山岑。我来遇知己,遂得开清襟。何意阃阈间,沛然江海深。疾风扫秋树,濮上多鸣砧。耿耿尊酒前,联雁飞愁音—作阴。平生重离别,感激对孤琴—作吟。

## 送 韩 九

惆怅别离日,裴回歧路前。归人望独树,匹马随秋蝉。常与天下士,许君兄弟贤。良时正可用,行矣莫徒然。

## 送崔录事赴宣城

大国非不理,小官皆用才。欲行宣城印,住饮洛阳杯。晚景为人别,长天无鸟回。举帆风波渺,倚棹江山来。羡尔兼乘兴,芜湖千里开。

## 别—作送张少府

归客留不住,朝云纵复横。马头向春草,斗柄临高城。嗟我久离别,羡君看弟兄。归心更难道,回首—一作益伤情。

## 淇上别刘少府子英

近来住淇上,萧条惟空林。又非耕种时,闲散多自任。伊君独知我,驱马欲招寻。千里忽携手,十年同苦心。求仁见交态,于道喜甘临。逸思乃天纵,微才应陆沉。飘然归故乡,不复问离襟。南登黎阳渡,莽苍寒云阴。桑叶原上起,河凌山下深。途穷更远别,相对益—作—悲吟。

## 别 耿 都 尉

四十能学剑,时人无此心。如何耿夫子,感激投知音。翩翩白马来,二月青草深。别易小千里,兴酣倾百金。

# 全唐诗卷二一二

## 高　适

### 宋中遇林虑杨十七山人因而有别

昔余涉漳水, 驱车行邺西。遥见林虑山, 苍苍戛天倪。邂逅逢尔
曹, 说君彼岩栖。萝径垂野蔓, 石房倚云梯。秋韭何青青, 药苗数
百畦。栗林隘谷口, 栝树森回蹊。耕耘有山田, 纺绩有山妻。人生
苟一作但此, 何必组与珪。谁谓远相访, 曩情殊不迷。檐前举醇
醪, 灶下烹只鸡。朔风忽振荡, 昨夜寒蛩啼。游子益思归, 罢琴伤
解携。出门尽原野, 白日黯已低。始惊道路难, 终念言笑暌。因声
谢岑壑, 岁暮一攀跻。

### 酬别薛三蔡大留简韩十四主簿

迢递辞京华, 辛勤异乡县。登高俯沧海, 回首泪如霰。同人久离
别, 失路还相见。薛侯怀直道, 德业应时选。蔡子负清才, 当年擢
宾荐。韩公有奇节, 词赋凌群彦。读书嵩岑间, 作吏沧海甸。伊余
寡栖托, 感激多愠见。纵诞非尔情, 飘沦任疵贱。忽枉琼瑶作, 乃
深平生眷。始谓吾道存, 终嗟客游倦。归心无昼夜, 别事除言宴。
复值凉风时, 苍茫夏云变。

## 送虞城刘明府谒魏郡苗太守

天官苍生望，出入承明庐。肃肃领旧藩，皇皇降玺书。茂宰多感激，良将复吹嘘。永怀一言合，谁谓千里疏。对酒忽命驾，兹情何起予。炎天昼如火，极目无行车。长路出雷泽，浮云归孟诸。魏郡十万家，歌钟喧里闾。传道贤君至，闭关常晏如。君将挹高论，定是问樵渔。今日逢明圣，吾为陶隐居。

## 途中酬李少府赠别之作

西上逢节换，东征私自怜。故人今卧疾，欲别还留连。举酒临南轩，夕阳满中筵。宁知江上兴，乃在河梁偏。行李多光辉，札翰忽相鲜。谁谓岁月晚，交情尚贞坚。终嗟州县劳，官谤复迍遭。虽负忠信美，其如方寸悬。连帅扇清风，千里犹眼前。曾是趋藻镜，不应翻弃捐。日来知自强，风气殊未痊。可以加药物，胡为辄忧煎。驱马出大梁，原野一悠然。柳色感行客，云阴愁远天。皇明烛幽遐，德泽普照宣。鹓鸿列霄汉，燕雀何翩翩。余亦惬所从，渔樵十二年。种瓜漆园里，凿井卢门边。去去勿重陈，生涯难勉旃。或期遇春事，与尔复周旋。投报空回首，狂歌谢比肩。

## 睢阳酬别畅大判官

吾友遇知己，策名逢圣朝。高才擅白雪，逸翰怀青霄。承诏选嘉宾，一作兵，一作贤。慨然即驰轺。清昼下公馆，尺书忽相邀。留欢惜别离，毕景驻行镳。言及沙漠事，益令胡马骄。丈夫拔东蕃，声冠霍嫖姚。兜鍪冲矢石，铁甲生风飙。诸将出冷一作井陉，连营济石桥。酋豪尽俘馘，子弟输征徭。边庭绝刁斗，战地成渔樵。榆关夜不扃，塞口长萧萧。降胡满蓟门，一一能射雕。军中多宴乐，马上何轻趫。戎狄本无厌,羁縻非一朝。饥附诚足用,饱飞安可招。李牧制儋蓝,遗风岂寂寥。君还谢幕府,慎勿轻刍荛。

## 宴韦司户山亭院

人幽想灵山,意惬怜远水。习静务为适,所居还复尔。汲流涨华池,开酌宴君子。苔径试窥践,石屏可攀倚。入门见中峰,携手如万里。横琴了无事,垂钓应有以。高馆何沉沉,飒然凉风起。

## 同诸公登慈恩寺浮图

香界泯群有,浮图岂诸相。登临骇孤高,披拂欣大壮。言是羽翼生,迥出虚空上。顿疑身世别,乃觉形神王。宫阙皆户前,山河尽檐向。秋风昨夜至,秦塞多清旷。千里何苍苍,五陵郁相望。盛时惭阮步,末宦知周防。输效独无因,斯焉可游放。

## 同薛司直诸公秋霁曲江俯见南山作

南山郁初霁,曲江湛不流。若临瑶池前,想望昆仑丘。回首见黛色,眇然波上秋。深沉俯峥嵘,清浅延阻修。连潭万木影,插岸千岩幽。杳霭信难测,渊沦无暗投。片云对渔父,独鸟随虚舟。我心寄青霞,世事惭白鸥。得意在乘兴,忘怀非外求。良辰自多暇,欣与数子游。

## 登广陵栖灵寺塔

淮南富登临,兹塔信奇最。直上造云族,凭虚纳天籁。迥然碧海西,独立飞鸟外。始知高兴尽,适与赏心会。连山黯吴门,乔木吞楚塞。城池满窗下,物象一作华归掌内。远思驻江帆,暮时一作情,一作晴。结春霭。轩车疑蠢动,造化资大块。何必了无身,然后知所退。

# 登百丈峰二首

朝登百丈峰，遥望燕支道。汉垒青冥间，胡天白如扫。忆昔霍将军，连年此<sup>一作北</sup>征讨。匈奴终不灭，寒山徒草草。唯见<sup>一作有</sup>鸿雁飞，令人伤怀抱。

晋武轻后事，惠皇终已昏。豺狼塞瀍洛，胡羯争乾坤。四海如鼎沸，五原徒自尊。而今白庭路，犹对青阳门。朝市不足问，君臣随草根。

# 同群公秋登琴台

古迹使人感，琴台空寂寥。静然顾遗尘，千载如昨朝。临眺自兹始，群贤久相邀。德与形神高，孰知天地遥。四时何倏忽，六月鸣秋蜩。万象归白帝，平川横赤霄。犹是对夏伏，几时有凉飙。燕雀满檐楹，鸿鹄抟扶摇。物性各自得，我心在渔樵。兀然还复醉，尚握尊中瓢。

# 同群公出猎海上

畋猎自古昔，况伊心赏俱。偶与群公游，旷然出平芜。层阴涨溟海，杀气穷幽都。鹰隼何翩翩，驰骤相传呼。豺狼窜榛莽，麋鹿罹艰虞。高鸟下驿弓，困兽斗匹夫。尘惊大泽晦，火燎深林枯。失之有馀恨，获者无全驱。咄彼工拙间，恨非指踪徒。犹怀老氏训，感叹此欢娱。

# 同群公题郑少府田家 此公昔任白马尉，今寄住滑台。

郑侯应凄惶，五十头尽白。昔为南昌尉，今作东郡客。与语多远情,论心知所益。秋林既清旷,穷巷空淅沥。蝶舞园更闲,鸡鸣日云夕。男儿未称意,其道固无适。劝君且杜门,勿叹人事隔。

## 同群公题中山寺

平原十里外,稍稍云岩深。遂及清净所,都无人世心。名僧既礼谒,高阁复登临。石壁倚松径,山田多栗林。超遥尽巇嵲,逼侧仍岖嵚。吾欲休世事,于焉聊自任。

## 同群公宿开善寺赠陈十六所居

驾车出人境,避暑投僧家。裴回龙象侧,始一作如见香林花。读书不及经,饮酒不胜茶。知君悟此道一作理,所未搜一作披袈裟。谈空忘外物,持诚破诸邪。则是无心地,相看一作知唯月华。

## 同韩四薛三东亭玩月

远游怅不乐,兹赏吾道存。款曲故人意,辛勤清夜言。东亭何寥寥,佳境无朝昏。阶墀近洲渚,户牖当郊一作高原。剡乃穷周旋,游时一作目怡讨论。树阴荡瑶瑟,月气延清尊。明河一作月带飞雁,野火连荒村。对此更愁予,悠哉怀故园。

## 同敬八卢五泛河间清河

清川在城下,沿泛多所宜。同济惬数公,玩物欣良时。飘飖波上兴,燕婉舟中词。昔陟乃平原,今来忽涟漪。东流达沧海,西流延溇池。云树共晦明,井邑相逶迤。稍随归月帆,若与沙鸥期。渔父更留我,前潭水未滋。

## 同房侍御山园新亭与邢判官同游

隐隐春城外，朦胧陈迹深。君子顾榛莽，兴言伤古今。决河导新流，疏径踪旧林。开亭俯川陆，时景宜招寻。肃穆逢使轩，夤缘事登临。忝游芝兰室，还对桃李阴。岸远白波来，气喧—作喧黄鸟吟。因睹歌颂作，始知经济心。灌坛有遗风，单父多鸣琴。谁为久州县，苍生怀德音。

## 同马太守听九思法师讲金刚经

吾师晋阳宝，杰出山河最。途经世谛间，心到空王外。鸣钟山虎伏，说法天龙会。了义同建瓴，梵法若吹籁。深知亿劫苦，善喻恒沙大。舍施割肌肤，攀缘去亲爱。招提何清净，良牧驻轻盖。露冕众香中，临人觉苑内。心持佛印久，标割魔军—作鬼退。愿开—作闻初地因，永奉弥天对。

## 涟上题樊氏水亭

涟上非所趣，偶为世务牵。经时驻归棹，日夕对平川。莫论行子愁，且得主人贤。亭上酒初熟，厨中鱼每鲜。自说宦游来，因之居住偏。煮盐沧海曲，种稻长淮边。四时常晏如，百口无饥年。菱芋藩篱下，渔樵耳目前。异县少朋从，我行复迍邅。向不逢此君，孤舟已言旋。明日又分首—作手，风涛还眇然。

## 同吕判官从哥舒大夫破洪济城
## 回登积石军多福—本有寺字七级浮图

塞口连浊河，辕门对山寺。宁知鞍马上，独有登临事。七级凌太清，千崖列苍翠。飘飘—作飙方寓目，想像见深意。高兴殊未平，凉风飒然至。拔城阵云合,转旆胡星坠。大将何英灵,官军动天地。君一作常怀生羽翼,本欲附骐骥。款段苦不前,青冥信难致。一歌阳春后,三叹终自愧。

# 三君咏 并序

开元中,适游于魏郡。郡北有故太师郑公旧馆,里中有故尚书郭公遗业,邑外又有故太守狄公生祠焉。睹物增怀,遂为《三君咏》。

## 魏郑公 徵

郑公经纶日,隋氏风尘昏。济代取高位,逢时敢直言。道光先帝业,义激旧君恩。寂寞卧龙处,英灵千载魂。

## 郭代公 元振

代公实英迈,津涯浩难识。拥兵抗矫征,仗节归有德。纵横负才智,顾盼安社稷。流落勿重陈,怀哉为凄恻。

## 狄梁公 仁杰

梁公乃贞固,勋烈垂竹帛。昌言太后朝,潜运储君策。待贤开相府,共理登方伯。至今青云一作霄人,犹是门下客。

# 宓公琴台诗三首

甲申岁,适登子贱琴台,赋诗三首。首章怀宓公之德,千祀不朽。次章美太守李公,能嗣子贱之政,再造琴台。末章多邑宰崔公,能继子贱之理。

宓子昔为政,鸣琴登此台。琴和人亦闲,千载称其才。临眺忽凄怆,人琴安在哉。悠悠此天壤,唯有颂声来。

邦伯感遗事,慨然建琴堂。乃知静者心,千载犹相望。入室想其人,出门何茫茫。唯见白云合,东临邹鲁乡。

皤皤邑一作巴中老,自夸邑中理。何必升君堂,然后知君美。开门无犬吠，早卧常晏起。昔人不忍欺，今我还复尔。

## 李云南征蛮诗 并序

　　天宝十一载，有诏伐西南夷。右相杨公兼节制之寄，乃奏前云南守李宓涉海自交趾击之。道路险艰，往复数万里，盖百王所未通也。十二载四月，至于长安。君子是以知庙堂使能，而李公效节。適忝斯人之旧，因赋是诗。

圣人赫斯怒，诏伐西南戎。肃穆庙堂上，深沉节制雄。遂令感激士，得建—作见非常功。料死不料敌，顾恩宁顾终。鼓行天海外，转战蛮夷中。梯巇近高鸟，穿林经毒虫。鬼门无归客，北户多南风。蜂虿隔万里，云雷随九攻。长驱大浪破，急击群山空。饷道忽已远，悬军垂欲穷。精诚动白日，愤薄连苍穹。野食掘田鼠，晡餐兼僰僮。收兵列亭堠，拓地弥西东。临事耻苟免，履危能饬躬。将星独照耀，边色何溟濛。泸水夜可涉，交州今始通。归来长安道，召见甘泉宫。廉蔺若未死，孙吴知暗同。相逢论意气，慷慨谢深衷。

## 题尉迟将军新庙

周室既板荡，贼臣立婴儿。将军独激昂，誓欲酬恩私。孤城日无援，高节终可悲。家国共沦亡，精魂空在斯。沉沉积冤气，寂寂无人知。良牧怀深仁，与君建明祠。父子俱血食，轩车每逶迤。我来荐蘋蘩，感叹兴此词。晨光上阶闼，杀气翻旌旗。明明幽冥理，至诚信莫欺。唯夫二千石，多庆方自兹。

## 观李九少府翥树宓子贱神祠碑

吾友吏兹邑，亦尝怀宓公。安知梦寐间，忽与精灵通。一见兴永叹，再来激深衷。宾从何逶迤，二十四老翁。于焉建层碑，突兀长

林东。作者无愧色,行人感遗风。坐令高岸尽,独对秋山空。片石
勿谓轻,斯言固难穷。龙盘色丝外,鹊顾偃波中。形胜驻群目,坚
贞指苍穹。我非王仲宣,去矣徒发蒙。

## 同观陈十六史兴碑 并序

楚人陈章甫,继《毛诗》而作《史兴碑》,远自周末,迨乎隋季,善恶不
隐,盖国风之流。未藏名山,刊在乐石。仆美其事,而赋是诗焉。

荆衡气偏秀,江汉流不歇。此地多精灵,有时生才杰。伊人今独
步,逸思能间发。永怀掩风骚,千载常矻矻。新碑亦崔嵬,佳句悬
日月。则是刊石经,终然继梼杌。我来观雅制,慷慨变毛发。季主
尽荒淫,前王徒贻厥。东周既削弱,两汉更沦没。西晋何披猖,五
胡相唐突。作歌乃彰善,比物仍恶讦。感叹将谓谁,对之空咄咄。

# 宋中十首

梁王昔全盛,宾客复多才。悠悠一千年,陈迹唯高台。寂寞向秋
草,悲风千里来。

朝临孟诸上,忽见芒砀间。赤帝终已矣,白云长不还。时清更何
有,禾黍遍空山。

景公德何广,临变莫能欺。三请皆不忍,妖星终自移。君心本如
此,天道岂无知。

梁苑白日暮,梁山秋草时。君王不可见,修竹令人悲。九月桑叶尽
一作落,寒风鸣树枝。

登高临旧国,怀古对穷秋。落日鸿雁度,寒城砧杵愁。昔贤不复
有,行矣莫淹留。

出门望终古,独立悲且歌。忆昔鲁仲尼,凄凄此经过。众人不可
向,伐树将如何。

逍遥漆园吏，冥没不知年。世事浮云外，闲居大道边。古来同一
马，今我亦忘筌。

五霸递征伐，宋人无战功。解围幸奇说，易子伤吾衷。唯见卢门
外，萧条多转蓬。

常爱宓子贱，鸣琴能自亲。邑中静无事，岂不由其身。何意千年
后，寂寞<sub>一作寥</sub>无此人。

阏伯去已久<sub>一作远</sub>，高丘临道傍。人皆有兄弟，尔独为参商。终古
犹如此，而今<sub>一作人</sub>安可量。

## 蓟中<sub>一作送兵还作</sub>

策马自沙漠<sub>一作海</sub>，长<sub>一作上</sub>驱登塞垣。边城何<sub>一作高</sub>萧条，白日黄云
昏。一到征战处，每愁胡虏翻。岂无安边书，诸将已承恩。惆怅孙
吴事，归来独闭门。

## 自淇涉黄河途中作十三首

川上常极目，世情今已闲。去帆带落日，征路随长山。亲友若云
霄，可望不可攀。于兹任所惬，浩荡风波间。

清晨泛中流，羽族满汀渚。黄鹄何处来，昂藏寡俦侣。飞鸣无人
见，饮啄岂得所。云汉尔固知，胡为不轻举。

野人头尽白，与我忽相访。手持青竹竿，日暮淇水上。虽老美容
色，虽贫亦闲放。钓鱼三十年，中心无所向。

南登滑台上，却望河淇间。竹树夹流水，孤城<sub>一作村</sub>对远山。念兹
川路阔，羡尔沙鸥闲。长想<sub>一作遥忆</sub>别离处，犹<sub>一作独</sub>无音信还。

东入黄河水，茫茫泛纡直。北望太行山，峨峨半天色。山河相映
带，深浅未可测。自昔有贤才，相逢不相识。

秋日登滑台，台高秋已暮。独行既未惬，怀土怅无趣。晋宋何萧

条，羌胡散驰骛。当时无战略，此地即边戍。兵革徒自勤，山河孰
云固。乘闲喜临眺，感物伤游寓。惆怅落日前，飘飖远帆处。北风
吹万里，南雁不知数。归意方浩然，云沙更回互。

乱流自兹远一作始，倚楫时一望。遥见楚汉城，崔嵬高山上。天道
昔未测，人心无所向。屠钓称侯王，龙蛇争霸王。缅怀多杀戮，顾
此生惨怆。圣代休甲兵，吾其得闲放。

兹川方悠邈一作悠，云沙无前后。古堰一作塔对河壖，长林出淇口。
独行非吾意，东向一作南日已久。忧来谁得知，且酌尊中酒。

朝从北岸来，泊船南河一作河南浒。试共野人言，深觉农夫苦。去
秋虽薄熟，今夏犹未雨。耕耘日勤一作自勔劳，租税兼焦卤。园蔬
空一作定寥落，产业一作薄产不足数。尚有献芹心，无因见明主。

茫茫浊河注，怀古临河滨。禹功本豁达，汉迹方因循。坎德昔一作
竟滂沱，冯夷胡不仁。激一作渤湓陵堤防，东郡多悲辛。天子忽惊
悼，从官皆负薪。畚筑岂无谋，祈祷如有神。宣房今安在，高岸空
嶙峋。

我行倦风湍，辍棹将问津。空传歌瓠子，感慨独愁人。孟夏桑叶
肥，秾阴一作濛濛夹长津。蚕农有时节，田野无闲人。临水狎渔樵一
作商，望山怀隐沦。谁能去京洛，憔悴对风尘。自孟夏以下，《英华》作一
首。

朝景入平川，川长复垂柳。遥看魏公墓，突兀前山后。忆昔大业
时，群雄角一作各奔走。伊人何电迈，独立风尘首。传檄举敖仓，拥
兵屯洛口。连营一百万，六合如可有。方项终比肩，乱隋将假手。
力争固难恃，骄战曷能久。若使学萧曹，功名当不朽。

皤皤河滨叟，相遇似有耻。辍榜聊问之，答言尽终始。一生虽贫
贱，九十年未死。且喜对儿孙，弥惭远城市。结庐黄河曲，垂钓长
河里。漫一作溟漫望云沙，萧条听风水。所思强饭食，永愿在乡里。

万事吾不知,其心只如此。

## 宋中遇陈二 一作兼

常忝一作参鲍叔义,所期一作寄王佐才。如何守苦节,独此一作自,一作归。无良媒。离别十年外一作内,飘飘千里来。安知一作能罢官后,惟见柴门开。穷巷隐东郭,高堂咏南陔。篱根长花草,井上一作口生一作垂莓苔。伊昔一作宁敢望霄汉,于今倦蒿莱。一作终然俟尘埃。男儿命未一作须命达。一作须达命,又作人生各有命。且尽一作醉手中杯。

## 宋中遇刘书记有别

何代无秀士,高门生此才。森然睹毛发,若见河一作江山来。几载困常调,一朝时运催。白身谒明主,待诏登云台。相逢梁宋间,与我醉蒿莱。寒楚眇千里,雪天昼一作闭不开。末路终离别,不能强悲哀。男儿争富贵,劝尔莫迟回。

## 鲁郡途中遇徐十八录事 时此公学王书嗟别

谁谓嵩颍客,遂经邹鲁乡。前临少昊墟,始觉东蒙长。独行岂吾心,怀古激中肠。圣人久已矣,游夏遥相望。裴回野泽间,左右多悲伤。日出见阙里,川平知汶阳。弱冠负高节,十年思自强。终然不得意,去去任行藏。

## 遇冲和先生

冲和生何代,或谓游东溟。三命谒金殿,一言拜一作授银青。自云多方术,往往通神一作精灵。万乘亲问道,六宫无敢听。昔去一作者限霄汉,今来睹仪形。头戴鹍鸟一作雏凤冠,手摇白鹤翎。终日饮醇酒,不醉复不醒。常一作犹忆鸡鸣山,每诵西升经。拊背念离别,依然出户庭。莫见今如此,曾为一客星。

## 鲁西至东平

沙岸拍不定,石桥水横流。问津见鲁俗一作叟,怀古伤家丘。寥落
千载后,空传褒圣侯。

## 东平路作三首

南图适不就,东走岂吾心。索索凉风动,行行秋水深。蝉鸣木叶
落,兹夕更愁霖。

明时好画策,劝欲干王公。今日无成事,依依亲老农。扁舟向何
处,吾爱汶阳中。

清旷凉夜月,裴回孤客舟。渺然风波上,独爱一作梦前山秋。秋至
复摇落,空令行者愁。

## 东平路中遇大水

天灾自古有,昏垫弥今秋。霖霪一作霍溢川原,滉洞涵田畴。指途
适汶阳,挂席经芦洲。永望齐鲁郊,白云何悠悠。傍沿钜野泽,大
水纵横流。虫蛇拥独树,麋鹿奔行舟。稼穑随波澜,西成不可求。
室居相枕藉,蛙黾声啾啾。仍怜穴蚁漂,益羡云禽游。农夫无倚
著,野老生殷忧。圣主当一作多深仁,庙堂运良筹。仓廪终尔给,田
租应罢收。我心胡郁陶,征旅亦悲愁。纵怀济时策,谁肯论吾谋。

## 登　垅 应作陇,诗同。

垅头远行客,垅上分流水。流水无尽期,行人未云已。浅才登一
命,孤剑通万里。岂不思故乡,从来感知己。

# 苦雪四首

二月犹北风,天阴雪冥冥。寥落一室中,怅然惭百龄。苦愁正如此,门柳复青青。

惠连发清兴,袁安念高卧。余故非斯人,为性兼懒惰。赖兹尊中酒,终日聊自过。

濛濛洒平陆,淅沥至幽居。且喜润群物,焉能悲斗储。故交久不见,鸟雀投吾庐。

㸌云久闲旷,本自保知寡。穷巷独无成,春条只盈把。安能羡鹏举,且欲歌牛下。乃知古时人,亦有如我者。

## 哭单父梁九一作洽少府

开箧泪沾臆,见君前日书。夜台今一作空寂寞,独是子云居。畴昔探一作贪云奇,登临赋山水。同舟南浦一作楚下一作夜,望月西江里。契阔多别离,绸缪到生死。九原即一作知何处一作在,万事皆如此。晋山徒峨峨,斯人已冥冥。常时禄且薄,殁后家复贫。妻子在远道,弟兄无一人。十上多苦辛,一官恒自哂。青云将可一作何致,白日忽先一作西尽。唯有一作独身后名,空留一作流无远近。

## 哭裴少府

世人谁不死,嗟君非生虑。扶一作无病适到官,田园在何处。公才群吏感,葬事他人助。余亦未识君,深悲哭君去。

# 全唐诗卷二一三

## 高　適

### 行路难二首

长安少年不少钱,能骑骏马鸣金鞭。五侯相逢大道边,美人弦管争留连。黄金如斗不敢惜,片言如山莫弃捐。安知憔悴读书者,暮宿灵一作虚台私自怜。

君不见富家翁,旧时贫贱谁比数。一朝金多结豪贵,万事胜人健如虎。子孙成行一作生长满眼前,妻能管弦妾能舞。自矜一身忽一作朝见如此,却笑傍人独愁苦。东邻少年安所如,席门穷巷出无车。有才不肯学干谒,何用年年空读书。

### 秋胡行 一作鲁秋胡

妾本邯郸未嫁时,容华倚翠人未知。一朝结发从君子,将妾迢迢东鲁一作路陲。时逢大道无艰阻,君方游宦从陈汝。蕙楼独卧频度春,彩阁辞君几徂暑。三月垂杨蚕未眠,携笼结侣南陌边。道逢行子不相识,赠妾黄金买少年。妾家夫婿经离久,寸心誓与长相守。愿言行路莫多情,道一作送妾贞心在人口。日暮蚕饥相命归,携笼端饰来庭闱。劳心苦力终无恨,所冀一作贵君恩即一作那可依。闻说行人已归止,乃是向来赠金子。相看颜色不复言,相顾怀惭有何已。从来自隐无疑背，直为君情也相会。如何咫尺仍有情，况复迢迢千里外。誓将一作此时顾恩不顾身，念君此日赴河津。莫道向来不得意，故欲留规诫后人。

# 古大梁行

古城莽苍一作苍茫饶荆榛，驱马荒城愁杀人。魏王宫观一作馆，一作殿尽禾黍，信陵宾客随灰尘。忆昨雄都旧朝市，轩车照耀歌钟起。军容带甲三十万，国步连营一作衢一作五千里。全盛须臾那可论，高台曲池无复存。遗墟但见狐狸迹一作窟，古地空馀草木根。暮天摇落伤怀抱，倚剑悲歌对秋草。侠客犹传朱亥名，行人尚识夷门道。白璧黄金万户侯，宝刀骏马填山丘。年代凄凉不可问，往来唯有水东流。

# 邯郸少年行

邯郸城南一作西游侠子，自矜一作言生长邯郸里。千场纵博家仍富，几度报仇身不死。宅中歌笑日纷纷，门外车马常一作蠡如云一作如云屯。未知肝胆向谁是，令人却忆平原君。君不见今人一作即今交态薄，黄金用尽还疏索。以兹感叹一作激辞旧游，更于时事无所求。且与少年饮美酒，往来射猎西山头。

# 燕歌行 并序

开元二十六年(《英华》作十六年)，客有从御史大夫张公出塞而还者，作《燕歌行》以示適。感征戍之事，因而和焉。

汉家烟尘在东北，汉将辞家破残贼。男儿本自重横行，天子非常赐一作借颜色。摐金伐鼓下榆关，旌旆逶迤碣石间。校尉羽书飞瀚海，单于猎火照狼山。山川萧条极边土，胡骑凭陵杂风雨。战士军

前半死生,美人帐下犹歌舞。大漠穷秋塞草腓—作衰,孤城落日斗
兵稀。身当恩遇恒轻敌,力尽关山未解围。铁衣远戍辛勤久,玉箸
应啼别离后。少妇城南欲断肠,征人蓟北空回首。边庭—作风飘飖
那可度—作越,绝域苍茫—作黄更何—作何所有。杀气三时—作日作阵
云,寒声—作风一夜传刁斗。相看白刃血—作雪,一作徒。纷纷,死节
从来岂顾勋。君不见沙场征战苦,至今犹忆李将军。

## 古 歌 行

君不见汉家三叶从代至,高皇旧臣多富贵。天子垂衣方晏如,庙堂
拱手无余议。苍生偃卧休征战,露台百金以为费。田舍老翁不出
门,洛阳少年莫论事。

## 人日寄杜二拾遗

人日题诗寄草堂,遥怜故人思故乡。柳条弄色不忍见,梅花满枝空
—作堪断肠。身在远藩—作南蕃无所预,心怀百忧复千虑。今年人日
空相忆,明年人—作此日知何处。一卧东山三十春,岂知书剑老风
尘。龙钟还忝二千石,愧尔东西南北人。

## 九日酬颜少府

檐前白日应可惜,篱下黄花为谁有。行—作客子迎霜未授衣,主人
得钱始—作肯沽酒。苏秦憔悴人—作时多厌,蔡泽栖迟—作栖遑世看
丑。纵使登高只断肠,不如独坐空搔首。

## 留别郑三韦九兼洛下诸公

忆昨相逢论久要,顾君哂我轻常调。羁旅虽同白社游,诗书已作青
云料。蹇质—作踬蹉跎竟不成,年过四十尚躬耕。长歌达者—作士

杯中物,大一作冷笑前人身后名。幸逢明盛多招隐,高山大泽征求
尽。此时亦一作也,一作苟。得辞渔樵,青袍裹身荷圣朝。犁牛钓竿
不复见,县人邑吏来相邀。远路鸣蝉秋兴发,华堂美酒离忧销。不
知何日更携手,应念兹晨去一作尚折腰一作去遥。

## 送杨山人归嵩阳

不到嵩阳动十年,旧时一作家心事已徒然。一二故人不复见,三十
六峰犹眼前。夷门二月柳条色,流莺数声泪沾臆。凿井耕田不我
招,知君以此忘帝力。山人好去嵩阳路,惟余眷眷长相忆。

## 送　别

昨夜离心正郁陶,三更白露西风高。萤飞木落何淅沥,此时梦见西
归客。曙钟寥亮三四声,东邻嘶马使人惊。揽衣出户一相送,唯见
归云纵复横。

## 赠别晋三处士

有人家住清河源,渡河问我游梁园。手持道经注已毕,心知内篇口
不言。卢门十年见秋草,此心惆怅谁能道。知己从来不易知,慕君
为人与君好。别时九月桑叶疏,出门千里无行车。爱君且欲君先
达,今上求贤早上书。

## 送浑将军出塞

将军族贵兵且强,汉家已是浑邪王。子孙相承在朝野,至今部曲燕
支下。控弦尽用阴山儿,登一作临阵常骑大宛马。银鞍玉勒绣蝥
弧,每逐嫖姚破骨都。李广从来先将士,卫青未肯学孙吴。传有沙
场千万骑,昨日边庭羽书至。城头画角三四声,匣里宝刀昼夜鸣。

意气能甘万里去, 辛勤判一作动作一年行。黄云白草无前后, 朝建
旌旄夕刁斗。塞下应多侠少年, 关西不见春杨柳。从军借问所从
谁, 击剑酣歌当此时。远别无轻绕朝策, 平戎早寄仲宣诗。

## 送 蔡 山 人

东山布衣明古今, 自言独未逢知音。识者阅见一生事, 到处豁然千
里心。看书学剑长辛苦, 近日方思谒明主。斗酒相留醉复醒, 悲歌
数年泪如雨。丈夫遭遇不可知, 买臣主父皆如斯。我今蹭蹬无所
似, 看尔崩腾何若为。

## 封 丘 作 一作县

我本渔樵孟诸野, 一生自是悠悠者。乍可狂歌草泽中, 宁堪作吏风
尘下。只言小邑无所为, 公门百事皆有期。拜迎官长心欲碎一作
破, 鞭挞黎庶令人悲。归一作悲来向家问妻子, 举家尽笑今如此。
生事应须南亩田, 世情付与东流水。梦想旧山安在哉, 为衔君命且
一作日迟回。乃知梅福徒为尔, 转忆陶潜归去来。

## 题 李 别 驾 壁

去乡不远逢知己, 握手相欢得如此。礼乐遥传鲁伯禽, 宾客争过魏
公子。酒筵暮散明月上, 枥马长鸣春风起。一生称意能几人, 今日
从君问终始。

## 寄 宿 田 家

田家老翁住东陂, 说道平生隐在兹。鬓白未曾记日月, 山青每到识
春时。门前种柳深成巷, 野谷流泉添入池。牛壮日耕十亩地, 人闲
常扫一茅茨。客来满酌清尊酒, 感兴平吟才子诗。岩际窟中藏鼫

鼠，潭边竹里隐鸬鹚。村墟日落行人少，醉后无心怯路歧。今夜只
应还寄宿，明朝拂曙与君辞。

## 别韦参军 《英华》作二首

二十解一作辞书剑，西游长安城。举头望君门，屈指取公卿。国风
冲融迈三五，朝廷欢一作礼乐弥寰宇。白璧皆言赐近臣，布衣不得
干明主。归来洛阳无负郭，东过梁宋非吾土。兔苑为农岁不登，雁
池垂钓心长苦。世人遇一作向我同众人，唯君于我最一作情相亲。
且喜百年有一作见交态，未尝一作当一日辞家贫。以下《英华》另作一首。
弹棋击筑白日晚，纵酒高歌杨柳春。欢娱未尽分散去，使我惆怅惊
心神。丈夫一作终当不作儿女别一作悲，临歧涕泪沾衣巾。

## 送田少府贬苍梧

沉吟对迁客，惆怅西南天。昔为一官未得意，今向万里令人怜。念
兹斗酒成暌间，停舟叹君日将晏。远树应怜北地春，行人却羡南归
雁。丈夫穷达未可知，看君不合长数奇。江山到处堪乘兴，杨柳青
青那足悲。

## 平台夜遇李景参有别

离心一作忧忽怅一作浩然，一作离忧心忽怅。策马对秋天。孟诸薄暮凉
风起，归客相逢渡睢水。昨时一作忆昨携手已一作向十年，今一作明日
分途各千里。岁物萧条满路歧，此行浩荡令人悲。家贫羡尔有微
禄，欲往从之何所之。

## 送郭处士往莱芜兼寄苟山人

君为东蒙客，往来东蒙畔。云卧临峥阳，山行穷日观。少年词赋皆

可听,秀眉白面风清泠。身上未曾染名利,口中犹未知膻腥。今日
还山意无极,岂辞世路多相识。归见莱芜九十翁,为论别后长相
忆。

## 赋得还山吟送沈四山人

还山吟,天高日暮寒山深,送君还山识君心。人生老大须恣意,看
君解作一生事,山间偃仰无不至。石泉淙淙若风雨,桂花松子常满
地。卖药囊中应有钱,还山服药又长年。白云劝尽杯中物,明月相
随何处眠。眠时忆问醒时事,梦魂可以相周旋。

## 崔司录宅燕大理李卿

多雨殊未已,秋云更沉沉。洛阳故人初解印,山东小吏来相寻。上
卿才大名不朽,早朝至尊暮求友。豁达常推海内贤,殷勤但酌尊中
酒。饮醉欲言归剡溪,门前驷马光照衣。路傍观者徒唧唧,我公不
以为是非。

## 同鲜于洛阳于毕员外宅观画马歌

知君爱鸣琴,仍好千里马。永日恒思单父中,有时心到宛城下。遇
客丹青天下才,白生胡雏控龙媒。主人娱宾画障开,只言骐骥西极
来。半壁趁趋势不住,满堂风飘飒然度。家僮愕视欲先鞭,枥马惊
嘶还屡顾。始知物妙皆可怜,燕昭市骏岂徒然。纵令剪拂无所用,
犹胜驽骀在眼前。

## 同河南李少尹毕员外宅夜<br>饮时洛阳告捷遂作春酒歌

故人美酒胜浊醪,故人清词合风骚。长歌满酌惟吾曹,高谈正可挥

麈毛。半醉忽然持蟹螯,洛阳告捷倾前后。武侯腰间印如斗,郎官
无事时饮酒。杯中绿蚁吹转来,瓮上飞花拂还有。前年持节将楚
兵,去年留司在东京。今年复拜二千石,盛夏五月西南行。彭门剑
门蜀山里,昨逢军人劫夺我,到家但见妻与子。赖得饮君春酒数十
杯,不然令我愁欲死。

## 同李九士曹观壁画云作

始知帝乡客,能画苍梧云。秋天万里一片色,只疑飞尽犹氛氲。

## 见薛大臂鹰作 一作李白

寒楚十二月,苍鹰八九毛。寄言燕雀莫相啅一作忌,自有云霄万里
高。

## 画马篇 同诸公宴睢阳李太守,各赋一物。

君侯枥上骢,貌在丹青中。马毛连钱蹄铁色,图画光辉骄玉勒。马
行不动势若来,权奇蹴踏无尘埃。感兹绝代称妙手,遂令谈者不容
口。麒麟独步自可珍,驽骀万匹知何有。终未如他枥上骢,载华
毂,骋飞鸿。荷君剪拂与君用,一日千里如旋风。

## 咏　马　鞭

龙竹养根凡几年,工人截之为长鞭,一节一目皆天然。珠重重,星
连连。绕指柔,纯金坚。绳不直,规不圆。把向空中捎一声,良马
有心日驰千。

## 塞下曲 贺兰作

君不见芳树枝,春花落尽蜂不窥。君不见梁上泥,秋风始高燕不

栖。荡子从军事征战,蛾眉婵娟守空闺。独宿自然堪下泪,况复时
闻鸟一作乌夜啼。

## 渔 父 歌

曲岸深潭一山叟,驻眼看钩不移手。世人欲得知姓名,良久问他不
开口。笋皮笠子荷叶衣,心无所营守钓矶。料得孤舟无定止,日暮
持竿何处归。

# 全唐诗卷二一四

## 高　適

### 部　落　曲

蕃军傍塞游，代马喷风秋。老将垂金甲，阏支著锦裘。雕戈蒙豹尾，红旆插狼头。日暮天山下，鸣筘汉使愁。

### 赠杜二拾遗

传道招〔提〕(堤)客，诗书自讨论。佛香时入院，僧饭屡过门。听法还应难一作说，寻经剩欲翻。草玄今已毕，此外复一作后更何言。

### 醉后赠张九旭

世上谩相识，此翁殊不然。兴来书自圣，醉后语尤颠。白发老闲事，青云在目前。床头一壶酒，能更几回眠。

### 途中寄徐录事 比以王书见赠

落日风雨至，秋天鸿雁初。离忧不堪比，旅馆复何如。君又几时去，我知音信疏。空多箧中赠，长见右军书。

## 酬卫八雪中见寄

季冬忆淇上,落日归山樊。旧宅带流水,平田临古村。雪中望来信,醉里开衡门。果得希代宝,缄之那可论。

## 送白少府送兵之陇右

践更登陇首,远别指临洮。为问关山一作中事,何如州县劳。军容随赤羽,树色引青袍。谁断单于臂,今年太白高。

## 河西送李十七

边城多远别,此去莫徒然。问礼知才子,登科及少年。出门看落日,驱马向秋天。高价人争重,行当早著鞭。

## 送张瑶贬五谿尉

他日维桢干,明时悬镆铘。江山遥去国,妻子独还家。离别无嫌远,沉浮勿强嗟。南登有词赋,知尔吊长沙。

## 别 韦 五

徒然酌杯酒,不觉散人愁。相识仍远别,欲归翻旅游。夏云满郊甸,明月照河洲。莫恨征途远,东看漳水流。

## 别刘大校书

昔日京华去,知君才望新。应犹作赋好,莫叹在官贫。且复伤远别,不然愁此身。清风一作青枫几万里,江上一归人。

# 宋中别司功叔各赋一物得商丘

商丘试一望,隐隐带秋天。地与辰星在,城将大路迁。干戈悲昔事,墟落对穷年。即此伤离绪,凄凄赋酒筵。

# 送蔡十二之海上 时在卫中

黯然何所为,相对但悲酸。季弟念离别,贤兄救急难。河流冰处尽,海路雪中寒。尚有南飞雁,知君不忍看。

# 别韦兵曹

离别长千里,相逢数十年。此心应不变,他事已徒然。惆怅春光里,蹉跎柳色前。逢时当自取,看尔欲先鞭。

# 独孤判官部送兵

饯君嗟远别,为客念周旋。征路今如此,前军犹眇然。出关逢汉壁,登陇望胡天。亦是封侯地,期君早着鞭。

# 别从甥万盈

诸生曰万盈,四十乃知名。宅相予偏重,家丘人莫轻。美才应自料,苦节岂无成。莫以山田薄,今春又不耕。

# 别崔少府

知君少得意,汶上掩柴扉。寒食仍留火,春风未授衣。皆言黄绶屈,早向青云飞。借问他乡事,今年归不归。

## 别—作送冯判官

碣石辽西地,渔阳蓟北天。关山唯一道,雨雪尽三边。才子方为
客,将军正渴—作爱,—作慕。贤。遥知幕府下,书记日翩翩。

## 淇上送韦司仓往滑台

饮酒莫辞醉,醉多适不愁。孰知非远别,终念对穷—作新秋。滑台
门外见,淇水眼前流。君去应回首,风波满渡头。

## 送崔功曹赴越

传有东南别,题诗报客居。江山知不厌,州县复何如。莫恨吴歈
曲,尝看越绝书。今朝欲乘兴,随尔食鲈鱼。

## 送蹇秀才赴临洮

怅望日千里,如何今二毛。犹思阳谷去,莫厌陇山高。倚马见雄
笔,随身唯宝刀。料君终自致,勋业在临洮。

## 广陵别郑处士

落日知分手,春风莫断肠。兴来无不惬,才在亦何伤。溪水堪垂
钓,江田耐插秧。人生只为此,亦足傲羲皇。

## 别　孙　欣

离人去复留,白马黑貂裘。屈指论前事,停鞭惜旧游。帝乡那可
忘,旅馆日堪愁。谁念无知己,年年睢水流。

## 送刘评事充朔方判官赋得征马嘶

征马向边州,萧萧嘶不休。思深应带别,声断为兼秋。歧路风将
远,关山月共愁。赠君从此去,何日大刀头。

## 送 魏 八

更沽淇上酒,还泛驿前舟。为惜故人去,复怜嘶马愁。云山行处
合,风雨兴中秋。此路无知己,明珠莫暗投。

## 赠别褚山人

携手赠将行,山人道姓名。光阴蓟子训,才术褚先生。墙上梨花
白,尊中桂酒清。洛阳无二价,犹是慕风声。

## 别 王 八

征马嘶长路,离人挹佩刀。客来东道远,归去北风高。时候何萧
索,乡心正一作更郁陶。传君遇知己,行日有绨袍。

## 送 董 判 官

逢君说行迈,倚剑别交亲。幕府为才子,将军作主人。近关多雨
雪,出塞有风尘。长策须当用,男儿莫顾身。

## 送郑侍御谪闽中

谪去君无恨,闽中我旧过。大都秋雁少,只是夜猿多。东路云山
合,南天瘴疠和。自当逢雨露,行矣慎风波。

## 送李侍御赴安西

行子对飞蓬,金鞭指铁骢。功名万里外,心事一杯中。虏障燕支北,秦城太白东。离魂莫惆怅,看取宝刀雄。

## 送裴别将之安西

绝域眇难跻,悠然信马蹄。风尘经跋涉,摇落怨暌携。地出流沙外,天长甲子西。少年无不可,行矣莫凄凄。

## 宴郭校书因之有别

彩服趋庭训,分交载酒过。芸香名早著,蓬转事仍多。苦战一作战苦知机息,穷愁奈别何。云霄莫相待,年鬓已蹉跎。

## 同李太守北池泛舟宴高平郑太守

每揖龚黄事,还陪李郭舟。云从四岳起一作去,水向百城流。幽意随登陟,嘉言即献酬。乃知缝掖贵,今日对诸侯。

## 同崔员外綦毋拾遗九日宴京兆府李士曹

今日好相见,群贤仍废曹。晚晴催翰墨,秋兴引风骚。绛叶拥虚砌,黄花随浊醪。闭门无不可,何事更登高。

## 同群公十月朝宴李太守宅

良牧征高赏,褰帷问考槃。岁时当正月,甲子入初寒。已听甘棠颂,欣陪旨酒欢。仍怜门下客,不作布衣看。

## 武威同诸公过杨七山人得藤字

幕府日多暇,田家岁复登。相知恨不早,乘兴乃无恒。穷巷在乔木,深斋垂古藤。边城唯有醉,此外更何能。

## 同群公登濮阳圣佛寺阁

落日登临处,悠然意不穷。佛因初地识,人觉四天空。来雁清霜后,孤帆远树中。裴回伤寓目,萧索对寒风。

## 同卫八题陆少府书斋

知君薄州县,好静无冬春。散帙至栖鸟,明灯留故人。深房腊酒熟,高院梅花新。若是周旋地,当令风义亲。

## 淇 上 别 业

依依西山下,别业桑林边。庭鸭喜多雨,邻鸡知暮天。野人种秋菜,古老开原田。且向世情远,吾今聊自然。

## 入昌松东界山行

鸟道几登顿,马蹄无暂一作复闲。崎岖出长坂,合沓犹前山。石激水流处,天寒松色间。王程应未尽,且莫顾刀环。

## 使青夷军入居庸三首

匹马行将久,征途去转难。不知边地别,只讶客衣单。溪冷泉声苦,山空木叶干。莫言关塞极,云雪尚漫漫。

古镇青山口,寒风落日时。岩峦鸟不过,冰雪马堪迟。出塞应无策,还家赖有期。东山足松桂,归去结茅茨。

登顿驱征骑，栖迟愧宝刀。远行今若此，微禄果徒劳。绝坂水连下，群峰云共高。自堪成白首，何事一青袍。

## 自蓟北归

驱马蓟门北，北风边马哀。苍茫远山口，豁达胡天开。五将已深入，前军止半回。谁怜不得意，长剑独归来。

## 东平别前卫县李宷少府

黄鸟翩翩杨柳垂，春风送客使人悲。怨别自惊千里外，论交却忆十年时。云开汶水孤帆远，路绕梁山匹马迟。此地从来可乘兴，留君不住益凄其。

## 夜别韦司士得城字

高馆张灯酒复清，夜钟残月雁归声。只言啼鸟堪求侣，无那春风欲送行。黄河曲里沙为岸，白马津边柳向城。莫怨他乡暂离别，知君到处有逢迎。

## 送李少府贬峡中王少府贬长沙

嗟君此别意何如，驻马衔杯问谪居。巫峡啼猿数行泪，衡阳归雁几封书。青枫江上秋天远，白帝城边古木疏。圣代即一作只今多雨露，暂时分手莫踌躇。

## 同陈留崔司户早春宴蓬池

同官载酒出郊圻，晴日东驰雁北飞。隔岸春云邀翰墨，傍檐垂柳报芳菲。池边转觉虚无尽，台上偏宜酩酊归。州县徒劳那可度，后时连骑莫相违。

# 金 城 北 楼

北楼西望满晴空,积水连山胜画中。湍上急流声若箭,城头残月势
如弓。垂竿已羡磻溪老,体道犹思塞上翁。为问边庭更何事,至今
羌笛怨无穷。

## 同颜六少府旅宦秋中之作

传君昨夜怅然悲,独坐新斋木落时。逸气旧来凌燕雀,高才何得混
妍媸。迹留一作劳黄绶人多叹,心在青云世莫知。不是鬼神无正
直,从来州县有瑕疵。

## 重 阳

节物惊心两鬓华,东篱空绕未开花。百年将半仕三已,五亩就荒天
一涯。岂有白衣来剥啄,一从乌帽自欹斜。真成独坐空搔首,门柳
萧萧噪暮鸦。

## 古乐府飞龙曲留上陈左相 陈希烈

德以精灵降,时膺梦寐求。苍生谢安石,天子富平侯。尊俎资高
论,岩廊挹一作揖大猷。相门连户牖,卿族嗣弓裘。一作卿才传世业,相
府盛嘉谋。豁达云开霁一作景,清明月映秋。能为吉甫颂,善用子房
筹。阶砌一作户牖思攀陟,门阑尚阻修。高山不易仰,大匠本难投。
迹与松乔合,心缘启沃留。公才山吏部,书癖杜荆州。幸沐千年
圣,何辞一尉休。折腰知宠辱,回首见沉浮。天地庄生马,江湖范
蠡舟。逍遥堪自乐,浩荡信无忧。去此从黄绶,归欤任白头。风尘
与霄汉,瞻望日悠悠。

## 留上李右相 一作奉赠李右相林甫

风俗登淳古,君臣挹大庭。深沉谋九德,密勿契千龄。独立调元气,清心豁窅冥。本枝连帝系,长策冠生灵。傅说明殷道,萧何律汉刑。钧衡持国柄,柱石总朝 一作贤 经。隐轸江山藻,氛氲鼎䚟铭。兴中皆白雪 一作洁白,身外即 一作尽 丹青。江海呼穷鸟,诗书问聚萤。吹嘘成羽翼,提握动芳馨。倚伏悲还笑,栖迟 一作升沉 醉复醒。恩荣初就列,含育忝宵形。有窃丘山惠,无时枕席宁。壮心瞻落景,生事感浮 一作流 萍。莫以才难用,终期善易听。未为门下客,徒谢少微星。

## 同李员外贺哥舒大夫破九曲之作

遥传副丞相,昨日破西蕃。作气群山动,扬军大旆翻。奇兵邀转战,连孥绝归奔。泉喷诸戎血,风驱死虏魂。头飞攒万戟,面缚聚辕门。鬼哭黄埃暮,天愁白日昏。石城与岩险,铁骑皆 一作若云 屯。长策一言决,高踪百代存。威棱慑沙漠,忠义感乾坤。老将黯无色,儒生安敢论。解围凭庙算,止杀报君恩。唯有关河渺,苍茫空树墩。

## 信安王幕府诗 并序

开元二十年,国家有事林胡,诏礼部尚书信安王总戎大举。时考功郎中王公、司勋郎中刘公、主客郎中魏公、侍御史李公、监察御史崔公咸在幕府。诗以颂美数公,见于词,凡三十韵。

云纪轩皇代,星高太白年。庙堂咨上策,幕府制中权。盘石藩维固,升坛礼乐先。国章荣印绶,公服贵貂蝉。乐善旌深德,输忠格上玄。剪桐光宠锡,题剑美贞坚。圣祚雄图广,师贞武德虔。雷霆七校发，旌旆五营连。华省征群乂，霜台举二贤。岂伊公望远，曾是茂才迁。并秉韬钤术，兼该翰墨筵。帝思麟阁像，臣献柏梁篇。振玉登辽甸，扢金历蓟埌。度河飞羽檄，横海泛楼船。北伐声逾迈，东征务以专。讲戎喧涿野，料敌静居延。军势持三略，兵戎自九天。朝瞻授钺去，时听偃戈旋。大漠风沙里，长城雨雪边。云端临碣石，波际隐朝鲜。夜壁冲高斗，寒空驻彩斿。倚弓玄兔月，饮马白狼川。庶物随交泰，苍生解倒悬。四郊增气象，万里绝风烟。关塞鸿勋著，京华甲第全。落梅横吹后，春色凯歌前。直道常兼济，微才独弃捐。曳裾诚已矣，投笔尚凄然。作赋同元淑，能诗匪仲宣。云霄不可望，空欲仰神仙。

## 东平旅游奉赠薛太守二十四韵

颂美驰千古，钦贤仰大猷。晋公标逸气，汾水注长流。神与公忠节，天生将相俦。青云本自负，赤县独推尤。御史风逾劲，郎官草屡修。鹓鸾粉署起，鹰隼柏台秋。出入交三事，飞鸣揖五侯。军书陈上策，廷议借前筹。肃肃趋朝列，雍雍引帝求。一麾俄出守，千里再分忧。不改任棠水，仍传晏子裘。歌谣随举扇，旌旆逐鸣驺。郡国长河绕，川原大野幽。地连尧泰岳，山向禹青州。汶上春帆渡，秦亭晚日愁。遗墟当少昊，悬象逼奎娄。即此逢清鉴，终然喜暗投。叨承解榻礼，更得问缣游。高兴陪登陟，嘉言忝献酬。观棋知战胜，探象会冥搜。眺听情何限，冲融惠勿休。只应齐语默，宁肯问沉浮。然诺长怀季，栖遑辄累丘。平生感知己，方寸岂悠悠。

## 真定即事奉赠韦使君二十八韵

飘泊怀书客，迟回此路隅。问津惊弃置，投刺忽踟蹰。方伯恩弥重，苍生咏已苏。郡称廉叔度，朝议管夷吾。乃继三台侧，仍将四

岳俱。江山澄气象,崖谷倚冰壶。诏宠金门策,官荣叶县凫。擢才
登粉署,飞步蹑云衢。起草征调墨,焚香即宴娱。光华扬盛矣,霄
汉在兹乎。隐轸推公望,逶迤协帝俞。轩车辞魏阙,旌节副幽都。
始佩仙郎印,俄兼太守符。尤多蜀郡理,更得颍川谟。城邑推雄
镇,山川列简图。旧燕当绝漠,全赵对平芜。旷野何弥漫,长亭复
郁纡。始泉遗俗近,活水战场无。月换思乡陌,星回记斗枢。岁容
归万象,和气发鸿炉。沦落而谁遇,栖遑有是夫。不才羞拥肿,干
禄谢侏儒。契阔惭行迈,羁离忆友于。田园同季子,储蓄异陶朱。
方欲呈高义,吹嘘揖大巫。永怀吐肝胆,犹惮阻荣枯。解榻情何
限,忘言道未殊。从来贵缝掖,应是念穷途。

## 和窦侍御登凉州七级浮图之作

化塔屹中起,孤高宜上跻。铁冠雄赏眺,金界宠招携。空色在轩
户,边声连鼓鼙。天寒万里北,地豁九州西。清兴揖才彦,峻风和
端倪。始知阳春后,具物皆筌蹄。

## 酬河南节度使贺兰大夫见赠—作贻之作

高阁凭栏槛,中军倚旆旌。感时常激切,于己即忘情。河华屯妖
气,伊瀍有战声。愧无戡难策,多谢出师名。秉钺知恩重,临戎觉
命轻。股肱瞻列岳,唇齿赖长城。隐隐摧锋势,光光弄印荣。鲁连
真义士,陆逊岂书生。直道宁殊智,先鞭忽抗行。楚云随去马,淮
月尚连营。抚剑堪投分,悲歌益不平。从来重然诺,况值欲横行。

## 奉酬睢阳路太守见赠—作贻之作

盛才膺命代,高价动良时。帝简登藩翰,人和发咏思。神仙去华
省,鵷鹭忆丹墀。清净能无事,优游即赋诗。江山纷想像,云物共

一作动萋蕤。逸气刘公幹,玄言向子期。多惭汲引速,翻愧激昂迟。相马知何限,登龙反自疑。风尘吏道迫,行迈旅心悲。拙疾徒为尔,穷愁欲问谁。秋庭一片叶,朝镜数茎丝。州县甘无取,丘园悔莫追。琼瑶生箧笥,光景借茅茨。他日青霄里,犹应访所知。

# 奉酬睢阳李太守

公族称王佐,朝经允帝求。本枝强我李,盘石冠诸刘。礼乐光辉盛,山河气象幽。系高周柱史,名重晋阳秋。华省膺推择,青云宠宴游。握兰多具美,前席有嘉谋。赋得黄金赐,言皆白璧酬。著鞭驱驷马,操刃解全牛。出镇兼方伯,承家复列侯。朝瞻孔北海,时用杜荆州。广固才登陟,毗陵忽阻修。三台冀入梦,四岳尚分忧。郡邑连京口,山川望石头。海门当建节,江路引鸣驺。俗见中兴理,人逢至道休。先移白额横,更息赭衣偷。梁国歌来晚,徐方怨不留。岂伊齐政术,将以变浇浮。讼简知能吏,刑宽察要囚。坐堂风偃草,行县雨随辀。地是蒙庄宅,城遗阚伯丘。孝王馀井径,微子故田畴。冬至招摇转,天寒蟏蛛收。猿岩飞雨雪,兔苑落梧楸。列戟霜侵户,褰帏月在钩。好贤常解榻,乘兴每登楼。逸足横千里,高谈注九流。诗题青玉案,衣赠黑貂裘。穷巷轩车静,闲斋耳目愁。未能方管乐,翻欲慕巢由。讲德良难敌,观风岂易俦。寸心仍有适,江海一扁舟。

# 送柴司户充刘卿一作乡判官之岭外

岭外资雄镇,朝端宠节旄。月卿临幕府,星使出词曹。海对羊城阔,山连象郡高。风霜驱瘴疠,忠信涉波涛。别恨随流水,交情脱宝刀。有才无不适,行矣莫徒劳。

## 送蔡少府赴登州推事

胶东连即墨,莱水入沧溟。国小常多事,人讹屡抵刑。公才征郡邑,诏使出郊坰。标格谁当犯,风谣信可听。峥嵘大岘口,逦迤汶阳亭。地迥云偏白,天秋山更青。祖筵方卜昼,王事急侵星。劝尔将为德,斯言盖有听。

## 秦中送李九赴越

携手望千里,于今将十年。如何每离别,心事复迍邅。适越虽有以,出关终耿然。愁霖一作秋林不可向,长路或难前一作联。吴会独行客,山阴秋夜船。谢家征故事,禹穴访遗编。镜水君所忆,莼羹余旧便。归来莫忘此,兼示济江篇。

## 饯宋八充彭中丞判官之岭南 一作外

睹君济时略,使我气填膺。长策竟不用,高才徒见称。一朝知己达,累日诏书征。羽翮忽然就一作动,风飙谁敢凌。举鞭趋一作投岭峤一作嶂,屈指冒炎蒸。北雁།驰驿,南人思饮冰。彼邦本倔强,习俗多骄矜。翠羽干平法,黄金挠直绳。若将除害马,慎勿信苍蝇。魑魅宁无患,忠贞适有凭。猿啼山不断,鸢跕路难登。海岸出交趾,江城连始兴。绣衣当节制,幕府盛威棱。勿惮九嶷险,须令百越澄。立谈多感激,行李即严凝。离别胡为者,云霄迟尔升。

## 陪窦侍御泛灵云池

白露时先降,清川思不穷。江湖仍塞上,舟楫在军中。舞换临津树,歌饶向迥一作晚风。夕阳连积水,边色满秋空。乘兴宜投辖,邀欢莫避骢。谁怜持弱羽,犹欲伴鹓鸿。

# 陪窦侍御灵云南亭宴诗得雷字 并序

凉州近胡,高下其池亭,盖以耀蕃落也。幕府董帅雄勇,径践戎庭,自阳关而西,犹枕席矣。军中无事,君子饮食宴乐,宜哉。白简在边,清秋多兴,况水具舟楫,山兼亭台。始临泛而写烦,俄登陟以寄傲。丝桐徐奏,林木更爽。觞蒲萄以递欢,指兰茝而可掇。胡天一望,云物苍然。雨萧萧而牧马声断,风袅袅而边歌几处,又足悲矣。员外李公曰:"七日者何,牛女之夕也。夫贤者何得谨其时,请赋南亭诗。"列之于后。

人幽宜眺听,目极喜亭台。风景知愁在,关山忆梦回。只言殊语默,何意忝游陪。连唱波澜动,冥搜物象开。新秋归远树,残雨拥
一作应轻雷。檐外长天尽,尊前独鸟来。常吟塞下曲,多谢幕中才。
河汉徒相望,嘉期安在哉。

## 同熊少府题卢主簿茅斋 卢兼有人伦

虚院野情在,茅斋秋兴存。孝廉趋下位,才子出高门。乃继幽人静,能令学者尊。江山归谢客,神鬼下刘根。阶树时攀折,窗书任讨论。自堪成独往,何必武陵源。

## 同朱五题卢使君义井

高义唯良牧,深仁自下车。宁知凿井处,还是饮冰馀。地即泉源久,人当汲引初。体清能鉴物,色洞一作淡每含虚。上善滋来往,中和浃里闾。济时应未竭,怀惠复何如。

## 同郭十题杨主簿新厅

华馆曙沉沉,惟良正在今。用材兼柱石,闻物象高深。更得芝兰地,兼营枳棘林。向风屝戟户,当署近棠阴。勿改安卑节,聊闲理

剧心。多君有知己,一和郢中吟。

## 秋　日　作

端居值秋节,此日更愁辛。寂寞无一事,蒿莱通四邻。闭门生白发,回首忆青春。岁月不相待,交游随众人。云霄何处托,愚直有谁亲。举酒聊自劝,穷通信尔身。

## 辟　阳　城

荒城在高岸,凌眺俯清淇。传道汉天子,而封审食其。奸淫且不戮,茅土孰云宜。何得英雄主,返令儿女欺。母仪良已失,臣节岂如斯。太息一朝事,乃令人所嗤。

## 赴彭州山行之作

峭壁连嵰峒,攒峰叠翠微。鸟声堪驻马,林色可忘机。怪石时侵径,轻萝乍拂衣。路长愁作客,年老更思归。且悦岩峦胜,宁嗟意绪违。山行应未尽,谁与玩芳菲。

## 咏　史

尚有绨袍赠,应怜范叔寒。不知天下士,犹作布衣看。

## 送兵到蓟北

积雪与天迥,屯军连塞愁。谁知此行迈,不为觅封侯。

## 同群公题张处士菜园

耕地桑柘间,地肥菜常熟。为问葵藿资,何如庙堂肉。

## 逢 谢 偃

红颜怆为别,白发始相逢。唯馀昔时泪,无复旧时容。

## 田 家 春 望

出门何所见,春色满平芜。可叹无知己,高阳一一作忆酒徒。

## 闲 居

柳色惊心事,春风厌索居。方知一杯酒,犹胜百家书。

## 封 丘 作

州县才难适,云山道欲穷。揣摩惭黠吏,栖隐谢愚公。

## 九曲词三首

许国从来彻庙堂,连年不为在疆一作坛场。将军天上封侯印,御史台中异姓王。

万骑争歌杨柳春,千场对舞绣骐骦。到处尽逢欢洽事,相看总是太平人。

铁骑横行铁岭头,西看逻逤取封侯。青海只今将饮马,黄河不用更防秋。

## 营 州 歌

营州少年厌一作满,一作歇,一作爱。原野,狐一作皮裘蒙茸猎城下。虏一作鲁酒千钟一作杯不醉人,胡儿十岁能骑马。

# 玉真公主歌

常言龙德本天仙,谁谓仙人每学仙。更道玄元指李日,多于王母种桃年。

仙宫仙府有真仙,天宝天仙秘莫传。为问轩皇三百岁,何如大道一千年。

# 和王七玉门关听吹笛 一作塞上闻笛

胡人吹—作羌笛戍楼间,楼上萧条海—作明月闲。借问落梅凡几曲,从风一夜满关山。一作《塞上听吹笛》,云:雪净胡天牧马还,月明羌笛戍楼间。借问梅花何处落,风吹一夜满关山。

# 别董大二首

十里黄云白日曛,北风吹雁雪纷纷。莫愁前路无知己,天下谁人不识君。

六翮飘飖私自怜,一离京洛十馀年。丈夫贫贱应未足,今日相逢无酒钱。

# 送桂阳孝廉

桂阳年少西入秦,数经甲科犹白身。即今江海一归客,他日云霄—作山万里人。

# 送李少府时在客舍作

相逢旅馆意多违,暮雪初晴候雁飞。主人酒尽君未醉,薄暮途遥归不归。

## 听张立本女吟

危冠广袖楚宫妆,独步闲庭逐夜凉。自把玉钗敲砌竹,清歌一曲月如霜。

## 初至封丘作

可怜薄暮宦游子,独卧虚斋思无已。去家百里不得归,到官数日秋风起。

## 除　夜　作

旅馆寒灯独不眠,客心何事转凄然。故乡今夜思千里,愁一作霜鬓明朝又一作更一年。

# 全唐诗卷二一五

## 李 岘

李岘，信安郡王祎之第三子。乐善下士。以门荫入仕，历京兆府尹。天宝中，杨国忠恶其不附己，出为长沙太守。时京兆雨灾，米麦踊贵，百姓谣曰："欲得米粟贱，无过追李岘。"其为政得人心如此。乾元二年，拜中书侍郎同平章事。坐言事切直，谪蜀州刺史。代宗召为礼部尚书，寻复知政事。初收东京，按治逆党，多所全活。终衢州刺史。集一卷。今存诗一首。

### 剑 池

阖闾葬日劳人力，嬴政穿来役鬼功。澄碧尚疑神物在，等闲雷雨起潭中。

## 李栖筠

李栖筠，字贞一，世为赵人。吉甫之父。举进士高第。调冠氏主簿，太守李岘视若布衣交。擢殿中侍御史，为李岘三司判官。三迁吏部员外郎、判南曹。累进工部侍郎。元载忌之，出为常州刺史。以治行，加银青光禄大夫，封赞皇县子。拜浙西都团练观察使，寻为御史大夫，力抗权邪。卒，赠吏部尚书。栖筠喜奖善，而乐人攻己短，为天下士所归，称赞皇公。诗二首。

## 张 公 洞

一径深窈窕，上升翠微中。忽然灵洞前，日月开仙宫。道士十二人，往还驭清风。焚香入深洞，巨石如虚空。夙夜备蘋藻，诏书祠张公。五云何裴回，玄鹤下苍穹。我本道门子，愿言出尘笼。扫除方寸间，几与神灵通。宿昔勤梦想，契之在深衷。迟回将不还，章绶系我躬。稽首谢真侣，辞满归崆峒。

## 投 宋 大 夫

十处投人九处违，家乡万里又空归。严霜昨夜侵人骨，谁念高堂未授衣。

## 徐　浩

　　徐浩，字季海，越州人。少举明经。工草隶。以张说荐，为丽正殿校理，三迁右拾遗。张守珪表佐幽州幕，改监察御史，历宪部郎中。肃宗即位，拜中书舍人。时天下事殷，诏令俱出其手，文词赡给。加尚书右丞，除国子祭酒。寻贬卢州长史。代宗征还，仍拜中书舍人，迁工部侍郎、岭南节度观察使。又为吏部侍郎、集贤殿学士。为李栖筠所弹，贬明州别驾。终彭王傅。卒赠太子少师。世称其书法如怒猊抉石，渴骥奔泉。诗二首。

# 宝林寺作

兹山昔飞来,远自琅玡台。孤岫龟形在,深泉鳗井开。越王屡登陟,何相传词才。塔庙崇其巅,规模称壮哉。禅堂清溽润,高阁无恢㦗。照耀珠吐月,铿轰钟隐雷。揆余久缨弁,末路遭遭回。一弃沧海曲,六年稽岭隈。逝川惜东驶,驰景怜西颓。腰带愁疾减,容颜衰悴催。赖居兹寺中,法士多瑰能。洗心听经论,礼足蠲凶灾。永愿依胜侣,清江乘度杯。

# 谒禹庙

亩浍敷四海,川源涤九州。既膺九命锡,乃建洪范畴。鼎革固天启,运兴匪人谋。肇开宅土业,永庇昏垫忧。山足灵庙在,门前清镜流。象筵陈玉帛,容卫俨戈矛。探穴图书朽,卑宫堂殿修。梅梁今不坏,松袥古仍留。负责故乡近,竭来申俎羞。为鱼知造化,叹凤仰徽猷。不复闻夏乐,唯馀奏楚幽。婆娑非舞羽,铿轳异鸣球。盛德吾无间,高功谁与俦。灾淫破凶慝,祚圣拥神休。出谷莺初语,空山猿独愁。春晖生草树,柳色暖汀州。恩贷题舆重,荣殊衣锦游。宦情同械系,生理任桴浮。地极临沧海,天遥过斗牛。精诚如可谅,他日寄冥搜。

# 薛令之

　　薛令之,闽之长溪人。肃宗为太子时,令之以右补阙兼侍读,积岁不迁,乃弃官,徒步归乡里。及肃宗即位,以旧恩召,而令之已前卒。诗二首。

## 自 悼

《纪事》云:开元中,令之为右庶子。时东宫官僚清淡,令之题诗自
悼。明皇幸东宫,览之,索笔题其傍曰:啄木口觜长,凤凰毛羽短。若嫌
松桂寒,任逐桑榆暖。遂谢病归。

朝日上团团,照见先生盘。盘中何所有,苜蓿长阑干。饭涩匙难
绾,羹稀箸易宽。只可一作无以谋朝夕,何由保岁寒。

## 灵 岩 寺

草堂栖在灵山谷,勤苦诗书向灯烛。柴门半掩寂无人,惟有白云相
伴宿。

# 邹绍先

邹绍先,刘长卿同时人。曾为河南判官,与长卿相往还。
诗一首。

## 湘 夫 人

枫一作风叶下秋渚,二妃愁渡湘。疑山空杳霭,何处望君王。日落
水云里,悠悠一作油油心自伤。

# 李 穆

李穆,刘长卿婿。诗一首。

## 寄妻父刘长卿 一作严维诗,题作发桐庐寄刘员外。

处处云山无尽时,桐庐南望转参差。舟人莫道新安近一作远,欲上
潺湲行自迟。时刘在新安郡。

# 冯　著

> 冯著,韦应物同时人。尝受李广州署为录事,应物有诗以
> 送其行。诗四首。

## 短 歌 行

寂寞草中兰,亭亭山上松。贞芳日有分,生长耐相容。结根各得
地,幸沾雨露功。参辰无停泊,且顾一西东。君但开怀抱,猜一作情
恨莫匆匆。

## 洛 阳 道

洛阳宫中花柳春,洛阳道上无行人。皮裘毡帐不相识,万户千门闭
春色。春色深,春色深,一本无此三字。君王一去何时寻。春雨洒,一
作春色深。春雨洒,周南一望堪泪下。蓬莱殿中寝胡人,鸡鹊楼前放
胡马。闻君欲行西入秦一作入西秦行,君行不用过天津。天津桥上
多胡尘,洛阳道上愁杀人。

## 行 路 难

男儿辚轲徒搔首,入市脱衣且沽酒。行路难,权门慎勿干,平人争
路相摧残。春秋四气更一作相回换,人事何须再三叹。君不见雀为
鸽,鹰为鸠,东海成田谷为岸。负薪客,归去来。龟反顾,鹤裴回,

黄河岸上起尘埃。一本作负薪起尘埃。无客归去至岸上十四字。相逢未相识,何用强相猜。行路难,故山应不改,茅舍汉中在。白酒杯中聊一歌,苍蝇苍蝇奈尔何。

## 燕衔泥

双燕碌碌飞入屋,屋中老人喜燕归,裴回绕我床头飞。去年为尔逐黄雀,雨多屋漏泥土落。尔莫厌老翁茅屋低,梁头作窠梁下栖。尔不见东家黄觳鸣喷喷,蛇盘瓦沟鼠穿壁。豪家大屋尔莫居,骄儿少妇采尔雏。井旁写水泥自足,衔泥上屋随尔欲。

# 王 迥

王迥,家鹿门,号白云先生。与孟浩然善。诗一首。

### 同孟浩然宴赋 一作题壁歌

屈宋英声今止已,江山继嗣多才子。作者于今尽相似,聚宴王家其乐矣。共赋新诗发宫徵,书于屋壁彰厥美。

# 李 晔

李晔,宗室子。官弘农太守、宗正卿。贾至常为撰制词。诗一首。

## 尚书都堂瓦松

华省秘仙踪,高堂露瓦松。叶因春后长,花为雨来浓。影混鸳鸯

色,光含翡翠容。天然斯所寄,地势太无从。接栋临双阙,连甍近
九重。宁知深涧底,霜雪岁兼封。

# 敬　括

　　敬括,字叔弓,河东人。少以文词称乡。举进士,又应制
登科。累官右拾遗、内供奉、殿中侍御史。天宝末,以不附杨
国忠,出为刺史。迁给事中、兵部侍郎、大理卿。大历初,诏选
循良为近辅,以括为同州刺史,入为御史大夫,卒。诗一首。

## 省试七月流火

前庭一叶下,言念忽悲秋。变节金初至,分寒一作空火正流。气含
凉夜早,光拂夏云收。助月微明散,沿河丽景浮。礼标时令爽,诗
兴国风幽。自此观邦一作邪正,深知王业休。